Marko Leino

IN DER FALLE

Roman

Aus dem Finnischen von
Anu Pyykönen-Stohner

Paul Zsolnay Verlag

Die Originalausgabe erschien erstmals 2009
unter dem Titel *Ansa* bei Tammi in Helsinki.

1 2 3 4 5 16 15 14 13 12

ISBN 978-3-552-05563-6

Satz: Eva Kaltenbrunner-Dorfinger, Wien
Druck und Bindung: CPI – Ebner & Spiegel, Ulm
Printed in Germany

FSC
www.fsc.org
MIX
Papier aus verantwortungsvollen Quellen
FSC® C006701

»Ich leide, also bin ich.«
Samuel Beckett

»We're caught in a trap
I can't walk out
Because I love you too much baby.«
Mark James

PRÄLUDIUM

HÄRSKI

Härski steckte bis zum Hals in der Scheiße, das wusste er seit ziemlich genau zwei Stunden, als er den Hof der Mietskaserne in Kannelmäki betreten hatte, auf seinen Wagen zugegangen war und aus den Augenwinkeln gesehen hatte, was auf der Seite des roten Lieferwagens geschrieben stand.

Die beiden Männer hatte er erst gar nicht beachtet. Sie hatten den Lieferwagen auf einem der Gästeplätze geparkt, in der Reihe gleich neben seinem Kadett. Sie rauchten und schienen ins Gespräch vertieft. Den Schriftzug sah Härski erst, als er den Autoschlüssel nicht ins Schloss bekam: TURUNEN OY. Ein kalter Schauer lief ihm über den Rücken, während er versuchte, sich auf das Türschloss zu konzentrieren. Jemand hatte ein geknicktes Streichholz hineingesteckt.

»Probleme?«, fragte eine Stimme hinter ihm. Härski bemerkte einen russischen Akzent. »Eine Scheißkarre hast du da.«

Als Härski sich umdrehte, sah er in ein unrasiertes Gesicht, das ihn aus drei, vier Schritten Entfernung anstarrte. Der Unrasierte kam näher und streckte eine Hand aus, die andere steckte in der Hosentasche. »Gib mir den Schlüssel, Ilja fährt. Falls du überlegst, was ich in der Tasche habe: Es ist keine Pfeife.« Er nickte zu dem Lieferwagen hin.

»Worum geht's eigentlich?«, fragte Härski mit erstickter Stimme.

»Das wirst du sehen. Den Schlüssel!«, sagte der Unrasierte und schnippte mit den Fingern.

Härski ließ den Schlüssel in eine gewaltige Pranke fallen.

»Auf geht's! Ilja lädt dich auf eine kleine Tour zu ein paar Bankautomaten ein, und du bist so nett und räumst dein Konto leer.«

Die Angst ließ Härskis Knie weich werden, während er brav in Richtung des Lieferwagens schritt, dessen Seitentür Ilja freundlicherweise schon geöffnet hatte. Während er in den fast leeren Laderaum kletterte, warf Härski einen Blick zurück. Der Unrasierte saß schon in seinem Kadett und zog die Beifahrertür zu, dann hievte er sich über den Schalthebel und die Mittelkonsole auf den Fahrersitz. Die Fenster seiner Wohnung konnte Härski nicht mehr sehen. Vielleicht besser so, dachte er. Wahrscheinlich stand der kleine Petteri am Fenster, um seinem Vater nachzuwinken, das tat er meistens, wenn Härski morgens zur Arbeit fuhr. Härski hoffte, dass der Junge es heute nicht tat, dass er nicht zwischen den Mumin-Vorhängen auf den Kunststoffhocker geklettert war, den er ihm eigens für den Zweck gekauft hatte. Die Abfahrt heute sah der Kleine besser nicht. Härski erinnerte sich noch gut, wie Petteri sich gefreut hatte, als er das erste Mal auf den Hocker stieg, die kleinen Hände aufs Fensterbrett legte und sich die Stupsnase an der Fensterscheibe platt drückte. »Man kann bis zur Straße sehen!«, hatte der Junge gejubelt, und Härski hatte mit Kirsi hinter ihm gestanden, bereit, ihn zu packen, wenn er vor lauter Begeisterung das Gleichgewicht verlor. Aber er hatte das Gleichgewicht nicht verloren, der Junge hatte die kräftigen Beine des Vaters geerbt, eines Tages würde er ein genauso guter Eishockeyspieler werden wie Härski, wenn nicht ein noch besserer. Vielleicht hatte Petteri mehr Verstand als sein Vater und legte sich mehr für eine Profikarriere ins Zeug. Härski selbst hatte an genau dem Punkt aufgehört, an dem er hätte loslegen müssen. Räihä, sein damaliger Trainer, hatte noch lange hinter ihm hertelefoniert, erst jeden Tag, dann fast jede Woche und schließlich, nachdem er wegen eines kleinen Einbruchs verurteilt worden war, gar nicht mehr. Später war er Räihä noch ein paarmal zufällig über den Weg gelaufen, aber der ergraute Trainer hatte so getan, als würde er ihn nicht kennen. Das durfte Petteri nicht passieren. Der Junge sollte nicht dieselben Fehler machen wie sein Vater, auf keinen Fall. Aus seinem Jungen würde kein Berufsganove werden, dafür würde Härski sorgen. Das war er Petteri schuldig und Kirsi und sich selbst auch. Allen war er das schuldig.

Nur darum hatte Härski bei dieser Operation überhaupt mitgemacht, es sollte der erste Schritt in Richtung eines neuen Anfangs sein. In Richtung einer besseren und sichereren Zukunft.

Nur darum saß er jetzt, wo er saß, und sah sein eigenes Blut auf eine grüne Plane tropfen. Tropf, tropf, tropf.

Er schloss die Augen und stellte sich vor, mit Kirsi und Petteri zu

Hause zu sein. Er saß auf dem Sofa und Kirsi neben ihm, er hatte den Arm um sie gelegt, und Petteri saß auf seinem Oberschenkel. Er schaute abwechselnd seine Frau und ihren gemeinsamen Jungen an, der so hell lachte, dass es in den Ohren kitzelte. Kirsi und Petteri, sagte er in Gedanken und war sich sicher, dass die beiden es zu Hause hörten. Keine Sorge, Papa kommt gleich zurück, sobald das hier vorüber ist, kommt er nach Hause. Das hier ist was anderes, nicht so wie früher immer, überhaupt nicht. Es läuft alles gut. So wird es weitergehen. Alles wird gut. Für immer.

SARI

Zum ersten Mal seit langem erlaube ich mir, glücklich zu sein. Ich muss glücklich sein, dass ich am Leben bin. Alle sind doch am Leben. Und ich will auch nicht mehr sterben, ich will leben. Ich will mit Juha alt werden, ich will sehen, wie Liina ein Teenie wird und dann erwachsen und wie sie ihr eigenes Leben beginnt. Eines Tages werde ich Großmutter sein und Liinas Kinder auf dem Schoß halten. Dann färbe ich mir die Haare auch nicht mehr, dann will ich so alt aussehen, wie ich bin, man soll sehen, dass ich gelebt habe. Und Juha wird genauso grau sein und sich neben mich setzen und in Kindersprache mit Liinas Kindern reden, so wie er es schon mit seiner Tochter gemacht hat, immer ein bisschen verlegen, aber stolz. In letzter Zeit tut er sich aber schon leichter mit Liina. Je älter das Mädchen wird, desto besser kommt er mit ihm klar. Jeden Tag wird es mit unserer Familie ein bisschen besser, ich weiß, das bleibt so, bestimmt, unsere Gefühle füreinander werden immer stärker. Ich selbst werde immer stärker. Alles ist jetzt gut, viel besser als früher. Auch die ganz alltäglichen Dinge können schön und wertvoll sein. Nein, *alles* ist schön und wertvoll. Mit den ferngesteuerten Wünschen und Sehnsüchten muss Schluss sein. Alles ist hier und jetzt. Das Spülmittel duftet, die Teller geben dumpfe Laute von sich, wenn sie unter Wasser gegen den Boden des Spülbeckens stoßen, und das heiße Wasser bringt meine Haut zum Kribbeln. Von der kribbelnden Haut kommt auch das Gefühl, dass ich immer stärker und immer sicherer werde. Bald sind meine Hände so, wie sie irgendwann in ferner Zukunft sein werden: faltig und weich, liebende Hände, die nur Gutes tun können. Nie mehr etwas Böses, niemandem. Nie wieder werde ich solche Gedanken haben, kein drittes Mal.

Es war eine gute Idee, mit der Hand zu spülen, nur so spüre ich diese Energie, das Staubsaugen und Staubwischen hat nicht gereicht, das Beladen der Spülmaschine wäre zu wenig gewesen. Ich hatte immer von allem zu wenig, das habe ich ehrlich begriffen: Zeit, Gespräche, Liebe, Vertrauen, Zuversicht, Sicherheit. Jetzt, wo ich gesund bin, will ich das alles, ich bin gierig auf Leben. Ich bin aufgewacht und wie neu geboren. Warum um alles in der Welt wollte ich das alles freiwillig aufgeben? Warum um alles in der Welt habe ich es so weit kommen lassen? Mich so gehen lassen? Und wie lange wird es dauern, bis ich Juhas Vertrauen zurückgewonnen habe? Und Liinas Vertrauen? Zum Glück wissen sie nicht alles. Zum Glück kann ich mir jetzt selbst vertrauen. Was ich getan habe und was ich noch tun wollte, war krank, vor allem, was ich noch tun wollte – zum Glück waren es nur Gedanken. Schon dass ich es tun wollte, dass ich das Kissen überhaupt in die Hände nahm, war etwas, was nie hätte geschehen dürfen. Aber es ist geschehen. Und es war schon das zweite Mal. Ich bin mir nicht sicher, ob ich mir das je verzeihen kann. Natürlich, ich könnte es auf die Krankheit schieben. Aber ich bin anders als meine Mutter, die immer sagt, Menschen irren sich und machen Fehler, und mit den Irrtümern und Fehlern muss man dann leben. Man muss aus ihnen lernen und über sie hinauswachsen, meint sie. Aber kann man das Töten eines anderen Menschen als einen Irrtum oder einen Fehler ansehen? Oder auch nur den Gedanken daran?

»Warum tust du das Geschirr nicht in die Spülmaschine? Und mit wem redest du?«

Liinas Frage lässt mich zusammenzucken. Der Teller, den ich spüle, gleitet mir aus den Fingern und schlägt gegen die Wand des Spülbeckens. Ich habe nicht gehört, dass Liina gekommen ist, aber jetzt steht sie da in ihrer weißen Strumpfhose und dem roten Rollkragenpullover. Sie hat ein Buch in der Hand und starrt mich unter ihrem zu lang gewordenen blonden Pony hervor an.

»Deine Haare müssen geschnitten werden«, sage ich, um irgendetwas zu sagen. »Erinner mich morgen dran!«

»Warum benutzt du nicht die Spülmaschine?«

»Mir war nach Selbermachen.«

»Ist die Maschine kaputt?«

»Nein.«

Nichts ist nämlich mehr kaputt, weder die Spülmaschine noch ich.

»Warum willst du's selber machen?«

»Zum Spaß.«

»Und mit wem hast du geredet?«

»Ich war nur in Gedanken.«

»Ach so. Wenn du fertig bist, liest du mir dann vor?«

»Was denn?«

»Das hier.«

Liina hebt mit beiden Händen das Buch in die Höhe. Es ist *Der kleine Prinz*. Ich wende den Blick schnell zur Spüle. Warum gerade das Buch? Um die neben dem Spülbecken gestapelten Teller hat sich eine seichte Pfütze gebildet, die das Licht reflektiert. Ein funkelnder kleiner See.

»Möchtest du nicht mal was anderes hören?«, frage ich.

»Nein, das!« Liina sagt es heftig und stampft dabei mit dem Fuß auf.

»Aber Liina-Schätzchen, du kannst es doch schon auswendig.« Ich schaue sie an und lächle.

»Na und?«

»Ist schon gut.«

»Kommst du, Mama?«

»Gleich. Wenn ich fertig bin.«

»Brauchst du noch lange?«

»Nein«, antworte ich, und sie nickt und dreht sich um. »Liina!«

Sie schaut von der Tür zu mir her. Obwohl sie aussieht wie ich vor dreißig Jahren, hat sie Juhas Augen, die jetzt träge blinzeln. Es sind Augen, die einen umso mehr anziehen, je länger sie einen anschauen. Man kommt ihnen nicht aus.

»Haben es dir Papa oder Oma auch vorgelesen?«

»Wann?«

»Als …«, beginne ich, kann aber erst mal nicht weitersprechen. Die Pause ist nicht lang, aber sie fühlt sich wie eine Ewigkeit an. Ich muss lernen, darüber zu reden. Ich muss lernen, *darüber hinauszuwachsen*. »Als … Mama krank war.« Ich muss es Liina vorlesen und die Nacht und das Kissen vergessen und die Reaktionen, die das Buch damals in mir ausgelöst hat. Ich muss es schaffen. Es ist wieder ein neuer Schritt.

»Nein.«

»Ach. Hast du sie nicht gefragt?«

»Nein.«

»Warum nicht?«

»Weil es nicht dasselbe ist, wenn es jemand anders liest. Ich will, dass du es liest. – Ich warte im Wohnzimmer«, erklärt Liina in dem Ton, den sie sich von den Kindergärtnerinnen abgehört hat. »Ich hol Teddy Pontus dazu. Er will es auch hören.«

Dann ist sie weg. Ich schließe die Augen und versuche, die Tränen zurückzuhalten. Ich fuhrwerke mit der Bürste im Spülbecken herum, dass das Geschirr klappert, und wische mir mit dem Rücken der anderen Hand die Augenwinkel trocken. Was habe ich mir nur dabei gedacht? Was, wenn ich es geschafft hätte? Zum Glück habe ich es nicht geschafft. Zum Glück bin ich hier, und Liina wartet im Wohnzimmer, und Juha ist bei seiner abendlichen Joggingrunde. Zum Glück gibt es uns alle noch, und das Böse ist nicht mehr da. Es ist nicht mehr in mir. Und diesmal kommt es auch nicht mehr zurück.

Ich liebe Liina, ich liebe Juha, und ich liebe mich selbst. Ich liebe das Leben. Jetzt weine ich hemmungslos, aber es ist ein gutes, dankbares Weinen. Der Rücken meiner Hand ist nass, warm, schrumpelig und voller Schaum. Es läuft alles gut. So wird es weitergehen. Alles wird gut. Für immer.

VESA

»Du hast es versprochen.«

»Ja, ja, ich weiß, aber ich hatte keine Wahl. Nur dieses letzte Mal noch.«

»Das sagst du seit Monaten.«

»Ja, schon. Aber du weißt, dass ich keine Wahl hatte.« Vesa betrachtet sich, während er telefoniert, im Spiegel. »Ich wollte nicht mitmachen, das weißt du.«

»Ja, weiß ich das? Ich hab dafür nur dein Wort, und langsam denk ich mir meinen Teil.«

»Glaub mir, nur noch das eine Ding, dann bin ich raus.«

»Ja, klar.«

»Ehrlich, Tiina. Das eine Mal noch, dann ändert sich alles. Es wird alles gut. Für immer.«

»Wer's glaubt. Das Einzige, was sich geändert hat, bist nämlich du. Du bist komisch geworden, ich kenn dich überhaupt nicht mehr.«

»Hör auf!«, antwortet Vesa und spürt tief in der Brust einen Stich.

»Warum erzählst du mir überhaupt was? Ich will deine Geschichten nicht mehr hören.«

»Hör zu: Nach dem Ding bin ich die Schulden, die von Vater noch übrig sind, los und kann sogar noch was auf die Seite legen.«

»Ach, wie nett. Und wann wollte dein Alter zurückkommen?«

»Wenn das Ganze vorbei ist«, sagt Vesa schnell. »Und das Geld, Tiina … Ich hab mir gedacht, dass wir endlich zusammenziehen könnten, ich könnte mir einen Job besorgen, hab ich mir gedacht.«

»Hast du dir gedacht.«

»Was soll das jetzt? Wir reden schon seit über einem Jahr davon, jetzt könnten wir's endlich schaffen.«

»*Du* redest davon, ich nicht.«

»Hör jetzt auf! Okay, ich verstehe, dass du Angst hast. Es ist ja auch eine große Sache.«

»Ich hab nichts von Angst gesagt. Ich hab gar nichts gesagt.«

»Mann, musst du ausgerechnet jetzt … Es wird gut gehen. Du wirst sehen, alles wird gut.« Vesa schaut immer noch in den Spiegel. Er nickt mit dem Kopf und versucht ein überzeugendes Lächeln, aber es sieht eher wie eine schmerzvolle Grimasse aus. »Ich bin Profi. Für mich ist das Ding ein Klacks.«

»Alles ist für dich ein Klacks, ich auch.«

»Mann, hör auf! Du bist die Sonne, du musst lächeln. Hallo, Sonne, wie geht's?«

»Der Sonne geht's schlecht. Sie geht jetzt unter.«

»Leg noch nicht auf! … Tiina! Hallo? Hallo? Fuck!«

Vesa legt den Hörer auf. Die Haut unter seinen Augen sieht im Spiegel dunkel aus, sonst ist er leichenblass. Tiina weiß nicht alles und wird es auch nie wissen. Plötzlich sieht er in dem Spiegelbild seinen Vater. Sein Vater ist tot. Der Vater im Spiegel starrt ihn aus halb geschlossenen Augen vorwurfsvoll an. Im selben Augenblick ist der Spuk zu Ende, so wie er damals zu Ende war. Er ist nicht wie sein Vater und wird es auch nie sein.

Seine Mutter soll der Teufel holen. Als er es ihr erzählte, musste er sie festhalten, weil sie sich nicht auf den Beinen halten konnte. Nach allem, was der Alte ihr angetan hatte, heulte sie Rotz und Wasser. Sie hat echt um ihn getrauert, wenigstens eine kurze Weile.

Er selbst hat keine Träne vergossen, auch als er seine Mutter in den Arm nahm und es mit aller Gewalt versuchte. Er versuchte es, weil er wollte, dass sie ihn auch trauern sah. Nach Vaters Tod ging es mit ihr bergab, sie fing wieder an zu trinken. Was geht wohl in ihr vor? Ob es für sie leichter wäre, wenn er darüber reden dürfte? Wer will das wissen? Wäre es leichter für *ihn*, wenn er alles erzählen könnte? Er weiß es nicht. Sieht er seiner Mutter eigentlich ähnlich?

Nein, tatsächlich sieht er keinem seiner Eltern ähnlich. Er möchte es auch nicht. Oder ist das auf seinem Gesicht derselbe Ausdruck, den Vater hatte, als ihn sein eigener Sohn …

Vesa kehrt dem Spiegel den Rücken und geht zur Toilette. Er verschließt die Tür und setzt sich auf den Klodeckel. Aus der Manteltasche fischt er ein gefaltetes Stück Alufolie. Es braucht nicht viel, nur ein bisschen was, um die Nerven zu beruhigen.

Gleich darauf muss er die tränenden Augen schließen, das Zeug brennt in den Nasenlöchern. Nach dem Kick bewegen sich die Gedanken im Kopf wie nervöse Augen hinter geschlossenen Lidern.

Eine gemeinsame Wohnung.

Einen Job. Egal was. Nur irgendeinen.

Eine Zukunft. Eine glänzende Zukunft.

Einen ganz normalen Alltag. Ein ganz normales Leben.

Das Ding noch, dann ist alles bezahlt, dann hat er die ganze Scheiße endgültig hinter sich. Er wird sich einen Job organisieren, ein normales Leben beginnen und ein für alle Mal mit der Scheiße aufhören. Vesas Hände ballen sich von allein zu Fäusten, sein ganzer Körper spannt sich.

Auch daran ist sein Vater schuld, der Arsch. Noch als Toter quält er ihn. Aber bald ist das vorbei, bald hat er mit der ganzen Sache abgeschlossen und mit dem Arsch von einem Vater gleich mit. Vielleicht gibt er sogar der Polizei noch einen Tipp, anonym natürlich, dann kann seine Mutter trauern, wie es sich gehört, und kriegt vielleicht ihr Leben wieder in den Griff. Nein, die Polizei ist keine gute Idee. Wenn die ihm dahinterkommen, kann es passieren, dass sie Vater schneller Gesellschaft leisten müssen, als ihnen lieb ist, sie beide, er *und* Mutter. Oder er muss ihr *alles* erzählen und bricht darüber zusammen. Wenn Tiina es erfahren würde, würde sie ihn verlassen, das steht fest. Und das wäre das Ende. Er darf Tiina nicht verlieren, und er muss versuchen zu vergessen. Auch seiner Mutter muss er helfen zu vergessen, das heißt, wenn sie nicht schon vergessen hat. Wenn jemand ständig besoffen ist, ist das schwer zu sagen.

Vesa zieht die Spülung und flüstert, während er das Wasser rauschen hört, mit leiser Stimme Worte, die für ihn eine Art Mantra geworden sind. Sie wirken beruhigend auf seine Gedanken und seinen beschleunigten Atem.

»Alles wird gut gehen. Alles wird gut. Für immer. Alles wird gut gehen. Alles wird gut. Für immer.«

LUHTA

Sundströms Zelle hatte etwas, was Luhta Unbehagen bereitete. Auch diesmal. Sie hatte etwas, was einen abstieß. Wenn man von der Tür aus einen schnellen Blick hineinwarf, war sie wie jede andere Zelle der Abteilung, aber wenn man sie betrat, war es, als würde die Luft schlagartig stickiger. Plötzlich fiel einem das Atmen schwer, und der Schweiß trat einem in Tropfen auf die Schläfen oder die Stirn. Dabei war die Zelle peinlich aufgeräumt. Die wenigen persönlichen Besitztümer Sundströms standen pfeilgerade ausgerichtet auf einem Regal über dem Bett, ein paar Bücher und Hefte, dazu ein bisschen Nippes: ein gelbäugiger Uhu, ein gelblich-grauer sitzender Teddybär, auf dessen rechte Fußsohle »Bukowski« und auf dessen linke Fußsohle ein Herz gestickt war, dazu eine Don-Quijote-Statue, eine dünne Gestalt mit einem Kinnbart, die mit einer Hand ein Buch gegen ihren Bauch drückte und in der anderen ein Schwert hielt, das so groß und schwer aussah, als könnte es jeden Moment vom Regal auf das faltenlos gemachte Bett fallen. Auf das Bett, auf dem Sundström jetzt sitzt und Luhta über den Rand seiner Brille hinweg mit einem schiefen Lächeln anschaut. Luhta steht in der Tür.

»Und woher weiß ich, dass ich dir vertrauen kann?«, fragt Sundström.

»Weil ich die Wahrheit sage«, antwortet Luhta.

»Das tun wir doch alle«, sagt Sundström.

»Die Lieferung ist nicht angekommen«, sagt Luhta. »Pakarinen ist einfach nicht gekommen. Ich hab eine Stunde über die abgemachte Zeit hinaus auf ihn gewartet.«

»Wenn du die Wahrheit sagst, versuch ich's mit jemand Neuem.«

»Ich sag die Wahrheit.«

»Okay«, sagt Sundström und nickt. »Für Pakarinen finde ich was, was besser zu ihm passt.«

»Und was?«

Sundström hat einen braunen Buntstift in der Hand und auf dem Schoß ein Malbuch für Kinder. Er arbeitet gerade an einem Bild von einem Rehkitz, dessen streichholzdünne Beine er schon fertig ausgemalt hat. Luhta hat Sundström durch das Guckloch an der Zellentür schon öfter beim Ausmalen von solchen Bildern zugeschaut. Er ist dann wie ein kleiner Junge in die Arbeit vertieft, hin und wieder schaut die Zungenspitze aus seinem schmallippigen Mund, und auf seinem für den großen Kopf eigentlich zu kleinen Gesicht liegt ein seltsam abwesender Ausdruck, der die äußere Welt vollkommen ausschließt. Fertig ausgemalte Bilder reißt Sundström aus und klebt sie in regelmäßigen Abständen an die Zellenwände. Es sind ausschließlich Bilder von Tieren, und alle sind so gleichmäßig ausgemalt, dass sie eher aussehen wie gedruckt.

»Pakarinen ist nicht dein Problem. Du erfährst rechtzeitig den neuen Termin und einen neuen Ort.«

Luhta steht immer noch in der Tür. Er muss es über sich bringen und sagen, was er zu sagen hat.

»War noch was?«, fragt Sundström, und sein durchdringender Blick schüchtert Luhta ein.

»Ich kann nicht mehr«, sagt er. Er räuspert sich, seine Stimme klingt dünn und halb erstickt. »Ich hab nicht mehr die Nerven dafür. Ich meine, wir sind doch quitt ...«

»Quitt?« Sundström schüttelt schmunzelnd den Kopf. »Seit wann bestimmst *du*, wann das Spiel zu Ende ist?«

»Es gibt hier doch genug Typen, die auf Urlaub rauskommen«, sagt Luhta. Er klingt noch zaghafter als vorher, aber er zwingt sich fortzufahren. »Du suchst dir aus, wen du willst, und ich versprech dir, dass ich persönlich die Ausgangskontrolle übernehme.«

Sundström malt weiter an seinem Bild. Die Buntstiftspitze bewegt sich jetzt über das Hinterteil unter dem Stummelschwanz des Kitzes. Ein gleichmäßiges Braun füllt Quadratmillimeter für Quadratmillimeter die Fläche. Die Zungenspitze schaut aus Sundströms Mund.

»Was sagst du zu meinem Vorschlag? Nimm egal wen, nur lass mich in Ruhe.«

»Ich sage, dass ich mir niemanden aussuchen muss, weil ich mir schon jemanden ausgesucht habe: dich. Du erfährst den neuen Termin und den neuen Ort und machst es genauso wie bisher.«

»Warum ich? Ich bin im Arsch. Ich spür's, dass die mich schon verdächtigen. Jaatinen guckt mich nur noch komisch an.«

»Wir sind alle allen verdächtig, und so muss das auch sein. Trau niemandem außer dir selbst, und manchmal ist sogar das verkehrt. – Vertraust du dir selbst, Luhta?«

»Was soll das jetzt? Ich versteh nicht …«

Sundström seufzt und schaut von seiner Arbeit auf.

»Das musst du auch nicht verstehen. Bisher hat es ja auch gereicht, wenn ich was verstehe.«

Luhta spürt, wie ihm ein Schweißtropfen vom Haaransatz nach unten rinnt, und wischt ihn mit dem Ärmel seiner Uniform ab. Er hat darauf schon eine Menge Flecken. Sie kommen vom salzigen Schweiß. Luhta ist in letzter Zeit viel zu oft in Sundströms Zelle angetreten.

»Ich … geh daran kaputt.«

»Falsches Verb, Luhta: Du *gehst* nicht kaputt, du *bist* kaputt, schon lange. Genau darum hab ich dich ausgesucht.« Die letzten Worte hat Sundström wie zu dem Rehkitz gesprochen. Er hat das Malbuch vors Gesicht gehoben und bläst über die frisch ausgemalte Stelle.

»Aber wozu soll das Ganze überhaupt gut sein? Damit machst du doch höchstens ein paar Tausend. Das ist für dich doch in die hohle Hand geschissen.«

»Du weißt ja, ich bin ein Spieler. Der Einsatz spielt für einen Spieler keine Rolle. Das Spielen selbst ist die Hauptsache, ist das so schwer zu verstehen? – Außerdem spiel ich mit dir besonders gern.«

»Und was ist, wenn ich passe?«

»Du passt nicht. Dazu hast du viel zu viel zu verlieren. Es lohnt sich für dich, ein Risiko einzugehen. Und für mich lohnt es sich, ein Risiko mit dir einzugehen. Du bist die kleine Zutat, die das Spiel ausgeglichener macht. Und das Interessanteste daran und das Herausforderndste ist der Umstand, dass das Risiko immer noch ein bisschen größer wird. Das verleiht meiner Strategie einen angenehmen Kitzel mehr.« Sundström spricht so leise, als richteten sich seine Worte eher an die stickige Luft ringsum als an Luhta in der Tür. Er hält das Malbuch mit dem Rehkitz eine Armlänge von sich entfernt und betrachtet es mit geneigtem Kopf.

»Von was für einer Strategie redest du? Und was soll das mit dem Spiel?«, fragt Luhta. »Hier geht's um mein Leben.«

»Das Leben *ist* ein Spiel«, sagt Sundström sanft und schaut Luhta dabei in die Augen. »Darum solltest du auch die ganze Zeit hellwach sein. Du brauchst eine alternative Strategie für den Fall der Fälle. Hast du die? Hast du überhaupt eine? Ich schon. Und dir kann ich's ja verraten: Bei meiner Strategie ist die gewöhnliche euklidische Geometrie außer Kraft gesetzt.«

»Was ist außer Kraft gesetzt?«

»Möchtest du wirklich, dass ich es dir erkläre?«

Luhta schweigt, denn alles, was er jetzt noch sagt, macht die Sache nur schlimmer. Sundström lächelt und wendet sich der Brust des Rehkitzes zu.

»Du machst alles genau so, wie ich es dir sage, verstanden?«

Luhta rührt sich nicht von der Stelle. Der Stift flüstert übers Papier.

»Hast du verstanden?«

»Ja«, krächzt Luhta.

»Und ich finde heraus, was mit Pakarinen los war.« Sundström schaut Luhta prüfend an.

Er hat doch nicht mich im Verdacht?, schießt es Luhta durch den Kopf.

»Darf ich dir zwei Fragen stellen?«, fragt Sundström. »Und du gibst mir ehrlich Antwort?«

Luhta schluckt und nickt. Sundström *hat* ihn im Verdacht. Scheiße. Jetzt hält Sundström ihm das Malbuch entgegen.

»Was meinst du, soll ich die Brust gelb ausmalen oder lieber weiß lassen?«

»Wie?«

»Du hast mich verstanden.«

»Äh … lass sie weiß«, presst Luhta mit letzter Kraft heraus.

Sundström schaut das Bild wieder selber an und schürzt die Lippen. »Du hast recht. Ich werde sie gelb ausmalen.« Er angelt sich den gelben Stift aus der Buntstiftpackung auf dem Tisch und vertieft sich vornübergebeugt wieder in die Arbeit. Der Stift quietscht leise, und Sundström summt ein Lied. Es ist immer dasselbe, vielleicht kennt er kein anderes. *Suspicious Minds.* Luhta hört im Kopf Elvis' Stimme: *We can't go on together with suspicious minds and we can't build our dreams on suspicious minds.* Luhta schaut auf Sundströms Füße und sieht, wie dessen einer blank polierter Schuh den Takt zu Elvis' Lied klopft.

»Und die zweite Frage?«, fragt Luhta, obwohl er eine Heidenangst davor hat.

Elvis verstummt, und Sundströms blank polierter Schuh hält inne.

»Ach so, ja. Ich hab mich immer gefragt, wie es sich anfühlt, wenn man die Welt immer nur armselig schwarz-weiß sieht. – Also?«

»Wie?«

Auf dem schräg nach oben gerichteten Gesicht Sundströms liegt erst ein ernster Ausdruck, dann verziehen sich seine Mundwinkel zu seinem typischen schiefen Lächeln. »Wie wie wie? Fällt dir nichts anderes ein? Verpiss dich, du Idiot! Du störst mich. Oder willst du, dass ich wegen dir mein Bild versaue?«

Als Luhta den Gang zum Aufenthaltsraum der Wärter entlanggeht, ist er versucht zu rennen. Tatsächlich ist es, als wäre er auf der Flucht. Er muss weg, schnell. Und jetzt erst mal raus, eine rauchen. Sundström weiß Bescheid. Jedenfalls weiß er, dass Luhta es war, der nicht zum verabredeten Treffpunkt gekommen ist. Und jetzt? So leicht kommt er Sundström nicht aus. Was hat er sich aber auch vorgestellt? Dass Sundström sagt, okay, besorg ich mir eben jemand anderen? Das wär's natürlich gewesen. Dann wäre er jetzt frei.

Draußen auf dem Hof raucht er mit zitternden Händen eine Zigarette und zündet sich gleich noch eine zweite an. Allmählich beruhigt er sich und beginnt, über Alternativen nachzudenken. Es sind haargenau zwei: Entweder macht er Sundström weiter den Sklaven, oder er marschiert ins Zimmer des Gefängnisdirektors und packt aus. Danach muss er es nur noch Annika beichten, bevor die Sache an die Öffentlichkeit kommt. Und wie wird sie es aufnehmen? Wird sie ihn für einen Versager halten, der keinen Arsch in der Hose hat und unfähig ist, für seine Familie zu sorgen? Und was ist mit Teemu und Ville? Die Jungs sind in dem Alter, wo es in der Schule gnadenlos zugeht. Mit so einem Vater würde man sie aufziehen ohne Ende. Man würde ihnen die Hucke vollhauen, und sie würden zum Gespött der ganzen Schule – wie er es damals gewesen ist. Über dreißig Jahre ist das her, und immer noch wacht er nachts schweißgebadet auf, weil er im Traum in einem Kreis von Plagegeistern steht, verschwitzt, beschämt, mit Tränen in den Augen und die eigene Schwäche abgrundtief hassend. Wie er's auch dreht und wendet, ihm bleibt nur Sundström, die Demütigung und die dauernde Angst aufzufliegen. Alternativen Fehlanzeige.

Luhta schnippt den Zigarettenstummel weg. Er fliegt an der als Aschenbecher aufgestellten Gurkendose vorbei, prallt von der Ziegelwand ab und verlischt fauchend in einer Regenwasserpfütze. Luhta schaut dem Rauchfähnchen nach, das von dem Stummel aufsteigt, und plötzlich fällt ihm doch noch eine Alternative ein.

Er könnte sich eine Pistole beschaffen. So schwer ist das nicht. Makkonen weiß über so was Bescheid, ihn kann er beiläufig danach fragen.

Er müsste nur einmal im Leben wie ein richtiger Mann handeln, sich *einmal* trauen. Dann wäre er vielleicht für immer aus der Scheiße heraus. Und wenigstens Annika, Teemu und Ville hätten es danach besser. Es könnte natürlich seine Zeit dauern, bis sie den Schock überwanden, aber am Ende würden sie es überstehen. Menschen erholen sich, Menschen nehmen ihr Schicksal an, Menschen vergessen und sind zäh. Das Leben würde Tag für Tag leichter, bis sie eines Morgens darauf kämen, dass sie eigentlich kaum etwas verloren hatten. Und das wäre sogar die Wahrheit. Von dem Morgen an würde alles gut werden. Alles würde gut. Für immer.

VIITASALO

Wieder so eine Nacht, in der Viitasalo sich einreden wollte, dass er nicht schuld ist, und wieder hat er kein Auge zugetan. Die Tage übersteht er, indem er sich in die Arbeit stürzt. Aber wenn er abends in das stille Haus zurückkommt, verfinstern sich hinter den dunklen Fenstern auch seine Gedanken. Die Abende sind schlimm, und am schlimmsten ist es, wenn er Liina gute Nacht gesagt und die Tür zum Kinderzimmer zugemacht hat. Dann kommt er ins leere Wohnzimmer zurück und sieht das leere Sofa. Die linke Seite, die mit dem Fußteil, ist seine. Sie haben das nie so ausgemacht, es hat sich so ergeben. Er sitzt vor dem beinahe stumm geschalteten Fernseher, nur um eine halbe Stunde später zu sich zu kommen und zu erkennen, dass er nicht weiß, was er gerade gesehen hat. Und immer wieder wandert sein Blick zu der Stelle an der Wand, wo ihr Hochzeitsbild hängt.

Irgendwann muss er dann doch ins Bett. Er kann es bis weit nach Mitternacht hinausschieben, aber er kann nicht die ganze Nacht im Halbschlaf im Wohnzimmer sitzen bleiben. Viitasalo muss schlafen, er muss es packen, kann es sich nicht leisten aufzugeben. Jetzt nicht und in Zukunft nicht. Er muss stark sein, weil Sari und Liina es nicht sind. Weil sie ihn brauchen. Er muss die Zähne zusammenbeißen und zeigen, dass man sich wenigstens um einen in der Familie keine Sorgen machen muss.

Und doch versucht er, wenn er dann ins Schlafzimmer geht, nur an die Zimmerwand auf seiner Seite zu schauen, die, an der sich über die ganze Länge in etwa einem halben Meter Höhe eine von Liina gezeichnete blaue Filzstiftlinie entlangzieht. Er hätte sie längst übermalen wollen, kann sich nur nicht dazu aufraffen. Er zieht sich aus, legt die Kleider auf einen Hocker, schlüpft unter die kalte Decke und weiß schon, dass gleich alles wieder hochkommt, erst die Angst und dann dieses undefinierbare Gefühl der Schuld. Obwohl er die Augen schließt und die Stimme im Kopf zu unterdrücken versucht, spürt er überdeutlich den leeren Platz neben sich, und ihm bleibt nichts anderes übrig, als die Augen wieder aufzumachen. Dann sieht er links neben sich das Kissen, das nicht von Saris Kopf eingedrückt wird, wie es eigentlich sein sollte, streckt die Hand aus und spürt auf dem leeren, kühlen Platz Saris Gegenwart. Er spürt sie und hört doch nur den eigenen Atem und das trockene Ticken des Sekundenzeigers seines Uraltweckers. Es sind Laute der Einsamkeit und der Schuld. Obwohl er weiß, dass er nicht allein Schuld hat, gar nicht haben kann, wird er den Gedanken nicht los. Wenn er dann doch noch einschläft, ist es immer nur für wenige Augenblicke, und er hat Träume, die er lieber nicht hätte und von denen er wieder aufwacht. Wenn morgens der Wecker klingelt, fühlt er sich müder als in der Nacht, als er zu Bett gegangen ist. Und jeden Morgen umarmt er ihr kaltes Kissen. Er sagt ihr flüsternd, dass er sie liebt, und schämt sich dabei. Er kann nichts dafür. Er vermisst Sari. Ob sie sich an alles erinnert, was er gesagt hat? Hat *sie* alles so gemeint, wie sie es gesagt hat?

Wieder so eine Nacht. Viitasalo wirft die Kaffeemaschine an und geht ins Bad. Er hat es sich zur Gewohnheit gemacht, vor dem Rasieren eiskalt zu duschen.

Er stellt den Frühstücksbrei in die Mikrowelle, bevor er Liina wecken geht.

Er steht im Zimmer des Mädchens, das leise schnarcht und seinen Teddy Pontus fest im Arm hält. Er muss sich zwingen, Liina nicht aus dem Bett zu reißen und loszuheulen. Er beugt sich zu ihr hinunter und atmet eine Weile im selben Rhythmus, dann streicht er ihr vorsichtig die nachtfeuchten Haare aus der Stirn. Es ist, als könnte er so das Vertrauen und die Ruhe, die das schlafende Mädchen ausstrahlt, auf sich übertragen. Als er das Pling der Mikrowelle hört, drückt er Liina einen Kuss auf die warme Stirn. Eine kleine Hand wischt über die Kussstelle, dann dreht sich das Mädchen auf die andere Seite und zieht sich und Teddy Pontus die Decke über den Kopf. Viitasalo setzt sich auf die Bettkante und schaut seine Tochter an. Zum Glück hat sie die feinen Züge ihrer Mutter geerbt. Als er das Mädchen sachte an der Schulter schüttelt, sind Angst und Schuld für einen Augenblick verschwunden.

»Nur noch ein bisschen, Papa«, murmelt Liina.

»Nein, es ist Zeit zum Aufstehn. Sonst kommst du zu spät in den Kindergarten«, sagt Viitasalo und zieht das Mädchen an sich. »Ab zum Zähneputzen, dann gibt's Frühstück!«

Viitasalo hält die sich noch ein bisschen wehrende, aber die Arme fest um seinen Hals schlingende Liina in den Armen und ist sich plötzlich sicher, dass im neuen Jahr, wenn erst der Schnee schmilzt und Sari wieder nach Hause kommt, wenn sie erst wieder alle drei zusammen sind, die ganze Familie, dass dann alles gut werden wird. Alles. Für immer.

I

OKTOBER

Juha Viitasalo nahm die Din-A4-Blätter, wie der Drucker sie ausspuckte, und las. Ein Hagelschauer klopfte gegen die Scheibe und auf das blecherne Sims des Fensters hinter seinem Rücken. Janne Kivi saß auf dem einzigen Besucherstuhl im Zimmer, schnalzte mit der Zunge und drehte den Kaffeebecher in den Händen.

»Und?«

»Nichts«, sagte Kivi und nahm einen Schluck Kaffee. »Klasse Wetter.«

»Das war nicht der Grund, warum du mit der Zunge geschnalzt hast.«

»Ich hab sie mir verbrannt. Der Kaffee ist heiß.«

Viitasalo schaute über die Papiere hinweg zu Kivi hin, der mit den Achseln zuckte.

»Wolltest du was Bestimmtes?«, fragte Viitasalo.

»Nö, nur fragen, ob du bei dem Palaver wirklich eine Rede halten willst?«

»Es ist keine Rede, ich präsentiere nur Fakten.«

»Also hältst du sie?«

»Ja, verdammt. Und langsam geht's mir auf den Sack, dass Tuomisto sich ins Hemd macht«, schimpfte Viitasalo und griff nach den letzten Blättern aus dem Drucker. »Wieso interessiert dich das eigentlich so brennend?«

»Nur so. Ich meine, du musst wissen, was du dir leisten kannst.«

»Wenn du mir was zu sagen hast, sag's!«

»Juha, es geht hier darum, wie Tuomisto hinterher dasteht. Er ist immerhin der Boss.«

»Und?«

»Nichts. Ich denke nur laut. Und es geht um *deinen* Arsch.«

Viitasalo tackerte die Blätter zusammen und stand auf. »Genauso ist es. Dann also auf in die Höhle des Löwen!«

Kivi holte ihn erst auf dem Gang ein.

»Weißt du, was meine Mutter mir eingeschärft hat, als ich noch ein Teenie war?«, fragte Kivi.

»Na?«

»Sie sagte, wenn du's unbedingt zu einer weichen Birne bringen willst, sauf, aber lass die Finger von Drogen, die sind Teufelszeug!«

Viitasalo sah Kivi fragend an, und Kivi grinste.

»Sie hat von uns gesprochen. Wir sind Drogencops, und wir sind weich in der Birne.«

»So hellsichtig kann deine Mutter gar nicht gewesen sein«, sagte Viitasalo und fasste nach dem Griff der Tür zum Sitzungszimmer.

»Ich denke immer öfter, dass sie es war«, antwortete Kivi.

»Warum fragst du sie nicht einfach mal?«

»Was?«

»Zum Beispiel, ob sie auf dich stolz ist oder ob sie sich für dich schämt«, sagte Viitasalo und betrat mit Kivi im Schlepptau das Zimmer.

»Das kann ich nicht. Ich schäm mich ja selbst.«

Viitasalo sah schon von der Tür aus, dass Tuomisto, der am Tischende saß, stinksauer war. Von den anderen aus dem Drogendezernat hatten es nur Koivisto und Virta geschafft. Oder schaffen wollen, ging Viitasalo durch den Kopf.

»Wenn du dich wunderst, dass wir nur so wenige sind: Ich hab's so angeordnet«, sagte Tuomisto, als könnte er Viitasalos Gedanken lesen. »Die anderen tun das, was man von unserer Truppe erwartet: Sie arbeiten und sorgen für vorzeigbare Ergebnisse.«

Kivi hüstelte vielsagend und zog sich einen Stuhl heran. Viitasalo antwortete nicht auf Tuomistos Sticheleien, sondern ging nach vorn zum Flipchart. Er holte tief Luft, bevor er sich gleich entweder zum Helden oder zum Deppen machte. Aus den Augenwinkeln sah er, wie Tuomisto auf seine Armbanduhr schaute: Er hatte seine Entscheidungen offensichtlich schon getroffen.

Eine Viertelstunde später war Viitasalo mit den Nerven am Ende, tat allerdings sein Bestes, um es zu verbergen. Je weiter er mit seinen Ausführungen gekommen war, desto öfter war ihm Tuomisto mit herablassenden Bemerkungen in die Parade gefahren. Schon länger schauten auch die anderen unauffällig auf die Displays ihrer Handys oder untersuchten ihre Fingernägel. Sogar Kivi sah gelangweilt aus und drehte autistisch den Löffel in seinem mit Milchkaffee gefüllten Garfield-Becher. Als Viitasalo ein paar Sekunden Pause machte, um eine neue leere Seite umzuschlagen, ging Tuomisto endgültig dazwischen.

»Wir haben Informationen unserer finnisch-estnischen Arbeitsgruppe, dass der Drogenschmuggel zwischen Estland und Finnland praktisch am Versiegen ist.«

»Ja, schon«, sagte Viitasalo und versuchte, gelassen zu klingen, »aber die haben sich vor allem mit den bekannten estnischen und finnischen Organisationen befasst. Dass die ihre Aktivitäten bis zu einem gewissen Grad heruntergefahren haben, heißt noch lange nicht, dass keine Drogen mehr auf den finnischen Markt kommen. Im Gegenteil: Meine Gewährsleute geben mir zu verstehen, dass die estnische Mafia von St. Petersburg aus unter Druck gerät. Wenn die Russen erst das Sagen haben, bekommen wir es mit einer Explosion im Rauschgiftschmuggel zu tun – und ich rede nicht von Amphetaminen.« Hier machte Viitasalo eine kleine Pause und schrieb mit großen Blockbuchstaben das Wort HEROIN, das er, mit dickem schwarzem Filzstift wie mit einem Schwert zustoßend, doppelt unterstrich. »Ich rede von Heroin.«

Für einen Augenblick war es still, sogar das Klappern von Kivis Löffel verstummte. Dann war es wieder Tuomisto, der Einwände hatte.

»Heroin? Das kann nicht dein Ernst sein. Der finnische Markt ist winzig und schon jetzt an der Grenze seiner Aufnahmekapazität. Schau dir die Statistiken der durch Heroin verursachten Todesfälle an, dann siehst du, dass die Fälle, in denen sich jemand eine Überdosis gesetzt hat, im letzten Jahr um siebzig Prozent weniger geworden sind als noch vor drei Jahren.«

»Ja, schon. Ich weiß. Aber …«

»Was aber! Die Fakten stehen in diametralem Gegensatz zu dem, was du hier erzählst«, blaffte Tuomisto und kehrte Viitasalo, der mit dem Filzstift in der Hand vor dem Flipchart stand, den Rücken zu. »Wir haben gute Ergebnisse erzielt, und der Dank dafür gebührt dem Zoll, den

Kollegen von der Staatspolizei und vor allem euch, Jungs. Wir machen hier in Pasila einen guten Job.« Tuomisto wandte sich wieder Viitasalo zu, dessen Faust sich fest um den Filzstift ballte. »Manche wollen es nur nicht wahrhaben, dass Ruhe nicht immer nur die Ruhe vorm nächsten Sturm bedeutet. Ruhe an der Drogenfront kann auch bedeuten, dass wir erfolgreich gearbeitet haben. Mit anderen Worten: Du beleidigst alle hier Anwesenden, Viitasalo. Du führst einen Einmannkrieg, der mit den Fakten nicht das Geringste zu tun hat.«

»Darf ich trotzdem meine Überlegungen zu Ende führen?«

»Davon wirst du dich sowieso nicht abhalten lassen«, winkte Tuomisto ab. »Also bitte!«

»Danke. Worauf ich hinauswill: Wenn sich der Schwerpunkt des Drogengeschäfts nach Osten verlagert, ändert das die Bedeutung Finnlands für dieses Geschäft entscheidend. Ich bin sogar der Überzeugung, dass sie sich bereits geändert hat, obwohl ich zugeben muss, dass ich dafür noch keine schlüssigen Beweise habe. Wie auch sonst niemand«, sagte Viitasalo und spürte, wie das Eis unter seinen Füßen bedrohlich knackte. »Das heißt, nach meinen Kenntnissen und den Hinweisen meiner Gewährsleute steht Finnland kurz davor, ein wichtiges Durchgangsland auf der Heroinroute der St. Petersburger Mafiaorganisationen zu werden.« Viitasalo holte Luft. Gleich kam er an die wichtigste Stelle seiner Ausführungen, die zugleich deren größter Schwachpunkt war. »Und ich glaube«, sagte er, »dass auf finnischer Seite Reino Sundström die Strippen zieht.«

»Sundström?«, lachte Tuomisto auf. »Worum immer es geht, du landest am Ende bei ihm. Das ist eine fixe Idee von dir, Viitasalo. Sundström ist ein ehemaliger Kleinganove, gegen den du aus irgendeinem unerfindlichen Grund einen persönlichen Groll hegst.«

»Was das ›ehemalig‹ betrifft, bin ich anderer Meinung«, sagte Viitasalo schnell. »Ich bin mir sicher, dass er sich nicht aus dem Geschäft zurückgezogen hat. Es gibt Gerüchte, dass er als Belohnung für die Zusammenarbeit mit den St. Petersburgern ein Monopol für den Amphetamingroßmarkt bekommen soll. Ich glaube, seine Leute versuchen, die Esten vom finnischen Markt zu verdrängen, um in Südfinnland Platz für die Russen und ihr Heroin zu schaffen. Aber seine Hauptaufgabe ist sehr wahrscheinlich, die Handelsroute sicher zu machen.«

Tuomistos neuerliches Lachen brachte Viitasalo zum Schweigen. Die anderen sahen verlegen aus, nur Virta schaute Viitasalo mitleidig an.

»Sundström versucht, Platz für russisches Heroin zu schaffen? Und welches Kaninchen ziehst du als nächstes aus dem Hut? Hör zu, Viitasalo, du *unter*schätzt die finnische Polizei und die Kollegen vom Zoll, und du *über*schätzt deinen alten Bekannten Sundström. Für solche neuen Strukturen gibt es nicht den geringsten Beweis.«

»Das sag ich doch, dass es den nicht gibt, verdammt noch mal!« Viitasalo konnte nicht mehr an sich halten. »Es gibt keinen Beweis, und genau das ist das Problem. Wir müssen ...«

»Ich sage dir, was wir müssen!«, unterbrach ihn Tuomisto. »Wir müssen uns bei unserer Arbeit mit Tatsachen befassen und das Gequatsche irgendwelcher Spinner Gequatsche sein lassen!« Tuomisto stand so abrupt auf, dass er seinen Stuhl umschmiss. Statt ihn aufzuheben, stürzte er zur Tür.

»Ich bin noch nicht fertig«, rief Viitasalo ihm hinterher.

»Doch. Ich finde, wir waren noch selten mit etwas derart fertig. Und die blödsinnige Überwachung Sundströms, die du organisiert hast, ist auf der Stelle beendet. Unsere Ressourcen sind knapp genug, da können wir sie nicht auch noch sinnlos verplempern«, brüllte Tuomisto, ohne sich noch einmal umzudrehen, dann war er draußen und knallte die Tür hinter sich zu. Viitasalos Blick war auf den umgefallenen Stuhl gerichtet.

»Scheiße!«

»Ich hab's dir gesagt«, sagte Kivi.

Viitasalo blickte Kivi wütend an und stürzte dann zur Tür, die Tuomisto zugeschmissen hatte.

»Juha, nicht!«, hörte er es hinter sich rufen, aber ihm war alles scheißegal.

Eine halbe Stunde später saß Viitasalo hinter seinem Schreibtisch und vergrub das Gesicht in den Händen. Kivi saß ihm gegenüber.

»Das ›Arschloch‹ hättest du dir besser verkniffen«, sagte Kivi. »Tuomisto ist empfindlicher, als man denkt.«

»Du mich auch«, brummte Viitasalo. Er hatte das Gefühl, dass ihm gleich der Kopf explodierte. Keiner der Kollegen glaubte ihm, offensichtlich nicht mal Kivi. Genauso gut könnte er seine Sachen packen und seinen Dienst beim Drogendezernat der Hauptstadt quittieren. Was wäre eigentlich, wenn er ab morgen das Polizeipräsidium in Pasila nicht mehr betreten würde? – Wahrscheinlich würden es die Kollegen nicht mal bemerken. Oder vielleicht doch. Und alle wären erleichtert.

»Juha?«

Viitasalo war sich hundertprozentig sicher, dass Sundström irgendwelche Strippen zog. Er hatte so viele Tipps in dieser Richtung bekommen von so vielen Leuten, dass es sich eben nicht nur um Gequatsche handeln konnte. Es *durfte* kein Gequatsche sein. Die Tipps waren seine einzige Chance.

»Juha? Hörst du mir zu?«

Viitasalo spreizte die Finger und schaute Kivi unfreundlich an.

»Guck nicht so«, sagte Kivi.

Viitasalo schloss die Augen. »Tu mir den Gefallen und lass mich allein.«

»Ich lass doch meinen Kumpel nicht hängen«, sagte Kivi. »Ehrlich gesagt, glaube ich ja, dass an deiner wirren Geschichte vielleicht was dran ist. Das berühmte Quentchen Wahrheit. Oder du hast mich schon angesteckt, und wir spinnen alle beide. Dann wäre die Frage nur noch, wie sehr wir spinnen, weil davon wiederum abhängt, was wir unternehmen.«

»Was laberst du da?«, schnappte Viitasalo. »Glaubst du, ich hab gerade Bock auf Rätsel?«

»Das größte Problem an deiner Theorie ist, dass du nichts in der Hand hast, richtig? – Das war eine rhetorische Frage, du brauchst nicht zu antworten!«, schob Kivi nach, als er merkte, dass Viitasalo den Mund aufmachen wollte. »Das heißt, du brauchst etwas, womit du beweisen kannst, dass Sundström und die St. Petersburger irgendwas miteinander am Laufen haben. Dann wird man dir auch zuhören, vielleicht sogar Tuomisto, wenn er dir das ›Arschloch‹ jemals verzeiht. Nüchtern und unvoreingenommen betrachtet, hast du also genau zwei Möglichkeiten«, erklärte Kivi und hob den Zeigefinger. »Möglichkeit eins: Du machst den St. Petersburgern die Hölle heiß und zwingst sie dazu, dir zu erzählen, ob sie nun Pläne für Finnland haben oder nicht. Wenn man dich so anschaut und die St. Petersburger Mafia kennt, kommt man ziemlich schnell zu dem Schluss, dass das keine so gute Idee ist, weder für dich noch für deine Familie.« Kivi fügte dem Zeigefinger den Mittelfinger hinzu. »Bleibt Möglichkeit zwei: Wenn du dir bei Sundström hundertprozentig sicher bist, stürz dich auf ihn, und zwar am besten so – schau her!«

Viitasalo sah, wie Kivi mit den beiden erhobenen Fingern Scherenbewegungen machte.

»Ich spiel mit ihm Schere-Stein-Papier, oder was?«

»Du beschneidest seine Freiheit«, sagte Kivi.

»Ich krieg doch nicht mal mehr Männer, um seine Wohnung zu überwachen«, antwortete Viitasalo. »Du hast es doch gehört.«

»Ja, ja. Aber das weiß Sundström nicht. Wir könnten uns einfach immer mal wieder in der Gegend blicken lassen, ganz offen, verstehst du? Damit er glaubt, dass er unter Beobachtung steht. Irgendwann wird er dann nervös und macht einen Fehler.«

»Du kennst ihn nicht so gut wie ich.« Viitasalo schüttelte den Kopf. »Er wird nicht nervös und macht auch keine Fehler. Das ist ein Teil des Problems.«

»Ich denke, der hat in Schweden schon gesessen und läuft auch hier auf Bewährung herum?«

»Ja, aber er ist immer nur für Kleinigkeiten eingefahren – einer der Gründe, warum er uns für Vollidioten hält, und man kann's ihm nicht mal verdenken. Ich glaube sogar, dass er absichtlich kleine Fehler macht, wenn er von was anderem, Größerem ablenken will.«

Kivi starrte Viitasalo so lange direkt in die Augen, bis der sich unbehaglich fühlte. Ahnte Kivi etwas? Hatte er einen Verdacht? Er war erst seit drei Jahren bei der Truppe und konnte unmöglich etwas wissen. Niemand konnte das außer ihm und Sundström, dachte er. Dann nickte Kivi.

»Wenn du dir ganz sicher bist, schaff Sundström in den Bau«, sagte er. »Von dort ist es schwieriger, Strippen zu ziehen. Wenn dann was dran ist an deinen Informationen, kriegst du's raus.«

»Ich sag doch, dass Sundström keine Fehler macht. Hast du mir nicht zugehört?«, fragte Viitasalo erleichtert.

»Doch. Aber wenn er selber keine Fehler macht, dann schieb ihm eben welche unter«, antwortete Kivi.

»Und wie?«

»Keine Ahnung«, sagte Kivi und zuckte die Achseln. »Du bist das Hirn bei der Sache, ich bin nur ein dummer kleiner Drogenpolizist. Du glaubst, dass du recht hast, und ich möchte dir gern glauben.«

»Du hältst mich nicht für einen Spinner wie alle anderen?«

»So wie ich dich bisher kenne, hab ich keinen Grund, an deinem Verstand zu zweifeln«, sagte Kivi und tippte sich mit dem Zeigefinger auf die Nase. »Ich rieche, dass du für solche Sachen einen Riecher hast.«

»Danke.«

Irgendwo weit hinten im Kopf meldete sich klopfend Viitasalos Gewissen. Aber es war eher ein Reflexhämmerchen, das klopfte, als ein Vorschlaghammer. Es würde ihm nicht allzu schwer fallen, mit der Lüge gegenüber dem Kollegen weiterzuleben.

Vesa Levola saß auf dem Beifahrersitz von Vaters Toyota Hiace und schaute durch die beschlagene Scheibe des Seitenfensters in die triste Landschaft. Vater fuhr, und Macho, der schmatzend Kaugummi kaute, saß zwischen ihnen. Der Geruch von Motoröl und angesengten Dichtungen wehte mit der Heizungsluft ins Führerhaus, und Vesa fühlte sich nicht wohl in seiner Haut. Die alte Landstraße nach Lahti sah aus wie eine gespurte Loipe: Durch ein Band von gelben Birkenblättern zogen sich vier schwarze Rillen. Es hingen noch Blätter an den Bäumen, obwohl es schon Ende Oktober war.

»Gib Gas, und runter mit dem Kopf!«, rief Macho plötzlich und stieß Vater mit dem Ellbogen in die Rippen.

»Was? Was ist los?« Vater zuckte zusammen und machte sich instinktiv kleiner.

»Das war gerade der Knast von Vantaa«, sagte Macho und lachte sich eins.

Vesas Vater lachte erst mit Verzögerung. »Musst du mich so erschrecken, Mann!«

»Wieso, ich hab doch gar nicht meine Wärterkluft an«, versuchte Macho noch einen Scherz, über den er aber allein lachen musste.

»Vater?«

»Was?«

»Hast du nicht gesagt, wir wären auf dem Weg nach Koivukylä?«, fragte Vesa über den Nacken von Macho hinweg. Unter Machos Nackenhaaren leuchteten rote Pickel in unterschiedlichen Reifestadien, obwohl der Mann schon über vierzig war.

»Hab ich«, sagte Vater. »Wieso fragst du?«

»Und wolltest du nicht auch die Ausfahrt Koivukylä nehmen?«

»Logisch«, sagte Vater barsch. »Und weiter?«

»Nichts weiter, außer dass wir gerade daran vorbeigefahren sind«, sagte Vesa.

»Verdammte Hacke!«, brüllte Vater und knallte mit der Stirn gegen das Seitenfenster, als er mit zu weit gerecktem Hals nach hinten schauen wollte. Vesa wunderte sich, dass er offenbar nicht die Seitenspiegel benutzen konnte, wo er doch den LKW-Führerschein hatte und alles. »Gottverdammte Hacke, ich … Wir drehen in Korso um«, sagte Vater und massierte sich die Schläfe.

Jetzt war Vesa zum Lachen zumute, aber er traute sich nicht. »Warum habt ihr Härski nicht mitgenommen?«, fragte er stattdessen.

»Weil wir *dich* mitgenommen haben, darum.«

»Die Sache hättet ihr auch zu zweit erledigen können«, sagte Vesa.

»Halt's Maul, Mensch! Du tust, was ich sage, und basta!«, schnauzte ihn Vater an. »Ich brauch zwei Mann zusätzlich, mit den Iwans ist nicht zu spaßen.«

»Hast du nicht gesagt, es sind Polen?«

»Was?«

»Iwans nennt man, soviel ich weiß, die Russen.«

»Halt jetzt einfach mal die Fresse, Klugscheißer, okay?«

Es war gut, dass Macho zwischen ihnen saß. Wenn Vater gekonnt hätte, hätte er ihm jetzt eine gelangt. Er kam nur mit seinen kurzen Armen nicht an Macho vorbei, der 120 Kilo wog und zu schätzungsweise 75 Prozent aus Muskeln bestand. Die restlichen 25 Prozent waren Knochen, Fett und Pickel.

»Wir müssen nicht bis Korso fahren«, sagte Macho. »Wir können schon in Kuusijärvi umdrehen.«

»Scheiße, ich kenn mich hier in Vantaa nicht aus. Du hättest diesem Enqvist sagen sollen, dass er den Iwans eine Bude in der Stadt besorgen soll«, murmelte Vater. »Kuusijärvi – nie gehört.«

»Enqvist sagt, in Vantaa sind die Mieten billiger«, sagte Macho.

»Die bezahlen doch ihre Miete selbst«, sagte Vater. »Was haben sie eigentlich, ein Zimmer?«

»Eine Zweizimmerwohnung, hat Enqvist erzählt.«

»Eine Zweizimmerwohnung? Wie viele sind die denn?«

»So fünfundzwanzig, dreißig.«

»Dann hätte doch auch eine Einzimmerwohnung gereicht.«

»Da vorne rechts.«

»Was ist da?«

»Kuusijärvi.«

»Wo?«

»Ich sag doch rechts. Das heißt, da *war* es.«

Vesa, der wieder aus dem Seitenfenster schaute, sah noch, wie sie an einem offen stehenden blauen Metalltor vorbeifuhren, über dem ein beleuchtetes Schild angebracht war: *Kuusijärvi – Vantaa Sportzentrum.*

»Verdammte Hacke!« Vater trat auf die Bremse, dass es den Hiace aus der Loipe schmiss. Er schlingerte über den Blätterteppich, während Vater wie wild am Lenkrad kurbelte. Aber der Wagen blieb wie durch ein Wunder auf der Straße. Als er zum Stehen kam, waren sie nur etwa fünfzig Meter am Tor vorbei.

»Nicht schlecht für einen Frührentner«, bemerkte Macho, als Vater den Rückwärtsgang einlegte.

»Was faselst du da?«

»Ich finde, deine Arme tun's noch ganz gut dafür, dass du wegen deiner Schulter Invalide bist. Das bist du doch, oder?«

»Leck mich am Arsch, wenn du von nichts eine Ahnung hast!«

Aber Vesa wusste, dass Macho recht hatte. Vater hatte Anfang der 90er Jahre noch als Zimmermann auf dem Bau gearbeitet, bis sein Vorgesetzter eines Tages meinte, Zimmerleute stelle er stundenweise und nicht viertelstundenweise ein, und den ewigen Herumsteher feuerte. Danach hatte Vater sich über einen Bekannten und einen semikriminellen Arzt Papiere besorgt, die ihn zum Halbinvaliden und Bezieher einer Arbeitsunfähigkeitsrente machten. Halbinvalide sei auch wieder typisch, hatte Mutter seufzend bemerkt, für was Ganzes reiche es bei ihm eben nicht. Und dann hatte Vater sie überrascht: Er hatte Gas gegeben und sich regelrecht in die Arbeit gestürzt. Er begann eine Karriere als Unternehmer in der Schattenwirtschaft, saß fällige Strafen nach dem Motto »Wo gehobelt wird, fallen Späne« ab und fing danach jedes Mal und ungebrochen genau da wieder an, wo er vor dem Knast aufgehört hatte. Es war, als hätte er nur mal kurz Urlaub gemacht.

Neuerdings war Vater wieder in der Baubranche tätig, aber er machte sich die Hände nicht mehr schmutzig. Für die Drecksarbeit gab es die Dummen auf der Welt, prahlte er, wenn er gesoffen hatte.

Vesa hatte allerdings den Verdacht, dass irgendjemand Vater benutzte. Über ihm musste es noch jemanden geben, der alles finanzierte und die Zügel in der Hand hielt, jemanden, der selbst unsichtbar blieb und Vater das Risiko tragen ließ. Vater konnte es nur nicht zugeben, und dass Mutter es wusste, war unwahrscheinlich. Wie auch immer: Vesas Vater hatte gar nicht genug Grips, um das Rad zu drehen, das er drehte. Was er seiner Familie vorzumachen versuchte, stand auf einem anderen Blatt.

Vor dem heutigen Einsatz war Vesa nur einmal bei einem von Vaters Geschäften dabei gewesen. Da fuhren sie zum Westhafen, wo die großen Ostseefähren festmachten, und Vater war genauso nervös wie jetzt. Damals war es Vesas Aufgabe, die Pässe von irgendwelchen Männern aus Litauen einzusammeln. Noch auf dem Parkplatz mussten sie Arbeitsverträge in englischer Sprache unterschreiben, obwohl keiner von ihnen richtig Englisch konnte. Acht Männer waren es, und gleich danach wurden sie mit ihrem wenigen Reisegepäck in den hinteren Teil von Vaters Hiace gescheucht und direkt auf die Baustelle gefahren. Vesa saß im Wagen, auf dem Schoß die Plastiktüte, in der die Arbeitsverträge und die Pässe der Männer steckten, und schaute zu, wie die Neuankömmlinge hinter Vater her auf die Baustelle taperten. Der dicke Mann, der dort auf sie wartete und Vater die Hand schüttelte, schaute ständig nervös über die Schulter. Als Vater allein zurückkam, erklärte er Vesa immer noch nicht, was da vor sich ging, dafür warf er einen 50-Euro-Schein neben ihn auf die Sitzbank. Dann seufzte er, aber als Vesa ihn fragte, was er mit den Pässen der Männer wolle, lachte er schon wieder sein überhebliches Lachen und sagte, die brauche er für die Arbeitsgenehmigungen. Vesa wunderte sich, wieso die Männer Arbeitsverträge unterschrieben, bevor sie überhaupt eine Arbeitsgenehmigung hatten, und der Vater wunderte sich über die Dummheit seines Sohnes. Feixend erzählte er, dass er ein kurzes Schreiben aufgesetzt habe, von wegen dass die Pässe gebraucht würden, um die Arbeitsgenehmigungen zu besorgen. Das Schreiben habe er ins Russische übersetzen lassen, und die blöden Litauer hätten es prompt für echt gehalten. Als Vesa immer noch nicht verstand, erzählte Vater, dass von den zehn Letten der letzten Fuhre nur noch zwei Installateure übrig seien, Alkoholiker alle beide, von den anderen acht seien nur noch die leeren Overalls in der Unterkunft zu besichtigen, dabei habe er sogar einen Wächter eingestellt. Die neuen litauischen Jungs würden nicht abhauen, nicht ohne Pässe. Als Vesa wissen wollte, warum die Letten denn abgehauen seien, hatte es Vater gereicht. Er gebe ihm einen guten Rat, hatte Vater gesagt, nämlich endlich die Fresse zu halten.

»Bist *du* wenigstens schon mal in Vantaa gewesen?« Macho rammte Vesa den Ellbogen in die Seite und riss ihn aus seinen Gedanken.

»Klar«, antwortete Vesa.

»Und wie hat's dir gefallen?«, fragte Macho. Seine ewig verklebten Schweinsaugen sahen Vesa fragend an, und sein Mund kaute immer noch schmatzend Kaugummi. Vesa fühlte sich immer unbehaglicher.

»Warum fragst du?«

»Nur so. Ich find immer, hier gibt's nichts außer Wald«, sagte Macho.

»Heißt das, dir gefällt Vantaa nicht?«

»Das heißt, dass ich es hasse. Weißt du, ich bin von hier, aus Tikkurila, oder eigentlich nicht ganz, eigentlich hat es schon fast in Hiekkaharju gestanden, unser Haus jetzt, in dem ich aufgewachsen bin. Das gibt's auch schon lange nicht mehr. Ich hab's abgefackelt. Vantaa ist ein Scheißort von einem Ende bis zum anderen – und jetzt sag du!«

»Es ist ein Scheißort, stimmt«, sagte Vesa.

»Sag ich doch. Hab ich's gesagt oder nicht?«

Vesa nickte, und der ihn wild anfunkelnde Macho nickte auch. Vater hatte den Wagen inzwischen durch das blaue Tor auf den Parkplatz gefahren und heizte in einer weit gezogenen Linkskurve zurück in Richtung Straße. Vesa sah rechter Hand gerade noch ein Gebäude mit einem Café und etwas weiter entfernt die blitzende Oberfläche eines Teichs, dann waren sie bei der verpassten Ausfahrt, und gleich darauf bogen sie wieder auf die Straße, diesmal in Richtung Süden. Nie im Leben hatte Vater geschaut, ob die Straße frei war! Er hatte es einfach angenommen.

Vater verließ sich in viel zu vielen Dingen auf sein Glück. Nur so war auch zu erklären, dass er diesen irren Macho eingestellt hatte. Wahrscheinlich war Macho billig, aber dass er so irre war, konnte sich noch bitter rächen. Manchmal wunderte sich Vesa, von wem er eigentlich sein Hirn geerbt hatte, jedenfalls nicht von seinen Eltern. Auch Mutter war keine große Leuchte. Wenn sie eine gewesen wäre, hätte sie gleich nach dem ersten Treffen mit Vater Fersengeld gegeben, statt sich ihm an den Hals zu schmeißen. Dem Aussehen nach war Vesa leider doch ein bisschen nach seinem Vater geschlagen. Wahrscheinlich hatte er auch schon mit dreißig dessen Mönchsplatte. Nur würde er sich nicht die fettigen Strähnen vom Rand drüberkämmen, garantiert nicht. Vater war mal Boxer gewesen, aber leider kein richtig guter. Man hatte ihm deutlich ein paarmal zu oft die Fresse poliert, daran änderten auch zwei Silbermedaillen von den Finnischen Jugendmeisterschaften in der Vitrine des Bücherregals nichts. Die Medaillen führte er gern seinen Saufkumpanen vor, mit einem blöden Schnauben und ungelenken Hieben in die Luft, wie jeder andere Besoffene beim Schattenboxen.

»Dass Härski, dieser Arsch, gerade jetzt verschwinden muss!«, ärgerte sich Vater und schlug mit der flachen Hand aufs Lenkrad. Seine über die Platte gekämmten Strähnen flogen, und der Wagen brach so heftig aus, dass Vesa den Griff über der Tür packte. »Probier's noch mal, vielleicht geht er doch noch dran«, sagte Vater zu Macho.

»Und wenn? Bringen wir den Kleinen dann zurück?«, fragte Macho.

»Natürlich nicht. Ich will nur wissen, wo der Typ während der Arbeitszeit rumhängt. Sag ihm, dass seine Dienste nicht mehr gebraucht werden. Die Sache hier kann ich nur mit jemandem durchziehen, zu dem ich Vertrauen habe. Zu Härski hab ich's nicht mehr.«

»Härski ist also verschwunden, verstehe«, bemerkte Vesa halblaut.

»Einen Scheiß verstehst du«, brüllte Vater. »Du sitzt, wo du jetzt sitzt, weil du von mir zu fressen kriegst, verdammte Hacke. Weil ich dich durchfüttere und du mit deinen achtzehn Jahren nicht einen Cent nach Hause bringst.«

»Im Sommer hab ich zum Beispiel Rasen gemäht«, versuchte Vesa einzuwerfen, aber Vater hob warnend den Zeigefinger.

»Und jetzt hältst du die Fresse, es sei denn, du wirst was gefragt!«

Macho nestelte gerade schnaubend an der Brusttasche seiner Lederjacke. Er holte eine Pistole heraus und legte sie aufs Armaturenbrett.

»Leg die da nicht hin!«, brüllte Vater.

»Ich muss sie irgendwo hinlegen, sonst komm ich nicht an mein Handy.«

»Man steckt doch nicht die Kanone und das Handy in dieselbe Tasche, Mann!«

»In der anderen ist ein Loch, die Sachen rutschen mir jedes Mal ins Futter.«

Vater zeigte auf die Kanone auf dem Armaturenbrett. »Du nimmst die sofort da weg, bevor sie mir auf die Füße fällt. Wahrscheinlich ist sie auch noch geladen?«

»Logisch«, sagte Macho und nahm die Pistole ächzend in die Hand. »Ich bin doch kein Amateur.« Er hielt jetzt das Handy in der rechten und die Pistole in der linken Hand und runzelte die Stirn.

»Was ist jetzt los?«, fragte Vater.

»Wie soll ich wählen, wenn ich die Hände voll hab?«

»Gib die Kanone Vesa, solange du telefonierst.«

»Kommt nicht in Frage«, sagte Macho. »Meine Kanone fass nur ich an, sonst keiner«, sagte er und fuchtelte Vesa mit der Pistole vor dem Gesicht herum.

»Ich will sie auch gar nicht anfassen«, sagte Vesa und drückte den Hinterkopf gegen die Trennwand zum Laderaum.

»Schieb sie in Gottes Namen wieder dahin, wo du sie hergeholt hast, verdammt!« Vater schlug wieder aufs Lenkrad und stieg aufs Gaspedal. »Womit hab ich bloß solche Idioten um mich herum verdient?!«

»Warum bist du eigentlich so nervös?«, fragte Vesa. »Hast du nicht gesagt, es wäre eine ganz normale Tour?«

»Hab ich nicht auch gesagt, dass du die Fresse halten sollst?!«, brüllte Vater.

Im selben Augenblick traf der rechte Vorderreifen ein Schlagloch, und Machos Kanone ging los. Vesas Ohren machten sofort dicht. Er roch nur noch das Schießpulver und sah das Loch mitten in der Windschutzscheibe: klein, unscheinbar und sauber wie von einem harmlosen Steinschlag. Vesa bohrte die Zeigefinger in die Ohren, und sie öffneten sich mit einem Plopp. Ein dünner Luftstrom pfiff durch das Einschussloch ins Führerhaus. Vesa sah, dass Vaters Blick fest auf das kreisrunde Loch geheftet war. Auch Macho starrte mit der Pistole in der Hand darauf. Die dünnen Haare über der Stirn standen ihm in die Höhe wie Tim aus *Tim und Struppi*. Seine Schweinsaugen blinzelten in den Luftstrom, der durch das Loch kam.

»Komisch, dass sie nicht ganz kaputtgegangen ist«, sagte er.

Vater warf ihm einen Blick zu und schwieg. Er grub eine Zigarette aus der Hosentasche und zündete sie an. Vesa sah, dass seine Hand zitterte. Vater sagte nicht einmal dann etwas, als Macho die Pistole in die Brusttasche zurücksteckte und seinen Kaugummi in das Loch in der Windschutzscheibe drückte.

»Gut, dass die Straße vor uns leer war«, sagte Macho. »Sonst hätten sie vielleicht noch irgendeinen Pechvogel vom Baum kratzen müssen.«

Vesa drehte den Kopf zum Seitenfenster, schloss die Augen und versuchte, sich an irgendeinen anderen Ort zu denken. Aber Macho hantierte so nah an seinem Ohr mit dem Handy, dass er die für ein Sichwegdenken notwendige Phantasie nicht aufbrachte. Er war hier, auf dem Weg nach Koivukylä, mit seinem Vater und dessen irrem Kumpel, und gerade eben war er kurz davor, zwischen dem Irren und der Tür von Vaters Hiace zerquetscht zu werden wie eine Fliege. Der Versuch, sich wegzudenken, war aussichtslos.

»Es klappt nicht«, sagte Macho, als wollte er Vesa recht geben.

»Was klappt nicht?« Vater machte endlich wieder den Mund auf. Und wieder mal redete er nicht, sondern brüllte, was seine mit Teer verkleisterte Lunge hergab. »Was klappt nicht, frag ich dich? Meine Erschießung? Gottverdammte Hacke!«

»Nein, der Anruf bei Härski. Er geht nicht dran«, sagte Macho und klappte das Handy zu.

»Du hättest ihm wenigstens die Kündigung auf die Mailbox sprechen können.«

»Er hat keine Mailbox. Sein Handy ist nicht mal an.«

»Soso. Und deine Knarre ist jetzt hoffentlich gesichert?«, fragte Vater und blies Macho Zigarettenrauch ins Gesicht.

Aus irgendeinem Grund sagte Macho nichts, aber Vesa sah ihn unauffällig die Brusttasche abtasten. Vater bog jetzt in die Koivukyläntie. Vesa hätte ihn gern gefragt, warum er nie den Blinker benutzte, aber er brachte es nicht über sich.

Der Regen kam hinter einer Steigung. Als Vater die Scheibenwischer einschaltete, zog der auf der Fahrerseite eine hässliche Spur über die Frontscheibe. Er hatte Machos überstehenden Kaugummi erwischt.

»Hubba Bubba«, brummte Macho.

»Gottverdammte Hacke!« Vater kurbelte das Seitenfenster herunter, warf die Zigarettenkippe weg und steckte den Kopf hinaus. Seine Strähnen wehten im Wind, und der Regen peitschte ihm ins Gesicht. Gegen das Kaugummi hatte er trotzdem keine Chance. Es gelang ihm nur, den zähen Kleb weiträumiger auf der Scheibe zu verteilen. Macho schien das Missgeschick ehrlich leidzutun. Plötzlich hob er die Hände und zeigte auf etwas hinter den Feldern auf Vesas Seite.

»Guckt mal, ein Regenbogen!«, rief er begeistert. »Meine Mutter hat immer gesagt, wenn man sein Ende findet, steht dort ein Beutel Diamanten. Diamanten!«

»Es ist ein Topf voll Gold«, korrigierte ihn Vesa.

»Wie?«

»Es heißt, dass man dort einen Topf voll Gold findet.«

»Willst du sagen, dass meine Mutter mich angelogen hat?«, fragte Macho.

Vesa sah, dass Machos Blick sich verfinstert hatte. »So hab ich's nicht gemeint«, sagte er. »Manche sagen Diamanten, andere sagen ein Topf voll Gold – Hauptsache, ein Schatz.«

»Ein Schatz«, wiederholte Macho träumerisch und beugte sich nach vorn, um sich an Vesa vorbei noch einmal den Regenbogen anzuschauen. »Sieht so aus, als würde er am Ende von dem Feld da vorne enden.«

»Verdammte Hacke noch mal!«, bellte es aus Vaters nassem Gesicht. »Ist das hier ein Herbstausflug der Kita Purzelbaum, oder was?«

»Das versteh ich jetzt nicht«, sagte Macho todernst.

»Am Ende der Regenbögen in Koivukylä findest du höchstens einen Sack Blumenerde oder einen dünnen Fladen Kuhscheiße – verstehst du *das*? *Nichts* findest du, es sei denn, irgendein Drogi hat dort zufällig sein zu Tode gestrecktes Speed gebunkert.«

»Woher weißt du das? Warst du mal dort und hast nachgeschaut?«

»Man muss nicht alles mit eigenen Augen gesehen haben. Ich weiß auch, was nach dem Scheißen hinter mir in der Schüssel liegt, da muss ich nicht extra *nachschauen*, bevor ich mir den Arsch abwische«, sagte Vater. Dann fummelte er eine neue Zigarette aus der Hosentasche. Er zitterte so sehr, dass er sie kaum anzünden konnte. »Wie kann so ein Klotz so ein Spatzenhirn haben, frag ich mich.«

Macho schwieg, aber Vesa sah, wie seine großen Hände sich zu Fäusten ballten.

Irgendwann würde Vater einen Schritt zu weit gehen. Er hatte eine zu hohe Meinung von sich und eine zu geringe von allen anderen. Plötzlich bekam Vesa eine Gänsehaut, und das kam weder vom offenen Fenster noch vom nervtötenden Quietschen der Scheibenwischer. Die Gänsehaut kam daher, dass es mit Vater immer schlimmer wurde, das wurde ihm jetzt schlagartig klar. Vater war schon immer ein Arschloch gewesen, aber in letzter Zeit war er ein viel zu nervöses Arschloch, und das war gefährlich.

Vesa warf einen schnellen Blick zu seinem Vater hinüber. In dessen Blick lagen Unsicherheit und Angst, da war er sich hundertprozentig sicher. Und genauso sicher war er sich, dass Vater nur nicht klug genug war, um vor Macho die Angst zu haben, die er seiner Meinung nach vor ihm haben sollte. Aber vor irgendetwas anderem *hatte* Vater Angst, und nicht zu knapp. Vielleicht weil er irgendjemand anderem gegenüber schon zu weit gegangen war.

»Vesa«, sagte Vater, »mach das Handschuhfach auf!«

»Warum?«

»Da liegt eine Pistole für dich drin.«

»Wie? Wozu? Ich will aber keine Waffe.«

»Doch, die willst du ganz bestimmt«, sagte Vater und atmete den eben ausgestoßenen Rauch noch einmal ein. »Sie gibt dir Sicherheit«, sagte er und steckte den Kopf aus dem Fenster, um es noch einmal mit dem Kaugummi aufzunehmen.

Viitasalo und Kivi bliesen warme Luft in die bloßen Hände. Vom Auto aus hatten sie einen direkten Blick auf das Eingangstor des Jugendstilhauses an der Ecke Helsinginkatu/Harjukatu. Der Rasen des kleinen Parks am Harjutori leuchtete noch grün vom Sommer, aber die Bäume hatten größtenteils schon die Blätter fallen lassen, auch der große Ahorn, dessen Äste weit in die Harjukatu hineinragten.

Viitasalo fühlte sich mies. Sari und er hatten sich wieder mal abends gestritten und morgens nicht versöhnen können. Sie waren in letzter Zeit beide nervöser als sonst. Sari hatte nichts gesagt, so wenig wie er, aber wahrscheinlich hatte sie in der Arbeit genauso viel Druck wie er. Alle hatten neuerdings welchen, egal in welchem Beruf. Von den Leuten wurden vorzeigbare Ergebnisse, Opferbereitschaft und Engagement verlangt. *Leistungswille*, *Teamspirit* und *Zieloptimierung* lauteten die Schlagworte, die allen in den Ohren klingelten. Früher hätte es für all das einen gemeinsamen Begriff gegeben: Sklaverei. Der Unterschied zu früher war vor allem, dass man sich heute freiwillig selbst versklavte. Die Massenarbeitslosigkeit der 90er Jahre hatte die Finnen Demut gelehrt, und die Bosse verstanden es, diese für sie so praktische Geisteshaltung zu konservieren. Die Menschen sollten sich der Globalisierung nicht nur stellen, sie sollten sie auch *verstehen* und den globalen Wettbewerb *annehmen*, und wenn es ihren Interessen noch so entgegengesetzt war. Was war noch mal vom noch nie da gewesenen Aufschwung beim kleinen Mann angekommen? Wohnungs- und Kreditschulden wie noch nie. Und wie nannte man die Zeit, die man mit der Familie verbrachte? *Qualitätszeit*. Es klang wie ein Begriff aus dem Fortbildungsseminar und traf die Sache nicht schlecht. So war für jeden offensichtlich, dass das Arbeits- und das Privatleben nach denselben Maßstäben vermessen wurde: Die hinter den Nachbarfenstern hatten doch nicht etwa mehr *Qualitätszeit* als man selbst?

So war gestern auch der Streit zwischen Viitasalo und Sari entstanden. Sari hatte sich darüber beklagt, dass sie immer weniger zusammen machten. Dabei hatten sie ganz entspannt auf dem Sofa gesessen. Er hatte den Arm um Sari gelegt, ihr Kopf lehnte an seiner Schulter, Liina lag im Bett, und im Fernsehen lief ein Krimi, an dem sogar der strenge Kritiker der *Helsingin Sanomat* nichts auszusetzen hatte.

Viitasalo war Saris Bemerkung sauer aufgestoßen, Sari hatte dagegengehalten, und irgendwann stand Liina mit Teddy Pontus unterm Arm in der Wohnzimmertür und sagte, sie sollten nicht streiten. Die Kleine heulte, und Viitasalo zog die Laufschuhe an und lief im fahlen Licht der Straßenbeleuchtung vom Westen Pakilas bis nach Paloheinä. Er lief schnell und musste höllisch aufpassen, dass er auf dem glitschigen Blätterteppich, der überall die Gehwege bedeckte, nicht ausrutschte.

Er lief, ohne etwas zu sehen oder zu denken, und erst in Torpparinmäki, in der Mombergintie, kam er so weit zu sich, dass er merkte, wie er in einen stockdunklen Kiesweg einbiegen wollte. Da blieb er stehen und schaute sich um. Das Lichtermeer der Einfamilienhaussiedlung schien sich endlos hinzustrecken. Hinter wie vielen Vorhängen die Leute wohl etwas *zusammen machten*? Ist das hier wirklich das, was wir wollen, überlegte er. Ist das Wohlstand? Müssen dafür unsere Kinder schon im Kindergarten in Sondergruppen und spätestens ab der vierten Klasse in Leistungsgruppen eingeteilt werden?

Jetzt, neben Kivi im Auto sitzend, fragte er sich, wie wohl Liinas Zukunft aussehen würde. Neulich hatte er sie aus dem Kindergarten abgeholt, und Jutta, die Betreuerin der Eichhörnchen-Gruppe, hatte ihm berichtet, Liina habe ein anderes Mädchen, Reetta, geschubst und einem der Jungen, Ville, mit der Plastikschaufel auf die Hand geschlagen. Sie wollten Liina jetzt speziell beobachten, Gewalt sei ein ernstes Symptom eines möglichen psychischen Problems. Ob bei ihnen zu Hause etwas passiert sei, auf das Liina vielleicht mit unkontrolliertem Verhalten reagiere, hatte die Betreuerin wissen wollen. Viitasalo hatte ausweichend geantwortet und nur versprochen, Liina darauf anzusprechen. Er hatte es allerdings nicht getan, er hatte das Mädchen nicht unnötig quälen wollen. Außerdem fand er es normal, dass Kinder manchmal stritten und einander schubsten. Das taten die Erwachsenen schließlich genauso. Wenn er ehrlich war, hatte er sich selbst auch nicht quälen wollen, er war einfach zu müde für so was. Verglichen mit seinen wirklichen Problemen, war die Kindergartensache ein Klacks.

Ob Liina gestern Abend noch lange geweint hatte? War er ein schlechter Vater, weil er geflüchtet war?

Während er auf das Tor der Jugendstilvilla starrte, fiel Viitasalo ein Artikel ein, den er gelesen hatte und in dem es hieß, dass Eltern ihre eigenen Ambitionen unbewusst auf die Kinder übertrugen. Das Phänomen war angeblich ein globales. In dem Artikel war von privaten Englischkursen für Babys die Rede und Chinesischkursen für Zweijährige, für Vierjährige gab es dann schon Laboratorien, in denen sie in Physik, Chemie und Biologie unterrichtet wurden – alles *spielerisch* natürlich. Und in Wirklichkeit ging es doch nur darum, die Kinder auf ihre künftigen Karrieren vorzubereiten. Das Schlimmste war, dass Viitasalo beim Lesen unwillkürlich darüber nachgedacht hatte, ob sie Liina nicht auch in irgendeinen nützlichen Kurs stecken sollten. Wenn man nur so sicher sein konnte, dass sie hinter den anderen nicht zurückblieb …

Er war ein schlechter Vater. Und er war ein schlechter Ehemann. Und dennoch waren das nicht seine größten Sünden. Da war noch etwas anderes, ein Fehltritt vor ein paar Jahren. Aber er hatte es nur für seine Familie getan, für Sari und Liina, nicht für sich. Oder doch? Dass er das nicht sicher sagen konnte, vergrößerte noch Viitasalos Frust.

»So früh bräuchten wir uns den Arsch nicht abzufrieren«, moserte Kivi. »Nach Koivistos Bericht ist der Typ eine wandelnde Zeitansage.«

Viitasalo sagte nichts, weil es dazu nichts zu sagen gab. Er spürte ein hässliches Ziehen an den Schläfen und einen ganz ähnlichen Schmerz an der Rückseite der Oberschenkel. Nur die Ursachen waren verschieden.

»In exakt zwei Minuten kommt er aus dem Tor. – Hast du gehört?«

»Ja«, antwortete Viitasalo.

Kivi hatte recht. Nach exakt zwei Minuten ging das Tor auf, und auf die Straße trat ein Brillenträger mit einer auffallend schlechten Haltung: Reino Sundström. Sundström war 56, sah aber älter aus.

»Da ist er«, brummte Kivi. »Er geht zum Kiosk in der Vaasankatu, kauft beide Nachmittagszeitungen und trinkt zwei Tassen Kaffee. Ganz schön langweiliges Leben.«

Sundström schaute kurz in den Himmel, schlug den Kragen seines Mantels hoch und ging staksig die steil ansteigende Harjukatu in Richtung Vaasankatu hinauf. Der staksige und etwas unsichere Gang ließ Sundström zerstreut und harmlos wirken.

»Schau ihn dir an! Bist du dir deiner Sache wirklich sicher?«, fragte Kivi.

Viitasalo ließ den sich entfernenden Sundström nicht aus den Augen, aber er spürte, dass Kivi ihn von der Seite ansah. Blitzartig kam ihm in den Sinn, dass man das Ganze jetzt noch rückgängig machen könnte. Andererseits wollte er, was Sundström betraf, endlich ein *vorzeigbares Ergebnis*. Die Sache zwischen ihnen zog sich schon viel zu lange hin. Sundström war einer der Gründe – der wichtigste Grund, warum um den heißen Brei herumreden –, weshalb er das Ziehen an den Schläfen spürte und seinen Frust nicht mal mehr zu Hause unterdrücken konnte. Sundström war zu seiner Mission geworden, da brauchte er sich nichts vorzumachen.

Kivi wartete. Vielleicht spürte er instinktiv, worum es hier ging, überlegte Viitasalo. Tuomisto hatte recht, wenn er von Viitasalos Einmannkrieg sprach. Aber sie wussten nicht alles, keiner von ihnen. Und sie würden es auch nie erfahren, wenn er Sundström in den Griff bekam. Wenn es ihm gelang, Druck gegen ihn aufzubauen. Viitasalo wollte wegen eines einzigen Fehlers nicht für den Rest seines Lebens am Rand des Abgrunds entlangbalancieren. Das stand in keinem Verhältnis zu dem, was er getan hatte. Er hatte das Recht zum Gegenschlag.

Viitasalo warf Kivi einen Blick zu. An dessen Gesichtsausdruck war abzulesen, dass er den richtigen Leistungswillen und den richtigen Teamspirit besaß. Kivi war zu einem Zweimannkrieg bereit gewesen, das rechnete er ihm hoch an.

»Todsicher«, sagte Viitasalo und öffnete die Wagentür. Was alles andere betraf, war er sich schon lange nicht mehr sicher. Er war unsicher, was ihn und Sari betraf, und er wusste nicht, wohin sein Schachzug gegen Sundström führte. Vielleicht reizte er Sundström nur zu einem Ge-

genangriff. Vielleicht würde es die Friedensverhandlungen, von denen er träumte, nie geben.

Kivi nickte und warf einen Blick aufs Handgelenk. »Alles klar. Dann sollten wir wohl, wir haben genau vierzehn Minuten.«

Sundströms Wohnung war vollkommen nichtssagend, ohne jeden Geruch und so eigenschaftslos wie sein Bewohner: eine asketisch, aber zweckmäßig eingerichtete Zweizimmerwohnung mit Kochnische, deren einziges herausragendes Merkmal die peinliche Ordnung war, die darin herrschte.

»Der perfekte Junggeselle«, brummte Kivi, als er einen Blick in die Kochnische warf. »Kein Staub, keine Flecken auf dem Herd, kein ungespültes Geschirr. Nicht mal die Ahnung von einem alten Furz. Man fragt sich, ist der Typ überhaupt am Leben? Oder überhaupt ein Mensch?«

Viitasalo stand mit Latexhandschuhen an den Händen und mit Schutzbeuteln über den Schuhen mitten im Wohnzimmer und schaute sich um. Es gab ein niedriges Bücherregal, dessen oberstes Fach voller Bücher war, in den anderen Fächern standen Nippesfiguren und Kuscheltiere in so gleichmäßigen Abständen, als hätte sie jemand mit dem Maßband hingesetzt. Außer dem Bücherregal gab es nur einen Sofatisch und ein zweisitziges Sofa. Auf dem Sofatisch lag ein Schachbrett mit den Figuren einer angefangenen Partie. Das war alles. Sonst gab es nichts. Nichts Greifbares, nur Oberfläche. Kivi raschelte in seinen Schuhschutzbeuteln an ihm vorbei, mit der behandschuhten Hand machte er die angelehnte Schlafzimmertür einen Spaltbreit auf.

»Ein Bett, ordentlich gemacht natürlich, und ein Kleiderschrank«, sagte Kivi. »Wenn du hier ein Versteck suchst, hast du keine große Auswahl«, fuhr er fort und zog die Tür in die Ausgangsstellung zurück.

»Wie viel Zeit bleibt uns noch?«, fragte Viitasalo.

»Acht Minuten.«

Viitasalo ließ noch einmal den Blick durchs Zimmer schweifen. Was die Verstecke anging, hatte es Kivi nicht wirklich getroffen. Es gab sie nämlich gar nicht.

»Siebeneinhalb«, sagte Kivi.

»Die Toilette«, sagte Viitasalo. »Der Wasserkasten.«

»Ich weiß nicht. Ist das nicht ein bisschen aus der Mode?«

»Mir fällt sonst nichts ein«, antwortete Viitasalo. »Oder hast du eine bessere Idee?«

»Ich?« Kivi zuckte die Achseln. »Wenn ich Ideen hätte, wäre ich nicht Polizist.«

Sechs Minuten später saßen Viitasalo und Kivi wieder in ihrem weißen Mondeo mit zivilem Kennzeichen.

»Dir ist schon klar, was das gerade war?«, fragte Kivi, während er den Zündschlüssel drehte.

»Ich weiß nicht, wohin du getreten bist, aber bei mir war's Hundescheiße«, antwortete Viitasalo und betrachtete die Innenseite seines Schuhs.

»Du weißt, was ich meine.«

»Du meinst, dass wir der finnischen Gesellschaft gerade einen Riesengefallen getan haben, und da sind wir ganz nah beieinander«, sagte Viitasalo, als Kivi krachend den ersten Gang einlegte. Vor der öffentlichen Sauna am Harjutori saßen zwei dampfende Männer mit Handtüchern um die Hüften. »Eines Tages wird das sogar Tuomisto kapieren. Ich bin mir sicher, dass es diese Verbindung zwischen Sundström und den St. Petersburgern gibt, hundertpro.«

»Und was hätte er davon?«, fragte Kivi und nahm die Helsinginkatu in Richtung Fleminginkatu.

»Wie gesagt: Beweise hab ich nicht, aber höchstwahrscheinlich sichert er ihnen die Transporte gegen die Esten und kriegt dafür Amphetamine für den Markt hier«, antwortete Viitasalo. Dann sah er die schwankende Truppe vor dem *Alko*. Sie ließen ganz offen die Flasche kreisen, während sich ein paar Schritte entfernt zwei Frauen, die offensichtlich dazugehörten, heftig in den Haaren lagen. »Sollen wir dazwischengehen?«, fragte Viitasalo.

»Was?«

»Da drüben. Unter Alkis nennen sie das Katzenkampf, hast du das gewusst?«

»Das soll ein Streifenwagen erledigen, von mir aus können die sich die Haare einzeln ausreißen«, sagte Kivi und verlangsamte das Tempo erst an der Ampel vor der Fleminginkatu. »Katzenkampf, sagst du? Möchte mal wissen, wie die darauf kommen. Für Ines ist das eine regelrechte Beleidigung.«

»Ines?«

»Ines ist meine norwegische Waldkatze«, antwortete Kivi, während die Ampel auf Grün schaltete.

Viitasalo seufzte erleichtert, als sie den Brahe-Platz erreichten. Er hasste die Helsinginkatu. Wenn man die schattige Schlucht zwischen ihren verkommenen Häusern entlangging, war es schwer zu sagen, was der tristere Anblick war: die menschlichen Ruinen, die einem entgegenkamen, oder der von Pisse, Glasscherben und Kotze gesprenkelte Asphalt.

»Ich wusste gar nicht, dass du eine Katze hast.«

»Hab ich schon immer gehabt«, antwortete Kivi. »Ines ist schon die vierte.«

»Du machst gar nicht den Eindruck von einem Katzenmenschen«, sagte Viitasalo.

»Sondern?«

»Ich hätte eher an die Abteilung strenges Rottweilerherrchen gedacht – wenn überhaupt.«

»Da siehst du, wie man sich täuschen kann«, antwortete Kivi. »Du sortierst einen Menschen in eine Schublade, und schon ist es die komplett falsche. Das kommt davon, wenn man vermutet, statt zu fragen.«

Sie erreichten die Unterführung nach Eläintarha, und Kivi wählte die rechte Spur. »Wie wär's mit Kaffee und was Süßem an der Neste-Tanke?«, fragte Viitasalo. »Ich lad dich ein. Ins Büro kommen wir noch früh genug.«

»Einverstanden. Übrigens, der Stoff gerade«, sagte Kivi und lenkte den Wagen auf die Eläintarhantie. »Woher hast du den eigentlich?«

»Gekauft«, antwortete Viitasalo.

»Gekauft? Mit welchem Geld?«

»Mit meinem eigenen.«

Kivi lachte kurz auf, aber nach einem Blick in Viitasalos Richtung wurde er ernst: »Nicht wirklich.«

»So wirklich, wie ich hier sitze.«

»Scheiße, Juha, du bist noch verrückter, als ich dachte.«

»Tut mir leid, dass ich das reizvolle Thema wechseln muss«, sagte Viitasalo, »aber du hast nicht zufällig ein Papiertaschentuch? Die Scheiße stinkt in der Heizungsluft zum Himmel.«

»Ich finde, dass diese ganze Sache zum Himmel stinkt«, sagte Kivi und schüttelte den Kopf. »Was, wenn du dich in Sundström doch täuschst?«

»Hast du jetzt ein Taschentuch oder nicht?«

»Nein. Nimm eine Socke und schmeiß sie aus dem Fenster.«

»Das hier ist ein Polizeiauto, und mit Scheiße verschmierte Socken aus dem Fenster schmeißen ist ein Umweltvergehen.«

»Ein kleines Problem, verglichen mit dem, was dir blüht, wenn du dich irrst.«

»Ich bin mir meiner Sache sicher.«

»*Nichts* ist sicher, außer dass wir alle sterben müssen. Der eine früher, der andere später«, sagte Kivi.

Viitasalo warf dem Kollegen einen bösen Blick zu, beschloss aber zu schweigen. Seine Waffen waren zu stumpf, um ihm eine passende Antwort zu geben.

Härski saß auf einem Armlehnstuhl und lauschte seinem eigenen rasselnden Atem. Sie hatten ihm die Hände hinter der Lehne zusammengebunden. Nach unzähligen Schlägen dröhnte ihm der Kopf, Blut drohte ihm die geschwollenen Augenlider zusammenzukleben. Er vermochte den Kopf schon länger nicht mehr hochzuhalten. Der Stuhl stand auf einem Stück grüner LKW-Plane. Auf der Plane lagen die Scherben seines Handys, und überall waren Flecken von seinem Blut.

In seinem Kopf regte sich noch genau ein Gedanke: Er musste weg hier. Er würde alles sagen, alles, was der Arsch hören wollte. Er würde lügen, aber er musste weg hier. Raus aus dieser Scheiße. Er wollte nach Hause zu Kirsi und Petteri. »Warum sitz ich hier?«, fragte er laut.

»Du sitzt da und saust alles voll, weil wir uns über deine Abrechnungen wundern.« Härski hörte durch das Dröhnen in seinem Kopf Turunens knarrende Stimme.

»Ich hätte denen schon auf dem Parkplatz erzählen können, dass ich davon nichts weiß. Warum haben sie nicht gleich danach gefragt?«

»Wir wollten ein bisschen Spaß haben«, sagte der Unrasierte vom Parkplatz, den Ilja, der andere Russe, Fedor nannte.

Härski hörte einen Stuhl knarren, aber es war nicht seiner.

»Nach unseren Berechnungen habt ihr beiden, Levola und du, für weniger Leute bezahlt, als ihr hergebracht habt«, sagte Turunen. Seine Stimme kam jetzt von näher und hinten links. »Das Gleiche gilt für die Wohnungen. Von Enqvist haben wir erfahren, dass es auch anderswo welche gibt als da, wo es ausgemacht war. – Was sagst du dazu?«

Härski war ehrlich überrascht. Niemals hätte er sich vorstellen können, dass Levola so blöd war. Aber er schien es zu sein und hatte ihn mit in diese Scheiße geritten.

»Ich versteh's nicht.« Härski sprach undeutlich. Seine Schneidezähne waren abgebrochen, und er hatte sich heftig auf die Zunge gebissen. Wenn er hier wegkam, musste er Kirsi Bescheid sagen, dass er sich irgendwo zusammenflicken ließ und für ein paar Tage abtauchte. Er wollte den Jungen nicht erschrecken.

»Nicht?«

»Nein, überhaupt nicht. Ich dachte die ganze Zeit, die Männer und Wohnungen laufen alle über dich. Du nimmst den Falschen in die Mangel. Levola müsste hier sitzen, nicht ich.«

»Sag bloß«, seufzte Turunen. »Nehmen wir also spaßeshalber an, dass du so blöd bist, dich von einem Volldeppen wie Levola austricksen zu lassen, obwohl ich mir das beim besten Willen nicht vorstellen kann – dann bleibt immer noch eine Menge übrig, was du mir erklären musst.«

»Wieso?«, fragte Härski.

»Fedor und Ilja beschatten dich schon eine ganze Weile«, sagte Turunen. »Ich wollte wissen, was ihr hinter meinem Rücken alles treibt.«

»Ich treib gar nichts hinter deinem Rücken«, sagte Härski und spuckte Blut.

»Nicht? Bist du dir da ganz sicher?«, fragte Turunen. »Überleg dir, was du sagst. Ich hab keine Lust, das bescheuerte Spiel noch mal von vorne zu spielen.«

»Was für ein Spiel?«

»Das Spiel ›Härski erzählt Märchen, und ich tu so, als wäre ich so blöd, sie zu glauben‹.«

»Ich erzähl keine Märchen.«

»Aber du weißt, was wir hören wollen.«

»Ich hab keine Ahnung.«

»Hinter wem sind die her? Und hinter was?«

»Ich versteh nicht mal, wovon du redest.«

Härskis Hände fühlten sich plötzlich so an, als würde sie jemand als Nadelkissen verwenden. Erst dachte er, es käme vom zu fest gebundenen Strick, dann begriff er, dass es etwas anderes sein musste. Er war aufgeflogen, so sah's aus. Turunen wusste Bescheid. Verdammte Scheiße, er wusste es.

»Wirklich nicht?«

Härski sagte nichts, er überlegte. Er suchte fieberhaft nach einer Antwort, mit der Turunen und die Russen wenigstens für den Augenblick zufrieden wären. Wenn er nur erst mal den Kopf aus der Schlinge kriegte! Aber ihm fiel nichts ein. Die Antwort, die er brauchte, gab es nicht mal im Märchen, und die Wahrheit konnte er nicht erzählen. Er musste ihnen einen passenden Ersatz für die Wahrheit anbieten, irgendetwas, was sie vielleicht besänftigte. Vielleicht würden sie ihn laufen lassen, wenn …

»Ich hab Speed«, stöhnte Härski. »Zwei Kilo.«

Es stimmte. Er hatte zwei Kilo Amphetamine. Sein eigener Anteil betrug zwar nicht zwei, sondern nur ein halbes Kilo, der Rest gehörte den Esten, für die er es hätte verkaufen sollen, aber das konnte er später regeln. Das halbe Kilo hätte sein zweiter Schritt in eine bessere Zukunft sein sollen, in Richtung eines Neuanfangs, der letzte Schritt außerhalb des Gesetzes, der letzte kleine Abstecher vom schmalen Pfad der Tugend, Kirsi und Petteri zuliebe. Stattdessen hatte er mit diesem Ilja den Ausflug zu den Bankautomaten gemacht und sein Konto leer geräumt.

»Ich hab's selbst aus Tallinn geholt«, sagte er, als ihm niemand antwortete. Und auch das stimmte. Er hatte das Zeug aus Tallinn geholt, zusammen mit Kirsi und Petteri. Kurz bevor die Fähre in Helsinki anlegte, war er mit Petteri auf die Herrentoilette gegangen und hatte ihm die Tüten unterm Hemd auf die nackte Haut geklebt. Es sei ein Spiel hatte er dem Kleinen erklärt, Mama dürfe er davon kein Wort sagen. »Es ist unser Geheimnis«, hatte er gesagt, und Petteri, der noch auf dem Klodeckel stand, hatte genickt. Und dann hatte er doch angefangen zu weinen, und Härski hatte den Jungen an sich gedrückt und ihn beruhigt.

Es war dann alles gut gelaufen. Und er war stolz auf Petteri. Der Kleine hatte auch schon etwas für ihre bessere Zukunft getan. Wenn Kirsi es gewusst hätte, wäre sie genauso stolz auf den Jungen gewesen.

»Ihr kriegt den Stoff zusätzlich zu dem abgehobenen Geld, wenn ihr mich laufen lasst«, sagte Härski und machte Petteris Heldentat mit einem einzigen Satz zunichte. »Alles.«

»Lass mich raten«, sagte Turunen. »Dein Speed ist irgendwo, wo du es nur allein holen kannst, und wir glauben noch an den Weihnachtsmann und warten brav, bis du zurückkommst und uns beschenkst, ist es so?«

»Nicht ganz«, sagte Härski. »Es ist in meinem Auto. Im Reserverad.«

Einen Augenblick herrschte Stille. Dann knarrte wieder Turunens hässliche Stimme links hinter seinem Ohr. »Okay. – Fedor, geh nachschauen!«

Härski hörte träge Schritte, die sich entfernten. Sie hallten in dem hohen Raum, dann ging eine Tür auf und fiel knallend wie ein Schuss wieder ins Schloss.

»Wir warten«, sagte Turunen. »Und für dich können wir nur hoffen, dass er findet, was er sucht.«

»Es ist dort. Zwei Kilo«, sagte Härski. Er hörte, wie Turunen sich eine Zigarette anzündete. Mit seiner lädierten Nase konnte er den Rauch nicht riechen, aber er spürte, wie er ihm in die Lunge drang.

»Woher kommt eigentlich dein Spitzname?«, fragte Turunen. »Er ist blöd und passt trotzdem nicht zu dir. Härski – wenn's keine Abkürzung für irgendwas ist, soll das doch Rauhbein heißen oder so ähnlich.«

»Es kommt vom Eishockey«, sagte er. »Ich hab hart gespielt, aber fair. Und das tu ich immer noch.«

»Dann sind wir also verwandte Seelen«, lachte Turunen. Gleich darauf begann er einen alten Schlager zu pfeifen. Härski kannte ihn, kam aber nicht auf den Titel. Das Pfeifen hallte wie vorher Fedors Schritte. Die Wände der Halle waren aus Blech. Es war die Lagerhalle von Turunens Baufirma, und sie war fast leer, anders als draußen der Hof, der bis in den letzten Winkel vollgestellt war. Härski hatte bei ihrer Ankunft zwei Traktoren mit diversen Schaufeln, ein Bobcat, einen LKW mit offener Ladefläche, ein paar offene Container, von Planen geschütztes Baumaterial und jede Menge Rohre und Kabelrollen gesehen. Zwischen hohen Bretterstapeln und von der Straße aus nicht sichtbar standen jetzt auch zwei Autos auf dem Hof: der Lieferwagen mit der Firmenaufschrift und Härskis Kadett. Als Ilja die Seitentür aufgezogen hatte, war der Kadett das erste, was Härskis Augen registriert hatten. Sein eigenes Auto in einer fremden Umgebung zu sehen hatte ihn allerdings nicht beruhigt, im Gegenteil: Es hatte sich nur alles noch bedrohlicher angefühlt.

Härski schloss die Augen und versuchte, nicht auf Turunens Pfeifen zu achten. Zu Hause machte Kirsi jetzt das Abendessen, Kartoffelpüree und Hackfleischsauce, sein Lieblingsessen und auch das von Petteri.

Wäre er da gewesen, hätte er mit dem Jungen auf dem Teppich gelegen, sie hätten Fotos geschaut, und er hätte Petteri von seinem Vater erzählt, Petteris Großvater, der ein furchtloser Seemann gewesen war und bei Sturm und aufgewühlter See sämtliche Weltmeere befahren hatte. Auf alle Kontinente hatte der Großvater seine Füße gesetzt und mehr Sprachen gesprochen als jeder andere Mensch, den Härski kannte, sogar das schwierige Ugala-bugala, von dem er Petteri schon ein paar einfache Wörter beigebracht hatte. Petteri mochte die Geschichten vom Großvater, er wollte immer noch eine hören, und Härski tat ihm den Gefallen. Er war nur froh, dass sein Vater schon fünfzehn Jahre vor Petteris Geburt gestorben war und der Kleine seinen tollen Großvater nie gesehen hatte, außer auf den Fotos natürlich. Die Fotos waren tot und still, und Härskis Vater sah darauf tatsächlich wie ein sturmerprobter Weltreisender aus. Es war ein Leichtes, Geschichten über ihn zu erzählen, von denen Härski sich als kleiner Junge gewünscht hätte, dass sie wahr gewesen wären.

Das ungläubige Raunen wurde immer lauter, je mehr Litauer ihre braunen Umschläge aufrissen. Für Vesa klang es schon nach der Hälfte nach mehr als den dreizehn, für die sie Umschläge mitgebracht hatten. Aber es waren nicht mehr. Vater hatte die Männer in zwei Gruppen aufgeteilt und ließ sie in verschiedenen Schichten arbeiten. Während die einen auf der Baustelle schufteten, schliefen die anderen in der mit Schlafsäcken eingerichteten Wohnung. Sonst hätten die Männer auch nicht in die Zweizimmerwohnung gepasst, deren Schlafzimmer für ein Doppelbett und zwei schmale Nachttische ausgelegt war. Auch jetzt, wo die Männer standen, war es eng, und die Luft roch nach sauren Fürzen.

Vesa und Macho standen im Gang hinter Vater, der die Briefumschläge verteilte. Vesa warf einen Blick an ihm vorbei und sah, dass alle, die ihren Umschlag schon geöffnet hatten, drei Hunderter in der Hand hielten. Ein bärtiger Hüne musste eine Art Kapo der Truppe sein, denn alle anderen redeten mit roten Gesichtern und scheinewedelnd auf ihn ein. Sie sprachen Russisch und zeigten auf Vater, ein paar von ihnen drohten ihm sogar mit der Faust.

»Was haben sie denn?«, flüsterte ihm Vesa ins Ohr.

»Nichts, weswegen du dir ins Hemd machen musst. So sind diese Typen, geldgierig und faul«, sagte Vater. »Aber was hab ich dir gesagt: Steck eine Kanone in die Tasche, und du fühlst dich gleich viel sicherer.«

»Fühl ich mich gar nicht.«

»Halt dich trotzdem schon mal dran fest. Nimm dir ein Beispiel an Macho, das ist ein Profi.«

Vesa warf Macho einen Blick zu, und der nickte kurz. Im selben Augenblick wurde es schlagartig still. Der bärtige Hüne hatte nur die Hand gehoben. Er war hier wirklich der Boss.

»Einer der Affen kann sprechen«, sagte Vater flüsternd.

Der Bärtige nickte seinen Landsleuten zu, trat vor Vater hin und wedelte mit seinem dünnen Hunderterbündel.

»What is this? A joke?«, sagte er mit tiefer Stimme. Er sprach Englisch mit dem Akzent, den Vesa von russischen Gangstern in amerikanischen Filmen kannte. Fürs Kino fehlte nur die unheilschwangere Musik. »Du hast tausend Euro im Monat gesagt«, fuhr der Mann in seinem russischen Kino-Englisch fort.

»Was du in der Hand hältst, sind tausend Euro minus Steuern und Miete«, antwortete Vater in einem Englisch, das ihm Vesa gar nicht zugetraut hätte.

»Miete? Welche Miete? Von Miete war nicht die Rede.«

»Dann eben jetzt.«

»Das ist nicht korrekt.«

»Das ist fünfmal mehr, als ihr in der Ukraine verdient.«

»Wir sind aus Litauen.«

»Wen interessiert's, Osten ist Osten«, sagte Vater auf Finnisch und mit einer herablassenden Geste.

»What?«

»Lettland, Litauen, Ukraine – who cares«, sagte Vater halb finnisch, halb englisch.

»Das ist nicht korrekt. Wir sind nicht zufrieden.«

»Ich bin auch nicht zufrieden, das könnt ihr mir glauben. Und weiter? – Das hier ist Finnland, hier ist niemand zufrieden«, sagte Vater.

»Wir wollen nur, was du uns versprochen hast«, sagte der Hüne mit drohendem Unterton.

»Das habt ihr auf den Cent genau – minus Kosten. Wenn's euch nicht passt, könnt ihr jederzeit zurück nach Hause.«

Der Hüne starrte Vater einen Augenblick lang an, dann drehte er sich um und übersetzte unter zunehmendem Lärm, was der ihm gesagt hatte. Die Männer waren offensichtlich nicht begeistert und trugen ihrem Kapo auf, was er antworten sollte. Er nickte und versuchte gleichzeitig, die wütendsten seiner Landsleute zu beruhigen.

»Wir wollen erst Geld«, erklärte er Vater, »dann gehen wir nach Hause. Alle. Sofort.«

Vater machte einen Schritt rückwärts, warf Macho einen Blick zu und nickte. Macho zog die Pistole. Es knackte trocken, als er sie entsicherte.

»Hands up!«

Vesa folgte Machos Beispiel, nur weniger überzeugend. Die Hand, in der er die Pistole hielt, zitterte so sehr, dass er sie mit der anderen abstützen musste. Totenstille hatte sich über das Zimmer gesenkt.

»Okay, ihr Luschen, aber bevor ihr gehen könnt, braucht ihr eure Pässe. Macht, sagen wir … dreihundert Euro«, sagte Vater und grinste den bärtigen Hünen an. »Übersetz es ihnen, sei so gut!«

Der Kapo übersetzte, und die Stille wich wieder aufgebrachtem Gezeter. Jetzt war es Vater, der die Hand hob. »Listen! Hört zu! Es gibt noch eine andere Lösung!«

Die Männer wurden still, und Vater fuhr in freundlicherem Ton fort. »Ihr könnt gehen oder fünf Monate bleiben«, sagte er auf Englisch und zeigte die Zahl mit gespreizten Fingern, »fünf Monate, so wie wir es ursprünglich ausgemacht hatten. Und weil ich ein gutes Herz habe, bezahle ich euch nicht dreihundert Euro, sondern vierhundert Euro im Monat. In fünf Monaten sind das zweitausend. Zweitausend Euro pro Mann! Na, wie klingt das?«

Wenig später saß Vater gut gelaunt hinter dem Lenkrad. Er pfiff sogar leise, während er die Koivukyläntie in Richtung Lahdenväylä fuhr. Im Führerhaus stank es nach Scheibenputzmittel, und statt des Kaugummis zierten zwei über Kreuz geklebte Mumin-Heftpflaster die Windschutzscheibe.

»Na, wie hat's dir gefallen, Junior? Ist doch locker gelaufen.«

»Find ich nicht«, sagte Vesa, dessen Hände immer noch zitterten. »Wenn du mich fragst, ist das Sklavenhandel.«

»Bingo!«, sagte Vater gut gelaunt. »Und locker gelaufen ist es auch. Du hättest dabei sein sollen, als seinerzeit die Polen den dicken Mann markieren wollten. Macho und Härski mussten sie erst ordentlich rannehmen, bevor Ruhe war. Stimmt's, Macho?«

»Stimmt.« Macho gähnte mit aufgerissenem Mund. Seit sie wieder im Auto saßen, fielen ihm ständig die Augen zu.

»Ich will so Geschichten gar nicht hören«, sagte Vesa.

»Aber meistens reicht reden«, fuhr Vater ungerührt fort. »Keiner von den Clowns wollte den Zirkus verlassen, die brauchten nur eine klare Ansage.«

»Die hatten gar keine andere Wahl.«

»Hatten sie schon, aber sie wollten sie nicht nutzen. Es gibt immer mindestens zwei Möglichkeiten, eine beschissene und eine ganz beschissene. Du musst noch viel lernen, Junior. Das Brot kommt nicht von allein auf den Tisch«, sagte Vater mit erhobenem Zeigefinger. Gleich würde er einen seiner Vorträge halten. »Das hier ist ein gutes Geschäft, verstehst du? Die Typen arbeiten sieben Tage die Woche in zwei Schichten, und wir kassieren brutto für netto. Das ist genial, eine Gelddruckmaschine. Keine Abgaben, keine Versicherungen und maximal fünf Euro die Stunde minus Kosten. Kosten, verstehst du? In der Bude schlafen 26 Mann, macht 26-mal dreihundert Euro im Monat Miete. Und fünfhundert inklusive Nebenkosten zahlen *wir* für die Bruchbude. Den Gewinn kannst du dir selbst ausrechnen.«

»Ich war heute das letzte Mal dabei und will nichts mehr davon hören«, sagte Vesa.

»Doch, das willst du, und das war's noch lange nicht für dich«, sagte Vater und zündete sich eine Zigarette an, »jedenfalls wenn du weiter die Füße unter meinen Tisch strecken willst.«

»Ich zieh sobald wie möglich aus.«

»Logisch. Aber bis dahin tust du, was ich dir sage. Dann hast du, wenn ich dich eines Tages rausschmeiße, wenigstens keine falschen Vorstellungen im Kopf, wie es im Leben zugeht. Wer das nicht weiß, hat nämlich nicht viel zu melden.«

»In einer Demokratie hat jeder was zu melden«, versuchte Vesa sich zu wehren, aber Vaters dreckige Lache ließ ihn verstummen.

»Logisch hast du in der Demokratie was zu melden. Du darfst dich zum Beispiel heiser schreien, wenn sie dich auf kleiner Flamme zu Tode rösten.«

»Vielleicht. Trotzdem will ich nicht kriminell werden wie du.«

»Kriminell? Du nennst mich und Macho kriminell? Hör zu, Junge, wir sind fast Heilige im Vergleich zu denen, die die großen Räder drehen, egal wo, im Geschäftsleben genauso wie in der Politik.«

»Ach ja?«

»Ja. Oder was glaubst du, wer das Baustellenspiel in Gang hält, wir Kleinunternehmer oder die großen Bauriesen ganz oben?«, sagte Vater und schaute einem fast vollkommenen Rauchring nach. Er genoss seinen Vortrag, obwohl er gerade mal einen widerwilligen Zuhörer hatte. Macho schnarchte inzwischen und drängte auf der Suche nach einer bequemeren Stellung immer weiter in Richtung Tür.

»Du kannst es dir wie einen Baum vorstellen«, nervte Vater weiter. »Oder besser wie zwei: In einer Krone sitzen die großen Baufirmen, und in der anderen, der vom Nachbarbaum, sitzen die Kommunen oder der Staat, jedenfalls die mit den öffentlichen Geldern. Wichtig ist, dass keiner von denen, die in der Krone sitzen, noch irgendeine Moral kennt. Es geht ums Geld, da hat die Moral ausgespielt. Und jetzt pass auf: Im Baugeschäft kann man das meiste Geld bei den Löhnen sparen, und was auf den unteren Ästen gespart wird, muss weiter oben nicht ausgegeben werden. Das Geld wandert nach unten, und auf jedem Ast sitzt einer, bei dem was hängen bleibt. Wie das geht, will keiner so genau wissen, das ist der Trick. Und wenn doch mal einer nachfragt, werden Arbeitsverträge eben doppelt gemacht, einmal so und einmal so, einmal mit und einmal ohne Steuer und Versicherungen. – Sag mal, verstehst du eigentlich irgendwas von dem, was ich sage?«

»Nein. Und es interessiert mich auch nicht.«

»Das sollte es aber, und wenn sie dir noch so viel von Nokia erzählen.«

»Du musst es ja wissen«, versuchte Vesa Vaters Redefluss zu bremsen. Er verstand nichts von Wirtschaft, und es interessierte ihn auch nicht. Was ihn interessierte, war Tiina und wie es zwischen ihnen lief. Oder vielmehr, wie es besser laufen könnte.

Aber Vater kam erst richtig in Fahrt.

»Vergiss Nokia! Der Laden bewegt in Finnland nur die Börse. Die großen Räder drehen andere, und kein Politiker hat die Eier, sich mit ihnen anzulegen. Warum nicht? Weil es politischer Selbstmord wäre. Die Bauriesen haben das Sagen, und das Beste ist, dass wir auf dem Sektor keine Korruption haben. In der finnischen Baubranche gibt es keine Korruption, weil sie in unseren Gesetzbüchern gar nicht vorkommt. So ist das, und darum ist das, was wir vorhin gemacht haben, nicht nur gut für uns, sondern auch für unser Land, verstehst du?«

»Und bei den nächsten Parlamentswahlen lässt du dich aus lauter Patriotismus für die Ultrakonservativen aufstellen«, sagte Vesa. »Du bist ein Patriot, und darum leben wir von kriminellem Geld, richtig?«

»Du redest Scheiße, Junior. Wir machen gutes Geld und können nur hoffen, dass die Dinge bleiben, wie sie sind. Stell dir vor, du kämst aus einem der Kackländer, in denen wir die Dreihunderteurotypen einkaufen. Wir können doch von Glück sagen, dass es den Burggraben zwischen denen und uns gibt. Davon leben wir!«

Für Vesa war die Sache klar: Vater musste irgendwann echten Schlaubergern zugehört haben und gab Halb- und Viertelwahrheiten wieder, um ihn zu beeindrucken.

»Wenn du an deinen Geschäften so verdammt gut verdienst, warum wohnen wir dann in Maunula in einer städtischen Dreizimmerwohnung und haben nie was auf dem Konto? Und warum fährst du, solange ich denken kann, in einer japanischen Rostlaube ohne TÜV durch die Gegend? Schon zehn Prozent von dem, was du den Litauern abgeluchst hast, müsste man doch irgendwo sehen. In Wirklichkeit bist du genauso ein Sklave wie die Litauer. Irgendjemand verarscht dich genauso, wie du sie verarschst, der Unterschied ist nur, dass du's nicht zugeben willst.«

Vater hatte schon den Zeigefinger oben, sagte dann aber doch nichts, jedenfalls nicht gleich. Stattdessen zündete er sich eine neue Zigarette an und räusperte sich erst umständlich. »Vielleicht hast du sogar recht. Vielleicht war es bisher so. Aber jetzt nicht mehr. Wart's ab, Junior«, sagte er mit überraschend zarter Stimme, in der Vesa dennoch einen bitteren Unterton zu erkennen meinte.

»Mach ich«, sagte Vesa.

»Wart's ab«, wiederholte Vater. »Und die Pistole gehört jetzt dir.«

»Ich will sie aber nicht. Ich hab für so was keine Verwendung.«

»Doch. Du hast es nur noch nicht verstanden.«

»Was?«

»Dass eine Waffe zu tragen nicht heißt, dass du gleich jemanden erschießen sollst«, sagte Vater.

»Die Logik funktioniert vielleicht bei deinesgleichen, aber nicht in den Kreisen, in denen ich mich bewege.«

»Wir bewegen uns in genau denselben Kreisen, Junge, und gerade hast du gesehen, was eine Kanone für eine beruhigende Wirkung hat. Was glaubst du, was sonst in der Bude abgegangen wäre? Wer die Knarre hat, hat das Sagen, so sieht's aus, und darum halten wir's auch in Zukunft so.«

»*Wir*? Wer zum Teufel soll das sein?«

»Gewalt ist immer die schlechteste Lösung«, fuhr Vater fort, als hätte er die Frage gar nicht gehört. »Man soll sie nie nur aus Daffke anwenden, merk dir das.«

»Du hast gerade noch damit angegeben, wie Macho und Härski die Polen rangenommen haben.«

»Ja, aber das war eine ganz andere Geschichte und eine vollkommen andere Situation. Da brauchte es eine disziplinarische Maßnahme, um die Ordnung aufrechtzuerhalten.«

»Du meinst, es brauchte Gewalt?«

»Disziplinarische Gewalt, um undisziplinierte Gewalt zu verhindern«, sagte Vater lehrerhaft. »Den Unterschied musst du dir merken.«

»Ich will die Pistole trotzdem nicht.«

»Doch, das willst du. Sie ist dein Werkzeug«, sagte Vater. »Übrigens zieh ich sie dir deshalb auch vom Lohn ab. Das ist nämlich mein Vorschlag: Du übernimmst von jetzt an Härskis Stelle.«

»Garantiert nicht!«

»Doch.« Vater sah Vesa ernst an. »Sag mir, Junior, wo sonst kriegst du ohne Ausbildung so einen exklusiven Job? Und zum Lohn die Ausbildung noch dazu?«

»Ich will aber von dir nichts lernen.«

»Sieh die Sache mal aus meiner Warte«, sagte Vater sanft. »Ich brauche einen neuen Mann.«

»Der will ich nicht …«

»Hör mir bis zum Ende zu!«, unterbrach ihn Vater. »Weißt du, wie schwer es in dieser Branche ist, jemand Passenden zu finden? Wir müssen unseren Arbeitskollegen verdammt viel mehr vertrauen können als in den normalen Jobs. Und sag selbst, wem könnte ich mehr vertrauen als meinem eigenen Sohn?«

Vesa fiel keine geistreiche Antwort ein, also begnügte er sich damit, die Backen aufzublasen und die Luft geräuschvoll wieder auszustoßen.

»Na also. Weißt du, ich mag dich öfter anpampen, aber ich hab dich schon gern. Und deine Mutter auch. Ich hab mich doch immer gut um euch gekümmert, oder? Und denk dran, dass du das alles eines Tages erbst«, sagte Vater und ließ für einen Augenblick das Lenkrad los.

»Was *alles*?«, fragte Vesa.

»Weißt du noch, wie viel Spaß wir zusammen hatten, als du noch klein warst? Manchmal vermisse ich die Zeiten.« Vater zwinkerte Vesa zu und versuchte, so gut es ging, halbwegs freundlich auszusehen. Vesa fand das Ergebnis bescheuert.

Er schaute lieber in die Waldlandschaft ringsum als in das narbige Gesicht seines Vaters. *Gut um euch gekümmert* – begriff er nicht, wie beschissen er Mutter immer behandelt hatte? Und ihn? Erinnerte er sich wirklich nicht, was er im Suff aufführte? Solange Vesa denken konnte, hatte er vor seinem Vater Schiss gehabt, schon bevor er seine Gefühle in Worte fassen konnte. Und er hatte zu Recht Schiss vor ihm gehabt. Es war keine drei Jahre her, dass er Mutter fast zu Tode geprügelt hatte.

Vesa hatte nie verstanden, warum Mutter die Tür aufmachte und Vater wieder hereinließ, als er sechs Monate später mit einem Veilchenstrauß in den dreckigen Flossen im Treppenhaus stand. Die Veilchen hatte er von einer Verkehrsinsel gepflückt. Er kam aus dem Knast und tat, als wäre nie was passiert. Und das Schlimmste war, dass Mutter auch so tat, als wäre nie was passiert, obwohl ihr linkes Ohr für immer taub war und sie ihr am Jochbein eine Metallplatte hatten einsetzen müssen, die ihr ständig Schmerzen verursachte. An einen Tag ohne Schmerzmittel war seitdem nicht mehr zu denken.

Und trotzdem nahm Vater wieder wie ein König auf dem Wohnzimmersofa Platz und versuchte nicht mal, irgendetwas wiedergutzumachen. Die Geschichte von vor drei Jahren hatte Mutter an die Flasche gebracht. Für Vesa war es immer schwerer zu akzeptieren, dass Mutter sich selbst aufgab und sich dafür umso fester an Vater klammerte.

Manchmal konnte Vesa nicht anders, als sie beide zu hassen, und das tat ihm nicht gut. Sie waren immerhin seine Eltern.

»Na, was sagst du, Junior, ein Familienunternehmen, das wär doch was?«

Vesa antwortete nicht. Er konnte nicht.

»Denk nur dran, auch in dieser Branche fällt dir nichts in den Schoß«, fuhr Vater fort. »Da musst du 24 Stunden am Tag auf dem Sprung sein, da stellt sich die Frage nach Überstunden erst gar nicht. Wir haben mit Bullen zu tun, und die sind meistens dort, wo du sie am wenigsten erwartest. Irgendwann kriegen sie jeden mal am Arsch, aber der Knast ist kein schlechter Ort, um auch mal zur Ruhe zu kommen und die Geschäfte neu zu organisieren. Das Gute am Knast ist, dass sie dich nicht mehr einsperren können und du neue Kontakte knüpfen kannst. Die Jungs dort sind Unternehmer wie du und begreifen sofort, wovon du redest. Übrigens kriegst du nirgendwo so schnell raus, wenn einer ein Idiot ist. Im Knast zeigt sich das wahre Gesicht des Menschen, verstellen kannst du dich dort nicht.« Vater lachte kurz auf, bevor er fortfuhr: »Junior, du hast eine glänzende Zukunft vor dir. Du brauchst nur zu gucken, wie es Papa macht, und dir an ihm ein Beispiel zu nehmen.«

»Hab ich irgendwelche Alternativen?«, fragte Vesa das Seitenfenster, das von seinem nahen Atem beschlug.

»Du brauchst keine Alternativen«, sagte Vater.

»Sagst *du.*«

Vater antwortete nicht gleich. Vesa hörte das Knistern der Zigarettenschachtel in Vaters Hosentasche. Er hörte, wie Vater sich eine Zigarette anzündete und den ersten Rauch ausstieß.

»Vielleicht hab ich's heute schon zu oft gesagt, aber ich sag's noch mal, weil du es immer noch nicht kapierst. Oder nicht kapieren willst. Dein Vater braucht dich, und du brauchst deinen Vater – so einfach ist das.«

»Und nie vergessen: In der Branche ist es immer gut, die Konkurrenz im Auge zu behalten«, sagte plötzlich Macho, als hätte er nie schnarchend zwischen ihnen gehangen. »Was ich sagen will, Kleiner: Pass auf, dass du dich nicht in anderer Leute Revier verirrst, jedenfalls wenn dir dein Leben lieb ist!«

»Mach den Jungen nicht kirre!«, schnauzte ihn Vater an. »Warum soll man keine Abkürzung durchs Nachbarrevier nehmen, wenn's was bringt. Im Zweifelsfall macht man's halt im Dunkeln.«

»Und wenn's da Bewegungsmelder gibt und du plötzlich in ein Halogenlicht blinzelst?«

»Dann schieß ich die Halogenlichter aus und bin weg.«

»Und wenn's eine Videokamera ist?«

»Die geht von einer Kugel auch kaputt.«

»Und wenn du gar nicht weißt, dass du ins Bild marschierst bist – woher willst du dann wissen, dass du irgendwohin zielen sollst?«, fragte Macho.

»Wie wär's, wenn du weiterratzen würdest?«, sagte Vater grantig. »Verarschen kann ich mich nämlich selber.«

»Schlecht drauf?«, fragte Macho. »Ist dir gerade eingefallen, dass es vielleicht schon ein paar Filmchen von dir gibt?«

»Halt's Maul!«, brüllte Vater.

»Mann, das war ein Witz, stimmt's, Vesa?«

»Genau«, antwortete Vesa. »Macho ist ein alter Witzbold.«

»Dann soll er Witze über Sachen machen, von denen er was versteht. – Das gilt für euch beide, kapiert?«

»Sorry, Arto«, sagte Macho versöhnlich.

»Schon gut. Aber merk dir ein für alle Mal, mit wem du es zu tun hast«, sagte Vater. »Du sitzt bei den Levolas im Auto, und mit den Levolas legt man sich nicht an – mit keinem von uns.«

»Ist da wieder der Regenbogen, weil du so genau hinguckst?« Machos Ellbogen rammte Vesa in die Seite.

»Nein«, antwortete Vesa.

»Schade«, sagte Macho. »Arto, soll ich noch mal versuchen, Härski zu erreichen?«

»Nein«, sagte Vater. »Vergiss ihn!«

Vesa hielt den Blick starr in die Landschaft gerichtet, Vater und Macho brauchten die Tränen in seinen Augen nicht zu sehen. Sie würden Vater nur noch mehr auf die Palme bringen. Vater hasste Tränen, das hatten Mutter und er oft zu spüren bekommen. Viel zu oft.

Als Fedor mit einem Kanister in die Halle zurückkam, begriff Härski, der seit längerer Zeit wieder einmal den Kopf hob, dass er einen schlimmen Fehler gemacht hatte. Als er Fedors Grinsen sah, fasste er den Gedanken noch präziser: Er hatte sehr wahrscheinlich zum letzten Mal in seinem Leben einen schlimmen Fehler gemacht.

Wenig später saß er nicht nur gefesselt und halb tot geprügelt auf dem Armlehnstuhl, sondern zusätzlich mit Benzin übergossen. Turunen hatte sich inzwischen von ihm entfernt und stand jetzt mit Ilja und Fedor ein Stück neben der grünen Plane.

»Reicht euch der Stoff noch nicht? Ich weiß nichts über Levolas krumme Touren, ich schwör's.«

»Das Speed ist ein netter Bonus, aber keine Antwort auf unsere Fragen. Genauso wenig wie Levola eine Antwort ist. Du hast eine allerletzte Chance«, sagte Turunen, »dann muss ich den Jungs freie Hand lassen. Übrigens mögen die beiden die Esten nicht. Noch weniger mögen sie nur Leute, die sie im Auftrag der Esten über den Tisch zu ziehen versuchen.«

Härski schaute vom einen zum anderen. Ilja spielte mit seinem Feuerzeug, flüsterte Fedor etwas zu und machte Zischgeräusche, die Härski nicht deuten konnte, aber Fedor zum Lachen brachten. Beide Russen lachten. Und Turunen hob die Brauen.

»Ilja sagt, dass ihn das hier an Grosny erinnert«, übersetzte Fedor.

»Und was war da?«, fragte Turunen.

»Dies und das«, antwortete Fedor. »Aber Ilja hat besonders gern mit Feuer gespielt.«

»Sag ihm, dass das hier kein Spiel ist!«, herrschte ihn Turunen an. »Wir bringen die Sache sauber zu Ende.« Er näherte sich Härski und ging vor ihm in die Hocke. »Okay, schieß los, wir wollen alle nach Hause. Ich halte dir die Jungs vom Hals, und du gehst hier raus, fährst nach Hause und nimmst ein heißes Bad. Die Klamotten voller Benzin kann man waschen, und deine Verletzungen sind nicht so schlimm, wie sie aussehen. Ein paar Pflästerchen und ein Termin beim Zahnarzt, dann bist du wieder so hässlich wie eh und je. Also: Wem gibst du Informationen weiter?«

Härski schaute in Turunens Augen, die ungefähr einen halben Meter entfernt zu ihm aufsahen. Es lag ein sanfter Blick in ihnen. War es Turunen ernst mit dem, was er sagte? Härski wollte es gern glauben. Nicht nur seinetwegen, auch wegen Petteri und Kirsi. Vielleicht war das Spiel doch noch nicht aus. Plötzlich erinnerte er sich lebhaft an das letzte Spiel der Finalrunde bei den Finnischen B-Jugend-Meisterschaften. Im letzten Drittel gegen *Jokerit* lagen sie eins zu drei zurück, und es waren nur noch zwei Minuten zu spielen. Auf der Auswechselbank herrschte längst eine niedergeschlagene Stimmung. Nur der Trainer, Räihä, hatte noch nicht aufgegeben. Er nahm eine Auszeit und versuchte, sie wieder aufzurichten. Räihä sagte ihnen, dass ein einziger Treffer dem Spiel eine neue Richtung geben könne. Der Gegner fühle sich schon wie der sichere Sieger, aber ein Gegentreffer, und die Schläger würden ihnen zittern, sie würden anfangen, auf die Uhr zu schauen, und aus Angst vor Fehlern gerade welche machen. Sie hätten den Pokal schon in den Händen, bildeten es sich jedenfalls ein, und plötzlich würden sie spüren, wie unglaublich schwer er war. Dafür könnten sie nichts, so liefe es einfach, da könne der Trainer sie noch so sehr auffordern, einen kühlen Kopf zu bewahren. Sie wiederum seien schon die sicheren Verlierer, sagte Räihä, scheißegal, was er ihnen sage, sie glaubten es ihm eh nicht. Und trotzdem, obwohl sie ihm nicht glaubten, bitte er sie um diesen einen Treffer, dann würde man weitersehen. Sie würden auf Risiko spielen, jetzt schon den Torhüter herausnehmen, schließlich war es egal, ob sie eins zu vier oder eins zu fünf untergingen. Sie hatten eine winzige Chance, aber die wollten sie nutzen. Sie würden alles geben, dann konnten sie stolz auf sich sein, egal wie es ausging. »Denkt nicht an den Gegner, denkt nur an euch selbst, Jungs!« – Das waren Räihäs letzte Worte gewesen, bevor die Auszeit zu Ende war.

Härski dachte nicht mehr an Turunen, Ilja oder Fedor. Er dachte nur noch an sich selbst. Und an Petteri und Kirsi.

»Also?«, sagte Turunen. »Wer ist dein Gesprächspartner?«

»Kousa. Ville Kousa.«

»Wer ist das?«

»Ein Polizist.«

»Einer von den Drogenfuzzis in Pasila?«

»Nein, von der Staatspolizei.«

»Der KRP?«

»Ja.«

»Einer von deren Drogeneinheit?«

»Ja.«

»Was will er von dir? Hinter wem sind die her?«

»Reino Sundström.«

»Sundström?« Turunen klang ehrlich überrascht. »Und warum sind die …?«

»Keine Ahnung.«

»Sicher?«

»Er hat es mir nicht gesagt. Ich weiß nur, dass sie Sundström an den Kragen wollen.«

»Und was bekommst du?«

»Noch eine Chance. Sie lassen mich bei den Untersuchungen wegen der Großmarktgeschäfte mit Amphetaminen außen vor. Ich will nur raus aus dieser ganzen Scheiße«, sagte Härski. Es war ausnahmsweise wirklich die Wahrheit.

Turunen sah ihm in die Augen und nickte. Turunen schien zu verstehen. Er erhob sich und schlug ihm auf die Schulter.

»Siehst du, war doch gar nicht so schwer«, sagte er. »Jetzt hast du's endlich hinter dir: das Großmarktgeschäft, der ewige Stress, sich nach zwei Seiten abzusichern, das ganze Affentheater. – Du bist ein Glückspilz, Härski.«

Turunen ging zu Ilja und Fedor zurück, blieb aber nicht bei ihnen stehen, sondern strebte der Eingangstür zu.

»He! Wo gehst du hin?«, schrie Härski.

»Nur eine rauchen«, sagte Turunen, ohne zurückzublicken. »Ich bin bald zurück.«

»Und ich?«, fragte Härski. »Ich hab dir doch seinen Namen gesagt.«

»Hab ich mich nicht dafür bedankt?«, erwiderte Turunen von der Tür her. Dann schlug die Tür zu, und er war weg.

»Härski, Härski«, flüsterte Fedor und nickte Ilja zu.

Ilja näherte sich Härski mit einem Grinsen auf dem Gesicht.

»He! Nicht! Ich hab Familie! Ich hab einen kleinen Jungen! Petteri!«

»Wir sind alle mal kleine Jungs gewesen«, sagte Fedors Stimme hinter Iljas Rücken. »Nette kleine Petteris.«

Als Härskis Bewusstsein Augenblicke später endgültig erlischt, denkt er nicht daran, dass er sich zum ersten Mal seit dreißig Jahren wieder bepisst hat, und sein letzter Gedanke gilt zu seiner Überraschung auch nicht Petteri oder Kirsi, wie er es sich immer vorgestellt hat. Stattdessen sieht er sich mit den anderen aus der B-Jugend-Mannschaft in der stickigen Umkleide. Der Schweiß läuft ihm unter der schweren Montur das Rückgrat hinunter, dass es juckt. Räihä steht in der Mitte der Umkleide und sieht, wie seine Spieler die Köpfe hängen lassen.

»Denkt bloß nicht, dass ich Mitleid mit euch habe«, sagt der Trainer. »Ihr wart nämlich scheiße. Ich schäme mich für euch. Aus keinem von euch wird jemals was werden, nicht mal bei den Amateuren. Ihr seid Verlierer und werdet es euer Leben lang bleiben«, sagt er, dreht sich um und verschwindet aus der Tür. Das Schlimmste ist, dass Räihä nicht laut geworden ist, die Wörter sind ihm vollkommen ausdruckslos aus dem Mund gefallen.

Und plötzlich reißt es Härski aus der Umkleide, und er steht in kurzen Hosen in der Schlange der Kasse des *Maxi*-Markts in Kannelmäki. Seine Einkäufe, eine Schachtel Marlboro und eine Zwölfertrage Bier, liegen schon auf dem Laufband. Er hat Kopfschmerzen.

»Letzte Woche hat das Sommertraining angefangen, ich hab dich nicht gesehen. Gibt's einen Grund?«, hört er hinter seinem Rücken Räihäs Stimme. »Du hast Talent, du könntest es echt zu was bringen. Du bist der talentierteste B-Jugend-Spieler, den ich je trainiert hab, und ich mach den Job jetzt auch schon seit fünfzehn Jahren. Schmeiß dein Talent nicht weg! Du musst das Spiel zu Ende spielen und um den Dreck da einen Bogen machen.«

»Hab ich die ganze letzte Saison gemacht«, hört Härski sich antworten. »Wie's ausgegangen ist, weißt du: Eins zu sechs und Schlusssirene.«

Viitasalo saß hinter seinem Schreibtisch und tippte den überflüssigen Bericht über eine Kneipenrazzia in Vanha, deren vorzeigbares Ergebnis ein paar Cannabiskippen und eine Reihe wenig origineller Beamtenbeleidigungen waren. Die Kippen stammten von drei zwanzigjährigen Philosophiestudenten.

Die drei Jungs mit Kinnbart hatten nicht schlecht gestaunt, als Viitasalo ihnen eine kurze Einführung in die praktische Philosophie gegeben hatte. Die Grundthese war dabei, dass man Gesetze auch dann zu respektieren habe, wenn man sie für überholt, um nicht zu sagen vorsintflutlich hielt. Irgendwelche Antithesen waren ausgeblieben, schon weil die Jungs gar nicht zu Wort kamen. Am Ende hatte es Viitasalo mit einer Verwarnung gut sein lassen und das Trio in den Regen hinausgeschickt, damit sie den ersten Bus nach Viikki nicht verpassten, wo sie in einer gemeinsamen Studentenwohnung hausten.

»Klopf, klopf«, sagte Kivi von der Tür her. »Ich bin's.«

Er betrat das Zimmer und ließ sich auf den Besucherstuhl fallen. Er sah müde aus.

»Und?«, fragte Viitasalo, ohne den Blick von der Tastatur zu heben.

»Anruf auf der Spitzelleitung in genau ...« – Kivi warf einen Blick auf die Armbanduhr – »... zwei Minuten.«

»Von wem?« Viitasalo schaute jetzt doch auf. Kivi hatte die Hände hinter dem Nacken gefaltet und streckte sich, dass seine Lederjacke knarzte. Viitasalo hatte die gleiche, sie hing in der Garderobe neben der Tür.

»Spitzel heißt er, weil so wenig Leute wie möglich wissen, dass er einer ist«, grinste Kivi.

»Ist er zuverlässig?«

»So zuverlässig, wie ein Ganove nur sein kann.«

»Wie weit hast du ihn eingeweiht?«

»So gut wie gar nicht«, sagte Kivi. »Mach dir keine Sorgen, er weiß nichts Konkretes und ist diskret, in seinem eigenen Interesse.«

Viitasalo war nicht so überzeugt wie sein Kollege. Wenn es um Sundström ging, konnte man nicht vorsichtig genug sein.

»Kommst du selbst mit?«, fragte Kivi.

»Nein. Geh du und nimm vielleicht Koivisto und einen von den Hundeführern mit«, sagte Viitasalo. »Aber renn vielleicht nicht als erstes in die Toilette. Geh vorher pinkeln.«

»Danke, großer Meister«, sagte Kivi. Dann lachte er. »Ich überleg mir, ob ich Koivisto das Versteck finden lasse oder den Hund. Der Hund hätte den Vorteil, dass er uns nicht monatelang mit dem Gequatsche von seinem unglaublichen Riecher auf die Eier geht.«

Viitasalo musste über den Witz wenigstens schmunzeln. »Ich hab noch mal die Überwachungsprotokolle durchgesehen«, sagte er. »Der Kerl ist so sauber wie seine Bude. Da war nichts.«

»Er ist ein Profi wie wir.«

»Und darum ist das Zeug im Wasserkasten der einzige Weg, was rauszufinden«, sagte Viitasalo, mehr um sich selber zu überzeugen als Kivi. Und plötzlich kam ihm Sari in den Sinn. »Hör mal, Janne, was würdest du tun, wenn du … wenn du wolltest, dass … wenn … ach, vergiss es.«

»Lass mich raten«, sagte Kivi. »Du hast Probleme zu Hause?«

»Wie kommst du darauf?«

»Weil du sonst keine Probleme mit dem Reden hast. Nur wenn's um Frauen geht, fängst du an zu stottern.«

Viitasalo sagte nichts. Er musste an das erste Treffen mit Sari denken, das eine Katastrophe gewesen war. Ein Wunder, dass sie danach noch was von ihm wissen wollte. Und Ja gesagt hatte, als er stotternd um ihre Hand anhielt.

»Okay«, sagte Kivi. »Sag nichts, wenn du nicht willst. Aber ich nehme an, ihr habt Streit gehabt und du überlegst, wie du's einrenken kannst. Wie wär's zum Beispiel mit Kino und danach einem romantischen Abendessen?«

Viitasalo ärgerte sich, dass er so leicht durchschaubar war, wollte es sich aber nicht anmerken lassen. »Wir haben ein Kind«, brummte er.

»Heißt das, du hast Sari seit Liinas Geburt nicht mehr ausgeführt?« Kivi sah ehrlich überrascht aus. »Und Liina ist jetzt wie alt … vier?«

»Sie wird im Februar sechs«, korrigierte ihn Viitasalo.

»Nicht zu fassen«, sagte Kivi.

Viitasalo wunderte sich selbst manchmal, wie schnell die Zeit vergangen war. Für die Kurse, von denen er gelesen hatte, war Liina eigentlich schon zu alt. Konnte ein Spiel verloren sein, bevor es überhaupt angefangen hatte?

»Ich fass es nicht.« Kivi schüttelte den Kopf. »Nichts für ungut, aber man fragt sich manchmal, was Sari wohl in dir sieht.«

»Es ist alles nicht so leicht, wenn man Familie hat.« Viitasalo überging die interessante Frage.

»Sicher nicht. Aber wenn ich mal heirate«, sagte Kivi, »hör ich noch lange nicht auf zu leben.«

Viitasalo verspürte den Drang, Kivi anzuspringen und ihm das besserwisserische Grinsen aus dem Gesicht zu schlagen, aber er riss sich zusammen und grub nur unter der Tischplatte die Nägel in die Handflächen.

Trotzdem hob Kivi die Hände zum Zeichen, dass er keinen Streit haben wollte. »Sorry, Alter, lass stecken.«

»Vielleicht können wir zur Abwechslung über die Arbeit reden«, sagte Viitasalo scheinbar versöhnlich. »Da gibt's noch was, worüber ich nach dem Besuch bei Sundström nachgedacht habe.«

»Was denn?«

»Deine Katze, Ines …« Viitasalo sah Kivi mit ernster Miene an. »Als wir bei Sundström raus waren, hast du was gesagt, dass das Wort ›Katzenkampf‹ eine Beleidigung für sie wäre.«

»Ja. Und?«

»Woher weißt du das? Sprecht ihr miteinander?«

Auf Kivis Gesicht trat eine leichte Röte, aber er sagte nichts. Dann klopfte es an der Tür, und Koivisto kam, ohne eine Antwort abzuwarten, herein.

»Ein Anruf auf der Leitung für anonyme Tippgeber!«, verkündete er, während er seine weit über hundert Kilo in den Raum schob.

»Worum geht's?«, fragte Viitasalo.

»Um Sundström!«, sagte Koivisto. »Einen Monat observieren wir den ohne jedes Ergebnis, heute Morgen redest du über ihn, und jetzt das. Kommissar Zufall, wie die Kollegen in der Steinzeit gesagt hätten.«

»Sundström, aha – und wie sicher ist das Ganze?«, fragte Kivi locker.

»Der Kerl auf dem Anrufbeantworter sagte, Sundström hätte möglicherweise was zu Hause gebunkert. Ich dachte, das könnte Juha interessieren.«

Der angesprochene Viitasalo und Kivi sahen einander an.

»Klingt nicht sehr wahrscheinlich«, sagte Viitasalo. »So dumm ist Sundström nicht.«

Kivi gähnte ausgiebig, bevor er fragte: »Und *wer* hat angerufen?«

»Kein Name, nur eine Stimme«, sagte Koivisto. »Wahrscheinlich irgendein Kleinkrimineller, den Sundström mal verarscht hat.« Koivisto sah abwechselnd Kivi und Viitasalo an, die beide nicht wirklich interessiert aussahen. »Und? Unternehmen wir was oder nicht?«

Viitasalo zuckte die Achseln. »Ich hab den Tisch voller Arbeit, und Tuomisto sagt, dass ich Prioritäten setzen soll. Aber abchecken sollte man's schon – Janne, was meinst du?«

»Bin schon unterwegs«, sagte Kivi und erhob sich träge vom Stuhl. Die Jacke knarzte auch dabei. »Obwohl ich drauf wette, dass wir's uns genauso gut sparen könnten.«

»Ich komm mit«, sagte Koivisto begeistert. »Wenn in der Bude jemals Stoff gewesen ist, und wenn's beim Vormieter war, ich krieg's raus. Ihr kennt meinen Riecher.«

Kivi und Koivisto waren schon auf dem Gang, als Viitasalo noch einmal im Türrahmen auftauchte. »Jungs! Auch wenn ihr nichts findet, bringt Sundström mit. Wir erinnern ihn daran, dass es uns noch gibt, das braucht der.«

»Ja, ja«, sagte Kivi, ohne sich umzudrehen. Dafür hob er zum Abschied den Mittelfinger.

Während er sich wieder an den Schreibtisch setzte, überlegte Viitasalo ernsthaft, ob Kivi wegen des kleinen Scherzes mit der Katze eingeschnappt war. Für eine Weile schaute er nur auf den Bildschirmschoner seines PCs. Ein Fensterputzer in einem Schlitten kämpfte mit dem Wischer gegen die pechschwarze Nacht. Darunter kam ein Bürohochhaus zum Vorschein. Als der Bildschirm wieder schwarz wurde, griff Viitasalo nach seinem Handy und rief Saris Nummer auf. Es sollte erst eine Trockenübung für das folgende echte Telefongespräch werden.

»Hallo, Schatz, wie wär's, wollen wir nicht an irgendeinem Abend zum Beispiel ... Nein. Hallo, Schatz, ich dachte, dass wir mal essen gehen ... mal was zusammen machen, nur wir zwei ... ins Kino, irgendeine romantische Komödie zum Beispiel. Was gibt's da eigentlich gerade?«

Viitasalo räusperte sich und drückte auf die Wähltaste. Zu seiner Überraschung antwortete Sari gleich. Ihr »Ja, was gibt's?« klang rauher als in echt.

»Hallo, ich bin's. Na, wie läuft's? ... Was es gibt?« Viitasalo schloss die Augen und holte Luft. »Ich wollte fragen, ob ich auf dem Heimweg einkaufen gehen soll?«, hörte er sich sagen.

Kivi stand vor dem Jugendstilhaus auf dem Bürgersteig und schaute in die Harjukatu. Sein Mondeo, der Kombi des Hundeführers und ein Streifenwagen verstopften die schmale Straße. Es hatten sich schon einige Neugierige versammelt, und in einigen Fenstern bewegten sich die Vorhänge. Viitasalo rief ausgerechnet an, als Kivi sah, dass sich am Tor des Hauses etwas tat.

»Und?« Viitasalo klang angefressen.

»Der Adler ist gelandet«, sagte Kivi.

»Wie hat Sundström reagiert?«

»Nun ja ...« Kivi suchte nach Worten. »Wie soll man es sagen ...«

»Nicht kooperativ?«, schlug Viitasalo vor.

Koivisto kam als erster heraus und hielt den anderen das Tor auf. Zwei Polizisten in Uniform trugen Sundström heraus, als lösten sie eine Sitzblockade auf. Der Mann saß auf den Händen der Polizisten wie ein König auf seinem Thron. Koivisto gab dem Tor einen Stoß, und es schlug scheppernd zu. Danach beeilte er sich wie ein beflissener Lakai, die Tür zur Rückbank des Streifenwagens aufzureißen.

»Kann man so sagen«, antwortete Kivi. »Willst du ihn heute noch verhören?«

»Nein«, sagte Viitasalo. »Er soll sich erst mal eine Nacht Gedanken machen. Ich hab Sari versprochen, dass ich Liina abhole und die Einkäufe erledige.«

Die zwei Polizisten bugsierten Sundström in den Wagen, und einer von ihnen schaute danach in Kivis Richtung. Kivi nickte, zeigte auf sein Handy und signalisierte mit dem Zeigefinger, dass er noch eine Minute brauchte. Der Streifenpolizist nickte und begann, die Gaffer zu verscheuchen.

»Hier gibt's nichts zu sehen! Bitte weitergehen!«

»Juha?«, sagte Kivi.

»Was?«

»Ich hab auf einmal ein saublödes Gefühl«, sagte Kivi. Jetzt, nach dem Ende der Operation, begann er zum ersten Mal über deren mögliche Folgen nachzudenken. Blöderweise gab es da auch noch etwas, wovon Viitasalo noch nichts wusste. Viitasalo sagte nichts. »Bist du noch dran?«

»Ich muss los«, antwortete Viitasalo. »Wir sehen uns morgen früh.«

Das Gespräch war beendet. Kivis Blick war auf den Streifenwagen geheftet, hinter dessen vergitterten Fenstern Sundström saß und vermutlich genauso düster dreinschaute wie der Himmel, der über den Häusern hing.

Viitasalo starrte sein Handy an. Irgendwas war noch mit Sari, aber er kam jetzt nicht drauf. Er schob das Handy in die Hosentasche und griff nach seiner Jacke. Er versuchte sich an die Sachen zu erinnern, die Sari ihm aufgezählt hatte. Warum hatte er sie bloß nicht aufgeschrieben? Und warum hatte er nicht gesagt, was er ihr sagen wollte? Es konnte doch nicht so schwer sein, verdammt.

»Ich liebe dich«, sagte er halblaut, während er in die Jacke schlüpfte. Wieder mal geriet er mit den Fingern der rechten Hand zwischen Futter und Leder. »Scheiße!«, schimpfte er und versuchte es noch mal neu, vorsichtiger diesmal. Das Loch unter der Achsel wurde immer größer, irgendetwas hatte das wahrscheinlich auch zu bedeuten.

Als er im Aufzug den Knopf für die untere Parkebene drückte, erinnerte er sich, dass er Sari etwas für den Hals mitbringen wollte. Sie war heiser und hatte während ihres ganzen Gesprächs geschnieft. Sie kriegte wohl ihre Herbsterkältung. Vielleicht schlief sie darum seit Tagen schlecht.

Viitasalo hörte schon seit drei oder vier Nächten, wie sie nachts herumgeisterte. Wenn er aufwachte, sah er den schwachen Lichtstreifen unter der Tür zur Küche. Aber kein einziges Mal hatte er es geschafft, aufzustehen und nach ihr zu schauen. Er hatte sich umgedreht und war wieder eingeschlafen. Er musste schließlich vor ihr raus.

Vorgestern hatte er dann zum ersten Mal bemerkt, dass die Zeitung neuerdings schon auf dem Tisch lag, wenn er in die Küche kam. Er musste sie nicht mehr vom Windfang holen, und sie war auch schon gelesen – von Sari. Auch heute Morgen musste es so gewesen sein, nur dass die Zeitung auch noch nass war. Der Zusteller musste sie draußen hingelegt haben. Viitasalo überlegte, ob er beim Leserservice anrufen und sich beschweren sollte, sonst hatten sie das Problem womöglich den ganzen Herbst. Sie bezahlten die Zeitung, da konnte man erwarten, dass man sie vorm Frühstück nicht erst trocknen musste.

Zu Hause blieb Vesa noch vor der Tür zum Treppenhaus stehen und sah sich um. Alles an der Wohnanlage sah verwittert aus. Der Hof, den vier identische dreistöckige, mit jeweils drei Treppenhäusern versehene Mietshäuser bildeten, wurde von sechs blassen Laternen beleuchtet. Dazu kam das Licht, das durch die Gardinen der Wohnungen sickerte. Beides zusammen reichte gerade, um den dicken Blätterteppich auf den Wegen sichtbar zu machen, der seinerseits die Risse und Beulen im Asphalt verbarg. Acht weitere Lichtmasten standen dunkel, der Hausmeisterdienst versuchte wohl den eigenen Langsamkeitsrekord zu brechen. Im Sandkasten und auf den zwei Schaukeln daneben war niemand, die leichtere der beiden, der eine von zwei Latten fehlte, schwang leise im Regen.

Dieser Hof mit seinen trostlosen Häusern war vor dreizehn Jahren noch Vesas ganze Welt gewesen. Riesig hatte er ihn gefunden, als der Umzugswagen in den zu Haus C führenden Weg einbog und mit einem Stoßseufzer der Bremsen vor dem Treppenhaus H anhielt. Da war er fünf Jahre alt gewesen, und auf dem Hof tobte das Leben. Es schien unendlich viele Familien mit Kindern zu geben. Wohin waren sie bloß alle verschwunden?

Nach und nach, Jahr um Jahr hatte sich der Hof mehr geleert, jeden Tag waren weniger Kinder auf dem Spielplatz gewesen, und irgendwann kam gar niemand mehr, nicht mal, um das blaue Führerhaus des Lasters aufzuheben, das im Sandkasten auf der Seite lag und dessen roter Auflieger schon vor langer Zeit verschwunden war. Vesa hatte das Fehlen des Auflegers irgendwann bemerkt, als er aus dem Küchenfenster im zweiten Stock schaute. Er erinnerte sich, dass er erst nur bemerkte, *dass* sich etwas verändert hatte, aber nicht wusste, was. Dann hatte er gecheckt, dass sein roter Fixpunkt verschwunden war, der Fixpunkt, auf den er sich immer konzentrierte, wenn er beim Hinausschauen ein Lied summte, damit er seine Eltern nicht hören musste – oft vergebens, weil ein plötzliches Krachen oder das Klirren von Glas seine akustische Schutzmauer zum Einstürzen brachte. Und eines Abends war auch noch der rote Auflieger weg gewesen. Vielleicht hatte er auch genug gehabt und war abgehauen, so wie er selbst es längst hätte tun wollen.

Der Hof ohne Leben.

Als die Altersgruppe nach Vesa zur Schule ging, kamen keine neuen Kinder und keine neuen Familien mehr nach. Und die einstigen Kinder waren plötzlich erwachsen geworden, so wie er jetzt, und einer nach dem anderen weggezogen. Nur die Eltern der Kinder waren in den Wohnungen geblieben.

Dreizehn Jahre, in denen sich an dem Hof selbst nicht viel verändert hatte. Die Rosenbüsche waren noch die, die Vesa beim Einzug gesehen hatte, sie waren jetzt nur dünner und verwachsener und hatten sich über den Rasen ausgebreitet. Die Birken waren natürlich größer, außer der einen, die der Schneepflugfahrer an der Ecke von Haus B und C angefahren hatte. Sie stand tot und verdörrt an ihrem Platz und gemahnte, seit ein Herbststurm ihr den Wipfel abgerissen hatte, schon im Sommer an den nächsten Winter. Tot und kopflos – für Vesa war die Birke ein Symbol für die ganze Wohnanlage, das ganze Elend, das sich darin versammelte.

Verdammt, wie sehr er da wegwollte!

Es war ein paar Stunden her, da hatte er genau das auch Tiina gesagt. Sie war für die Abendschicht am Kiosk an der Ecke Pakilantie und Osuuskunnantie eingeteilt und hatte gelangweilt hinter der Theke gestanden und auf ihrem Kaugummi herumgekaut.

»Und wohin willst du?«

»Egal.«

»Genauer geht's wohl nicht«, hatte Tiina gesagt.

Und Vesa hatte eine Weile geschwiegen und zugeschaut, wie Tiina die Kaffeemaschine auf der Nebentheke aufgefüllt und wieder eingeschaltet hatte. Ihm hatte sie den Bodensatz aus der Kanne in einen Pappbecher gekippt, zwei Süßstofftabletten hineingeschnippt, einen Plastiklöffel dazugesteckt und ihm das Ganze wortlos in die Hand gedrückt. Tiina war wie für diesen Job gemacht.

»Hast du Lust, am Freitag mit mir ins Kino zu gehen?«, hatte er gefragt und in seinem dicken, wahrscheinlich gallebitteren Gratisgetränk gerührt.

»In was?«

»Was du magst.«

»Genauer geht's wohl nicht«, hatte Tiina wieder gesagt.

»Ich weiß es eben nicht – und, willst du?«

Tiina hatte als Antwort nur die Achseln gezuckt, gewartet, bis die Kaffeemaschine blubberte, und war dann wieder zur Verkaufstheke gekommen. Vesa stand ihr mit seinem bitteren Kaffee gegenüber.

»Und?«

»Was und?«

Vesa musste zur Seite gehen, weil jemand kam, der die Schnauze genauso voll hatte wie er und einen Lottoschein abgeben wollte. *Diese Woche im Superjackpot: 3,4 Millionen Euro!* verkündete der im Regen stehende Reklamereiter vor dem Kiosk. Auf der anderen Seite stand: *Das Adventskalenderlos – das ideale Nikolausgeschenk!*

»Und eine Schachtel blaue LM«, hustete der Kunde.

»Macht zweiunddreißigsechzig«, sagte Tiina. Es war nicht besonders viel, wenn er damit von hier wegkam und ein neues, schöneres Leben leben durfte, bis ihn auch dort der Lungenkrebs einholte.

»Willst du?«

»Ich weiß noch nicht«, sagte Tiina und sah Vesa mit zusammengekniffenen Augen an. »Wie siehst du eigentlich aus?«

»Was meinst du?«

»Ich weiß nicht«, sagte Tiina und zuckte wieder die Achseln.

»Gut? Gepflegt?«, wollte Vesa ihr auf die Sprünge helfen.

»Komisch«, holte Tiina ihn auf den Boden zurück.

Gleich danach war ein neuer Kunde gekommen.

»Ich ruf dich morgen an, morgen früh«, hatte Vesa gesagt und den geschenkten Kaffee hinuntergekippt. Dann war er in den nassen Abend davongegangen.

Er war fast zwei Stunden auf den Beinen gewesen, bis zum Bahnhof von Oulunkylä war er gegangen und über Pakila wieder zurück, nur um nicht nach Hause zu müssen. Und um Zeit zu haben, in Ruhe nachzudenken. Über alles. Und nichts.

Und jetzt stand er vorm Haus, nass und frierend, dachte immer noch nach und musste irgendwann hinein. »Der Finne ist zum Siegen geboren«, murmelte er und öffnete die Tür.

Schon im ersten Stock hörte er den besoffenen Lärm, und wie immer war er unterlegt von melancholischer Schlagermusik. Der Lärm kam aus ihrer Wohnung. Fast immer kam er von dort. Rauli Badding Somerjoki sang von den Sternen, und Vater sang mit. Auch Makes Stimme war zu hören und die von Mutter. Wie zum Teufel schafften sie es nur immer so schnell, überlegte Vesa. Ihre idiotische Tour nach Koivukylä war gerade mal vier Stunden her, und hinterher hatten sie noch Macho ins Zentrum gefahren. Der Zigarettenrauch drang ins Treppenhaus wie Londoner Nebel. Als Vesa die Wohnungstür zuzog, sangen sie vom Paradies, und er warf, ohne seine Jacke auszuziehen, einen Blick ins Wohnzimmer.

Der Sofatisch war voller Bierflaschen, aber man war schon zu härteren Sachen übergegangen. Es gab vier Flaschen *Koskenkorva*, von denen zwei bereits leer waren. Eine von ihnen schien als Aschenbecher zu dienen. Der eigentliche Aschenbecher lag umgekippt auf dem Teppich, neben Jatta, die schon weggetreten war, und einem Tetrapak Saft. Jattas Minirock war bis zur Taille hochgerutscht, und ihre prallen, in Strumpfhosen voller Laufmaschen steckenden Oberschenkel waren, wie ihr dicker Hintern, für alle gut sichtbar. Make hatte einen Arm um Vaters Hals gelegt und zeigte mit der freien Hand begeistert auf die schöne Aussicht. Die beiden saßen auf dem Sofa und sangen sich die Seele aus dem Leib. Mutter saß mit dem Rücken zu Vesa im Sessel und dirigierte das Duo wie ein Kapellmeister ohne viel Gefühl für Rhythmus.

»Hallo, es ist schon nach neun!«

Vesas Ruf zeigte keine Wirkung, weshalb er sich hinter dem Rücken seiner Mutter zur Stereoanlage durchschlängelte und sie ausschaltete. Rauli verstummte mitten im Satz.

Bei Vater dauerte es etwas länger. »*... das Allerschönste geben könnte, diese meine Welt ...* Verdammte Hacke, was ist jetzt los?«, brüllte er.

Dann erst sah er Vesa, der neben der Stereoanlage stand. »Schalt wieder ein, aber dalli!«

»… *diese meine Welt*«, sang Make, als wollte er zeigen, an welcher Stelle Vesa wieder einschalten sollte.

»Halt's Maul, Make!«, brüllte Vater und zeigte mit dem Finger auf Vesa. »Einschalten, hab ich gesagt!«

Auch Mutter drehte sich um und untermalte Vaters Forderung mit einer weit ausholenden Dirigierbewegung.

»Besser nicht«, sagte Vesa ruhig. »Wir haben schon zwei schriftliche Abmahnungen. Drei innerhalb eines Jahres, und wir fliegen raus.«

»Mir doch egal, verdammte Hacke!«, brüllte Vater und schlug mit der Faust auf den Tisch. »Dann kauf ich uns ein Haus. Und du Pfeife kannst dir schon mal einen warmen Papiercontainer suchen.«

»Wie wär's mit Aufbruch?«, wandte Vesa sich an Make. »Jatta sieht müde aus.«

»Scheiße!«, krakeelte Make und rammte Vater den Ellbogen in die Seite. »Arto, sag was, dass er sich nicht so aufspielen soll! Was glaubt der Pisser, wer er ist?«

Vater schüttelte den Kopf und stemmte sich, Vesa fest im Blick, vom Sofa hoch. Auch Mutter stand auf und ruderte mit den Armen. »Lass, Arto! Vesa meint's nur gut. Wir können auch ohne Musik Spaß haben, was, Arto? Wir könnten zum Beispiel pokern.«

Dass Mutter sich einmischte, war die Garantie dafür, dass Vater aufdrehte, und Makes blödes Lachen machte die Sache nicht besser.

»Wer ist hier der Hausherr, bescheuerte Kuh?! Du nicht, der Rotzlöffel nicht und meine Gäste schon gar nicht!«

Vater wollte hinterm Sofatisch vorkommen, musste aber erst über Jatta steigen, was ihn ins Schwanken brachte. Erst die Wand bremste seinen Ausfallschritt. Er wischte sich mit der Hand die Nase, die er sich angeschlagen hatte, und zeigte auf Vesa. »Schalt wieder ein!«

»Mach ich nicht.« Vesa schüttelte den Kopf. »Und du lässt besser auch die Finger davon.«

»Das werden wir ja sehen, verdammte Hacke!«, sagte Vater und baute sich schwankend vor Vesa auf.

Sie standen Gesicht an Gesicht. Vesa war einen halben Kopf größer als sein Vater. Dessen nach Schnaps und Bier stinkender Atem zwang Vesa, durch den Mund zu atmen. Er hätte am liebsten den Blick abgewendet, aber er zwang sich standzuhalten.

»Hast du gehört, was ich gesagt habe?« Vater fixierte ihn mit dem starren Blick des Betrunkenen. Er hatte dieselben Augen wie Vesa, die Farbe wechselte je nach Beleuchtung von Grünlich zu Braun.

»Zeig's ihm, Arto!«, grölte Make.

Als hätte er auf die Anfeuerung gewartet, machte Vater einen Schritt zurück und ballte die Hände zu Fäusten. Er hob die linke Faust vor seine schiefe Nase und brachte die rechte in Schlagstellung. Er versuchte, mit dem Oberkörper zu pendeln, und zeigte ein von Spucke feuchtes Grinsen, aber Vesa bewegte sich nicht. Seine vom Regen nasse Jacke wurde langsam auch von innen feucht, und ein Rinnsal Schweiß, das von den Augenbrauen zu den Wimpern floss, brachte ihn zum Blinzeln.

»Der Pisser hat Angst, Arto, jetzt verpass ihm endlich eine!«, krakeelte Make.

Vater warf einen Blick in Mutters Richtung, dann starrte er wieder Vesa an. Wenn er Mutters flehenden Blick bemerkt hatte, ließ er es sich nicht anmerken. Vesa sah ein kurzes Blitzen in seinen blutunterlaufenen Augen und machte sich auf einen Schlag gefasst. Doch dann drehte Vater sich um und beließ es bei einem Abwinken.

»Scheiß drauf! Warum wegen der Kackmusik einen Rauswurf riskieren.« Vater stieg schwankend über Jatta hinweg und ließ sich wieder aufs Sofa fallen.

»So leicht kommt der davon?«, wunderte sich Make. »Wenn er *mein* Sohn wäre …«

»Halt du Arsch bloß die Fresse!«, brüllte Vater. »Und gib die Flasche her! Und eine Zigarette!«

Vesa stand immer noch so, wie er die ganze Zeit dagestanden hatte. Er wusste, warum Vater klein beigab: Er glaubte, Vesa hätte noch die Waffe in der Brusttasche. Er konnte nicht wissen, dass sie seit zwei Stunden in seinem Zimmer lag, in der obersten Schublade seines alten Schülerschreibtischs. Der Alte hatte Angst vor ihm gehabt. Oder vielmehr vor seiner Waffe. Und das gefiel Vesa überraschend gut. Es gab eindeutig eine Machtverschiebung im Hause Levola, jedenfalls für den Augenblick. Der immer noch schimpfende Vater hob die Flasche an die Lippen, als es plötzlich in seiner Hosentasche klingelte. Vater wechselte nicht öfter als unbedingt nötig den Klingelton. Seit dem letzten Tausch war es *Smoke on the water*, und dieser Tausch war lange her.

»Welcher Arsch ruft um die Zeit an?«, sagte Vater, während er das Handy aus der Tasche zerrte. Sein Blick wurde schlagartig nüchterner, als er den Namen des Anrufers sah. »Maul halten, *alle*!«, zischte er. Dann räusperte er sich.

»Was?«, fragte Make.

»Maul halten, hab ich gesagt!«, zischte Vater. »Ja … ja … Was? … Fünf Mal? … Ich hab nichts gehört, das Handy war … Besoffen? … Nein, nur ein paar Bierchen nach der Sauna … Wie? … Wann? … Okay … Okay, in einer Stunde.«

Vater schob das Handy wieder in die Hosentasche und fluchte leise vor sich hin. Er schaute um sich, und der Letzte, den sein Blick zu fassen kriegte, war Vesa. »Ende der Familienfeier – wir haben was zu erledigen.«

»Redest du mit mir?«, fragte Vesa.

»Ja.«

»Du willst noch mal los?«

»*Wir.*«

»Warum?«

»Weil ich es sage und weil ich einen Fahrer brauche.« Vater sah Mutter an. »Mach Kaffee, starken!«

Mutter stand auf und schwankte in die Küche.

»Ich geh nirgendwohin«, sagte Vesa.

»Doch«, sagte Vater und wirkte plötzlich noch ein wenig nüchterner als bei dem Telefonat. Vesa erschien er schon wieder fast so angespannt wie auf der Tour früher am Tag. Und wieder war sich Vesa sicher, dass da etwas war, was Vater besser nicht getan hätte.

»Verfluchte Hacke! Ich brauch eine kalte Dusche.«

»Was'n los, Arto?«, lallte Make, der gleich endgültig hinüber war.

»Nichts ist los. Bring deine Schönheitskönigin nach Hause …« Vater ging mit der starren Haltung des Betrunkenen, der sich zusammenreißt, in Richtung Badezimmer.

»Wassags du?«

»Hau ab, sag ich!«, sagte Vater, ohne sich umzudrehen. Dann war er im Badezimmer, und die Tür schloss sich mit einem leisen Klacken.

Viitasalo fläzte sich mit einem Glas Rotwein in der Hand auf dem Sofa. Er fand, das hatte er verdient. Nicht unbedingt für das, was ihm heute gelungen war, sondern als Vorschuss sozusagen für morgen, wo er Sundström verhören würde, der nach der Nacht in der Zelle wahrscheinlich heftig angefressen war.

Im Wirtschaftsteil der *Zehn-Uhr-Nachrichten* ging es um Börsenkurse, die nach unten zeigten wie die Wünschelrute eines Brunnensuchers. Ein rotäugiger Börsenanalytiker sagte aufgeregt nicht mehr, als dass die weltweite Kreditkrise drauf und dran sei, auf die Realwirtschaft überzuspringen, und das Schlimmste erst noch bevorstehe. Was das für Normalsterbliche wie ihn bedeutete, erschloss sich Viitasalo nicht. An der Zapfsäule meinte er Anzeichen der Besserung bemerkt zu haben: Die Wucherpreise des Sommers waren den gewohnt überhöhten gewichen. Die Weltwirtschaft interessierte Viitasalo nicht. Er wartete auf den Sport und die Ergebnisse der Eishockeyliga.

»Schon wieder«, sagte Sari und setzte sich neben ihn. Das Leder des Sofas knarrte leise, als Sari die Füße unter sich zog, und Viitasalo musste an Kivis Lederjacke denken.

Kivi war es gewesen, der ihn neulich aus heiterem Himmel nach seiner Meinung zur Wirtschaftslage gefragt hatte. Ob es in Finnland nächstes Jahr eine Rezession geben würde, hatte er wissen wollen. Er sei Polizist und kein Hellseher, hatte er geantwortet. In Wirklichkeit hätte er nicht mal sagen können, was genau eine Rezession eigentlich war. Ob Kivi es wusste? Oder hatte er nur geblufft? Ihre Aufgabe war es, Drogendealer hinter Gitter zu bringen, egal, wohin die Kurven der Weltwirtschaft zeigten. Das hatte er auch Kivi gesagt, und das hatte zum Glück gereicht.

»Warum hast du zuckerfreie *Fisherman's* mitgebracht, aber keinen Zucker?«, fragte Sari über die Erkennungsmelodie der Sportsendung hinweg und nahm einen Schluck aus ihrem Glas.

»Hab's vergessen«, antwortete Viitasalo. »Die *Fisherman's* waren für dich.«

»Wozu?«

»Ich fand, du klingst heiser, und du hast ein paar Nächte schlecht geschlafen, also hab ich eins und eins zusammengezählt. Ich dachte, dass du vielleicht eine Erkältung ausbrütest. – War anscheinend auch verkehrt«, sagte Viitasalo, ohne den Blick vom Fernseher zu wenden.

Viitasalo nahm einen großen Schluck. Er merkte, dass er wieder unruhig wurde, und sagte sich, dass es dafür keinen Grund gab. Er musste seine Nerven in den Griff bekommen. Alles war gut. Liina schlief, sie saßen auf dem Sofa, der Wein war ein spanischer Campo Viejo aus dem guten Jahr 2002. Alles ist sogar verdammt gut, dachte er. Nur die Nachrichten waren schlecht: HIFK, seine Mannschaft, hatte wieder verloren. Das Gesicht des gegen die Plexiglaswand lehnenden Trainers war genauso traurig wie die Leistung seiner Mannschaft in diesem Herbst. Es liegt an der Motivation, dachte Viitasalo. Der Trainer monierte, dass sich die Mannschaft auf dem Eis nicht an sein taktisches Konzept halte. Und was sollte das bedeuten? Konnte man einer Herde bodycheckender Kleiderschränke mit einem Konzept kommen? War es nicht eher so, dass manche »Konzepttrainer« einfach nicht mehr die Sprache der Spieler sprachen? Dass die Kleiderschränke einen leichter verständlichen Text brauchten? Wenn der Trainer ihnen *Die Leiden des jungen Werthers* aufzwang, wo Wayne Gretzkys Memoiren ihnen schon hoch genug gewesen wären? Vielleicht hätte statt eines Buches auch Gretzkys berühmtes Motto gereicht: *Fahr dahin, wohin der Puck unterwegs ist, nicht dahin, wo er herkommt.*

»Was ist dein Problem?«, fragte Sari in einem Ton, als hätten sie schon Streit.

»Was ist *dein* Problem?«, antwortete Viitasalo.

Inzwischen war der einzige finnische Tennisspieler unter den ersten Fünfhundert der Weltrangliste im Bild, erklärte seine gefühlt hundertste Niederlage des laufenden Jahres und fand die Weltrangliste nicht wirklich aussagekräftig, jedenfalls lehne er es ab, sich darauf zu fixieren.

»Würde ich an deiner Stelle auch nicht, du Pfeife«, sagte Viitasalo.

Sari schwieg, aber Viitasalo sah aus den Augenwinkeln, dass ihre Schultern zitterten. Er schwor sich, dass es keinen Streit geben sollte. Keine Wiederholung von gestern. Er würde sich zusammenreißen. Und kein Nachkarten, nicht einmal eine Anspielung auf das, worüber sie beide nicht sprechen wollten.

»Wenn du nicht krank bist«, hörte er sich trotzdem vorwurfsvoll sagen, »warum geisterst du dann nachts herum?«

»Ich geistere nicht herum«, sagte Sari mit erstickter Stimme.

»Ich bin davon aufgewacht«, sagte Viitasalo.

Sie zeigten schon die Volleyball-Ergebnisse, die vom Basketball waren an ihm vorbeigerauscht.

Sari stellte ihr Glas auf den Tisch. Ihre Hand zitterte dabei.

»*Kannst* du nicht schlafen?«, fragte Viitasalo versöhnlich.

»Doch«, antwortete Sari und schniefte.

»Aber irgendwas muss doch sein?«

»Ich bin so müde«, flüsterte Sari.

»Kein Wunder, wenn du nicht schläfst. – Geh schlafen«, sagte Viitasalo. »Einmal durchschlafen, und das wird schon wieder.«

Sari antwortete nicht. Auch Viitasalo stellte sein inzwischen leeres Weinglas auf den Tisch.

»Hast du gehört? ... Sari?« Er war schlecht in so was. Er überlegte, ob er ihr den Arm um die Schultern legen und sie an sich ziehen sollte, aber er tat es nicht. Sari schaute in ihre Hände, nicht zu ihm.

»Unsere Firma ist schon wieder verkauft worden«, sagte sie.

»Schon wieder? Das letzte Mal war doch erst im Frühjahr«, wunderte sich Viitasalo. »Wer hat sie diesmal gekauft?«

»E-Method«, antwortete Sari.

»Und euch hat man nichts gesagt?«

»Natürlich nicht. Das Komische an der Wissensgesellschaft ist, dass man nur noch mit Gerüchten lebt.«

»Aber es gibt nicht nur Gerüchte? Bei euch, meine ich ...«

»Nein. Vor zwei Wochen war die erste Info-Veranstaltung mit den neuen Eigentümern. Es ging um Synergien – also um Entlassungen.«

»Vor zwei Wochen schon? Und warum hast du nichts gesagt?«

»Was hätte ich sagen sollen? Ich weiß ja nichts.«

Daher also ihre Schlafprobleme.

»Und was ist mit eurer Abteilung?«

»Es heißt, die Hälfte muss gehen, mindestens, manche denken, die wollen die ganze Abteilung dichtmachen. Ich halt das nicht mehr lange aus. Wie soll man sich auf die Arbeit konzentrieren, wenn man nicht weiß, ob sie einem demnächst unterm Hintern weggezogen wird. – Das ist der vierte Umbau in drei Jahren.« Sari vergrub das Gesicht in den Händen. »Und wenn sie mich wegschicken …?«

»Du bist doch hochqualifiziert«, versuchte Viitasalo sie zu trösten. »Du findest schon wieder irgendwas.«

Sari ließ die Hände sinken und sah Viitasalo ungläubig an. »*Irgendwas*? Was quatschst du da? Ich bin gut in dem, was ich mache. Ich will nicht *irgendwas* finden, verstehst du? Darum hab ich studiert. Aber dir ist das natürlich wurscht. Hauptsache, ich mache *irgendwas*, wie?«

»Das hab ich nicht gemeint«, versuchte Viitasalo sie zu beruhigen. »Ich wollte nur sagen, dass es keinen Zweck hat, den Teufel an die Wand zu malen. Noch ist nichts passiert. Und vom Darlehen sind nur noch sechzigtausend übrig, das schaffen wir schon.«

»Darum geht's doch gar nicht! Meine Arbeit *bedeutet* mir was, verdammt, begreifst du das nicht?!«

»Doch«, sagte Viitasalo, obwohl er es nicht begriff. Genauer gesagt, hatte er es sich nie wirklich überlegt. Was die Arbeit anging, hatte er mit sich selbst genug zu tun. Saris Job als IT-Spezialistin war irgendwie … eine Selbstverständlichkeit. Er wusste nicht mal genau, was sie machte. Es hatte ihn einfach nie so wahnsinnig interessiert. Er hatte stillgehalten, als Sari nach vier Ehejahren und drei Jahren als Betreuerin für psychisch Kranke zur Internetspezialistin umgeschult hatte, und nur für sich nachgerechnet, wie hoch ihr monatliches Minus wäre. Er hatte geflucht, aber auch das nur im Stillen.

Sari war damals 26. Zwei Jahre hatte die Ausbildung gedauert, und sie hatte auf Anhieb eine Stelle bekommen. Das war jetzt auch schon zehn Jahre her. Und die ganze Zeit war Sari bei derselben Firma geblieben und hatte eine kleine Karriere gemacht. Nur als sie Liina bekommen hatten, war sie das erste Jahr zu Hause geblieben. Nach einem halben Jahr hatte er damals vorgeschlagen, dass sie auch länger zu Hause bleiben könne, aber sie hatte unbedingt schnell wieder arbeiten wollen. Mehr als ein Jahr könne man sich in dem Job nicht leisten, hatte sie ihm erklärt, sonst käme man hinterher nicht mehr mit. Aber das war nicht der wirkliche Grund. Was es war, hatte sich später herausgestellt, als plötzlich unbezahlte Rechnungen auftauchten, eine ganze Menge unbezahlte Rechnungen. Auch darüber hatten sie, nachdem das Problem gelöst war, nie wieder gesprochen. Die Problemlösung war ein überraschender Fußballtotogewinn gewesen. Die Aufklärung der ominösen Geschichte konnte man danach auf sich beruhen lassen. Insbesondere, weil Sari die Arbeit offensichtlich guttat und sie bald wieder so ausgeglichen war wie früher.

Jetzt erinnerte sich Viitasalo auch daran, dass Sari auf seinen Vorschlag, länger zu Hause zu bleiben, mit einem Gegenvorschlag reagiert hatte: Er könne sich gern als Hausmann versuchen, wenn er finde, dass Liina länger mit einem Elternteil zu Hause aufwachsen solle. Viitasalo hatte gelacht, weil er den Vorschlag für einen Witz gehalten hatte. Aber vielleicht war es gar keiner gewesen. Vielleicht hatte er zu vieles nicht verstanden, was Sari ihm damals sagte. Vielleicht hätte er es ernster nehmen sollen, wenn sie sagte, dass sie durchdrehen würde, wenn sie noch ein Jahr mit den anderen Müttern im Park über das Zahnen, Hautausschläge und die besten Techniken reden musste, mit denen man das Kind zum Rülpsen oder Pupsen brachte. Sie sei einfach schon zu alt, um als nach frisch gebackenem Hefezopf duftende Hausfrau und Mutter auf der Stelle zu treten, erklärte sie ihm. Sie vermisste ihre Arbeitsstelle, und offenbar vermisste man sie dort auch. Auf der anderen Seite hatte sie Probleme mit Liinas Abhängigkeit von ihr und machte sich Vorwürfe, dass sie diese Probleme hatte. Vielleicht kam alles daher, dass man sie beide wegen des Kindes so lange unter Druck gesetzt hatte. Großeltern und Freunde hatten sie regelrecht bedrängt und immer wieder nachgefragt, und als sie schließlich nachgaben, als sie aufhörten zu verhüten und Sari endlich schwanger wurde, waren alle vollkommen aus dem Häuschen. Von ihnen wurde das auch erwartet, aber sie waren es nicht. Viitasalo hatte schnell gespürt, dass es ihnen beiden nicht wirklich gut ging dabei. Vielleicht hätten sie Liina doch früher in die Welt setzen sollen. Wieso hatten sie eigentlich so lange gewartet? Über zehn Jahre waren sie schon verheiratet gewesen. Wer von ihnen beiden hatte den anderen gebremst? Und warum konnte er sich nicht daran erinnern? Ihre seltsame Freudlosigkeit, die Mischung aus Schuld und Liebe, die sie beide verspürten – war das die Erklärung dafür, dass Sari sie am Ende sogar in wirtschaftliche Schwierigkeiten gebracht hatte? Hatte sie es mit Absicht getan, kalkuliert, oder war es nur eine Art Hilferuf gewesen? Vielleicht hätten sie darüber sprechen sollen. Auch darüber, dass Sari zu der Zeit, als die Sache mit den Schulden herauskam, seltsam mechanisch mit Liina umging und die Mutterschaft sichtlich nicht genießen konnte. Aber wer war er, dass er ihr das hätte vorwerfen können? Er hatte zu der Zeit gearbeitet wie ein Berserker. Warum eigentlich? Weil er sich selbst auch schuldig gefühlt hatte, dass er kein guter Vater war? Jedes Mal, wenn Liina weinte, empfand er es wie einen Vorwurf, dass sie schlechte Eltern waren. Das winzige, sich so fremd anfühlende Bündel hätte glücklich sein müssen. Und auf jeden Fall hätten *sie* glücklicher sein müssen, als sie es waren. Von Anfang an hätten sie die vielbeschworene überbordende Liebe zu ihrem Kind empfinden müssen. Aber die überbordende Liebe war erst später gekommen, viel später. Seitdem war Liina der Mittelpunkt und das Licht ihres Lebens, so wie es sein sollte.

»Auf jeden Fall«, sagte Viitasalo, »bist du achtunddreißig.«

»Und?«

»Nichts und«, sagte Viitasalo. »Ich hab nur laut nachgedacht.«

»Mit anderen Worten, in den Augen eines Arbeitgebers bin ich eine alte Frau«, sagte Sari und stand vom Sofa auf. »Danke, aber das weiß ich selber.«

»Das wollte ich damit nicht sagen«, rief Viitasalo Saris sich entfernendem Rücken nach. »Wir schaffen das, egal, was passiert.«

»Leck mich! Du hast keine Ahnung, wie es in mir aussieht, und es interessiert dich auch nicht, was mit mir passiert!« Saris Stimme kam vom Badezimmer her. Gleich darauf schlug die Tür zu.

Viitasalo blieb auf dem Sofa sitzen und schenkte sich wieder Wein

ein, diesmal fast bis zum Rand. Die Hälfte davon trank er mit einem großen Schluck. Sari hatte recht, er hatte keine Ahnung. Von nichts. Und wieder mal begriff er es zu spät, als dass er sie noch in den Arm hätte nehmen können und ihr zuhören. Er hätte sich in ihre Lage versetzen müssen, mit ihr mitfühlen, aber er hatte es zu eilig gehabt. Wieder mal.

Er hatte sich nicht in ihre Lage versetzt, weil er es nicht konnte. Noch nie. Und weil er es nicht konnte, war es vielleicht sogar besser, die Dinge unter Schweigen zu begraben. Das Schlechte verrottete und zersetzte sich im Dunkeln, wenn man nur nicht darin herumstocherte. Wenn man darin herumstocherte, entlud sich leicht übelriechendes Gas.

Ihre Arbeitsstelle war es also. Saris Arbeitsstelle.

Viitasalo trank das Glas leer und schenkte sich den restlichen Wein ein. Er versuchte, die Sache aus seinem Blickwinkel zu betrachten. Wie wäre es eigentlich für ihn? Wie wäre es, wenn seine Arbeitsstelle bedroht wäre und Sari ihm sagte, er solle sich keine Sorgen machen, er würde schon irgendwas Neues finden. *Irgendwas.* Was, wenn er selbst seine Arbeit verlieren würde? Er konnte es sich nicht mal vorstellen. Und musste es auch nicht. Seine Arbeit konnte man nicht ins Ausland verlagern, und man konnte auch keine billigen Konkurrenzangebote einholen.

In einem fließenden Übergang näherten sich Viitasalos Gedanken dem morgigen Tag. Sie näherten sich Sundström. Er überlegte, mit welcher Taktik er Sundström angehen würde. Die ersten Minuten waren entscheidend. Anders als beim Eishockey, gab es bei Verhören keine Schlusssirene. Und meistens auch keine Verlängerung. Der Beginn entschied alles, er gab die Richtung vor, und wenn man es gut machte, wurde es ein Spiel auf ein Tor. Vor seinem geistigen Auge sah er Sundström als Torwart ohne Gesichtsmaske. Der Torwart wirkte unsicher. Viitasalo näherte sich ihm über die blaue Linie, niemand stellte sich ihm in den Weg. Der Puck klebte ihm förmlich an der Kelle, und er beschloss, Sundström mit einem schnellen Schuss auf der Schlägerseite zu überraschen. Doch als er schießen wollte, sah er plötzlich Saris Gesicht. Sundström hatte sich tief ins Tor zurückgezogen, und Sari schaute ihm weinend über die Schulter. Es sah aus, als wollte sie ihn um etwas bitten.

»Bin ich ein Drecksack – nein!«, sagte Viitasalo halblaut und schüttelte den Kopf, um das Bild von sich und Sundström in Eishockeymontur auszulöschen. Er meinte noch ein schiefes Lächeln auf Sundströms Gesicht zu sehen, bevor er von der Bildfläche verschwand.

Viitasalo trank das Glas leer. Als er aufstand und in Richtung der verschlossenen Badezimmertür ging, spürte er, dass er schwankte. Wie viele Gläser hatte er eigentlich getrunken? Sari hatte nur ein halbes Glas getrunken, er den Rest der Flasche. Außerdem hatte er nach der Sauna drei Halbliterdosen Bier gebraucht. Er spürte, dass er leicht betrunken war. Er musste sich zusammenreißen. Er wollte seine Frau um Verzeihung bitten. Er musste es tun.

Turunen saß hinten in der Halle, in einer aus Vierkanthölzern und Spanplatten zusammengeschusterten Bude ohne Dach, die er als Büro benutzte. Er fluchte laut. Hinter der Plexiglasscheibe, durch die er die Halle überblicken konnte, machten Ilja und Fedor einen Höllenlärm. Sie kickten mit einem Kinderfußball, den sie in Härskis Auto gefunden hatten. Als der Ball ein paar Sekunden zuvor gegen die zerkratzte Plexiglasscheibe gedonnert war, hatte Turunen gesehen, dass jemand in einer krakeligen Handschrift PETERI darauf geschrieben hatte. Härski war außer mit seiner Dummheit auch noch mit einer Rechtschreibschwäche gestraft gewesen. Turunen war sich sicher, dass dem falsch geschriebenen Petteri ohne den kürzlich verstorbenen Vater ein deutlich besseres Leben bevorstand. Er schloss das aus seiner eigenen Erfahrung. Nur grundsätzlich tat ihm der Junge leid. Weil er Kinder mochte. Um Kinder musste man sich gut kümmern, sie waren künftige Kunden.

Erst heute Morgen hatte er wieder höflich angehalten und nach einem kurzen Aufblenden eine Kindergartengruppe mit ihren Betreuerinnen über die Straße gelassen, obwohl hinter ihm in seinem Mercedes niemand mehr kam. 23 ungefähr vier Jahre alte Knirpse hatte er gezählt. Nach seinen Berechnungen waren mindestens fünf, mit etwas Glück sogar sieben von ihnen in knapp zehn Jahren regelmäßige User, erst noch querbeet, aber wenn von den fünf bis sieben auch nur zwei oder drei auf harte Drogen umstiegen, brauchte man kein Mathe-Studium, um zu begreifen, dass da nicht nur ein paar Knirpse auf kurzen Beinen, sondern ein paar dicke Bündel Scheine die Yläkartanontie in Soukka überquerten. Als ihm einer der Knirpse winkte, winkte er mit einem herzlichen Lächeln zurück und stellte sich vor, wie aus genau dem einer von den zwei oder drei seiner zukünftigen Kunden würde. In Kindern lag die Zukunft.

Finnland war für Turunen ein gutes Land. Die geistige Atmosphäre war bedrückend, und die natürlichen Begebenheiten taten das Ihre, um die genetisch verwurzelte Neigung der Finnen zu Niedergeschlagenheit und selbstzerstörerischem Verhalten zu verstärken. Ein halbes Jahr Dunkelheit plus ein halbes Jahr Lichttherapie funktionierte sogar bei den immer zahlreicher werdenden Zuwanderern. Selbst ein mitgebrachtes Dauerlächeln gefror allmählich zur Grimasse, die Schulterlinie verlagerte sich nach unten, und das Kinn senkte sich umso tiefer auf die Brust, je weiter die Integration voranschritt. Ein paar Jahre in Finnland, und die Migranten hatten zu den von Geburt an niedergedrückten Ureinwohnern aufgeschlossen. Ein paar Jahre nur, und sie trugen wetterfeste Trainingsanzüge, standen zugedröhnt auf Kneipenhinterhöfen und stritten sich um nichts und wieder nichts, das Finnenmesser in der Hand und finnische Flüche auf den Lippen. Finnland war ein verdammt gutes Land für Turunen. Und doch dachte er daran wegzuziehen. Nicht gleich, aber spätestens in einem Jahr. Erst musste er noch seine letzten Geschäfte erfolgreich abschließen.

Härski und Sundström. Turunen bedauerte, wie sie die Sache mit Härski erledigt hatten. Er bedauerte nicht, dass sie den doppelgesichtigen Spitzel getötet hatten. Inzwischen fand er nur, dass sie es damit zu eilig gehabt hatten. Sie hätten sich mehr Zeit lassen sollen, vielleicht hätte man doch noch mehr aus ihm herausbekommen. Dann hätte man jetzt vielleicht gewusst, was Sache war.

»Wenn der verdammte Anruf ein paar Stunden früher gekommen wäre!«, fluchte Turunen halblaut.

Die Situation war durch Pakarinens Anruf schwieriger geworden. Alles war anders als noch vor ein paar Stunden. Die vom Drogendezernat in Pasila hatten sich Sundström genau zur selben Zeit geschnappt, als Ilja und Fedor Härski das Fell über die Ohren zogen. Dumm gelaufen.

Turunen überlegte fieberhaft. Warum hatte Härski nicht erzählt, wie nah die Bullen ihm schon auf den Fersen waren? Hatte er es nicht gewusst, oder war er so mutig gewesen, dass er es nicht erzählt hatte? Sollte das seine letzte große Heldentat sein?

Turunen kam schnell zu dem Ergebnis, dass Härski es nicht gewusst hatte. Er taugte nicht zu Auftritten à la Clint Eastwood. Außerdem hatte Härski Kontakt zu einem von der Staatspolizei gehabt, der KRP, und

Sundström hatten die städtischen Drogenfuzzis abgeholt. Irgendwas war faul an der Sache. Aber was? Turunen kam nicht drauf. Noch nicht.

Was sind die Fakten?, überlegte er. Härski war ein Mann, den er selbst für die Überwachung Arto Levolas angeheuert hatte, und irgendwann hatte ihn dann die KRP in die Fänge bekommen. Und wenn die KRP Sundström im Visier hatte, dann wusste man dort unweigerlich auch über seine, Turunens, Verbindung zu Sundström Bescheid. Das war nicht gut. Und was war mit den Drogenfuzzis im Polizeipräsidium in Pasila? Die kassierten Sundström ein, obwohl er immer behauptet hatte, dass er von denen mehr beschützt als gejagt würde. Sundström hatte ihm zu verstehen gegeben, dass er einen von denen fest an der Gurgel hatte, einen, der dort an der richtigen Stelle saß. Offensichtlich hatte Sundström eine zu hohe Meinung von sich und seinem Würgegriff gehabt. Aber würde er reden? Niemals. Und was hatten die Bullen dann gegen ihn, Turunen, in der Hand – gar nichts. Die Bullen hielten Sundström für eine Schlüsselfigur und unterschätzten ihn selbst. Das war eine gute Sache, fand er, denn wäre es anders gewesen, hätten sie sich ihn mitgeschnappt – es war sogar eine verdammt gute Sache.

Turunen zündete sich eine Zigarette an und blies einen diskreten Vorhang aus Rauch vor das Michelin-Mädchen, das auf dem Kalender neben seinem Schreibtisch mit einem Reifen spielte. Er selbst musste sein Spiel weiter so spielen, dass ihm auch in Zukunft genügend Mittelsmänner die Deckung verschafften, die er brauchte, um sich den Anschein eines kleinen Rädchens im Getriebe, einer kleinen Nummer zu geben. So würden die Bullen ihn nicht nur nicht zu fassen kriegen – sie würden es nicht mal für notwendig halten, ihn zu fassen. Nicht, wenn er aufpasste.

Man musste immer aufpassen, wenn man auf nichts verzichten wollte. Auf Geld zu verzichten war dabei vielleicht noch schmerzlicher, als vorübergehend auf die Freiheit zu verzichten. Er hatte mit beidem Erfahrung, aber er hatte daraus gelernt. Die Lehrjahre hatte er hinter sich, auf seinem Stuhl saß ein Meister. Und hinter der Plexiglasscheibe bolzten die Schüler mit dem dämlichen Ball. Sie wussten nur noch nicht, wer Meister und wer Schüler war.

Turunen schaute um sich. Ein eigener Stuhl, ein eigener Tisch, eigene Ordner, ein eigenes Büro in der eigenen Halle, und alles war Eigentum der Firma. In Hanikka eine Villa mit 250 Quadratmetern Wohnfläche, nur einen Steinwurf entfernt das Meer und in der Garage der Firmenwagen, ein 3,5 l-Mercedes direkt aus Deutschland, und war der Kilometerzähler auch sehr wahrscheinlich manipuliert, so war das Prachtstück doch nur über seidenglatte deutsche Autobahnen gerollt und nicht über finnische Schotterpisten. Turunen *war* die Firma. Alles gehörte ihm. Außer in den Augen der Steuerbehörde.

»Ja, ja.« Turunen nickte. Er würde in beiden Hinsichten aufpassen. Geld und Freiheit, darum ging es. Und um Macht. Die hatte er auch schätzen gelernt. Weder von Geld noch von Macht konnte man je genug besitzen. Beides hielt einen auf Trab, und das war gut so. Sonst wäre er nicht so weit gekommen, säße er nicht genüsslich rauchend und schaukelnd auf einem komfortablen Direktorenstuhl. So gesehen war sein abgebrochenes Studium am Handelsinstitut doch nicht vergeblich gewesen, sagte sich Turunen und drückte die Zigarette aus.

Er verschränkte die Hände im Nacken. Welche Maßnahmen erforderte die veränderte Situation? Das Schwarzarbeitergeschäft galt es für eine Weile auf Eis zu legen. Es war zu offen sichtbar, hinterließ zu viele Spuren, egal wie vorsichtig man dabei zu Werke ging. Außerdem pfiff die Baubranche aus dem letzten Loch, die Zahl der neuen Baustellen ging dramatisch zurück, eine Rezession war absehbar, und den Handlangern aus dem Osten stand eine bittere Rückkehr bevor. Levola und Enqvist waren viel zu spät ins Geschäft eingestiegen, die Netze waren längst eingeholt. Idioten! Wollten in den Aralsee Barsche einsetzen, obwohl sich die Strandlinie schon im Schnellzugtempo von ihnen fortbewegte. Und wie konnten die glauben, dass er ihnen nicht dahinterkommen würde? Er erfuhr alles, von Härskis Verrat genauso wie von Sundströms Verhaftung.

Schon wieder war er bei Sundström gelandet. Wenn sie bei ihm was gefunden hatten, würde er das nächste Weihnachten und vermutlich ein paar mehr in Sörnäinen im Knast verbringen. Er war noch auf Bewährung draußen, das machte die Sache schlimmer.

Reino Sundström. War er wirklich so abgezockt, wie er immer tat? Kaum. Ich sitze hier, dachte Turunen, und er sitzt in der Zelle in Pasila, darf einmal in der Woche in die Sauna und eine Stunde am Tag aufs Dach, auf dem sich dort die Häftlinge die Beine vertreten, vielleicht sogar zur selben Zeit, wenn ich in Hanikka meine Walkingrunde drehe und die Herbstluft atme, die sich mit dem Geruch der verschmutzten Ostsee und dem Duft des Geldes mischt, den ich angeblich verströme. – Also wer von uns beiden ist abgezockt?

Turunen dachte auch über die Verlagerung des Schwerpunkts ihrer Geschäfte nach, die Sundström vorschlug, die neue Goldader, mit der sie die jetzt versiegende ersetzen würden, wie er sich sprachlich nicht ganz korrekt ausgedrückt hatte. Dass man die Märkte neu organisieren sollte, hatte die St. Petersburger Mafia Sundström vorgeschlagen, dem Vernehmen nach ging ihnen das präpotente Gehabe der Esten und Letten in den baltischen Ländern gegen den Strich. Sundström zufolge musste man fürs erste die Esten aus Südfinnland verdrängen, weil sie mit ihren billigen Preisen die sowieso schon kleinen Margen auf dem heimischen Amphetaminmarkt noch weiter schrumpfen ließen. Diesem Treiben musste man ein Ende setzen, und dazu brauchte man das Know-how der St. Petersburger. Ein Geschäft auf Gegenseitigkeit: Die St. Petersburger wollten wegen der mangelnden Kooperationsbereitschaft der baltischen Mafiaorganisationen die Transportwege für Heroin nach Norden verlegen, und die Finnen wollten ihre Margen zurück. Beide Seiten sahen einen Synergievorteil und die Möglichkeit, viel Geld in genau die richtigen Taschen zu wirtschaften. Zu viele Transporte auf dem Weg von St. Petersburg nach Mitteleuropa waren schon in Estland, Lettland und Litauen verloren gegangen, obwohl sie mit Begleitschutz fuhren, also Männern mit MGs und nervösen Zeigefingern. Der Gewinn floss in die falschen Kanäle, und in die baltische Erde floss das falsche Blut, fanden die St. Petersburger und wollten sehen, wie die Route durch Finnland und Schweden funktionierte, nur sollte alles unauffälliger als zuvor im Baltikum vonstattengehen. Und darum sollte eine zuverlässige Organisation vor Ort die Sicherung der Transporte übernehmen. Die zuverlässige Organisation in Finnland waren die alten und in vielerlei Geschäften bewährten Partner Sundström und Turunen, genauer gesagt: die Sundström & Turunen AG.

Turunen AG klingt besser, fand Turunen, als er es im Geiste ausprobierte.

Je mehr er über das neue Geschäft nachdachte, desto weniger sah er die Notwendigkeit, Sundström daran zu beteiligen. Er hatte schließlich sein russisches Duo. Die beiden standen noch bei den St. Petersburgern auf der Gehaltsliste und sollten garantiert nicht nur die Esten, sondern auch ihn im Auge behalten. Trotzdem fraßen ihm die beiden aus der Hand, und wenn sie Informationen nach St. Petersburg weitergaben, waren es die, die er für nötig hielt. Mehr erfuhren sie auch nicht. Und irgendwann würde er die beiden ganz kaufen.

Turunen fand, dass Sundström und die St. Petersburger sich den Esten gegenüber unklug verhielten. Es war Unsinn, die Beziehungen zu den Esten ganz zu kappen. Viel eleganter war es doch, sie in dem Glauben zu lassen, dass alles beim Alten blieb. So wären sie zufrieden, würden, zumindest fürs erste, ruhig bleiben. Er würde jedenfalls in aller Stille weiter seine kleineren Geschäfte mit ihnen machen und sehen, wie sich die Situation entwickelte. Die Sparte war so konjunkturabhängig, dass es gar nicht ratsam war, Eier nur in einem Nest zu bebrüten. Der Kuckuck machte es vor.

Doch ohne Sundström kam er eindeutig besser klar, war Turunen inzwischen überzeugt. Sollte er einfahren, der Dreckskerl. Er hatte ihm genug Ärger eingebracht. Niemand würde ihn vermissen – womit sich auch gleich die Inschrift für Sundströms Grabstein gefunden hätte: *Niemand wird ihn vermissen. Außer der Polizei.* Wenn es so weit wäre, würde Turunen großzügig das Blattgold für die Schrift spendieren.

Natürlich würde Sundström ihn als Kontaktmann für die Schwarzarbeitergeschäfte haben wollen, überhaupt als seinen verlängerten Arm außerhalb der Gefängnismauern. Und das war gut so. So hätte er Sundström unter Kontrolle und könnte ihn in dem Glauben lassen, dass er immer noch selbst die Strippen zog. Sein Glück war, dass Sundström außer ihm niemandem vertraute.

»Was für ein Idiot!«, lachte Turunen auf. Er wäre Sundströms verlängerter Arm draußen. Es wären seine Augen und seine Ohren, auf die er sich wohl oder übel verlassen musste. Wie lange kannten sie sich jetzt?

Sie hatten sich in Schweden kennengelernt, im Sicherheitstrakt der Strafanstalt A in Kumla, wo sie zur gleichen Zeit eingesessen hatten. Wie lange war das jetzt her? Fünfzehn Jahre, ungefähr. Eine kurze Zeit im Leben eines Menschen, dachte Turunen, aber viel zu lang, um es mit Sundström auszuhalten. Ein paar Jahre nachdem er aus Kumla entlassen worden war, war Turunen nach Finnland zurückgekehrt. In Schweden kannte man ihn zu gut, dort hätte er seine Geschäfte nicht weiterbetreiben können, jedenfalls nicht so ungestört wie früher. Er war derjenige, der zuerst heimkehrte, Sundström kam erst später nach. Er, Turunen, war auch derjenige, der immer für die Geschäfte auf dieser Seite der Ostsee verantwortlich gewesen war. Wenn die Russen am Anfang nur mit ihm zu tun hatten, würde ihnen bald aufgehen, dass sie Sundström gar nicht brauchten. Und wenn es ihnen nicht von allein aufging, würde er nachhelfen. Er würde sich um alles kümmern. Auch um Arto Levola.

Turunen lachte so laut, dass Ilja und Fedor aufhörten zu kicken und ihn durch die Plexiglasscheibe anstarrten. Er hob den Daumen und zündete sich eine neue Zigarette an. Aus den Augenwinkeln sah er, dass die russischen Jungs weiterspielten.

Bei Lichte betrachtet, stellte sich Sundströms Festnahme sogar als Glücksfall heraus. Wenn er alles richtig machte, fiel ihm dessen Reich regelrecht in den Schoß. Und in den Tiefen seines eigenen neuen, dann doppelt so großen Reiches würde, von niemandem betrauert, der alte König Sundström langsam verfaulen und verrotten.

»Kein schlechter Gedanke«, murmelte Turunen und blies einen fast perfekten Rauchring. »Wirklich nicht.«

Dann fiel ihm seine einzige aktuelle Baustelle ein, eine Gruppe von vier im Rohbau befindlichen Einfamilienhäusern. Es würde sich lohnen weiterzubauen, von jetzt an eben mit halblegalen Arbeitskräften. Sie waren ein gutes Deckmäntelchen. Durch die Buchhaltung, die man für sie benötigte, würde man Debits in Credits umwandeln können und die Differenz netto in die eigene Tasche stecken. Die Häuser selbst würde er irgendwann und über mindestens zwei Ecken an sich selbst verkaufen, nur auf dem Papier natürlich, aber so konnte man ein paar Tausender Entschädigung einsacken, wenn man am anderen Ende dafür sorgte, dass sich der Zeitplan um ein paar Monate verzögerte. Für Verzögerungen beim Hausbau war, wie überhaupt für Turunens Immobiliengeschäfte, Enqvist zuständig, dafür und für gefälschte Quittungen aller Art, das war seine Lebensversicherung. Anders gesagt: Nur darum war er noch am Leben. Bis auf weiteres. Eins von den vier Häusern würden sie allerdings nach Plan fertig bauen, Enqvist hatte es schon vorzeitig verkaufen können. Ein leichtgläubiges junges Ehepaar, das sein erstes Kind erwartete, hatte sich in die Bruchbude, die da auf sumpfigem Gelände entstand, so sehr verguckt, dass es nach einer Versicherung gegen versteckte Mängel nicht einmal gefragt hatte. Das junge Paar wusste auch nicht, dass im Hauspreis ein stiller Mitbewohner inbegriffen war, der demnächst unter den Estrich ihres Wohnzimmers ziehen würde. Turunen war schon wieder nach Lachen zumute, denn in der Sache lag doch ein gehöriges Maß Ironie: Die Bruchbude wäre gleichzeitig das Geburtshaus eines Erstgeborenen und die letzte Ruhestätte eines gewissen Härski.

Und Arto Levola? Für den Idioten hätte er gar keine Verwendung mehr, wenn er ihm erst mal seine Schulden für den Alleingang auf dem Sklavenmarkt bezahlt hatte. Vielleicht ließ er ihn auch gleich heute über die Klinge springen, aber erst kam der Lohn und dann die Arbeit. So dachte er immer schon, und an seine Prinzipien pflegte er sich zu halten.

»Jetzt ist Geduld gefragt«, murmelte Turunen, während er den kickenden Killern in der Halle zuschaute. Ilja schien ein guter Techniker zu sein. Gerade hatte er sich den Ball vom Kopf in den Nacken rollen lassen, jetzt beugte er sich nach vorn, breitete die Arme aus und balancierte ihn im Nacken.

»Alle müssen wissen, mit wem sie es zu tun haben. Aber man muss dafür sorgen, dass sie es selbst erkennen«, setzte Turunen sein Selbstgespräch fort.

Ilja richtete sich ein wenig auf, und der Ball rollte ihm den Rücken hinunter. Kurz bevor er die Pobacken erreichte, machte Ilja eine schnelle Hüftbewegung, die den Ball nach oben schnellen ließ. Ilja drehte sich blitzschnell um und richtete sich dabei vollständig auf. Danach klemmte der Ball zwischen Fuß und Schienbein. Ilja grinste, und Fedor machte ihm die Einmannwelle.

»Eingeklemmt. Wie Sundström«, sagte Turunen zufrieden. »Und alle anderen auch.«

Ilja ließ den Ball aufspringen und spielte ihn mit dem Innenrist Fedor zu. Fedor stoppte den Ball, stellte sich darauf und formte mit den Händen ein Fernrohr, durch das er ein imaginäres Spielfeld absuchte. Ilja applaudierte lachend. Irgendwann hatte der große Atik Ismail so etwas mitten im Spiel gemacht, erinnerte sich Turunen. Er habe nach einem freien Mitspieler gesucht, hatte der Torjäger nach dem Spiel erklärt, er habe nur leider keinen gefunden, darum sei er wieder vom Ball heruntergestiegen und allein aufs Tor zugestürmt. Genauso würde es Turunen auch machen: Er würde so tun, als wollte er sie alle ins Spiel mit einbeziehen, seine eigenen Leute wie die estnischen Volltrottel, aber es wäre alles nur Augenwischerei. Mit seiner Spielintelligenz war er diesen Amateuren haushoch überlegen, und bis die Dummköpfe das begreifen würden, wäre er längst über alle Berge.

Nur für den Augenblick musste er sich noch gedulden. Bis auf weiteres war Finnland für ihn immer noch ein verdammt gutes Land. Jetzt vielleicht sogar noch mehr als heute Morgen, als er den Knirpsen aus dem Kindergarten zugewinkt hatte. Turunen lächelte, als er an die Kinder dachte. In all ihrer Unschuld waren sie so unglaublich süß gewesen. Kleine Menschlinge, die in der Obhut netter Kindergärtnerinnen über die Straße wuselten und nicht wissen konnten, dass sie das Spiel im Grunde schon in dem Moment verloren hatten, als ihre Mütter zu ihrem Entsetzen merkten, dass sie schwanger waren.

»Okay, Vesa, wir halten kurz an irgendeiner Bushaltestelle an«, sagte Vater, als Vesa vom Ring 1 auf die Tattariharjuntie abgebogen war. »Ich sag dir Bescheid. Und hau die Gänge nicht so rein! Bringt man euch in der Fahrschule heutzutage bei, das Kupplungsgehäuse zu zerdeppern?«

Es waren die ersten Worte seit ihrer Abfahrt. Vater hatte mit vom Duschen nassen Haaren still und nachdenklich neben Vesa gesessen. Nur zu Beginn der Fahrt hatte er noch Schluckauf gehabt.

»Und *warum* halten wir an?«

»Wir müssen reden«, sagte Vater.

»Worüber?«

»Darüber, was wir Turunen sagen. Wir müssen ihm dasselbe erzählen.«

»Worüber?«

»Frag nicht!«, fuhr ihn Vater an. »Ich überleg mir gerade, was er weiß.«

Vesa war still, obwohl er Lust hatte, die zweimal gestellte Frage noch ein drittes Mal zu stellen. Er hatte nicht die geringste Ahnung, was sie vorhatten. Die ganze Sache kam ihm nur seltsam vor: ein Abendbesuch irgendwo in Tattarisuo. Und Vater hatte ihn gezwungen, wieder die Pistole mitzunehmen. Mutter war, ohne Fragen zu stellen, schlafen gegangen, aber ihr Gesichtsausdruck war voller Sorge gewesen. Wusste sie mehr als er?

Der Hiace fuhr schwankend bergab, am Ende der Gefällstrecke lag rechter Hand ein Industriegebiet. Triste, hässliche Hallen aus Blech und nicht minder hässliche aus vorgefertigten Betonteilen. Vesa verlangsamte das Tempo.

»Wenn du noch mal halten willst, wär's dann nicht besser jetzt? Ich meine, sind wir nicht bald da?«

»Wie?« Vater schaute aus dem Fenster auf der Beifahrerseite. »Das hier ist noch nicht Tattarisuo. Das ist Tattariharju. Du glaubst doch wohl nicht, dass Turunen seine Klitsche in so einer ordentlichen Gegend hat.«

»Bisher hast du mir gar nichts erzählt, ich weiß nicht mal die Adresse.«

»Alles zu seiner Zeit.« Vater zeigte nach vorn rechts. »Halt da an, gleich nach der Abzweigung zum Flughafen Malmi. Dann erzähl ich dir, wie wir's machen.«

»Bist du dir ganz sicher?«, fragte Vesa, als sie eine Viertelstunde später ohne Licht die Kytkintie entlangfuhren. Im übrigen hatte Vater recht: Tattariharju unterschied sich von Tattarisuo wie eine propere Vorortsiedlung von einem Ghetto. Auf beiden Seiten der schmalen, von einem Graben gesäumten Straße standen Schuppen, von denen manche wohl nur stehen blieben, weil sie der an den Außenwänden aufgetürmte Schrott am Umfallen hinderte. Zäune waren aus Abfallholz und Wellblech zusammengeflickt. Sie passierten einen Platz voller Autowracks und Reifenberge, eine Art Hangar davor sah aus wie ein halb im Schlamm versunkenes umgekipptes Ölfass. Ein schiefes Verkaufsschild tat kund, dass hier gebrauchte Sommer- und Winterreifen sowie echte Lederjacken zu verkaufen seien – billig!

»Nein«, sagte Vater. »Aber auf die Schnelle fällt mir nichts Besseres ein.«

»Was ist das für ein Typ? Und warum versuchst du so einen aufs Kreuz zu legen?«

»Turunen ist ein dummer Kleinganove, und dumme Kleinganoven legt man aufs Kreuz. So ist die Welt.« Vater rutschte nervös auf seinem Sitz herum. »Bleib hier stehen. Die nächste Bruchbude muss es sein.«

Vesa lenkte den Wagen an den Straßenrand und machte den Motor aus. Vor ihnen rechts schaute das dunkle Dach einer Blechhalle über einen hölzernen Zaun aus Fertigteilen. Aus schmalen Oberlichtern fiel schales Licht auf den Fichtenwald hinter dem Gebäude. Vesa sah sich den Zaun an, auf dessen unbehandelte, mit Moos bedeckte Oberfläche jemand in mannshohen Buchstaben HUND! gepinselt hatte.

»Der hat auch noch einen Hund«, sagte Vesa.

»Einen Scheiß hat er«, antwortete Vater. »Das hat einer seiner zufriedenen Kunden hingesprayt. Turunen baut Einfamilienhäuser mit Edelholzparkett, und wenn der Kunde bezahlt hat, kriegt er Laminat. Früher stand da: ›Du bist tot, du dreckiger Hund!‹ Turunen hat den halben Zaun umgedreht und nur das ›Hund‹ stehen lassen. Es hält Neugierige fern.«

»Wie wär's, wenn wir uns auch fernhalten würden?«, sagte Vesa. »Ruf ihn an, und sag, dass du es doch nicht schaffst.«

»Scheiß drauf!« Vater öffnete die Wagentür. »Du kommst in zehn Minuten. Aber bleib auf dem Hof, wenn nichts Besonderes ist. Er braucht nicht zu wissen, dass wir zu zweit sind. Ich bring die Sache mit ihm in Ordnung, und du gibst mir Rückendeckung. Alles klar?«

Vesa nickte. Er würde in jedem Fall auf dem Hof bleiben, auch und gerade wenn drinnen was Besonderes war.

Vater stieg aus und drückte die Wagentür leise zu. Vesa sah ihn noch, wie er auf das Tor im Zaun zuging. Seine Schritte waren jetzt fest und sicher, keine Spur mehr von einem handfesten Rausch. Für einen Augenblick bewunderte er seinen Vater fast, aber der Anfall ging schnell vorbei.

Vater hatte sich ein massives Problem eingehandelt. Und er saß mit im Boot. Er bezweifelte, dass sie so schnell aus der Sache herauskamen, wie Vater dachte. Was seinem Vater fehlte, war der Instinkt dafür, wann es eng wurde.

»Idiot«, flüsterte Vesa.

Vater war nicht mehr zu sehen, und das Tor im Zaun war zu. Vesas Handy zeigte, dass genau eine von den verabredeten zehn Minuten vergangen war. Und plötzlich kam ihm die Idee, ob er nicht Tiina anrufen sollte. Er könnte ihr eine gute Nacht wünschen, eine bessere Nacht als seine.

Es war eine blöde Idee, das wusste Vesa, bevor die zweite Minute verstrichen war. Die Zeit verging zäh, andererseits wünschte er sich, sie würde ganz stehen bleiben oder noch besser: zurückgedreht werden bis zu dem Zeitpunkt, als Vater die dämliche Idee kam, seinen Boss zu bescheißen. Hätte Vesa sich etwas wünschen können, dann, dass sein Vater bei seiner zweiten Chance begriff, *wie* dämlich die Idee war, und sie schnell wieder verwarf.

Kurz vorm Ende der fünften Minute klopfte es an die Seitenscheibe. Vesa zuckte zusammen und hob den Blick vom Handy. Ein Pistolenlauf zeigte direkt auf sein Gesicht. Als Vesa sich vom ersten Schreck so weit erholt hatte, dass er die Augen von der Waffe lösen konnte, wusste er, dass er in einem noch viel schlimmeren Schlamassel steckte, als er es sich überhaupt hätte vorstellen können.

»Lass die Hände immer schön sehen, und steig aus!«

Arto Levola saß in Turunens Büro. Turunens russische Gorillas, die er noch nie gesehen hatte, standen hinter der Plexiglasscheibe und rauchten. Auf den ersten Blick sah es aus, als wären sie nicht wirklich daran interessiert, was hinter der Scheibe vor sich ging, aber sie waren es mit Sicherheit. Sie blieben locker, um jederzeit reagieren zu können.

Als Arto die Hallentür geöffnet hatte, waren sie über ihm gewesen, bevor er überhaupt einen Schritt hatte machen können. In weniger als fünf Sekunden hatten sie ihm seine Waffe abgenommen, und nach fünfzehn Sekunden saß er auf einem Hocker Turunen gegenüber, der in seinem federgepolsterten Bürostuhl schaukelte und mit dem Mund nervige Klackgeräusche machte. Es mussten über fünf Minuten um sein, und noch hatte niemand ein Wort gesprochen.

Arto rutschte auf dem Hocker herum und hatte einen schweißnassen Arsch. Aus den Augenwinkeln erfasste er eine schnelle Bewegung hinter der Plexiglasscheibe: Einer der Russen deutete mit der Pistole auf ihn. Turunen hob den Daumen, und das hässliche Gesicht und die Waffe verschwanden.

»Die Jungs sind ein bisschen überdreht«, grunzte Turunen. »Es war ein harter Tag.«

Arto schluckte. Er war erleichtert, dass das Schweigen ein Ende hatte, aber er blieb auf der Hut. Turunen zündete sich in aller Ruhe eine Zigarette an.

»Ich hab erst nichts gesagt, weil ich mir überlegen wollte, was wir mit dir machen. Das Fundament unserer Branche ist Vertrauen, sonst können wir alle zusammen einpacken. Unser Geschäft ist ein Geschäft zwischen ehrlichen Männern«, sagte Turunen und blies eine Rauchwolke in die Luft.

»Du weißt doch selbst, dass unser Deal mir nicht wirklich was eingebracht hat«, sagte Arto und holte tief Luft. Er hatte sich seine Verteidigungsrede gut überlegt. »*Ich* war's, der alle Risiken auf sich genommen hat, *ich* hab die Typen vom Hafen abgeholt, sie zur Baustelle gefahren und in Schach gehalten. Meine Auslagen kannst du dir vorstellen. Und wo sich dann die Möglichkeit geboten hat, mit Enqvist, der sich um die Wohnungen kümmern sollte, da … da hab ich …«

Plötzlich gingen ihm die Worte aus. Die Verteidigungsrede, die er eben noch glasklar im Kopf gehabt hatte, war nur noch eine zähe Wörtersuppe, die keinen Sinn ergab.

»Wo sich also die Möglichkeit geboten hat, mich zu bescheißen, da hast du sie natürlich genutzt«, sprang Turunen ihm bei und stieß eine neue Wolke Rauch aus. »Arto, Arto. Hast du immer noch nicht begriffen, mit wem du es zu tun hast?«

»Nichts für ungut«, hörte Arto sich heiser sagen. »Ich … ich zahl dir den Schaden, wenn … wenn's darum geht«, hörte er sich stockend fortfahren.

»Das hat Härski auch gesagt.« Turunen grinste schief.

»Härski?«

»Ja«, nickte Turunen. »Weil's darum natürlich immer geht. Ums Geld. Aber weißt du was: Manchmal geht's nicht nur darum. Wie bei Härski auch.«

»Was hat Härski mit der Sache zu tun? Den hab ich doch gefeuert«, sagte Arto. Er begriff nicht, worauf Turunen hinauswollte. Aber er begriff, dass er Turunen unterschätzt hatte.

»Ich auch«, sagte Turunen. »Härski hatte heute einen Scheißtag. Zweimal am selben Tag den Laufpass zu kriegen ist fast ein bisschen viel, finde ich. Obwohl er natürlich ein Verräter war.«

»Verräter?«

»Ja.« Turunen lächelte. »Aber keine Angst, er plaudert jetzt nichts mehr aus. Verstehst du, was ich meine?«

Arto verstand. Er schluckte und nickte. Wie viel Zeit war wohl schon vergangen? Verdammte Hacke!, dachte er. Nur der Junge konnte ihm jetzt noch aus der Scheiße helfen. Aber hier waren drei bewaffnete Profis, und am Morgen hatte der Junge noch nicht gewusst, wie man eine Pistole entsichert.

»Wenn du nur ein bisschen verfolgst, was in der Wirtschaft läuft, weißt du, dass überall auf der Welt der Teufel los ist. Das Geld wird knapp, da muss auch ich die Organisation meiner Firma überdenken. Sieh unsere Unterhaltung also als eine Art Personalgespräch an, das für dich mit dem Rausschmiss endet. Als Abfindung hab ich mir zwanzigtausend vorgestellt«, sagte Turunen.

»Du willst mir …?«

»Natürlich *nicht*. Die Personalpolitik meiner Firma ist so angelegt, dass das Geld in die andere Richtung fließt. Ich spreche von der Summe, die du mir schuldest.«

»Aber ich hab doch noch gar nichts kassiert.«

»Zwanzigtausend«, wiederholte Turunen. »Sonst sitzt mir gegenüber ein Arbeitsloser und ein Toter in einer Person.«

»Jetzt übertreib's bitte nicht!«

»Außerdem karrst du deine überschüssigen Sklaven auf eigene Kosten nach außerhalb der finnischen Grenzen. Von mir aus bring sie über Lappland nach Schweden, und gib ihnen einen Tritt in den Hintern. – Du hast doch ihre Pässe, oder?«

Arto starrte Turunen an, der jetzt Rauchringe in den Raum zwischen ihnen schweben ließ. Er überlegte fieberhaft. Er hätte Macho dazuholen müssen. Mit ihm hätte er Turunen und seine Gorillas überraschen können.

»Na, Arto, mein Freund, was sagst du?«, fragte Turunen.

Im selben Augenblick flog die Hallentür so krachend auf, dass auch Turunen zusammenzuckte. Arto und er drehten wie synchronisiert die Köpfe, um durch die Plexiglasscheibe zu schauen. Arto traute seinen Augen nicht. Macho war in die Halle gekommen, aber nicht allein. Vor ihm ging Vesa und hatte die Hände auf dem Kopf verschränkt. Der Junge sah aus, als würden ihm gleich die Beine wegsacken.

»Was zum Teufel …?«, entfuhr es Arto.

»Hatten wir nicht ausgemacht, dass du allein kommst?«, fragte Turunen, der wieder die Ruhe selbst war. »Wer ist der Hering?«

»Das ist mein Sohn«, flüsterte Arto. »Vesa hat mich nur gefahren.«

»Soso, gefahren«, sagte Turunen. »Aber du hast versprochen, allein zu kommen. Ich war bereit, mich mit dir zu einigen. Ich war sogar bereit, dir einen Fehltritt zu verzeihen. Aber was hab ich dir vorhin gesagt? Das Fundament unserer Branche ist Vertrauen. Ich bin enttäuscht von dir, Levola. – Weißt du, was das bedeutet?«

Außerhalb des Büros unterhielt sich Macho mit den Russen. Er zeigte auf Vesa, sagte etwas, und das Trio brach in Gelächter aus. Arto begriff, dass er in dem Spiel die miesesten Karten hatte, und wie er wusste, hatte er auch kein Ass im Ärmel.

Früher am Tag hatte er selbst noch davon gesprochen, wie wichtig Vertrauen war. Macho, verdammte Hacke! Er hatte ihn für einen Clown gehalten und sich für den großen Zirkusdirektor. Er hatte nicht begriffen, dass er selbst am Nasenring durch die Manege geführt wurde. Er hatte den großen Zampano gegeben, und die ganze Zeit war eine Überwachungskamera mitgelaufen.

Der Versöhnungssex war kraftlos, ein schnelles, routinemäßiges Geruckel, bei dem sich beide im Stillen wünschten, dass Viitasalo schnell kam.

Als er sich von seiner Frau auf die eigene Seite rollte, fror er, obwohl er schwitzte. Sari rutschte in seinen Arm und legte ihm die Hand auf die Brust. Ihre sachte streichelnden Finger waren warm.

»Liebst du mich denn überhaupt noch?«, fragte sie mit einem leichten Schniefen.

Viitasalo legte ihr den Arm um die Taille. Er spürte, dass sie zitterte. »Natürlich lieb ich dich«, sagte er. »Ich lieb dich jetzt und werde dich immer lieben.«

»Auch wenn ich arbeitslos werde?«

»Was hat das damit zu tun?«

Ihre Hand hob sich von seiner Brust, und sie drehte sich so schnell von ihm weg, dass sich sein Handgelenk unangenehm verbog. Er verzog das Gesicht, hielt aber still. Sari zitterte am ganzen Körper und weinte.

»Was ist denn?«, flüsterte Viitasalo.

»Ich hab Angst. Kerttula hat mich für morgen zu sich bestellt«, sagte Sari. Sie war kaum zu verstehen.

»Kerttula? Ist das euer Abteilungsleiter?«

»Er ist der Personalchef.«

Bevor Viitasalo noch etwas sagen konnte, setzte sich Sari auf und stieg aus dem Bett.

»Wohin gehst du?«

»Ich kann nicht schlafen«, sagte Sari auf dem Weg zur Schlafzimmertür. Ihre nackten Füße klatschten feucht aufs Parkett. »Ich les noch eine Weile.«

»Sari?« Viitasalo knipste die Nachttischlampe an.

»Was?«

»Damals, bei der Sache mit Liina, da hattest du doch diese Medikamente. Vielleicht solltest du sie dir wieder verschreiben lassen?«

»Das hier ist was anderes. Außerdem hab ich mir was aus der Apotheke geholt«, antwortete Sari. »Einschlaf- und Durchschlaftabletten. Sie helfen bloß nicht.«

»Wieso nicht?«, fragte Viitasalo. Er war überrascht, dass Sari von sich aus etwas unternommen hatte. Für ihn war es ein gutes Zeichen.

»Ich bin zu müde zum Schlafen.«

Jetzt setzte sich auch Viitasalo auf. Er sah seine Frau, die in der Tür stand, und er sah ihre Verzweiflung. »Und wenn du dir was Stärkeres geben und dich zum Beispiel krankschreiben lassen würdest?«

Sari drehte sich um, ihre Augen funkelten. »Du hast echt keine Ahnung. Ausgerechnet jetzt? Da würden die mich doch als erste rausschmeißen. Sie nehmen uns alle unter die Lupe. Und jeder belauert jeden, nur um seine eigene Haut zu retten.«

»Meinst du nicht, dass du ein bisschen übertreibst. Es geht doch bestimmt nicht nur darum, dass Leute abgeschossen werden.«

»Doch, genau darum geht es! Letzten Montag ist Raisa zu spät gekommen, weil der dämliche Bus eine Panne hatte und sie auf den nächsten warten musste, und weißt du, was Harri gemacht hat: Er ist zu Kerttula gegangen und hat ihm erzählt, dass sie ein paar Minuten über der Gleitzeit war. Mann, begreif doch endlich!«

Sari ging aus dem Zimmer und zog die Tür hinter sich zu. Viitasalo konnte sich nicht erinnern, von diesen Raisas, Harris und Kerttulas schon mal was gehört zu haben. Hatte Sari nie von ihnen erzählt, oder hatte er nur nicht zugehört?

»Ich versuch's ja«, sagte er, aber die geschlossene Tür antwortete nicht.

Auch Viitasalo war jetzt nicht mehr müde. Seine Gedanken kreisten wieder um Liinas Geburt, um die Zeit danach, um das Jahr, das Sari zu Hause gewesen war. Um das Jahr, über das bei ihnen nicht gesprochen wurde. Es war das Jahr, von dem auch seine Probleme mit Sundström herrührten. Wieder einmal überlegte er, ob es besser gewesen wäre, wenn er sich damals nicht mit ihm eingelassen hätte. Klar, sie wären aus den Schulden nicht herausgekommen, schon das Haus war teuer, und Saris Kaufsucht hätte ihnen den Rest gegeben. Und trotzdem: Wäre es nicht besser gewesen, wenn er als Polizist gehandelt hätte, wie man es von einem Polizisten erwartete? Er wusste es nicht. Für Saris Depressionen konnte niemand etwas, aber deshalb machte das Gesetz noch lange keinen Unterschied zwischen ihm in seiner Zwangslage und Gewohnheitsverbrechern wie Sundström.

»Scheißleben!«, flüsterte Viitasalo und ließ sich schwer auf den Rücken fallen. Das helle Licht der Nachttischlampe ließ die schlecht verputzte Zimmerdecke wie einen Gletscher aussehen, mit tiefen Rissen und vom Wind zusammengetriebenen Schneewehen. Viitasalo kniff die Augen halb zu und entdeckte einen hungrigen Eisbären in der Zimmerecke. Bald würde das Tier seinen Schweiß riechen und angreifen.

»Wer von uns ist eigentlich verrückter, ich oder Sari?«, hörte er sich fragen.

Warum hatte er *verrückt* gesagt? Hielt er Sari nur wegen ihrer Schlafprobleme wirklich für *verrückt*? Hielt er sich selbst für verrückt? Viitasalo fror immer mehr. Alles ging den Bach hinunter, und er konnte nichts dagegen machen. Dann kamen die Kopfschmerzen. Zu viel Wein, zu viel Sauna-Bier. Zu viel von allem.

Vesa machte nicht mal den Versuch zu erraten, was es bedeutete, als einer der Russen nach draußen ging und mit einem zusammengerollten Stück grüner LKW-Plane zurückkam. Er hätte es auch nie erraten. Seitdem waren fünf Minuten vergangen, aber im Vergleich zu ihnen war alles, was er in seinem bisherigen Leben hatte aushalten müssen, nichts gewesen. Gar nichts.

Inzwischen stand er auf der grünen Plane und schaute auf den Scheitel seines Vaters, dem der Schweiß in glitzernden Tropfen aus der Kopfhaut trat. Aus den Augenwinkeln warf Vesa einen Blick auf Macho, der ein paar Meter rechts von ihm stand und ihn über den Lauf seiner Pistole hinweg ansah. Hinter Macho stand das gelangweilt wirkende Russenduo. Als Vesa einen Blick in die andere Richtung warf, sah er Turunen seelenruhig eine Zigarette rauchen und abwarten. Turunen stand noch an derselben Stelle wie vor fünf Minuten. Da hatte Vesa noch neben ihm gestanden. Er hätte wieder gern die Zeit zurückgedreht, noch weiter zurück diesmal, so weit, bis er ein kleiner Junge war, der im Hof auf der Schaukel saß und wartete, dass sein Vater ihn anschubste, sein Vater, der damals noch der wichtigste Mensch der Welt für ihn war. Wenn es damals, nach dem Schaukelalter, anders gekommen wäre, wenn sein Vater der kräftige ehemalige Boxer geblieben wäre, den er bewunderte und den die anderen Kinder auf dem Hof respektierten – wenn alles anders gekommen wäre, dann würde er jetzt nicht auf dieser Plane stehen, und sein Vater würde nicht mit auf die Brust gesunkenem Kinn vor ihm knien.

Turunen hatte neben Vesa gestanden, als Macho und einer der Russen die Plane auf dem Boden ausbreiteten.

»Fedor«, hatte Turunen gesagt und in die Richtung von Vater genickt, der zusammengesunken in der Hallenecke saß.

Fedor war zu Vater gegangen und hatte ihn auf die Beine gezerrt. Vaters Knie hatten nachgegeben, aber er hatte sich zusammengerissen.

Fedor hatte Vater auf die Plane gestoßen und ihn an den Schultern auf die Knie gedrückt. Danach hatten Macho und die Russen Turunen angeschaut, und Vesa hatte gespürt, wie sich Turunens Hand auf seine Schulter legte. Er hätte sie gern abgeschüttelt, aber er traute sich nicht, sich auch nur zu bewegen.

»Liebst du deinen Vater?«, hatte Turunen gefragt.

»Ja«, hatte Vesa mit erstickter Stimme gesagt. Und plötzlich hatte er noch eine Chance gesehen. Vielleicht war Turunen doch nicht so hart, wie er wirkte. »Ja, ich lieb ihn. Bringt uns nicht um – bitte!«

»*Dich* bringen wir nicht um«, hatte Turunen sanft gesagt. »Macho hat mir erzählt, dass es nur dein Vater ist, der mich für einen Trottel hält. So war's doch, Macho? Dass sich der jüngere der Levolas korrekt benommen hat?«

»Ja«, hatte Macho gesagt und ihn angegrinst. »Er war okay. – Im Gegensatz zu seinem Papa«, hatte er hinzugefügt und mit der Stiefelspitze Vater in die Seite getreten. »Und? Was steht jetzt am Ende des Regenbogens, sag? Ein Sack Blumenerde, oder was?«

Vesa hatte gesehen, wie Vaters Schultern zitterten. Vater hatte geweint, aber nur stumm.

»Sieh mal, es ist so: *Du* hast deinen Vater lieb, aber *mir* schuldet er zwanzigtausend Euro, und er ist erwiesenermaßen ein Idiot«, hatte Turunen gesagt. »Die zwanzigtausend wären demnach das Erbe, das dir der Idiot hinterlässt.«

»Ich hab kein Geld«, hatte Vesa geantwortet.

»Das macht nichts. Geld ist nur ein Tauschmittel, abstrakt und hoffnungslos überbewertet. Du bezahlst konkret mit Arbeit«, hatte Turunen gesagt und Vesa auf die Schulter geklopft. Danach hatte er die Hand zu Vesas Erleichterung nicht wieder auf die Schulter zurückgelegt. »Und jetzt rate, was deine erste Arbeit ist?«

Vesa hatte den Kopf wenden müssen, um Turunen anzuschauen, der ihn anlächelte. Er hatte vom Tabak dunkle Zähne und pralle, trockene Lippen.

»Danach ist dein Erbe nur noch zehntausend Miese.«

»Ich versteh nicht.«

»Doch, du verstehst schon«, hatte Turunen gesagt und Vesa mit dem Griff nach vorn die eigene Pistole gereicht. »Du erschießt deinen Vater, den du so lieb hast.«

»Nein, verdammte Scheiße, das könnt ihr nicht machen!«, hatte Vesa geschrien, und seine Stimme hatte sich dabei überschlagen und war ins Falsett gerutscht. »Ihr könnt mich auch umbringen, aber das nicht!«

»Du hörst mir nicht zu«, hatte Turunen gesagt, in dessen Gesicht keine Spur von einem Lächeln mehr gewesen war. »Wenn du mir zugehört hättest, hättest du verstanden, dass wir dich auf keinen Fall umbringen. Es wäre einfach ein schlechtes Geschäft.« Turunens hässliches Lächeln war wieder zurückgekehrt. »Liebst du denn deine Mutter auch? Anita heißt sie, nicht, Macho?«

»Stimmt.«

»Sag, liebst du deine Mutter, Vesa?«

»Wie?«, hatte Vesa gefragt. Er hatte nicht verstanden, worauf Turunen hinauswollte. Was hatte Mutter mit der Sache zu tun? Sie hatte doch keine Ahnung von Vaters Geschäften.

»Was ich sagen will: Wenn *du* deinen Vater nicht umbringen willst, dann bringen *wir* zusätzlich zu deinem Vater auch deine Mutter um. Wenn du auch nur einen Funken Verstand hast, dann begreifst du, dass das ein ganz schlechter Deal für dich wäre. Wenn wir uns nämlich auch noch mit den inneren Angelegenheiten eurer Familie beschäftigen müssen, dann wird noch einmal ein ordentlicher Zuschlag fällig. Dann schuldest du uns zu den zwanzigtausend noch einmal zwanzigtausend, die ich dir für zwei Liquidationen in Rechnung stellen muss. Plus fünftausend Schmutzzulage, dass ich's nicht vergesse. Kann natürlich sein, dass dir das Geld egal ist. Dann betrachte es von der Gefühlsseite her: Willst du lieber Halbwaise oder Waise sein? Wenn ich dein Schuldenberater wäre, würde ich sagen, dass man dir ein Angebot macht, das du eigentlich nicht ausschlagen kannst.« Turunen hatte seine Rede mit einem hässlichen Lachen geschlossen.

Vesa hatte eine Weile die Waffe angeschaut und dann seinen Vater. Vater hatte den Blick gehoben, seine Augen waren voller Tränen gewesen, seine Lippen hatten sich lautlos bewegt, und er hatte sachte den Kopf geschüttelt.

»Ist das nicht eine einfache Wahl?«, war von irgendwo in der Ferne Turunens Stimme gekommen. »Vater oder Vater und Mutter. Überleg's dir. Dein Vater ist so oder so tot. Aber soll, nur weil du schwach bist, auch deine Mutter sterben? Was deinen Vater betrifft, braucht es nur eine kleine Bewegung des Zeigefingers. Und ob das nun dein Finger oder irgendein anderer ist – was soll's? Denk auch daran, was für ein Scheißkerl er ist. Ein Scheiß*vater* ist er in jedem Fall. Was schuldest du ihm? Weißt du, was ich immer sage: Jeder Sohn hat genug von einem Ödipus in sich, dass ihm so was keine Probleme macht. Für mich war es wenigstens so. Ich wusste immer, dass ich meinen Vater eines Tages umbringen würde, die Frage war nur, wie.«

»Du hast deinen eigenen Vater umgebracht?«, hatte Vesa entsetzt gefragt.

»Nein. Mir war noch nichts eingefallen, was schmerzhaft genug gewesen wäre, da ist er vor einen Bus gelaufen«, hatte Turunen lächelnd geantwortet. »Du hast es besser. Du brauchst nur abzudrücken. Um ehrlich zu sein, bin ich fast ein bisschen neidisch.«

Die Waffe in Vesas Hand fühlte sich kalt und schwer an. Er sah seinen Vater immer noch zittern.

»Schießt du jetzt oder nicht?«

Turunens Stimme ließ Sohn und Vater zusammenzucken. Vesas Gedanken schweiften ab. Wenn er die Augen schloss, sah er Bilder aus ihrer gemeinsamen Vergangenheit aufblitzen, Bilder, die in schneller Folge auf sein Bewusstsein einstürmten und vor jedem neuen Bild wieder zerflossen. Es war, als blätterte man fieberhaft in einem Album, um das eine Bild zu finden, das man suchte. Auf allen Bildern waren sie zu zweit, nur Vater und Sohn. Und auf allen Bildern lachten sie. Vaters Blick war immer liebevoll, und auf vielen Bildern hatte er schützend den Arm um den Sohn gelegt. Es sind falsche Bilder, dachte Vesa, so war es gerade nicht! Er war seinem Vater nie wichtig gewesen. Oder doch? Hatte er nur alles vergessen? Nein, die Bilder logen. Warum nur musste alles immer schlimmer werden?

Ich muss nachdenken, überlegte Vesa, während er die Augen wieder öffnete. Er musste ein letztes Mal die Möglichkeiten durchgehen, wie sie den Hals doch noch aus der Schlinge ziehen könnten. Vaters schweißnasser Kopf bebte. Was, wenn ich mich selbst erschieße?, überlegte Vesa.

»Falls du gerade Pläne machst: In der Waffe ist nur eine Kugel.« Turunens Stimme echote durch die Halle. »Je nachdem, wie Macho heute drauf ist, schaffst du's vielleicht sogar, auf einen von uns zu schießen. Vielleicht triffst du sogar und knipst einem von uns das Licht aus – von Anfängern hat man schon die tollsten Sachen gehört. Aber danach müssen wir dich leider erschießen. Und *danach* erschießen wir deinen Vater und deine Mutter. Vielleicht überlegst du's dir noch mal.«

»Vesa, tu's!« Vaters Stimme war kaum zu verstehen.

»Was hast du gesagt?«, fragte Vesa.

»Du hast es gehört«, sagte Vater und hob den Kopf. »Ich bin schon tot, so oder so. Kümmer dich um Mutter und dich selbst. Sag Anita, dass ich sie liebe.«

Vesa sah Vaters Blick, den Nebel in seinen Augen. Vater war in Gedanken schon nicht mehr bei ihnen, auch wenn er Vesa noch ansah und Worte an ihn richtete. Er hatte den Blick eines Mannes, der sich abgefunden hatte. Es war der Blick eines Toten.

»Erschieß mich!« Es war eine fast stumme Bitte.

»Ich kann nicht«, flüsterte Vesa.

»Doch, du kannst«, sagte Vater fest und senkte wieder den Kopf. »Mach es schnell!«

»Du hast gehört, was dein Vater gesagt hat.« Turunens Stimme kam wie aus einer anderen Welt. »Wenn du auf mich nicht hörst, hör wenigstens auf deinen Vater.«

In Vesas Welt waren nur noch seine Hand mit der Pistole, Vaters wieder auf die Brust gesunkenes Kinn und dessen schwitzender, dünn behaarter Kopf. Vesa streckte die Hand aus und drückte die Pistole gegen Vaters Schädel. Vater erschauerte, dann holte er tief Luft, seine Schultern hoben sich, und er nickte. Vesa zitterte so sehr, dass er die andere Hand zu Hilfe nehmen musste.

»Vater, verzeih mir!«, sagte Vesa.

Dann schloss er die Augen. Er hörte das Rauschen in den Ohren, als ihm das Blut in den Kopf stieg. Er hielt den Atem an und drückte ab. Doch statt eines Knalls hörte er nur ein Knacken. Trotzdem spürte er Vaters Kopf wegsinken. Hatte das Rauschen in seinem Kopf nur den Knall übertönt?

Erst als Vesa Turunen lachen hörte, machte er die Augen auf. Vater lag neben seinen Füßen auf dem Rücken, die Augen vor Schreck weit aufgerissen. Die Augen sahen ihn an.

»Du hast mich erschossen«, sagte Vater.

Danach ging alles ganz schnell, und Vesa ahnte mehr, was geschah, als dass er es sah: Ilja ging neben Vater in die Hocke und verstellte Vesa die Sicht. Auch der Schuss, der dann fiel, war nicht wirklich laut. Da war nur ein trockenes, kurzes Bellen, das für einen Augenblick die Luft zerriss. Dann war es still.

»Deine Waffe war nicht geladen, Junior«, hörte Vesa Turunen sagen. »Hast du's auf Video, Macho?«

»Gestochen scharf«, antwortete Macho.

»Fedor, sag Ilja, dass er aus dem Bild gehen soll, damit Macho unseren Filmstar noch zusammen mit der Leiche verewigen kann.«

Fedor übersetzte, und Ilja gehorchte. Vesa drehte sich langsam um und schaute in Machos Richtung. Macho hatte in der einen Hand seine Pistole und in der anderen sein Handy. Er war beim Filmen so konzentriert, dass ihm die Zungenspitze zwischen den Lippen herausschaute. Vesa begriff, was Macho auf dem Display sah: ihn neben seinem erschossenen Vater, die Pistole noch in der Hand.

»Okay, das reicht. Wenn wir den Anfang noch ein bisschen bearbeiten, wird das oscarreif«, sagte Turunen, als könnte er Vesas Gedanken lesen. »Und? Wie fühlst du dich jetzt?«

»Ihr wollt mir das anhängen«, sagte Vesa tonlos.

»Da gibt's nicht viel anzuhängen. Du hast es getan. Du hast abgedrückt und nicht gewusst, dass das Magazin leer ist. Das macht dich zum Mörder, astrein.«

»Nein«, sagte Vesa und schüttelte den Kopf. Er konnte noch nicht wieder nach unten schauen, dorthin, wo sein Vater lag. Wenn er es tat, würde Vater ihn nicht mehr mit weit aufgerissenen Augen ansehen. Er würde nichts und niemanden mehr ansehen.

»Doch«, sagte Turunen, der lächelnd auf Vesa zukam. »Du warst bereit, es zu tun, und du hast es getan. Ilja hat deine Arbeit nur sauber zu Ende gebracht. Du könntest verdammt stolz auf dich sein. Viele bringen ihre Väter nur symbolisch um. Du hast mehr Mumm gehabt.«

»Und warum habt ihr's aufgenommen?« Vesa presste die Worte aus sich heraus.

»Damit du weißt, dass du von jetzt an keine andere Wahl mehr hast, als nach meiner Pfeife zu tanzen«, sagte Turunen und gab Vesa einen Klaps auf die Schulter. »Wenn du jemals das Maul aufmachst, wo und gegenüber wem auch immer, ist das Filmchen schneller auf YouTube, als du den Computer hochfahren kannst. Und weißt du, wo du dann landest?« Turunen zwinkerte ihm zu. »So, und jetzt darfst du deinen Vater begraben. Danach sag ich dir, wie du deine Schulden bei mir abarbeitest und was du deiner Mutter sagst. Aber zuerst: Mein aufrichtiges Beileid, Ödipus!«

Als die anderen in Gelächter ausbrachen, konnte Vesa nicht mehr. Er drehte sich noch von Vater weg, dann fiel er auf die Knie. Die Waffe löste sich aus seiner Hand und traf mit einem metallischen Scheppern auf dem Betonfußboden auf. Er erbrach in schluckaufähnlichen Wellen, und als die Schleuse erst geöffnet war, kam der stinkende Brei so lange und am Ende so gallebitter, dass Vesa dachte, er müsste sterben.

»Jetzt steh schon auf! Das Wichtigste hast du ja noch gar nicht erledigt. Ich sagte doch, du musst deinen Vater unter die Erde bringen.«

Vesa kroch auf allen vieren, und das Wasser strömte ihm aus den Augen. Die Kotze kam ihm aus den Nasenlöchern und aus dem Mund, und er zitterte am ganzen Körper. Es hörte einfach nicht auf. Er *glaubte* nicht mehr, er müsste sterben. Er *wünschte* es sich.

Viitasalo trat in den Windfang und wischte sich den nassen Schnee von den Schultern. Er war nach langer Zeit wieder mit dem Bus zur Arbeit gefahren. Er hatte Kopfschmerzen, und obwohl er *Fisherman's Salmiak* lutschte, hatte er den abgestandenen säuerlichen Geschmack von Bier im Mund. Wie grauenhaft das morgendliche Fahren mit öffentlichen Verkehrsmitteln war, hatte er ganz vergessen: die dicke nach Schweiß und Deodorant riechende Luft, die Enge und die schon vor der Arbeit müden, in sich verschlossenen Menschen. Manche umklammerten ihre Aktentaschen, andere hatten Handtaschen auf dem Schoß, als wären sie ihr einziger Halt in einer ihnen feindlich gesinnten Welt. Und schaute man lieber aus dem Fenster, sah man eine genauso müde, sich ängstlich wegduckende Landschaft. Wässriger Schneeregen peitschte gegen die Scheiben, Helsinki im Oktober war ein deprimierender Anblick. Viitasalo wäre lieber zu Hause geblieben. Er hätte Sari zu sich ins Bett holen und den Freitag wegschlafen sollen. Der bloße Gedanke an Reino Sundström und das Verhör hatte ihm schon beim Aufwachen die Laune verdorben. Vom Eifer und der Selbstsicherheit des frühen gestrigen Abends war nicht mehr viel übrig.

Sari war morgens nicht im Schlafzimmer gewesen. Viitasalo hatte seine Frau schlafend auf dem Sofa im Wohnzimmer gefunden. Als sie aufwachte und, ohne ein Wort zu sagen, ins Badezimmer schlurfte, hatte sie ausgesehen wie ein kleines Mädchen, das sich verlaufen hatte. Er hatte ihre Augen gesehen, die nicht nur vom Schlaf verquollen waren. Auf dem Tisch lag offen aufgeschlagen das Buch. Warum, um Himmels willen, las Sari mitten in der Nacht ein Kinderbuch? *Der kleine Prinz.* Er fragte sich, wie schlecht es ihr wirklich ging. Und er hatte gedacht, er könne sie mit den *Fisherman's Friends* kurieren, mit denen er selbst kaum den schlechten Geschmack aus dem Mund bekam. Später beim Rasieren war er seinem eigenen Blick ausgewichen.

Aus dem Bus hatte er Sari angerufen und ihr gesagt, dass er am Abend gern mit ihr essen gehen würde. Endlich.

»Warum?«, hatte Sari gefragt.

»Darum«, hatte er geantwortet. Er war enttäuscht gewesen, dass sie so gar keine Begeisterung gezeigt hatte. Wir müssen reden, hatte er im Stillen hinzugesetzt.

»Wenn ich für Liina einen Babysitter kriege«, hatte sie gesagt.

»Was ist mit deiner Mutter?«

»Sie ist auf Madeira.«

Daran hatte er nicht mehr gedacht. Marketta war oft auf Reisen.

»Und was ist mit der, die wir im Sommer hatten?«

»Mira?«

Seit Kaarlo, ihr Mann, tot war, schien die Schwiegermutter mehr Zeit im Ausland als bei sich zu Hause zu verbringen. Sie suchte das Internet nach Last-Minute-Reisen ab, und ihr Koffer stand immer fertig gepackt in der Ecke des Schlafzimmers. Vielleicht floh sie vor Kaarlos Geist. Oder vor der Stille, die in ihrer Wohnung hauste.

»Ja«, antwortete Viitasalo, der sich vergeblich an das Gesicht des Mädchens zu erinnern versuchte.

»Ich kann's ja probieren.«

Manchmal vermisste Viitasalo seinen Schwiegervater. Sie hatten sich gut verstanden.

»Wenn es klappt, lass es uns machen, ja? Nur wir zwei, du und ich. Vielleicht sehen wir uns vorher noch irgendeinen romantischen Film an. Ich kann nachschauen, was gerade läuft. Abgemacht?«

»Ja«, hatte Sari geantwortet und das Gespräch beendet.

Viitasalo hatte ein neues *Fisherman's* in den Mund geschoben.

Er betrat die Eingangshalle des Polizeipräsidiums, und der restliche Schnee auf seiner Jacke schmolz sofort. Er spürte, wie ihm Tropfen in den Nacken rollten.

Vorm Tresen des Diensthabenden stand eine jüngere Frau mit einem kleinen Jungen an der Hand. Die Frau weinte herzzerreißend. Viitasalo seufzte, nickte dem Wachtmeister zu und lief zu den Aufzügen. Der linke schien sogar zu funktionieren. Viitasalo hätte das Gespräch am Tresen am liebsten gar nicht gehört, aber die Stimme der Frau war zu laut und schrill.

»Aber Sie *müssen* was tun, er ist heute Nacht nicht nach Hause gekommen!«

»Nein, das müssen wir nicht. Er ist ein erwachsener Mensch und kann tun und lassen, was er will.« Die Stimme des Diensthabenden war tief und strahlte Ruhe aus. »Ist er denn schon früher mal über Nacht weggeblieben?«

»Natürlich«, jammerte die Frau. »Aber schon lange nicht mehr, ohne es vorher zu sagen.«

»Sie sagen, er ist arbeitslos?«

»Was hat das damit zu tun?«

»Gar nichts. Ich dachte nur, dass er vielleicht von der Kneipe aus zu einem seiner Kumpel gegangen ist.«

»Petri trinkt nicht.«

Viitasalo warf verstohlen einen Blick zum Tresen. Die Frau war schön, obwohl sie nicht geschminkt war. Als sich kurz ihre Blicke trafen, erinnerten ihn ihre verweinten Augen an Sari. Er war es, der als erster den Blick senkte. Wahrscheinlich machte es die Übung.

»Und Sie haben überall nachgefragt, bei Verwandten, Freunden, auch in den Krankenhäusern?«

»Bei allen. Nichts, nirgends. Sie müssen mir helfen.«

»Petri Hartikainen, sagten Sie? Nullacht-nullneun-vierundsiebzig?«

»Ja.«

Der Diensthabende tippte auf der Tastatur seines PCs, sah prüfend auf den Bildschirm und schaute über die Lesebrille hinweg die Frau an. »Es sieht so aus, als hätte Ihr Mann ein Register.«

»Na und? Es ist schon eine Weile her. Petri hat sich geändert«, sagte die Frau.

»Das sagt sich so schnell«, sagte der Diensthabende.

»Nein, im Ernst, ich flehe Sie an. Sie müssen die Sache ernst nehmen. Petri hätte angerufen, wenn er über Nacht nicht nach Hause gekommen wäre. Und wie ich Ihnen gesagt habe: Ans Handy geht er auch nicht. Es ist nicht mal eingeschaltet. Ich hab hundertmal versucht, ihn anzurufen. Ihm ist irgendwas passiert.«

»Sie sollten nicht gleich so weitreichende Schlüsse ziehen.«

»Petri hat *immer* Bescheid gesagt, wenn er über Nacht weggeblieben ist, jedenfalls seit er …«

»Seit er was?«

»Seit er damals verhaftet worden ist. Und da war er hier, bei Ihnen. Und jetzt nicht!«

»Ich mache Ihnen einen Vorschlag: Sie gehen jetzt mit Ihrem Jungen nach Hause und warten den Tag und die kommende Nacht noch in Ruhe ab. Wenn Sie von Ihrem Mann bis morgen früh nichts gehört haben, ist immer noch …«

»Immer noch was?«

»Zeit für eine offizielle Vermisstenmeldung. Die machen wir dann und leiten die entsprechenden Maßnahmen ein.«

Viitasalo betrat den leeren Aufzug und drückte den Knopf. Während die Aufzugtüren sich stockend schlossen, sah er noch einmal zu der Frau und dem kleinen Jungen hin. Wann reparieren die endlich den verfluchten Aufzug!, fluchte er im Stillen. Seit der Renovierung des Nebentrakts mit den Zellen war nichts mehr passiert, obwohl das der Startschuss zur Komplettsanierung des Gebäudes hätte sein sollen. – Hauptsache, die Ganoven hatten es besser, das Personal konnte warten.

»Mama, ich will nach Hause!«

»Einen kleinen Augenblick noch, Petteri. Mama spricht noch mit dem Onkel.«

Endlich waren die Türen zu, und Viitasalo begann seine ruckelnde Fahrt in Richtung vierter Stock. Sari und Liina. Wie fände es wohl Sari, wenn er die ganze Nacht wegbleiben und auf ihre Anrufversuche nicht antworten würde. Würde sie es überhaupt merken? – Warum dachte er eigentlich so unfreundlich von Sari? Der säuerliche Geschmack im Mund triumphierte locker über das Salmiakbonbon. Er schaffte es wenigstens, die zerknitterte *Fisherman's*-Tüte aus der Tasche zu kramen und zwei neue Bonbons in den Mund zu stecken, bevor der Aufzug ein letztes Mal ruckte und dann stehen blieb. Er zwang die Bonbons regelrecht in den Kampf gegen den säuerlichen Geschmack. Wenn die Dinger den Fischern von Fleetwood halfen, warum dann nicht ihm? Er war schließlich auch eine Art Fischer. Sundström war aalglatt, aber er würde ihn nicht mehr vom Haken lassen.

Eine Viertelstunde später saßen er und Kivi in Viitasalos Arbeitszimmer. Beide hielten Kaffeebecher in den Händen.

»Bist du okay?«

»Wieso?«

»Ich meine, du siehst irgendwie … müde aus. Und dein Auto hab ich auch nicht in der Tiefgarage gesehen.«

»Warum fragst du nicht direkt?«, brummte Viitasalo. »Ja, ich hab einen Kater.«

»Darum geht's nicht«, sagte Kivi in seinen Becher. »Willst du, dass wir Sundströms Verhör verschieben?«

»Nein«, antwortete Viitasalo. »Ich will herausfinden, was er treibt.«

»Apropos«, sagte Kivi, immer noch in seinen Becher. »Ich hab vergessen zu erwähnen, dass ich ein bisschen was extra organisiert habe, für Sundström, meine ich.«

»Wovon redest du?«

»Davon, dass ich in der Brusttasche seines Mantels eine Waffe gefunden habe«, antwortete Kivi. »Als er in die Wohnung zurückkam. Koivisto hat gesehen, wie ich sie rausgefischt habe.«

Viitasalo knallte seinen Becher auf den Tisch, dass ihm heißer Kaffee über die Finger schwappte.

»Verdammte Scheiße, warum?«

Kivi zuckte erst die Achseln und zog dann die Augenbrauen hoch. Viitasalo hasste dieses doppelte »Keine Ahnung!« und verspürte öfter, wenn Kivi ihm damit kam, den Drang, sich auf ihn zu stürzen. Besser gesagt, verspürte er ihn jedes Mal.

»Das ist keine Antwort! Warum?«

»Ich dachte, es wäre irgendwie das Tüpfelchen auf dem i.«

»Mann, Scheiße«, sagte Viitasalo und fuhr sich mit den Fingern durch die Haare. »Was denkst du dir, so einen Solotrip zu starten? Du hattest also rein zufällig eine Waffe dabei, als ihr zu seiner Wohnung gefahren seid, ja?«

»Sie war von einer Razzia übrig und aus Versehen nicht registriert. So was passiert. Sieh's doch mal so, dass wir jetzt in der Sache quitt sind. So was wie Komplizen«, fuhr Kivi grinsend fort.

»Ich finde das nicht zum Lachen«, sagte Viitasalo.

Kivi warf einen Blick auf die Uhr. »Sundström sicher auch nicht. Sollen wir gehen?«

»Wir sollten vielleicht auf seinen Anwalt warten«, sagte Viitasalo und wischte mit der bloßen Hand den verschütteten Kaffee vom Schreibtisch. »Komisch, dass man von dem noch nichts gehört hat.«

»Sundström will keinen Anwalt«, sagte Kivi.

»Wie? Wieso nicht?«

»Er sagt, er braucht keinen, weil er nichts getan hat«, antwortete Kivi. »In der Hinsicht sind wir mit ihm auf Augenhöhe, wenn du verstehst, was ich meine.«

»Wenn ich ehrlich sein soll, versteh ich's nicht«, antwortete Viitasalo. »Was hat Sundström sonst noch gesagt?«

»Nichts, und das meine ich wörtlich. Gar nichts«, sagte Kivi. »Wenn du mich fragst, macht der Typ den Eindruck eines Volldeppen.«

»Ich frag dich aber nicht«, gab Viitasalo zurück.

Vesa saß mit seiner Mutter in der Küche. Mutters Finger strich über einen Riss in der fleckigen Tischdecke. Sie versuchte, ihn flach zu drücken. Die Augen hielt sie dabei fest auf ihren Sohn gerichtet.

»Wie lange?«, fragte sie.

»So lange, bis ich alles bezahlt habe«, antwortete Vesa.

»Und wie lange dauert das?«

»Ein paar Monate bestimmt.«

Mutter befingerte weiter die Tischdecke. Ihre Augen wurden feucht.

»Und du lügst mich nicht an?«

»Nein«, sagte Vesa.

»Warum hat er mir nichts erzählt?«

»Vater wollte dich nicht beunruhigen«, antwortete Vesa. Er hatte sich die Geschichte in allen Einzelheiten ausgedacht, trotzdem musste er jetzt nach Worten suchen. »Der Anruf gestern kam von denen, bei denen er die Schulden hat. Er hat mir die Sache im Auto erklärt. Ich hab ihn nach Pasila gefahren. Von dort hat er den Nachtzug nach Turku genommen.«

»Und danach bist du zu denen gegangen und hast mit ihnen geredet?«

»Ja. Sie wollen das Geld, sonst nichts. Danach kann er wieder nach Hause. Die wissen nur, dass er abgehauen ist.«

»Wo will er denn hin? Er bleibt doch nicht in Turku, oder?«

»Weiter nach Schweden«, sagte Vesa. »Er hat da noch ein paar alte Baustellengeschichten laufen.«

»Und er hat wirklich gesagt, dass er nicht anruft?«

»Er hat Angst um uns, er will nichts riskieren. Wenn du nicht weißt, wo er ist, hast du auch keine Probleme. – Er wird sich melden, wenn die Sache geklärt ist«, sagte Vesa ungeduldiger, als er wollte. »Mutter, es ist kein bisschen anders als letztes Mal. Er musste doch schon mal weg.«

Mutter zündete sich eine Zigarette an. Ihre Hände zitterten.

»Da hat er's mir erzählt«, sagte Mutter. »Damals hab ich ihn auch zweimal in Stockholm besucht. Und beim zweiten Mal ist er mit mir zurückgekommen, weil ich ihm gesagt habe, dass das Versteckspielen keinen Wert hat. Weil es kein richtiges Leben ist.«

»Aber damals war die Polizei hinter ihm her. Da konnte er ins Gefängnis gehen, und die Sache war erledigt. So einfach geht das bei den Leuten, mit denen er's jetzt zu tun hat, nicht.«

»Aber warum hat er nicht selbst mit ihnen geredet? Arto kann gut reden, das weißt du.«

»Bei denen hat Reden keinen Sinn, davon ist Vater ausgegangen, und da hat er auch recht. Darum hat er mich losgeschickt. Er war sich sicher, dass sie mir nichts tun. Nur wegen ihm waren sie so angeätzt, dass … dass er Angst gehabt hat, dass ihre Wut noch größer ist als ihre Geldgier.«

»Und warum ist er nicht zur Polizei gegangen?«

»Mutter, glaub mir, es ging nicht.«

Sie schaute aus dem Fenster auf den Hof. Draußen fiel wässriger Schnee.

»Aber mir hätte er's wenigstens sagen können.«

»Du hast doch gesehen, wie schnell das alles gehen musste, du warst doch dabei«, sagte Vesa, der sah, wie Mutters Kinn zitterte. »Vater konnte nicht anders, er musste es so machen. Und er hat entschieden, dass es besser ist, wenn wir beide nicht zu viel wissen.«

An Mutters Kopf vorbei sah Vesa die tote Birke, auf deren unschöner Bruchstelle sich schon ein Hut aus Schnee bildete. Warum hatten sie den Baum immer noch nicht gefällt? Die Spur, die der Schneepflug hinterlassen hatte, sah aus, als hätte ein prähistorisches Riesenraubtier ein Stück vom Stamm herausgebissen.

»Wir wissen doch überhaupt nichts. Ich wenigstens. Und du sagst mir nichts.«

»Mutter, hör zu«, sagte Vesa und griff nach der Hand, die immer noch die Tischdecke befingerte. »Ich bezahl ihnen die Schulden, dann ist alles wieder gut.«

Mutter sah ihn wieder an. In ihren Augen schimmerte ein Verdacht.

»Wie viel ist es?«

»Zwanzigtausend«, antwortete Vesa.

»So viel? Was hat Arto mit so viel Geld gemacht? Wir haben doch nichts.«

»Er hatte es noch gar nicht bekommen«, sagte Vesa. »Die haben nur ausgerechnet, wie viel sie wegen ihm verloren haben, weil er an ihrer Buchhaltung vorbei eigene Arbeitskräfte geholt hat.«

»Buchhaltung? Die Gauner haben …«

Mutter zog die Hand zurück und legte sie in den Schoß.

»Und was machst du jetzt?«

»Arbeiten«, sagte Vesa. »Ich muss die zwanzigtausend abarbeiten.«

»Auf irgendeiner Baustelle, oder was?«

»Eher nicht«, antwortete Vesa schnell. Fast zu schnell. Nie mehr würde er eine Baustelle betreten, das hatte er sich letzte Nacht geschworen.

»Wo dann?«

»Ich weiß es noch nicht«, sagte Vesa. »Aber wohl kaum auf der Baustelle.«

»Was sind das für Männer?«

Vesa antwortete nicht.

»Wie schlecht sind die?«

»Ziemlich.«

»Warum hat er dich bloß in so eine Scheißsituation gebracht? Seinen eigenen Sohn?«

Vesa öffnete den Mund und sagte dann doch nichts. Vater war andauernd in Scheißsituationen geraten, und er hatte andere andauernd in Scheißsituationen gebracht. Was hatte Mutter denn von ihm gehabt? Nichts als Kummer. Darum trank sie wahrscheinlich auch. Als Vesa klein war und die Birke im Hof noch ein gesunder Baum mit einem Wipfel voll üppigem Laub, hatte Mutter keinen Tropfen angerührt. Trank sie, damit sie ihr Leben aushielt oder um die Träume zu vergessen, die sie bestimmt auch mal gehabt hatte?

»Was überlegst du?«

»Nichts.«

Mutter sah Vesa so vorwurfsvoll an, als hätte sie gerade seine Gedanken lesen können. Dann nahm sie einen letzten Zug von ihrer Zigarette und drückte sie lange und sorgfältig im Aschenbecher aus.

»Vesa?«

»Ja?«

»Er kommt doch bestimmt wieder zurück?«

»Ja«, sagte Vesa.

Mutter seufzte und nickte. Vesa sah, dass sie ihm nicht glaubte, aber glauben wollte. Mutter war nicht besonders gescheit und wusste das auch selbst, aber sie spürte, dass es nicht so gewesen sein konnte, wie er behauptete. Trotzdem wollte sie es glauben – wie Vesa selbst, obwohl er die Wahrheit kannte.

»Gut«, sagte Mutter. »Dann lass uns versuchen, so weiterzumachen wie bisher.«

Sie stand auf und ging ins Badezimmer. Vesa blieb allein vor seinem kalt gewordenen Kaffee sitzen. Er schloss die Augen und wischte die aufkommenden Tränen schnell mit dem Ärmel trocken. Er musste etwas tun, was die Lüge glaubwürdiger erscheinen ließ. Er würde es nicht schaffen, Mutter monatelang irgendwelche erfundenen Geschichten zu erzählen. Die Lüge musste so glaubwürdig erscheinen, dass Mutter die Fragen ausgingen. Er musste die Geschichte genau an der Stelle wasserdichter machen, wo sie am meisten leckte. Er musste Vater nachweislich leben lassen.

Irgendwann einmal hätte Mutter natürlich das Recht zu erfahren, dass Vater tot war, schon weil sie das Recht hatte zu trauern. Die ganze Wahrheit würde er ihr allerdings nie erzählen können. Erst jetzt fiel ihm auf, dass sie nicht gefragt hatte, wie Vater eigentlich erfahren sollte, dass alles wieder in Ordnung war, wenn es mit ihm keinerlei Kontakt mehr geben durfte. Seine Geschichte war noch alles andere als wasserdicht.

Vesa stand auf und ging leise zur Badezimmertür. Mutter ließ Wasser ins Waschbecken laufen. Hinter dem Wasserrauschen und den Gurgelgeräuschen des Abflusses hörte er ihr Schluchzen.

Vesa ging weiter in sein Zimmer, machte die Tür zu und setzte sich aufs Bett. Mutter hatte Zweifel.

»Erst müssen die Schulden weg«, flüsterte Vesa. »Dann ist Zeit, über andere Dinge nachzudenken.«

Er nahm das Handy, das er von Turunen bekommen hatte. Er sollte es immer bei sich haben und sofort antworten, wenn es klingelte, sonst sei ihr Abkommen auf der Stelle beendet, hatte Turunen ihm eingeschärft. Und mit dem Ende des Abkommens wäre Mutter in Gefahr, daran hatte Turunen keinen Zweifel gelassen. Es würde Mutters Tod bedeuten. Und den Beginn von Vesas Karriere auf YouTube.

Vesa sah sich das Handy genauer an. Es war ein altes, zerkratztes Nokia-Billigteil und sein einziger Kontakt zu Turunen und seinen Killern. Hoffentlich schwächelte der Akku nicht. Das Leben seiner Mutter hing von einem reichlich ramponierten Stück Technik ab.

Vesa ließ sich aufs Bett fallen und überlegte. Er lebte in einem Alptraum. Wenn er gestern um diese Zeit mit seinem Leben noch unzufrieden gewesen war, dann hätte er jetzt was darum gegeben, nur unzufrieden zu sein. Selbst der Wert seines Vaters war gestiegen, seit es ihn nicht mehr gab.

Vesa wollte nicht, dass seine Gedanken ständig um die letzte Nacht und um Vater kreisten. Er wollte versuchen, so normal zu leben, wie es unter diesen Umständen möglich war. So als wäre nichts passiert. Wie hatte Mutter es vorhin ausgedrückt? *Dann lass uns versuchen, so weiterzumachen wie bisher.* Genau. Nur so konnte er es schaffen, ohne den Verstand zu verlieren. Er musste sich auf den Alltag konzentrieren, auf die normalen, alltäglichen Dinge. Er musste nur daran denken, immer beide Handys dabeizuhaben. Sonst musste er so leben wie bisher. Er musste versuchen, die letzte Nacht und Vaters Gesicht aus seinen Gedanken fernzuhalten.

Und die Baustelle! Fedor hatte etwas gemurmelt, dass sie in Vantaa sei. Vesa hatte die ganze Fahrt über im Laderaum des Hiace gehockt, neben zwei von Klebeband zusammengehaltenen grünen Bündeln. Er hatte sich mit den Händen über den Augen in die Ecke gekauert und sich gewünscht, dass er bald aufwachte und alles war nicht wahr.

Ich bin schon tot, so oder so. Kümmer dich um Mutter und dich selbst. Sag Anita, dass ich sie liebe.

»Mutter weiß das, ich sag's ihr, wenn ich's kann.« Vesa musste es laut sagen. Er musste die Stille des Zimmers brechen. Er musste es irgendwie schaffen, das war er Mutter schuldig. Und sich selbst.

Das Verhör mit Sundström war ein Desaster von Anfang an. Sundström saß Viitasalo im Rollstuhl gegenüber und hatte die Augen geschlossen. Viitasalo wünschte sich, er hätte sich für heute etwas anderes vorgenommen. Kivi saß am Nebentisch am Computer und schrieb mit, was Vorschrift, aber vollkommen überflüssig war, weil gleichzeitig ein Band mitlief, das sie auch für die Auswertung des Verhörs verwenden würden. Nach Lage der Dinge würde die Auswertung kaum länger als eine Minute dauern. Viitasalo konnte seine Wut nur mit Mühe unterdrücken. Sundström sah aus, als wollte er gleich ein Mittagsschläfchen halten.

»Der Protokollführer hält fest, dass der vorläufig festgenommene Reino Sundström trotz wiederholter Aufforderung nicht freiwillig zum Verhör kommen wollte. Er wurde deshalb von seiner Zelle im Rollstuhl ins Verhörzimmer gekarrt. – In Ordnung so?«, fragte Kivi.

»Ja«, sagte Viitasalo. »Schreib nur ›gebracht‹ statt ›gekarrt‹.«

Kivi gab die Korrektur ein, und Viitasalo klopfte mit dem Fingerknöchel dreimal laut auf die Tischplatte wie an eine Tür. Sundström hob die Augenlider hinter der Brille und gähnte. Viitasalo musste ein Gähnen unterdrücken.

»Guten Morgen«, sagte er. »Wenn du müde bist, lass uns am besten gleich zur Sache kommen. Wie erklärst du uns, dass bei der Durchsuchung deiner Wohnung in der Harjukatu 2 A 50 einhundertundzehn Gramm Amphetamin gefunden wurden?«

Sundström antwortete mit einem Lächeln auf den Lippen: »Womit wir es praktischerweise bereits mit einem schweren Rauschgiftdelikt zu tun hätten.«

»Richtig«, sagte Viitasalo sachlich. Das hier würde keine Sundström-Show werden. »Du hast einen Fehler gemacht.«

»Sieht so aus. Besonders wo ich zum Stoff im Wasserkasten auch noch eine Waffe in der Manteltasche hatte«, sagte Sundström immer noch lächelnd. »Ich bin in letzter Zeit so was von unvorsichtig geworden …«

»Die Waffe, richtig«, sagte Viitasalo. »Haben wir das schon genauer?«, fragte er, an Kivi gewandt.

»Es handelt sich um eine Neun-Millimeter Baikal MP vierviersechs Viking mit einer nahezu vollen Schachtel Patronen«, las Kivi aus den Unterlagen ab. »Die Waffe befand sich in der Brusttasche des Mantels, den der Verdächtigte beim Betreten der Wohnung trug.«

»Macht alles in allem?«, fragte Viitasalo mit kühlem Blick auf Sundström.

»Schweres Rauschgiftdelikt nach Paragraph fünfzig Strafgesetzbuch, Absatz zwei, in Verbindung mit Paragraph fünf, Absatz drei, und was die Waffe betrifft: grobes Schusswaffendelikt nach Paragraph neun, zwölf und einhundertzwei des Schusswaffengesetzes«, listete Kivi auf. »Läuft auf eine mehrjährige Haftstrafe hinaus.«

»Und? Was sagst du dazu?«, fragte Viitasalo Sundström.

»Sieht echt schlecht aus«, antwortete Sundström. »Die Knarre muss ich demnach auch bei mir gehabt haben, als ich zum Kiosk gegangen bin, also in der Öffentlichkeit. Was hab ich mir nur dabei gedacht? Was meinst du? Wollte ich mir womöglich den Kaffee und die Nachmittagszeitungen mit vorgehaltener Waffe besorgen?«, fragte Sundström mit einem schiefen Lächeln.

Viitasalo war wütend. Er zog die Hand vom Tisch, ballte die Finger aber erst unterm Tisch zur Faust. Kivis Idee mit der Waffe war ein hirnloser Scheiß. Es ließ den Rauschgiftfund haargenau so inszeniert aussehen, wie er war. Die ganze Geschichte drohte zur Farce zu werden, an deren Ende Sundströms grinsende Visage die ganze Leinwand ausfüllte. Ein Augenzwinkern, Schlussakkord und Ende.

»Du gibst es also zu?«, fragte Viitasalo.

»Was?«

»Den Besitz von Amphetaminen und einer Pistole.«

»Einen Scheiß geb ich zu«, sagte Sundström, und Viitasalo sah zum ersten Mal ein kurzes Blitzen in seinen Augen. Dann gewann das Lächeln wieder die Oberhand. »Ein ziemliches Mysterium, die ganze Geschichte, oder wie denkst du darüber?«

»Worüber?«

»Darüber, was hier vor sich geht«, sagte Sundström.

»Ich denke gar nichts«, fuhr ihn Viitasalo an. »Ich halte mich an Fakten.«

»Auch ein Standpunkt.« Sundström nickte, als hätte ihn Viitasalos Antwort nachdenklich gemacht.

»Was ist auch ein Standpunkt?«

»Sich an die Fakten zu halten. Oder an die Wahrheit. Ich kannte einen alten Wirtschaftskriminellen, dessen Motto war: ›Die Wahrheit brennt nicht mal im Feuer.‹ Schon mal gehört?«

»Bis gerade eben nicht.«

»Vergiss es am besten gleich wieder. Die Wahrheit brennt sehr wohl im Feuer, man muss sie nur vorher gut mit Benzin tränken.«

Kivi gluckste und fragte: »Soll ich das mitschreiben?«

Viitasalo brachte seinen Kollegen mit einem Blick zum Schweigen und wandte sich wieder Sundström zu. »Versuchen wir, bei der Sache zu bleiben. Erklär uns die Sache mit den Amphetaminen und der Pistole!«

»Du wolltest es doch mit der Wahrheit versuchen. Na schön, fragen wir doch mal deinen Kollegen, ob er eine Erklärung hat.« Sundström wandte sich Kivi zu, der errötete, aber den Blick starr auf die Zeigefinger gerichtet hielt, mit denen er die Tastatur bearbeitete.

»Antworte bitte auf die Frage, die ich gestellt habe!«

Sundström wandte sich langsam wieder Viitasalo zu. Er sah aus, als müsste er überlegen.

»Also?«

»Ehrlich gesagt, hab ich vergessen, was du gefragt hast.«

Viitasalo wiederholte die Frage, und Sundström lachte.

»Was findest du so komisch?«

»Ich mache euch einen Vorschlag«, antwortete Sundström. »Weckt mich, wenn ihr eurer Meinung nach genug gefragt habt. Was meine Antworten betrifft, war's das.« Er lehnte sich zurück und schloss die Augen.

Viitasalo sah, dass Kivi die Achseln zuckte. Er beschloss, es noch einmal zu versuchen. Mit vollem Risiko. Er hatte nichts zu verlieren.

»Wir wissen, dass du den Amphetamingroßmarkt im Raum Helsinki beherrschst und dass ihr den Stoff aus dem Osten ins Land bringt. Wir wissen sogar, dass du neuerdings mit den Russen zusammenarbeitest«, sagte Viitasalo und fixierte Sundström, damit ihm keine noch so kleine Reaktion entging. »Du hilfst ihnen, und sie stören dafür nicht deine Kreise.«

Sundströms gelangweilter Gesichtsausdruck veränderte sich um keinen Deut.

»Hallo! Hörst du mich?«

Nichts. Wie zu erwarten war.

»Warum antwortest du nicht?«

Schweigen, mehr war aus Sundström nicht herauszuholen.

»Was dagegen, wenn wir Schluss machen?«, fragte Kivi vom Computertisch her. »Ich stelle fest, dass er sich weigert, Fragen zu beantworten, und Abmarsch – wenn man das in dem Fall sagen kann.«

Statt zu antworten, nickte Viitasalo mit dem Kopf in Richtung Tür.

»Bitte?«, fragte Kivi.

»Was dagegen, wenn wir noch ein bisschen unter vier Augen weitermachen?«, fragte Viitasalo. »Informell sozusagen.«

Kivi schien nicht begeistert, erhob sich aber von seinem Stuhl. »Dann mal viel Spaß!«

Als sich die Tür hinter Kivi geschlossen hatte, schaltete Viitasalo das Aufnahmegerät aus.

»Okay, Reino. Wir können reden.«

Sundström öffnete die Augen und sah Viitasalo mit offener Verachtung an. »Ich verstehe deine Methoden nicht.«

»Welche Methoden?«

»Was soll das, frag ich dich. *Worüber* sollen wir reden? Übers Wetter? Glaubst du, dass Reden irgendetwas zwischen uns ändert?«

»Ich dachte, wir reden über deine Situation.«

»Über meine Situation gibt's nichts zu reden. Über deine vielleicht.«

»Wenn du jetzt nicht redest, machen wir morgen weiter. Ich hab Zeit und Geduld«, sagte Viitasalo.

»Du?« Sundström schmunzelte. »Du hast exakt so viel Zeit, wie ich Geduld mit dir habe, so wird ein Schuh draus. Übrigens finde ich, wir haben uns bisher gut arrangiert. Aber wenn du das ändern möchtest …«

»Willst du mir drohen?«

»Du bist so dämlich, dass ich fast Mitleid mit dir habe. Vielleicht hab ich deshalb so viel Geduld mit dir gehabt.«

Viitasalos Hände ballten sich zu Fäusten, und diesmal versteckte er sie nicht unter dem Tisch.

»O Gott«, sagte Sundström. »Ich mach mich gleich voll.«

»Sei vorsichtig!«

»Wollen wir wetten, dass du mehr Angst hast als ich? Du hast mehr zu verlieren, das ist dein Problem.«

»Ich seh's eher als Pattsituation«, sagte Viitasalo mit gedämpfter Stimme. Kivi stand möglicherweise hinter der Tür. »Ich kann Dinge nicht ungeschehen machen, aber du auch nicht.«

»Der Unterschied ist nur, dass ich nichts getan habe. Wenigstens nichts, was ihr mir beweisen könntet. Du dagegen … Ich finde, wir sind meilenweit entfernt von einer Pattsituation.«

»Ich kriege die Beweise gegen dich, verlass dich drauf«, sagte Viitasalo. »Schon die Kinkerlitzchen, wegen denen du hier sitzt, bringen bei deinem Vorstrafenregister zwei Jahre, ob du redest oder nicht. Und in den zwei Jahren grab ich alles über dich aus, was es auszugraben gibt. Irgendeiner quatscht immer.«

»Wenn du's mit den zwei Jahren hinkriegen würdest, hätten wir tatsächlich eine Pattsituation – es sei denn natürlich, dass ich mir in der Zwischenzeit was überlege«, sagte Sundström. »Weißt du, was: Lass uns abwarten, wie es in zwei Jahren aussieht.«

»Und die Aussicht auf den Knast stört dich gar nicht?«

»Nein. Ich mach's mir gern eine Weile bequem. Und vergiss nicht: Der Knast ist immer ein gutes Alibi. Wer sitzt, kann nichts Schlimmes anstellen«, grinste Sundström. »Darf ich dich was fragen?«

»Bitte.«

»Spielst du Schach?«

»Wieso?«

»Also nicht. Ich würde es dir empfehlen«, sagte Sundström. »Es schult das strategische Denken. Oder wer weiß, vielleicht spielst du doch und weißt es nur nicht.«

»Und wenn's so wäre?«

»Dann solltest du dich an die Grundregel erinnern: Wer eine Schachfigur berührt, muss sie auch ziehen.«

»Tu ich das nicht? Mein letzter Zug bringt dich nach Sörnäinen, schon vergessen?«

Sundström schüttelte sachte den Kopf. »Ein schlechter Zug, Viitasalo. Ich geb dir einen Gratistipp: Bevor man selbst zieht, sollte man sich gut überlegen, wie der Gegenzug aussehen könnte. Gib's zu, daran hast du nicht gedacht. Überhaupt nicht. Du hast gedacht, du drohst mir, und ich sage, okay, wir sind quitt, lass uns die ganze Sache vergessen. Aber so läuft das nicht.«

»Du drohst mir also doch.«

»Warum sollte ich? Ich hab dich doch schon in der Hand. Ein Zug von mir, und deine Karriere ist beim Teufel – was du dir selbst eingehandelt hast, wie wir beide wissen.«

»Und warum machst du den Zug dann nicht? Dann hätten wir's beide hinter uns«, sagte Viitasalo.

»Nein. Dann wäre das Spiel ja aus. Und es macht mir doch Spaß zuzuschauen, wie du leidest. Je mehr du dich wehrst, desto fester schlingt sich der Strick um deinen Hals. Ich muss gar nichts tun, nur warten. Ich habe alles, und du hast nichts – außer dem Strick, den du dir selbst gedreht hast. Ich muss nicht mal den Hocker unter deinen Füßen wegtreten. Auch das machst du irgendwann selbst.«

Viitasalo wusste, dass sein Gesicht rot war vor ohnmächtiger Wut. Sundström hatte seinen Spaß.

»Eins wundert mich übrigens«, sagte er.

»Mich wundert vieles«, fuhr ihn Viitasalo an. »Zum Beispiel, wieso dich noch keiner von deinen eigenen Leuten umgelegt hat.«

»Das wünschst du dir schon jahrelang, stimmt's? Viereinhalb Jahre, um genauer zu sein. Es ist doch viereinhalb Jahre her, oder? Du wünschst es dir, weil du selbst nicht den Mumm dazu hast«, sagte Sundström und schüttelte lächelnd den Kopf. »Du hast keine Eier, Viitasalo, hab ich dir das schon gesagt? Und es gibt noch einen Unterschied zwischen uns beiden: Ich werde gebraucht und du nicht. Jeder könnte auf deinem Platz sitzen, auf meinem nur ich. Verstehst du, Viitasalo? Du riechst übrigens nach Alkohol, da kannst du Salmiakbonbons lutschen, so viel du willst. Du gehst doch wohl nicht betrunken zur Arbeit?«

Viitasalo sagte nichts. Er konnte Sundström nicht mehr in die Augen sehen. Er starrte schweigend auf dessen aus dem Kragen eines Flanellhemds ragenden stoppeligen Hals. Sundström hatte einen dünnen Hals und einen knochigen Adamsapfel, der beim Reden auf und nieder hüpfte.

»Wo wir jetzt wissen, worüber du dich wunderst, willst du sicher wissen, worüber ich mich wundere?«

»Nämlich?« Viitasalo stellte sich vor, wie er die Finger um Sundströms Hals legte, und konnte fast körperlich spüren, wie seine Daumen die faltige Haut in die Luftröhre drückten.

»Ich wundere mich, wie ein Idiot in meiner Sache ermitteln kann, gegen den ich beim Justizbeauftragten des Parlaments Beschwerde eingereicht habe. Die einzige Erklärung, die mir dafür einfällt, ist die, dass seit der Einreichung erst zwei Monate vergangen sind. Die Mühlen der Bürokratie mahlen bekanntlich langsam, ein bisschen wie Polizistenhirne.«

Viitasalo reagierte falsch. Er sprang auf, dass sein Stuhl umkippte, und lief um den Tisch. Er packte Sundström am Kragen und hob die Faust. Erst da kam er zur Besinnung, obwohl er immer noch den Drang verspürte zuzuschlagen. Zuzuschlagen, um den Druck, der sich in Jahren aufgestaut hatte, ein für alle Mal loszuwerden. Er hätte das Böse fortprügeln, Sundström zu einem nicht mehr identifizierbaren Klumpen aus Fleisch, Knochen und Blut schlagen wollen, aber er tat es nicht.

»Schlag nur zu. Oder traust du dich nicht? Hast du nicht mal dazu die Eier?« Sundström rang nach Luft. »Was meinst du: Was würde deine Frau sagen, wenn sie wüsste, mit was für einem krummen Hund sie wirklich verheiratet ist, was glaubst du?«

Viitasalo zitterte vor Wut. Sie war Jahr für Jahr in ihm angewachsen, Monat für Monat, hatte sich von schlaflosen Nächten genährt und der ewigen Angst, erwischt zu werden. Jetzt wäre sie bereit gewesen für eine Explosion, und dennoch spürte er zu seiner Überraschung, dass er sie unter Kontrolle hatte. So dumm würde er sich nicht anstellen.

»Nein.« Viitasalo ließ Sundström los und trat einen Schritt zurück. Seine Arme fühlten sich kraftlos an und taub. Er würde sie ausschütteln müssen, damit das Leben in sie zurückkehrte.

Sundström schüttelte lachend den Kopf. »Du hast überhaupt keine Eier, so sieht's aus.«

»Ich lass dich wegbringen«, sagte Viitasalo leise.

»Nur einen Augenblick noch«, sagte Sundström. »Ich hab noch was für dich.«

»Was?«

»Das hier.« Sundström holte tief Luft und begann zu schreien. »Hilfe! Nein! Nicht! Au! Nicht schlagen! Nein!«

Viitasalo wusste nicht, was er tun sollte. Er starrte Sundström nur ungläubig an. Jetzt riss er sich auch noch die Knöpfe und den Kragen vom Hemd. All das dauerte nur Sekunden, aber Viitasalo sah es wie in Zeitlupe. Erst als Sundström sich mit der Faust auf die Nase schlug, vermochte Viitasalo sich zu rühren. Es war nur viel zu spät.

»Hör auf, verdammt!«, brüllte er, während von draußen die Tür aufgestoßen wurde.

»Aufhören! Bitte!«, kreischte Sundström mit weinerlicher Stimme.

Viitasalo wusste, wie die Szene auf Kivi wirken musste, der in der Tür auftauchte. Viitasalo hatte den Oberkörper des kreischenden Sundström im Zangengriff, und aus Sundströms Nase floss Blut auf die Ärmel von Viitasalos weißem Hemd.

Kivi starrte so ungläubig auf die Szene, wie Viitasalo selbst auf den schreienden Sundström geschaut hatte.

»Es ist nicht, wonach es aussieht«, hörte Viitasalo sich sagen.

Sundström zappelte in seinem Rollstuhl und warf, immer noch kreischend, den Kopf hin und her.

»Juha? Was zum Teufel tust du da? Juha! Lass ihn los!«

Viitasalo löste seinen Griff, bevor Kivi bei ihm war. Der sah ihn vorwurfsvoll an und beugte sich dann zu Sundström hinunter.

»Ist es schlimm?«

»Nein«, sagte Sundström vollkommen ruhig. »Ich bin gestolpert und hab mir die Nase am Tisch angeschlagen.«

»Was?« Kivi schaute fragend zu Viitasalo, der sich keuchend an die Rückwand des Zimmers verzogen hatte und die Blutflecken auf seinen Ärmeln betrachtete.

»Du hast richtig gehört«, sagte Sundström und rückte seine leicht verrutschte Brille zurecht. »Ich will daraus keine große Sache machen. So Dinge passieren. Ich will nicht, dass Viitasalo deswegen Ärger bekommt. Aber ich würde mich freuen, wenn wir auf dem Rückweg in die Zelle an der Toilette haltmachen könnten.«

»Klar«, sagte Kivi.

»Wie lange bist du schon hier? Beim Rauschgiftdezernat?«, fragte Sundström plötzlich.

»Drei Jahre.«

»Ach so. Na, dann kannst du natürlich nichts wissen.«

»Was wissen?«

»Verdammt, bring ihn weg, bevor ich wirklich handgreiflich werde!«, brüllte Viitasalo aus seiner Ecke.

Sundström nahm es nicht einmal zur Kenntnis. Sein Blick blieb an Kivi haften. »Frag Viitasalo bei Gelegenheit mal, was vor ziemlich genau viereinhalb Jahren im Westhafen passiert ist.«

»Worum geht's hier eigentlich?«, fragte Kivi und schaute von Sundström zu Viitasalo und wieder zurück.

Viitasalo schloss die Augen und ballte wieder einmal die Hände zu Fäusten.

»Lass es dir von ihm erklären. Ich sag nur so viel, dass es mit euren Kollegen von der KRP zu tun hat«, sagte Sundström. Dann zeigte er mit dem Zeigefinger auf seine blutige Nase. »Dein Kollege ist nicht der, der er zu sein vorgibt, bei weitem nicht. Es war ein Fehler, dass du mit ihm gemeinsame Sache machst, aber ich verzeih dir.«

»Bring ihn weg, bitte!«, sagte Viitasalo kraftlos.

»Tu ihm den Gefallen«, sagte Sundström.

Viitasalo sah, wie Sundström die Hand ausstreckte und Kivi, der sich immer noch zu ihm hinunterbeugte, einen Klaps auf die Schulter gab. Kivi nickte, und Viitasalo dachte, jetzt zieht der Dreckskerl auch noch meinen Partner auf seine Seite. Warum bin ich heute bloß nicht zu Hause geblieben? Und warum bleibe ich nicht auch morgen zu Hause? Warum schmeiße ich nicht die Brocken hin und haue ab aus diesem Saftladen?

Kivi sagte nichts, als er Sundström ernst wie ein Rettungssanitäter aus der Tür schob. Sundström sah jetzt so aus, als bräuchte er den Rollstuhl wirklich. Viitasalo schaute den beiden mit zittrigen Beinen nach. Sundström hatte auch diese Partie gewonnen. Die ganze Verhaftung war ein gottverdammter blödsinniger Fehler gewesen. – Ein Fehler mehr, mit dem er leben musste.

Tuomisto schaute Viitasalo schweigend an. Er hatte die Arme auf den Schreibtisch gestützt und die Hände vor dem Doppelkinn gefaltet.

»Wieso kann ich das nicht?«, fragte er schließlich.

»Ich war von Anfang an an der Sache dran. Ich bin der einzige, der überhaupt daran geglaubt hat«, sagte Viitasalo. »Und jetzt, wo wir endlich was in der Hand haben …«

»Ja, ja. Trotzdem kannst du nach dieser Geschichte nicht mehr dabei sein, das ist sonnenklar.«

»Nach dieser Geschichte – ich hab Sundström nicht angefasst«, sagte Viitasalo etwas zu laut.

Tuomisto lehnte sich zurück. »Das hat Kivi auch erzählt. Aber so was darf trotzdem nicht vorkommen. Es sieht einfach nicht gut aus.«

»Wenn's darum geht, was ich in der Aufregung zu Ihnen gesagt habe, bitte ich um Entschuldigung.«

»Darum geht's nicht.« Tuomisto winkte ab. »Für wie kleinlich hältst du mich? Aber das heute beweist genau das, was ich dir die ganze Zeit sage.«

»Nämlich?«

»Dass Sundström eine fixe Idee von dir geworden ist. Selbst wenn sich herausstellen sollte, dass er nicht sauber ist: Du nimmst das alles viel zu persönlich.«

»Zu persönlich? Soll ich es nicht persönlich nehmen, wenn Sundström eine Beschwerde beim Justizbeauftragen gegen mich einreicht?« Viitasalo gelang es nur mit Mühe, seine Stimme im Zaum zu halten.

Tuomisto hob überrascht die Augenbrauen. »Was für eine Beschwerde? Wann?«

»Vor zwei Monaten, sagt er.«

»Und du glaubst, du dürftest ohne weiteres hier weitermachen, wenn es so eine Beschwerde wirklich gegeben hätte?« Tuomisto schüttelte den Kopf. »Ich wäre über so was auf der Stelle informiert worden.«

Viitasalo brauchte einen Augenblick, dann hatte er begriffen: »Der Dreckskerl hat …«

»Was hat er?«

»Er wollte mich von dem Fall weg haben, und er hat es geschafft.«

»Ich kann deinen hochfliegenden Gedanken wieder mal nicht folgen«, sagte Tuomisto. »Aber ich habe Hirn genug, um zu erkennen, dass du die Schraube überdrehst.«

»Ich hätte große Lust, mich persönlich bei ihm zu bedanken«, sagte Viitasalo. »Mit beiden Händen.«

»Und genau deshalb hältst du dich von ihm fern«, sagte Tuomisto. »Ab Montag kümmerst du dich um deine anderen Baustellen, es sind ja genug davon da. Kivi kümmert sich um Sundström, bis die Sache zum Staatsanwalt geht. Es braucht ja auch nicht mehr viel. Die Anklage steht im Grunde. Wenn bei der Hausdurchsuchung alles so gelaufen ist, wie Kivi es mir berichtet hat, zieht Sundström noch vor dem Jahreswechsel nach Sörnäinen um.«

»War's das?«

»Nicht ganz«, sagte Tuomisto. »Mich würde noch interessieren, was das eigentlich für eine Beschwerde hätte sein können, die Sundström eingereicht haben will.«

»Keine Ahnung«, sagte Viitasalo.

»Dann täuscht der Eindruck, sie hätte dich nicht überrascht?«

»Mich überrascht gar nichts, was mit Sundström zu tun hat.«

»Und dir fällt auch nicht ein, worüber er sich beschweren könnte?«

»Nein.«

»Na gut. Dann noch eine zweite Frage: Deine Vermutungen über Sundström, St. Petersburg und die Esten – wer ist da deine Quelle?«

»Das kann ich nicht sagen«, antwortete Viitasalo, und da sagte er sogar die Wahrheit.

»Und wie schließt du aus, dass der Betreffende nur dieselben Ressentiments gegenüber Reino Sundström hat wie du?«

»Gar nicht«, sagte Viitasalo. »Kann sein, kann aber auch nicht sein.«

Tuomisto sah Viitasalo forschend an und klatschte dann in die Hände. »Das war's. Schönes Wochenende!«

»Ich geh noch nicht, ich hab noch Arbeit.«

»Solange sie nichts mit Sundström zu tun hat …«

»Du hast mich noch nie gemocht.«

»Es geht hier um nichts Persönliches«, sagte Tuomisto und lächelte, als er seine Wortwahl bemerkte. »Hör zu, ich weiß nicht, woher deine grundlosen Ressentiments kommen, weder was mich, und noch viel weniger, was diesen Sundström betrifft. Aber eins kann ich dir sagen, nämlich dass sie dich nicht weiterbringen, bei der eigentlichen Arbeit nicht und bei den Kollegen schon gar nicht. Eine giftige Atmosphäre legt auf die Dauer jede Arbeitsgemeinschaft lahm. Oder ist es gerade das, was du willst?«

»Hat sich etwa jemand über mich beschwert?« Viitasalo wurde wieder viel zu laut.

»Siehst du, was ich meine? Man fragt dich was, und du schaltest auf Angriff.« Tuomisto schüttelte seufzend den Kopf.

»Und *hat* sich jemand beschwert?«

»Vielleicht denkst du am Wochenende drüber nach, ob jemand einen Grund hätte.«

Diesmal ließ Viitasalo es gut sein. Er schmiss nur die Tür hinter sich zu, dass sie wieder aufsprang. Als Tuomisto sie schloss, war er schon am anderen Ende des Gangs.

»Babysitten?«, wunderte sich Vesa.

»Ja.«

»Seit wann sittest du denn?«

»Seit jetzt.«

Vesa war enttäuscht, aber er sagte nichts. Er nahm nur die erstbeste Zeitschrift aus einem der Ständer und blätterte darin. Tiina schaute ihm über die Theke dabei zu.

»Seit wann interessierst du dich für Boote? Oder guckst du dir nur die Tussi an?«

»Wie?«, sagte Vesa. Dann merkte er, dass auf der Doppelseite der Bootzeitschrift, die er aufgeschlagen hatte, eine gewaltige Motoryacht abgebildet war. Das Meer glänzte in der Sonne, und die Yacht fuhr, aus den Bugwellen zu schließen, schnell. Trotzdem trug die Schönheit auf dem hinteren Teil des Decks einen Bikini und hatte ein Glas Champagner in der Hand. Am Ruder stand ein selbstbewusst lächelnder, braun gebrannter Mann in blütenweißen Shorts und ohne Hemd. Die Frau hatte den Kopf in den Nacken gelegt und lachte. Hatte der Mann gerade einen Witz erzählt, oder hatten sie gerade ein Allerweltsboot überholt, das in den Wellen ihres Prachtstücks schlingerte und eine ordentliche Ladung Salzwasser nahm? Das Bild war ätzend, fand Vesa. Wenn er je auf so einem Bild auftauchen würde, dann als die arme Sau im rostigen Allerweltskahn, die, um nicht abzusaufen, die Schöpfkelle nahm und das übergeschwappte Wasser ins Meer zurückschaufelte.

Vesa klappte das Hochglanzmagazin zu und schob es zurück in den Ständer. Tiina grinste.

»Kennst du die Familie?«

»Nein. Aber sie wohnen nicht weit, in Pakila«, sagte Tiina. »Ich hab den Job von Mira bekommen, weil sie keine Zeit hat. Sie hat mich empfohlen.«

»Ich wollte mit dir Pizza essen gehen«, sagte Vesa.

»Ein andermal.« Tiina gähnte. »Ich muss fast direkt hin, wenn ich hier fertig bin.«

»Und wenn ich mitkomme? Wir könnten uns die Pizza dorthin bestellen.«

»Das ist, glaub ich, keine gute Idee«, sagte Tiina. »Was werden die sagen, wenn ich mit dir dort auftauche?«

»›Guten Abend‹ wahrscheinlich.«

»Nicht lustig«, sagte Tiina. »Ich geh allein dahin.«

»Aber wenn das Kind schwierig ist?«, sagte Vesa.

»Was dann?«

»Kinder mögen mich, ich bin richtig gut mit Kindern. Und du hättest es in jedem Fall leichter«, sagte Vesa. »Pass auf: Du gehst hin, und wenn du dann allein bist, rufst du mich an, und ich komm mit der Pizza.«

Vesas Vorschlag brachte Tiina immerhin so weit, dass sie überlegte. »Und du gehst, bevor die Eltern zurückkommen?«

»Klar.«

»Und bringst Cola Light?«

»Mach ich.«

Als Vesa den Kiosk verließ, ging es ihm ein wenig besser. Die vergangene Nacht war immer noch ein Alptraum, aber vielleicht konnte er ihn eines Tages überwinden. Es waren die alltäglichen Dinge, an denen er sich festhalten musste. Und an Tiina. Vorerst erinnerte ihn zwar das zweite Handy daran, dass seine Nacht noch nicht zu Ende war. Die würde erst zu Ende sein, wenn er die Schulden seines Vaters zurückgezahlt hatte. Aber danach wäre er frei.

Viitasalo saß in seinem Arbeitszimmer und war unfähig, auch nur irgendetwas Sinnvolles zu tun. Die Geschehnisse von vor viereinhalb Jahren gingen ihm durch den Kopf und ließen keinen Raum für die Gegenwart. Das Schlimmste war, dass er merkte, wie er die Schuld immer weniger bei sich selbst und immer mehr bei Sari suchte. Nach allem, was sie zusammen durchgemacht hatten, zeigte der Finger, der sich fest auf seine eigene Brust hätte richten sollen, wie ein Pistolenlauf auf sie. Er war ein Arschloch. War es schon immer gewesen. Er floh vor der Verantwortung. Würde er das sein ganzes Leben lang so machen? Viitasalo sah auf den Bildschirm seines PCs. Die Seite, die er geöffnet hatte, war ihm nur zu vertraut. Von damals noch. Er konnte den Artikel fast auswendig. Er war darauf gestoßen, als er nach dem Grund für seine eigenen schlechten Gefühle geforscht hatte, dafür, dass er sich als schwach, hilflos und gefühlskalt empfunden hatte. Er hatte etwas über sich wissen wollen und stattdessen etwas über seine Frau erfahren.

Viitasalo erinnerte sich noch genau, wie es war, als er zum ersten Mal am Geisteszustand seiner Frau gezweifelt hatte. Er war hungrig nach Hause gekommen und direkt in die Küche gegangen, um sich ein Brot zu machen. Mit dem Brot in der Hand hatte er sich gewundert, wo alle ihre Messer waren. Er hatte Sari danach fragen wollen und sie auf der Terrasse gefunden. Dort hatte sie gesessen und mit leeren Augen vor sich hin gestarrt.

»Ich hab sie im Garten vergraben«, antwortete sie auf seine Frage. Ihre Stimme klang monoton.

»Warum?«, fragte Viitasalo.

»Damit Liina sich nicht wehtun kann.«

»Sie kommt doch noch nicht mal an die Schublade.«

»Das weiß man nie. Ich hab Angst, dass ihr was Böses passiert.«

»Ist es der Tod deines Vaters, der dir so zu schaffen macht?«

»Nein, ich hab nur Angst wegen Liina. Dass ihr was passiert. Was Böses.«

Viitasalo ging mit dem Brot in der Hand zum Kinderwagen, aus dem man leises Weinen hörte. Der Geruch, der ihm entgegenschlug, war unbeschreiblich.

»Wann hast du zuletzt die Windel gewechselt?«

»Ich trau mich nicht.«

»Warum denn nicht, verdammt noch mal?«

»Ich hab Angst. Dass Liina mir runterfällt.«

Viitasalo sah und hörte die Unterhaltung von damals wie in einem Film. An dem Tag war ihm aufgegangen, dass es Sari sehr viel schlechter ging, als er hatte wahrhaben wollen. Noch am selben Tag war ihm auch ihre wirtschaftliche Lage klar geworden.

Sari zeigte ihm die Rechnungen, die sie in der Nachttischschublade versteckt hatte. Es waren viele, und sie waren alle nicht bezahlt, vom *Anttila*-Onlineshop, von *Halens*, *Ellos*, *Cellbes*, *Josefsson* und *HobbyHall*, sie hatte Zeitschriften abonniert, war in Buchclubs eingetreten und hatte bei sämtlichen TV-Shops bestellt … Der größte Teil der Rechnungen waren schon Mahnungen. Für gekaufte Kleider, Schuhe, Einrichtungsgegenstände, Geschirr, Haushaltsgeräte, Sportgeräte, Diätratgeber – alles. Auffallend war nur, dass nichts für Liina dabei war. Er hätte erwartet, dass Liina ein Antrieb für Saris Kaufsucht war. Dass sich irgendwo Kinderwagen und Spielzeug stapelten und Liinas Kleiderschrank aus allen Nähten platzte. Aber nichts davon. Das wunderte ihn, und er verstand es nicht.

»Wo sind die Sachen eigentlich alle?«, fragte er später am Abend, als er mit seinem Taschenrechner und dem Stapel Rechnungen am Küchentisch saß. Sari saß ihm gegenüber und schüttelte den Kopf.

»Nur weil ich hier nirgendwo was Neues sehe. Sag! Vielleicht können wir was zurückgeben, sonst sind wir nämlich verratzt. Die Rechnungen und der Kredit fürs Haus, das schaffen wir nicht.«

»Die Kleider hab ich in die Altkleidersammlung gegeben, und die anderen Sachen hab ich der Heilsarmee für ihren Flohmarkt gebracht.« Sari war erstaunlich ruhig. Sie schniefte hin und wieder, aber sie sah erleichtert aus, als wäre ihr eine schwere Last von der Seele genommen.

»Warum?«

»Ich wollte nicht … dass jemand was merkt.«

»Weißt du, wie viel das alles zusammen war?«

Sari schüttelte den Kopf und sagte etwas so leise, dass Viitasalo es nicht hörte.

»Was hast du gesagt?«

»Ich muss wieder arbeiten.«

»Gute vierundzwanzigtausend«, sagte Viitasalo und schob den Rechnungsstapel von sich. »Du müsstest vier Jobs gleichzeitig machen oder Nokia übernehmen, damit wir das schaffen. Sari, warum?«

Sari sagte nichts.

Und Viitasalo schlug mit der Faust auf den Tisch. »Sag mir, warum?«

Sari blieb lange still. Viitasalo sah, dass sie zitterte.

»Ich will wieder arbeiten.«

»Das hätte ich auch mit weniger unbezahlten Rechnungen verstanden, verdammt!«

»Nein, das hättest du nicht!«, schrie Sari. »Ich will wieder arbeiten, und ich kann die Verantwortung für Liina nicht mehr übernehmen!«

»Dass dein Vater gestorben ist, tut mir leid, Sari. Ich versteh ja, dass dich das durcheinandergebracht hat, nur dass es so schlimm ist … Dein Vater hat Krebs gehabt, das hat doch mit Liina nichts zu tun, deshalb musst du doch nicht Messer vergraben und die Windeln nicht mehr wechseln. Dein Vater hat ein Leben lang wie ein Schlot geraucht, dass so jemand an Lungenkrebs stirbt, damit muss man fast rechnen. Und dass Liina gleich nach seinem Tod auf die Welt gekommen ist, war schwierig, das versteh ich, ich mochte Kaarlo auch gut leiden, sehr gut sogar, das weißt du.«

»Du verstehst gar nichts«, sagte Sari und stand auf.

»Nein, vielleicht nicht!«, schrie Viitasalo. »Aber dass wir verratzt sind, *das* versteh ich!«

Sari drehte sich an der Tür zu ihm um. »Du hilfst mir überhaupt nicht. Du verstehst nicht mal, *wie* durcheinander ich bin.«

»Wer ist hier durcheinander?«, schrie Viitasalo und hob den Rechnungsstapel hoch. »Soll ich dir was sagen: So durcheinander wie heute war ich in meinem ganzen Leben noch nicht.«

»Ich kann nicht schlafen und nicht essen, ich hab Angst, aus dem Haus zu gehen, und ich schaff's nicht, mich zu schminken, zu putzen, zu spülen – ich schaff gar nichts.«

»Aber du schaffst es noch zu shoppen?«

»Ich kann mich nicht mal erinnern, wann ich das ganze Zeug bestellt habe. Ich vergesse Dinge, ich fühle mich oft verwirrt, als wäre alles um mich herum unwirklich. Ich hab die Sachen bestellt und, wenn sie da waren, gleich wieder weggebracht. Weil ich mich geschämt habe. – Du begreifst nicht, dass ich wieder arbeiten *muss*«, schrie Sari und stampfte mit dem Fuß auf wie ein kleines Kind.

»Gute Idee. Vielleicht muss man dann auch das Brot bald nicht mehr mit den Händen auseinanderreißen.«

»Ich hab die Messer vor mir selbst versteckt!«

»Warum?«

»Denk drüber nach!«, sagte Sari und lief aus der Küche.

Viitasalo starrte lange die leere Türöffnung an. Er verstand immer noch nicht. Er zog den Rechnungsstapel zu sich her, seufzte und begann, die Rechnungen nach der Dringlichkeit zu ordnen. Er tat es mechanisch wie ein Roboter.

Viitasalo hatte damals nicht verstanden, weil er nicht verstehen wollte. Sari hatte wieder zu arbeiten begonnen, und alles hatte sich nach und nach wieder normalisiert. Die schlechten Momente verwelkten wie Blätter, fielen zu Boden und wurden zu Erde. Nur manchmal blieben am Rechen des Gedächtnisses mit frisch geschnittenem Gras auch schleimige, zerfledderte, braun gewordene Blätter hängen. Dann tauchten Dinge auf, die man längst begraben glaubte.

Viitasalo las das Ende des Artikels noch einmal:

Alle Mütter sehen sich mit dem Mythos konfrontiert, wonach die Mut-

ter eines Babys glücklich sein muss. Darum fühlen sich Mütter, die an depressiven Verstimmungen leiden, oft unzulänglich. Sie glauben, die Verstimmungen seien auch ein Zeichen dafür, dass sie ihr Kind nicht genug lieben, und haben Angst, schlechte Mütter zu sein. Und doch ist es so, dass depressive Verstimmungen in den seltensten Fällen daher rühren, dass eine Mutter ihr Kind nicht liebt. Mütter, die eine depressive Verstimmung nach einer Geburt sehr stark erleben, leiden später häufig auch unter echten Depressionen. Am häufigsten betroffen sind Mütter, die sich sehr stark mit ihrer Arbeit identifizieren.

Warum hatte er die Seite wieder geöffnet? Wegen dieser letzten Sätze? Wegen Sari? Weil Sundström ihn zu einer Zeitreise gezwungen hatte? Oder weil *er* jetzt verwirrt war und die Welt um sich als etwas Unwirkliches empfand, genau wie Sari damals, als die Sache mit ihren verrückten Einkäufen herausgekommen war?

Vielleicht hätten sie damals miteinander reden sollen, trotz allem. Vielleicht wäre es für sie beide gesünder gewesen als der Versuch, alle Probleme totzuschweigen. Vielleicht wäre es einfacher gewesen, alles auf den Tisch zu packen. Vielleicht hätte es sie gestärkt, und sie wären mit neuen Kräften neu aufgebrochen, mit Narben zwar, aber einander umso näher.

So konnte man es im nachhinein sehen, aber damals war es schwierig. Der elende Tod des Schwiegervaters, die tristen Besuche auf einer Krankenstation, von der keiner mehr nach Hause zurückkehrte, sie beide abwechselnd mit Liina auf dem Schoß, dem neuen Leben, und im Bett Kaarlo, durchsichtig wie Papier und bis kurz vorm Ende mit einem verzerrten Lächeln für das muntere kleine Enkelkind, zu dessen Taufe er es nicht mehr schaffen würde. Es war ungerecht. Er war erst vor kurzem in Rente gegangen, und dem äußeren Anschein nach hatte er sich, von einem hartnäckigen Husten abgesehen, gut gehalten. Er hatte einen offenen Blick und den eisernen Händedruck des Truckers. Viitasalo hatte sich in seiner Gegenwart immer wohlgefühlt. Kaarlo hatte laut und gern gelacht, meistens über seine eigenen Geschichten, über die die Frauen der Familie glucksend die Köpfe schüttelten. Erst beim letzten Besuch hatte er nicht mehr gelächelt. Er hatte mit offenen Augen, aber abwesend in einem Zimmer gelegen, in dem es nach Tod und Morphium roch.

Das ganze Jahr damals war eine Zeit der Gegensätze gewesen, eine verwirrte *und* unwirkliche Zeit. Unter anderen Umständen wären sie vielleicht zu einem Schuldnerberater gegangen, um einen Ausweg aus ihrer Misere zu finden. Es wäre die vernünftige Alternative gewesen. Die andere war genau zum falschen Zeitpunkt gekommen, mitten in der verwirrten und unwirklichen Zeit. Ungefragt. Die schlechteste aller denkbaren Alternativen: der Westhafen.

Vielleicht hätte er, nachdem er sich dafür entschieden hatte, wenigstens reden und nicht lügen sollen. Vielleicht hätten sie es gemeinsam besser geschafft. Vielleicht hätten sie sogar noch mal von vorn anfangen können. Vielleicht hätten sie darüber reden sollen, dass Liina kaum noch hinfiel, als sie in eine Krippe kam. Zu Hause war sie ein schwieriges Baby gewesen, kaum in Schach zu halten. Mindestens einmal am Tag war sie Sari ausgekommen, obwohl sie auf ihren kurzen Beinchen nur ein paar hastige, unsichere Schritte machen konnte, bevor sie auf den Hintern plumpste. Trotzdem hatte das Mädchen ständig Quetschungen und blaue Flecken gehabt. In der Krippe nichts mehr davon, wie über Nacht, Simsalabim.

»Nein«, sagte Viitasalo und schloss die Seite. »Ich darf so was nicht mal denken. Sari hat damals nur sich selbst gemeint.«

Viitasalo warf einen Blick auf die Uhr. Es hatte keinen Wert, in alten Geschichten herumzustochern. Was heute war, darüber sollten sie reden. Die Uhr zeigte schon nach vier Uhr nachmittags. Im selben Augenblick klingelte sein Handy. Auf dem Display blinkte das Wort SCHATZ.

»Ja.«

»Wann kommst du?«

»Wieso?«

»Ich wollte nur wissen, ob du erst nach Hause kommst. Oder soll ich in die Stadt kommen?«

Viitasalo überlegte kurz. Dann erst erinnerte er sich. Das Kino. Sie wollten essen gehen.

»Komm in die Stadt. Ich komm direkt von der Arbeit.«

»In welchen Film gehen wir?«

»Überraschung«, sagte Viitasalo und knipste sich wieder ins Internet. Der Film würde auch für ihn eine Überraschung werden. Er tippte mit einem Finger die Adresse der *Finnkino*-Seiten.

»Juha?«

»Was?«

»Ich liebe dich.«

»Ich liebe dich auch«, sagte Viitasalo. Und er meinte es ehrlich.

Die Familie, bei der Tiina sittete, wohnte in der Ripasuontie im Westen Pakilas. Das einstöckige Haus aus weißen Ziegeln stand in einem hübschen Garten.

Vesa war durch den Nieselregen gelaufen und hatte bei *Pakilan Pizza & Kebab* eine Familienpizza und eine große Cola Light gekauft. Mit einem Anflug von Neid registrierte er, dass er von genau so einem Häuschen immer geträumt hatte. Darin hätte er gern seine Kindheit verbracht. Warum hatten die einen so was und andere nichts? Auf dem hölzernen Briefkasten am Anfang des Grundstücks stand nur eine Nummer, kein Name. Auch dem herbstlichen Garten sah man noch an, wie viel Zeit und Mühe jemand darauf verwendete, ihn zu pflegen.

Als er die Klingel drückte, sah er, dass auch auf dem Deckel des Briefschlitzes in der Haustür kein Name stand. Als Tiina ihm die Tür aufmachte, stellte er sich in schlechtem Finnisch als der Pizzakurier aus Maunula vor.

»Komm rein, bevor dich jemand sieht!«, schnauzte Tiina ihn an.

»Du dich schämen wegen selber bestellte Pizzakurier?«

»Hör auf mit dem Scheiß! Du bist ja ganz nass.«

Als sie gegessen hatten, ging Vesa zum Bücherregal und studierte die Fotos darauf. Die Pizza lag ihm wie ein Klumpen im Magen, und seine halbfeuchten Kleider verströmten einen Geruch von Schweiß und Herbst. Die meisten Fotos zeigten Liina. Sie war ein ausgesprochen hübsches Kind.

»Und jetzt geht die hier die andere besuchen.«

Vesa drehte sich um. Liina saß mit Tiina und Teddy Pontus auf dem Wohnzimmerteppich. Sie spielten mit Liinas Puppen. Im fast lautlos gestellten Fernseher liefen die *101 Dalmatiner*, aber das Mädchen war ganz auf das Spiel mit den Puppen konzentriert, bei dem Vesa nicht mitmachen durfte, weil er ein Junge war. Auch Teddy Pontus durfte den Mädchen nur zuschauen. Liina war auf witzige Weise energisch, ein süßer Fratz, der wusste, was er wollte und wie man es bekam. Wenn sie den Mund spitzte und die Hände in die Seiten stemmte, war sie unwiderstehlich.

Vesas Blick fiel auf die gegenüberliegende Wand, wo im Schatten einer lederblättrigen Zimmerpflanze ein Hochzeitsbild hing, das er vorher nicht bemerkt hatte. Auf dem Weg dorthin stieg er vorsichtig über die auf dem Teppich arrangierten Puppen. Wenn er richtig gesehen hatte, gähnte Tiina öfter hinter vorgehaltener Hand. Tiina und Liina, das passte trotzdem gut.

»Und jetzt schaut die hier bei der vorbei. Die hier ist Katri.«

»Wie kann sie bei ihr vorbeischauen, wenn gerade Sini zu Besuch gekommen ist?«, fragte Tiina.

»Katri mag Sini nicht. Darum würde Katri lieber auf ein Schwätzchen bei Nessie vorbeischauen«, erklärte Liina.

»Obwohl Nessie ein Monster ist?«

»Ja, aber Nessie ist ein nettes Monster.«

»Ach so.«

Das Bild im goldenen Rahmen zeigte einen breitschultrigen Mann neben einer zierlichen Frau. Der Mann sah wie ein Gewichtheber aus, und die Frau war hübsch. Ein bisschen schien es, als machte sich der Mann kleiner, als er war. Ihre Köpfe befanden sich fast auf gleicher Höhe, nur sah seiner deutlich größer aus. Wie genau es sich verhielt, war nicht zu erkennen, weil das Bild auf Höhe der Taille abgeschnitten war. Liinas Vater war entweder groß, oder er hatte einen großen Kopf.

»Der Hausherr hier«, sagte Vesa. »Weißt du, was er macht?«

»Nein«, antwortete Tiina. »Ich hab nur Liinas Mutter gesehen.«

»Dem Aussehen nach ist er LKW-Fahrer oder Hafenarbeiter«, sagte Vesa.

»Ist er gar nicht«, sagte Liina kurz angebunden.

Vesa ging am Rand des Teppichs in die Hocke. Ein Monster mit grünkariertem Hut und eine blonde Barbiepuppe tranken aus winzigen Tassen Tee. Als Liina Vesa sah, schmiss das Monster seine Tasse auf den Teppich.

»Was war das?«, fragte Vesa.

»Nessie hat es satt, mit Katri Tee zu trinken«, erklärte Liina.

»War mit dem Tee was nicht in Ordnung?«

»Nein, aber Nessie hat gehört, dass Katri mit Sini gespielt hat.«

»Ah, und da ist Nessie sauer geworden?«

»Ja.«

»Sag mal, Liina, weißt du schon, was dein Vater für einen Beruf hat?«

»Ja«, sagte Liina. »Du kannst gehen! Ich hab dich sooo satt«, fuhr sie mit erstaunlich hässlicher Monsterstimme fort.

»Auch gut«, sagte Tiina säuerlich und ließ Katri den Kopf mit den blonden Haaren schütteln. »Sini ist sowieso viel netter, du Monster, du!«

»Du weißt es wirklich?«

»Ja.«

»Und kannst du's mir auch sagen?«, fragte Vesa, der sah, dass Tiina ein Lachen unterdrückte.

»Papa fängt Räuber«, sagte Liina stolz.

»Ist er Polizist?«, fragte Tiina.

»Ja. Jetzt musst du Sini die Stiefel da anziehen, dann können Nessie und sie zusammen im Wald spazieren gehen, und dann fangen sie an, sich zu streiten.«

»Die zwei fangen auch noch an, sich zu streiten?«, wunderte sich Tiina. »Worüber streiten sie sich denn?«

»Nessie ist sauer, weil Sini nicht schläft.«

»Und warum schläft sie nicht?«

»Weil sie nachts einfach nicht schlafen kann, und dann kann Nessie auch nicht schlafen. Und wenn sie dann streiten, fängt Sini an zu weinen, und Nessie geht raus, laufen.«

»Geht raus, laufen?«

»Ja. Nessie geht immer raus, laufen, wenn sie streiten.«

Vesa stand auf. Ihm wurde plötzlich kalt. Alles, was er seit ein paar Stunden zu verdrängen versuchte, krachte ihm mit einer ungeheuren Wucht auf die Schultern. Er machte die Augen zu, sonst hätte er losgeheult.

»Was hast du?«, fragte Tiinas Stimme.

»Nichts. Ich bin nur zu schnell aufgestanden«, antwortete Vesa. »Ich glaub, ich geh mal auf die Terrasse, Luft schnappen.« Er ging um das Sofa herum zur Terrassentür.

»Warum schläfst du nicht?«, fragte Liina mit der Monsterstimme.

»Was meinst du, Liina, sollen wir bald schlafen gehen?«, fragte Tiinas Stimme.

»Freitags muss ich erst um zehn«, sagte Liina.

»Soso. Und warum sagt deine Mutter dann, um neun? Du versuchst doch nicht, mich auszutricksen?«

»Hm. Aber die müssen erst noch zu Ende streiten!«

»Und wie wär's, wenn wir sie Freunde sein lassen? Komm, wir legen die Puppen auch schlafen, dann gehen wir Zähne putzen!«

Tiina war in Liinas Zimmer, als Vesa wieder hereinkam. Er hatte sich halbwegs beruhigt, obwohl ihn das fremde Handy in einer der Vordertaschen seiner Jeans plötzlich heftiger drückte als zuvor.

Er tauchte an der Tür zu Liinas Zimmer auf, als Tiina das kerzengerade daliegende Mädchen in seine Bettdecke wickelte.

»Gut so?«

»Ja. Ich bin eine Mumie, und Teddy Pontus ist ein Mumienbär.«

»Willst du, dass ich das Licht anlasse?«

»Muss nicht sein.«

»Okay. Schlaf gut!«

»Kommst du irgendwann noch mal mit mir spielen?«

»Kann schon sein. Möchtest du's denn?«

»Ja. Und einen Kuss auf die Stirn möchte ich auch.«

Tiina gab ihr einen schmatzenden Kuss, und Liina kicherte.

»Gute Nacht!«

Tiina drehte sich um, sah Vesa und lächelte. Vesa spürte, wie es ihn warm durchrieselte. Für einen Augenblick stellte er sich vor, dass sie schon verheiratet wären. Liina wäre ihr Kind, und das hier wäre ihr Haus. Und alles wäre gut, sagenhaft gut. Es war eine schöne Vorstellung, und noch schöner wäre es, wenn sie irgendwann Wirklichkeit würde.

Tiina machte das Licht aus und zog die Tür zu.

»Was für ein tolles Kind!«, flüsterte Tiina.

Vesa nickte und schlang die Arme um sie. Tiina lehnte sich gegen ihn. Er steckte die Nase in Tiinas duftende Haare und drückte sie fester an sich.

»Geht's dir wieder besser?«

»Ja. Sollen wir noch den Rest Pizza essen?«, fragte Vesa. Im selben Augenblick spürte er, wie das Handy in der Vordertasche vibrierte.

Tiina wand sich aus seinen Armen. »Dein Handy klingelt.«

»Ja.«

»Willst du nicht drangehen?«

»Doch.«

Vesa fischte das Handy aus der Tasche. Das Display zeigte keine Nummer an. Tiina stand ihm gegenüber und schaute mit gerunzelter Stirn auf das ihr unbekannte Billigteil.

»Es scheint Vater zu sein. Stellst du die Pizza in die Mikrowelle?«

Tiina ging wortlos in die Küche.

»Vesa«, meldete er sich heiser.

»Braver Junge«, sagte Turunen. »Du fährst morgen nach Tallinn und kommst übermorgen zurück.«

»Morgen?«

»Genauere Anweisungen morgen früh von Macho. Er kommt dich um sechs abholen.«

»Ich kann doch nicht einfach …«, begann Vesa, dann merkte er, dass er mit niemandem mehr sprach.

»Was wollte er?«, fragte Tiina, als Vesa in die Küche kam.

»Wie? Ach, der braucht nur meine Hilfe. Ein Job für ein paar Tage auf dem Land.«

»Wieder irgendeine Baustelle?«

»Ja. Die bauen in der Nähe von Mikkeli ein Sommerhaus, da muss ich hin.«

»Das ist doch klasse. Dass du Arbeit hast, meine ich. Oder?«

»Klasse, ja.«

»Ich fand ihn viel zu traurig«, sagte Sari.

»Ja. War leider nicht ganz die romantische Liebesgeschichte, die ich mir vorgestellt hatte. Was die immer versprechen … Wenigstens gab's ein tröstliches Ende. – Auf das tröstliche Ende! Oder lieber gleich auf ein gutes Leben!«

Viitasalo hob lächelnd sein Glas, über Saris Gesicht huschte der Anflug eines Lächelns. Es war das erste, seit sie aus dem Kino gekommen waren.

Die Unbeugsame: Tatsächlich war der Film etwas vollkommen anderes gewesen als das, was Viitasalo sich vorgestellt hatte. Sari hatte fast während des ganzen Films geweint und ihr Make-up auf der Toilette des Kinos nachbessern müssen, bevor sie ins Restaurant gegangen waren. Dass er bei der Wahl des Films danebengegriffen hatte, merkte Viitasalo schon bei den ersten Bildern. Ein rotes Frauenbataillon im Kugelhagel. Er hatte nach Saris Hand geangelt, aber sie hatte sie weggerissen. Saris Hand hatte sich kalt und klamm angefühlt. Oder war es seine eigene gewesen?

»Warum hast du mich eigentlich ausgeführt?«, fragte Sari jetzt.

»Wieso?«

»Wie oft waren wir dieses Jahr schon im Kino oder essen?«

»Ich kann mich nicht erinnern.«

»Kein Wunder. Es ist das erste Mal.«

»Wirklich?«, fragte Viitasalo. »Dann war's ja höchste Zeit.«

Sari strich mit den Fingern über den Fuß ihres Glases und sah an ihm vorbei. Ihre Augen waren wieder feucht, und Viitasalo wusste nichts mehr zu sagen, schon gar nicht über den falschen Film. Vielleicht hätten sie sich die neue Version von *Mamma Mia* anschauen sollen, auch wenn er für Abba nichts übrig hatte.

Die Bedienung erlöste sie, indem sie das Essen brachte. Sari nickte ihr zu und lächelte. Sari hatte ein schönes Lächeln, das sie nur zu selten zeigte. In ihr Lächeln hatte sich Viitasalo verliebt, in ihr Lächeln und in ihre Hände mit den schmalen Handgelenken, die so spielerisch zwei Kugeln Rumrosineneis in eine Tüte zauberten. Sie hatte als Aushilfseisverkäuferin gejobbt, und für ihn war es das erste Eis des Sommers gewesen und Liebe auf den ersten Blick. Saris Gefühle waren langsamer erwacht, aber seine offensichtliche Tollpatschigkeit brachte sie gleich bei der ersten Begegnung zum Lachen.

»Du hast meine Frage nicht beantwortet«, sagte Sari.

»Wie?« Viitasalo erschrak beinahe, als sie ihn aus seinen Gedanken riss.

»Warum hast du mich ausgeführt?«

»Braucht es dafür einen besonderen Grund?«, fragte Viitasalo. Er hatte reden wollen, aber er wusste nicht mehr, worüber und warum. Um alles noch mal von vorn aufzudröseln?

»Ich liebe dich, und ich dachte, dass du mal einen freien Abend brauchst, ein bisschen Abwechslung.«

»Danke. Ich liebe dich auch.« Sari legte Messer und Gabel über Kreuz auf ihren Teller und sah wieder so aus, als würde sie gleich anfangen zu weinen.

»Was hast du?«

»Ich … Es könnte sein, dass wir uns nächstes Jahr nicht mal mehr das eine Mal leisten können.«

»Jetzt fang doch nicht schon wieder damit an«, sagte Viitasalo und bereute es noch im selben Augenblick.

»Wir müssen reden«, sagte Sari und sah Viitasalo in die Augen, »ehrlich reden.«

Viitasalo versuchte, das trockene Stück Huhn hinunterzuschlucken, das er sich gerade in den Mund geschoben hatte. Er griff nach dem Glas, um das Huhn mit Wein aus der Speiseröhre zu spülen, bevor er es noch auf den Tisch hustete. Sari wusste es also doch. Viitasalo hatte sich seitdem allein um ihre Geldangelegenheiten gekümmert, aber Sari hatte natürlich Zugriff auf ihr gemeinsames Konto. Sie hatte eins und eins zusammengezählt, und jetzt benutzte sie seine eigenen Worte: *Wir müssen reden.*

»Worüber?«, fragte Viitasalo mit erstickter Stimme, weil ihm das Huhn, ein Stück tiefer, immer noch in der Speiseröhre steckte.

Sari kramte in ihrer Handtasche und reichte ihm ein in der Mitte zusammengefaltetes Blatt Papier über den Tisch. Sie hatte sich also den Kontoauszug kopiert und auf den richtigen Zeitpunkt gewartet.

»Was ist das?«, fragte er, obwohl er es wusste. Er wollte Zeit gewinnen, seine Gedanken ordnen, eine glaubhafte Erklärung entwickeln.

»Es ist von Asko, also von Kerttula, unserem Personalchef«, sagte Sari. »Lies es, laut!«

Viitasalo faltete das Blatt auseinander. Der Text darauf war kurz und in schrägen Großbuchstaben geschrieben. Der Schreiber versuchte, einen kumpelhaften Ton anzuschlagen.

LIEBE MITARBEITER!

IN UNSICHEREN ZEITEN WIE DIESEN SOLLTEN WIR UNS ALLE UMSO MEHR UM UNSERE GESUNDHEIT KÜMMERN. ALLEN MITARBEITERINNEN UND MITARBEITERN UNSERES HAUSES STEHT DESHALB FÜR DIE DAUER DER VERHANDLUNGEN ÜBER DIE KÜNFTIGE MITARBEITERSTRUKTUR DER PSYCHOLOGISCHE DIENST MEHILÄINEN KOSTENLOS ZUR VERFÜGUNG. BEACHTET NUR BITTE: WER BEREITS WEISS, DASS ER DAS HAUS VERLÄSST, HAT DIESES ANRECHT NICHT. DAS ANGEBOT GILT NUR FÜR DIEJENIGEN MITARBEITER, DEREN VERHANDLUNGEN NOCH NICHT ABGESCHLOSSEN SIND.

MIT FREUNDLICH-KOLLEGIALEN GRÜSSEN,

ASKO.

Viitasalo warf das Machwerk auf den Tisch.

»Nicht zu fassen«, sagte er. »Das soll ein Scherz sein, oder?«

»Leider nicht. So hört es sich an, wenn sie Rücksicht nehmen.«

Viitasalo schüttelte den Kopf. Er war wütend und erleichtert zugleich. Er war wütend, dass man seine Frau und ihre Kollegen so schäbig behandelte, und erleichtert, dass Sari doch nicht über die Vergangenheit reden wollte.

»Ich überleg gerade«, begann er vorsichtig. Wenn überhaupt, war jetzt der richtige Augenblick. »Vielleicht solltest du das Angebot sogar annehmen, egal wie bescheuert dieser Kerttula euch das hinreibt. Du schläfst nicht, und der Stress kommt ja von den Zuständen bei euch. Du kannst ja an gar nichts anderes mehr denken.«

»Würdest du an meiner Stelle nicht daran denken?«

»Doch, schon«, sagte Viitasalo. »Aber darum geht's nicht. Ich meine nur … Ach, vergiss es!«

»Ich bin eine von denen, für die das Angebot nicht mehr gilt«, sagte Sari.

»Du …?«

»Ich bin seit zwei Wochen gekündigt«, sagte Sari.

»Seit …? Warum, um Himmels willen, hast du nichts gesagt?«

»Ich hab's nicht gekonnt. Ich wollte erst selbst damit fertig werden. Aber auch das hab ich nicht gekonnt«, sagte Sari. »Jetzt bräuchten wir wieder ein Wunder wie damals, als du im Toto gewonnen hast. Es war wie im Märchen …«

»Augenblick mal, nicht so schnell! Dass du es mir nicht erzählt hast …«

»Ich hab's außer Mutter niemandem erzählt.«

»Wie? Du hast es ihr erzählt, aber mir nicht? Ich bin dein Mann!«

Sari nahm die Serviette, wischte sich den Mund ab und schob den Stuhl zurück.

»Wo willst du hin?«

Sari antwortete nicht mehr. Die Tränen liefen schon in Strömen, als sie aufstand und in Richtung Damentoilette lief.

Viitasalo fiel nichts anderes ein, als nach seinem Glas Wein zu greifen und es in einem Zug auszutrinken. Auf Saris weißer Serviette leuchtete der Abdruck ihres Lippenstifts wie eine rissige, an den Rändern aufklaffende Wunde.

Viitasalo schaute auf seinen Teller. Der Appetit war ihm vergangen. Der Anblick der in ihrer Pfeffer-Speck-Sauce in den Resten eines Reisrands schwimmenden Hühnerteile verursachte ihm Übelkeit. Er schloss die Augen und hatte plötzlich Lust auf eine Zigarette, obwohl er rechtzeitig vor Liinas Geburt mit dem Rauchen aufgehört hatte und seitdem erstaunlich schmerzfrei dabei geblieben war. Er war kein einziges Mal schwach geworden, nicht mal im Suff.

Was Sari erzählt hatte, war nicht schwer zu begreifen, aber dass sie es erst ihrer Mutter erzählt hatte, war unbegreiflich. Hatten sie sich so weit voneinander entfernt? Wann war das passiert? Hatte es mit Liinas Geburt angefangen? Davor waren sie einander genug gewesen und hatten niemanden sonst gebraucht. So hatten sie immer gesagt. Oder lagen die Anfänge schon früher? Hatte er zu viel Druck auf Sari ausgeübt, weil er die ewigen Fragen nach einem Kind nicht mehr hören konnte? Waren sie von da an auseinandergedriftet? Aber wieso hatte er es nicht früher gemerkt? Hatte er es nicht merken wollen?

»Bei euch alles in Ordnung?«

Viitasalo machte die Augen auf. Die Bedienung war an ihren Tisch getreten.

Viitasalo nickte und versuchte ein Lächeln. »Ja«, sagte er. »Noch einen Whisky bitte, einen Jameson, wenn ihr den habt.«

Die Bedienung nickte und war so schnell wieder verschwunden, wie sie aufgetaucht war.

»Alles ist gut«, flüsterte Viitasalo. »Alles ist verdammt gut.«

»Ein gemütliches Haus«, sagte Vesa. »Was so was wohl kostet?«

Vesa sah, dass Tiina auf die Micky-Maus-Uhr an der Küchenwand schaute. Mickys erhobene Hände berührten sich beinahe. Es war 23.05 Uhr. Um zwölf würde Micky in die weiß behandschuhten Hände klatschen. Jetzt sah es so aus, als wollte sich die Maus ergeben.

»So eins haben wir eines Tages auch«, schwärmte Vesa. »Und vielleicht auch eine kleine Liina. Oder zwei, wer weiß. Ich seh's schon vor mir.«

»Ich nicht. Ich bin siebzehn.«

»Und?«

»Du musst gehen.«

»Warum?«

»Die wissen nicht, dass du hier bist, und sie können jeden Augenblick kommen.«

»Na und? Was ist dabei, wenn sie mich sehen?«, antwortete Vesa. Dass Tiina sein kleines Gedankenspiel nicht mitspielte, kränkte ihn. Sie brauchte das doch nicht gleich so ernst zu nehmen. Das erwartete er gar nicht. Obwohl es ihm total ernst damit war. Tiina würde schon noch verstehen, wie sehr er sie liebte. »Bin ich dir peinlich?«, fragte er.

»Darum geht's nicht. Geh jetzt! Bitte!«

»Nicht so laut, du weckst noch die Kleine«, sagte Vesa und stand vom Tisch auf. Er war bereit zu gehen, obwohl er lieber mit ihr zusammen weggegangen wäre. Je weniger Zeit er allein verbringen musste, desto leichter konnte er die dunklen Gedanken unterdrücken. Wenn Tiina bei ihm war, konnte er träumen, von sich und ihr und einem anderen Leben.

»Ich ruf dich an, wenn ich zurück bin«, sagte Vesa.

»Ja, Mann. Geh jetzt!«

»Gibst du mir einen Kuss?«, fragte Vesa und breitete die Arme aus.

Tiina stand widerwillig auf, während von draußen Scheinwerferlicht das Küchenfenster streifte. Sie schauten hinaus und sahen rote Bremslichter und ein gelb leuchtendes Taxischild.

»Ja, genau. Fuck!«, sagte Tiina und stieß Vesa vor die Brust. »Sie sind schon da.«

Der Hausherr, der sich als Juha Viitasalo vorstellte, sah noch vierschrötiger aus als auf dem Hochzeitsfoto im Wohnzimmer. Er war fast zwei Meter groß, ein Mann mit strenger Miene, einem harten Händedruck und einem durchdringenden Blick aus grauen Augen, der Vesa fast unangenehm war. Aber er schien nicht überrascht, gleich zwei Babysitter anzutreffen. Sari, seine Frau, konnte dagegen ihre Überraschung nicht verhehlen. Ihr Händedruck war schlaff und flüchtig.

Vesa zog seine Jacke an und versuchte, sich locker zu geben, obwohl er spürte, dass der Mann ihn nicht aus den Augen ließ. Wenn es einen Blick gab, der einen festnageln konnte, dann war es der von diesem Viitasalo, obwohl er nur an den Türrahmen des Wohnzimmers gelehnt stand und vollkommen gelassen wirkte, fast schon gelangweilt. Was er wohl in ihm sah? War er ein so guter Polizist, dass er auf den ersten Blick erkannte, wen er vor sich hatte? Hatte er den tödlichen Blick für Menschen, die etwas zu verbergen hatten? Er sah nicht aus wie jemand von der Kriminalpolizei, eher wie einer, der in einem Streifenwagen durchs nächtliche Helsinki fuhr. Aber man konnte nie wissen.

»Es war ganz leicht. Liina ist wirklich ein nettes Kind«, antwortete Tiina auf die Frage des Mannes, wie es gegangen sei. »Sie war richtig lieb, sogar als sie ins Bett sollte.«

»Hat sie, ohne zu meckern, Zähne geputzt?«

»Ja, warum?«

»Erstaunlich.«

Wenn das überhaupt möglich war, sah Viitasalos Frau noch zerbrechlicher aus als auf dem Hochzeitsbild. Sie war fast magersüchtig schlank und hatte unter den Augen dunkle Ringe, die durchs Make-up hindurchschimmerten. Obwohl sie freundlich lächelte, machte sie auf Vesa einen nervösen Eindruck.

»Vielen Dank noch mal, dass du kommen konntest … dass ihr so kurzfristig kommen konntet«, sagte sie, als sie Tiina zwei Zwanzig-Euro-Scheine hinhielt. »Reicht das?«

»Ja. Danke«, sagte Tiina.

»Meinst du, du könntest wiederkommen, wenn wir jemanden brauchen? Oder ihr?«

Vesa schaffte es, vor Tiina zu antworten. »Ja, warum nicht. Wir mögen beide Kinder richtig gern.«

»Wohnt ihr zusammen, wenn ich fragen darf?«, fragte Viitasalo.

»Nein«, sagte Tiina für Vesas Empfinden fast zu schnell.

»Sie meint, noch nicht«, sagte er, um sie zu ärgern.

»Hätte von mir sein können, als ich noch jünger war«, brummte Viitasalo. »Man muss wissen, was man will und wie man's bekommt.«

Tiina wurde rot und erntete einen verständnisvollen Blick der Frau.

Für einen Augenblick war es still, dann brach es aus Viitasalo heraus. Er lachte dröhnend. In den grauen Augen lagen jetzt auch Wärme und Witz. Liina hat es gut, dachte Vesa.

Die Frau runzelte erst die Stirn, dann sagte sie lächelnd: »Ich hab's ganz anders in Erinnerung. Juha war mehr der stille Typ. Die ersten Monate dachte ich, er hätte einen Sprachfehler, weil er nur Dreiwortsätze herausgebracht hat.«

Als die jungen Leute draußen waren, wurden beide Viitasalos wieder ernst. Sie hatten zwei jungen Menschen gezeigt, wie ein glückliches Paar aussah, das genügte.

In der Küche versuchte Viitasalo, an das Gespräch anzuknüpfen, das sie während der Taxifahrt begonnen hatten, vielmehr an sein Selbstgespräch. Aber Sari hob abwehrend die Hände, erklärte, sie halte keine weiteren Schuldzuweisungen mehr aus, und schlüpfte ins Badezimmer. Ein Stück Brot und das Messer, mit dem sie es sich geschnitten hatte, ließ sie auf dem Schneidbrett liegen. Viitasalo nahm die Scheibe und biss hinein.

»Um Schuldzuweisungen geht's gar nicht«, setzte Viitasalo sein Selbstgespräch fort. »Ich will nur wissen, warum ich nichts erfahre. Es ist schließlich auch mein Leben. Zum Beispiel damals die Messer: Ich weiß immer noch nicht, warum sie verschwunden sind, nicht wirklich.«

Mit der Scheibe Brot in der Hand ging er ins Wohnzimmer und öffnete den Barschrank. Er hatte Lust zu trinken, bis er den ganzen Scheißtag vergessen hatte. Die ganze Scheißwoche. Er nahm eine Flasche Whisky und ein Glas, setzte sich aufs Sofa und schenkte sich das Glas halb voll. Am besten, er trank gleich so viel, dass er auch die Dummheit von vor viereinhalb Jahren vergaß, für die er, wie es aussah, bis ans Ende seiner Tage würde bezahlen müssen. Als er den ersten brennenden Schluck nahm, war er sich plötzlich sicher, dass die ganze gequirlte Scheiße einzig und allein Sundströms Schuld war. Der Mann war ihr Schicksal, so sah's aus, ihr Unheilsbringer und ihr Unglück, war es immer schon gewesen, noch bevor sie einander überhaupt begegnet waren. Warum hatte Sundström überhaupt nach Finnland zurückkehren müssen? Wäre er nicht zurückgekehrt, wäre alles gut.

»Dafür wird der Dreckskerl bezahlen«, murmelte Viitasalo und trank den nächsten Schluck. »Für Sari und alles andere. Nur so kann alles gut werden, nur so.«

Viitasalo nickte. Es klang so einfach, dass es wahr sein musste. Er trank noch einen Schluck. Erst jetzt konnte er sich gedulden und warten, bis der Geschmack des Whiskys sich im Mund ausbreitete. Der Rausch kam schnell. Viitasalo hatte schon im Restaurant eine gute Grundlage geschaffen.

Erst jetzt bemerkte er etwas Hartes unter seinem linken Fuß. Er war auf die blonde Barbie getreten. Der Brustkorb der Puppe war eingedellt, und eines der langen Beine hatte sich gelöst und war unter seinem Gewicht der Länge nach gerissen. Viitasalo hob die Teile der beschädigten Puppe auf. Katri nannte Liina sie, wenn er sich recht erinnerte. Er versuchte, Katris Bein in den Körper zurückzustecken, machte den Riss aber nur noch größer, als er es mit Gewalt versuchte. Auch der Brustkorb wurde nicht wieder so glatt wie vorher, obwohl er die Puppe zwischen die Daumen nahm und den Oberkörper mit aller Kraft nach hinten bog.

»Was zum Teufel machst du da? Das ist Liinas Lieblingsspielzeug – oder war es.«

Viitasalo hob den Blick. Sari stand vor ihm. Er schaute auf seine Hände und begriff, was Sari denken musste: dass er mit aller Kraft das Spielzeug seiner Tochter kaputt machte. Er ließ die Barbiepuppe los, und sie fiel auf den Tisch und rollte von dort auf den Boden. Nur das gerissene Bein blieb neben seinem Whiskyglas liegen.

»Ich wollte nur …« Mehr brachte er nicht heraus.

»Du blöder Arsch«, sagte Sari. »Du liebst mich nicht, und du liebst Liina nicht. Und dann wunderst du dich, dass ich dir nichts erzähle. Du hast noch nie an jemand anders als an dich selbst gedacht. Schau in den Spiegel, und überleg dir, was du da siehst!«

Dann war sie wieder weg.

Es gab nur noch ihn selbst, das Whiskyglas, die Whiskyflasche und das kaputte Spielzeug. Und die ungeweinten Tränen, die sich in ihm aufgestaut hatten. *Jetzt bräuchten wir wieder ein Wunder, wie damals, als du im Toto gewonnen hast.* Sari hatte recht. Genau das bräuchten sie jetzt. Ein Wunder. Das Wunder aller Wunder diesmal.

Viitasalo sah sich selbst im Widerschein des Fernsehbildschirms: ein großer Mann, in sich zusammengesunken wie ein Schneemann, kurz bevor er in sich zusammenfiel.

Du hast noch nie an jemand anders als an dich selbst gedacht.

»Damals hab ich an *uns* gedacht«, flüsterte Viitasalo. »Ich dachte daran, was für uns alle das Beste war. Für die ganze Familie.«

Die Haltung des großen dunklen Mannes im Fernseher besserte sich so wenig wie sein Zustand. Hatte er nun an Sari und Liina gedacht oder in erster Linie an sich? Hatte er überhaupt an etwas gedacht, als er die Sporttasche nahm, die Sundström unter der Bank des Passagierterminals im Westhafen zurückgelassen hatte?

Draußen trommelten die ersten Tropfen aufs blecherne Fensterbrett. Es hatte wieder angefangen zu regnen.

Damals hatte es auch geregnet. Es war ein Frühlingsregen gewesen, der den letzten Winterdreck von den Straßen der Stadt spülte. Er hatte durch die Fenster des Passagierterminals gesehen, wie draußen die Blaulichter von gleich drei zivilen Polizeifahrzeugen pulsierten. Viitasalo hatte die Faust noch fester um die Griffe der Tasche geschlossen. Sundström hatte den Kragen aufgestellt, war die Treppe hinuntergegangen und in das erste Taxi in der Reihe geschlüpft.

Als das Taxi an dem roten, von Polizeifahrzeugen umstellten Opel Corsa vorbei und außer Sichtweite gewesen war, hatte Viitasalo begriffen, dass er die Sache nicht mehr rückgängig machen konnte. Dazu war es zu spät. Da hatte er zum ersten Mal das Gefühl gehabt, in der Falle zu sitzen.

Als die Tränen kamen, wurde es ein unaufhaltbares, unkontrollierbares, verrotztes Weinen, das in langen Wellen aus ihm herausbrach.

Draußen wurde der Regen immer heftiger. Bald würde es wie aus Kübeln schütten.

II

DEZEMBER

Für Turunen war es lächerlich einfach, Sundström ein Handy in die Zelle schaffen zu lassen. Ebenso leicht war es, ihn in dem Glauben zu lassen, dass er immer noch die Fäden in der Hand hielt. Sundström ahnte nicht einmal, dass er in einem Dunkel saß, in das Turunen nur dann mit der Taschenlampe hineinleuchtete, wenn er es für geboten hielt. Und auch dann richtete er den Lichtkegel nur auf Dinge, die Sundström sehen sollte. Sundström war im Grunde genommen blind. Er glaubte, dass er, Turunen, seine ins Handy genuschelten Anweisungen auf Punkt und Komma genau erledigte.

Turunen saß im Taxi und sah hinaus in den dunkler werdenden Abend. Natürlich spielte Sundström im Gefängnis seine Spiele weiter: Er hatte schnell einen minderbemittelten Wärter korrumpiert, mit dessen Hilfe er den kleinen Speedmarkt in Sörnäinen an sich riss. Auch zwei Esten aus seiner Abteilung hatte er für seine Sandkastenspiele gewonnen. Sundström konnte es nicht lassen. Offensichtlich war es ihm egal, in welcher Liga er spielte, wenn er nur das Spiel machen konnte. Er konnte nicht unterscheiden, wo sich ein Einsatz lohnte und wo nicht. Das war sein Problem.

Schon während Sundströms Untersuchungshaft und des überraschend schnell verlaufenden Prozesses war Turunen fleißig gewesen. Er brauchte keinen Sundström, der den Spielmacher gab. In aller Stille übernahm er einen immer größeren Teil von Sundströms Geschäften. Fedor und Ilja waren längst seine Männer, obwohl sie ihr Geld immer noch aus St. Petersburg bekamen. Er hatte ihnen verschiedentlich angedeutet, dass er sie besser bezahlen könne, und ihnen den ein oder anderen Extraverdienst zugeschoben, von denen die Brüder im Osten nichts zu wissen brauchten. Genau wie er vermutet hatte, nahmen die Jungs es mit der Herkunft oder Währung schnellen Geldes nicht genau.

Es ging alles einen durchaus vielversprechenden Gang. Dennoch durfte er Sundström nicht unterschätzen. Er musste hellwach bleiben.

Der Dreckskerl war nicht ungefährlich. Noch. Auch kurz vor seiner Verhaftung hatte er ihm noch ein Ei ins Nest gelegt und hinter seinem Rücken einen Kontakt nach Schweden geknüpft, ausgerechnet zu Goran Bregovic. Es war eine ausgemachte Scheiße. Turunen hatte null Vertrauen zu dem aus Serbien stammenden Kriegsverbrecher, der neuerdings als anerkannter kroatischer Flüchtling am Stadtrand von Stockholm lebte. Er kannte den Mann nur flüchtig und war sich trotzdem sicher, dass man besser einen großen Bogen um ihn machte.

Bregovic stammte aus Sundströms schwedischem Bekanntenkreis von Ende der 90er Jahre, als er zusammen mit einem ehemaligen Bodybuilder aus Turku in der Stockholmer Putz-, Drogen- und Baubranche mitmischte. Turunen war da schon im Land seiner Väter zurück gewesen und hatte parallel zu seinen Baugeschäften ein kleines Amphetamin-Business aufgezogen.

Goran Bregovic hatte Turunen nur einmal getroffen, 2007, als Sundström den früheren und nun wieder neuen Geschäftspartner zu einem Lappland-Urlaub eingeladen hatte. Sie hatten damals erste Pläne zur Ausweitung ihres Geschäfts in Richtung Sonnenuntergang geschmiedet. Zu dem Zeitpunkt hatte Sundström seit etwa drei Jahren auch wieder in Finnland gelebt.

Bregovic war ein überheblicher Angeber gewesen, der Turunen wie eine unbedeutende kleine Nummer behandelte, und Sundström hatte es zugelassen. So etwas vergaß Turunen nicht. So etwas merkte er sich. Am Anfang unterschätzten sie ihn alle. Zum Glück hatte er schnell gelernt, dass man daraus Nutzen ziehen konnte. Immer noch hatte niemand begriffen, dass es sein Kopf war, in dem die Festplatte mit der größten Kapazität die größten Datenmengen verarbeitete. Irgendwann würden sie es verstehen, aber dann wäre es zu spät.

Als Turunen aus dem Taxi stieg, warf er einen respektvollen Blick auf den dichten Verkehrsfluss auf dem Newski Prospekt. Ladas sah man hier schon lange nicht mehr, die Autos stammten aus dem Westen, und kaum eines war älter als das Jahrtausend. Lichtjahre her die Zeiten, als finnische Bauarbeiter mit Plastiktüten voll billiger Strumpfhosen hier die Könige waren. Oder nur mit einem Stapel Plastiktüten, die man in finnischen Kaufhäusern damals noch im Dutzend abgreifen konnte. Russland war in derselben Zeit das Land der aufgehenden Sonne geworden, in der Schweden das Reich der untergehenden Sonne geworden war. Die Newa floss immer noch durch die Stadt, aber sonst war nichts mehr wie zu Zeiten des Sowjetreichs.

Alles ging seinen guten Gang. So sollte es sein. Es war, als hätten sich, seit Sundström einsaß, alle ein wenig beruhigt. Von den Drogenfuzzis in Pasila oder diesem Kousa von der KRP, den Härski erwähnt hatte, hörte er seit Wochen nichts. Es war eigentlich ein kleines Wunder. Es lief schon fast zu gut. Dazu hatte sich der junge Levola als Talent erwiesen. Es war richtig, dass er den linken Alten abserviert hatte. Um ihn war es genauso wenig schade wie um Härski. Aber sein Junge schlug eindeutig aus der Art. Er hatte jetzt schon drei Estland-Touren ohne Probleme erledigt und verringerte die vom Vater übernommene Schuldenlast so zügig, dass er es für angebracht hielt, ihm einen kleinen Lohn auszuzahlen. Er würde den Jungen an der kurzen Leine und trotzdem bei Laune halten, damit er nicht doch noch auf irgendwelche dummen Gedanken kam. Er brauchte scharfe Hunde, aber keine, die ihrem Herrchen an die Fußknöchel wollten. Gerade hatte er dem Jungen ein Wochenende ohne Handy versprochen und ihn auf eine Kurzkreuzfahrt mit seiner Freundin geschickt.

Der Junge hatte ehrlich dankbar ausgesehen. Vielleicht merkte er ja allmählich, dass ihm sein Vater schon zu Lebzeiten mehr eine Last als eine Stütze gewesen war. Der Junior machte einen klugen Eindruck, er konnte es in der Branche noch zu was bringen, er musste nur aufhören, über richtig und falsch nachzudenken. Aber er machte Fortschritte, das spürte Turunen, er hatte sich sogar anständige Kleider gekauft. Er würde schneller einer seiner Männer werden, als ihm selbst bewusst war.

Alles lief so gut, dass Turunen sich morgens mit nasskalten Händen ins Gesicht klatschte, damit er den Tag so wachsam begann, wie es trotz allem nötig war. Er *war* wachsam und rechnete auch mit Gefahren, die er noch nicht kannte. Darum hatte er auch darauf bestanden, dass er und Bregovic auf unterschiedlichen Wegen und zu unterschiedlichen Zeiten nach St. Petersburg reisten. Bregovic hatte am Telefon gelacht und ihn ein Stück Hühnerscheiße genannt, aber die Hühnerscheiße würde er ihm eines Tages ins Maul zurückstopfen. Im genau richtigen Moment. Genau dieselbe Hühnerscheiße, die auch Sundström und Vladimir Koljakov zu fressen bekämen.

Turunen holte tief Luft und zwang sich zu der Ruhe, die er für die bevorstehende Besprechung mit dem St. Petersburger Komiker und dem serbischen Kriegsverbrecher brauchte, auch wenn diese Begegnung vollkommen überflüssig war. Er schlängelte sich durch die Menschenmenge auf dem breiten Bürgersteig und betrat das Restaurant *Magrib*.

Kameltreibermusik und abgestandene Essensgerüche betäubten seine Sinne, der Geschmack von Erfolg, der eben noch seine Zunge gekitzelt hatte, war auf der Stelle verflogen. Er wusste von früher, dass er die nach Kamelhaut riechenden Fleischbrocken im Couscous nur mit reichlich Wodka würde essen oder vielmehr ertragen können. Dennoch musste er nüchtern bleiben, um seine Rolle zu spielen.

Sari saß im Wohnzimmer auf dem Sofa und wiegte ein großes Sofakissen, dessen Überzug einen nachtblauen Sternenhimmel zeigte. Aber sie hielt es nicht für ein Sofakissen, schon viele Nächte seit vielen Wochen nicht. Wie viele Wochen hätte sie nicht sagen können, das Zeitgefühl war ihr fast ganz verloren gegangen. Manchmal sah sie sich als kleines Mädchen, manchmal als alte Frau wie ihre Mutter. Es war seltsam.

Die Kerzen am Weihnachtsbaum, den Juha und Liina zusammen gekauft hatten, waren das einzige Licht im Zimmer. Das war gut so, weil Sari nicht wollte, dass Klein-Liina aufwachte und zu weinen anfing. Sie wollte eine gute Mutter sein, besser als damals für die erste Liina. Klein-Liina fühlte sich wohl auf ihrem Schoß, und sie genoss es, das Kind so nah bei sich zu haben und zu spüren, wie das kleine Herz pochte. Gerade hatte sie Klein-Liina aus dem *Kleinen Prinzen* vorgelesen, so wie sie es damals, bei der ersten Liina, auch hätte machen sollen. Das Buch lag mit dem Einband nach oben aufgeschlagen auf dem Tisch. Es war ihr Buch, das, aus dem ihre Mutter ihr vorgelesen hatte und in das sie, sobald sie schreiben konnte, ihren Namen gekritzelt hatte. Es war ein Buch und eine Geschichte, die in ihrer Familie von Generation zu Generation weitergegeben wurde. Eines Tages würde auch Klein-Liina, die jetzt in ihrem Schoß schlief, ihrer Tochter oder ihrem Sohn die traurige, aber tröstliche Geschichte vom kleinen Prinzen und seiner Reise von einem Planeten zum anderen vorlesen.

Sari drückte einen Kuss auf Klein-Liinas Köpfchen. Das Köpfchen war weich und die Haare wie Flaum, genau wie bei der größeren Liina damals. Das bevorstehende Weihnachten wäre Klein-Liinas erstes.

Gestern – oder war es vorgestern? – oder vorige Woche? – war Juha ins Wohnzimmer gekommen und hatte das Licht angemacht, als Klein-Liina auf ihrem Bauch gerade eingeschlafen war und sie sich selbst gut und geborgen gefühlt hatte. Er hatte gefragt, ob sie nicht lieber ins Bett kommen wolle, aber sie hatte den Kopf geschüttelt. Da hatte Juha das Licht ausgemacht und war gegangen. Sonst nichts.

Juha liebte Kinder nicht so wie sie. Juha liebte auch sie nicht. Hatte sie noch nie geliebt. Und er hatte eine andere, da war sie sich vollkommen sicher. Sie wusste es, seit sie am letzten Tag vor ihrem Mutterschaftsurlaub auf den Kontostand geschaut hatte. Sie hatte sich nur vergewissern wollen, dass mit den Finanzen alles stimmte, es sollte nicht wieder alles so eng werden wie damals bei der ersten Liina, als sie viel zu früh wieder hatte arbeiten müssen, obwohl sie lieber zu Hause geblieben wäre, bis Liina in die Schule kam. Beim zweiten Kind würde sie bei ihrer Entscheidung bleiben, das hatte sie sich an ihrem letzten Arbeitstag fest vorgenommen. Diesmal würde Juha sie nicht dazu zwingen, so früh wieder zurück zur Arbeit zu gehen! Viel wichtiger als eine Karriere war, dass ein Kind eine Mutter hatte, die es liebte. Vielleicht würde sie überhaupt nicht wieder arbeiten.

»Ich wusste gar nicht, dass du schwanger bist. Du hast gar nichts gesagt«, hatte sich Raisa gewundert, als sie erzählte, dass sie ab morgen zu Hause bleiben würde. Sie hatten zusammen im Pausenraum gesessen.

»Im wievielten Monat, hast du gesagt, bist du?«, hatte Suvi, die neben Raisa saß, gefragt.

Als sie erzählte, dass Klein-Liina schon in zwei Wochen auf die Welt käme, sahen die beiden sie lange an.

»Man sieht gar nichts«, sagte Raisa. »Ich finde, du hast eher ab- als zugenommen.«

»Bist du dir ganz sicher?«, fragte Suvi, und sie merkte, wie die beiden einander Blicke zuwarfen. Falsche Blicke irgendwie.

Natürlich war sie sich sicher! Sie war schließlich nicht das erste Mal schwanger. Sie wurde böse und ließ die beiden im Pausenraum sitzen.

»Sari, ist alles in Ordnung mit dir?«, hörte sie Raisa hinter sich herrufen. Aber sie drehte sich nicht um. Sie hatte denen nichts mehr zu sagen.

Da hatte sie zum ersten Mal daran gedacht, dass sie vielleicht gar nicht mehr an ihren Arbeitsplatz zurückkehren würde. Die anderen waren nur neidisch auf ihr neues Glück. Sie hätten was darum gegeben, wenn sie an ihrer Stelle und in ihrem Zustand wären. Es sei denn, sie hätten gewusst …

… dass auf dem Konto nur etwas über tausend Euro gewesen waren, wo es gut fünftausend hätten sein sollen. Zum Glück wussten Raisa und Suvi das nicht, sonst hätten sie über sie und ihre Leichtgläubigkeit gelacht. Sie hatte ihrem Mann vertraut! Raisa war schon zweimal geschieden, und Suvi hatte erst gar nicht geheiratet. Suvi brauchte Männer nur für eine einzige Sache, sagte sie immer. Sonst seien sie allesamt Betrüger, und was die eine Sache angehe, seien die meisten auch noch Nieten.

Noch am selben Abend hatte sie Juha gefragt, wo das Geld sei, und er hatte geantwortet, dass er damit Rauschgift gekauft habe. Ein Scheinkauf angeblich. Juha hielt sie wohl für blöd. Sie wusste Bescheid, obwohl sie nicht bei der Polizei war. Scheinkäufe machte man nicht mit eigenen Ersparnissen, und das hatte sie Juha auch gesagt. Sie hatte ihn angeschrien, obwohl Klein-Liina gerade so gestrampelt hatte, dass es ihr fast die Luft nahm. Juha hatte davon nichts gemerkt, oder es war ihm egal, jedenfalls hatte er nur kalt gesagt, dass man es seit neuestem so mache und er das Geld bald wieder zurückbekäme. Danach war Juha laufen gegangen. Er ging immer laufen, wenn man mit ihm reden wollte. Er liebte seine Joggingrunde mehr als sie. Obwohl sie jetzt zu viert waren.

Das Geld war nicht wieder auf dem Konto aufgetaucht. Sie war jeden Morgen an den heimischen PC gegangen und hatte nachgeschaut, gleich nachdem Juha aus dem Haus war und bevor sie sich bei dem Mütter-Blog einloggte, in dem man sie als »Kinderlieb« kannte. Sie war eine so fleißige Gesprächsteilnehmerin, dass ihre Beiträge oft gekürzt oder komplett entfernt wurden, und sie verstand nicht, warum. Sie las keine Zeitungen mehr, weil sie nicht wollte, dass die schlechten Nachrichten, die man aus der ganzen Welt hörte, ihr Kummer machten und Klein-Liina diesen Kummer spürte. Dass die Welt böse war, würde das Mädchen noch früh genug lernen. Umso wichtiger war es, ihm die frühe Kindheit so angenehm wie möglich zu gestalten. Sie wollte ihm eine ausgeglichene und gute Mutter sein. Klein-Liina würde größer werden und sprechen lernen, und eines Tages würde sie ihr sagen, dass sie die beste Mutter der Welt war! Weil sie das auch war. Das Problem war Juha.

Er hatte eine andere Frau, der er das Geld nachschmiss, obwohl die eigene Familie jeden Cent hätte gebrauchen können. Juha wusste nicht mal, wie viel Kinderkleider und alles andere, was ein Baby brauchte, kosteten. Sie konnten es sich nicht mehr leisten, genau wie bei der ersten Liina. Da hatte sie die Sachen für das Kind heimlich beschaffen müssen. Juha liebte sie nicht nur nicht, er hasste sie. Er wollte, dass es sie gar nicht gab.

Sari schaukelte Klein-Liina auf dem Schoß und summte leise. Sie durfte nicht negativ denken, wie es ihr bei der ersten Liina passiert war. Und plötzlich wurde ihr eiskalt. Sie hielt inne und schaute sich im Zimmer um. Zum ersten Mal seit Klein-Liinas Geburt begriff sie, dass es gar keine erste Liina gab. Es gab nur diese eine Klein-Liina auf ihrem Schoß und das Buch vom *Kleinen Prinzen* auf dem Tisch, das zusammen mit der liebenden Mutter den Schlaf der süßen Klein-Liina bewachte. Die erste Liina war nur ein Alptraum, ein böser Traum, den sie gehabt hatte. Juhas Betrug hatte sie dazu gebracht, sich all die schlimmen Dinge einzubilden. Juha hatte ihr nur deshalb immer Vorwürfe gemacht, weil er die eigene Schuld nicht wahrhaben wollte. Sie waren gar nicht vier, sie waren drei.

Und doch lag im Schlafzimmer dieses kleine Mädchen.

Und plötzlich ging Sari auf, dass dieses Mädchen eine Projektion in die Zukunft war, eine Warnung vor dem, was kommen würde, wenn sie sich vor Juha nicht in Acht nahm. Zum Glück war noch nichts passiert. Alles war noch gut! Das Mädchen war nur die Prophezeiung des Bösen. Es war nicht wirklich. Es hatte nichts mit dem süßen schlafenden Bündel auf ihrem Schoß zu tun. Sie war eine gute Mutter, eine warme Mutter. Eine liebende Mutter, das war sie.

»Klein-Liina muss dahin, wo das Mädchen ist. Erst dann ist ihre Zukunft sicher«, flüsterte Sari und betrachtete dabei das wunderbare Baby auf ihrem Schoß. Dann stand sie auf.

Als sie in Liinas Zimmer trat, hielt sie Klein-Liina in den Armen. Obwohl es im Zimmer dunkel war, erkannte sie die kleine Gestalt, die im Bett auf der Seite lag. Ihre hellen Haare ergossen sich über den blauen Kissenbezug wie eine Flüssigkeit. Das kleine Kinn lag zwischen den weichen Ohren von Teddy Pontus, den das Mädchen an sich drückte. Die Bettdecke hatte es zu einem Knäuel am Fußende gestrampelt.

Sari setzte sich vorsichtig auf die Bettkante und hielt Klein-Liina über den Kopf des Mädchens. Das Mädchen röchelte leise. Es sah so süß aus, dabei war es so falsch. Sari spürte, wie ihre Hände zitterten. Sie musste es tun, sonst war alles verloren. Und trotzdem zögerte sie. Plötzlich hatte sie das Gefühl, genau diese Situation schon einmal erlebt zu haben. Damals, als das Mädchen mit dem Teddy genauso klein gewesen war wie jetzt Klein-Liina, fast so klein wie Teddy Pontus, den sie als kleines Mädchen auch schon im Arm gehalten hatte. Träumte sie jetzt, oder hatte sie damals geträumt? Oder war das alles ein Test, den sie bestehen musste, wenn sie ihr Leben wieder in Ordnung bringen wollte? Sie hielt Klein-Liina so nah an das Gesicht des Mädchens, dass sie selbst es nicht sehen konnte.

»Mama?!«

Sari zuckte zusammen, als sie die Stimme hörte. Es war nicht die von Klein-Liina. Sie kam aus dem Bett. Sie zog Klein-Liina schnell an sich. Klein-Liina fühlte sich formlos an und kalt.

»Mama, was ist los?«

Das Mädchen im Bett sah sie mit schläfrigen Augen an, und plötzlich war es, als schaute sie in ihre eigene Vergangenheit. Das Mädchen war wie sie vor über dreißig Jahren.

»Wozu ist das Kissen? Willst du dich neben Teddy Pontus und mich legen?«

»Das Kissen?«

»Ja.«

Sari schaute Klein-Liina an. Sie hatte sich verändert. Sie sah aus wie ein einfaches Kissen und fühlte sich auch so an.

»Es … es ist noch vom Sofa«, sagte sie mit kaum hörbarer Stimme. »Mama kommt nur, um dir zu sagen … Mama liebt dich. Für immer.«

»Ich lieb dich auch.«

»Gute Nacht, Schatz!«

Sie stand auf und flüchtete aus dem Zimmer.

Erst im Wohnzimmer ließ sie den Tränen freien Lauf. Sie begriff, was sie beinahe getan hätte, und das versetzte sie in Panik. Sie setzte sich aufs Sofa und schob das Kissen angewidert von sich. Es fiel vom Sofa herunter auf den Boden. Sari schlug die Hände vors Gesicht.

Es war einer der Augenblicke, in denen sie ahnte, dass sie Hilfe brauchte. Sie hatte Angst vor dem, was in solchen Augenblicken mit ihr geschah. Es war, als spielte irgendjemand Fremdes mit ihren Gedanken. Sie hatte böse Gedanken, die nicht ihre eigenen waren. Aber wessen Gedanken waren es dann? Warum war alles so seltsam? Warum hatte sie vor allem Angst und am meisten vor sich selbst? Warum konnte nicht einfach alles gut sein? Warum war nicht alles wie vor den schlimmen Gedanken?

Für eine Weile überlegte Sari, ob sie Juha wecken sollte und ihn bitten, dass er nach einem Arzt telefonierte. Aber je länger sie überlegte, desto sicherer war sie sich, dass es genau das war, worauf er wartete: Er wollte sie von hier forthaben, aus dem Weg. Juha wollte ihr Unglück.

Aber bald war alles wieder gut. Sari saß auf dem Fußboden und hielt Klein-Liina im Arm. Sie spürte, wie sich in ihrem Innern Wärme ausbreitete. Sie pustete auf die Wange, die sich das Baby beim Fallen angeschlagen hatte. Das hier war wirklich, und alles andere war nur ein böser Traum. Irgendjemand hatte sie glauben machen wollen, dass Klein-Liina nicht wirklich war. Aber da lag sie und schlief zufrieden in ihrem Schoß. Das schönste Kind der Welt. Und sie war die beste Mutter der Welt. Irgendjemand hatte gewollt, dass sie das alles anders wahrnahm, falsch. Aber sie wusste, dass man die Dinge nur mit dem Herzen richtig sah. Solange ihr Herz im Takt mit der Wirklichkeit schlug, so lange durfte sie ihren Augen nicht vertrauen. Weil sie die Wirklichkeit verfälschten. Auch Juha konnte sie nicht vertrauen, der nur an sich selbst dachte. Nie an sie und an Klein-Liina.

»Es ist nur ein ganz kleines Aua, das pustet Mama weg«, flüsterte sie Klein-Liina zu.

Sie lächelte. Man brauchte nur zu pusten, dann war alles Wunde weg. Es war so einfach, dass es fast zum Lachen war. Warum hatte sie das nicht früher begriffen? Ein kleines warmes Pusten, und alle Wehwehchen heilten.

Die Einrichtung des Restaurants musste direkt aus dem zerbombten Beirut stammen, die geschmacklose Öllampe auf dem Tisch inklusive. Turunen kam die Geschichte von Ali Baba und den vierzig Räubern in den Sinn. Dem Kellner mit dem lächerlichen Tuch um den Kopf, der ihnen Wodka in die mit bestickten Stoffen und nachgemachten Teppichen ausgestattete Nische brachte, hätte man den Ali Baba jederzeit abgenommen. Bregovic hatte eine so dunkle Gesichtsfarbe, dass man sein Mienenspiel im schwachen Licht der blakenden Funzel kaum erkennen konnte. Sie waren genau drei Räuber, die auf Sitzkissen und mit den Knien vorm Mund um einen niedrigen Tisch saßen. Zwei Augenpaare fixierten Turunen. Man wartete darauf, dass er mehr von sich gab als Flüche auf den Inneneinrichter des Lokals. »Wie steht's in Finnland?«, hatte Koljakov auf Englisch gefragt. »Alles in Ordnung?«

»Keine Probleme«, sagte Turunen. »Von unserer Seite ist alles okay. Wir sind bereit.«

Koljakov nickte. »Und die Esten?«

»Machen keinen Kummer. Wir sichern die Transportwege, und sie gucken in die Röhre«, sagte Turunen und kippte seinen Wodka auf Russenart. Ali Baba war auf Zack und tauchte Sekunden später zwischen den gerafften Vorhängen am Eingang der Nische auf. Die Kneipe war beschissen, aber der Service funktionierte ausgezeichnet. Der Räuberhauptmann füllte Turunens Glas bis zum Rand.

»Wenn ihr keine Probleme habt, wieso sitzt Sundström dann im Gefängnis?«, fragte Koljakov von der anderen Seite des Tisches. Bregovic, der neben Koljakov saß, lachte kurz auf.

»Er hat Pech gehabt. Aber das hat keine Auswirkungen auf die Arbeit unserer Organisation«, antwortete Turunen. »Ich hab eine direkte Verbindung zu ihm, *nur* ich, und die Dinge gehen ihren normalen Gang.«

»Ja?« Koljakov fischte einen Packen Fotos aus der Brusttasche seines Jacketts und warf sie auf den Tisch. »Und was ist das?«

Turunen nahm die Fotos und ärgerte sich, dass seine Hände dabei zitterten. Zum Glück war die Beleuchtung derart schlecht, dass die anderen es wohl nicht merkten. Die Fotos waren leider gut. Sie waren in Tallinn aufgenommen, im Stadtteil Kopli, der einen schlechten Ruf besaß. Sie zeigten das Mietshaus, in dem Kalju eine Wohnung im fünften Stock besaß, und waren offensichtlich mit einem Teleobjektiv vom Haus gegenüber aufgenommen worden. Er hatte nie verstanden, warum Kalju als estnischer Patriot ausgerechnet in der schäbigen Gegend mit den meisten Russen wohnte. Auf dem ersten Foto sah man, wie Vesa Levola mit einem Rucksack auf dem Rücken das Treppenhaus betrat. Der Junge sah unschuldig aus, das war sein Kapital. Vielleicht hätte man ihn die Fähre sogar allein nehmen lassen können, ohne Irma, die am Hafen auf ihn wartete, aber sicher war sicher. Das zweite Foto war durch zwei Fensterscheiben hindurch gemacht und zeigte Kaljus Wohnung. Der Idiot zog die Vorhänge nicht zu, wenn er Geschäfte abwickelte. Auf dem Foto hockte Kalju mit einer Zigarette im Mundwinkel am Tisch und zählte Geld, und der junge Levola saß ihm gegenüber. Auf dem dritten Foto nahm Levola dann ein Paket entgegen. Das vierte Bild wäre nicht nötig gewesen, da verließ der junge Levola das Haus. Da war nur der kleine Unterschied, dass der Rucksack jetzt ein bisschen dicker aussah, und Turunen wusste auch, warum: Der Rucksack war voller *Saku Gold*. So hieß die estnische Biermarke, in deren Dosen Platz für alles Mögliche war.

»Und wo kommen die Fotos her?«, fragte Turunen, um Zeit zu gewinnen.

»Vom Drogendezernat der Polizei in Tallinn«, antwortete Koljakov. »Euer Mann ist neu, der Trick alt. Wie man sieht, viel zu alt.«

Turunen schluckte, und der Speichel transportierte noch eine Ahnung vom eben gekippten Wodka. Jetzt war schnelles Denken angesagt, aber das war seine Stärke. Sundström. Er würde ganz Estland Sundström in die Schuhe schieben. Turunen lachte kurz auf und warf die Fotos auf den Tisch zurück.

»Sundströms Idee«, begann Turunen. »Er vertritt die Auffassung, dass man mit den Esten weiter wenigstens kleinere Geschäfte abwickeln sollte, um sie in Sicherheit zu wiegen, gerade jetzt, wo eure Lieferungen nicht mehr über sie laufen. Aus demselben Grund mischt er sogar im Amphetamingeschäft seiner estnischen Knastbrüder mit. Ich war eher dagegen, aber er ist der Boss. Es schien mir nicht wichtig, euch über so was zu informieren. Außerdem hab ich viel um die Ohren, wie ihr euch denken könnt.«

Koljakov starrte Turunen lange nur an. Zu lange für seinen Geschmack. Dazu konnte er Koljakovs Augen nicht sehen, weil das Licht auf dessen dicken Brillengläsern tanzte. Der Mann machte ihn nervös.

»Sundström ist ein Fuchs«, sagte Koljakov schließlich. »Gar keine schlechte Idee. Trotzdem hast du mich zu informieren und mein Einverständnis für solche Extratouren einzuholen. Im voraus. Ich hasse es, so was erst hinterher herauszufinden.«

»In Ordnung«, sagte Turunen schnell. Der Schweiß lief ihm vom Hals unters Hemd, dass ihm der Rücken juckte. »Entschuldigung. War mein Fehler.«

»Und sucht euch einen anderen Ort für die Übergabe.«

»Klar«, nickte Turunen. Verdammte Scheiße, letztendlich bekam Sundström noch Pluspunkte, und er hatte den Ärger. Warum hatte er nicht gesagt, dass es *seine* Idee war? *Er* war der Fuchs. Scheiße. Er deutete auf den Fotostapel. »Und was macht die estnische Polizei damit?«

»Es gibt keine anderen Abzüge, nirgends«, antwortete Koljakov. »Die schlechte Weltwirtschaftslage macht auch vor Estlands Polizei nicht halt. Vesa Levola und Kalju Tool – so heißen sie doch, nicht wahr? – müssen sich keine Sorgen machen, solange ihr fünf Prozent vom Gewinn abführt. Tool weiß, wohin. Und von jetzt an: keine Überraschungen mehr! Ich werde über alles informiert.«

»Geht in Ordnung«, sagte Turunen und wischte sich eine Schweißperle von der Schläfe. »Mit hundertprozentiger Sicherheit!«

Koljakov lachte kurz und trocken auf, dann schüttelte er mit trauriger Miene den Kopf. »Siehst du, genau deshalb ist die Welt so ein trostloser Ort.«

»Ich verstehe nicht«, sagte Turunen, während Koljakov die Bilder aufsammelte und wieder in die Brusttasche steckte.

»Das Problem ist, dass die Dummen immer hundertprozentig sicher und die Intelligenten immer hundertprozentig unsicher sind. Darum geht auf der Welt nichts voran.«

Turunen spürte, wie er errötete. Warum, verdammt, machte ihn Koljakovs Gesellschaft so nervös? Am liebsten hätte er ihm ordentlich kontra gegeben, insbesondere weil Bregovic auch noch zu lachen anfing, aber er beherrschte sich. Es war sogar besser, den Dummen zu spielen. Dem Klugen fiel es leicht, einen Esel zu spielen, aber ein Esel würde nie den Klugen spielen können, das galt es zu bedenken. Also lachte auch Turunen über Koljakovs vermeintliche russische Weisheit und hob sein Glas. »Und wie gedenkt ihr die Grenzformalitäten zu erledigen?«, fragte er wie beiläufig.

»In Torfyanovka wird es keine Probleme geben. Eure Grenzer sind der einzige Risikofaktor«, antwortete Koljakov. »Geld hat bei euch nicht unbedingt dieselbe Wirkung wie bei uns. Ihr Finnen seid ein dummes Volk, ihr versteht nicht, dass Geld gleichbedeutend mit Glück ist. Falls es dich interessiert: Genau darum schwanke ich die ganze Zeit. Die Balten sind aufrechte Verbrecher, aber bei euch Finnen weiß man nie.«

»Wahrscheinlich fehlt uns die kommunistische Vergangenheit«, sagte Turunen, die Beleidigung seines Landes und seiner Landsleute mehr oder weniger ignorierend. »Aber Vaalimaa haben wir im Griff.« Im Stillen gab er Koljakov sogar recht: Finnland war ein Scheißhaufen und der Großteil seiner Einwohner Scheiße fressende Würmer, daran änderte auch die Tatsache nichts, dass es für die wenigen Ausnahmen wie ihn selbst einstweilen ein gutes Land war. »Was mich und unsere Organisation betrifft, wir kennen unsere Pappenheimer«, fuhr er nach einer kurzen, aber gewichtigen Pause fort. »Die Finnen sind nicht so scharf aufs Geld wie ihre Nachbarn, aber ihr Leben ist ihnen teuer – wenn nicht ihr eigenes, dann das ihrer Liebsten.«

Sundström und er hatten darüber oft genug gesprochen und sich jahrelang mit gutem Erfolg an diese Einsicht gehalten. Jeder hatte eine Stelle, wo es wehtat, manche wussten es nur nicht, bevor sich ein fremder Finger auf die Wunde legte. Turunen besaß längst eine Liste aller Grenzbeamten in Vaalimaa und die Dienstpläne bis weit ins nächste Jahr. Er brauchte nur ein Datum, dann würde er wissen, in wessen eitriges Geschwür er den behandschuhten Finger zu drücken hatte.

Koljakov nickte und wandte sich dann an Bregovic.

»Und in Schweden?«

»Alles klar«, antwortete Bregovic. »Wir laden ab und neu auf, alles bombensicher. Wir warten nur auf den Terminplan. Wir sind Profis.«

»Denkt beide daran, dass es eine längerfristige Zusammenarbeit werden soll«, sagte Koljakov. »Wir wollen Beständigkeit.«

»Gleichfalls«, sagte Turunen.

Koljakov nickte und stemmte sich dann in die Höhe. »Guten Appetit, die Herren!«, sagte er. »Geht alles auf meine Rechnung.«

»Das war's?«, fragte Turunen. »Isst du nicht mit uns?«

»Nein«, antwortete Koljakov. »Termine, ihr wisst ja, wie das ist. Ach so, Turunen, sag Ilja und Fedor, dass sie zu Hause erwartet werden. – Und bestell Sundström schöne Grüße!«

Als Koljakov sich zum Gehen wandte, gesellten sich zwei dunkel gekleidete Leibwächter aus der Nachbarnische zu ihm. Einer ging vor, der andere hinter ihm.

»Wichtigtuer«, sagte Bregovic auf Schwedisch.

»Nicht so laut!«, sagte Turunen. Auch er hatte ins Schwedische gewechselt, obwohl er es nicht gern sprach. Er hatte es in seinen schwedischen Jahren gezwungenermaßen lernen müssen. Wenn man in seinem Metier nicht aufs Kreuz gelegt werden wollte, kam man um so was nicht herum.

»Russen reden kein Schwedisch.« Bregovics Miene drückte unverhohlene Verachtung aus. »Hast du etwa Angst vor ihm? Das musst du nicht, er ist ein Laufbursche. Das war er sicher auch in der Armee, der typische Botengänger, glaub mir, ich kenn mich mit denen aus.« Bregovic zeigte mit dem Finger auf Turunen. »Ein bisschen einer wie du.«

Turunen begnügte sich damit, kurz aufzulachen und den Kopf zu schütteln. Was ihn am meisten ärgerte, war, dass es von außen tatsächlich so aussehen musste: dass er der Laufbursche war, der Sundström Botschaften überbrachte. Was Koljakov betraf, war er sich allerdings nicht sicher. Der Mann machte auf ihn nicht den Eindruck einer unteren Charge. Koljakov war jemand, das sah man schon daran, dass er Ilja und Fedor zurückbeordern konnte. Was ihm Turunen im übrigen übel nahm.

»Nicht ärgern, Leif – so war doch der Vorname?«, sagte Bregovic. »Wichtig ist, dass wir beide einander vertrauen können. Was glaubst du, mit wie viel Stoff die beim ersten Mal kommen?«

Turunen trank erst den nächsten Wodka, und Ali Baba beugte sich schon über den Tisch, bevor das Glas wieder die Tischdecke berührte.

»Darf ich den Herrschaften dann das Essen bringen?«, fragte er auf Englisch, als er sich wieder aufgerichtet hatte.

»Später«, sagte Turunen.

»Wir essen gar nicht«, sagte Bregovic. »Wir trinken nur.«

Der Räuberhauptmann zog sich mit einer Verbeugung zurück.

»Oder hättest du Lust auf den Fraß gehabt?«, fragte Bregovic. »Jetzt wo der Gastgeber weg ist, kannst du's ja sagen.«

»Wenn ich ehrlich bin, nein«, antwortete Turunen, dem war, als gäbe auch sein Magen ein dankbares Knurren von sich. Diesmal würde er nicht bis zum Morgengrauen auf der Hoteltoilette sitzen und sich mit zwei Händen übelste Treibhausgase aus dem Leib pressen.

»Gut. Und wo wir bei der Wahrheit sind, hast du mal daran gedacht …« – Bregovic lehnte sich nach vorn – »… wozu wir eigentlich Sundström noch brauchen?«

Turunen schaute Bregovic in die Augen. Das musste ein Test sein. Sundström hatte Bregovic aufgetragen, ihn zu testen. Vertraute er ihm doch nicht?

»Er ist das Hirn der ganzen Sache«, sagte er. Er musste höllisch aufpassen.

Bregovic lachte. Er lehnte jetzt schon halb über dem Tisch. »Ein Hirn im Gefängnis nützt uns gar nichts«, sagte er kopfschüttelnd. »Ich hab den Scheißkerl übrigens noch nie gemocht. – Und du?«

»Geschäft ist Geschäft«, antwortete Turunen. Er musste seine Schritte vorsichtig setzen, aber er durfte auch nicht so tun, als wäre Sundström sein Busenfreund und ein feiner Kerl, auf den er nichts kommen ließ. So etwas hätte ihm nicht mal Sundströms Mutter abgenommen, wenn er eine gehabt hätte. Hatte er aber nicht: Sundström war in verschiedenen Waisenhäusern in Finnland und Schweden aufgewachsen.

»Wieso hab ich nur das Gefühl, dass du mich nicht magst?«, fragte Bregovic und breitete in einer theatralischen Geste die Arme aus. »Hat es damit zu tun, dass ich Serbe bin?«

»Nein«, beeilte sich Turunen zu sagen. »Ich hab keine Vorurteile euch … euch Serben gegenüber. Gegenüber niemandem eigentlich.«

»Na, dann kommen wir ja voran, wir beide«, rief Bregovic lachend. »Ich hab nämlich auch keine Vorurteile.«

»Wie gut«, sagte Turunen und überlegte, wie viel Bregovic wohl getrunken hatte. Er hatte in der Anspannung nicht darauf geachtet. Bregovic war vor ihm gekommen, und Ali Baba war geschäftstüchtig. Der Serbe musste einigermaßen betrunken sein. Er lachte jetzt nicht mehr.

Als Turunen sich eine Zigarette ansteckte, sah er, dass sich der Gesichtsausdruck des Serben verhärtete. »Ich hasse alle gleich«, sagte er, und man sah, dass er es ernst meinte. Turunen schluckte. Sundström hatte als Verbindungsmann in Schweden einen Irren angeheuert.

»Weißt du, warum?«

»Keine Ahnung«, sagte Turunen.

Bregovic zeigte mit den Zeige- und Mittelfingern auf die eigenen Augen und drehte sie dann nervtötend langsam nach vorn, bis sie auf die Augen seines Gegenübers zeigten. »Weil ich alle durchschaue«, flüsterte der Serbe. »Dich hab ich schon durchschaut, als wir uns in dieser versifften Bretterbude in Lappland getroffen haben. Und weißt du, was das für dich bedeutet?«

»Nein«, sagte Turunen, der sich jetzt hundertprozentig sicher war, dass Bregovic über seine Winkelzüge Bescheid wusste. Er war nur hoffentlich nicht so irre, dass er gleich an Ort und Stelle … Turunen warf einen schnellen Blick zur Seite. Bis zur Tür würde er es nicht schaffen, aber vielleicht reichte die Zeit, um an der Nachbarnische vorbei in die Küche zu stürmen und sich das erstbeste Messer zu schnappen. Oder eine Bratpfanne, wenn sich kein Messer fand.

»Gutes bedeutet das für dich«, sagte Bregovic mit einem schallenden Lachen.

Turunen wagte es wieder zu atmen.

»Ich hab gesehen, dass du Sundström genauso hasst wie ich«, sagte Bregovic. »Ich mag dich nicht, und du magst mich nicht, aber noch weniger mögen wir beide Sundström. Und das bedeutet, dass wir beide gemeinsame Sache machen.«

»Gemeinsame Sache machen?«

»Wir schnappen uns die ganze erste Ladung, wir beide, du und ich.« Bregovic zeigte erst auf Turunen und dann auf sich, diesmal nur mit dem Zeigefinger. »Wir manövrieren Sundström, die Esten *und* die Russen aus. Nur die erste Ladung, ich scheiß auf seine ›längerfristige Zusammenarbeit‹. Wenn du hungrig bist und einmal im Leben die Gelegenheit hast, den ganzen Käse aufzuessen, warum sollst du dich dann mit einer dünnen Scheibe zufrieden geben? Und ›längerfristig‹ immer noch mal mit einer dünnen, aber nur wenn du ordentlich isst und das Tischtuch nicht schmutzig machst? – Na, was sagst du?«

»Ich mag keinen Käse, aber wenn wir für einen Augenblick so tun, als wäre ich interessiert: Wie stellst du dir die Sache vor?«, fragte Turunen.

»Nur wir beide wissen, dass Sundström aus dem Spiel ist. Wie wär's, wenn wir die Ladung so verschwinden lassen würden, dass die Russen glauben müssen, Sundström und die Esten hätten sich zusammengetan und sie verarscht.«

Turunen war verblüfft. Bregovic dachte wie er. Er überlegte. Es konnte immer noch eine Falle sein, die Sundström ihm stellte. Aber selbst wenn, riskierte er immer noch nicht seinen Hals. Er konnte jederzeit behaupten, er habe das Spiel mitgespielt, um herauszufinden, was Bregovic im Schilde führte. Das war Möglichkeit eins. Möglichkeit zwei war, dass Bregovics Angebot echt war. Dann würde er dafür sorgen, dass der Name des serbischen Kriegsverbrechers am Ende mit auf der Liste derer stand, die die russischen Brüder verarschten. Die dritte Möglichkeit, dass Bregovic tatsächlich Gedanken lesen konnte und davon gerade Gebrauch machte, wischte Turunen als unwahrscheinlich beiseite: Wenn Bregovic hätte Gedanken lesen können, hätte er ihm schon 2007 in Lappland eine Kugel in den Kopf geschossen.

Turunen sagte sich, dass er sich keine Sorgen zu machen brauchte. Wie immer die Dinge lagen, er hatte alle anderen im Griff. Er, Turunen, wäre derjenige, der mit einem gigantischen Sack voll Geld in den Sonnenuntergang ritt.

Turunens linker Arm juckte. Er konnte fast spüren, wie die entscheidende Karte in seinem Ärmel auftauchte. Er hob den Arm und schüttelte das Handgelenk, damit die Karte nicht auf den Tisch fiel. Er würde sie erst später brauchen.

»Warum nicht?«, sagte er und hob das Glas.

Die Männer prosteten einander zu und führten die Gläser zum Mund. Als er den Wodka in den Hals schüttete, spürte Turunen, wie die Karte tiefer in den Ärmel rutschte. Er spürte sie fast in der Achselhöhle. Ein Ass, das wusste Turunen, ohne dass er die Karte sehen musste.

Viitasalo hatte es satt. Was er vor allem satt hatte, war die eigene Hilflosigkeit. Er hatte das Gefühl, nur immer tiefer im Morast zu waten, privat *und* bei der Arbeit, das ging nun schon zwei Monate so. Was Sundström betraf, rannte er genauso in eine Sackgasse wie in seiner Ehe. Sundström war nach einem überraschend schnellen Prozess nach Sörnäinen verlegt worden, aber in der Sache hatte sich nichts Neues getan. Auf dem Drogenmarkt waren keine spektakulären Bewegungen zu beobachten, und was das bedeutete, war schwer zu sagen. Wenn er Glück hatte, nichts. Andererseits konnte Sundström auf dem Drogenmarkt Ruhe geben und ihm trotzdem Schwierigkeiten machen.

Viitasalo beschäftigte sich seit Wochen ausschließlich mit Kleinigkeiten, Fällen von Drogenmissbrauch knapp überm Bagatellbereich, die er monatelang vor sich hergeschoben hatte. Die Staatsanwälte hatten ihn wahrscheinlich verflucht. Zwanzig Fälle in kürzester Zeit schätzten die Herren von der Justiz gar nicht, und am wenigsten, wenn allenfalls ein paar magere Geldstrafen dabei heraussprangen. Aber Tuomisto hatte es nicht anders gewollt. Er hatte ihn zum Kleinkrämer gemacht, der die Gerichtssäle verstopfte – *vorzeigbare Ergebnisse* brachte, wie er sich ausdrückte. Es war eine nervtötende Arbeit, und das einzig Positive daran war, dass er dabei einen halbwegs klaren Kopf behielt.

Auch Kivi ließ den Fall Sundström inzwischen ruhen und befasste sich mit anderen Dingen. Mitte November hatte er zuletzt in Viitasalos Zimmer gesessen und erzählt, dass er mit Sundström keinen Schritt weiterkam. Verhöre mit dem Mann waren eindeutig für den Arsch. Zweimal hatte Kivi ihn noch von Sörnäinen nach Pasila bringen lassen. Die Mühe hätte er sich sparen können. Überhaupt habe man den Eindruck, dass sich kein Mensch mehr für Sundströms Umtriebe interessiere, beklagte sich Kivi.

»Schade«, hatte Viitasalo geantwortet.

»Mehr hast du dazu nicht zu sagen?«, hatte Kivi gefragt.

»Was sollte ich denn zum Beispiel sagen?«

»Du könntest mir zum Beispiel verraten, wer deine Quelle ist, die dir von Sundströms neuen Plänen erzählt hat.«

»Das kann ich nicht«, hatte Viitasalo gesagt.

»Ich könnte einfach ganz entspannt mit ihm reden. Oder ihr.«

»Es geht um den Schutz der Person, das weißt du.«

»So schützt du nur Sundström«, hatte Kivi geantwortet und war aufgestanden.

Viitasalo hatte nur die Achseln gezuckt. Er konnte Kivi schlecht sagen, dass er nur was die Zeit betraf, falsch lag.

»Weißt du was?«, hatte Kivi gesagt.

»Hm?«

»Je mehr ich mich mit Sundström beschäftige, desto größer wird mein Misstrauen.«

»Soll heißen?«

»Dass ich glaube, dass es womöglich gar keine Organisation Sundström gibt. Nichts weist darauf hin. Ich hab mir deine früheren Untersuchungen angeschaut, alle, in denen Sundström auftaucht. Ehrlich gesagt, kann ich deine Ideen in Bezug auf ihn nicht nachvollziehen.«

»In welcher Hinsicht nicht?«

»Sundström war immer der erste, den du dir geschnappt hast, aber das ist auch schon alles. Du hast ihm nie was nachweisen können.«

»So ist das manchmal ...«

»Und trotzdem hältst du ihn für einen großen Macker? Das ist es, was ich nicht nachvollziehen kann«, hatte Kivi gesagt. »Wenn du mich fragst, haben wir einen Fehler gemacht. Oder ich. Indem ich dir nämlich geglaubt habe.«

Viitasalo hatte geschwiegen, und Kivi hatte sich an der Tür noch einmal umgedreht.

»Noch was?«

»Was war vor viereinhalb Jahren im Westhafen?«

»Du redest von Sundströms Geschwafel beim ersten Verhör? Ich weiß nicht, was das sollte, er redet viel, wenn der Tag lang ist«, hatte Viitasalo geantwortet.

»Im Ernst?«

»Im Ernst. Warum fragst du?«

»Ich dachte, du hättest mir vielleicht was zu erzählen. Dass der sich so was aus den Fingern saugt – ich weiß nicht. War nicht sogar von der KRP die Rede?«, hatte Kivi gesagt und war gegangen.

Seitdem hatte Kivi Sundström nicht mehr erwähnt. Vielleicht hatte er inzwischen seine Meinung geändert, und er hielt Sundström auch schon für Viitasalos fixe Idee.

Es gab Tage, da fehlte nicht viel, und Viitasalo wäre zu Kivi gegangen und hätte ihm alles erzählt. Aber er entschied sich jedes Mal dagegen. Es musste eine andere Lösung geben, einen anderen Weg. Alle machten Fehler, doch nicht nur er. Oder etwa nicht?

Wie Viitasalo, so sorgte jetzt auch Kivi für die vorzeigbaren Ergebnisse, die Tuomisto eingefordert hatte. Aber er ließ nicht nur den Fall Sundström auf sich beruhen, er ging auch auf Abstand zu Viitasalo, der das mit gemischten Gefühlen registrierte. Was sollte er tun? Kivi doch einweihen? Mit sich selbst ins Reine kommen und dann Kivi gegenüber reinen Tisch machen? Das brachte er nicht über sich. Andererseits, wenn er immer nur abwartete und sich immer weiter fallen ließ, würde er am Ende an seinen eigenen Problemen ersticken. Es sei denn, es kam von irgendwoher eine überraschende Wende, eine helfende Hand, die ihn aus dem Sumpf zog. Dass sein Verhältnis zu Kivi sich so abgekühlt hatte, war jedenfalls nicht gut. *Wenn du mich fragst, haben wir einen Fehler gemacht. Oder ich. Indem ich dir nämlich geglaubt habe.* Kivi vertraute ihm nicht mehr, aber er hatte auch kein Vertrauen verdient.

Und zu Hause war es fast noch schlimmer. Sari vertraute ihm nicht, und er vertraute Sari nicht. Seit sie ihren Arbeitsplatz verloren hatte, hatte sich ihr Zustand rapide verschlechtert.

Sie sprachen nicht über ihre Entlassung, sie sprachen nicht von Saris Zustand, sie sprachen überhaupt nicht mehr miteinander.

Ende November hatte er sie überreden wollen, zur psychologischen Beratungsstelle zu gehen, und sie hatte sofort auf Attacke geschaltet. Er wolle sie nur aus dem Weg haben, damit er ein neues Leben mit seiner Geliebten beginnen könne.

Wohin war alles Schöne zwischen ihnen verschwunden? An welcher Stelle hätten sie innehalten und auf Los zurückgehen sollen? Sie waren kein Ehepaar mehr, sie hatten nur noch dieselbe Adresse und ein gemeinsames Kind.

Sari war ernsthaft krank, aber Viitasalo konnte ihr nicht helfen, weil sie keine Hilfe wollte. Und er hatte genug mit sich selbst zu tun. Nur war da die bizarre Geschichte mit dem Sofakissen. Sari glaubte, er hätte nichts gesehen und gehört. Aber das hatte er, auch wenn er darauf hätte verzichten können.

Irgendwie war noch ein Funken Glaube in ihm, dass Sari nur genügend Zeit brauchte, um von allein wieder gesund zu werden. Genau wie damals, als sie nach Liinas Geburt diese depressiven Verstimmungen gehabt hatte. *Baby Blues* sagten manche dazu. Sari würde wieder gesund werden. Bald war auch das Jahr wieder um. Ein neues Jahr war wie ein neuer Anfang. Sari war ein Stehaufmännchen. Was ihn betraf, war sich Viitasalo da nicht so sicher.

»Das ist nicht wahr, oder?«, war Tiinas Antwort, als Vesa es endlich schaffte, ihr wenigstens die halbe Wahrheit über seine Situation zu sagen. Sie lagen nackt in der Kabine zweiter Klasse, und Vesa war zu betrunken und zu aufgedreht gewesen, um mit ihr zu schlafen. Er hatte schon den ganzen Tag mit ihr reden wollen, aber keinen Anfang gefunden.

Dabei hätte es Gelegenheiten gegeben, zum Beispiel als sie gesehen hatte, an wen der Brief adressiert war, für den er eine schwedische Briefmarke kaufen musste, bevor er ihn auf der Drottninggatan in Gamla Stan in den Briefkasten warf. Sie waren in der weihnachtlich geschmückten Stockholmer Altstadt herumgelaufen, die Atemluft weiß vom Frost, und er war den ganzen Tag so schweigsam gewesen, dass Tiina schließlich sauer wurde und ihn fragte, warum er sie überhaupt mitgenommen hatte, wenn er die ganze Zeit nur mies drauf war. Sie hatten in den vielen schönen Geschäften in der Altstadt nichts gekauft, und als Tiina von dem stumm dahinstapfenden Vesa wieder einmal keine Antwort auf eine ihrer Fragen bekommen hatte, hatte sie sich ein paar Schritte zurückfallen lassen und erst wieder aufgeschlossen, als sie sich dem Hafen und ihrem Schiff näherten.

»Doch, es ist wahr«, sagte Vesa und brach in ein betrunkenes Weinen aus.

Tiina konnte eindeutig nicht entscheiden, wie sie sich zu dem, was Vesa ihr erzählt hatte, verhalten sollte. War es irgendeiner von den dummen Tests, die Vesa manchmal mit ihr veranstaltete und deren Zweck ihr meistens schleierhaft blieb? Vesa konnte manchmal komisch sein, und in letzter Zeit war er es immer öfter, jedenfalls öfter als der gut gelaunte und alberne Vesa, in den Tiina sich vor über einem Jahr auf Teas Fete verknallt und dann, nach ein paar Verabredungen, richtig verliebt hatte.

»Warum habt ihr's nicht der Polizei gemeldet?«, fragte Tiina, und die Obertöne von Ungläubigkeit und Misstrauen waren nicht zu überhören.

Tiina lag immer noch dort, wohin sie sich vor ein paar Minuten von Vesa zurückgezogen hatte. Er hätte sich gewünscht, dass sie die Arme um ihn schlang und ihm sagte, dass sie ihn trotz allem liebte.

»Sie hätten Vater umgebracht«, sagte Vesa. »Und als Vater abgehauen ist, haben sie Mutter bedroht. Ich muss machen, was sie sagen. Erst danach kann Vater wieder nach Hause zurück. Und dann ist auch Mutter in Sicherheit.«

»Schrecklich«, sagte Tiina.

»Du darfst mit niemandem drüber sprechen«, sagte Vesa. »Das verstehst du doch?«

»Ja, das versteh ich«, sagte Tiina wie zu sich selbst. »Und warum hast du's mir nicht früher erzählt?«

»Ich konnte nicht.«

Dann berührte sie seinen Arm. Tiinas Finger waren warm, und die Berührung war weich und schüchtern.

»Zwei Monate geht das schon? Und wie oft hast du's schon gemacht?«

»Drei Mal.«

»Was ist, wenn sie dich erwischen? Was machst du dann?«

»Ich weiß nicht.«

»Was passiert dann mit deinen Eltern?«

»Ich weiß doch nicht mal, was mit mir passiert.«

Tiina drückte sich an seine Brust, und sie weinten beide. Schließlich küssten sie sich, und es schmeckte nach Salz, und als er es doch noch schaffte, liebten sie sich wild und verzweifelt und so ohne jede Zärtlichkeit, dass es ihnen beiden wehtat. Dennoch waren sie einander näher als je zuvor. So empfand es jedenfalls Vesa, der sich dennoch schuldig fühlte, doppelt sogar: schuldig einerseits, dass er ihr überhaupt etwas erzählt hatte, und andererseits, dass er ihr nicht alles erzählt hatte. Aber das würde er nie können, selbst dann nicht, wenn sie den Rest ihres Lebens zusammen verbrachten, so wie er es sich schon länger erträumte.

Jetzt, vier Tage später, saß Vesa mit seiner Mutter in der Küche. In Mutters Händen war der Brief, den der Briefträger wenige Augenblicke vorher durch den Schlitz in der Wohnungstür geworfen hatte. Vesa hatte

Mutter seinen Namen rufen hören und war aus seinem Zimmer gekommen. Er hatte erraten, worum es ging. Als er in die Küche trat, lag der Umschlag, auf den Vesa in der nachgemachten Handschrift seines Vaters Mutters Namen und Adresse geschrieben hatte, schon auf dem Tisch.

Mutters Fingerspitzen waren weiß, so fest packte sie zu. Als hätte sie Angst, das Papier in ihren Händen könnte sich sonst verflüchtigen und der Brief sich als Traum erweisen.

Vesa war erst vor ein paar Tagen aufgegangen, dass Mutter nicht mehr trank. Als er überlegte, wann sie damit aufgehört hatte, kam er auf den Tag von Vaters Verschwinden. Vaters Abwesenheit hatte demnach auch etwas Gutes. Mutter sah besser aus, in ihrer Haut war wieder Leben. Um die Augen hatte sie vom schlechten Schlaf und zu vielen Sorgen immer noch Ringe wie ein Pandabär, und man sah, wo links am Jochbein die Metallplatte eingesetzt war, aber insgesamt wirkte Mutter wieder gesünder. Sie bewegte sich mehr, machte sogar Spaziergänge und rauchte nicht mehr so viel. Make und Jatta hatten sich lange nicht mehr blicken lassen, und das war gut so. Sowieso waren sie nur Vaters Freunde gewesen. Einmal war Make aufgetaucht und hatte nach Vater gefragt. Als er hörte, dass er nach Schweden gegangen sei, zuckte er die Achseln und ging jemand anderen suchen, der ihm Bier und Schnaps spendierte. Wirklich vermisst wurde Vater nur von Mutter, die immer noch jeden Freitag die Bettwäsche auf beiden Seiten des Ehebetts wechselte.

Sie sprach davon, sich beim Arbeitsamt für einen Kurs zu bewerben, aber nicht jetzt, erst wenn Vater wieder zu Hause wäre. Was das für ein Kurs sein sollte, wusste Vesa nicht, aber sie schien entschlossen, einen Neuanfang zu versuchen. Sie und Arto würden das schaffen.

»Ich bin doch erst achtunddreißig, das ist nicht mal die Hälfte des Lebens«, hatte sie irgendwann gesagt, und erst da war Vesa aufgegangen, dass Mutter ja noch verhältnismäßig jung war. Er hatte sich über ihr Alter schon lange keine Gedanken mehr gemacht. Wäre sie für ihn nicht alterslos gewesen, hätte er zugeben müssen, dass sie älter aussah, als sie war, und verbittert.

»Vielleicht sieht er endlich ein, dass er in den kriminellen Kreisen nichts verloren hat«, hatte sie ihre Zukunftsgedanken weitergesponnen.

»So was muss ihm doch eine Lehre sein, dass er nicht sein ganzes Leben lang so weitermachen kann. Und du auch nicht!«, hatte sie zu Vesa gesagt. »Ich will mir nicht auch noch wegen dir dauernd Sorgen machen.«

Sorgen, hatte Vesa gedacht. Früher hätte sie sich Sorgen um ihn machen sollen, als er im Fahrradkeller geschlafen hatte, weil er sich nicht nach Hause traute. Da hatten sie nicht mal nach ihm gesucht. Und sie wussten, dass er im Dunkeln Angst hatte. Manchmal, wenn das Licht ausging, hatte er sich nicht mal mehr getraut, aufzustehen und wieder den orangerot leuchtenden Lichtschalter zu drücken. Er hatte im Dunkeln gesessen, und überall waren diese schrecklichen Monster, auch wenn er wusste, dass sie sich am Morgen als Fahrräder oder irgendwelches Gerümpel entpuppten. In den Heizungsrohren hatte es geflüstert, das waren die Toten, stellte er sich vor, und das Herz in seiner Brust hatte gehämmert, als wollte es ihm den Brustkorb sprengen. Wenn nicht das, dann würden ihn die Monster in Stücke reißen. Oft war er sich ganz sicher gewesen, dass er im Keller sterben würde, von allen unbemerkt, weil es niemanden gab, dem sein Tod etwas ausmachte. Und trotz alldem hatte *er* sich sehr wohl Sorgen gemacht: um Mutter und darüber, was Vater ihr alles antun könnte, dort oben in der Wohnung, die sein elendes Zuhause war.

Spät genug wollte sie sich wegen ihm keine Sorgen mehr machen. Das letzte Mal hatte sie vor seiner kurzen Reise mit Tiina davon gesprochen, von ihren Sorgen um ihn und ihren Plänen für einen neuen Anfang, von dem sie erst jetzt überhaupt begreife, dass er noch möglich sei. Wenn nur Arto bald wieder nach Hause käme.

»Vielleicht kann er schon Weihnachten kommen. – Und wir haben nicht mal einen Weihnachtsbaum«, hatte sie plötzlich ausgerufen und die Hände vors Gesicht geschlagen. »Den hat immer Arto mitgebracht.«

»Wenn wir zurück sind, besorg ich einen. Er kommt bestimmt nicht bis Weihnachten, das kann ich mir nicht vorstellen. Am Montag hol ich einen aus dem Einkaufszentrum«, hatte Vesa versprochen und sein Versprechen gehalten.

Der Tannenbaum stand noch ungeschmückt in der Wohnzimmerecke, weil Mutter zwar den Christbaumständer, aber nicht die Schachtel mit dem Weihnachtsschmuck gefunden hatte, dabei habe sie das komplette Kellerabteil auf den Gang und wieder zurückgeräumt, wie sie erklärte. Arto hätte gewusst, wo die Schachtel war.

»Soll ich ihn vorlesen?«, fragte Mutter, als sie den Brief mit zitternden Händen geöffnet hatte.

Vesa nickte, und Mutter wischte sich mit einer schnellen Handbewegung die Augen. Dann spannte sie den Briefbogen zum Zerreißen.

»Hallo, Anita! Mache dir keine Sorgen, es geht mir gut hier in Schweden«, las sie, und man hörte, dass sie darin wenig Übung hatte. *»Die Dinge sind gelaufen, wie sie gelaufen sind. Aber ich musste etwas unternehmen, damit mir nicht die Mittel ausgehen, so ist das in dem Geschäft. Ich kann dir nicht genauer sagen, wo ich bin, weil es besser ist, wenn du es nicht weißt. Ich will auch nicht das Risiko eingehen, dich anzurufen. Wenn Vesa die Sache mit diesen Vollidioten geregelt hat, komme ich zurück. Ich sehne mich nach zu Hause und vor allem nach dir, aber ich muss stark bleiben. Du kennst mich, so schnell kriegt man mich nicht klein …«*

Es ging noch eine Weile so weiter, es war Vaters übliche Mischung aus Angeberei und Schimpftiraden. Vesa brauchte nicht wirklich zuzuhören, er erinnerte sich Wort für Wort an den Brief, den er in Vaters Handschrift zusammengeschustert hatte. Er wusste nicht, ob Vater so geschrieben hatte, wie er redete, aber er nahm es an. Er hatte die ganze Wohnung abgesucht, aber keinen einzigen von Vater geschriebenen Brief gefunden, nicht mal eine Postkarte. Dafür hatte er den Christbaumschmuck auf dem obersten Regal in der Flurgarderobe gesehen, in einer Schuhschachtel hinter seinen alten Schlittschuhen und Vaters noch älteren Boxhandschuhen. Er hatte sich die Boxhandschuhe kurz übergestreift und sich vorgestellt, dass nichts passiert wäre. Hinterher hatte er den miefigen Geruch nach Boxhalle an den Händen. Von dem Christbaumschmuck hatte er Mutter noch nichts erzählt. Warum, wusste er selbst nicht. Vaters Handschrift hatte er schließlich auf einem alten Einkaufszettel im offenen Küchenregal zwischen Pizzagutscheinen, alten Lottoscheinen und Rechnungen gefunden.

»*Mit Grüßen von irgendwo, Arto*«, schloss Mutter und hob den Blick.
»Gut zu hören, dass es ihm gut geht«, sagte Vesa.
Mutter sah ihn durchdringend an.
»Was ist?«
»Ich hab Tiinas Mutter im Einkaufszentrum getroffen«, sagte Mutter.
»Wann?«
»Letzten Samstag.«
»Ich wusste nicht mal, dass du sie kennst.«
»Tu ich auch nicht. Aber sie kannte mich, vom Sehen. Sie hat erzählt, dass ihr in Schweden wart.«
»Das hat sie falsch verstanden. Wir waren in ihrem Sommerhaus in Hamina, ich hab's dir doch erzählt.«
»Und ich hab's dir geglaubt. Sie sagt nur, dass sie sich nach der Scheidung kein Sommerhaus mehr leisten kann, sie wäre froh, wenn sie jeden Monat das Geld für die Miete zusammenkriegt. – Du hast mich angelogen.« Mutters Wangen zuckten.
Vesa sagte nichts. Er suchte fieberhaft nach einer glaubwürdigen Erklärung, aber er fand sie nicht.
»Ich frag mich, was du mir noch alles vorgelogen hast. Das frag ich mich, und wenn ich ehrlich bin, frag ich es mich schon die ganze Zeit.«
Vesa verschloss die Augen vor Mutters anklagendem Blick. Vor seinem geistigen Auge tauchte die nächtliche Baustelle auf: klein, abgelegen, ein Grundstück irgendwo in Vantaa, auf dem vier im Bau befindliche zweistöckige Einfamilienhäuser standen. Sich selbst sah er den feinen Sand eines noch nicht gegossenen Estrichs schaufeln, Friedhofssand im künftigen Wohnzimmer des am weitesten gediehenen der vier Häuser. Macho und die Russen hatten mit geübten Griffen die Teile der Armierung aus ihrer Verankerung gelöst und die darunter liegenden Styroporplatten zu einem ordentlichen Stapel in der Zimmerecke aufgetürmt. Danach hatte er zu schaufeln begonnen. Die Russen hatten ächzend die zwei mit Klebeband umwickelten grünen Bündel gebracht und gewartet, dass er fertig wurde. Macho hatte Vesa dabei fotografiert und mit einer kleinen Taschenlampe für das nötige Licht gesorgt. Er hatte gefroren, obwohl ihm der Schweiß übers Gesicht und den Rücken lief. Der

Sand knirschte unnatürlich laut, wenn die Schaufel hineinfuhr. Von diesem Knirschen und dem kalten Schweiß war Vesa seither beinahe jede Nacht aufgewacht.

»Der Brief ist nicht von Arto«, sagte Mutters Stimme. »Das seh ich. *Du* hast ihn geschrieben. Ich bin vielleicht nicht so gescheit wie du, aber dumm bin ich deshalb noch lange nicht.«

Vesa machte die Augen wieder auf. In Mutters Augen standen zwei Seen, die noch nicht zu Tränen zerplatzt waren. Sie hatten es beide gewusst und dem anderen Theater vorgespielt.

»Wie soll er erfahren, dass er nach Hause kommen kann, wenn wir nicht wissen, wo er ist?«

»Gar nicht«, hörte Vesa sich antworten.

»Wo ist Arto?«, schrie Mutter, und jetzt lösten sich die Tränen und rollten an der Nase entlang. »Ist er tot? Haben sie ihn umgebracht?«

Vesa konnte nichts sagen, er nickte nur.

»Er ist tot. Arto ist tot.« Während sie es sagte, schüttelte sie heftig den Kopf. Die Tränen flossen jetzt in Strömen. Sie schloss die Augen wie Vesa zuvor. Zum Glück sah Mutter trotzdem nicht, was er gesehen hatte.

Vesa stand auf, umrundete den Tisch und half seiner zitternden Mutter auf die Beine. Sie widersetzte sich nicht, aber sie konnte sich auch nicht allein aufrecht halten. Vesa legte die Arme um sie. Sie drückte das nasse Gesicht gegen die Brust ihres Sohnes. Vesa hatte vergessen, wie es sich anfühlte, die eigene Mutter zu umarmen. Sie war so klein, so zart. Er strich ihr mit einer Hand über die Haare, die sich so weich und dünn anfühlten wie seine eigenen. Vesas Augen waren trocken. Er konnte nicht weinen, aber er schloss die Augen und drückte das Kinn auf Mutters Scheitel. Sie zitterte, und er bewegte langsam den Oberkörper, als würde er sie wiegen. Wann hatten sie sich zuletzt umarmt, wann waren sie einander zuletzt so nah gewesen? Vesa erinnerte sich nicht. Der Schmerz brachte sie einander näher, wenigstens für einen Augenblick, so wie er Tiina und ihn auf dem Schiff einander nähergebracht hatte. Trauer und Schmerz hatten ihn seine ganze Kindheit begleitet, und doch konnte er sich an solche Momente der Berührung und Zuneigung nicht erinnern.

»Wir schaffen das, Mutter. Wir schaffen's.«

»Wie denn? Arto ist tot. Mein Arto ist tot. Wir müssen die Polizei anrufen. Die Verbrecher müssen eingesperrt werden.«

»Wir können nicht zur Polizei. Lass uns darüber nachdenken, wenn Vaters Schulden bezahlt sind.«

»Hier geht's nicht um Geld! Sie haben meinen Mann umgebracht!«

»Doch, genau darum geht's hier, um Geld.«

Mutters Beine gaben nach, und Vesa musste alle Kraft aufwenden, damit sie ihm nicht entglitt. Für einen winzigen Moment bildete er sich ein, die Situation wäre genau umgekehrt. Es wäre eine andere Zeit, und er wäre derjenige, der getröstet wurde. Er wäre der kleine Vesa, der sich im Fahrradkeller in den Schlaf weinte, und Mutter hätte gemerkt, dass er fort war und wäre ihn suchen gekommen. Eine Mutter, die sich kümmerte, die liebende Mutter, die die weinende Frau in seinen Armen nie hatte sein können. Ihre Kraft hatte immer nur für sie selbst gereicht, für das Kind nicht mehr.

Vesa versuchte sich zum Weinen zu zwingen, aber seine Augen blieben so trocken, dass es wehtat. Dann fiel ihm ein, was er Mutter hatte sagen sollen. Die letzte Bitte seines Vaters. Vesa konnte sich nicht erinnern, dass Vater es je laut gesagt hätte. Ob er es sagte, wenn er nicht dabei war? Sollte er es nur nicht hören?

»Vater wollte, dass ich dir sage, dass er dich liebt.«

Viitasalo stand in Tuomistos Zimmer. Das Vergnügen hatte er einmal wöchentlich, seit der nasse Herbst unaufhaltsam in einen regnerischen Winter überging. Inzwischen liefen Viitasalos Besuche auf Widerstandsübungen am lebendigen Vorgesetzten hinaus.

»Für zwei Tage, und ich müsste dort übernachten? So schnell?«

»Wir sind Polizisten. Dass wir schnell handeln, zeichnet uns aus.«

»Hier ist aber nicht Not am Mann, sondern ich soll auf eine Tagung.«

Der Ordner lag zwischen ihnen auf dem Schreibtisch, genau da, wo Tuomisto ihn hingeworfen hatte.

»Hast du ein Problem mit Tagungen?«, fragte Tuomisto.

Viitasalo beherrschte sich, obwohl er innerlich kochte. »Da gehen doch bestimmt auch Kollegen aus irgendwelchen Ministerien und von der KRP hin, die uns hinterher berichten können, worum es ging.«

»Wir sind das Drogendezernat der Polizei der Hauptstadt. Was denkst du, wie es aussieht, wenn ausgerechnet wir unser Desinteresse an einer internationalen Tagung von Drogenexperten bekunden?«, sagte Tuomisto. »Und wenn die Teilnahme nur eine gute PR für uns wäre, müssten wir hin, die haben wir nämlich verdammt nötig.«

Viitasalo warf einen schnellen Blick auf den reichlich dicken Ordner. *Project Millennium* stand darauf.

»Was soll das heißen?«

»Bei der Tagung geht es um die Ergebnisse des Millennium-Projekts von Interpol. Sie haben die Wege der Drogen global verfolgt, von den Bauern in den Anbaugebieten über die Produzenten, Kuriere, Dealer und so weiter bis hinunter zu den Usern.«

»Statistiken von kurz nach der Jahrtausendwende«, seufzte Viitasalo. »Hör zu, ich will nicht. Schick von mir aus Kivi hin. Er hat keine Familie.«

»Kivis Sprachkenntnisse reichen nicht für eine internationale Tagung. Außerdem geht es um die Zahlen der Jahrtausendwende bis heute.«

»Trotzdem. Ich kann nicht aus dem Stand nach Stockholm, nur um mir das Geschwätz von irgendwelchen selbsternannten Experten anzuhören.«

»Doch, das kannst du«, sagte Tuomisto. »Du musst sogar. Im übrigen wäre das die Gelegenheit, deine Theorien von Finnland als dem neuen Durchgangsland für Heroin aus dem Osten auf den Prüfstand zu stellen. Ich hab dir für morgen früh einen Flug reservieren lassen. Am besten, du fängst gleich an, dich mit dem Inhalt des Ordners vertraut zu machen. Das wird auch eine gute Übung für dein Englisch. Wenn du zurückkommst, erstattest du mir Bericht. Eine ergiebige Reise wünsch ich dir.«

Viitasalo nahm den Ordner, verließ das Zimmer und einen Augenblick später das Haus. Es war schließlich egal, wo man seine Zeit verplemperte.

»Musst du wirklich?«, fragte Sari.

Viitasalo hatte sich auf dem Sofa im Wohnzimmer ausgestreckt, der Millennium-Ordner lag schwer auf seiner Brust. Ihm brummte schon der Schädel von so vielen Zahlen und Fakten. Er war erschöpft, obwohl er sich erst bis zur Hälfte des Ordners durchgekämpft hatte. Das einzige, was wirklich sein Interesse weckte und ihn wach hielt, waren die Bilder. In den staubtrockenen Text, in dem es vor Zahlen und Kurven nur so wimmelte, waren immer wieder farbige Fotos eingestreut, die meisten ganz offensichtlich von Fotografen, die ihr Handwerk verstanden. Insbesondere eine Bilderstrecke aus Afghanistan hatte es ihm angetan. Eines der Fotos zeigte den Taliban-Führer Mohammed Omar als Kämpfer mit einer Kalaschnikow in den Händen, ein anderes denselben Mann im Gewand des muslimischen Geistlichen, den eine Menschenmenge als ihren geistigen Führer feierte. Dann gab es Fotos von Städten in Trümmern, zerstörten Straßen und wandernden Flüchtlingshorden, von blühenden Mohnfeldern und Traktoren, die sie unter Aufsicht bewaffneter Soldaten zerstörten. Auf Bilder von Offiziellen, die vor zerstörten Mohnfeldern standen und Vertretern der Isaf-Truppen oder der örtlichen Polizei lächelnd die Hände schüttelten, folgten Bilder von den Opiummärkten in Kandahar. Eine andere Bilderstrecke stammte aus der Türkei. Die

Fotos zeigten brennende Lager von Drogenschmugglern, Szenen von Verhaftungen und hingerichtete Drogenbosse. Die Türkei wollte mit allen Mitteln in die EU und versuchte, mit aufsehenerregenden Aktionen gegen den Drogenhandel ihre Europa-Tauglichkeit unter Beweis zu stellen. Den Fotos nach zu urteilen, schien man auf einem guten Weg, aber der Text, der sich für Viitasalos Geschmack gar zu gemächlich der Gegenwart näherte, sprach eine andere Sprache. Er zeigte allerdings auch, dass sie in Finnland einen Fliegenschiss von einer ansonsten blitzsauberen Fensterscheibe rubbelten, während ihre ausländischen Kollegen an einem zugeschissenen gläsernen Wolkenkratzer verzweifelten. Im weltweiten Drogenhandel steckte eine unvorstellbare Menge Geld. Der Bericht zog den Vergleich mit dem weltweit größten Börsenunternehmen *Exxon mobil*: Laut Schätzung des *United Nations Office on Drugs and Crime*, des UNODC, übertraf der Drogenhandel dessen jährlichen Umsatz um etwa 50 Milliarden Euro. Das waren die Zahlen von vor drei Jahren, und Viitasalo überlegte, wie sich die Gewichte im Lauf der weltweiten Wirtschaftskrise wohl verschoben hatten. Welches Geschäft war wohl krisensicherer, Öl oder Drogen?

»Hast du gehört, was ich gefragt habe?« Sari beugte sich über ihn. Ihre Wangen hingen herunter wie leere Beutel.

»Ja«, sagte er. »Ja, ich muss.«

Saris Gesicht verschwand, und ihre Stimme kam aus der Richtung, wo der Fernsehsessel stand. »Du willst da auch hin, gib's zu.«

Viitasalo setzte sich auf und legte den Ordner auf den Sofatisch. Den Fernsehsessel hatten sie in die Zimmerecke gerückt, damit er dem Weihnachtsbaum nicht im Weg war. Das massive Möbel schaukelte und hatte einen Griff, an dem man die Sitzfläche quietschend nach vorn ziehen konnte. Viitasalo hatte es vor drei Jahren zum Geburtstag bekommen, aber nie gelernt, darauf zu sitzen. Am Anfang hatte er es hauptsächlich aus Pflichtbewusstsein versucht, aber sobald er darauf Platz nahm, begann er beinahe zwanghaft zu schaukeln und kam sich dabei auf eine schwer fassbare Weise älter vor. In Anbetracht der Tatsache, dass er seine 41 Jahre ohnehin schwer verkraftete, war das nicht gut. Er fand schon länger, es ging viel zu schnell dahin, und er spürte, dass der schneidige

Fahrtwind Spuren hinterließ. Dazu kam das Gefühl, dass irgendetwas unerledigt blieb, es etwas gab, was man nie schaffen würde, von dem man vielleicht nicht mal merkte, dass es unerledigt blieb. Das Leben war schlicht und einfach zu kurz.

»Was soll das denn wieder?«, sagte Viitasalo verdrossen. »Ich hab's dir doch erzählt: Tuomisto hat mich dazu verdonnert.«

Sari sah aus, als hörte sie ihm nicht richtig zu. Ihr Blick wanderte über die Zimmerdecke. »Ich weiß nicht, ob ich dir noch vertraue.«

»Entschuldigung?«

»Woher weiß ich, dass du nach Stockholm fliegst? Dass du nicht irgendwo anders hinfährst und die Papiere da nur Bluff sind?«

Saris Stimme war laut geworden, und Viitasalo versuchte sie mit einer beschwichtigenden Geste dazu zu bewegen, leiser zu sprechen. Liina schlief, und es war gleich elf.

»Die Geschichte von dem Drogenkauf«, fuhr Sari, seine Beschwichtigungsversuche ignorierend, fort. »Für wie blöd hältst du mich? Du hast diese andere Frau und gibst unser gemeinsames Geld für sie aus. Und jetzt willst du auch noch bei ihr übernachten!«

In der letzten Woche war er von seiner Joggingrunde zurückgekommen, als sie gerade die Taschen seiner Lederjacke durchwühlte. Sie habe die Autoschlüssel gesucht, hatte sie behauptet. Aber die hingen im Schlüsselschränkchen in der Diele wie immer, und Sari brauchte sie auch nicht. Doch, hatte sie behauptet, die Lust aufs Fahren sei ihr jetzt nur vergangen.

»Sag mir wenigstens, wer es ist. Ist es eine aus eurer Truppe?«

»Sari«, sagte Viitasalo ruhig. »Du musst dir helfen lassen. Du bräuchtest dir nur zuzuhören, dann würdest du verstehen, dass es allmählich ziemlich krank klingt, was du redest.«

»Genau!« Sari sprang auf, dass die Lehne des allein weiterschaukelnden Stuhls gegen die Wand knallte. »Du willst mich irgendwo unterbringen, damit du deine Hure hierherholen kannst! Du willst sie *hier* ficken! In unserem Ehebett!«

Auch Viitasalo stand jetzt auf und ballte die Hände zu Fäusten. »Verdammte Scheiße, Sari! Es reicht!«

Sie kam einen Schritt näher und sah ihn voller Verachtung an, dann zeigte sie auf seine Hände: »Du möchtest mich schlagen, stimmt's? Und noch lieber möchtest du, dass es mich gar nicht gibt, stimmt's? Du möchtest mich umbringen. Du schämst dich vor mir! Du findest mich nutzlos!«

»Genau so ist es! War's das jetzt?«

Wie schnell ein Mensch verrückt werden kann, dachte Viitasalo. Denn das war Sari passiert, nichts anderes. Sie hatte vollkommen den Verstand verloren. An ihrer verzweifelten Miene sah man, dass sie keine schlechten Witze machte und ihn auch nicht provozieren wollte. Sie glaubte, was sie sagte. Es war beängstigend. Und genauso beängstigend war, dass er für einen kurzen Augenblick tatsächlich hatte zuschlagen wollen. Jetzt hob sie, immer noch mit diesem unheimlichen Blick, drohend den Zeigefinger.

»Ich durchschaue dich. Zum ersten Mal begreife ich, was du in Wirklichkeit bist«, sagte sie, dann machte sie einen Schritt zurück.

»Sari, komm!« Viitasalo versuchte, so ruhig zu bleiben, wie es ihm irgend möglich war. »Du bist nicht bei dir. Schläfst du überhaupt noch, Schatz? Wann hast du zuletzt eine Nacht durchgeschlafen? Hast du die Medikamente genommen, die man dir verschrieben hat?« Er machte einen Schritt auf sie zu und streckte die Hand aus.

»Bleib mir vom Leib!«, schrie Sari und flüchtete in die Diele.

Viitasalo ging hinter ihr her, langsam, ruhig und beherrscht. Sie stand an der Tür zu Liinas Zimmer und zitterte, als sie ihn näher kommen sah. Sie atmete stoßweise und hob abwehrend die Hände.

»Sari, komm, was soll das denn?«

»Komm nicht näher!«

Viitasalo blieb stehen. »Sari, das hier ist kein normales Gespräch, das wirst du selbst verstehen, wenn du dich wieder erholt hast. Wie wär's, wenn wir uns umarmen und gemeinsam überlegen, was wir tun sollen? Ja? Wir brauchen Hilfe, findest du nicht auch?«

Bevor sie antworten konnte, bewegte sich die Tür in ihrem Rücken.

»Mama?« Liina rieb sich verschlafen die Augen. Teddy Pontus klemmte fest unter ihrem Arm.

Sari drehte sich um und hob Liina hoch. Das Mädchen war immer noch halb im Schlaf. Sari ging, das Mädchen mit dem Teddy an sich drückend, in Richtung Schlafzimmer.

»Liina und ich schlafen dort«, sagte sie. »Du schläfst im Wohnzimmer.«

»Sari, bitte!«, sagte Viitasalo lauter, als er wollte. Es gelang ihm nicht mehr, Ruhe zu bewahren, nicht einmal wegen Liina. »Was soll das? Ich muss um sechs am Flughafen sein.«

Sari öffnete die Schlafzimmertür, und Viitasalo rührte sich nicht von der Stelle, auch nicht, als sie die Tür von innen schloss. »Scheiße!«

Viitasalo stürmte ins Wohnzimmer, schnappte sich das Sofakissen mit dem Sternenhimmel und lief zurück ins Schlafzimmer.

»Ich hab gesehen, dass du das bescheuerte Kissen streichelst wie ein Baby! Du schmust mit einem bescheuerten Sofakissen statt mit deinem Kind! Du bist krank, hörst du! Und das verdammte Kissen fliegt in den Müll!«

Viitasalo schmiss die Schlafzimmertür zu, lief in die Küche und versuchte, das Sofakissen mit Gewalt in den halb vollen Mülleimer unter der Spüle zu stopfen. Als der Deckel nicht schließen wollte, schmetterte er die Schranktür zu und wollte zurück ins Schlafzimmer. Er hatte schon den Mund für einen letzten Fluch auf das Kissen geöffnet, als er durch die geschlossene Schlafzimmertür hörte, dass Liina und Sari weinten. Er zögerte, dann kehrte er um. Alles, was er noch tat oder sagte, würde die Situation nur verschlimmern. Er würde am Morgen von Stockholm aus anrufen und sich entschuldigen. Vielleicht hätte sie dann mit Liina in den Armen durchgeschlafen und wäre bereit, ihm wenigstens zuzuhören. Vielleicht würde sie selbst verstehen, wie schlecht es um sie stand. Dann könnten sie endlich jemanden um Hilfe bitten, jemanden, der etwas von solchen Krankheiten verstand, sie brauchten alle zusammen Hilfe, die ganze Familie. Wenn sie die nicht bekamen, war es vielleicht zu spät.

Als Viitasalo sich wieder aufs Sofa setzte, war klar, dass er in dieser Nacht nicht würde schlafen können. Er schlug den Millennium-Ordner auf und las weiter. Das Lesen beruhigte ihn und lenkte ihn ab.

Zwei Stunden später war Viitasalo mit dem Ordner durch. Viel Neues hatte er tatsächlich nicht erfahren. Im Kern kehrten alle darin versammelten Berichte immer wieder nach Afghanistan zurück, wo der Mohnanbau bis zur Machtübernahme durch die Taliban legal gewesen war. 2001 hatten die Taliban die Mohnfelder fast komplett zerstört. In der Folge war der Opiumpreis ins Astronomische gestiegen und damit auch der Wert der Opiumvorräte, die von den Taliban zuvor angelegt worden waren. Nach dem 11. September wurde die Taliban-Administration mit massiver Unterstützung der USA gestürzt, aber der Preisanstieg auf dem Opiummarkt war natürlich nicht unbemerkt geblieben. Das war die Stunde der russischen Mafia, die von da an alle am Afghanistan-Konflikt beteiligten Parteien gleichermaßen unterstützte: die afghanischen Drogenbarone, die neue Administration der Nördlichen Allianz und die Taliban-Bewegung. Die Russen zahlten Geld und lieferten Waffen, je nach Bedarf. Daneben begannen sie, das Führungspersonal der Drogenmafias in der Türkei, Pakistan, Aserbaidschan, Armenien, Georgien, Iran, Turkmenistan, Tadschikistan und Usbekistan aus dem Weg zu räumen. Sinn und Zweck war es, diese früher so starken Organisationen schnell in kleine, schwache Splittergruppen zu zerschlagen, die ihnen nicht mehr gefährlich werden konnten. Viele Angehörige der russischen Mafia waren frühere Soldaten der Sowjetarmee, KGBler, Agenten des russischen Nachrichtendienstes und so weiter. Der einschlägige Bericht ließ durchblicken, dass mitunter schwer zu unterscheiden sei, wo man es mit dem offiziellen Russland zu tun habe und wo mit der Mafia. Von der »russischen Mafia« zu reden sei durchaus fragwürdig.

Die türkische Mafia war einem anderen Bericht zufolge immer noch der stärkste Konkurrent der Russen. Aber die türkische Regierung hatte mit den auf die Wahrnehmung der EU zielenden harten Maßnahmen gegen die Verbrecherorganisationen im Land den Russen zu einem deutlichen Vorteil verholfen. Früher war das Rohopium aus Afghanistan fast ausschließlich in der Türkei verarbeitet worden, inzwischen finanzierten die Russen den afghanischen Drogenbaronen mobile Laboratorien. Die Türken wurden nicht mehr gebraucht. Laut Einschätzung des UNODC hatten die Russen in den Jahren 2006 und 2007 80 Prozent der afghanischen Opiumernte aufgekauft und den Drogenbaronen dafür einen um 10 Prozent höheren Preis bezahlt als die früheren Großaufkäufer des Rohopiums, zu denen vor allem die Türken zählten. 80 Prozent der afghanischen Produktion bedeuteten über 70 Prozent der jährlichen Heroinproduktion weltweit.

Die russische Mafia wie die afghanischen Drogenbarone profitierten von den chaotischen Zuständen im Land. Wo immer sich deshalb Anzeichen einer Beruhigung und einer Niederlage der Taliban zeigten, reagierten die Russen und lieferten den Taliban neue Waffen. In einem der Berichte wurde die These vertreten, dass ein Teil der Bombenanschläge im Norden Afghanistans vermutlich auf das Konto der russischen Mafia gehe, schon deshalb, weil sie den eigentlichen Interessen der Taliban entgegengesetzt seien. Die Autoren verwiesen dabei auf die unbestreitbare Tatsache, dass die frühere Sowjetunion der wichtigste Geldgeber der Terroristenorganisationen überall auf der Welt gewesen sei, mithin die Aktivitäten der russischen Mafia in Afghanistan nichts wirklich Neues seien. Auch das neue Russland habe noch in den 90er Jahren des vergangenen Jahrhunderts dem kolumbianischen Drogenkartell Luftabwehrgeschütze und U-Boote geliefert und damit nahtlos an die alten Traditionen der Sowjetära angeknüpft. Ein Unterschied zwischen Staat und Mafia sei eindeutig nur in der Motivlage auszumachen: Die Aktivitäten der alten Sowjetunion seien gegen den Kapitalismus und insbesondere die USA gerichtet gewesen, die man sozusagen von innen her zu zersetzen versuchte, und der Mafia gehe es einzig und allein um Geld und Macht. Der neue russische Staat sei schwerer zu durchschauen, aber von dessen Nähe zur Mafia sei ja an anderer Stelle bereits die Rede gewesen.

Als Viitasalo den Ordner schloss, blieb ihm ein fader Nachgeschmack. Die Autoren hatten recht, wenn sie auf die gemeinsamen Interessen von Verbrecherorganisationen und Staaten hinwiesen. Was ihm nicht gefiel, war, dass sie dabei mit dem Finger ausschließlich nach Osten zeigten. Warum stand in dem ganzen Ordner nichts über die USA? Inwieweit waren die Aktivitäten der USA in Afghanistan akzeptabler als die Russlands? Hatte das Stillschweigen darüber damit zu tun, dass das *Pro-*

ject Millennium von CIA, FBI, Interpol und Europol gemeinsam gestartet worden war?

Viitasalos private Meinung war, dass überall auf der Welt die Staaten dieselben Interessen hatten wie die Verbrecherorganisationen: Geld und Macht. Der Unterschied war nur, dass die Staaten ihre Aktivitäten legitim erscheinen lassen wollten und deshalb entsprechend verbrämten. Vordergründig ging es ihnen um die Wiederherstellung der Demokratie, die Befreiung von Tyrannenwillkür, um Menschenrechte, Sicherheit, das Wohl der ganzen Weltgemeinschaft und so weiter und so fort. Und in Wahrheit ging es um Geld und Macht. Immer.

Viitasalo schlug noch einmal den Bericht auf, der ihm keine Ruhe ließ. Es ging darin um die Heroinmärkte in Europa. Die einschlägigen Diagramme zeigten, dass die Umsätze auf den Drogengroßmärkten in Europa in den letzten drei Jahren rückläufig waren, und zwar insbesondere, was Heroin anging. Die Situation entsprach der auf dem finnischen Markt, die Tuomisto so gut gefiel und die er auf die gute Arbeit der Polizei und des Zolls zurückführte. Zwischen den europäischen Zahlen und den Großeinkäufen der Russen in Afghanistan gab es eine offensichtliche Diskrepanz, und darauf ging der Bericht sogar ein, allerdings nur mit einer Frage: Wenn die Russen allein in den Jahren 2006 und 2007 80 Prozent der afghanischen Heroinproduktion aufgekauft hatten, warum waren die europäischen Märkte dann nicht voll von dem Zeug? Auf den Heroinmärkten der restlichen Welt war ein solcher Rückgang nicht einmal in Ansätzen zu erkennen. Und das war merkwürdig.

Viitasalo blätterte den Europateil noch einmal durch. Eine Antwort auf die gestellte Frage fand sich nicht. Nicht einmal Vermutungen darüber, was die Märkte hatte versiegen lassen. Und das war noch merkwürdiger.

Viitasalo warf einen Blick auf die Uhr. Er hatte nur noch dreieinhalb Stunden Zeit für wenigstens eine Mütze Schlaf. Wenn er es sich recht überlegte, war die Sache mit Sari doch noch erstaunlich gut ausgegangen. Wieder einmal. Für einen kurzen Augenblick dachte er sogar daran, vorsichtig die Schlafzimmertür aufzumachen und nachzuschauen, ob die beiden schliefen. Er gab den Gedanken auf, als ihm Saris Worte wieder einfielen. *Ich durchschaue dich. Zum ersten Mal begreife ich, was du in Wirklichkeit bist.*

»Hoffentlich nicht«, sagte er zu sich selbst. »Hoffentlich auch sonst niemand.«

Als Viitasalo sich einen Augenblick später auf dem Sofa ausstreckte, bereute er, dass er, was das Sofakissen betraf, so rabiat geworden war. Die blanke Lehne fühlte sich unter dem Nacken eckig an und hart.

Die Uhr zeigte erst fünf, als am Morgen Vesas Diensthandy klingelte. Der Anrufer war Turunen selbst, und die Botschaft war kurz: Sein Urlaub war vorbei, es gab einen neuen Auftrag.

»Macho holt dich ab«, sagte Turunen. »Punkt sechs.«

»Zu Hause?«

»Ja. Er holt erst Irma und bringt euch dann zusammen in den Westhafen. Ihr nehmt die Fähre um sieben Uhr dreißig.«

Turunen legte auf, bevor Vesa noch etwas sagen konnte. Er fand tastend den Knopf der Leselampe und setzte sich auf. Er war müde. Er hatte nicht gut geschlafen. Er war wieder auf der Baustelle gewesen und mindestens dreimal von seinem eigenen Schreien aufgewacht. So oft war es ihm jedenfalls bewusst gewesen. Hoffentlich hatte Mutter ihn nicht gehört.

Vesa zwang sich aufzustehen und schleppte sich ins Badezimmer. Es war das erste Mal, dass er zu Hause abgeholt wurde. Es war auch das erste Mal, dass Irma nicht allein mit ihrem Einkaufs-Trolley in den Hafen kam. Der Trolley enthielt einen ausklappbaren Sitz, auf dem sie bei ihren ersten Touren schon vor dem Terminal gesessen und auf ihn gewartet hatte. Vesa wäre lieber nicht schon wieder gereist. In den letzten Tagen hatte er sich erfolgreich eingeredet, dass er bis Weihnachten Ruhe haben würde, die nächste Tour, die vierte, erst im neuen Jahr fällig wäre. Der Gedanke hatte ihn beruhigt. Das neue Jahr war noch weit.

Der junge Levola hatte heiser und müde geklungen, das war Turunen nicht entgangen. Hatte er getrunken, oder war eine Erkältung im Anmarsch? Egal, in der Branche gab es weder bezahlte noch unbezahlte Krankentage, und müde war er selbst auch.

Weihnachten war nicht mehr lange hin, und in den Weihnachtsferien waren die Städte und Skigebiete voll von Menschen, die Speed und Ecstasy brauchten. Weihnachten war Hochsaison, es brachte Bewegung auch in den Markt der Gelegenheitsuser. Irgendwann über die langen Feiertage wurden die Leute das Fressen genauso leid wie die Verwandten, dann brauchten sie zur Religion das Opium sozusagen. Glücklich, wer da die Lager voll hatte. Spätestens Silvester gerieten noch die letzten vollgefressenen Trolle auf die steile Rutschbahn, an deren Fuß der Dealer schon auf sie wartete, den sie um Aufputschpillen anbettelten. Zu keiner Zeit im Jahr konnte man aus dem Verkauf des Stoffs bessere Deckungsbeiträge erwirtschaften. Viele waren bereit, das Doppelte zu bezahlen, wenn ihnen das Zeug nur die Festtagsstimmung vertrieb und sie endlich das Christkindgetue vergessen konnten.

Turunen saß in der Bar des Flughafens St. Petersburg-Pulkovo und trank einen Wodka mit Eis. Bis zum Rückflug waren es noch zwei Stunden, aber er hatte keine Lust gehabt, so lange im Hotelzimmer herumzusitzen. Er erwartete einen Anruf Sundströms, und was ihn ärgerte, war, dass Bregovic einen Flug der SAS hatte buchen können, der ihn am Nachmittag in zwei Stunden und fünfzehn Minuten nach Stockholm brachte, während er mit einer Klapperkiste der Air Baltic nach Riga und erst von dort mit derselben maroden Linie nach Helsinki fliegen würde. Viereinhalb Stunden würde ihn das kosten – noch so ein Beleg, dass man die Finnen nicht für voll nahm. Für die halb so lange Strecke brauchte man doppelt so viel Zeit. Wenigstens war sein Magen nicht so durcheinander wie sonst, wenn er Koljakov getroffen hatte. Außerdem wäre er trotz allem zwei Stunden früher zu Hause als der serbische

Kriegsverbrecher mit den fettigen Haaren. Er selbst hatte vorgeschlagen, dass sie nicht denselben Flug nehmen sollten, aus denselben Gründen, weshalb der Präsident und der Premierminister sich nicht ins selbe Flugzeug setzten.

Turunen ließ den Blick über die heftig ausschwenkenden Hintern der hautenge Röcke tragenden und zu stark geschminkten Russinnen schweifen. Die slawischen Frauen hatten ihm immer besser gefallen als die finnischen. Ihm gefiel es, wenn eine Frau sich auch wie eine auszusehen traute. Wenn er am Vorabend in der Stimmung gewesen wäre, hätte er sich eine Nutte aufs Hotelzimmer bestellt, aber der lange Reisetag und die abendliche Sitzung hatten ihm zugesetzt. In seinem Zimmer angekommen, hatte er es kaum geschafft, sein Hemd über den Kopf zu ziehen. Danach hatte er sich rücklings aufs Bett fallen lassen und die Augen geschlossen. Er war nicht gleich eingeschlafen, sondern hatte über Bregovics Vorschlag nachgedacht. Lohnte es sich, darüber nachzudenken, oder war es nur großmäuliges Getue? Oder doch eine Falle? Fragen.

Am verdächtigsten war ihm Bregovics Interesse an Sundströms Verhaftung erschienen. Gegen Ende des Gesprächs hatte er sich leider dazu hinreißen lassen, von Sundströms Behauptung zu berichten, dass seine Verhaftung inszeniert gewesen sei. Bregovic war wie elektrisiert gewesen und hatte ihn beinahe im Befehlston aufgefordert, den Namen des Drogenbullen herauszufinden, der Sundström gelinkt hatte. Das war an sich noch kein Problem. Ein Problem war, dass der Serbe Sundström nicht nur bei den Russen und Esten, sondern auch bei den finnischen Bullen hinhängen wollte, die ihn sowieso schon am Wickel hatten.

»Stell dir die Wirkung vor!«, hatte Bregovic gesagt. »Wir liefern die Beweise, dass Sundström die Ladung zusammen mit den Esten gekapert hat. Dann hassen ihn schon mal die russische und die estnische Mafia. Die Russen werden glauben, dass Sundström sie gelinkt hat, und den Esten wird es nicht gefallen, dass Sundström ihnen seine eigenen krummen Touren anhängt.«

»Schon«, hatte Turunen geantwortet. »Und was willst du dann noch mit dem Drogenbullen?«

»Ein kleines Extra«, hatte Bregovic lächelnd geantwortet. »Wir lassen den Bullen, der ihn reingeritten hat, glauben, dass unser Freund scheißwütend auf ihn ist und sich rächen will.«

»Und wenn Sundström doch nur einen Fehler gemacht hat.«

»Ich glaube nicht, dass ihm so ein primitiver Fehler unterlaufen wäre. Ich glaube, dass die Sache inszeniert war. Und du übrigens auch.«

»Wie auch immer«, hatte Turunen gesagt. »Das erklärt nur immer noch nicht, was die Rachegeschichte eigentlich soll.«

»Gleich. Hör dir erst an, wie ich's mir denke: Erst mal machen wir bei passender Gelegenheit einen kleinen Drohanruf in Sundströms Namen.«

»Und wem drohen wir?«

»Na, was glaubst du?«

»Okay, dem linken Bullen. Und was bringt uns das?«

»Leif, Leif.« Bregovic hatte den Kopf geschüttelt. »Verstehst du immer noch nicht?«

»Nein. Ich finde, dass das Ganze ein unnötiges Risiko ist.«

»Im Gegenteil! Wir verkleinern damit unser eigenes Risiko. Besser gesagt: Wir haben überhaupt keins mehr. Wir drohen nämlich nicht nur, sondern wir machen unsere Drohung wahr. – Und schon richten sich alle Blicke einzig und allein auf Sundström: die der Russen, die der Esten und die der finnischen Polizei.«

»Und von was für einer Drohung sprichst du?«

»Von einer finalen.«

»Scheiße noch mal! In Finnland werden Polizisten nicht umgebracht, schon gar nicht aus Jux und Tollerei. Da mach ich nicht mit!«

»Leif, ich geb dir eine Chance.« Bregovic hatte Turunen mit starrem Blick fixiert. »Oder verstehst du nicht, dass ich die Sache auch anders erledigen könnte?«

»Wie zum Beispiel?«

Bregovic hatte mit den Fingern geschnippt. »Ich bräuchte nur so zu machen, dann gäbe es Sundström nicht mehr. Und dich auch nicht.«

»St. Petersburg würde mit dir allein keine Geschäfte machen. Sie kennen dich nicht.«

»Ich würde dafür sorgen, dass sie mich kennenlernen.«

»Du weißt nicht, mit was für Leuten du es da zu tun hast.«

»Und *du* verstehst nicht, mit wem du gerade zusammensitzt.« Bregovic hatte wieder gelächelt. »Hast du Angst vor den Russen?« Turunen hatte geschwiegen. Tatsächlich hatte er in dem Augenblick mehr Angst vor dem Irren auf der anderen Seite des Tisches gehabt und wieder in Richtung Küche geschielt.

»Zur Hölle mit den Russen, zur Hölle mit den Esten, zur Hölle mit den Bullen und zur Hölle mit Sundström! Er ist unser Schutzschild, bis er leider die Nerven verliert und in seinem Rachewahn zu weit geht. Danach wird ihn eine der drei verratenen Parteien erledigen. – Klingt das nicht gut? Wenn du den wirtschaftlichen Nutzen für uns beide bedenkst, klingt das sogar verdammt gut.«

»Nein.« Turunen hatte sich immer noch widersetzt. »Kein Bullenmord. Das ist zu viel.«

»Pass auf, Leif: Du hast mir die ganze Zeit zugehört, und das heißt, dass du dabei bist«, hatte Bregovic gesagt. »Wir spielen hier kein Spiel, bei dem du mittendrin weggehen kannst, weil Mami dich zum Essen ruft.«

»Okay. Aber wenn das Ganze hier vorbei ist, brauche ich eine neue Identität«, hatte Turunen nach einer langen Weile des Nachdenkens gesagt.

»Ich kann dir jederzeit einen schwedischen Pass besorgen«, hatte Bregovic geantwortet. »Ich versichere dir, am selben Tag, an dem die Ladung in unseren Händen ist, wird Leif Turunen sterben.« Der Serbe hatte sich geschüttelt vor Lachen, so begeistert war er von seinem kleinen Scherz. »Sag mir nur, mit welchem Namen du dein neues Leben anfangen willst.«

»Peter Öhman«, hatte Turunen, ohne nachzudenken, gesagt. Der Name war ihm spontan eingefallen.

»Guter Name«, hatte der Serbe gesagt.

Turunen bestellte einen neuen Wodka mit Eis und verfolgte die Landung einer großen Passagiermaschine. Bis zur Ankunft der Ladung würde er Bregovic in dem Glauben lassen, dass er die Fäden in der Hand hielt.

Für ihn selbst wäre das nur gut. Denn je länger er den nicht ganz Überzeugten, Unsicheren spielte, desto sicherer würde sich Bregovic fühlen. Bis zu dem Tag, wenn der Stoff ankam. Dann würde Goran Bregovic sterben, und zwar anders als Leif Turunen in dessen dämlichem Scherz. Für die Reise, die er dann antrat, bräuchte der Serbe, anders als Turunen für sein neues Leben, auch keinen neuen Pass. Nicht mal den falschen kroatischen bräuchte er, weil man ihn an den Toren zur Hölle so oder so erkennen und wärmstens empfangen würde.

Als der Barkeeper das neue Glas vor ihm abgestellt hatte, nahm Turunen einen Schluck und warf einen Blick auf sein Handy. Sundström würde in einer Minute anrufen, nach dem Mann konnte man die Uhr stellen. Turunen leerte mit dem zweiten Schluck das Glas und spürte, wie sein Gehirn langsam in Schwung kam. Mit der überraschenden Wende, die er sich für den serbischen Kriegsverbrecher selbst ausgedacht hatte, gefiel ihm Bregovics Plan immer besser. Bregovic und Sundström gleichzeitig aus dem Spiel zu nehmen war eine bestechende Idee.

Dann klingelte das Handy.

»Wie ist es gelaufen?«, fragte Sundström. Im Hintergrund hörte man ein Rauschen. Er war, wie üblich, im Duschraum.

»Gut. Außer …« – Turunen versuchte, den angemessen besorgten Ton zu finden – »… dass ich diesem Bregovic nicht traue.«

»Das würde ich dir auch nicht raten. Goran ist ein gieriger Scheißkerl, der eine zu hohe Meinung von sich hat«, sagte Sundström. »Aber sonst ist er okay.«

»Und das heißt?«

»Dass wir nur beim ersten Mal mit ihm arbeiten. Von der nächsten Ladung an ziehen wir die Sache allein durch.«

»Du meinst, auch in Schweden?«, fragte Turunen und zeigte dem Barkeeper das leere Glas.

»Wir kennen uns dort doch aus«, antwortete Sundström.

»Und warum arbeiten wir überhaupt mit ihm. Wenn wir ihn eigentlich nicht brauchen?«

»Du bist manchmal so ahnungslos, dass man es schon mit der Angst bekommen könnte«, seufzte Sundström. »So sehen wir, wie es funktioniert. Gorans Logistik werden wir noch gut gebrauchen können.«

»Und was glaubst du, wie er es aufnimmt, wenn wir ihm sagen, dass er raus ist?«, fragte Turunen.

»Was glaubst du, wie Koljakov es aufnimmt, wenn wir ihm vor der Ankunft der zweiten Ladung stecken, dass Goran zu großen Appetit bekommen hat und sich die ganze Ladung unter den Nagel reißen will?«

»Mit wem sollte er das denn durchziehen? Allein würde er das doch gar nicht schaffen.«

»Sagen wir, zum Beispiel mit den Esten«, sagte Sundström, und Turunen hörte ihn kurz lachen.

Turunen spürte, wie sich seine Gesichtshaut spannte. Sundström ahnte doch nichts? Nein, das konnte er nicht. Dass er auf die Esten kam, war Zufall. »Und wir lassen es nicht zu?«, fragte er.

»Was?«

»Dass Bregovic sich die zweite Ladung schnappt«, sagte Turunen.

»Sag mal, bist du so blöd, oder tust du nur so?« Sundström zischte die Worte ins Telefon, dass Turunen sich nicht mehr sicher war, was von der rauschenden Dusche und was von seinem Gesprächspartner kam.

»Sorry, ich bin nicht ganz wach«, sagte Turunen und versuchte ein Lachen.

Als er für eine Weile außer dem Rauschen der Dusche nichts hörte, glaubte Turunen schon, er hätte sich vielleicht *zu* dumm gestellt. Scheiße noch mal, hoffentlich hatte Sundström nicht Verdacht geschöpft.

»Wollte Koljakov irgendwas Bestimmtes?«, fragte Sundström schließlich.

»Nein. Läuft alles nach Plan«, antwortete Turunen und wischte sich den Schweißtropfen, der an seiner Schläfe aufgetaucht war, mit den Fingerspitzen weg. »Von ihrer Seite gibt es nichts Besonderes.«

»Gut.«

»Da gibt's nur eins, was mir ein bisschen Sorge macht«, sagte Turunen. »Ich hab das Gefühl, dass jemand mir folgt.«

»Wie kommst du darauf?«

»In Hanikka fahren auf einmal zu viele Autos herum, die nicht zum durchschnittlichen Einkommensniveau in der Gegend passen: alte Mondeos ohne Radkappen und mit Kratzern im Lack.«

»Machen sie sonst noch Probleme?«

»Nein. Ich hab mir nur überlegt, ob sie sich auch für mich was ausgedacht haben. Dass sie vielleicht was über unsere gemeinsamen Pläne wissen«, antwortete Turunen.

»Kaum«, sagte Sundström. »Die haben dich wegen deiner Baugeschichten im Visier wie früher auch schon.«

»Möglich. Trotzdem würde ich lieber auf Nummer sicher gehen und ein paar Erkundigungen einholen«, sagte Turunen. »Hattest du nicht einen bei den Drogenfuzzis, der dir was schuldet?«

»Du glaubst, ich bin so vertrauensselig, dass ich dir den Namen sage?« Sundström versuchte nicht einmal, seine Verachtung zu verhehlen. »Obwohl Weihnachten vor der Tür steht, hatte ich nicht vor, idiotische Geschenke zu verteilen.«

»Okay, verstehe. Und der Name des Drogenbullen, der dich gelinkt hat? Ich könnte ihm ja mal auf den Zahn fühlen lassen.«

»Hörst du mir nicht zu, Leif?«, sagte Sundström. »Der Name geht dich nichts an. Du tust nichts, was die Operation mit den Russen gefährden könnte. Ich ruf dich morgen wieder an.«

Damit war das kurze Telefongespräch vorbei. Turunen betrachtete noch eine Weile das Handy und lächelte. Sundström hatte einen Fehler begangen. Er fühlte sich so überlegen, dass er beim Himmel-und-Hölle-Spiel auf die Linie getreten war. Tatsächlich war der ganze Schuh außerhalb des Kästchens gewesen. Es handelte sich also um ein und denselben Mann.

Turunen suchte nach Enqvists Nummer. Enqvist als ehemaliger Wirtschaftsjurist hatte Beziehungen und käme ohne größere Schwierigkeiten an Sundströms Akte. Nicht, dass er sie nicht auch selbst hätte besorgen können, aber für das Stochern im Wespennest sollte man einen entsprechend langen Stock verwenden. Und noch besser war es, jemand anderen stochern zu lassen und selbst nur aus der Ferne zuzuschauen.

Turunen warf einen Blick auf die Uhr. Er hatte gut Zeit für ein paar weitere Wodkas. Es waren solche Morgen, die ihn sicher sein ließen, dass er die richtige Berufswahl getroffen hatte: Verbrechen lohnte sich, immer, unabhängig von der Konjunktur.

Beim nächsten Schluck Wodka erinnerte er sich daran, dass sein Studienberater ihm damals geraten hatte, sich für die humanistische Fakultät zu bewerben. Philosophie oder Geschichte hatte der Mann im hässlichen Pulli als die für Turunen geeigneten Fächer vorgeschlagen. Der Mann war in seinem Fach eine komplette Null gewesen. Philosophie! Nur weil er die Lehrer vorgeführt und, um sie und seine dämlichen Mitschüler zu ärgern, Bestnoten geschrieben hatte, sollte er sein Leben in einem stickigen Gelehrtenstübchen verbringen und darüber nachdenken, wer er war und wozu zur Hölle er überhaupt auf der Welt herumlief? Wenn die alten Griechen nicht zu wenig zu tun und zu viel Wein gehabt hätten, wäre die ganze westliche Philosophie überhaupt nicht entstanden, das war seine Meinung. Allerdings erkannte er sich in gewisser Weise in Sokrates wieder: Der Mann mit dem lockigen Bart hatte genauso alles in Frage gestellt wie er selbst. Nur dass er Sokrates mit in Frage stellte, das war der Unterschied.

Der Rausch nahm Turunen die Unsicherheit, die er während des Gesprächs mit Sundström noch verspürt hatte und die er im nachhinein als ganz und gar überflüssig ansah. Und Geschichte? Was gab es da überhaupt zu studieren? Die war vorbei. Ein Kind, das gestern auf die Welt gekommen war, brauchte heute keine Hebamme mehr. Jetzt war jetzt, und morgen war alles anders.

Turunen machte dem Barkeeper wieder ein Zeichen. Er fuhr auf dem Barhocker halb im Kreis und sah mit offen zur Schau gestelltem Grinsen zu, wie ein Schlitzauge mit schweißnassem Gesicht seinen quietschenden Rollkoffer zum passenden Flugsteig zerrte. Esel gibt es überall auf der Welt, dachte er. Man brauchte nur Geduld zu haben und selbst eine Weile den Esel zu geben, da merkten die richtigen Esel nicht, dass mitten unter ihnen ein Löwe unterwegs war.

Viitasalo stand auf einem der Flure des Stockholmer Messe- und Kongresszentrums und stützte sich mit den Ellbogen auf ein Metallgeländer. Draußen vor den Glaswänden hatte es während des letzten Nachmittagsvortrags angefangen zu schneien. Sari antwortete nicht. Sari hatte schon am Morgen nicht geantwortet, als er vom Flughafen Arlanda aus das erste Mal zu Hause angerufen hatte. Sari hatte auch nicht geantwortet, als er es gleich zweimal von seinem Zimmer im *Scandic Infra City Hotel* aus versucht hatte. Auch ein Versuch vor dem ersten Vortrag im Auditorium war vergebens gewesen. Etwa dreißig Beamtinnen und Beamte mit an der Infotheke ausgegebenen Namensschildern an der Brust hatte Viitasalo gezählt. Die laminierten Kärtchen verzeichneten zusätzlich zum Namen und zur Berufsbezeichnung die Organisation oder Behörde, die der Tagungsgast repräsentierte, und sein Heimatland. Während der Mittagspause waren es dann fünf Versuche gewesen, die fehlschlugen.

Auch diesmal erreichte Viitasalo nur den Anrufbeantworter, aber er wollte keine Nachricht hinterlassen. Stattdessen versuchte er es noch einmal, während hinter ihm im Auditorium der nächste Vortrag begann. Die Rede des Verantwortlichen des UNODC drang gedämpft durch die geschlossene Tür und wurde vom Freizeichen aus Viitasalos Handy rhythmisch begleitet.

»… is Turkey, which remains not only a major staging area and transportation route for heroin destined for European markets but also a critical corridor for precursor chemicals such as acetic anhydrine …«

Viitasalo entfernte sich etwas weiter von der Tür. Der Vortragende sprach schlecht und hölzern. Der Mann las, hinter sich die Übersichtskarte der Transportwege der Drogen, fast wortwörtlich denselben Text, den Viitasalo, wie wahrscheinlich die Mehrzahl der anderen Tagungsteilnehmer auch, schon aus dem *Project-Millennium*-Ordner kannte. Manche gähnten hinter vorgehaltener Hand, andere schauten auf die

Uhr, aber Viitasalo war der einzige, der mitten im Vortrag nach draußen geflüchtet war.

Wenn seine Frau in der Nacht gut geschlafen hatte, hatte die Ruhe sie jedenfalls nicht vernünftig werden lassen. Viitasalo seufzte und brach auch diesen Anruf ab.

»Nicht sehr spannend, was?«

Überrascht von der finnisch gestellten Frage, drehte Viitasalo sich um. Hinter ihm stand ein stoppelbärtiger, ungekämmter Mann, der müde, um nicht zu sagen erschöpft aussah. Viitasalo trug wenigstens ein Jackett und Hemd, die Mühe hatte sich das Stoppelgesicht nicht gemacht. Der Mann trug einen Parka, der schon bessere Tage gesehen hatte, Jeans, die unten ausgefranst waren, und Stiefel mit Schrammen an den metallverstärkten Spitzen, als hätte er damit schon gegen mehr als nur Steinchen getreten.

»Bin ich also doch nicht der einzige Finne«, sagte Viitasalo und versuchte, einen Blick auf das Kärtchen des Mannes zu erhaschen. Er hatte es nicht angesteckt.

»Nicht ganz. Pekka Manninen vom Drogendezernat der Stockholmer Polizei. Du musst Jahu Viitasalo aus Helsinki sein«, las Manninen lächelnd von Viitasalos Kärtchen ab. »Ungewöhnlicher Name.«

»Juha«, korrigierte Viitasalo und streckte die Hand aus. Er hatte sich über den verdrehten Namen nicht beschweren wollen. Manninens Griff war hart. »Wie hat's dich nach Schweden verschlagen?«

»Meine Eltern stammen aus Keuruu. Sie haben sich nach Schweden aufgemacht, als man am Wochenende hier ankommen und am Montagmorgen bei Volvo anfangen konnte. Ich bin in Göteborg geboren und noch nie in Finnland gewesen. Mein Alter sagt, es ist ein Scheißland.«

»Dafür sprichst du gut Finnisch.«

»Ich musste, sonst hätte ich mit meinen Eltern nicht reden können«, sagte Manninen. »Vater spricht immer noch kein Schwedisch. Er sagt, es ist eine Scheißsprache.«

Viitasalo lachte kurz, und Manninen zeigte auf Viitasalos Kärtchen.

»Ich hab dich gleich am Morgen bemerkt. Die UN-Leute, die Pompidou-Gruppe, der Weltzollverein, die Drogenleute der EU, die Dublin-Gruppe, Interpol natürlich und Europol – alle vertreten«, sagte Manninen, als machte ihm die Aufzählung Spaß. »Und dann wir beide, einer vom Drogendezernat Helsinki und einer vom Drogendezernat Stockholm. Preisfrage: Wer hat hier eigentlich nichts verloren?«

»Laut meinem Chef sollten auch Kollegen unserer Staatspolizei hier sein, aber ich hab keinen gesehen. Im Prinzip finde ich das Thema sogar interessant, aber …«

»… das Gelaber hat nichts mit unserer Arbeit zu tun«, fiel Manninen ihm ins Wort. »Auf der Straße interessieren die Statistiken kein Aas.«

»Kann man so sagen«, gab Viitasalo zu.

»Und warum bist du dann gekommen?«

»Gezwungenermaßen«, gestand Viitasalo.

»Dann wären wir schon wieder zwei«, grinste Manninen. »Ich wollte gerade was essen gehen.«

»Gibt's hier nicht sowieso nach dem nächsten Redner Abendessen?«

»Ja, aber erinnerst du dich ans Mittagessen?« Manninen verzog das Gesicht. »Und das Abendessen wird nicht besser. Ich finde, es reicht für heute. Kommst du mit?«

Viitasalo zögerte. Tuomisto nahm es genau, und nicht alle Referenten lasen aus dem Ordner vor.

»Verstehe«, sagte Manninen. »Du musst deinem Chef Bericht erstatten.«

»Bin ich so leicht zu durchschauen?«

»Nein, ich bin Polizist«, sagte Manninen. Das Lächeln im zerknitterten Gesicht des Mannes hatte etwas Ansteckendes. »Und wenn du's nicht weitersagst: Zum Abschluss gibt's von allen Vorträgen und dem ganzen Gelaber drum herum ein Protokoll zum Mitnehmen, das ist bei uns in Schweden so üblich. – Also, kommst du mit? Ich kann dich nach dem Essen wieder ins Hotel fahren.«

»Überredet«, sagte Viitasalo und folgte Manninen in Richtung der Treppe, die in die Eingangshalle hinunterführte. Viitasalo warf noch einen Blick auf sein Handy, dann schob er es in die Tasche und schloss zu Manninen auf.

»In welchem Hotel bist du untergebracht? Im *Infra City*, nehm ich an?«

»Woher weißt du das?«, wunderte sich Viitasalo.

»Wie ich schon sagte, ich bin Polizist. Nimm mal das falsche Namensschild ab«, sagte Manninen.

»Warum?«

»Wir gehen in ein Lokal, in dem man die Polizei nicht so gern sieht.«

»Und warum gehen wir dann hin?«

»Weil sie eine verdammt gute Pizza machen.«

Das schäbige *Rinkeby Restaurang* befand sich in einer Seitenstraße des im Namen steckenden Stadtteils. Der Abend war schon dunkler geworden, und dunkel waren auch die Leute, die sie durch die schmutzigen Scheiben draußen auf der Straße vorübergehen sahen. Viitasalo und Manninen saßen an einem Fenstertisch. Schon beim Eintreten hatte Viitasalo bemerkt, dass sie die einzigen Hellhäutigen an dem Ort waren, auch das Personal in dem Lokal war dunkelhäutig. Alle anderen Tische waren voll besetzt, aber keiner kam an ihren Tisch, um wegen der zwei überzähligen Stühle zu fragen. Viitasalo spürte die Blicke der anderen Gäste in seinem Rücken. Er war zu ordentlich angezogen, und er sah aus wie ein Bulle. Schon wieder erhob sich nach einem Wortwechsel lautes Gelächter. Wahrscheinlich lachten sie über ihn. Viitasalo fühlte sich nicht wohl in seiner Haut. Manninen dagegen sah aus, als fühlte er sich hier zu Hause.

»Schmeckt's?«, fragte Manninen und nahm einen großen Schluck Bier.

»Du hast recht, das Essen ist klasse«, antwortete Viitasalo. »Bei Pizza hab ich nur nicht mit der Umgebung hier gerechnet. Ich frag mich dasselbe wie du vorhin: Wer hat hier nichts verloren?«

Manninen schmunzelte. »Neunzig Prozent der Einwohner Rinkebys haben einen Migrationshintergrund.«

»Ziemlich heftige Zahl. Gibt's Probleme damit?«

»Hängt davon ab, aus wessen Blickwinkel man es sieht. Viele finden, es ist der Stadtteil der Möglichkeiten, ein neues Eldorado«, antwortete

Manninen. »Hier kriegt man alles, man muss nur wissen, wo man danach fragt.«

»Heißt zum Beispiel?«

»Drogen, Waffen, Sklaven, kleine Mädchen und Jungen, Killer – you name it, they've got it«, sagte Manninen. Als er Viitasalos ungläubigen Blick sah, fuhr er fort: »Weshalb auch die Polizei neue Wege gehen muss. Wir müssen zum Beispiel nicht alles sehen, falls du verstehst, was ich meine.«

»Nicht ganz.«

»Das heißt zum Beispiel, dass du beim Pizzaessen ja nicht merken musst, dass in der anderen Ecke des Lokals somalische Jungs Kat verkaufen und sogar mit vollen Backen kauen«, sagte Manninen mit gedämpfter Stimme. »Schau aber um Himmels willen nicht hin! Darum sind die übrigens auch so gut drauf. Was ich sagen will: Unser Leitgedanke hier ist Toleranz. Keiner aus der Polizeiführung und schon gar keiner aus den besseren Stadtteilen möchte, dass die Massen hier sich in Bewegung setzen und irgendwo anders ihre Rechte einfordern. Wir halten sie an der lockeren Leine, und unsere Landsleute können nachts ruhig schlafen.«

Für Viitasalo klang, was Manninen ihm da erklärte, verdächtig nach Rassismus, und das sagte er ihm auch, aber Manninen winkte lächelnd ab.

»Ich bin kein Rassist. Ich bin Realist, und euch Finnen kann ich nur raten, rechtzeitig gegenzusteuern. Wir haben damit zu lange gewartet.«

»Gegensteuern?«

»Macht die Grenzen dicht und verschärft die Einwanderungsbestimmungen«, sagte Manninen. »Ich bin für das Modell Kalifornien«, setzte er hinzu, bevor er ging, um ihnen noch zwei Bier holen.

Wenn Viitasalo an Kalifornien dachte, kamen ihm eher Palmen und braun gebrannte Menschen in den Sinn als Einwanderungsbestimmungen. Wie auch immer, er hatte andere Sorgen. Er wollte gerade sein Handy herausholen, um Sari wenigstens eine Nachricht zu hinterlassen, als Manninen mit zwei neuen Krügen Bier zurückkam.

»Und?«

»Was meinst du mit dem Modell Kalifornien genau«, fragte Viitasalo. »Ich bin übrigens noch nie in Kalifornien gewesen oder in Amerika überhaupt.«

»In Kalifornien werden über fünfunddreißig Prozent aller Verbrechen von Einwanderern begangen«, erklärte Manninen. »Bei uns in Schweden sind es über zwanzig Prozent. Und wie viel sind es in Finnland?«

»Soweit ich weiß, um die sieben«, sagte Viitasalo und trank einen Schluck Bier. Er wusste es eigentlich gar nicht.

»Für euch besteht also noch Hoffnung, ihr müsst nur bald was tun. Wenn nicht, siehst du hier das Helsinki der Zukunft.«

Aber Viitasalo sah nicht das Helsinki der Zukunft, sondern nur den stoppelgesichtigen Manninen, der ihm gegenübersaß und an dessen Oberlippe Bierschaum klebte.

Vesa saß neben Irma, die immer wieder kurz einnickte, während der Katamaran in Richtung Helsinki Westhafen über die Ostsee heizte. Die Nacht war pechschwarz, bis zum kürzesten Tag des Jahres war es nicht mehr lange hin.

Als die Lichter von Helsinki am Horizont auftauchten, überkam Vesa wieder dieses ungute Gefühl. Es war die vierte Tour, und er war immer noch nervös, obwohl es bei den ersten Touren keinerlei Probleme gegeben hatte. Was ihn nervös machte, war der Gedanke, dass ihr Glück trotz aller Sicherheitsvorkehrungen eines Tages aufgebraucht sein würde.

Vesas Blick war fest auf Irmas Einkaufs-Trolley gerichtet. Er war wieder einmal vollgepackt mit finnischem Exportbier: fünf Tragen *Koff*, mit einem Spanngummi festgezurrt. Vesas Rucksack stand zwischen seinen Füßen unter seinem Stuhl. Obwohl er nur knapp sechs Kilo wog, trug Vesa daran, als wäre er voller Steine. Vesa fand es unfair, dass nie Irma die Ladung durch den Zoll transportieren musste. Er musste zusätzlich zu seinem Rucksack Irmas vollgepackten Trolley hinter sich herziehen und der wackeligen Alten auch noch den freien Arm reichen.

Vesa war nicht ganz überzeugt von dem, was Kalju ihm erzählt hatte. Wie Kalju es darstellte, konnte es gar keine Probleme geben, aber Vesa hatte ihm widersprochen. Er sorgte sich wegen der Drogenhunde. Unsinn, hatte Kalju erklärt, den Superhund, der sein Amphetaminversteck aufspürte, müssten sie erst noch erfinden. Der Stoff war in Halbliterdosen estnischen Biers der Marke *Saku Gold* verborgen, die tatsächlich aussahen, als kämen sie geradewegs aus dem *SuperAlko* in Viinaranta. Das dicht gepresste Amphetamin hatte man erst in luftdichte zylinderförmige Metalldosen gepackt, die mit Uretankleber überzogen waren. Danach hatte man die Zylinder in einen Epoxkleber getaucht, der auf ihrer Oberfläche eine glatte, glasartige Hülle schuf, die absolut geruchsfrei und wasserfest war. Danach wurden die Behälter, die im Durchmesser sechs Millimeter und in der Länge zwölf Millimeter weniger maßen als die Halbliter-Bierdosen, auf deren Boden festgeklebt und der entstandene Hohlraum mit echtem Bier aufgefüllt.

»So wiegt die Dose aufs Gramm so viel wie die echte«, hatte Kalju, eine Dose in der Hand, erklärt. »Sieht aus wie eine *Saku-Gold*-Dose, schwappt wie eine *Saku-Gold*-Dose, und wenn du sie aufmachst, zischt sie und spuckt Schaum wie eine echte *Saku-Gold*-Dose. Im Prinzip kannst du das Bier, das in der Dose ist, sogar trinken. Der einzige Unterschied zwischen meinem Produkt und dem der *Saku*-Brauerei ist der, dass die echte *Saku-Gold*-Dose einen Euro wert ist und meine bei euch in Finnland sechs- bis siebentausend Euro. Das ist der Unterschied, weshalb ich euch empfehle, dass ihr auch in Zukunft bei den Produkten der Brauerei Kalju bleibt.«

Und dennoch zweifelte Vesa jedes Mal aufs neue. Kalju hatte ihm eingeschärft, den Rucksack immer und unbedingt aufzubehalten, bis sie aus dem Terminal im Westhafen heraus waren. Die Drogenhunde arbeiteten am Boden. Je höher die Drogen sich befanden, desto schlechter nahmen die Hunde Witterung auf.

»Ich dachte, die sind absolut geruchsfrei?«, hatte Vesa sich beim ersten Mal gewundert. »Das hast du doch gerade noch behauptet.«

»Sind sie auch«, hatte Kalju achselzuckend geantwortet. »Aber sicher ist sicher.«

»Worüber denkst du nach?« Irma war aus einem ihrer Nickerchen erwacht. Ihre Augen hinter den Brillengläsern musterten ihn aufmerksam.

Vesa schüttelte den Kopf. »Über nichts. Und ein bisschen über alles.«

»Über nichts nachzudenken lohnt sich nicht, und ein bisschen über alles nachzudenken kann schon zu viel sein«, sagte Irma bedächtig. Dann kramte sie in der Handtasche auf ihrem Schoß und sagte: »Ich will dir was zeigen – da.«

Sie schob Vesa ein Foto in die Hand. Es zeigte einen alten Schäferhund, der mit schräg geneigtem Kopf und mit vom Blitzlicht roten Augen direkt in die Kamera schaute.

»Hast du einen Hund?«

»Ich hatte einen. Masi. Er ist vor sieben Jahren gestorben. Ein wunderbarer Hund«, sagte Irma, in deren Stimme jetzt Rührung und Sehnsucht mitschwangen.

»Tut mir leid«, sagte Vesa, um irgendetwas zu sagen.

»Schon gut«, sagte Irma. »Wir müssen alle sterben, Menschen wie Tiere. So ist die Natur.« Sie nahm Vesa das Foto aus der Hand und streichelte es mit den Fingerkuppen. »Masi hatte ein glückliches Hundeleben und ist gestorben, alles ganz normal.«

Vesa wusste dazu nichts mehr zu sagen. Während der drei vorherigen Touren hatte Irma fast die ganze Zeit geschwiegen. Sie waren zusammen hingefahren, hatten sich vor dem Terminal D in Tallinn getrennt, und Vesa war mit dem Taxi nach Kopli gefahren. Er hatte die Ladung bei Kalju abgeholt und war in den Hafen zurückgekommen, wo Irma in der Nähe des *SuperAlko* auf ihn gewartet hatte. Sie hatten auch da nicht viele Worte miteinander gewechselt. Vesa hatte den leeren Trolley genommen und fünf Tragen *Koff* und für sich selbst sechs Dosen *Saku Gold* gekauft. Danach waren sie gemeinsam zum Terminal gegangen: Er hatte den vollen Trolley gezogen, und Irma hatte sich bei ihm eingehängt und war in kurzen flachen Schritten neben ihm hergetippelt. Im Terminal schlugen sie dann die Zeit tot, indem sie den Fähren beim Ein- und Auslaufen zuschauten. Sie kauften immer Fahrkarten für die Fähre um 17.30 Uhr. Das war eine Regel, von der es keine Ausnahme geben durfte.

Heute war Vesa allerdings nicht in Kopli gewesen. Macho hatte ihm am Morgen mitgeteilt, dass sich der Treffpunkt geändert habe. Den Grund verriet ihm Macho nicht, was Vesas Nervosität noch vergrößert hatte. Kaljus Wohnung in der heruntergekommenen Mietskaserne war ihm nach drei Touren zu einem halbwegs vertrauten Ort geworden, und Vertrautheit bedeutete für ihn Sicherheit, ob das nun logisch war oder nicht.

Die heutige Ladung hatte er in Lasnamäe abgeholt, am genau entgegengesetzten Ende der Stadt. Das Haus dort war ansehnlicher gewesen als das, in dem Kalju wohnte, aber die Wohnung, in der sie sich trafen, war der reinste Schweinestall.

»Hier wohnt niemand«, hatte ihm Kalju erklärt. »Juri und seine Freundin haben hier gewohnt, aber Juri hat die Alte erschossen und sich gleich mit. Juri hat zu viel selbst konsumiert. Das ist nicht gut fürs Geschäft und fürs Leben gleich gar nicht. Man darf nie die Kontrolle verlieren.«

»Hast du ihn gekannt?«, hatte Vesa gefragt.

»Ja, hab ich. Er war mein kleiner Bruder«, hatte Kalju geantwortet und die *Saku-Gold*-Dosen aus seiner Tasche geräumt. »Darum fühl ich mich hier auch nicht wohl.«

»Und warum haben wir uns dann hier getroffen und nicht in Kopli?«

»Weißt du, sicher ist sicher«, hatte Kalju gesagt, und Vesa hatte nicht weiter gefragt, weil der sonst so auskunftsfreudige Kalju plötzlich ungewohnt düster aussah.

»Du siehst aus, als hättest du nicht viel geschlafen«, sagte Irma, während sie das Foto ihres Hundes in die Handtasche zurücksteckte.

»Hab ich auch nicht«, sagte Vesa. »Ich schlaf seit ein paar Monaten nicht mehr so gut.«

»Du musst dich damit abfinden«, sagte Irma. »Sich abfinden hilft.«

»Abfinden mit was?«, fragte Vesa.

»Mit dem Alles-und-nichts, worüber du nachdenkst«, sagte Irma. »Das Leben ist, wie es ist. Wir treiben in dem großen Strom nur mit, und es ist in den meisten Fällen besser, das zu akzeptieren. Es ist besser nachzugeben, als mit dem Kopf immer gegen dieselbe Wand zu laufen. Man lernt das, wenn man älter wird. Irgendwann begreift man, dass die Wand härter ist als der Kopf.«

»Ich fürchte, ich hab's jetzt schon lernen müssen.«

»Quatsch«, sagte Irma. »Das glaubst du nur, aber denk an meine Worte!«

Über Irmas faltiges Gesicht huschte ein Lächeln. Auch sie war einmal ein junges Mädchen gewesen, das die ganze Welt umarmen und erobern wollte. Und da saß sie jetzt, 77 Jahre alt, und schmuggelte Amphetamine von Estland nach Finnland. Irma war zufällig zu einem Teil der Welt geworden, die Vesa möglichst schnell hinter sich lassen wollte. Während der ersten Fahrt nach Estland war er an Deck gegangen, hatte das Gesicht in den salzigen Wind gehalten und für kurze Zeit überlegt, ob er springen sollte.

»Darf ich dich was fragen?«, fragte Vesa.

»Nur zu«, sagte Irma.

»Warum machst du das hier?«

»Wegen dem Geld, wie du.«

»Und was zahlen die dir?«, fragte Vesa.

»Hundert Euro«, antwortete Irma. »Und für das Bier krieg ich noch mal hundert. Ich trink's nicht selbst, falls du das gedacht hast. Ich verkauf's meinen Nachbarn. Bei uns in Vallila wimmelt es von Schluckspechten, für die ein paar Cent weniger viel Geld sind.«

Vesa war entsetzt. »Nur hundert Euro?«

»Ich hab einen gelähmten vierundfünfzigjährigen Jungen zu Hause, den ich pflege. Markku kann sich seit dreizehn Jahren nicht mehr ohne Hilfe bewegen. Erst haben die Sozialkasse *und* die Versicherung gezahlt, aber dann hat die Versicherung aufgehört zu zahlen, weil Markkus Pflege nicht mehr der Rehabilitation, sondern nur der Lebenserhaltung dient, wie sie sich ausdrücken.« Irmas Stimme klang bitter. »Die Sozialkasse zahlt den Pflegedienst, der morgens kommt, die Windel wechselt, die Sauerstoffflasche füllt und ihn in den Rollstuhl hebt, und am Abend kommen sie wieder und heben ihn ins Bett. Zweimal in der Woche wird er gebadet, und das war's. Ich hab eine Rente, dass dir die Tränen kommen würden. Ohne die zusätzlichen Einkünfte könnte ich nicht mal Markkus Medikamente bezahlen.«

»Tut mir leid«, murmelte Vesa, und diesmal meinte er es wirklich. »Wie ist das mit Markku passiert?«

»Ein Achtmetersturz auf Beton, auf einer Baustelle in Schweden. Er war einundvierzig und hatte Frau und Kind. Pernilla, seine Frau, hat ihn noch ein Jahr im Krankenhaus und in der Reha besucht, länger hat sie's nicht geschafft. Dann hat sie sich scheiden lassen und Mats, meinen Enkel, mitgenommen. Seitdem hat sie den Kontakt zu uns abgebrochen. Mats ist jetzt zweiundzwanzig, aber seit sie weg sind, hab ich nichts mehr von ihm gehört. Markku hab ich dann mit meinen letzten Ersparnissen nach Finnland bringen lassen, weil ich ihn nicht in irgendeiner schwedischen Anstalt dahinvegetieren lassen wollte. Sein Vater war da schon tot.« Irma sprach jetzt mit erstickter Stimme. »Diese Anstalten sind kein Platz für Menschen. Markku kann zwar nicht mehr reden, aber im Kopf fehlt ihm nichts. Ich beobachte ihn oft, wie er vor dem Fenster sitzt und dem Verkehr nachschaut. Dann weiß ich genau, dass er gern da unten dabei wäre. Er ist immer so gern Auto gefahren. Darum schieb ich ihn immer ans Fenster. Damit er ein bisschen Abwechslung hat.«

Vesa sagte nichts, er konnte nicht.

»Untersteh dich also bloß nicht, dich vom Zoll erwischen zu lassen!«, sagte Irma. »Wenn sie mich auch schnappen und ich im Gefängnis lande, weiß kein Mensch, was mit Markku werden soll. Der Gesellschaft ist Markku scheißegal, und Turunen tut auch so, als ginge es ihn nichts an. Dabei wäre er Markku mehr schuldig als diesen Job, den ich für ihn machen darf.«

»Turunen? Was hat der mit der Sache zu tun?«

»Markku hat für ihn in Schweden gearbeitet, als es passiert ist«, sagte Irma. »Turunen war Subunternehmer beim Bau von irgendeinem Mehrfamilienhaus, und er hatte seine Arbeitskräfte nicht versichert und nichts.«

»Warum hast du ihn dann nicht angezeigt?«, fragte Vesa.

»Weil Markku es gewusst hat. Er war kein Unschuldslamm«, sagte Irma. »Er hat für Turunen auch andere Jobs erledigt.«

»Was für welche?«

»Alle möglichen.«

Kurz darauf begann der Bug des Katamarans sich zu senken. Der Rumpf des Schiffs erzitterte während des Bremsvorgangs. Sie näherten sich dem Hafen. Vesa versuchte, langsam zu atmen, und kontrollierte, dass sein Handy aufgeladen war. Nach der Ankunft im Hafen mussten sie Machos Anruf abwarten.

»Probleme?«

Manninen saß hinter dem Lenkrad, und Viitasalo hatte eben einen weiteren Versuch, mit Sari zu telefonieren, abgebrochen.

»Weiß nicht«, antwortete er.

»Wolltest du deine Frau anrufen?«

»Du merkst scheinbar alles …«

»Ich bin …«

»… Polizist«, kam Viitasalo Manninen zuvor.

Manninen lachte kurz auf und beschleunigte den Volvo, um sich in den Verkehr einzufädeln. Der Schnee, der fiel, war mehr ein Regen, und Viitasalo bemerkte, dass Manninen den Blinker nicht benutzte.

»Bist du verheiratet?«, fragte Viitasalo.

»Ich war«, sagte Manninen, und seine Miene wurde düster. »Da war ich noch beim Dezernat für Gewaltverbrechen. Anna und ich hatten eine Tochter, Linda. Sie wäre jetzt zwanzig.«

»Wäre?«

»Sobald es um die eigene Familie geht, ist man blind. Bei mir ging's um die eigene Tochter«, sagte Manninen leise. »Man hätte es sehen, sämtliche Alarmglocken hätten läuten müssen, aber dann schiebt man noch die klarsten Anzeichen beiseite, weil man es einfach nicht wahrhaben will. Linda war sechzehn, als sie an einer Überdosis gestorben ist.«

»Das tut mir leid«, sagte Viitasalo.

»Mir auch«, antwortete Manninen. »Nach Lindas Tod haben wir beide gemerkt, dass wir nichts mehr gemeinsam hatten als den Zwang, dem anderen die Schuld zu geben. Irgendwann wussten wir dann, dass wir uns trennen mussten, wenn wir die Sache jemals überwinden wollten. Jeder verdammte gemeinsame Augenblick hat uns daran erinnert, was uns fehlt. Vielleicht hatte uns schon früher was gefehlt, und Lindas Tod hat uns die Leere nur bewusst gemacht, wer weiß. – Ende der Kurzfassung.«

»Danach bist du dann ins Drogendezernat gewechselt?«

»Ja, gleich nach der Scheidung hab ich mich beworben«, sagte Manninen. »Ich dachte, wenn ich auch nur einen jungen Menschen vor Lindas Schicksal bewahren kann, kann ich mir vielleicht irgendwann verzeihen, dass ich mein eigenes Kind nicht retten konnte.«

»Und hast du's gekonnt? Dir verzeihen, meine ich?«

»Noch nicht. Aber lass gut sein.«

Viitasalo hätte Manninen gern noch mehr Fragen gestellt, aber als er sah, wie der mit weißen Knöcheln das Lenkrad umklammerte, hielt er den Mund. Seine eigene Familie hatte vielleicht doch noch eine Chance. All ihre Probleme waren noch zu lösen. Er hatte noch niemanden verloren, er brauchte nur das Richtige zu tun, dann war alles noch möglich. Vor allem musste er Prioritäten setzen: Erst kam die Familie, dann die Arbeit. Er versuchte ein zweites Mal, Sari anzurufen, genauso vergeblich wie die vielen Male zuvor.

Manninen hielt vor dem Hotel. Für den Rest der Fahrt hatten sie beide geschwiegen, und Viitasalo wusste auch jetzt, als er aus dem Auto stieg, nicht, was er sagen sollte.

»Danke. Wir sehen uns morgen«, brummte er.

»Tun wir nicht«, antwortete Manninen. »Mir reicht's, ich geh morgen früh arbeiten. Ich hab Sehnsucht nach der Kundschaft.«

»Und was wird dein Chef dazu sagen?«

»Scheiß drauf«, sagte Manninen. »Aber vergiss nicht, die Unterlagen mitzunehmen.«

Viitasalo nickte, die Hand immer noch an der Autotür. Er hätte gern etwas Persönlicheres gesagt. »Schau vorbei, wenn du doch mal in Finnland bist. Würde mich freuen, wenn wir uns besser kennenlernen würden.«

»Ich schau nicht in Finnland vorbei«, sagte Manninen. »Und du würdest mich nicht wirklich kennenlernen wollen. Aber ich wünsch dir mehr Glück mit deiner Familie, als ich es hatte. Es ist ausnahmsweise wirklich so, wie es heißt: Erst wenn man etwas verloren hat, begreift man, wie wertvoll es war. Man sollte nichts für selbstverständlich nehmen.«

»Ich werd's mir merken«, antwortete Viitasalo und warf die Wagentür zu.

Manninens Volvo bog von der Hotelspur auf die Straße, ohne dass die Bremslichter aufleuchteten. Manninen hatte recht: Viitasalo wollte ihn nicht besser kennenlernen. Seine eigenen Probleme reichten ihm vollkommen.

Viitasalo schaute in den dunklen Himmel, dann tastete er wieder nach dem Handy. Diesmal war es nicht Sari, die er anrief.

»Marketta«, antwortete die Schwiegermutter fröhlich. Im Hintergrund hörte man den Fernseher laufen.

»Ich bin's, Juha«, begann Viitasalo. Er holte tief Luft, bevor er fortfuhr. »Es ist wahrscheinlich nicht nötig, und ich bin ein bisschen hysterisch, aber …«

Minuten später, unter der warmen Dusche, fühlte Viitasalo sich schon erleichtert. Marketta hatte versprochen, ein Taxi zu nehmen und zu Hause vorbeizuschauen. Auch Marketta selbst hatte ein paarmal anzurufen versucht, um sich nach Liinas Weihnachtswünschen zu erkundigen.

»Es ist bestimmt nichts«, hatte Marketta ihn zu beruhigen versucht. »Wenn ihr euch gestritten habt, ist sie beleidigt und lässt dich zappeln. Bring ihr was Nettes mit.«

»Und warum geht sie bei dir auch nicht dran?«, hatte Viitasalo gefragt und plötzlich den Wohnzimmertisch vor sich gesehen, auf dem eine Schüssel Rosinen stand. Liina aß sie gern. Warum ihm gerade dieses Bild in den Sinn gekommen war, war ihm schleierhaft.

»Wir Frauen sind manchmal so«, hatte Marketta gesagt. »Sari kommt nach ihrer Mutter.«

»Wenn du meinst.«

»Ich ruf dich von dort an, so in einer Viertelstunde. Ich hab ja die Schlüssel.«

»Danke.«

»Oder noch besser: Ich sag Sari, dass sie dich anrufen soll.«

»Du meinst, das tut sie?«

»Wenn sie hört, wie besorgt du um sie bist – sie weiß, dass du mich so gut wie nie anrufst.«

Die Bemerkung hatte Viitasalo beschämt, vor allem, weil seine Schwiegermutter recht hatte. Er hätte sie schon viel früher anrufen sollen, gleich als er merkte, dass mit Sari etwas nicht stimmte. Auch damals, in der Zeit nach Liinas Geburt, war Marketta Sari eine wichtige Stütze gewesen, und das, obwohl sie zur selben Zeit den Tod ihres Mannes verkraften musste. »Du hast recht, ich sollte mich öfter melden«, hatte er mehr gemurmelt als gesagt.

»Sari ruft mich mindestens zweimal in der Woche an«, hatte Marketta geantwortet. »Ich weiß Bescheid.«

Für einen kurzen Moment hatte Viitasalo etwas Nervöses in Markettas Tonfall zu hören geglaubt, dann aber beschlossen, dass er es sich nur eingebildet hatte. Er hatte sich noch bedankt und das Gespräch beendet.

Jetzt drehte er die Dusche ab und angelte nach dem Handtuch. Es war weiß, weich und glatt und roch schwach nach Zitrone.

Als er mit dem Handtuch um die Hüften ins Zimmer zurückkam, begann sein Handy, das er aufs Bett geworfen hatte, zu klingeln. Er nahm es und warf einen Blick aufs Display. Marketta. Sie hatte es also nicht geschafft, Sari zu besänftigen.

Als das Telefonat vorüber war, ließ sich Viitasalo schwer aufs Bett fallen. An der Wand, die er anstarrte, hing das Gemälde einer stürmischen See, und er meinte das gewaltige Anbranden der Wellen zu hören.

Augenblicke später war er auf den Beinen. Der Koffer lag offen auf dem Bett, und Viitasalo stopfte die herumliegenden Kleider als ein einziges großes Bündel hinein. Er zwang sich, nicht zu weinen. Er hatte es eilig. Das Taxi zum Flughafen Arlanda wartete schon.

Irma hatte sich bei Vesa eingehängt, und er zog den Trolley, als sie über die Passagierbrücke in Richtung Zoll gingen. Eine Rolle des Trolleys quietschte für alle anderen wahrscheinlich kaum hörbar, aber für Vesa so unerträglich laut wie eine Kreissäge, die im faserigen Holz feststeckte. Irma spielte die müde Alte, der es nicht gut ging. Auf der anderen Seite hatte sie sich bei einer Frau der Reinigungskolonne eingehängt, die Vesa um Hilfe gebeten hatte, als Irma nicht von ihrem Stuhl hochkam. Die Frau war wenig begeistert von ihrer Rolle und schaute immer wieder auf die Uhr. Sie hatte vorgeschlagen, die Bordsanitäter zu holen, aber Vesa war es gelungen, sie davon abzubringen. Machos Anruf kam eine Viertelstunde nach ihrer Ankunft im Hafen. Die Wartezeit war lang gewesen, der Anruf kurz wie immer.

»Der Hund hat Feierabend«, sagte Macho, und Irma verkündete plötzlich, ohne zusätzliche Hilfe von Bord gehen zu können. Schließlich sei sie auch nur mit dem Enkel an Bord gekommen.

»Wenn ich mich nicht mehr auf den Beinen halten kann, sollen sie mich gleich auf den Friedhof schaffen und verscharren.«

Die Frau von der Reinigungskolonne und Vesa hatten sich über Irma hinweg angeschaut, und Vesa hatte die Achseln gezuckt und verlegen gegrinst. »Oma ist schon immer so stur gewesen.«

Die Frau hatte geseufzt und trotzdem nicht losgelassen. Wo sie die Sache angefangen hatte, konnte sie sie auch zu Ende bringen.

Die Drogenhunde arbeiteten in kurzen Schichten von zehn bis zwanzig Minuten. Länger hielt ihre Aufmerksamkeit nicht an, und abends gab es meistens nur einen pro Schicht. Macho saß im Ankunftsbereich des Passagierterminals immer auf demselben Platz, auf einer Bank, von der aus er einen guten Blick sowohl auf die automatische Tür für die ankommenden Passagiere als auch auf den Zollschalter gleich dahinter hatte. Die Drogenhunde mit ihren Herrchen kamen jeweils direkt an ihm vorbei.

»Gleich müsst ihr's allein schaffen, wahrscheinlich werde ich schon vermisst. Bis zum Auslaufen muss alles wieder tipptopp sein«, sagte die Frau von der Reinigungskolonne über Irmas gebeugten Kopf hinweg.

»Sag ich doch die ganze Zeit!«, schnauzte Irma sie an.

»Danke«, sagte Vesa. »Das war gerade mein großer Bruder. Er wartet schon.«

»Ihr könnt ja einen vom Zoll bitten, dass er euch hilft«, sagte die Frau. »Bis dahin kann ich noch mitkommen.«

»Wir schaffen das schon«, antwortete Vesa. »Vielen Dank!«

Irma murmelte etwas vor sich hin, was man nicht verstand, aber freundlich klang es nicht.

Sie waren nicht die letzten Passagiere. Hinter ihnen kam noch ein ungefähr dreißigjähriger ungepflegter Mann, der so betrunken war, dass er sich kaum auf den Beinen halten konnte. Er schwenkte eine Trage Bier wie eine Aktentasche. Obwohl sie langsam vorankamen, machte der Mann keine Anstalten, sie zu überholen. Vesa hatte den Mann schon auf dem Schiff gesehen. Er hatte zwei Reihen hinter ihnen gesessen und sie mit seinen glasigen Augen angestarrt. Kurz vor dem Zollschalter klingelte Vesas Handy.

»Mein Bruder hat schlechte Nerven«, erklärte Vesa der Frau von der Reinigungskolonne und fischte das Handy aus der Tasche. »Wir kommen«, sagte er.

»Der neue Hund auch«, sagte Macho. »Ein hübscher Labrador. Wahrscheinlich ist er auf der Stückgutseite frei geworden. Die Rezession zeigt sich überall.« Macho lachte wie über einen guten Witz.

»Oma geht's nicht gut«, sagte Vesa so laut, dass man es in einigen Metern Umkreis hören konnte. Er stand unter Schock. Wenn die Bierdosen nicht so dicht versiegelt waren, wie Kalju behauptete, hatte ihn gleich ein Drogenhund am Arsch. Macho betonte immer, dass sie die Schichteinteilung der Drogenhunde überwachten, sei eine reine Vorsichtsmaßnahme, aber was, wenn es doch nicht so war?

»Wir sehen uns«, sagte Macho. »Ich wollt's dir nur sagen, damit du nicht vor Schreck auf die Fähre zurückrennst, wenn du das putzige Tierchen siehst. Kommt einfach, als ob nichts wäre.«

»Ja«, sagte Vesa in die tote Leitung. »Mein Bruder macht sich Sorgen«, sagte er und schob das Handy in die Tasche. Der Rucksack auf seinem Rücken wog schwerer als je zuvor. Vesa spürte selbst, wie unsicher seine Schritte plötzlich waren. Es fehlte nicht mehr viel, dann war er derjenige, der Hilfe brauchte, und, anders als Irma, würde er nicht so tun müssen, als ob.

Es waren zwei Zollbeamte. Beide schauten ihnen gelangweilt entgegen. Nur noch zehn Meter, noch acht. Vesas Herz wummerte. Der Größere der beiden gähnte, drückte stöhnend den Rücken gerade und verlagerte das Gewicht von einem Bein aufs andere. Vesa spürte, wie ihm die Hände zitterten. Irma warf ihm einen Blick von der Seite zu. Der Schweiß trat ihm auf die Schläfen. Warum muss es hier auch so heiß sein!, dachte er.

Dann kam der Hund um die Ecke. Sein Herrchen war noch nicht zu sehen. Die lange rote Leine schleifte locker hinter dem Tier her. Der Hund hatte die Schnauze am Boden und bewegte den Kopf aufmerksam hin und her. Es sah aus, als benutze er die Schnauze als Wischmopp. Doch plötzlich hob er den Kopf. Die Zunge hing lang und rot zwischen den weißen Zähnen, und das schnelle Auf und Zu der Nasenlöcher konnte man von weitem sehen. Schwanzwedelnd und hechelnd kam der Hund direkt auf Vesa zu. Dessen Füße wollten endgültig keinen Schritt mehr vorwärts. Vesa sah die spitze Schnauze des Hundes und ein dunkles Augenpaar, dessen Blick sich an ihm festzukrallen schien. Irgendwo am Rand des Blickfelds sah er Beine, die zum Herrchen des Hundes gehören mussten. Die Leine, die eben noch am Boden geschleift war, straffte sich.

»Rambo hat Witterung aufgenommen«, hörte Vesa eine tiefe Stimme sagen.

Drei Zollbeamte sahen dem Hund zu, und keiner von ihnen gähnte jetzt mehr. Der am Ende der Leine war stehen geblieben. Er stand breitbeinig und ließ die Leine von der Spule schnurren. Der Labrador hatte Vesa erreicht. Vesa hörte sein Hecheln und spürte eine Bewegung an seinen Hosenbeinen. Vesa schaute nach unten, und der Labrador schaute nach oben. Vesa sah, dass auf seinem Halsband etwas geschrieben stand:

One of us is a good kisser. Aus irgendeinem Grund überlegte Vesa, ob der Hund sich das Halsband selbst auch ausgesucht hätte. Das Tier hatte einen intelligenten Blick, vielleicht hatte es auch Humor.

Vesa war kurz davor, die Hände hochzuheben und zuzugeben, dass das Spiel aus war, als der Hund den Blick von ihm abwandte, sich von ihm löste und er an den Beinen nur noch die laufende Leine spürte.

»Rambo, Platz!«

»Nehmt ihn weg, ich hab Angst vor Hunden.«

Vesa schaute sich um. Der betrunkene Mann hinter ihnen hielt sich ängstlich die Biertrage vor die Brust. Rambo kratzte mit der Pfote an den Hosenbeinen des Mannes.

»Ich hab nix! Nehmt ihn weg!«

»Er hat Drogen gefunden«, flüsterte die Frau von der Reinigungskolonne. »Dann kratzt er. Das sind unheimlich kluge Tiere.«

Vesa blickte nach vorn. Die Zollbeamten näherten sich ihnen. Rambos Leine wurde schnurrend kürzer.

»Alles in Ordnung? Schaffst du's, Oma?« Der Zollbeamte, der fragte, war der, der so gegähnt und offensichtlich etwas mit dem Rücken hatte. Irma knickte in den Knien ein.

»Sie fühlt sich nur schlecht – der Seegang«, erklärte Vesa. Zu seiner Überraschung klang seine Stimme ruhig und fest. »Mein großer Bruder wartet auf uns.«

»Aber ich müsste zurück zum Schiff«, sagte die Frau von der Reinigungskolonne. »Wir haben nur eine knappe Stunde, bis die nächsten Passagiere an Bord gelassen werden.«

»Pera, hilf du mal dem Jungen mit seiner Oma!«, sagte der Müde mit den Rückenbeschwerden zu seinem Kollegen. »Wir machen inzwischen weiter«, sagte er und trat zu dem Mann mit der Biertrage. »Und du trittst den Hund nicht, hörst du? Was hast du bei dir, sag schon?«

»Nix. Der Hund spinnt.«

»Wollen wir auf die gelungene Operation einen Kaffee trinken?«, fragte Macho. »Ich spendier eine Runde Weihnachtstörtchen. Eine halbe Stunde Parkzeit hab ich noch übrig.«

»Vielleicht lassen wir's lieber sein«, sagte Vesa. »Die haben hier überall Kameraüberwachung. Ich will nur schnell weg.«

»Und du, Irma?«, fragte Macho. Irma ging schlurfend, aber ohne Hilfe zwischen ihnen.

»Ich bin derselben Meinung wie Vesa«, schnarrte Irma. »Je länger ich tatterig tun muss, desto mehr werd ich's.«

»Ich will niemanden zwingen«, sagte Macho.

Den ganzen langen Weg zum Ausgang wartete Vesa darauf, dass sich eine schwere Pranke auf seine Schulter legte. Aber nichts geschah. Der Zollbeamte namens Pera hatte ihnen sogar noch eine sichere Heimfahrt gewünscht, bevor er zu seinen Kollegen zurückgegangen war.

Draußen blieb Macho auf der Treppe stehen und zündete sich eine Zigarette an.

»Freundliche Leute, unsere Staatsbediensteten«, lachte er. »Helfen dem Schmuggler, wo sie können.«

Es war dunkel, und es fiel pappiger Schnee. Irma klappte den Sitz an ihrem Trolley aus und setzte sich seufzend.

»So still, Vesa?«, fragte Macho, als seine witzige Bemerkung nicht die erhoffte Wirkung zeigte.

»Wärst du auch, wenn du dabei gewesen wärst.«

»Es konnte doch gar nichts passieren.«

»Und warum machst du die Tour dann nicht selber?«, fragte Vesa. »Wozu braucht man dann uns?«

Macho sah Vesa und Irma an, schüttelte dann langsam den Kopf und blies einen Rauchring in die Luft.

»Glaubst du, der besoffene Typ gerade war zufällig hinter euch?«, fragte Macho.

»Wie jetzt?«

»Das war Jukkis, Kleiner. An seinen Hosenbeinen war ein Hauch Marihuana«, antwortete Macho. »Sicher ist sicher.«

»Heißt das, du hast gewusst, dass heute noch ein Hund kommt?«, fragte Vesa, der bemerkt hatte, dass Macho die gleichen Worte benutzte wie Kalju. Er hatte den Satz nur zu oft gehört, um noch an ihn zu glauben.

»Ich weiß alles. Echt alles«, sagte Macho und zwinkerte Vesa zu. »Das solltest du dir merken.«

»Dieser Jukkis, warum macht er so was mit?«, fragte Vesa.

»Warum soll er nicht? Er hat kein Risiko. Er muss nicht mal Bußgeld bezahlen für Hosen, die womöglich nur im falschen Trockner waren.«

»Und was kriegt er dafür?«

»Vom Zoll nichts, von uns ein paar Gramm.«

»Bist du jetzt so gut und holst das Auto!«, schnarrte Irma. »Ich frier mir hier den Hintern ab. Ich will mein Geld und nach Hause.«

»Ja, ja«, sagte Macho und wandte sich zum Gehen.

Vesa verfolgte, wie er die Treppe zur Straße hinabstieg und auf dem Weg zu den Parkplätzen für Kurzzeitparker die Fahrbahn überquerte. Macho ging locker und stoppte den Taxiverkehr mit einem kurzen Heben der Hand, ohne auch nur einen Blick zur Seite zu werfen.

»Eines Tages rächt sich das noch«, hörte Vesa Irma leise sagen.

Irma sah an ihm vorbei zu den Parkplätzen.

»Alles«, sagte sie.

Vesa sagte nichts. Es gab nichts zu sagen. Er schloss die Augen und blies alle Luft aus den Lungen. Der Rucksack fühlte sich jetzt eine Spur leichter an. Er hatte es wieder geschafft. Eine Tour weniger. Für den Moment hatte er das Gefühl, dass er es schaffen könnte. Er könnte frei werden. Aus der Stadt, von Kamppi her, hörte man die Sirene eines Krankenwagens. Das Heulen kam eine Weile näher und brach dann unvermittelt ab.

»Sie sind ins Maria-Krankenhaus gefahren«, sagte Irma. »Immer wenn ich einen Krankenwagen höre, denke ich, dass ich eines Tages auch in einem drinliege. Und was wird dann aus Markku?«

Das Maria-Krankenhaus war 1886 erbaut worden, als die provisorischen Seuchenkrankenhäuser in der Vuorikatu ebenso aus allen Nähten platzten wie das erste kommunale Krankenhaus, das sogenannte Fieberlazarett. Das Maria-Krankenhaus bot Hoffnung für die Arbeiter und die Armen, die in den dicht bebauten Vierteln am Rand der Stadt wohnten, in Einzimmerlöchern mit Kanonenöfen, deren Enge und Elend einen guten Nährboden für Keuchhusten, Lungenfieber, Diphtherie, Scharlach und Ruhr abgaben.

Seuchen gab es in Helsinki schon lange nicht mehr, aber das Maria-Krankenhaus genoss immer noch eher traurige Berühmtheit wegen des ständigen Staus in seiner Notaufnahme mit Wartezeiten bis zu zehn Stunden. Die Patienten lagen auf den Gängen und wurden dort auch behandelt, von Ärzten und Personal am Rand des Burnouts.

In dieser Notaufnahme lag Sari. Viitasalo sprang aus dem Taxi und stürmte durch die Tür in die Eingangshalle. Er selbst war vor über zehn Jahren einmal wegen einer Darmspiegelung im Maria-Krankenhaus gewesen. Er hatte splitternackt auf der Seite gelegen, während sechs angehende Ärztinnen abwechselnd durchs Koloskop und in seinen entzündeten Darm schauten.

Viitasalo lief die Gänge zur Inneren entlang. Es roch nach Medikamenten, Desinfektionsmitteln, Schweiß, Spiritus, Erbrochenem und Hoffnungslosigkeit. Dazu herrschte eine Kakophonie von Geschrei, Gewimmer und Türeknallen. Viitasalo war, als wäre seit der Untersuchung damals höchstens ein Tag vergangen. Er erinnerte sich noch peinlich genau daran, wie sich die schwedischsprachigen Studierenden bei ihm für seine Tapferkeit bedankt hatten: *Tack, det var mycket intressant*. Als die jungen Frauen gegangen waren, hatte ihm die Professorin erzählt, dass nur sehr wenige Darmpatienten Studierende bei so einer Untersuchung dabei haben wollten, das Ganze sei ihnen einfach zu peinlich. Ihm nicht, hatte Viitasalo mit hochroter Birne behauptet und, schon während er steifbeinig und mit immer noch eingefettetem Hintern davonging, beschlossen, in eine Privatversicherung zu wechseln.

Schon von weitem sah er Marketta vor dem Krankenzimmer stehen und warten. Neben Marketta lag in einem Bett auf Rollen ein auffallend blasser Mann mittleren Alters mit Brille. Auf seiner nackten Brust waren Sensoren befestigt. Als ihre Blicke sich trafen, war es Viitasalo, der zuerst wegschaute.

»Gut, dass du den Flug noch bekommen hast«, sagte Marketta, während sie ihn umarmte.

»Ist sie da drin?«

»Ja«, sagte Marketta. »Sie haben ihr Medizinische Kohle gegeben und ihr den Magen ausgepumpt. Sie ist in keinem guten Zustand. Vor einer Viertelstunde haben sie ihr auch noch Flumazenil gegeben. Sie sagen, sie zeigt Symptome einer Atemlähmung.«

»Aber … ich meine … sie wird nicht?«

»Nein.« Marketta schüttelte den Kopf. »Sie hat Glück gehabt. Das Medikament, das sie nimmt, gehört zu den Benzodiazepinen. Wenn sie ihr ein trizyklisches Antidepressivum verordnet hätten, wäre alles viel schlimmer.«

Viitasalo sah seiner Schwiegermutter in die Augen. Sie schien vollkommen ruhig. Er atmete tief durch und nickte. Er glaubte Marketta. Sie wusste, wovon sie sprach. Wieso vergaß er eigentlich immer, dass sie über dreißig Jahre als Stationsschwester im Zentralklinikum hinter sich hatte? Marketta kannte sich mit Medikamenten und ihren Wirkungen aus.

»Ich seh mal nach ihr«, sagte Viitasalo.

»Juha.« Marketta hielt Viitasalo an den Armen fest. »Es kann kein Versehen gewesen sein.«

»Ja, das hab ich verstanden«, sagte Viitasalo.

»Guck nur von der Tür aus zu ihr rein, okay?« Marketta hielt ihn immer noch fest. »Ich glaube, dass sie dich noch nicht sehen will. Als sie vorhin kurz zu sich kam, hat sie gebeten, dass man dich nicht anrufen soll.«

»Wo ist Liina?«, fragte Viitasalo. »Geht's ihr gut?«

»Ja, ihr fehlt nichts. Sie ist bei mir zu Hause.«

»Allein?«

»Mit Mauri«, sagte Marketta und senkte plötzlich den Blick. »Mauri ist mein … Nachbar. – Und jetzt mach schon! Es ist zwar keine Besuchszeit, aber ich pass hier draußen auf.«

Viitasalo stand regungslos mit dem Rücken gegen die Tür gelehnt. Sari lag in dem Bett, das am weitesten von der Tür entfernt stand, und sah aus, als würde sie schlafen. Von einer Infusionsflasche führte ein Schlauch zu ihrem Handgelenk. Sari sah blass und unvorstellbar klein und zerbrechlich aus. Wieso hatte er nicht bemerkt, dass sie, schlank wie sie war, im Laufe des Herbsts mindestens noch mal fünf Kilo abgenommen hatte? Am nächsten bei der Tür lag ein Mädchen mit einer Sauerstoffmaske auf dem schweißgebadeten Gesicht, ein Monitor über dem Kopfende zeigte eine ungleichmäßige, eng gezackte Herzkurve. Obwohl er Marketta glaubte, dass Sari nicht in Lebensgefahr war, fühlte Viitasalo sich schlecht. Sari hatte versucht, sich das Leben zu nehmen, daran gab es nichts zu deuteln. Blieb die verfluchte Frage nach dem Warum.

Das Mädchen zuckte und stieß einen schrillen Schrei aus. Viitasalo sah Manninen vor sich, wie er sich mit weißen Knöcheln ans Lenkrad klammerte. *Aber ich wünsch dir mehr Glück mit deiner Familie, als ich es hatte. Es ist ausnahmsweise wirklich so, wie es heißt: Erst wenn man etwas verloren hat, begreift man, wie wertvoll es war. Man sollte nichts für selbstverständlich nehmen.*

Viitasalo wäre gern zu Sari hingegangen, um ihr die Hand zu drücken und ihr einen Kuss auf die blasse Stirn zu geben. Er hätte ihr gern gesagt, dass er sie liebte, aber er beschloss für den Augenblick, auf Markettas Rat zu hören und sich den Manninens noch besser zu merken, als er es ohnehin vorgehabt hatte. Man konnte nicht sagen, dass bei ihnen alles gut war, aber Sari würde sich erholen und weiterleben. Alles andere war zweitrangig. Er warf seiner Frau eine Kusshand zu und verließ das Zimmer so leise, wie er es betreten hatte.

»Es wird schon wieder«, sagte Marketta. Sie gab ihm einen Klaps auf den Handrücken und ließ die Hand dort liegen.

Er unterdrückte den Reflex, sich ihr zu entziehen, aber er konnte nicht verhindern, dass seine Finger sich zur Faust schlossen. Er war wie eine Schildkröte, die sich in ihren Panzer zurückzog, wenn sie sich bedroht fühlte. Wobei es für seinen Schutzreflex nicht einmal eine Bedrohung brauchte.

»Warum hat sie das getan? Wie viele von den Pillen hat sie eigentlich genommen?«

»Ich weiß es nicht, zu viele jedenfalls«, antwortete seine Schwiegermutter.

»Scheiße, sie hätte sterben können!«

»Leise!«, versuchte Marketta ihn zu beruhigen. »Liina schläft.«

Jetzt zog er doch die Hand zurück und legte sie in den Schoß. Er hielt die Berührung nicht aus.

Auf der anderen Seite des Wohnzimmers tickte die Standuhr. Viitasalo spürte, wie müde er war. Es war nach zwei Uhr morgens, und er hatte schon Schlafschulden von der Nacht zuvor. Durch die offene Tür sah er, dass Markettas Küchenfenster undicht war: Der leuchtende goldene Weihnachtsstern, den sie auf der Innenseite aufgehängt hatte, schaukelte sachte hin und her. Die Bewegung hatte eine hypnotische, lähmende Wirkung. Marketta rührte mit dem Löffel in ihrem Kaffee. Viitasalo hatte seinen kaum angerührt, er schmeckte bitter. Viitasalo zwang sich, den Blick von dem leuchtenden Weihnachtsstern abzuwenden. Marketta sah ihn über den Wohnzimmertisch hinweg an.

»Körperlich wird sie sich in ein paar Tagen erholt haben, aber mental wird sie eine längere Zeit brauchen«, sagte sie. »Bevor du gekommen bist, hatte ich Zeit, ein paar Worte mit dem diensthabenden Arzt zu sprechen. Vielleicht redest du morgen mit dem, der für ihre Behandlung zuständig ist.«

Viitasalo nickte, zu etwas anderem war er nicht in der Lage.

»Hast du denn gar nichts bemerkt?«

»An Sari? Sie war deprimiert, dass sie den Job verloren hat, und hat sich allen möglichen Unfug eingebildet, aber … aber mit so was hab ich nicht gerechnet. Im November hab ich ihr gesagt, dass sie zur psychologischen Beratung gehen soll, überhaupt, dass sie sich helfen lassen soll, aber …« Plötzlich spürte er die Schuldgefühle wie Blei auf den Schultern. »Sie hat sich damals ja auch von der kleinen Depression wegen Liina erholt.«

»Ich muss dich das fragen, Juha: Hast du Sari gedroht?«

Viitasalo sagte nichts, er starrte seine Schwiegermutter nur an und seufzte.

»Ich hab's mir gedacht«, sagte Marketta.

»Danke.«

»Und da ist auch keine andere Frau, oder?«

»Da war noch nie eine außer ihr«, sagte Viitasalo. »Hat sie dir so was erzählt?«

»Im Oktober.«

»Im Oktober schon? Da hat sie sogar noch gearbeitet. – Warum hast du mich nicht angerufen?«

»Sari ist meine Tochter. Ich hatte meine Zweifel, aber ich war mir eben nicht sicher.«

»Nicht sicher, was mich betrifft, oder wegen Sari?«

»Beides. Stell dir vor, es wäre was dran gewesen an dem, was sie erzählt hat, dann … Ich konnte dir nichts sagen, das musst du verstehen.«

Viitasalo starrte auf seine Hände.

»Sari braucht jetzt viel Zeit und vor allem Hilfe«, sagte Marketta leise.

Viitasalo nickte und hörte im selben Augenblick die Wohnungstür. Der Luftzug aus dem Treppenhaus ließ den Weihnachtsstern heftiger schaukeln, ruckartiger, als hätte ihn jemand mit Gewalt in Bewegung gesetzt. In Viitasalos Augen war es überhaupt kein Weihnachtsstern mehr, sondern ein Mann an einem Strick, unter dem sich gerade krachend die Falltür geöffnet hatte.

»Hier, die Schlüssel«, sagte eine weiche Stimme hinter seinem Rücken.

Es war Mauri, der grau melierte Nachbar, der mit dem Taxi zum Flughafen gefahren war, um das Auto abzuholen, dass Viitasalo dort im Parkhaus zurückgelassen hatte. Jetzt stand er lächelnd in Markettas Wohnzimmer und klimperte mit Viitasalos Schlüsseln. Viitasalo hatte seine Schwiegermutter nicht nach ihrem Verhältnis zu dem hilfreichen Nachbarn fragen mögen, aber er spürte, dass die Wand zwischen ihren Wohnungen nicht viel zu bedeuten hatte. Er wusste nicht, ob er sich für Marketta freuen oder ob er sauer sein sollte, dass sie so schnell über Kaarlos Tod hinweggekommen war. Vielleicht hatte er mehr Grund, sauer auf sich selbst zu sein. Hatte er nicht einfach nur Glück gehabt, dass Sari noch am Leben war? – Am besten, er dachte gar nichts mehr, sonst wurde er noch wahnsinnig. Außerdem musste er sich um Liina kümmern, die dabei gewesen war, als ihre Mutter Tabletten genommen hatte.

Marketta hatte erzählt, dass Liina ihr die Tür aufgemacht hatte, bevor sie auch nur dazu gekommen war, den Schlüssel ins Schloss zu stecken. Das Mädchen hatte sie ermahnt, leise zu sein, damit sie Mama nicht weckte. Liina selbst hatte einen drahtlosen Kopfhörer aufgehabt: Sie hatte sich Zeichentrickfilme angeschaut, während Mama schlief. Ihre Tochter hatte Marketta im Schlafzimmer gefunden. Sari hatte in Kleidern und mit vor der Brust gefalteten Händen auf dem Rücken gelegen. Das Handy lag, auf lautlos gestellt, neben ihr. Marketta hatte es, während sie mit ihrem eigenen Handy den Krankenwagen rief, in die Hand genommen und aufs Display geschaut: Es gab 24 nicht angenommene Gespräche. Irgendwie war es, so hatte sie ihm erzählt, als hätte sie das letzte Türchen am Adventskalender aufgemacht.

Viitasalo trug die schläfrige Liina und Teddy Pontus, den sie mitgenommen hatte, direkt ins Kinderzimmer. Er hatte noch die nassen Schuhe und den Mantel an. Das Haus war still und wirkte auf ihn, als hätte jemand alles Leben herausgesaugt und nur ein Vakuum übrig gelassen, eine leere Hülle, die Illusion von einem Heim. Viitasalo hätte am liebsten nichts angefasst aus Angst, eine Berührung könne die Stille bersten und sich in einem infernalischen Schrei entladen lassen. Er hatte Angst, dass er den Schrei nicht aushalten würde. Dann wäre Liina allein.

Viitasalo zog Liina aus und half ihr in das Nachthemd mit den Clowns, das sie so gern mochte.

»Ihr dürft ohne Zähneputzen schlafen gehen«, sagte Viitasalo. »Aber nur dieses eine Mal.«

»Wo ist Mama hingegangen?«

»Mama macht eine kleine Reise«, antwortete Viitasalo und hatte nicht einmal das Gefühl zu lügen.

»Warum ist Mama traurig?«

»Mama ist nur ein bisschen müde.«

»Hat Mama uns nicht mehr gern?«

»Doch, natürlich hat sie das.« Viitasalo spürte ein Ziehen im Magen. »Also gute Nacht, ihr beiden!«

Viitasalo deckte Liina und Teddy Pontus zu und wollte gehen.

»Papa?«

»Was?«

»Lass das Licht an!«

»Warum?«

»Ich will nicht, dass das Ungeheuer wiederkommt.«

»Welches Ungeheuer?«

»Es flüstert schreckliche Geschichten.«

»Was für Geschichten?«

»Solche, dass ich und Teddy Pontus Angst kriegen.«

»Liina, Ungeheuer gibt's doch gar nicht.«

»Doch! Letzte Nacht war's auch wieder da.«

Als Liina zu weinen anfing, setzte sich Viitasalo auf die Bettkante. Liina war so klein und zerbrechlich. Sie glich Sari schon so sehr, dass Viitasalo Mühe hatte, die Tränen zurückzuhalten. Er strich dem Mädchen über die Haare. Auch die hatte Liina von ihrer Mutter.

»Du und Teddy Pontus, ihr hattet doch auch früher keine Angst vor irgendwelchen Ungeheuern«, sagte er, so zärtlich er nur konnte. Liina sah ihn an, und ihre Augen waren Tränenteiche. »Du hast nur schlecht geträumt. Ungeheuer gibt's nicht wirklich. Sie sind nur hier«, fuhr er fort und klopfte mit dem Zeigefinger erst gegen die eigene Schläfe und dann gegen die seiner Tochter. »Man braucht nur an was Nettes zu denken, dann lassen sie einen in Ruhe. Ich lass das Licht trotzdem an, aber nicht vergessen: Sie sind nur hier.« Er klopfte noch einmal gegen ihrer beider Schläfen, dann stand er auf und wollte aus dem Zimmer.

Er war schon an der Tür, als er hörte, wie Liina sich im Bett aufsetzte.

»Was ist?«

»Machst du's auch so?«

»Was?«

»Dass du an was Nettes denkst, wenn die Ungeheuer von hier kommen?« Liina klopfte sich mit der offenen Hand sachte gegen die Stirn.

»Ja. Na klar.«

»Und wirkt es immer?«

»Ja. Jedes Mal.«

Viitasalo lächelte und ging aus dem Zimmer. Als er die Tür hinter sich zugezogen hatte, lehnte er sich mit der Stirn dagegen und schloss die Augen.

»Es wirkt nicht«, flüsterte er beinahe lautlos. »Es wirkt nie.«

Die leere Diazepam-Dose stand noch auf dem Küchentisch. Neben der Dose lag Antoine de Saint-Exupérys Buch, das Sari selbst zum fünften Geburtstag bekommen hatte und aus dem sie Liina vorlas, seit sie auf der Welt war. Viitasalo hatte sie oft ganze Passagen im Chor aufsagen hören. Liina kannte wahrscheinlich die halbe Geschichte auswendig. Das Buch und der Einband waren vergilbt und fleckig, ein paar lose gewordene Seiten waren mit Tesa eingeklebt. Viitasalo wusste, was auf der Titelseite stand, aber er schlug sie trotzdem auf.

Mit Liebe unserer Tochter Sari, unserer kleinen Prinzessin! Denk daran: Auch wenn du ein großer Mensch wirst, nimmst du nur sehr wenig Platz auf der Oberfläche der Erde ein, aber in unseren Herzen wirst du immer unsere größte Errungenschaft und unser größtes Glück sein.

Die Widmung war in Markettas weit ausladender kurviger Handschrift geschrieben, die sich deutlich von der dicht gedrängten und stark nach rechts geneigten Saris unterschied. Sari hatte unter die Widmung ihrer Mutter eine zweite geschrieben:

Mit Liebe unserer Tochter Liina, unserer kleinen Prinzessin! Denk daran: Obwohl die Erde ein großer Stern ist und unglaublich viele Menschen auf ihrer Oberfläche wohnen, bist du die einzige deiner Art auf der ganzen Welt – du bist unsere Welt.

Als Viitasalo das Buch zuschlug, sah er den Brief von Sari, der doppelt gefaltet zwischen den Seiten steckte.

Für Juha.

Viitasalo zog den Stuhl heran und setzte sich. Er starrte auf das gefaltete Stück Papier, bis die Buchstaben zu tanzen begannen. Er wusste nicht, warum, aber es widerstrebte ihm, etwas zu lesen, was als Abschiedsbrief gedacht war. Vielleicht sollte er den Brief ungelesen verbrennen. Manches nicht zu wissen wäre womöglich leichter, als alles zu wissen und es für den Rest des Lebens nicht mehr loszuwerden.

Und auch noch dieses verdammte Kissen! Das Sofakissen, das Viitasalo in den Mülleimer befördert hatte, war wieder auf dem Sofa aufgetaucht. Er hatte es bemerkt, als er von Liinas Zimmer in die Diele ging, um Mantel und Schuhe auszuziehen. Er hatte einen Augenblick innegehalten und es dann genommen und aus dem Haus geschafft. Er war zur Mülltonne am Gartenzaun gestürmt und hatte es wütend hineingeschmissen. Aber das hatte ihm noch nicht gereicht. Er hatte die Gartenschere aus der Garage geholt und war noch einmal zur Mülltonne zurückgekehrt. Er hatte die Schere so oft mit solcher Wucht in das Kissen gerammt, dass die Polyesterfüllung aufflog wie Schnee.

Viitasalos Hände zitterten, als er den Brief auseinanderfaltete.

Ich liebe euch beide mehr als alles auf der Welt. Aber ich mag nicht mehr leben. Ich mag mit mir selbst nicht mehr leben. Du musst es Liina erklären, wenn sie alt genug ist, um es zu verstehen. Verzeih mir!

Sari

»Was erklären?«, flüsterte Viitasalo. »Und was verstehen?«

Als er den Brief aus der Hand legte, sah er, dass dort, wo Sari den Brief ins Buch gelegt hatte, ein Stück Text eingerahmt war. Zuerst gab es da ein Bild, auf dem der kleine Prinz zwischen Blumen auf einem Hügel lag. Unter dem Bild stand: *Und er warf sich ins Gras und weinte.*

Dann kam der Rahmen, für den Sari denselben Kugelschreiber benutzt hatte wie für den Brief.

»Adieu«, sagte der Fuchs. »Hier mein Geheimnis. Es ist ganz einfach: Man sieht nur mit dem Herzen gut. Das Wesentliche ist für die Augen unsichtbar.«

»Das Wesentliche ist für die Augen unsichtbar«, wiederholte der kleine Prinz, um es sich zu merken.

»Die Zeit, die du für deine Rose verloren hast, sie macht deine Rose so wichtig.«

Das war alles. Verloren? Offensichtlich meinte sie mit der Rose sich selbst. Sah und erlebte sie es so? Dass alles nichts war, dass er sie nie geliebt, sondern sich nur eingebildet hatte, dass er sie liebte? Oder wollte Sari ihn trösten?

Viitasalo sah sich den weinenden kleinen Prinzen an. Dann schlug er, als hätte es ihm jemand aufgetragen, die nächste Seite auf. Dort war nichts eingerahmt. Trotzdem las er den Rest des Kapitels, das auf dieser Seite zu Ende ging. Es war das einundzwanzigste.

»Die Zeit, die ich für meine Rose verloren habe …«, sagte der kleine Prinz, um es sich zu merken.

»Die Menschen haben diese Wahrheit vergessen«, sagte der Fuchs. »Aber du darfst sie nicht vergessen. Du bist zeitlebens für das verantwortlich, was du dir vertraut gemacht hast. Du bist für deine Rose verantwortlich …«

»Ich bin für meine Rose verantwortlich …«, wiederholte der kleine Prinz, um es sich zu merken.

Viitasalo klappte das Buch zu. Sari kannte die Geschichte auswendig. Sie hatte das Ende des Kapitels nicht eingerahmt, aber sie wusste, wie es endete. Er war sich bewusst, wie kühn es war, daraus einen Funken Hoffnung zu ziehen, aber er tat es dennoch. Sari hatte nicht sterben wollen. Sie hatte gewollt, dass er ihr half. Sari hatte gewollt, dass er verstand. Was sie getan hatte, war der Hilferuf eines unter unerträglichen Schmerzen leidenden Menschen.

»Ich bin zeitlebens für das verantwortlich, was ich mir vertraut gemacht habe«, flüsterte Viitasalo. »Ich bin verantwortlich für meine Rose. Für meine beiden Rosen.«

INTERMEZZO

TURUNEN

Turunen studierte die Unterlagen, die Enqvist ihm beschafft hatte, am Abend vor Heiligabend und trank Cognac dazu. Je weiter er kam, desto besser amüsierte er sich. Was er in Händen hielt, war sein mit Abstand schönstes Weihnachtsgeschenk seit der langen Unterhose, die er als Kind bekommen hatte und die ihn so gut wärmte, als er in seiner dünnen Jeans zum Friedhof ging, um auf Vaters Grab zu pinkeln. Turunen lachte beim Lesen mehrmals laut auf: Sundström war nachgerade komisch. Gleich nach seiner Verhaftung hatte er sich als halb gelähmt ausgegeben, und die Nummer zog er gnadenlos durch, erst im Polizeigewahrsam in Pasila und dann im Gefängnis in Sörnäinen. Jedes Verhörprotokoll begann sinngemäß mit der Notiz, dass der zu Verhörende trotz mehrmaliger Aufforderung nicht freiwillig am Verhör habe teilnehmen wollen und deshalb im Rollstuhl habe gefahren werden müssen.

Die Verhörprotokolle der Voruntersuchung waren nicht sehr ergiebig: Sundström schwieg oder wurde ausfallend und war immer ohne rechtlichen Beistand. Wichtig für Turunen war allein die Tatsache, dass Sundström nichts zu entlocken war, was sie beide in Verbindung brachte. Wenn es etwas gab, was Sundström noch konnte, dann war es den Mund halten. Die Verhöre der Drogenfuzzis wirkten allerdings auch vollkommen planlos. Turunen sah schnell, dass sie von Sundströms Geschäften keinen blassen Schimmer hatten. Sie hatten nur die dämliche Waffe und die bescheidene Menge Drogen, die sie bei der Hausdurchsuchung gefunden hatten. Ein eigentliches Ziel der Untersuchung war überhaupt nicht zu erkennen. Irgendetwas stank da gewaltig, das hatte er von Anfang an gewusst. Jetzt hatte er auch einen Namen für den Gestank.

Interessant wurde erst ein Verhör im November, als Sundström schon verurteilt war und aus Sörnäinen nach Pasila gebracht werden musste. Es war das bisher letzte gewesen. Sundström war gewohnt wortkarg, aber die Fragen, die man ihm stellte, waren interessant.

Ein gewisser Janne Kivi, der das Verhör führte, war auf so schlecht gewachsten Skiern unterwegs, dass Turunen sich überlegte, was wohl der als Zeuge anwesende Kollege Virta von der Verhörtechnik seines Kollegen gehalten hatte. Oder hatte Kivi später selbst das Protokoll geschrieben und Virta nur um seine Unterschrift gebeten, ohne ihm den Text noch einmal zu zeigen? Andererseits, warum hätte Kivi seine inkriminierenden Fragen protokollieren sollen, wenn er nicht wollte, dass sie jemand las? Oder dass sie in den Akten auftauchten? Interessante Fragen. Und noch etwas fragte man sich bei der Lektüre: War Kivi einer von der peinlich korrekten Sorte, der aus lauteren Motiven an seinem Kollegen Viitasalo zweifelte, oder suchte er nach Fehlern des Kollegen, weil er sich davon eigene Vorteile versprach? Wie auch immer, Kivis Fragen bestätigten Turunen, dass er aus der Sundström-Geschichte die richtigen Schlüsse gezogen hatte. Und was immer Kivis Motive gewesen sein mochten, der Frust des Mannes sprang einen aus dem Protokoll regelrecht an.

Frage: Ist das Verhör vom Freitag, 21. 11. 08 um 13.52 Uhr richtig protokolliert?

Antwort: keine.

Frage: Warum willst du auf die gestellten Fragen nicht antworten?

Antwort: keine.

Dir wurden mehrere Fragen zu deinen Verbindungen zum Großhandel mit Amphetaminen im südlichen Finnland gestellt, und man hat dir mehrere Fotos von Verdächtigen gezeigt, die an diesen Drogengeschäften beteiligt waren. Möchtest du auf die bereits gestellten Fragen antworten? Du kannst dir auch die Fotos noch einmal ansehen, um dein Gedächtnis aufzufrischen.

Antwort: keine.

Frage: Hast du den Protokollen der bereits geführten Verhöre irgendetwas hinzuzufügen?

Antwort: keine.

Notiz: Sundström sitzt mit geschlossenen Augen im Rollstuhl, ohne auf die Fragen zu antworten.

Frage: Hast du von der Strafanstalt Sörnäinen aus Aufträge erteilt, Drogen entweder zu verkaufen oder zu vertreiben?

Antwort: keine.

Frage: Wer betreibt den Großhandel, während du deine Strafe in Sörnäinen verbüßt?

Antwort: keine.

Frage: In welcher Weise stehst du in Kontakt mit Personen außerhalb des Gefängnisses?

Antwort: keine.

Frage: Die bereits früher wie auch die heute gestellten Fragen betreffen deine Rolle bei den hier zur Debatte stehenden Straftaten. Wäre es nicht in deinem eigenen Interesse, sie zu beantworten?

Antwort: keine.

Notiz: Der als Zeuge anwesende Kriminalkonstabler Virta steht nicht länger zur Verfügung. Der zu Verhörende wurde über sein Recht belehrt, das Verhör zu verweigern, sofern kein anderer Zeuge zur Verfügung steht.

Frage: Wie ist deine Beziehung zu Kriminaloberkonstabler Juha Viitasalo?

Antwort: keine.

Frage: Was geschah vor viereinhalb Jahren im Westhafen?

Antwort: keine.

Frage: Was hat Juha Viitasalo mit dem, was hier zur Debatte steht, zu tun?

Antwort: keine.

Frage: Was hat die KRP mit dem, was hier zur Debatte steht, zu tun?

Antwort: keine.

Notiz: Sundström öffnet die Augen und lächelt.

Frage: Viitasalo hält dich für eine Schlüsselfigur des Amphetamingroßhandels, aber wir haben nichts gefunden, was seinen Verdacht begründet. Worauf bezieht sich dieser Verdacht?

Antwort: keine.

Frage: Man hat dich schon oft wegen Drogenverbrechen verhaftet, dich aber immer früh aufgrund mangelnder Beweise wieder laufen lassen müssen. Hängt das mit Vorgängen vor viereinhalb Jahren im Westhafen zusammen? War da etwas zwischen dir und Viitasalo?

Antwort: keine.

Notiz: Sundström lacht.

Frage: Meiner Meinung nach ist es klar, dass es zwischen euch eine Verbindung gibt. Was ist zwischen euch?

Antwort: Das würdest du wohl gern wissen.

Frage: Ja, würde ich – möchtest du es erzählen?

Antwort: Warum fragst du nicht Viitasalo?

Frage: Ich frage dich.

Antwort: Das war es jetzt. Ich bin unschuldig. In jeder Hinsicht.

Das war es gewesen. Auf weiteren drei Seiten antwortete Sundström auf die sich wiederholenden Fragen nach Viitasalo, dem Westhafen und ein paar belangloseren Dingen, indem er die Antwort verweigerte. Neben dem vorgedruckten *Gelesen, durchgesehen und akzeptiert* am Ende des Protokolls stand handschriftlich: *Weigert sich zu unterschreiben.* Die Unterschriften von Virta und Kivi standen am richtigen Platz. Sundström hatte kein einziges der Verhörprotokolle unterschrieben. Das konnte Turunen verstehen. Er wusste aus Erfahrung, dass sie allesamt nicht korrekt waren. Was Protokolle anbetraf, waren Polizisten sprachliche Hochstapler. Sundström nahm kein Blatt vor den Mund und die Bullen, die ihn verhörten, höchstwahrscheinlich auch nicht.

Turunens wichtigstes Fundstück war die Frage, die sich auf den Kriminaloberkonstabler aus Kivis eigenem Dezernat bezog.

»Juha Viitasalo.« Turunen sog den Duft des Namens ein, als wäre es ein Parfüm, ein Eau de Toilette.

Er fand, das *Eau de Toilette Viitasalo* roch muffig, in die Kopfnote von Angst mischte sich ein Hauch von Hass, gefolgt von einer Ahnung Unsicherheit und Schweiß, bis sich ein reicher Körper von Verzweiflung und der schieren Scheiße eines in die Falle geratenen Tiers auftat.

»Viitasalo«, sagte Turunen. »Was zum Teufel hast du bloß angestellt?«

Turunen stellte sich die Männergesichtscreme aus derselben Pflegeserie vor. Die *Moisturizing Face Cream Viitasalo* entzog der Haut jede Feuchtigkeit, sorgte für eine ebenso unangenehm schuppende wie speckig glänzende Oberfläche und beschleunigte die Falten- und Fleckenbildung. Dazu machte sie die Rasur höllisch schmerzhaft.

Turunen amüsierte sich köstlich. Er brauchte rein gar nichts mehr zu tun. Was erledigt werden musste, erledigten andere für ihn. Viitasalo und Sundström, zwei Arschlöcher, die in derselben Scheiße sitzen würden.

Turunen opferte die fünf Sekunden, die er brauchte, um sich einen weiteren Cognac in den übergroßen Cognacschwenker zu gießen, um ein letztes Mal darüber nachzudenken, was wohl im Westhafen passiert sein mochte und ob er jemanden damit beauftragen sollte, es herauszufinden. Als er das Glas hob, beschloss er, dass es für ihn keine Rolle mehr spielte. *Dass* etwas passiert war, war wichtig. Was, war nebensächlich. Wichtig war außerdem, dass mindestens einer von Viitasalos Kollegen einen Verdacht hatte. Beides zusammen war perfekt. Der Weihnachtsmann war vor der Zeit in Hanikka gewesen, und er war netter zu Turunen gewesen, als er jemals erwarten konnte.

Turunen warf noch einmal einen kurzen Blick in den Sundströms Verhaftung betreffenden Gerichtsbeschluss. Erwirkt hatte ihn Juha Viitasalo, der auch den entsprechenden Antrag formuliert hatte.

Die Verhaftung erscheint in Anbetracht des vermuteten Straftatbestands angemessen, das Alter des Verdächtigen oder andere persönliche Lebensumstände stehen dem nicht entgegen.

Die Voruntersuchungen zum Gesamtumfang der vermuteten Straftaten sind noch nicht abgeschlossen. Die genaueren Umstände, unter denen die Straftaten begangen wurden, sind ebenfalls noch zu klären. Die übrigen Verdächtigen in der Strafsache wurden ermittelt, aber noch nicht festgesetzt und/oder vernommen.

Die Verhaftung des Tatverdächtigen Reino Sundström erscheint geboten, um die Voruntersuchungen angemessen voranzutreiben und weitere Straftaten zu verhindern.

Turunen fand, dass Viitasalo der erste hätte sein müssen, den man verhörte. Eine interessante Vorstellung: Viitasalo verhörte sich selbst vorm Spiegel. Sundström musste den Mann im Würgegriff haben, wenn er sich zu solchen Aktivitäten hinreißen ließ. Versuchte er sich so aus Sundströms Würgegriff zu befreien? Bregovics Plan erschien Turunen immer plausibler: Sundström gingen Viitasalos stümperhafte Befreiungsversuche so auf den Sack, dass er sich seinerseits zu etwas Unüberlegtem hinreißen ließ …

Turunen fand Viitasalos Antrag alles in allem sauber formuliert und glaubwürdig bis auf den letzten Satz, der in Wahrheit hätte lauten müssen: *Die Verhaftung des Tatverdächtigen Reino Sundström erscheint geboten, um eine angemessene Voruntersuchung zu verhindern und Leif Turunens kriminellen Aktivitäten auch fürderhin keine Steine in den Weg zu legen.*

»Frohe Weihnachten, Leif!«, lachte Turunen und hob das Glas. »Was seid ihr doch alle für Gartenzwerge!«

VIITASALO

»Sie braucht eine psychiatrische Behandlung, das ist auch ihr eigener Wunsch. Ich habe die Verlegung in die Psychiatrische Abteilung des Zentralklinikums bereits veranlasst. Man wird sie zwischen den Feiertagen dorthin bringen.«

»Und … und wie lange wird die Behandlung dauern?«

»Das kann ich leider nicht sagen.«

»Ich verstehe das nicht … Ich meine, uns geht es nicht schlecht. Das ist alles so … Ich weiß nicht, was ich dazu sagen soll.«

»Nach meiner Erfahrung denken Menschen, die Selbstmord begehen wollen, sie fallen allen anderen nur zur Last. Sie glauben, dass sie mit ihrem Selbstmord nicht nur sich selbst, sondern auch ihren Nächsten einen letzten Dienst erweisen.«

»Einen Dienst?«, wiederholte Viitasalo, der den Blick nicht von den Fingern des Arztes wenden konnte, die einen Kugelschreiber über den Tisch rollten wie ein zu klein geratenes Nudelholz. Wenn der Mann sich zum Arztkittel noch eine Bäckermütze aufgesetzt hätte, wäre die Wirkung vollkommen gewesen.

»Bei einer starken psychischen Störung bekommen solche Gedanken eine geradezu eiserne Logik. Auch darum ist eine Behandlung zwingend.«

»Aber … sie wird wieder gesund?«

»Das wird sich zeigen. In jedem Fall braucht es dazu Zeit. Wichtig ist natürlich auch, dass ihre Umgebung sich von der Krankheit erholt.«

»Wie?«

»Die Angehörigen Suizidgefährdeter tendieren dazu, ihrerseits Schuldgefühle zu entwickeln und sie dann lange mit sich herumzutragen.«

Die Hand, die den Kugelschreiber rollte, hielt inne. Der Arzt begann jetzt, mit dem Knopf für das Ausfahren der Mine zu klicken.

»Für dich kommt es jetzt darauf an, dir klarzumachen, dass du für das, was sie tun wollte, nichts kannst. Nur so lernst du ihr auch wieder zu vertrauen.«

Viitasalo verstand die Logik des Gedankens nicht wirklich, aber er nickte.

»Du hast erzählt, dass sie nach der Schwangerschaft schon einmal eine Depression hatte. Oder eine depressive Verstimmung. Wie ist sie damals damit fertig geworden? Ich meine, hatte sie da auch schon Suizidgedanken? Hat sie so etwas angedeutet?«

»Damals wollte sie zurück zur Arbeit.«

Plötzlich hörte Viitasalo wieder Saris Worte von damals, als er sie so verstört auf der Terrasse vorgefunden hatte.

Ich hab Angst. Dass Liina mir runterfällt.

»Sie hat unsere Messer versteckt.«

»Hat sie gesagt, warum sie das getan hat?«, fragte der Arzt und hörte auf, mit dem Kugelschreiber zu klicken. Viitasalo starrte auf den Daumen, der regungslos auf dem Knopf verharrte.

»Ich weiß es nicht mehr. Das heißt, doch. Sie hatte Angst, dass unserer Tochter was Böses passieren könnte. Dass Liina sich verletzen könnte.«

Viitasalo löste den Blick von den Händen seines Gegenübers und schaute in dessen Gesicht. Jetzt war es an dem Arzt zu nicken. Er klickte dazu im Takt.

Seit seiner Rückkehr aus Stockholm war Viitasalo noch nicht bei der Arbeit gewesen, und er hatte auch jetzt nicht vor hinzugehen.

Auf dem Heimweg fuhr er über Ost-Pasila, damit er das Polizeigebäude auf der anderen Seite des Rangierbahnhofs nur für kurze Zeit aus der Ferne sah. Am Morgen, nachdem Sari ins Krankenhaus gekommen war, hatte er Tuomisto angerufen und ihm offen von seiner familiären Situation berichtet. Zu seiner Überraschung hatte ihn der Vorgesetzte ohne jede Diskussion bis zum Ende des Jahres beurlaubt. Tuomisto hatte, im Gegenteil, einen sehr verständnisvollen Eindruck gemacht.

»Erst die Familie, dann die Arbeit«, hatte er gesagt. »Konzentrier dich auf deine Familie, und mach das Diensthandy aus!«

Nach dem Telefonat hatte Viitasalo sich daran erinnert, dass Tuomistos eigene Frau ihn verlassen hatte, kaum dass ihr jüngstes Kind volljährig geworden war.

Und er hatte auf seinen Vorgesetzten gehört. Er hatte sein Diensthandy ausgemacht und sein Ferienhandy aktiviert. Die Nummer kannte kaum jemand außer Marketta.

Gerade stand er im Stau vor der Brücke nach Hakamäki. Auf der anderen Spur kamen ihm fast ausschließlich vollgestopfte Autos entgegen: Familien auf der Flucht aus der qualmigen, nebligen Stadt, um irgendwo auf dem Land Weihnachten zu feiern. Viele hatten Skisärge auf dem Dach.

Er selbst hätte fast vergessen, dass morgen Heiligabend war. Wie würde es mit Liina gehen ohne Sari? Marketta hatte sie zwar zu sich eingeladen, aber er hatte sich um eine feste Zusage gedrückt. Er war sich einfach nicht sicher, ob er hinwollte. Und auch wenn sie hingingen, was war danach? Die Rückkehr in das dunkle, stille Haus: ohne Sari, ohne ihren Duft, ohne alles. Ihm kam der schreckliche Gedanke, wie es wäre, wenn Sari es geschafft hätte. Dann wäre das Gefühl der Leere endgültig gewesen. So war es eines auf Zeit.

Man sollte nichts für selbstverständlich nehmen.

Wie würde wohl Manninen Weihnachten verbringen? Der Mann hatte ja beide verloren, seine Tochter und seine Frau.

Erst wenn man etwas verloren hat, begreift man, wie wertvoll es war.

Manninen hatte unrecht. So war es nicht. Es musste nicht erst das Schlimmste passieren. Der Gedanke war zu trostlos. Vielleicht war Manninen in diese Falle gegangen, aber er würde es nicht tun. Auch Sari nicht, da war er sich sicher.

VESA

»Ich will nur *ein* Weihnachtsgeschenk von dir«, hatte Mutter vor zwei Tagen gesagt.

»Glaub mir doch, ich weiß nicht, wo er ist«, hatte Vesa geantwortet.

»Dann krieg's raus«, hatte Mutter gesagt. »Ich bitte dich um nichts anderes.«

Vesa hatte Mutters Idee überhaupt nicht behagt, trotzdem saß er jetzt hinter dem Lenkrad von Vaters Hiace und fuhr am schon dunklen Heiligabend Nachmittag in Richtung Ylästö. Der Beginn der Suche war im Grunde kein Problem gewesen. Er hatte im Internet nach zum Verkauf stehenden Einzelhäusern gesucht und als gewünschte Lage Vantaa eingegeben. Schon das vierte Objekt war das richtige. Er hatte sich die Objektbeschreibung und die Seite mit dem Lageplan ausgedruckt. Mutter, die neben ihm auf dem Beifahrersitz saß, hielt beides in den Händen.

Einzelhaus, 106 m², Sienikuja 7, Wohn. 1–4, Vantaa, YLÄSTÖ, Kaufpr. 295 000,00

»Die Turunen OY bietet vier Einzelhäuser in einem gefragten und kinderfreundlichen Wohngebiet. Die Häuser besitzen eine praktische und effektive Aufteilung, eine niveauvolle Ausstattung mit hochwertigen Materialien. Haus Nummer eins, das im Februar fertiggestellt wird, ist bereits verkauft. Die drei Häuser, die Ende 2009 bezugsfertig sein werden, sind noch frei! Entscheiden Sie sich schnell! Verkauf durch Pehr Enqvist, Luksuslukaalit OY«, las Mutter zum x-ten Mal während der Fahrt vor und wiederholte jedes Mal auch noch monoton Enqvists Handynummer.

»Muss das sein?«, fragte Vesa.

»Was?«

Vesa warf einen Blick auf Mutter, die ihn fragend ansah und mit dem Zeigefinger das rechte Ohr nach vorne bog, um besser hören zu können. Vesa wiederholte die Frage lauter, aber Mutter antwortete nicht, sondern las weiter.

»Die Häuser haben zwei Stockwerke, einen eigenen Balkon, eine eigene Sauna und einen Garten. Die Fenster erlauben einen Rundumblick in alle Himmelsrichtungen.«

»Mutter!«, bat Vesa.

»Als Arto und ich seinerzeit zusammengezogen sind, haben wir auch von einem eigenen Haus geträumt. Nichts Besonderes oder Großkotziges, nur einen eigenen Garten wollten wir haben.« Mutter sprach wie zu sich selbst und strich mit der Fingerkuppe über das Jochbein, das Vater ihr mit der Faust zertrümmert hatte.

»Soso«, antwortete Vesa.

»Aber der Traum war schnell ausgeträumt. Wir waren froh, wenn wir jeden Monat die Miete zusammengekratzt kriegten. Und jetzt liegt Arto unter so einem Haus begraben. Und irgendeine Familie zieht ein und lebt so, wie wir es nie gepackt haben. Wenn du mich fragst, ist das nicht fair. Als du auf die Welt gekommen bist, haben wir noch geglaubt, dass es mal besser werden könnte. Wir dachten, wir bringen's zu was, und du wirst dann mal alles erben, später, wenn unsere Zeit abgelaufen ist. Glaubst du mir das? Es sollte alles nur für dich sein. Und jetzt …«

Vesa sagte nichts. Er schaltete das Autoradio ein. Das Weihnachtslied von den fleißigen Wichteln erklang in dem muffigen Führerhaus, und Vesa erinnerte sich an Vaters Worte auf der Tour nach Koivukylä.

Weißt du, ich mag dich öfter anpampen, aber ich hab dich schon gern. Und deine Mutter auch. Ich hab mich doch immer gut um euch gekümmert, oder? Und denk dran, dass du das alles eines Tages erbst.

Klasse Erbe! Dabei war dieses Weihnachten schon deprimierend genug. Tiina war mit ihrer Mutter zu Verwandten nach Hyvinkää gefahren. Vesa hatte sie mit ihren Taschen zum Bahnhof von Pasila gefahren und sich auf die Bahnhofsbrücke gestellt, um dem Zug nachzuschauen. Obwohl Tiina nur fünfzig Kilometer nach Norden fuhr, war es für Vesa, als würde sie nach Australien fahren. Auf dem Heimweg hatte er sich dann darüber geärgert, dass er nicht auf die Idee gekommen war, sie gleich mit dem Auto hinzubringen. So hätte er auch noch Tiinas Mutter beeindrucken können, die ihn ablehnte und daraus auch gar keinen Hehl machte.

»Wozu klebt eigentlich das Mumin-Pflaster an der Scheibe?«, fragte Mutter.

»Da ist ein Loch«, antwortete Vesa.

»Von einem Stein?«

»Von einer Kugel.«

»Den Rest kannst du für dich behalten«, sagte Mutter.

»Wie heißt noch mal die Seitenstraße?«, fragte Vesa über das nächste nervige Weihnachtslied hinweg. Sie waren auf der Ylästöntie, und hinter den Feldern leuchteten schon die Fenster der ersten Häuser des gefragten kinderfreundlichen Wohngebiets.

»Sienestäjänkuja. Wir müssen rechts abbiegen.«

»Die wievielte ist es von hier aus?«, fragte Vesa.

»Die zweite, erst kommt die Peltovuorentie. Die Sienikuja ist dann gleich die nächste«, antwortete Mutter. »Die Häuser haben Parkett und eine Spülmaschine.«

»Mutter!«, bat Vesa. »Wir gehen nicht zu einer Wohnungsbesichtigung.«

»Doch, auf eine Art schon«, sagte Mutter.

Vesa lenkte den Wagen auf den leeren Parkplatz vor einem niedrigen, grün gestrichenen Gebäude, das nicht nach einem Wohnhaus aussah.

»Warum hältst du hier?«, fragte Mutter und zeigte nach hinten. »Da hinten stand Sienikuja, Svampgränden, warum bist du da nicht abgebogen?«

»Ich kann doch nicht einfach auf die Baustelle fahren. Nachher ruft noch jemand die Polizei«, sagte Vesa und machte den Motor aus. »Wir laufen hin.«

»Dort ist es dunkel«, sagte Mutter.

»Umso besser«, sagte Vesa und stieg aus.

Während er um den Wagen herumging, schaute er sich aufmerksam um. Es war alles ruhig. Zwischen der Sienikuja und der Ylästöntie stand nur ein einziges Einfamilienhaus, und dessen Fenster waren dunkel.

»Was steht da?«, fragte Mutter, als er ihr aus dem Wagen geholfen hatte. Sie zeigte über seine Schulter.

Vesa drehte sich um. Hinter ihm stand eine hölzerne Infotafel.

»Heimat- und Kulturverein Yllästö«, las er. »Wahrscheinlich eine Art Gemeindehaus. Lass uns gehen, ich will hier so schnell wie möglich wieder weg.«

»Du. Aber um dich geht's nicht. Arto kann hier nie mehr weg, und weißt du was? Er hat Vantaa gehasst. Nie im Leben hätte er hierherziehen wollen. Und jetzt liegt er fast neben dem Gemeindehaus begraben.«

Vesa ging neben seiner Mutter die schmale, von Staub und Wasser glitschige Straße entlang. Links von der Straße stand noch vom Frost getöteter Bärenklau, rechts ließen sie erst das dunkle Einfamilienhaus und dann eine schmale Mischwaldinsel hinter sich, bevor die Gruppe der vier Rohbauten in Sicht kam. DIE TURUNEN OY BAUT FÜR SIE stand auf einem Schild am Rand der Baustelle neben einer Baracke und einem Container für Bauschutt. Ein hoher Stapel Dachlatten war mit einer Plane abgedeckt, ein paar einzelne Latten lagen daneben. Von durchsichtiger Folie zusammengehaltene Bündel Styroporplatten lagen über die Baustelle verteilt, als hätte sie jemand ausgesät. Ein paar Bündel hatte der Wind auch auf die andere Straßenseite geweht. Die ganze Baustelle wirkte unordentlich und verwaist.

»Die sind ja noch im Rohbau«, sagte Mutter. »Nur das am Rand hat wenigstens schon ein Dach.«

»Das muss es sein«, antwortete Vesa. »Wie wär's, wenn wir hier auf der Straße stehen bleiben? Wir denken eine Weile an ihn und gehen wieder weg. Einverstanden?«

»Nein, ich will zu seinem Grab. Dazu bin ich hergekommen«, sagte Mutter und machte sich auf den Weg.

Vesa wollte ihr nicht folgen. Er wäre lieber nicht an diesen Ort zurückgekehrt. Jetzt, wo er die genaue Adresse kannte, würde er nie wieder hierherfahren. Wenn Mutter es wollte, sollte sie den Bus nehmen.

Er hörte wieder das Knirschen des Spatens im trockenen Sand und die leisen Stimmen von Macho und den Russen im Hintergrund, und er sah die beiden grünen Bündel, in einem davon sein Vater, der ihn ein paar Stunden zuvor noch niedergemacht hatte, wie es seine beschissene

Art war. Vesa fiel wieder ein, dass es einen kurzen Moment gab, wo er fast in Lachen ausgebrochen wäre, so absurd war alles gewesen.

Mutter war jetzt beim letzten, schon für die Isolierung gelatteten Haus angekommen und versuchte, durch eine der mit Plastikfolie bespannten Fensteröffnungen hineinzuschauen.

Dann kauf ich uns ein Haus. Und du Pfeife kannst dir schon mal einen warmen Papiercontainer suchen.

Mutter hatte unrecht. Vielleicht hatte Vater seine Jugendträume gerade nicht vergessen, vielleicht dachte er, dass er es mit seinen Geschäften eines Tages doch noch zu einem eigenen Haus bringen würde. Vielleicht war es ihm sogar ernst damit gewesen, dass Vesa dann nichts darin zu suchen hätte.

Als Mutter an der aus Spanplatten improvisierten Tür zu rütteln begann, zwang sich Vesa, zu ihr hinzugehen. »Da hängt ein Schloss, Mutter«, sagte er und wollte sie von der Tür wegziehen. Sie klammerte sich an dem Griff aus einem Stück Rohholz fest. »Komm, das reicht doch!«

»Nein!«, schrie sie, aber sie ließ los.

Mutter wurde in seinen Armen so schlaff, dass er schon fürchtete, sie würde zusammenbrechen. Aber ihre Kräfte kehrten schnell zurück. Sie löste sich aus Vesas Armen und grub in den Taschen ihrer wattierten Jacke.

»Was suchst du?«

»Ich zünde Arto eine Kerze an«, sagte Mutter und zog ein Grablicht aus der Tasche, dessen gelochter Deckel golden glänzte.

»Das tust du, verdammt noch mal, nicht!«

»Fluch nicht am Grab deines Vaters!«, sagte Mutter, die auch Streichhölzer eingesteckt hatte. »Ich tu's, basta. An Weihnachten gedenkt man seiner verstorbenen Lieben, das gehört sich so.«

»Stimmt. Aber das hier ist kein Friedhof.«

»Doch, ist es.«

»Wie lange brennt die Kerze?«

»Einen Tag.«

»Das geht nicht.«

»Doch«, sagte Mutter und zündete ein Streichholz an.

Die Kerze stand nah beim Sockel des Hauses, und ihr flackerndes Licht beschien den von Frost und Feuchtigkeit gezeichneten Beton. Mutter stand mit gefalteten Händen und gesenktem Kopf davor, und Vesa schaute sich besorgt um. Zum Glück war sie wenigstens auf seine Bitte eingegangen, die Kerze an einer Stelle aufzustellen, die weder von der Sienikuja noch von der Ylästöntie aus eingesehen werden konnte. Wenn man es nicht genau nahm, konnten hier sogar Friedhofsgefühle aufkommen.

»Weißt du noch, wie Arto dir Pfeil und Bogen gemacht hat?«, fragte Mutter. »Da warst du fünf Jahre alt. Wir hatten in der Nähe von Mäntyharju ein Sommerhäuschen gemietet, und es war ein wunderbarer Sommer, immer nur Sonne und blauer Himmel. Erinnerst du dich?«

»Nein«, sagte Vesa. »Ich weiß nicht mal mehr, wie das Wetter letzten Sommer war.«

»Ich rede von dem Bogen. Arto hat dir beigebracht, wie man damit schießt. Er hat dir eine Zielscheibe aus Pappe gebastelt, und du warst so glücklich, als du zum ersten Mal fast ins Schwarze getroffen hast. Du hast darauf bestanden, dass wir ein Foto von dir und Vater vor der Scheibe mit dem Pfeil machen. Du hast mit dem Bogen in der Hand dagestanden, und Arto saß in der Hocke neben dir.«

»Ich sag doch, ich kann mich nicht erinnern.«

»Wir haben das Foto noch. Wenn du willst, kann ich's dir nachher zeigen.«

»Ich will mir keine alten Fotos ansehen.«

»Dann eben nicht«, seufzte Mutter. »Wieso hab ich bloß das Gefühl, dass du vollkommen vergessen hast, dass es auch gute Momente mit deinem Vater gegeben hat.«

Vesa sagte nichts. Mutter hatte natürlich recht, aber solche Momente waren so selten gewesen, dass er es vorzog, sich überhaupt nicht daran zu erinnern.

Weißt du noch, wie viel Spaß wir zusammen hatten, als du noch klein warst? Manchmal vermisse ich die Zeiten.

»Erinnerst du dich wirklich nicht?«

»Mutter, hör auf! Lass uns gehen.«

»Frohe Weihnachten, Arto!«, flüsterte Mutter. »Ich liebe dich und werde dich nie vergessen.«

Als sie sich umdrehte, sah Vesa Tränen in ihrem blassen, von der Kapuze eingerahmten Gesicht.

»Versprich mir noch was, bevor wir gehen.«

»Kommt drauf an, was es ist. Und lass mich mit den Fotos in Ruhe.«

»Ich will, dass die Dreckskerle zur Verantwortung gezogen werden. Bezahl Artos Schulden ab, und sorg dann dafür.«

»Du weißt, dass ich das nicht kann.«

»Doch, das kannst du. Du musst, egal wie. Ich will nächstes Jahr nicht wieder hierherkommen, um meinem Mann eine Kerze anzuzünden. Da werden schon Leute in dem Haus wohnen. Ich will auf den Friedhof gehen wie alle anderen, die ihre Lieben verloren haben.«

»Trotzdem kann ich …«

»Versprich's mir!«

Vesa sah seine Mutter an. Und nickte.

»Gut. Dann lass uns gehen«, sagte Mutter und schob sich an Vesa vorbei. »Und das soll eine kinderfreundliche Gegend sein? Ein Scheiß ist es. Das Grundstück liegt zwischen zwei Straßen. Da müssen die Mütter auch im Rücken Augen haben, damit ihnen die Kinder nicht unters Auto rennen.«

Vesa hatte fast Schwierigkeiten, mit Mutter mitzuhalten. Man konnte beinahe zusehen, wie sich ihre Kondition verbesserte, seit sie das Trinken sein ließ und stattdessen spazieren ging.

Vesas Beine fühlten sich dagegen an wie totes Holz. Vielleicht wären sie lieber stehen geblieben oder gleich, statt hinter Mutter her, mit großen Schritten übers Feld davongegangen, irgendwohin, wo nichts mehr an das Vergangene erinnerte, an einen Ort, der weit genug entfernt war, dass man zurückschauen konnte, und alles wäre fremd und würde keinerlei Erinnerungen mehr wecken. Als wäre das, was man sah, das Leben eines anderen.

III

FEBRUAR

»Warum beschwerst du dich ausgerechnet bei mir?«, fragte Viitasalo verärgert.

Der auf dem Besucherstuhl sitzende Kollege vom Dezernat für Gewaltverbrechen Markus Falck sah ihn schweigend an, und dieses Schweigen behagte Viitasalo nicht. Falck mochte ihn nicht, und er mochte Falck nicht, schon deshalb nicht, weil er wusste, dass Falck aus Prinzip niemanden akzeptierte, der beim Drogendezernat beschäftigt war. Falck beklagte sich gern darüber, dass er manchmal nicht unterscheiden könne, auf welcher Seite des Spielfelds die Leute vom Drogendezernat eigentlich mitspielten. Dass sie sich in ihrem Job in Grauzonen bewegen mussten, passte nicht in sein vergleichsweise schlichtes Weltbild.

»Ich habe eine Vermisstenmeldung und triftige Gründe zu vermuten, dass wir es mit einem Kapitalverbrechen zu tun haben, da wundere ich mich eben, warum die Drogenkollegen von der KRP uns die Überwachungsbänder der Bankautomaten vorenthalten haben, an denen der Vermisste ausgerechnet am Tag seines Verschwindens sein Konto leergeräumt hat.« Falck redete schnell und mit lauter Stimme. »Wir haben regelrecht darum gebettelt, aber der leitende Kollege bei der KRP schaltet auf stur. Wir wissen von fünf Automaten und haben kein einziges Band. Seit bald vier Monaten waten wir in dem Sumpf und kommen keinen Schritt weiter!«

»Ich verstehe immer noch nicht, was das mit mir zu tun hat«, sagte Viitasalo.

»Natürlich verstehst du das, verdammt noch mal! Ich weiß, dass ihr Drogenheinis nicht so kooperiert wie wir und unsere Kollegen von der KRP«, sagte Falck. »Wir arbeiten zusammen, und ihr scheint irgendwelche Fehden auszutragen. Ihr belauert euch gegenseitig, statt euch auf die Verbrecher da draußen zu konzentrieren. Jedenfalls berechtigt euch ein beschissenes kleines Drogenregister des Vermissten noch lange nicht,

Informationen zurückzuhalten, die wir für die Aufdeckung eines Kapitaldelikts bräuchten!«

»Moment mal!«, versuchte Viitasalo Falck zu bremsen. »Irgendein Junkie hat also sein Konto leergeräumt und sich aus dem Staub gemacht, und gegen denselben Junkie läuft eine Untersuchung der Drogenkollegen von der KRP – so weit richtig?«

»Exakt!«, antwortete Falck. »Und als ich das Foto des Vermissten an die Medien geben wollte, hat man mir zu verstehen gegeben, dass ich den Ball bitte flach halten soll. Auch eine Information, wenn man so will, und das war's dann.«

»*Wer* hat dir das zu verstehen gegeben?«

»Der Wunsch kam von oben.«

»Geht das genauer?«

»Vom Innenministerium«, stieß Falck wütend hervor. »Über die KRP. So was machen die Herrschaften ja nicht direkt, nie.«

»Wenn du mich fragst, wollen die KRP-Kollegen das selbst so«, sagte Viitasalo ruhig. »Und wenn das so ist, haben sie sicher ihre Gründe, warum sie sich von deiner Truppe nicht die Tour vermasseln lassen wollen. Übrigens verstehe ich auch nicht recht, wieso du hier gleich ein Kapitaldelikt vermutest.«

Falck tippte sich mit dem Zeigefinger gegen die Schläfe. »Instinkt, so was spüre ich. Er hat eine Frau und einen kleinen Jungen, da verschwindet man nicht einfach so. Und der Mann *ist* verschwunden und hat seitdem keinerlei Kontakt mit seiner Familie aufgenommen. Die Frau ruft jeden Tag hier an, und was glaubst du, was ich zu hören kriege, wenn ich ihr nie was Vernünftiges sagen kann?«

»Hat dein Vermisster auch einen Namen?«

»Hartikainen. Petri Hartikainen«, sagte Falck. »Unter Freunden auch Härski. Er war ein vielversprechender Eishockeyspieler, bevor ihn andere Dinge mehr interessiert haben. Schade drum, er hat bei HIFK gespielt und hätte vielleicht ein neuer Karalahti werden können, ein Ass, falls dir der Name nichts sagt.«

In Viitasalos Erinnerung tauchte eine weinende junge Frau mit einem kleinen Jungen auf. Er hatte sie unten in der Eingangshalle gesehen, irgendwann im Oktober, zu der Zeit, als sie Sundström festgesetzt hatten. Er hatte von ihrer Not nichts hören wollen, weil ihm seine eigenen Probleme reichten, aber gerade wegen dieser Probleme hatte er bei ihrem Anblick an Sari und Liina denken müssen.

Petri Hartikainen – wieso war er bei dem Namen nicht hellhörig geworden? Härski war für das Drogendezernat ein alter Bekannter. Viitasalo selbst hatte es mit ihm noch nicht zu tun gehabt, aber er kannte natürlich den Fall: ein kleiner Fisch, Subutex und Betäubungsmittel der niedrigsten Kategorie, selbst abhängig, aber seit gut zwei Jahren von der Straße. Seit der letzten Gefängnisstrafe und einem erfolgreichen Entzug schien Härski aus dem Geschäft, oder er überließ die Straße irgendwelchen anderen Unglücklichen. Und nun war er also ganz von der Bildfläche verschwunden. War Härski irgendjemandem etwas schuldig geblieben? Vielleicht von früher noch? Ein bisschen wie er selbst?

»Worüber denkst du nach? Sagt dir der Name nichts?«, fragte Falck.

»Doch.« Viitasalo wischte die unschönen Gedanken an seine eigene Situation beiseite. »Hat mal zur Stammkundschaft gezählt, war aber eine so kleine Nummer, dass ich ihn schon fast vergessen hatte.«

»Die kleine Nummer hatte über achtzehntausend Euro auf dem Konto und, so wie's aussieht, deine Kollegen von der KRP am Hals – ein bisschen viel für einen harmlosen Arbeitslosen, findest du nicht?«

»Schon«, gab Viitasalo zu. »Vielleicht ist er doch in aller Stille wieder eingestiegen. Trotzdem verstehe ich nicht, was das alles mit mir zu tun hat. Du bist immer noch an der falschen Adresse.«

»Du findest nicht, dass die Sache stinkt, nein? Du findest nicht, dass jemand verdammt gute Gründe haben muss, bevor er die Untersuchung eines möglichen Mordfalls verhindert?«

»Schon«, sagte Viitasalo.

»Du könntest dich im Rahmen irgendeiner laufenden Untersuchung nach diesem Hartikainen erkundigen, sehen, ob *du* von den KRP-Kollegen was erfährst. Wenn ich seiner Frau nur irgendetwas sagen kann …«

»Du bittest mich um Hilfe?«, wunderte sich Viitasalo.

»Sonst wäre ich wohl nicht gekommen«, blaffte Falck ihn an. »Begreifst du nicht? Es sind jetzt vier Monate, und ich hab nichts!«

»Vielleicht gäbe es dann eine geschicktere Taktik, als mich mit roter Birne anzumeiern. Warum sagst du nicht gleich, dass du Hilfe brauchst?«

»Wollte ich doch«, sagte Falck eine Spur versöhnlicher. »Entschuldige. Ich bin nur sauer, dass sich in der Sache nichts bewegt und ich nicht weiß, warum.«

Viitasalo spürte, dass Falck es ernst meinte. Er sah fast so deprimiert aus wie er selbst in den letzten Monaten, und das wollte etwas heißen. Wenigstens war der letzte Besuch im Krankenhaus einigermaßen erfreulich gewesen. Er hatte mit dem behandelnden Psychiater gesprochen: Es würde nicht mehr lange dauern, bis Sari nach Hause durfte.

»Und? Wirst du mir helfen?«, seufzte Falck.

Viitasalo nickte. »Klar. Das heißt, ich kann's versuchen. Was die KRP betrifft, muss man sehen.«

Sich im Rahmen einer laufenden Untersuchung nach Hartikainen zu erkundigen hörte sich einfacher an, als es war. Das Ganze musste ja glaubhaft wirken. Und seine eigenen Untersuchungen waren, schon bevor Sari ins Krankenhaus kam, eher Aufräumarbeiten gewesen – und waren es immer noch. Nach dem Rest des alten Jahres, den Tuomisto ihm frei gegeben hatte, hatte er im Januar alten Urlaub genommen und Überstunden abgebaut. Was hatte er gerade Weltbewegendes auf dem Tisch? Eine Cannabisplantage in einer Zweizimmerwohnung in Konala und drei Gramm Haschisch, die bei einer Verkehrskontrolle in einem Handschuhfach aufgetaucht waren. Er hatte Sundström gehabt und seitdem nichts. Während der freien Tage im Januar hatte er ernsthaft überlegt, ob er nicht kündigen und auf eigene Rechnung weitermachen sollte.

Er wäre nicht der erste, der einen Sicherheitsdienst aufmachte oder eine Privatdetektei. Oder sonst was in der Richtung. Einer der letzten, der zum Abschiedskuchen ins Konferenzzimmer eingeladen hatte, Roine, war sogar noch weitergegangen und zu seinen Wurzeln zurückgekehrt: Er bewirtschaftete mit seiner Frau einen Biohof in Mittelfinnland. Gelegentlich wurde gewitzelt, dass er wahrscheinlich Hanf anbaute.

Bei seinem Abschied hatte Roine jedenfalls so ausgesehen, als wäre ihm eine Zentnerlast vom Rücken genommen. Als er das letzte Mal zum Aufzug ging, schien er geradezu zu schweben. Er drehte sich auf dem langen Gang kein einziges Mal um, und Viitasalo, der ihm nachschaute, spürte deutlich den Stich, den ihm der Neid versetzte, als er in sein Arbeitszimmer zurückkam und auf dem Schreibtisch den Aktenstapel sah, der jeden Moment einstürzen konnte.

Sari hatte Viitasalo von seinen Fluchtgedanken nichts erzählt. Alles zu seiner Zeit und in der richtigen Reihenfolge. Erst Sari, dann er.

Erst die Familie, dann die Arbeit. Konzentrier dich auf deine Familie, und mach das Diensthandy aus!

Tuomistos Worte waren ihm zu einer Art Mantra geworden, das er jederzeit abrufen konnte: auf Skiern in der Loipe in Paloheinä, im Krankenhaus, wenn er Sari besuchte, abends, wenn er Liina und Teddy Pontus zudeckte, oder in den Stunden, wenn er vor dem Jetzt in nostalgische Erinnerungen flüchtete und in ihrem Familienalbum blätterte – vor allem aber, wenn er nach seiner Bettlektüre in der Nachttischschublade griff und das stumm daneben liegende Diensthandy sah. Jedes Mal, wenn er die Schublade wieder zumachte, dachte er darüber nach, wie es sich wohl anfühlen würde, wenn er sein Diensthandy für immer abschaltete. Der bloße Gedanke daran war so befreiend, dass er ein paarmal beschloss, noch am selben Tag mit Sari zu reden. Er könnte es ja erst nur vorsichtig anklingen lassen, als mögliche Alternative. Später, wenn Sari zu Hause wäre, würde er auch Sundström von seinen Plänen erzählen. Falls Sari ihnen zustimmte. Bei Sundström würde er nicht lange um den heißen Brei herumreden. Wenn er aus dem Polizeidienst ausschied, hatte Sundström keine Verwendung mehr für ihn, so sah's aus, und genau so würde er es dem Dreckskerl auch hinreiben: Friss, Vogel, oder stirb! Wenn Sundström sich querstellte, gab es auch eine andere Lösung, aber darüber wollte er jetzt nicht nachdenken. Erst kam Sari.

Erst die Familie, dann die Arbeit.

»He! Aufwachen!« Falck schlug mit der flachen Hand auf den Tisch.

»Hast du Kinder?«, fragte Viitasalo.

»Nein. Und ich werde auch keine haben«, antwortete Falck mit einem irritierten Stirnrunzeln. In seinem Blick lag für einen kurzen Moment etwas Melancholisches, dann war es wieder weg. »Was hat das mit der Sache hier zu tun?«

»Ich dachte nur«, sagte Viitasalo und zeigte auf Falcks rechte Schulter. »Du hast getrockneten Rotz auf dem Sakko.«

Falck warf einen Blick auf seine Schulter und fluchte.

»Das hier ist kein … Ich hab einen Hund. Onni.«

»Guter Name«, nickte Viitasalo. »Wer leitet bei der KRP eigentlich die Untersuchung? Ich hätte da eine Idee, was Hartikainen betrifft.« Er hatte beschlossen, im Zusammenhang mit dem Fall Sundström um Auskünfte über den Vermissten zu bitten. Er leitete die Untersuchung zwar nicht mehr, aber Kivi hätte wohl kaum etwas dagegen. »Ich schreib dir eine Mail und geb dir Bescheid, was sie sagen. Wenn sie überhaupt was über ihn haben, müssen sie's nur noch mit uns teilen wollen«, sagte er. »Mehr kann ich nicht tun.«

»Danke«, sagte Falck, der den Fleck auf seinem Sakko mit einem Papiertaschentuch und Spucke bearbeitete, allerdings mit schlechtem Erfolg. Zusätzlich zum Hundesabber hatte er jetzt weiße Flöckchen auf der Schulter, und das Ganze glänzte auch noch von seiner Spucke. »Scheiße«, sagte er.

Als Viitasalo sein Gesicht zu einem Lächeln verzog, war Falck schon auf den Beinen.

»Ruf am besten an, wenn du was hörst«, sagte Falck. »Übrigens: Willkommen bei der Arbeit! Hab von deinem längeren Urlaub gehört.«

»Du hast was vergessen.«

»Was?«

»Den Namen.«

»Welchen Namen?«

»Den Namen des Kollegen bei der KRP, der aufs falsche Pedal tritt.«

»Ach ja, der Name«, sagte Falck mit der Hand schon auf der Klinke. »Kousa. Ville Kousa.«

Turunen hatte kein gutes Gefühl, als der Wagen die Brücke nach Lidingö überquerte. Der Fahrer, der ihn vom Flughafen Arlanda abgeholt hatte, sah wie ein Wrestler aus und sprach kein Wort. Schon am Flughafen hatte er nur seinen Namen gemurmelt und Turunen ein Zeichen gemacht, dass er ihm folgen solle. Turunen hatte hinter dem dunkelhaarigen Koloss fast herrennen müssen. Beim Wagen angekommen, hatte er nur auf die hintere Tür auf der Beifahrerseite gedeutet.

Sie waren jetzt auf der Insel, und der Volvo fuhr mit hohem Tempo den Norra Kungsvägen entlang in Richtung Norden. Die Häuser wurden bald größer und die Grundstücke großzügiger. Als der Fahrer nach links in den Askrikevägen bog, spürte Turunen einen Stich des Neids. Sie waren im Nobelviertel Bo. Dafür, dass er vor dem Krieg geflüchtet war, ging es Bregovic nicht schlecht. In der Straße standen ausschließlich Villen, deren Grundstücke von hohen Mauern umgeben waren. Dass auf den Mauern Überwachungskameras saßen, war eher die Regel als die Ausnahme.

Bregovics Haus stand fast am Ende der Straße. Der Fahrer hielt an, und zwei elektrisch gesteuerte Torflügel gingen langsam auf. Die riesige zweistöckige Villa war aus weißen Steinen gebaut, und Turunens Haus in Hanikka hätte daneben wie eine gehobene Studentenunterkunft ausgesehen.

Als Turunen aus dem Wagen stieg, war sein Selbstbewusstsein eindeutig kleiner als noch ein paar Stunden zuvor am Flughafen Helsinki-Vantaa. Der Fahrer zeigte auf eine dunkel gebeizte breite Edelholztür, als hätte Turunen sie nicht selbst gesehen. Im selben Augenblick wurde sie von dem breit lächelnden Bregovic geöffnet. Er hatte eine Zigarette im Mund und trug Jeans zu einem T-Shirt, das muskulöse Arme und schwere Goldketten an den Handgelenken sehen ließ.

»Willkommen in Schweden! Wie war der Flug?«

»Gut, danke. Die Autofahrt war ein bisschen langweilig«, sagte Turunen mit einem Seitenblick auf den Wrestler.

»Ratko spricht kein Wort Schwedisch«, sagte Bregovic und ließ Turunen mit einer höflichen Geste an sich vorbei. »Nur Serbisch und ein bisschen Englisch. Ratko ist ein ehemaliger Soldat, ein Vojnik.« Bregovic schloss die Tür.

Ratko war mit eingetreten. Er grinste und zielte mit dem Finger auf Turunen. »Vojnik«, sagte er und blies sich über die Fingerkuppe wie über einen rauchenden Colt.

»Ratko war schon im Krieg in meiner Einheit. Mein Vertrauensmann, stellt keine überflüssigen Fragen.«

»Aha«, sagte Turunen. Dass ihn die Information in Hochstimmung versetzte, konnte man nicht behaupten.

»Ich zeig dir mein Haus«, sagte Bregovic, »dann kommen wir zur Sache. Wie du vielleicht gemerkt hast, liegt es nicht direkt am Meer. Zum Yachthafen sind es zweihundert Meter. – Hast du nicht gesagt, dass du am Meer wohnst?«

»Fast«, antwortete Turunen.

»Ich liebe das Meer«, sagte Bregovic und sog mit halb geschlossenen Augen Luft in seine großen Nasenlöcher. »Auch wenn man es nicht sieht, man riecht es.«

Turunen roch nur Bregovics Zigarette und den eigenen stechenden Katerschweiß, den sein Deodorant nicht vollständig überdecken konnte.

»So ist es«, sagte er.

Als sie eine Dreiviertelstunde später bei einem Glas Scotch im Wohnzimmer saßen, ging es Turunen ein wenig besser. Acht Meter hoch sei das Wohnzimmer, prahlte der Hausherr, und Turunen als Profi brauchte keinen Zollstock, um zu wissen, dass es höchstens sechs waren.

Turunen nahm einen Schluck von seinem Whisky und spürte, wie sich mit der Wärme eine immer größer werdende Welle der Selbstsicherheit in ihm ausbreitete. Manchmal überlegte er, ob der Alkohol nicht doch einen größeren Einfluss auf seine wechselnden Stimmungen hatte als alles andere. Vielleicht wäre er die schlechteren Gefühle, die ihn zeitweise überkamen, ganz los, wenn er immer einen gewissen Pegel aufrechterhielt. Er müsste sich dann nur auch einen Fahrer zulegen, einen eigenen Ratko sozusagen. Turunen ärgerte sich immer noch, dass Koljakov Ilja und Fedor nach Hause beordert hatte. Gerade hatte er die Kerle stubenrein gehabt. Die Extraeinnahmen, die er ihnen zugeschoben hatte, waren ein Abschreibungsposten.

»Reden wir über den April«, sagte Bregovic. »Wie sieht's aus, wissen wir immer noch nichts Genaueres?«

»Koljakov will das Datum des ersten Transports bis zum letzten Augenblick geheim halten«, erklärte Turunen.

»Wieso? Vertraut er uns etwa nicht?« Bregovic hob in gespielter Verzweiflung die Arme und brach dann in schallendes Gelächter aus.

Sie gingen noch einmal Turunens Part durch. Von seiner Seite war alles vorbereitet. Er hatte drei Zollbeamte in Vaalimaa fest im Griff, sie hießen Yli-Hemmo, Ahde und Salmenautio. Drei reichten, denn einer von ihnen hatte immer zum richtigen Zeitpunkt Schicht. Im besten Falle sogar zwei. Ahde aus Hamina hatte eine heimliche Geliebte, bei der es sich passenderweise um die jüngere, unverheiratete Schwester seiner Frau handelte. Turunen hatte ihm nur eine Handvoll Fotos zeigen müssen. Der Mann wollte nicht in die Frontlinie zwischen zwei Schwestern geraten und hatte dafür Turunens vollstes Verständnis. Ihm hätte schon der Hass nur einer Frau gereicht. Salmenautio aus Imatra, der zweite, vertickte vom Zoll beschlagnahmten russischen Wodka und russische Zigaretten und sah das offenbar als eine Art Erschwerniszulage an. Darauf angesprochen, behauptete er, nur an seine nächsten Bekannten zu verkaufen, eine Behauptung, die er so lange aufrechterhielt, bis Macho ihm einen Stapel von über sechzig Fotos vorlegte, die ihn in den unterschiedlichsten Verkaufssituationen zeigten. Der stark verschuldete Salmenautio hatte mit anderen Worten erstaunlich viele nächste Bekannte, wollte ihretwegen aber keinesfalls seinen Arbeitsplatz im eher konjunkturschwachen Grenzgebiet verlieren. Nur bei Yli-Hemmo aus Virolahti hatte sich nichts Verwendbares finden lassen, doch zum Glück war dieses Muster von einem gesetzestreuen, charakterfesten Zollbeamten zugleich Familienvater und wusste es zu schätzen, dass seiner Frau Reetta und den drei Kindern Jarno, Marika und Jussi kein Haar gekrümmt würde, wenn er kooperierte. Hatte er anfangs noch mit der Polizei gedroht, würde er jetzt im richtigen Augenblick in die falsche Richtung sehen.

»Der von den dreien, der Schicht hat, bekommt eine SMS, sobald der LKW aufs Zollgelände fährt«, erklärte Turunen. »In der SMS steht nur das Kennzeichen.«

»Das reicht?«, zweifelte Bregovic. »Was ist, wenn irgendein eifriger Kollege den LKW doch zum Durchleuchten in den Tunnel winkt. Warum durchleuchten die eigentlich nicht einfach alle?«

»Das schaffen sie nicht«, sagte Turunen. Bregovics Unwissenheit tat ihm gut. Er richtete sich auf und nahm die überlegene Haltung ein, die er so schätzte. »Sie haben dort einen einzigen Tunnel, und Rezession hin oder her, Vaalimaa ist eine der belebtesten Grenzstationen der EU. Wollten die alle LKWs durchleuchten, wäre nach einem halben Tag die ganze Grenze verstopft. Sie schaffen fünf bis zehn pro Stunde. Das Durchleuchten an sich dauert nur ein paar Minuten, aber die Auswertung der Bilder und das Aus- und Einfahren brauchen Zeit«, erklärte Turunen. »Bei der Auswahl stützen sie sich auf eine Risikoanalyse, wie sie das nennen. Das heißt, sie schauen auf die Ladung, den Fahrer und das Fuhrunternehmen und gleichen das mit ihren Erfahrungswerten ab. War schon mal was oder weckt irgendetwas ihren Verdacht, schicken sie den LKW in die Röhre. Bei der Verkehrsdichte, die sie dort haben, sind das im Schnitt vier bis sechs Prozent.«

»Und unser LKW weckt keinen Verdacht?«

»Koljakovs Truppe weiß, was sie tut. Unser LKW ist absolut sauber«, antwortete Turunen und hob grinsend das Glas. »Sogar die Ladung. Die Frachtpapiere lauten auf ein paar Tonnen Weizenmehl für die Großbäckerei Pågens in Malmö.«

»Und warum schafft Finnland nicht mehr von solchen Röhren an?«, fragte Bregovic.

»Dafür schicken wir bei Gelegenheit ein Dankeskärtchen an unser Parlament«, antwortete Turunen. »Die Anlagen sind teuer, zum Glück. Und gerade investieren sie beim finnischen Zoll in ein höllenteures Informationssystem. *Import Control System* nennen sie's, vielleicht hast du davon gehört. Sollte schon letztes Jahr zum Einsatz kommen, inzwischen sind sie froh, wenn sie den Probelauf im Sommer hinkriegen. Im übrigen glaube ich, dass sie das Durchleuchten eher als Abschreckung sehen. Sie glauben, schon weil die Leute wissen, dass es so was gibt, überlegen sie sich, ob sich das Risiko lohnt.«

»Ich finde, bei vier bis sechs Prozent Kontrollen lohnt sich das Risiko fast schon ohne korrupte Zollbeamte.« Bregovic schüttelte lachend den Kopf, aber sein Gesichtsausdruck verriet ihn: Turunens Informationen hatten ihn beeindruckt.

Und der legte zufrieden nach: »Sind allerdings alles nur Übergangslösungen. Sie warten auf ein länderübergreifendes elektronisches Zollsystem, an das sich alle Speditionsfirmen, die auf EU-Gebiet tätig sind, ankoppeln müssen. Das wird für uns wieder interessant, weil dann bei unseren Freunden vom Zoll genügend Ressourcen frei werden, um sich ein bisschen mehr um die russischen Speditions- und Fuhrunternehmen zu kümmern als bisher. Mit dem neuen Zollsystem werden die Zeiten schwerer …«

»Bitte nicht noch eine Vorlesung, ich ergebe mich!« Bregovic hob die Hände. »Ich will nur, dass es bei diesen Trotteln in Vantaa so reibungslos läuft, wie du versprochen hast.«

»Hundertprozentig«, sagte Turunen, der nicht die leiseste Ahnung hatte, wie das neue Zollsystem funktionierte.

»Und auf der russischen Seite?«, fragte Bregovic.

»Koljakov sagt ja, dass sie sich um ihre Seite der Grenze selbst kümmern. In Torfyanovka gibt es keine Probleme, die müssen dort ja nur mit Scheinchen winken«, sagte Turunen. »Sobald der LKW auf der anderen Seite losfährt, gibt mir Koljakov das Kennzeichen durch, und ich melde es persönlich erst unseren Männern, die in Rajahovi im Begleitfahrzeug warten, und dann dem hilfreichen finnischen Zollbeamten. Unsere Männer begleiten den LKW dann bis nach Turku und auf die Fähre. Am Morgen darauf ist die Ladung bei euch.«

»Wäre sie, wenn die Esten und Sundström sie unterwegs nicht verschwinden lassen würden. Es ist natürlich nur ein Verdacht, den wir haben, aber selbstverständlich dürfen wir ihn Koljakov nicht verschweigen. –

Es ist so verdammt einfach, dass es schon wieder genial ist.« Bregovic lachte. »Und Sundström?«

»Hat keine Ahnung und keine Chance«, sagte Turunen.

Danach war es Zeit, aufs Gelingen ihres Plans anzustoßen.

»Eine Sache noch«, sagte Bregovic, nachdem er das Glas wieder abgesetzt hatte.

»Ja«, sagte Turunen und spürte, wie sich alle Muskeln seines Körpers strafften.

»Deine Männer im Begleitfahrzeug«, sagte Bregovic. »Die sehen, dass nichts von dem passiert, was wir den Russen über ihren LKW erzählen. Bist du dir sicher, dass die beiden Sundström gegenüber dichthalten? Ich meine, er wird sich wehren, und wenn er den Russen eine andere Erklärung anbieten kann …«

Daran hatte Turunen natürlich auch schon gedacht. Er hatte Pakarinen und den jungen Levola für die Begleitung vorgesehen und wusste, dass es keine Idealbesetzung war. Pakarinen war kein Problem, ein Stück Scheiße, ein Junkie der niedrigsten Sorte, der schon seit Jahren um eine Beförderung oder wenigstens eine bessere Bezahlung bettelte. Für den Job würde er zu Fuß nach Rajahovi laufen. Bei Vesa Levola lagen die Dinge anders: Turunen hatte zu seiner eigenen Überraschung bemerkt, dass er anfing, den Jungen zu mögen. Um ihn tat es ihm fast ein bisschen leid. Aber Geschäft war Geschäft. Er musste auf Nummer sicher gehen und konnte sich keine Sentimentalitäten leisten. Turunen kannte sich: In ein paar Monaten würde er sich nicht mal mehr daran erinnern, den Jungen jemals getroffen zu haben.

»Ich hab die nötigen Vorkehrungen getroffen«, sagte er.

Die nötigen Vorkehrungen hatten sogar einen Namen: Macho. Macho war nicht von ungefähr schon so lange sein wichtigster Mitarbeiter: Er tat, was man ihm befahl, und stellte keine überflüssigen Fragen. Auf Macho verließ er sich auch diesmal, er hatte ihn sogar mehr als gewöhnlich ins Vertrauen gezogen, indem er ihm eröffnete, dass er ihm einen Aufschlag zahle, weil er sich nach dem Job irgendwo anders würde Arbeit suchen müssen. So viel wusste Macho, aber nichts, was die Operation hätte gefährden können.

»Vorkehrungen?«

»Sie werden nicht reden«, sagte Turunen. »Sobald sie auf der Fähre sind, melden sie sich bei *meinem* Vertrauensmann.« Er zögerte, bevor er fortfuhr: »Sie erwarten einen anderen Lohn für ihre Arbeit als den, den sie tatsächlich bekommen.«

»Und wer ist dein Vertrauensmann?«, fragte Bregovic.

»Das musst du nicht wissen«, antwortete Turunen. »Jedenfalls wird man sie mit einer Kugel im Kopf in ihrem Wagen finden, auf der Turuntie, der alten Staatsstraße nach Turku, falls es dich interessiert. Das Ganze macht die Geschichte mit den Esten noch ein bisschen plausibler.«

Bregovic nickte bedächtig. »Nicht übel. Mir gefällt nur nicht, dass der Vertrauensmann am Leben bleibt. Jeder kann reden.«

»Der nicht«, sagte Turunen. »Er weiß, dass er tot ist, wenn er's tut. Er ist nicht dumm. Und wenn er sieht, wie es Sundström ergeht, wird er froh sein, nichts mit ihm zu tun zu haben.«

Bregovic war einen Augenblick still, dann nickte er und schenkte Whisky nach. »Du hast recht, niemand wird mehr etwas mit ihm zu tun haben wollen. Um den LKW-Fahrer kümmert sich Ratko, sobald sein Prachtstück ordentlich in unserer Halle parkt. Dann checken wir beide die Ladung, und du nimmst deinen Anteil und bist ein reicher Mann mit einem schönen neuen Namen.« Bregovic hob lächelnd das Glas. »Auf Peter Öhman! Danach werden wir uns kaum noch einmal wiedersehen.«

Diesmal tranken sie auf gute Partnerschaft und den umso traurigeren Abschied, mit dem sie enden würde.

»Wo ist diese Halle?«, fragte Turunen. Der Whisky brannte wohltuend im Magen.

»In Veddesta, dem Industriegebiet«, sagte Bregovic. »Im Runstensvägen, falls du die Gegend kennst.«

»Nein«, sagte Turunen. »Wer wird noch dort sein?«

»Warum?« Bregovics muskulöser Oberkörper bewegte sich um eine Spur nach vorn.

»Nur so«, sagte Turunen. »Wir wollten den Kreis ja möglichst klein halten.«

»Nur ich werde dort sein.« Bregovic lächelte wieder. »Und natürlich

Ratko, der dich von dort zum Flughafen bringt. Du willst doch sicher gleich weg?«

Turunen warf einen Blick Richtung Eingangshalle. Dort saß Ratko aufrecht in einem Sessel und starrte zu ihnen her. Als er seinen Namen hörte, lächelte er. Turunen sah erst jetzt, dass ihm, grob überschlagen, die Hälfte der Zähne fehlte. Turunen war zufrieden. Mit den zwei Serben würde er es aufnehmen, auch wenn sie ehemalige Soldaten waren. Die beiden waren selbstsicher und überheblich, sie rechneten nicht damit, dass er ihnen gefährlich werden könnte. Andererseits … Wenn er sich Ratko ansah, gab es sogar eine noch bessere Lösung. Er musste nur dafür sorgen, dass Bregovic von selbst darauf kam, und ihn dann behutsam lenken.

»Nun denn, dann warten wir auf den April«, sagte Turunen. »Und auf Koljakovs Anruf.«

»Aber vergiss Sundströms Bullen nicht«, sagte Bregovic.

»Nein, natürlich nicht«, sagte Turunen und dachte: Bingo! »Da gibt's nur ein Problem.«

»Welches?«

»Ich hab im Moment keinen verlässlichen Mann, der sich darum kümmern könnte«, sagte Turunen wahrheitsgemäß. Tatsächlich hatte es in den letzten Monaten unter seinen Mitarbeitern Verluste gegeben – nur dass er selbst daran nicht ganz unschuldig war.

»Wieso?«

»Nun«, begann Turunen, »meiner Meinung nach wäre es vernünftig, es noch am selben Abend zu erledigen, an dem der LKW durch Finnland fährt.«

»Wieso?«

»Weil es perfekt zu dem passt, was wir den Russen über Sundström und den Bullen stecken. Es wird aussehen, als hätte Sundström ein Exempel statuieren wollen«, erklärte Turunen. »Außerdem, je mehr gleichzeitig passiert, desto länger werden alle Beteiligten brauchen, um durch die komplizierte Materie durchzusteigen. Sicher, wir können es vorher erledigen, aber warum die Russen vor der Zeit irritieren? Und hinterher kann jedenfalls ich mich nicht mehr darum kümmern.«

Bregovic überlegte und ließ Turunen dabei nicht aus den Augen. Dann nickte er. »Du hast recht.«

»Bestimmt. Und ich selbst hab an dem Tag schon zwei Männer im Begleitfahrzeug und meinen Vertrauensmann dicht hinter ihnen.« Turunen zuckte die Achseln. »Ich hab in letzter Zeit zu viele Männer verloren, und ich hab vor allem keinen mehr, der Erfahrung mit Sprengstoff hat. Sowieso findest du in Finnland schlecht einen, der einen Polizisten umbringt, das ist einfach so bei uns.«

»Shit«, zischte Bregovic.

»Nur weil's ja deine Idee war … Ich dachte, vielleicht weißt du auch eine Lösung.«

Bregovic warf einen Blick zu Ratko hin. Turunen hielt sich an seinem Whisky fest, während die beiden in ihrer Gorillasprache palaverten, das heißt, Ratkos Antworten waren einsilbig, nur Bregovic redete wie ein Wasserfall.

Schließlich wandte sich Bregovic wieder an Turunen. »Ratko macht es.«

»Und wir zwei nehmen es mit dem Fahrer auf?«

»Ist das eine Frage oder ein Witz?«, fragte Bregovic. Seine Brustmuskeln zuckten unter dem dünnen T-Shirt. »Fehlt nur noch, dass du wissen willst, ob Ratko sich mit Sprengstoff auskennt. *Ich* werde mich um den Fahrer kümmern, wenn's recht ist.«

»Okay«, sagte Turunen. »Einverstanden.«

Turunen leerte sein Glas. Er hatte alles richtig gemacht. Der Plan wurde mit jedem Schachzug besser. So würde Ratko zwar einstweilen am Leben bleiben, aber Turunen war sich sicher, dass die Russen Ratko in Schweden schneller finden würden als Ratko ihn in seinem Versteck irgendwo am anderen Ende der Welt. Diesmal wartete Turunen nicht, bis Bregovic nachschenkte, und goss sich selbst einen weiteren Whisky ein. Er hatte Grund zu feiern.

»Du weißt schon, wer er ist?«

»*Wer* ist?«, fragte Turunen, der einen Augenblick nicht bei der Sache gewesen war.

»Der Bulle.«

»Ja«, antwortete Turunen. »Er heißt Juha Viitasalo. Ich hab seine Adresse.«

»Gut. Du kannst ihn aus deinem Adressbuch streichen«, sagte Bregovic.

Turunen warf einen Blick auf Ratko, der mit seinen wenigen Zähnen zu ihm herüberlächelte. Als sich ihre Blicke trafen, schoss Ratko wieder mit dem Finger auf ihn und blies den Pulverdampf fort. Turunen zweifelte keine Sekunde an Bregovics Worten. Aus Kriminaloberkonstabler Juha Viitasalo war soeben ein lebender Leichnam geworden.

Der Abend hatte sich schon über den Hesperia-Park gesenkt, als sie die rutschigen Wege in Richtung Meer hinuntergingen. Viitasalo sah Sari von der Seite an. Ihr Gang war nicht mehr so schwerfällig und wirkte nicht mehr so mechanisch wie noch im Januar. Die Veränderung war bemerkenswert. Das Wächserne war von Saris Gesicht gewichen. Die abendliche Kälte hatte ihre Wangen rot gefärbt, sah Viitasalo, wenn sie für kurze Augenblicke unter der überstehenden Kapuze des Wintermantels sichtbar wurden. Er fand Sari schön wie einen Engel. Sie hatte auch ihren Humor wieder, und das war ein gutes Zeichen. Sie sprachen über die eben an die Öffentlichkeit geratene Nachricht von dem Wanzenproblem, das sie in der geschlossenen Psychiatrischen Abteilung gehabt hatten.

»Für mich kamen die Tierchen gerade recht. Wenn sie nicht für die Kammerjäger die Station hätten schließen müssen, wäre ich vielleicht immer noch auf der Geschlossenen«, sagte Sari. »Als wir die Wanzen zum ersten Mal gesehen haben, sind wir fast durchgedreht. Katja, meine Zimmernachbarin, du weißt schon, war sich hundertprozentig sicher, dass wir eines Morgens alle beide als riesengroße Ungeziefer aufwachen. Gregor Samsa im Zentralklinikum. Für kurze Zeit hab ich da tatsächlich dran geglaubt. Darum haben wir uns auch nicht getraut, dem Pflegepersonal etwas von den Wanzen zu sagen. Wir dachten, dann halten die uns für vollkommen verrückt.«

Viitasalo traute sich erst zu lächeln, als Sari selbst in Lachen ausbrach.

»Bis zur Hiekkarannatie?«, fragte Viitasalo, als sie die Hietakannaksentie erreichten und das eisige Meer mit den leeren Bootsstegen vor sich liegen sahen. »Nur wenn dir nicht zu kalt ist …«

»Geht schon«, sagte Sari und ließ ein Lächeln aufblitzen.

Sie überquerten die Straße nebeneinander. Viitasalo wusste, dass es ihnen beiden gleich ging: Sie hatten so viel zu besprechen, dass sie nicht wussten, wo anfangen und wann. Bei seinen früheren Besuchen hatten sie die Stille mit Gerede über die Rezession und Barack Obama niedergekämpft. Viitasalo hatte sich über Jarkko Nieminens Formschwankungen beklagt, und sie waren sich einig gewesen in ihrem Entsetzen über den Stillstand auf dem finnischen Immobilienmarkt und die wachsende Arbeitslosigkeit. Mit anderen Worten, sie hatten über alles, nur nicht über sich selbst geredet.

»Liina übernachtet bei Marketta«, sagte Viitasalo. »Ich dachte, ein bisschen Abwechslung tut ihr gut. Ich bin, glaube ich, gerade keine spannende Gesellschaft.«

»Du hast ihr hoffentlich Teddy Pontus mitgegeben?«

»Das musste ich gar nicht, darum hat sie sich selbst gekümmert. Ich war nur für die nicht so wichtigen Dinge zuständig, für den Schlafanzug und die Zahnbürste und so was.« Viitasalo lachte. »Sie hofft, dass du zu ihrem Geburtstag nach Hause darfst.«

»Ich auch«, sagte Sari.

Sie gingen schweigend bis zur südlichen Hesperiankatu. Vor den Tennishallen blieb Sari plötzlich stehen. Sie lächelte.

»Weißt du noch?«, fragte sie und zeigte an Viitasalo vorbei.

Viitasalo hätte sich nicht umzudrehen brauchen. Hinter ihm stand eine verschneite Eisbude. Auf dem schmalen Brett am unteren Rand der verriegelten Verkaufsluke hatte sich eine kleine Schneewehe angesammelt, aus der sich von der Brettkante herabhängende Eiszapfen formten. Im Februar hatte es schon ein paar sonnige Tage gegeben. Bald kam der Frühling, man bildete sich nicht mehr nur ein, dass die Tage länger wurden.

»Nach dem letzten heftigen Schnee ist wieder das Eichhörnchen am Gartenzaun entlanggesprungen«, sagte Viitasalo. »Die Spuren waren so gleichmäßig, dass es aussah, als hätte der Zaun in den Schnee gebissen.«

»Weißt du's wirklich nicht mehr?«, sagte Sari und stieß ihn in die Seite.

»Doch. Du warst die schönste Eisverkäuferin, die ich je gesehen hatte. – Und das bist du immer noch.«

»Dir ist die oberste Kugel ins offene Hemd gefallen, und dann bist du gehüpft. So …« Sari begann herumzuspringen und dabei mit beiden Händen hektisch den Bauch abzutasten.

»Rum wärmt, Rumrosineneis leider nicht«, sagte Viitasalo. »Und ich hatte auch noch ein weißes Hemd an. Ich weiß noch, wie die Leute in der Straßenbahn geguckt haben. Die dachten, ich hätte mich vollgereihert.«

Sari blieb stehen und wurde wieder ernst.

»Was ist?«, fragte Viitasalo.

»Und du hast wirklich keine andere?«

»Hab ich noch nie gehabt. Und werde ich auch nie haben. Du und Liina seid alles, was ich habe«, sagte Viitasalo. »Alles, was mir was bedeutet. Ohne euch hätte ich ...« Er suchte nach den richtigen Worten. »Alles andere ist mir nicht wichtig. – Wie bist du überhaupt auf so eine Idee gekommen?«

Sie sahen einander an. Viitasalo meinte, Tränen in ihren Augen zu sehen. Oder vielleicht waren es auch seine eigenen, die ihn alles durch einen wässrigen Nebel sehen ließen. Er machte den Schritt, der sie trennte, und nahm Sari in die Arme. Sie hielt sich wie in einem Krampf an ihm fest. Viitasalo spürte jetzt, wie groß seine Sehnsucht nach ihr gewesen war. Seit Sari ins Krankenhaus gekommen war, hatten sie einander nicht einmal an den Händen gehalten. So, wie er sie jetzt spürte, hätte er sie am liebsten nie mehr losgelassen.

»Entschuldigung«, flüsterte Sari.

»Du musst dich nicht entschuldigen. Ich war blind«, flüsterte Viitasalo. »Ich hab einfach nicht gesehen, wie schlecht es dir ging. Wir waren beide ... Wir hätten mehr aufeinander achten sollen.«

»Ich wollte nicht sterben«, flüsterte Sari. »Ich wollte nur ...«

»Ich weiß.« Viitasalo strich seiner Frau über den Rücken. »Ich weiß. Alles wird sich ändern, alles wird gut«, fuhr er fort und hob Saris Kinn für einen Kuss.

Zwei Stunden später saß Viitasalo in der Küche und rechnete. Es ging ihm gut. Nachdem der Damm erst einen Riss bekommen hatte, waren die Worte geradezu aus ihnen herausgestürzt. Sie waren Hand in Hand bis zum Badestrand in Hietaniemi gegangen und hatten zum ersten Mal seit langem wieder miteinander gesprochen: über ihre Ängste, ihre Liebe und ihre Träume. Als Viitasalo andeutete, wie satt er seine Arbeit habe und dass er sich ernsthaft überlege, ob er etwas Neues anfangen solle, reagierte Sari gar nicht so, wie er befürchtet hatte. Im Gegenteil: Sein Frust über die Arbeit war ihr schon länger aufgefallen.

»Man muss tun, was einem das Herz sagt«, hatte sie gesagt.

»Der kleine Prinz«, hatte Viitasalo schmunzelnd geantwortet.

»Ja, man muss es machen wie der kleine Prinz.« Sari blieb vollkommen ernst. »Wenn wir's jetzt nicht tun, tun wir's nie. Dann werden wir nie was ändern.«

»Und wenn wir's nicht schaffen?«, sagte Viitasalo, der auf das Tempo, das Sari vorlegte, nicht gefasst gewesen war. Plötzlich kamen ihm Zweifel. Vielleicht hatte er nur Tagträume geträumt, für kurze Zeit bei Gedanken Halt gesucht, von denen er nur zu gut wusste, wie unrealistisch sie waren. Vielleicht hatte er sich im Innersten sogar gewünscht, dass Sari dagegen war. »Finanziell, meine ich«, hatte er hinzugefügt.

»Wir können das Haus verkaufen«, hatte Sari, ohne zu zögern, geantwortet. »Ich hatte auch genügend Zeit, mir alles Mögliche zu überlegen, und ich bin zu dem Schluss gekommen, dass mir meine Gesundheit wichtiger ist als Geld und überhaupt alles Materielle. Schau dir doch die Welt an: Alle großen Probleme kommen von der Gier.«

»So ist es«, hatte Viitasalo gemurmelt.

»Ich finde es schön, dass wir uns genau dieselben Dinge überlegt haben.« Sari hatte Viitasalos Hand ein wenig fester gedrückt. »Wir könnten zum Beispiel aus Helsinki wegziehen, irgendwohin, wo man mit weniger Geld auskommt. Uns fällt schon was ein. Zur Not machen wir eine Eisbude auf.«

Genau da hatte Saris Sicherheit Viitasalo angesteckt. Alles konnte sich ändern. *Sie* konnten sich ändern. Sie konnten wirklich eine Eisbude aufmachen, warum nicht?

Viitasalo war bei der zweiten Tasse Kaffee, als sein Diensthandy klingelte. Es steckte in der Jacke draußen in der Diele.

»Scheiße.« Irgendein Einsatz war das letzte, wovon er sich den Abend verderben lassen wollte.

»Hier Ville Kousa von der KRP. Wir sollten uns treffen.«

»Wann?«

»Gleich.«
»Du meinst, jetzt?«
»Ja.«
»Weißt du, wie spät es ist?«
»Ja.«
»Das geht nicht so einfach.«
»Doch.«

Eine halbe Stunde nach dem Anruf saß Viitasalo in einem Geländewagen, den Ville Kousa steuerte. Sie überquerten die Brücke über den Ring 1 und fuhren bergab in Richtung Maunula. Viitasalo sah nur das Profil des ihm vom Hörensagen bekannten Kommissars von der KRP. Stoppelhaare betonten noch die Adlernase des ungefähr Fünfzigjährigen.

»Warum sollte ich eigentlich nicht den eigenen Wagen nehmen?«, fragte Viitasalo, dem der Kommandoton, den Kousa von Anfang an angeschlagen hatte, überhaupt nicht gefiel. »Was soll das Ganze?«

»Erst mal wirst du alles, was du in den nächsten Stunden zu hören bekommst, für dich behalten«, antwortete Kousa, ohne Viitasalo anzusehen.

»Wie zum Beispiel was?«

»Wie zum Beispiel, dass ein gewisser Hartikainen, nach dem du per Mail gefragt hast, leider verstorben ist«, sagte Kousa. »Morgen wirst du nämlich eine anderslautende Nachricht in der Sache erhalten, eine Meldung der spanischen Guardia Civil, vermittelt über Europol und von uns an dich weitergeleitet. Du wiederum leitest sie weiter an Markus Falck von eurem Dezernat für Gewaltverbrechen.«

»Geht's irgendwie so, dass ich's verstehe?«

»Der Inhalt der Nachricht wird sein, dass Hartikainen in der vorletzten Woche in Malaga gesehen worden ist. Er ist nur leider wieder abgetaucht, weil der internationale Haftbefehl nicht rechtzeitig da war«, antwortete Kousa.

»Und was soll die Scheiße?« Viitasalo hatte gerade nicht die Nerven für so ein Geplänkel. »Warum wollt ihr den Tod von diesem Hartikainen geheim halten?«

»Hartikainen war unser Mann«, sagte Kousa. »Er ist aufgeflogen, und sie haben ihn umgebracht. Wir wollen nur nicht, dass euer Kollege uns mit seiner Morduntersuchung in die Quere kommt.«

»Bei was in die Quere kommt?«, brüllte Viitasalo. »Was ist für euch wichtiger als eine Morduntersuchung? Und warum erzählst du mir das eigentlich, Scheiße noch mal? Mitten in der Nacht?«

»Weil ich wissen will, wie viel ihr wisst«, antwortete Kousa und zog den Wagen auf die Tuusulantie. »Und besonders du.«

»Besonders ich?«, wiederholte Viitasalo.

»Ja. Zum Beispiel wüsste ich gern, ob du etwas über Sundström weißt, was wir nicht wissen und von dem wir im Moment auch nicht wollen können, dass es irgendjemand anders erfährt«, sagte Kousa und warf zum ersten Mal einen Seitenblick auf Viitasalo. »Du hast heftige Vermutungen über Sundström angestellt. Woher hast du deine Informationen? Und woher hast du gewusst, dass Hartikainens Verschwinden was mit Sundström zu tun hat?«

»Rückschlüsse«, antwortete Viitasalo vorsichtig. Er musste auf der Hut sein. Und er konnte schlecht zugeben, dass er von der Verbindung zwischen Sundström und Hartikainen keinen blassen Schimmer gehabt hatte. Hartikainens Tod hatte also mit Sundström zu tun. Aber was, Himmel noch mal? Das kam davon, wenn man einer Knalltüte wie Falck einen Gefallen tat. »Was Sundström betrifft: Ich hab natürlich meine Informationen, aber was Handfestes hab ich gegen ihn noch nicht finden können. Versucht hab ich's schon oft genug.«

»Du traust mir nicht.« Kousa lachte kurz auf. »Du *musst* irgendetwas gegen Sundström in der Hand haben. Als du ihn Kivi überlassen hast, dachte ich schon, du hättest den Fall zu den Akten gelegt, aber du hast weitergemacht. Ich bin fast vom Stuhl gefallen, als deine Mail wegen Hartikainen kam. Wie, zum Teufel, bist du auf die Verbindung gekommen?«

Viitasalo schwieg. Was sollte er auch sagen? Dass das Ganze ein blöder Zufall war, würde Kousa ihm nicht abnehmen.

»Okay, verstehe.« Kousa grinste. »Wir haben jedenfalls beschlossen, dich ins Vertrauen zu ziehen, damit ihr nicht noch mehr Unheil anrichtet als sowieso schon.«

»Unheil?«

»Ja.« Kousa zeigte aufs Handschuhfach. »Da ist was für dich drin.«

Viitasalo klickte das Handschuhfach auf und fand einen Umschlag.

»Mach ihn auf!«

Viitasalo nahm den Umschlag und öffnete ihn.

»Scheiße, das gibt's nicht!«, sagte er, als er das oberste Bild sah.

Es waren um die zwanzig Fotos. Auf den ersten parkte er mit seinem Wagen im Parkhaus des Itäkeskus-Einkaufszentrums, und neben ihm auf dem Beifahrersitz saß Pakarinen. Auf einem Foto reichte ihm Pakarinen ein Päckchen, auf dem nächsten reichte er Pakarinen ein Bündel Scheine. Ein Foto zeigte Pakarinen, wie er aus dem Wagen ausstieg, auf dem nächsten war Viitasalo wieder auf dem Weg zur Ausfahrt. Das letzte Foto zeigte Pakarinen an einer der Eingangstüren des Einkaufszentrums. Er schaute über die Schulter und lächelte bestimmt nicht für die Kamera, die ihn heimlich aufnahm.

Auf den restlichen Bildern spielten Viitasalo und Kivi die Hauptrolle. Erst parkten sie in ihrem Mondeo in der Harjukatu, dann sah man sie auf dem Weg zum Tor des Hauses, in dem Sundström wohnte. Sie hatten sogar Kivi in Sundströms Wohnzimmer fotografiert. Man sah nur eine dunkle Gestalt, aber wenn man ihn kannte, konnte man Kivi erkennen. Auf dem Foto, das sie beim Verlassen des Hauses zeigte, wirkte Viitasalos Miene angespannt. Wahrscheinlich war es dieselbe Miene wie jetzt. Es folgten Fotos vom Rückweg zum Wagen. Das letzte Foto zeigte Sundström auf den Armen der Polizisten, die ihn zum Streifenwagen trugen. Im Hintergrund stand Kivi mit dem Handy am Ohr. Wahrscheinlich rief er ihn gerade an. Auf allen Fotos waren das Datum, die genaue Uhrzeit und die Namen der abgebildeten Personen notiert.

»Was ist das?«, fragte Viitasalo ungläubig.

»Wir haben Sundströms Wohnung den ganzen Herbst rund um die Uhr überwacht. Wir hätten Sundström gern weiter im Visier behalten, aber ihr habt anders entschieden: Ihr habt ihn besucht und ihm was untergeschoben«, erklärte Kousa. »Auch Pakarinen haben wir den ganzen Herbst über beschattet. Dein Einkauf und die Hausdurchsuchung bei Sundström – wir brauchten nur eins und eins zusammenzuzählen. Nur begreife ich, ehrlich gesagt, nicht, was du damit bezweckt hast. Du bist schon so lange hinter Sundström her, noch länger als wir – und dann vermasselst du alles, indem du Pakarinen ein Päckchen Speed abkaufst, um Sundström mit einer Strafe dranzukriegen, die er auf einer Backe absitzt. Ich begreif's echt nicht. Was spielst du für ein Spiel mit Sundström?«

»Ich wollte ihn aus dem Verkehr ziehen, damit ich in Ruhe gegen ihn ermitteln kann«, antwortete Viitasalo. »Und wenn ihr die ganze Zeit Bescheid gewusst habt, warum habt ihr mich dann nicht auffliegen lassen?«

»Warum sollten wir? Wir haben immer noch dasselbe Ziel: Sundström dranzukriegen.«

»Was ist es dann, was du nicht verstehst?«

»Zum Beispiel warum du ausgerechnet Pakarinen was abgekauft hast. Sollte es ein besonders genialer Schachzug ein, und ich bin nur zu dumm, um's zu kapieren? Und warum ist Sundström auch noch direkt in deine Falle gelaufen?«

»Ich versteh nicht.«

»Weißt du's wirklich nicht?« Kousa hatte an der Ampel auf der Sturenkatu angehalten.

»*Was* soll ich wissen?«

»Dass Pakarinen auf Sundströms Gehaltsliste steht. Jedes Geschäft, das du mit Pakarinen machst, machst du auch mit Sundström«, erklärte Kousa. »Auf jeden Fall erfährt er davon, Pakarinen ist einer seiner engsten Vertrauten. Du weißt so gut wie wir, dass Sundström nicht blöd ist. Und jetzt die Preisfrage: Wenn er gewusst hat, dass ihr ihm ein Geschenk hinterlassen habt, warum ist er dann trotzdem in die Wohnung zurückgegangen?«

Viitasalo schaute aus dem Seitenfenster. Erst hatte er nichts sagen wollen, jetzt wusste er nicht, was er sagen sollte. Sundström hatte ihn zum Narren gehalten. Kousa fuhr wieder an.

»Scheiße noch mal«, sagte er ungläubig. »Du hast es nicht gewusst. Das heißt … Weißt du eigentlich, was für eine Dimension die ganze Sache hat?«

»Scheint so, als ob ich tatsächlich gar nichts wüsste«, antwortete Viitasalo kaum hörbar. »Ich wusste weder das von Pakarinen noch das von Hartikainen. Falck hat mich um Hilfe gebeten, und ich hab Hartikainen mit Sundström zusammengerührt, weil es die erstbeste Untersuchung war, zu der die Anfrage bei euch halbwegs passte. Sie sollte ja plausibel klingen.«

»Das ist nicht dein Ernst?«

»Doch«, seufzte Viitasalo. »Ich bin nicht das Superhirn, für das du mich offenbar gehalten hast, tut mir leid. Ich bin nur ein ganz gewöhnlicher dummer Polizist, der sich eine Zeitlang reichlich überschätzt hat, aber es schon eine ganze Weile nicht mehr tut. Gerade hab ich beschlossen, den Laden zu verlassen und mir was zu suchen, wofür ich besser geeignet bin. Am besten drehst du um und bringst mich zurück. Was immer du vorhast, kannst du besser allein. Wie gesagt: Tut mir leid.«

»Immer mit der Ruhe«, sagte Kousa. »Wenn ich noch einen Beweis gebraucht hätte, dass man dir vertrauen kann, wäre es unser Gespräch. Wir brauchen so jemanden in eurem Laden.«

»Wofür?«

»Du willst Sundström um jeden Preis drankriegen, und wir wollen Sundström und noch jemanden mehr. Wir ticken gleich«, erklärte Kousa, »und du bist Sundström näher auf die Pelle gerückt, als du denkst. Wir wollen dich dabei haben.«

»Und wenn ich nicht will?«

»Dann lass ich dich wegen dem verbotenen Scheinkauf und der Fälschung von Beweismitteln auffliegen«, antwortete Kousa so locker, als hätte ihn Viitasalo nach der Uhrzeit gefragt.

»Okay. Ich hab's mir überlegt.«

»Gut. Und damit du gleich keinen Mist verzapfst, sag ich dir jetzt, wohin die Reise geht.«

»Nämlich?«

»Wenn ich's kompliziert machen wollte, würde ich sagen, nach Afghanistan und Russland«, sagte Kousa. »Unter anderem.«

»Alles klar. Und schön: Ich bin in beide Länder noch nicht gekommen.«

»Wir sind auf dem Weg ins Innenministerium.«

»Und was wollen wir dort?«

»Wart's ab.«

»Was machen wir hier?«

»Wart's ab!«, brummte Macho.

Vesa saß neben Macho, der den Wagen auf dem Parkplatz der Shell-Tanke in Koivuhaka geparkt hatte, und gähnte. Es war die Antwort, die Macho seit einer halben Stunde wie ein Sprechapparat wiederholte.

»Im Ernst jetzt, sag!«

»Einen Job erledigen«, brummte Macho.

»Einen Job erledigen? Ich hab meinen Job gestern erledigt«, sagte Vesa störrisch.

Er war genervt. Erst gestern wieder eine Tallinn-Tour, da konnte er sich was Besseres vorstellen, als spätabends mit Macho in einem immer kälter werdenden Auto zu hocken. Dass er die Pistole hatte mitbringen müssen, gefiel ihm auch nicht.

»Gestern war gestern, und jetzt ist jetzt«, sagte Macho.

Machos Sturheit machte Vesa noch nervöser, als er es sowieso war. Schon die gestrige Tour war nicht normal gewesen. Es fing damit an, dass Macho anrief und nicht Turunen wie sonst immer. Dann war er allein unterwegs gewesen, ohne Irma, und Macho hatte seine Fragen genauso wenig beantworten wollen wie heute. Zum Glück war alles gut gegangen.

»Danke«, schnaubte Vesa, »dann weiß ich ja endlich Bescheid.«

»Du hast ab heute einen neuen Arbeitsbereich«, sagte Macho nach einer Weile.

»Irma auch?«, fragte Vesa. Vielleicht wurde Macho doch noch gesprächiger.

»Gewissermaßen. – Wenn du's unbedingt wissen willst: Sie ist gestorben«, sagte Macho und sah ihn von der Seite an. »Du bist zu neugierig, wenn du mich fragst.«

»Gestorben?«, wiederholte Vesa ungläubig.

»Wie die meisten Menschen, wenn sie erst mal alt genug sind«, sagte

Macho. »Obwohl man natürlich auch jung sterben kann. Auf alle möglichen Arten.«

»Wann ist sie gestorben?«

»Ende Januar.«

»Und was ist mit ihrem Sohn, Markku?«

»Den hat man wahrscheinlich ins Heim gesteckt.«

»Wahrscheinlich?«

»Scheiße, was weiß denn ich!«, fuhr Macho ihn an. »Bin ich beim Städtischen Pflegedienst, oder was?«

Vesa war für eine Weile still. Irma? Was hatte sie ihm im Dezember gesagt:

Es ist besser nachzugeben, als mit dem den Kopf immer gegen dieselbe Wand zu laufen. Man lernt das, wenn man älter wird. Irgendwann begreift man, dass die Wand härter ist als der Kopf.

So war es wohl. Aber würde er es jemals lernen? Irma hatte es lernen müssen, auf die harte Tour. Und jetzt hatte man ihren Sohn doch ins Heim gesteckt. Würde es dort jemanden geben, der ihn vors Fenster setzte, damit er den Autos nachschauen konnte? Hatte er überhaupt ein Fenster zur Straße? Vielleicht war da nur die Wand des Nachbarhauses, und Markku verwelkte vor sich hin, so wie Vesas Mutter gerade vor sich hin verwelkte.

Nach Weihnachten war Mutter bald wieder in ihre frühere Lethargie versunken. Sie sprach schon lange nicht mehr von irgendwelchen Kursen, und als er vor ein paar Tagen von Tiina nach Hause gekommen war, hatte er zum ersten Mal wieder die vertraute Runde angetroffen: Make, Jatta und Mutter. Nur Vater fehlte, und einen Augenblick hatte Vesa sich vorgestellt, er säße mit in der stockbesoffenen Runde. Wäre Vater der vierte in der Runde gewesen, hätte alles der Traum einer Nacht sein können, die sich nur wie ein paar Monate anfühlte. Aber Vater saß nicht als vierter mit im Wohnzimmer. Da saßen nur drei, und auf dem Tisch standen zwei leere *Koskenkorva*-Flaschen.

Das Schlimmste war Mutters Blick gewesen: Als er ins Zimmer kam, hatte sie ihn angesehen, das Glas gehoben und es auf ex getrunken. Er war in sein Zimmer geflüchtet, ohne etwas zu sagen. Sie gab ihm die

Schuld. Als hätte er Vater retten können! Und jetzt wartete sie darauf, dass er das Versprechen einlöste, das sie ihm an Heiligabend abgepresst hatte. Oder wollte sie ihm nur zeigen, dass sie endlich ihre Lektion gelernt hatte? So wie Irma? Dass sie sich in ihr Schicksal fügte?

»Wenn's dich tröstet: Du sitzt hier, damit du bald frei bist«, sagte Macho und riss Vesa aus seinen Gedanken. »Das heißt, wenn du tust, was man dir sagt.«

»Frei?«

»Du denkst doch nicht, dass wir für den Rest unseres Lebens auf demselben Ast hocken?« Macho lachte kurz und trocken. »Noch ein Job, dann sind die Schulden von deinem Alten auf null, und dir bleiben sogar noch fünftausend übrig.«

»Und dann?«, fragte Vesa, der plötzlich seinen Vater vor sich sah, an dem Abend, als sie in seinem Hiace zur Baustelle fuhren und auch er das Bild von den Ästen verwandte, auf denen die Leute saßen.

»Dann war's das«, sagte Macho. »Dann kannst du für den Rest deines Lebens machen, was du willst. Jedenfalls werden wir uns kaum noch mal über den Weg laufen.«

»Und was ist mit den Fotos?«, fragte Vesa.

Macho runzelte die Stirn, doch dann hellte sich seine Miene auf. »Ach ja, *die*. Die sind bei mir gut aufgehoben. Sie sind die Garantie, dass deine Lippen versiegelt bleiben und dir nicht doch irgendwann Eis von der Waffel tropft.«

»Und was soll das für ein Job sein?«, fragte Vesa, der das Bild von der Waffel bescheuert fand.

»Du wirst Leibwächter«, antwortete Macho.

»Ich? Und auf wen soll ich aufpassen? Auf dich?«

»Heute auf mich, in ein paar Wochen eher auf *etwas*«, sagte Macho. »Nach heute Abend gehst du für eine Weile auf Stand-by, und irgendwann im April kriegst du einen Anruf.«

»Das ist alles?«, wunderte sich Vesa.

»Ja. Würde nur nicht schaden, wenn du in der Zwischenzeit ein bisschen mit der Firmenspritze übst.«

»Und weil du mir das alles sagen wolltest, sitzen wir hier?«

»Nein, deshalb«, sagte Macho und zeigte auf einen alten amerikanischen Schlitten, der langsam auf den Parkplatz glitt. »Hol die Pistole raus, und leg sie so auf den linken Oberschenkel, dass man sie gut sieht, wenn ich die Tür aufmache.«

»Warum?«

»Und versuch zur Abwechslung mal nicht so auszusehen, als ob du dich gleich selbst damit erschießt. Los jetzt! Mach ein Gesicht wie ein Profi!«

Vesa gehorchte und legte die Waffe auf den Oberschenkel. Die Scheinwerfer des amerikanischen Schlittens, der etwa zehn Meter links von ihnen angehalten hatte, erloschen, und die Beifahrertür wurde geöffnet. Als die Innenbeleuchtung anging, sah Vesa zwei Männer. Einer mit Bart und Pferdeschwanz stieg mit einer Sporttasche aus. Der Fahrer blieb im Wagen. Vesa sah, dass er die typische Lederweste einer Motorradgang trug.

»Gib mir das, was zuoberst im Handschuhfach liegt!«, sagte Macho.

Vesa öffnete das Handschuhfach und zog einen Stapel Straßenkarten heraus. Er sah, dass darauf Orte angekreuzt waren.

»Gib schon her!«, sagte Macho ungeduldig. Er hatte die Tür auf der Fahrerseite schon geöffnet.

»Was muss ich sonst noch tun?«, fragte Vesa.

»Hoffentlich nichts«, antwortete Macho.

Er ließ die Tür weit offen, und Vesa saß im Licht der Innenbeleuchtung. Die Pistole auf seinem Oberschenkel musste gut zu sehen sein, und Macho sorgte auf dem Weg zu dem amerikanischen Schlitten dafür, dass sie immer sichtbar blieb. Vesa zitterte und wusste, dass es nicht von der Kälte kam. Er spürte mehr, als dass er sah, wie er von den beiden Männern angestarrt wurde.

Macho hatte es nicht eilig. Der Bärtige wartete, lässig an den Wagen gelehnt, auf ihn, und sie begrüßten sich. Vesa versuchte, eine möglichst steinerne Miene aufzusetzen. Er hörte nicht, was die Männer sagten, aber er sah, wie Macho, der ihm den Rücken zukehrte, über die Schulter hinweg mit dem Daumen auf ihn zeigte. Der Bärtige sah an Macho vorbei und winkte Vesa zu. Darauf wechselten die Karten und die Sporttasche den Besitzer, und Macho kam gemächlich zurück, öffnete die hintere Tür auf der Fahrerseite und warf die Tasche auf den Rücksitz. Vesa sah, wie der amerikanische Schlitten davonglitt. Bei der Tankstellenausfahrt leuchteten noch einmal die Bremslichter auf, dann war er verschwunden.

»Na also. Du wirst schon noch ein guter Leibwächter, wart's ab«, sagte Macho, als er sich auf den Fahrersitz setzte. »Du kannst die Spritze wegstecken«, fügte er hinzu und drehte den Zündschlüssel um. »Ich möchte nicht, dass du mich bei der ersten Bodenwelle erschießt.«

Vesa sah auf seine Hand, die immer noch die Pistole umklammerte. Er erinnerte sich an den Oktober, daran, wie schwer es ihm da noch gefallen war, die Pistole überhaupt anzufassen. Gerade eben war es anders gewesen. Für einen Augenblick hatte er sogar so etwas wie Stärke gespürt, die von der Waffe auf ihn überging. Ihm wurde bewusst, dass er weder vor Kälte gezittert hatte noch ausschließlich vor Angst. Zur Angst, die er zweifellos gehabt hatte, war eine Spur Spannung hinzugekommen, die gespannte Erwartung, dass vielleicht etwas passieren würde. Als Macho zurückgekehrt war, hatte er für einen winzigen Augenblick sogar so etwas wie Enttäuschung verspürt.

»Was ist in der Tasche?«, fragte Vesa, während er die Pistole in die Brusttasche seiner Jacke schob.

»Geld«, antwortete Macho. »Verdammt viel Geld.«

»Für die Karten?«

»Was du gestern abgeholt hast, liegt schön verteilt im Wald.«

»Und sie holen es mit den Karten?«

»Nicht unbedingt. Kann sein, dass sie die Karten irgendwelchen Dealern weiterverkaufen, über die der Stoff dann auf die Straße kommt«, erklärte Macho und bog an der ersten Kreuzung nach der Tanke in Richtung Helsinki ab.

»Wär's nicht einfacher, man gibt ihnen gleich den Stoff?«

Macho schaute Vesa an und schüttelte den Kopf. »Bist du so blöd, oder tust du nur so? Du würdest locker mit vier Kilo Speed im Auto sitzen und warten, dass die Rocker aus Lahti kommen und so lieb sind, dir die Kohle rüberzureichen, ja?«

»Die hätten uns doch auch so erschießen können und sich die Karten greifen.«

»Und was glaubst du: Läge die Ware wohl noch an Ort und Stelle, wenn sie danach dort auftauchen? Mann, natürlich haben wir jemanden, der Telefonwache hält! Wenn ich ihn nicht innerhalb von fünf Minuten anrufe, geht er hin und gräbt alles wieder aus.« Sie fuhren jetzt auf der Tuusulantie. »Manchmal frag ich mich, ob du nicht doch nach deinem Vater schlägst.«

Vesa sagte nichts. Er schaute auf das Lichtermeer, das rechter Hand vorüberflitzte. Die Gegend war ein einziges Industriegebiet.

»Weißt du, warum ich dich heute dabeihaben wollte?«, fragte Macho.

»Warum?«

»Ich wollte, dass du sieht, in was für sicheren Händen unser Geschäft ist. Ich dachte, ein bisschen Ruhe und Sicherheit könntest du für deinen neuen Job gebrauchen«, erklärte Macho.

»Danke«, sagte Vesa. Beides war ihm in der Tat verloren gegangen. Er ließ sich treiben, und ob die Strömung ihn in Richtung Meer oder Kloake trug, hing von anderen ab. Er hatte darauf keinen Einfluss. Auch nicht darauf, ob unterwegs etwas an ihm hängen blieb.

»Es ist gut gelaufen«, sagte Macho und stieß Vesa den Ellbogen in die Seite. »Du wirst einen guten Job machen.«

»Und wenn ich nicht will?«

»Natürlich willst du. Denk dran: Danach ist es vorbei. Alles«, brummte Macho. »Es sei denn natürlich, dass du auf den Geschmack gekommen bist und einen eigenen Laden aufmachen willst. Ich meine, inzwischen hast du halbwegs eine Ahnung, wie das Ganze läuft. Wenn's so ist, geb ich dir nur einen kleinen Rat: Überleg's dir gut. Die Konkurrenz ist verdammt hart, die beschissene Rezession lockt immer mehr Leute an, und Verräter gibt's fast so viele, wie Karten im Spiel sind. Es ist ein beinhartes Geschäft ohne den Glamour, den sich manche komischerweise erwarten. Andererseits ist es auch wieder so … Ich meine, in einer Hinsicht hat dein Vater schon recht gehabt.«

»Und in welcher Hinsicht soll das gewesen sein?«

»Wo sonst kriegst du ohne Ausbildung so einen exklusiven Job, hat er gesagt«, sagte Macho lachend.

»Ich dachte, da hättest du geschlafen«, sagte Vesa.

»Soso, dachtest du …«

»Was hast du eigentlich zu dem Bärtigen gesagt?«

»Wann?«

»Bevor er mir zugewinkt hat.«

»Er hat mich gefragt, warum du so die Augen zusammenkneifst, ob du vielleicht eine Brille brauchst. Ich hab ihm gesagt, dass du immer so aussiehst, wenn du dich konzentrierst. Und dann hab ich ihm erzählt, dass du das letzte Mal so ausgesehen hast, als du deinen eigenen Vater erschossen hast.«

»Danke«, sagte Vesa. Es war eine Sauerei und schmeichelte ihm trotzdem irgendwie. Wenn man ihm vor vier Monaten gesagt hätte, dass er sich mal was darauf einbilden würde, dass jemand Respekt vor ihm hatte, weil er ihn für den Mörder seines eigenen Vaters hielt …

»Nichts zu danken.« Macho fischte ein kleines Gefrierbeutelchen aus der Jackentasche und warf es Vesa auf den Schoß.

»Was ist das?«

»Fünfzig Gramm Speed.«

»Und was soll ich damit?«

»Das ist dein Lohn. Extrajob, Extralohn. Pfeif's dir ein, wenn dir nichts anderes einfällt. Aber nimm nicht zu viel, man kann schnell nicht mehr genug davon kriegen.«

Vesa schaute auf die Tüte. »Ich will das Zeug nicht, ich nehm keine Drogen. Ich will meinen Lohn in Geld.«

»Mach damit, was du willst. Im Prinzip *ist* es übrigens Geld. Die Tüte da bringt über einen Tausender«, sagte Macho und warf einen Blick auf die Uhr am Armaturenbrett. »Zeit anzurufen. Nachher geht noch seine Uhr vor.«

Vesa schob das Beutelchen in die Jackentasche. Dann schloss er die Augen und stellte sich vor, er wäre irgendwo anders. Er spürte das Gewicht der Pistole in der Brusttasche. Er hörte zwar Machos Stimme, aber er hörte ihm nicht zu. Er konzentrierte sich ganz auf sich selbst und seine

Waffe. Wie würde es sich anfühlen, sie wirklich zu gebrauchen? Vielleicht sollte er Machos Rat befolgen und üben. Es musste ja nichts bedeuten. Wäre kein Schritt in die falsche Richtung. Er würde es nur zu seiner eigenen Sicherheit tun. Er musste es, insbesondere wenn er sich dazu entschließen sollte, das Tütchen in seiner Jackentasche zu Geld zu machen.

Viitasalo war müde, aber er unterdrückte das Gähnen. Sein Blick löste sich von der Thermoskanne, den Tassen und dem Schnittchenteller auf dem Konferenztisch und glitt über die versammelten Männer. Außer ihm waren es vier im Kellergeschoss der Kirkkokatu 12. Ihm direkt gegenüber saß Jari Sandman, der sich ihm als Oberinspektor der Nachrichtenabteilung der KRP vorgestellt hatte. Sandmans Händedruck hatte perfekt zu seiner drahtigen Gestalt gepasst, die auf regelmäßige Besuche im Fitnessstudio schließen ließ. Rechts von Sandman saß Kousa und links von ihm Inspektor Teemu Karila von der operativen Abteilung der KRP. Karilas Spezialgebiet war die internationale Zusammenarbeit in der Verbrechensbekämpfung. Jonas Liljeberg, von dem Viitasalo nur ein leerer Stuhl auf derselben Seite des Tisches trennte, hatte sich als beratender Beamter des Innenministeriums eingeführt, roch aber eindeutig nach Geheimdienst. Andererseits, warum hätte er sich ihm gegenüber als etwas anderes ausgeben sollen, als er tatsächlich war? Viitasalo wusste es nicht und war zu müde, um darüber nachzudenken. Ohnehin war dies eine unwirkliche Veranstaltung.

Schon bald nach ihrer Ankunft hatte Viitasalo feststellen müssen, dass seine Welt sich von der der übrigen Anwesenden fundamental unterschied. Jedenfalls war es bis heute Abend so gewesen. Das erste, was er erfuhr, war, das zeitgleich mit der *Project-Millennium*-Tagung ebenfalls in Stockholm noch eine zweite Zusammenkunft zu genau demselben Thema stattgefunden hatte, nur auf einer höheren Ebene sozusagen. Ville Kousa hatte daran teilgenommen.

»Man könnte es eine Art Schattentagung nennen«, hatte er, an Viitasalo gewandt, erklärt. »Eine Tagung war die für die Öffentlichkeit, auf der auch nur das zur Sprache kam, was für die Öffentlichkeit bestimmt war. Bei der anderen Zusammenkunft ging es um Informationen, die nur einem kleinen, ausgewählten Personenkreis vorbehalten sind.«

Viitasalo hatte es so verstanden, dass man ihn gleich spüren lassen wollte, was für eine vergleichsweise kleine Nummer er war. »Mit anderen Worten war die Tagung, bei der *ich* war, für die Katz.«

»Wie manches, was wir trotzdem tun müssen«, hatte Kousa seine Bemerkung quittiert. »Und selbstverständlich gibt es Informationen, die wir nicht jedem zur Verfügung stellen können. Nicht einmal innerhalb der Polizei.«

»Polizisten halten Informationen vor Polizisten zurück.« Die Bemerkung hatte sich Viitasalo nicht verkneifen können.

»Sei nicht kindisch. Wir halten Informationen zurück, damit sie nicht zu den internationalen Verbrecherorganisationen durchsickern«, hatte Karila sich ins Gespräch eingemischt. »Im konkreten Fall den organisierten Rauschgiftsyndikaten. Eigentlich ganz simpel.«

»Wer Summen bewegt wie der weltweite Rauschgifthandel, kann sich alles kaufen«, war Liljeberg ihm beigesprungen. »Sogar Polizisten.«

»Das bestreite ich nicht«, hatte Viitasalo gesagt. »Ich habe meinen Millennium-Ordner gelesen. Aber wenn ich es recht verstehe, sitze ich wegen Sundström hier. Was haben eure streng geheimen Informationen mit Sundström und mit mir zu tun? Und überhaupt mit Finnland?«

Die anderen am Tisch hatten sich angesehen, und Sandman hatte Kousa zugenickt.

»Du selbst hast Finnland als kommendes Transitland bezeichnet«, hatte Kousa gesagt. »Richtig geraten. Zum Teil. Aber ich bin mir sicher, dass du im falschen Maßstab gedacht hast. Wenn du deinen Ordner genau gelesen hast, ist dir sicher die Diskrepanz zwischen den produzierten und dem Handel zur Verfügung stehenden Rauschgiftmengen und der augenblicklichen Situation auf dem europäischen Drogenmarkt aufgefallen?«

»Ja. Die Märkte gehen schon seit ein paar Jahren zurück, obwohl die russische Mafia immer größere Teile des afghanischen Heroins aufgekauft hat. Damit die Russen von ihren gigantischen Investitionen profitieren, müssten die Heroinmärkte aus allen Nähten platzen. Über die schiefe Gleichung hab ich mir allerdings den Kopf zerbrochen«, hatte Viitasalo geantwortet.

Die anderen hatten genickt, und Viitasalo hatte für einen kurzen Moment das Gefühl gehabt, mit ihnen auf Augenhöhe zu verkehren.

»Womit wir dem Grund unseres Treffens allmählich näher kämen«, hatte Liljeberg gesagt.

Viitasalo hatte die Achseln gezuckt, um zu zeigen, dass er immer noch nicht verstand, was man von ihm wollte.

»Das Beste wird sein, ihm alles von Anfang an zu erklären«, hatte Sandman gesagt.

»Wo fangen wir an?«, hatte Liljeberg gefragt. »Beim Sturz der Taliban?«

»In etwa«, hatte Sandman geantwortet. »Aber mach's bitte kurz!«

»In jedem Fall wird es eine lange Nacht«, hatte Karila gemurmelt und auf die Uhr geschaut.

Karila sollte recht behalten. Sie saßen schon annähernd zwei Stunden in dem Konferenzraum, und erst jetzt erschien eine Karte auf der Projektionsleinwand, die auch Finnland verzeichnete. Viitasalo schenkte sich Kaffee nach und zwang seine Gedanken, die sich immer wieder einmal selbständig machten, zurück in den sauerstoffarmen Raum.

Die Karte zeigte ganz Europa und reichte im Osten bis zu den Staaten nördlich des Persischen Golfs und der Bucht von Oman.

»… wieder die alte Schmuggelroute über den Norden«, hörte er Sandman sagen. Den Anfang des Satzes hatte Viitasalo verpasst, aber er sah die Pfeile von Afghanistan in die nördlichen Nachbarstaaten ragen. »Der größte Teil des Opiums wird über die alten Sowjetstaaten Tadschikistan und Turkmenistan nach Kasachstan und von dort aus weiter nach Russland transportiert.«

»Moment mal!«, unterbrach ihn Viitasalo. »Du hast von Opium gesprochen. Haben die Russen nicht in diese mobilen Labors investiert, die von den afghanischen Drogenbaronen selbst benutzt werden?«

»Schon, aber seit mehr Truppen aus der EU und den USA vor Ort sind, geht die Produktion in Afghanistan selbst zurück. Die Kontrolle ist besser geworden«, antwortete Sandman. »Außerdem ist der Transport von Opium für die Russen lukrativer«, fügte er hinzu, tippte etwas auf seinem Laptop und wandte sich dann wieder der Karte zu. »Die Straßen dort sind in schlechtem Zustand, aber die Route ist sicher, und darauf kommt es an. Auf der unteren Ebene werden die Grenzposten und Zollbeamten bestochen, und auf höherer Ebene werden die Politiker geschmiert. Der größte Teil des Opiums wird inzwischen in Jekaterinburg oder Omsk zu Heroin veredelt.«

Sandman tippte wieder auf dem Laptop, und ein Kartenausschnitt zeigte nur noch das westlich des Ural gelegene Russland und Europa. Gleichzeitig tauchten die Namen der größten russischen Städte auf der Karte auf.

»Von Jekaterinburg und Omsk aus wird das Heroin auf mehrere verschiedene Lager verteilt. Ein Teil geht natürlich hinter den Ural und auf die eigenen russischen Märkte, aber der größere Teil wird nach Rostow gebracht, von wo ein Teil nach Woronesch und ein Teil in die Nähe von Moskau transportiert wird. Der Rest, etwa ein Viertel, wird in der Nähe von St. Petersburg gelagert.« Während Sandman redete, wurden die genannten Städte auf der Karte rot eingekreist.

Viitasalo betrachtete das Band, das diese Kreise bildeten. Alle Städte befanden sich verhältnismäßig nah an der russischen Westgrenze. Auf der Höhe von Rostow begann hinter der Grenze die Ukraine, auf der Höhe von Woronesch Weißrussland, auf der Höhe von Moskau lagen Lettland und Litauen und auf der Höhe von St. Petersburg Estland und Finnland.

»Die Partie aus Rostow geht, in kleinere Mengen aufgeteilt, in verschiedene Lager in der Ukraine«, sagte Sandman und ließ Pfeile von Rostow auf die ukrainische Seite zeigen. »Von Woronesch aus verteilen sie die Partie auf Lager in Weißrussland und in der nördlichen Ukraine. Von Moskau geht ein Teil nach Osten, nach Samara, Ufa, Perm und Nowgorod, und ein Teil in Richtung Westen nach Lettland und Litauen.«

Die russische Westgrenze war inzwischen ein Dschungel von Pfeilen, der kaum noch zu durchschauen war. Viitasalos Augen schmerzten.

»Ein Teil dessen, was in Moskau lagert, bleibt natürlich auf dem dortigen Markt«, redete Sandman unbeirrt weiter. »Wie du vielleicht weißt, verzeichnet Russland jedes Jahr über hunderttausend Herointote. Wir sprechen also nicht von einem kleinen Binnenmarkt.«

Viitasalo nickte, obwohl ihm die Zahl neu war. Millionen von Heroinjunkies gleich hinter der Ostgrenze – hoffnungsvoll in Bezug auf Finnlands Zukunft stimmte das nicht gerade.

»Und nun zu dem, was uns am meisten interessiert, zu St. Petersburg«, sagte Sandman und machte eine kleine Pause, in der er den Kartenausschnitt noch ein Stück weiter verkleinerte. Jetzt tauchten auch die Namen von finnischen Städten auf. »Ein Teil bleibt natürlich auch hier auf dem einheimischen Markt. Aber darüber hinaus haben wir keine Informationen über die Bewegungen des in St. Petersburg gelagerten Heroins.«

»Vielleicht, *weil* es sich nicht bewegt«, dachte Viitasalo laut.

»Genau.« Liljeberg schnippte mit den Fingern. »Tatsächlich ist es so, dass aus allen von Sandman erwähnten Lagern, egal wie man rechnet, nur ein Bruchteil auf den Markt gelangt. Es ist, als ließe die russische Mafia Unmengen von Heroin schon seit Jahren einfach liegen. Wenn man dem UNODC und Europol glauben will, ist das genau der Grund dafür, dass der Heroinpreis im Straßenhandel dramatisch steigt, obwohl es in Afghanistan zwei Rekordernten hintereinander gegeben hat und der Erzeugerpreis regelrecht zusammengebrochen ist.«

»Ein bisschen wie zu Zeiten der Taliban«, fügte Karila hinzu. »Alles sieht nach Marktregulierung und Preiskontrolle aus.«

»Aber was haben die vor?«, fragte Viitasalo.

»Irgendwann, und wir denken, ziemlich bald, werden die Russen auf einen Schlag gewaltige Mengen Heroin auf die europäischen Märkte werfen«, antwortete Karila. »Wenn dann die Preise einbrechen, sind die anderen draußen. Und die Russen haben so große Lager, dass sie den Bedarf auf den europäischen Märkten für gut zwei Jahre decken können. Das ist für die anderen eine zu lange Zeit. Was uns dann bevorsteht, liegt auf der Hand. Billiges Heroin, die miese Stimmung aufgrund der globalen Rezession, Millionen Arbeitslose, dazu jeden Tag mehr junge Leute ohne Zukunftsperspektive … Verstehst du, was ich sagen will?«

»Es wird Millionen neue User geben, russische Verhältnisse«, antwortete Viitasalo leise.

»Und *nach* den zwei Jahren können die Russen den Afghanen die Preise diktieren«, fuhr Kousa fort. »Sie können mehr anbauen lassen oder Geld für die Zerstörung der Felder verteilen – sie werden die Märkte regulieren, wie es ihnen am besten passt.«

»Die Afghanen produzieren jährlich circa zweitausendfünfhundert bis dreitausend Tonnen Opium«, ergänzte Liljeberg. »Macht etwa dreihundert Tonnen Heroin. Wenn die Schätzungen über die Mengen, die sie kaufen, stimmen, haben die Russen abzüglich dessen, was sie schon auf den eigenen und den europäischen Markt geworfen haben, noch mindestens sechzig Tonnen Heroin auf Lager.«

»Augenblick!« Viitasalo hob die Hand. »Das ist nicht dein Ernst.«

»Vorsichtig geschätzt«, sagte Liljeberg. »Es könnten auch achtzig Tonnen sein.«

Viitasalo spürte, wie sich ihm der Hals zuschnürte. »Und ein beträchtlicher Teil davon wird über Finnland transportiert?«

»Garantiert.« Kousa nickte. »Wir wissen nur nicht, wann und mit welcher Größenordnung wir rechnen müssen. Wir wissen auch nicht, ob sie es über Land oder über Wasser transportieren wollen. Was wir wissen, ist, dass Finnland eines der Transitländer für die Heroinschwemme sein soll – und dass es bis zu den ersten Transporten nicht mehr lange hin ist.«

»Wenn sie es im TIR-Containerverkehr versenden«, fuhr Karila fort, »wird die Ware über Finnland nach Schweden transportiert und dort in kleinere Partien für Mitteleuropa aufgeteilt. Ist sie erst mal aus Schweden heraus, wird es bedeutend schwieriger, wenn nicht gar unmöglich, die Transportwege zu verfolgen.«

»Aber die Container sind doch plombiert«, sagte Viitasalo. »Sie müssen vorgeschriebene Routen nehmen, der Abfertigungs- und der Zielort sind bekannt, und die Plomben werden unter Aufsicht der Zollbehörden geöffnet. Wie wollen sie das alles unterlaufen? Man kann sich alles Mögliche unterwegs denken, aber den Zielort dürfen sie, soweit ich weiß, auf keinen Fall ändern.«

»Das ist der Knackpunkt«, sagte Liljeberg. »Der zuständige Zollbeamte kann den Zielort nämlich sehr wohl ändern: auf Bitten des für die Zielortbestimmung Zuständigen, das heißt des befugten Absenders, und mit der Einwilligung des Abfertigungsorts.«

Viitasalo brauchte nicht lange, um auf die Schwachstelle zu kommen: »Also braucht man nur den russischen Zoll?«

»Zum Beispiel«, grinste Kousa.

»Trotzdem ist doch der Zoll wieder dabei, wenn die Plomben am Zielort geöffnet werden«, überlegte Viitasalo laut. »Auch wenn der sich ändert, oder?«

»Es gibt nichts, was sich nicht umgehen lässt«, sagte Sandman. »Vor ein paar Jahren wollten die Russen sogar Teile für MiG-29-Kampfflugzeuge über Finnland nach Lettland transportieren. Aus Lettland sollten sie dann in Dritteweltländer verschoben werden.«

Viitasalo hatte von der Sache nichts gehört.

»Auch viele andere nicht«, räumte Sandman ein. »Die Sache wurde von beiden Seiten, von den Letten *und* von uns, nicht an die große Glocke gehängt. Wichtig für uns ist nur, dass der Mann hinter der Transaktion ein in die Privatwirtschaft übergewechselter früherer Oberst der Sowjetarmee war, dessen Firma mit der lettischen Regierung zusammengearbeitet hat.«

»Der lettische Staat ist mit der Firma eines russischen Waffenschiebers verbandelt?«

»Natürlich nicht.« Sandman lächelte. »Als die Sache an der finnischen Grenze aufflog, haben die Letten nicht lange gefackelt. Dem Herrn Oberst hätten seine legalen Einkünfte wohl nicht gereicht, hat man hinterher verlauten lassen.«

»Und wenn der Schmuggel nicht aufgeflogen wäre?«

Sandman zuckte, immer noch lächelnd, die Achseln. »Es sollte nur ein Beispiel dafür sein, dass die Abkommen keine Garantie sind.«

»Und es gibt andere Tricks«, fuhr jetzt Karila fort. »Geister-LKWs und perfekte Fahrzeugdoubletten. Da stimmt alles bis hin zur Fahrgestellnummer. Oder sie tauschen mit einem in Finnland registrierten LKW die Nummernschilder und so weiter und so weiter.«

»Von ein paar solchen Sachen hab ich schon gehört«, sagte Viitasalo. »Aber nie so konkret.«

»Womit wir bei Sundströms Rolle wären. Und natürlich auch bei deiner«, sagte Liljeberg.

»Und die wäre?«

»Deine Aufgabe ist es, im Fall Sundström auf die Bremse zu treten«, antwortete Kousa. »Versuch ihm den Eindruck zu vermitteln, dass du nur wegen des Großhandels und des Schmuggels von Amphetaminen hinter ihm her bist. Und lass ihn glauben, dass du kurz davor bist aufzugeben. Ich weiß, dass dir das gegen den Strich geht, aber nach dem, was du jetzt weißt, wirst du einsehen, dass es in unser aller Interesse notwendig ist. Dein Einmannkrieg gegen Sundström darf unsere gemeinsame Arbeit nicht behindern. Wenn du deinen Job aufgeben und das Drogendezernat verlassen willst, tu's, wenn diese Operation vorüber ist. Du kannst es dann auch erhobenen Hauptes tun, denn wenn wir Sundströms Rolle aufdecken, müssen deine Kollegen zugeben, dass sie sich geirrt haben.« Kousa lächelte wie zuvor Sandman. »Wir packen uns Sundström richtig.«

»Und wir reden von der größten Operation, die je von den Polizeien verschiedener Länder gemeinsam durchgeführt wurde«, setzte Karila hinzu. »Wenn alles gut geht, bist du dabei, wenn Geschichte geschrieben wird. Wir Finnen werden es nicht vermasseln, verlass dich drauf. Wir wissen schon, wo wir mit der Operation ansetzen müssen, davon sind die anderen noch Welten entfernt.«

Viitasalo musste das alles erst sacken lassen. Von ihm wurde also nicht mehr und nicht weniger verlangt, als das zu tun, was er schon viereinhalb Jahre lang tat: im Fall Sundström Nebelkerzen zu werfen und zu bremsen.

»Ich hätte noch ein paar Fragen«, sagte Viitasalo schließlich. »Vielleicht kommen sie euch dumm vor ...«

»Heißt das, du bist dabei?«, unterbrach ihn Liljeberg.

Viitasalo zuckte die Achseln. »Wenn ich es richtig verstanden habe, braucht ihr mein Ja nicht wirklich. So gesehen gibt es nur noch ein Aber.«

»Nämlich?«, fragte Liljeberg.

»Kivi leitet die Untersuchungen im Fall Sundström.«

Liljeberg lächelte. »Das ist kein Problem.«

»Aha«, sagte Viitasalo.

»Und was waren deine Fragen?«

»Warum sind die Russen beim *Millennium*-Projekt nicht dabei, wenn sie das Problem am meisten angeht?«

»Ihr Inlandsgeheimdienst FSB ist sogar einer der Initiatoren des Projekts«, antwortete Liljeberg. »Der Bericht unterschlägt das aus taktischen Gründen. Sie haben schon vor Jahren einen Agenten in die Drogenmafia eingeschleust, der auch bei der Operation eine wichtige Rolle spielt. Den Mann dürfen wir nicht gefährden. Das kleinste Leck, und du kannst dir vorstellen, was ihm blüht. Der Mann arbeitet jeden Augenblick unter Einsatz seines Lebens.«

»Umso mehr wundert mich, wie die Russen sich verhalten«, sagte Viitasalo. »Wenn sie die Lager alle schon kennen, warum hebt der FSB sie dann nicht einfach alle gleichzeitig aus?«

»Weil man erstens davon ausgehen muss, dass die andere Seite auch jemanden beim FSB eingeschleust hat«, erklärte Liljeberg. »Und weil man zweitens die Chance sieht, mit einem gezielten Schlag das ganze System zu knacken. Wenn der FSB nur die Lager aushebt, bricht die Kette an genau der Stelle ab. Wir wollen sie aber alle: die Importeure und die Groß- und Zwischenhändler bis hinunter zu den Dealern, die den Stoff auf die europäischen Straßen bringen.«

»Im übrigen«, mischte sich Karila ein, »kennt der FSB nicht die genauen Lagerplätze. Es gibt nur Vermutungen, manche sogar nur aufgrund von Satellitenbildern.«

»Man hat das Gefühl, dass bei der Sache ziemlich viel auf Vermutungen beruht«, sagte Viitasalo.

Kousa fuhr, und Viitasalo saß schweigend neben ihm. Er starrte in den dichten Schnee, der ihnen im Scheinwerferlicht entgegen wirbelte, und versuchte der Informationsflut Herr zu werden, die sich in den letzten Stunden über ihn ergossen hatte. Er hatte viel gehört, und es war wenig Greifbares übrig geblieben.

»Worüber denkst du nach?«, fragte Kousa, als sie sich in Richtung Tuusula einordneten. Das dichte Schneetreiben hatte schon prächtige Schneewehen an die Lärmschutzwände gepackt.

»Glaubst du im Ernst, dass so was überhaupt machbar ist?«, fragte Viitasalo schließlich.

»Ich weiß es nicht. Wir halten alles in einem möglichst kleinen Kreis, aber so eine Operation ist kompliziert, und manchmal geht alles schrecklich zäh. Und natürlich gibt es Risiken. Wahrscheinlich kommen die Russen mit der Hälfte der Transporte durch. Meine Erfahrung sagt mir, dass die Grenzen immer Grenzen bleiben, da können die noch so viel Feiertagsreden auf eine EU-übergreifende Verbrechensbekämpfung halten. Und hier müssen auch noch Russland und andere osteuropäische Länder mitspielen, die gar nicht zur EU gehören. Wo kein Geld ist, hat die Moral ausgespielt, insbesondere in der jetzigen wirtschaftlichen Situation.«

»Du bist pessimistisch?«

»Nein, Realist. Die Hälfte Rauschgift weniger wäre auch ein Sieg in der Abwehrschlacht. Hauptsache, wir verpatzen's nicht. Für Finnland geht's hier auch um die Ehre, du hast Karila ja gehört.«

»Du hast mir noch nicht erzählt, wer dieser andere Jemand ist, hinter dem ihr im Zusammenhang mit Hartikainen noch her wart«, sagte Viitasalo. »Außer Sundström, meine ich.«

»Und das werde ich auch nicht«, antwortete Kousa. »Ich kann dir nur so viel sagen, dass wir in letzter Konsequenz hinter demselben Mann her waren wie du: eben Sundström.«

»Und zwischen ihm und Hartikainen gibt es noch jemanden. Oder mehrere.«

»Die hinter ihm nicht zu vergessen«, sagte Kousa. »Aber das braucht dich nicht zu kümmern. Du bist hier der Bremser, nicht der, der aufs Gas drückt. Je lahmarschiger du in Bezug auf Sundström bist, desto besser. Und wie ich sagte: Lass es ihn merken. Setz ihm zu, aber lass ihn glauben, dass du müde bist.«

»Das muss ich ihm nicht mal vorspielen.«

»Es geht hier um zwei, höchstens drei Monate. Und halt dich von Pakarinen fern, und sieh zu, dass es die anderen auch tun.«

»Wir reden also von irgendwann im April?«

Kousa bemerkte den kleinen Fehler, den er gemacht hatte.

»Da siehst du, warum wir alles unter dem Teppich halten. Ein falsches Wort, und du hast einen Mitwisser mehr.«

»Heißt das, ihr habt schon ein Datum?«

»Nein.«

»Du vertraust mir also doch nicht?«

»Vor allem hab ich gelernt, dass es kein hundertprozentiges Vertrauen gibt. Fünfundsiebzig Prozent sind schon sehr gut, damit kann man leben«, sagte Kousa. »Muss man sogar leben.«

»Klingt zynisch«, bemerkte Viitasalo. »Vertraust du wenigstens dir selber?«

»Nein, mir selber am allerwenigsten.« Kousa lachte.

»Und wie veranschlagst du mich?«

»Hoch genug«, antwortete Kousa. »Darum sitzt du hier.«

Und nicht hinter Gittern, ergänzte Viitasalo in Gedanken. »Trotzdem verrätst du mir das Datum nicht.«

»Ich sag doch: Wir haben es noch nicht.«

»Erfahrt ihr's von dem Agenten des FSB?«, setzte Viitasalo hartnäckig nach.

»Ja. Obwohl auch das nicht hundertprozentig sicher ist. Nach meinen Informationen ist die ganze Ostmafia so zersplittert, dass die eine Hand nicht weiß, was die andere tut. Und ihre Geschäftspartner sind genauso unsichere Kantonisten. Schlecht, wenn man sich ein Gesamtbild machen will, aber natürlich gut, wenn man nach Schwachpunkten sucht.«

»Aber irgendjemand muss bei denen doch den Überblick behalten?«

»So jemanden gibt es auch«, gab Kousa ihm recht.

»Und wer dieser Herr oder diese Dame ist, weiß man nicht?«

»Doch«, antwortete Kousa. »Der FSB hat eine klare Vorstellung davon, wer die russische Mafia leitet und finanziert, aber die Organisation ist so verschachtelt, dass man dafür noch keinerlei schlüssige Beweise hat. Es reicht nicht einmal für eine Verhaftung, geschweige denn für einen Prozess. Niemand weiß genug. Oder ist bereit, drüber zu reden.«

»Oder niemand *will* einen Prozess, vielleicht nicht mal alle beim FSB«, mutmaßte Viitasalo. »Vielleicht hat man dort Angst, was dann alles zum Vorschein kommt. Vielleicht gibt es Verbindungen zu Personen und Institutionen, für die es um mehr geht als um die Frage, ob man einen Mafiaboss aus dem Verkehr zieht.« Der Maßstab war ein anderer, aber die Situation war mit seiner eigenen durchaus vergleichbar, gestand sich Viitasalo im Stillen ein.

»Denkbar, wenn man weiß, was in Russland los ist«, sagte Kousa.

»Seid ihr sicher, dass ihr dem FSB-Agenten vertrauen könnt? Was, wenn er ein doppeltes Spiel spielt?«

»Daran haben wir auch schon gedacht«, sagte Kousa und lenkte den Wagen auf die Pakilantie. Die Reifen knirschten im tiefen Schnee.

»Und?«

»Und was? Uns bleibt nichts anderes übrig, als ihm zu vertrauen, sonst können wir die ganze Operation vergessen.«

»Verstehe«, sagte Viitasalo. »Und hat der FSB euch auch den Namen des vermutlichen Big Boss genannt?«

»Der ist kein Geheimnis«, antwortete Kousa. »Demirchyan. Aram Demirchyan.«

»Näher werde ich meiner Heimat nie mehr kommen«, sagte Aram Demirchyan melancholisch. »Es ist ein Jammer. Obwohl Armenien arm ist und nur elend schlechte Straßen hinführen, lebt dort das gastfreundlichste, hilfsbereiteste und freundlichste Volk der Welt.«

Koljakov nickte, während Demirchyans Blick sich vom hinter der steinernen Balustrade blitzenden Schwarzen Meer ab- und ihm zuwandte. Koljakov fühlte sich in der Gesellschaft des Armeniers mit der Intellektuellenbrille immer unwohl, und dass er aus dem St. Petersburger Winter ein paar tausend Kilometer bis an die südlichste Grenze Russlands gereist war, machte es ihm nicht leichter. Der Temperaturunterschied betrug über zwanzig Grad, und er saß mit viel zu dicken Kleidern auf der Dachterrasse von Demirchyans Sommervilla.

Koljakov hielt die Armenier für alles andere als ein herzliches Volk. Vor zwanzig Jahren führten sie einen Krieg mit Aserbaidschan, und binnen kurzem hatten die Nachbarstaaten 30 000 Einwohner weniger, eine beachtliche Zahl für ein Gemetzel zwischen zwei so kleinen Ländern. Einen Frieden hatte man bis heute nicht schließen können, im Gegenteil brachen immer neue Kämpfe aus.

Demirchyans spät erwachter Patriotismus erschien umso merkwürdiger, wenn man, wie Koljakov, seine persönliche Geschichte kannte. Der heute 44-Jährige hatte sein geliebtes Heimatland, seine Verwandtschaft und das ihm teure ungesäuerte Brot schon 1985 verlassen, als er erst nach Wolgograd gezogen war und zwei Jahre später nach Moskau, um an der dortigen Universität Mathematik zu studieren. Soweit Koljakov wusste, hatte Demirchyan seine Heimat seitdem nicht einmal mehr mit dem Flugzeug überflogen.

»Wusstest du, dass Eriwan älter ist als Rom?«, fragte Demirchyan. Die dunklen Augen hinter der Brille hefteten sich wieder auf Koljakov, dessen Hintern an dem Rattanstuhl festzukleben drohte, auf dem er nicht sehr bequem saß. »2791 Jahre, eine der ältesten Städte der Welt.«

»Das wusste ich nicht«, antwortete Koljakov, der gelernt hatte, Demirchyan zuzuhören und interessant zu finden, was er sagte, auch wenn der Ararat-Cognac in seinem Glas miserabel schmeckte und er lieber eine Dusche genommen und die Kleider gewechselt hätte. Er schwitzte, dass ihm die dicke Brille beschlug und das Gestell am Gesicht festklebte. »Kommst du aus Eriwan?«

»Nein«, sagte Demirchyan überraschend scharf. »Aus Hrasdan, dem ehemaligen Akhta, am Westufer des Sevan-Sees. Das Tal und die Stadt waren ein Juwel an der armenischen Krone, jetzt ist alles heruntergekommen. Ruinen und eine DDT-verseuchte Natur.« Der Armenier spülte den Mund mit Cognac. »Trotzdem ist es schön, aufs Meer zu schauen und zu wissen, dass auf der anderen Seite, gleich hinter Georgien, die eigene Heimat liegt.«

Koljakov warf einen Blick auf die Sonne und unterdrückte den Impuls zu sagen, dass Demirchyan eher in Richtung Samsun in der Türkei schaute. Seine Heimat lag ein ganzes Stück weiter links.

»Wenn du schon hier bist, musst du auch in die Stadt. Sotschi ist ein beeindruckendes Zeugnis stalinistischer Architektur.« Demirchyan lachte. »Wusstest du, dass sie sogar eine finnische Partnerstadt haben?«

»Nein. Welche?«

»Espoo. Womit wir beim Geschäft wären. Wie steht's mit Finnland?«, fragte Demirchyan und rückte seinen Stuhl näher an den Tisch. Die Sehnsucht nach der Heimat schien vergessen.

»Alles bereit für April, in Schweden auch«, antwortete Koljakov. Er wollte ebenfalls eine Frage stellen, ließ sich aber Zeit. Ihm gegenüber saß ein wesentlich intelligenterer Mann, auch das hatte er in den vergangenen vier Jahren gelernt. Demirchyan hatte mit nichts angefangen, sein einziges Kapital war sein Gehirn, und jetzt führte der Mann die zweitstärkste Mafiaorganisation Russlands, ohne dass jemals auch nur Anklage gegen ihn erhoben worden wäre. So weit brachte man es weder allein mit Glück noch durch Zufall.

Koljakov versuchte einen möglichst lockeren Ton anzuschlagen und lächelte dabei. »Was ist mit den anderen Lagern und Transporten? Ich bin doch sicher nicht der einzige, den du wegen so einer Operation kommen lässt? Ich hab aber noch keinen von den anderen gesehen.«

»Und das wirst du auch nicht, mein lieber Kolja«, sagte Demirchyan und schenkte sich von dem schlechten armenischen Cognac nach. Koljakov machte eine abwehrende Handbewegung, als sich die Flasche seinem Glas näherte. »Du hast insofern recht, als du der einzige bist, den ich hierherkommen lasse. Alle anderen werde ich nicht in mein bescheidenes Sommerhaus einladen. Und weißt du, warum nicht?«

Koljakov war versucht zu antworten, dass er selbst solche Gespräche auch lieber in Moskau geführt hätte, wohin erstens der Flug kürzer und wo zweitens das Klima im Februar nicht so abartig anders war als in St. Petersburg. Die anderen würden es da einfacher haben.

Demirchyans Sommerhaus war allerdings alles andere als bescheiden. Seinen ausschweifenden Erklärungen zufolge hatte es Anfang des 20. Jahrhunderts ein mit den Romanovs verwandter Großfürst gebaut, dessen Name ihm beim Rundgang durch die Villa nicht eingefallen war, jedenfalls sei es einer von den gerade mal acht gewesen, die nach der Revolution noch übrig waren. Die Villa sei während der Revolution mehrfach geplündert worden und habe danach siebzig Jahre lang leer gestanden, bis sie nach der Auflösung der Sowjetunion einer der über Nacht reich gewordener Oligarchen gekauft und so hergerichtet habe, wie sie sich jetzt präsentiere. Als unter Putin die Oligarchen so ihre Schwierigkeiten bekommen hätten, habe er, Demirchyan, sich das Teil gepflückt wie einen reifen Apfel von einem Baum, der seine Äste vom Nachbargrundstück herüberstreckte. Genau so hatte er sich ausgedrückt.

»Willst du's nicht wenigstens versuchen?«, erinnerte er jetzt Koljakov an die Frage, die er ihm gestellt hatte.

Koljakov wusste, dass die angebliche Geschichte der Villa der pure Unsinn war, aber er hatte den Gastgeber selbstverständlich nicht korrigiert. Die Entwicklung Sotschis setzte überhaupt erst Anfang der 20er Jahre des 20. Jahrhunderts ein, als Stalin aus der Region ein Paradies für die Sowjetarbeiter hatte machen wollen. Architektonisch bedeutete das hauptsächlich kastenförmige, riesige Bäderanstalten und Hotelkomplexe aus dem Geist der sozialistischen Renaissance. Koljakov wusste, dass Demirchyans Villa noch nicht einmal so alt war. Sie war ein in den 90er Jahren entstandenes Ungetüm, das alle möglichen Stilrichtungen in sich versammelte, geschmacklos, aber ohne Frage beeindruckend. Koljakov kannte sogar den damaligen Bauherrn, einen gewissen Sergej Kornilov, der einer der Bosse der im Raum Moskau operierenden gefürchteten Verbrecherorganisation *Solntsevskaya bratva* gewesen war. Kornilov hatte 1999 seine feste Habe schnell in Geld verwandeln müssen und war seitdem verschwunden.

»Ich bin nicht gut im Raten«, antwortete Koljakov und breitete die Arme aus.

Kornilovs plötzliches Verschwinden hatte vermutlich damit zu tun, dass Sergej Mihailov aus der Schweiz nach Russland zurückgekehrt war. Beweise für die Geldwäsche, deren er angeklagt war, hatten sich nicht gefunden, und für die zwei Jahre, die er in Haft auf seinen Prozess gewartet hatte, zahlte ihm der Schweizer Staat sogar noch eine Entschädigung. Die Anklage war hauptsächlich deshalb in sich zusammengefallen, weil die russische Regierung sich weigerte, die Beweise für die Verbindung zwischen den Mihailov zuzuordnenden Geldströmen und den Aktivitäten der *Solntsevskaya* herauszurücken. Der Mihailov-Prozess war auch wegen der Morde an einer Reihe von Zeugen eine groteske Farce gewesen und hatte nicht nur die Schweizer Justiz daran zweifeln lassen, ob sich ein Kampf gegen das organisierte Verbrechen auf dem Gerichtsweg überhaupt lohnte. Ob es Kornilov gewesen war, der Mihailov angeschwärzt hatte, um die Macht bei der *Solntsevskaya* an sich zu reißen? Darüber hatte Koljakov oft nachgedacht. Auf jeden Fall lebte Kornilov höchstwahrscheinlich mit einem neuen Namen und einem neuen Gesicht in einem der zahlreichen Staaten, die es mit der Identität und der Vergangenheit eines Menschen nicht so genau nahmen, wenn er nur ein genügend dickes Portemonnaie besaß, und Kornilov besaß davon nicht nur eins. Die andere Möglichkeit war natürlich, dass er tot war. Mihailov dagegen war nirgendwohin verschwunden. Vielmehr vermutete man, dass er immer noch der Boss der *Solntsevskaya bratva* war.

Koljakov war sich im übrigen sicher, dass Demirchyan wusste, dass er die Geschichte des Hauses sehr wohl kannte. Dass er, Koljakov, überhaupt hier saß, lag an seiner eigenen Verbindung zur *Solntsevskaya*. Der Armenier liebte es nur, Geschichten zu erzählen, ob sie wahr waren, war ihm nicht wichtig. Hauptsache, sie waren unterhaltsam.

»Du sitzt hier, weil ich mich auf dich verlassen kann«, sagte Demirchyan und nickte wie zur Bestätigung mehrmals mit dem Kopf. Seine dunklen Augen konnte Koljakov nicht erkennen. In Demirchyans Brillengläsern spiegelte sich die Sonne. »Die anderen halte ich mir vom Leib, und das solltest du auch tun, Kolja. Lass niemanden zu nah an dich heran.«

»Ich werd's mir merken«, sagte Koljakov.

Demirchyan lächelte, dann trommelte er mit den Fingern auf die Tischplatte. »Aber zur Sache. Es ist an der Zeit, der FSB die genauen Daten, Grenzstationen und Lieferumfänge mitzuteilen. Die Informationen über Weißrussland und die Ukraine kommen dabei über dich. Ich hab damit nichts zu tun.«

»Natürlich nicht«, antwortete Koljakov. Ihm war es recht, dass es endlich voranging. »Und du bist der Meinung, wir sollen beim ursprünglichen Plan bleiben – alle Transporte am selben Tag?«

»Selbstverständlich.« Demirchyan lächelte. »Sie sollen ja alle Kräfte aufs falsche Datum konzentrieren. Es wird amüsant sein, das zu verfolgen.«

»Hast du schon ein passendes Datum dafür im Kopf?«

»Den 29. April. Es ist der Geburtstag meiner Kleinen. Natalie wird sechs.«

»Ich werd's mir merken und ein Geschenk besorgen«, sagte Koljakov lachend.

»Und wann gründest *du* endlich eine Familie?«, fragte Demirchyan. »Du bist schon 46 und immer noch allein.«

»Ich bin nicht allein«, antwortete Koljakov grinsend.

»Kolja, Kolja. Frauen sind nicht dasselbe wie eine Familie.« Demirchyan schüttelte den Kopf. »Auch ich bin gern allein, manchmal, so wie jetzt. Außerhalb der Saison ist es hier wunderbar ruhig. Aber wenn ich

Maria und Natalie nicht hätte, hätte ich gar nichts. – Warum hast du eigentlich keine Familie?«

»Vielleicht ist es einfach nichts für mich.« Koljakov zuckte die Achseln.

»Du opferst alles für deine Arbeit.« Demirchyan schüttelte den Kopf.

»Dafür werde ich bezahlt«, sagte Koljakov, der über das Thema nicht gern redete, schon gar nicht mit Demirchyan. Demirchyan wusste genau, warum er Junggeselle war: weil er niemanden zu nah an sich heranlassen wollte, nicht anders, als Demirchyan ihm geraten hatte.

»Für Finnland benutzen wir Vaalimaa wie bei der richtigen Ladung auch. Einverstanden? Bei den Vorbereitungen sind wir davon ausgegangen«, sagte Koljakov.

»Wenn du es sagst, selbstverständlich. Für Finnland bist du verantwortlich. Du bestimmst auch die Mengen und wo du sie zulädst.«

»Ich dachte an zwanzig Tonnen und Säcke von vierzig Kilo Weizenmehl, weil wir dann einen Container verwenden können. Rohweizen wird in Tankwagen transportiert«, erklärte Koljakov. »Die Schweden lieben Zimtschnecken, und ihr eigener Weizen reicht dafür nicht aus. Das Heroin macht zehn Prozent des Gesamtgewichts der Ladung aus – wie klingt das?«

Demirchyan lachte. »Gut. Zwei Tonnen ist sehr gut. Die Menge muss groß genug sein, damit sie das Interesse der Polizei auf sich zieht. Lass es schön kontrolliert durchsickern, du weißt schon.«

»Selbstverständlich.« Koljakov nickte. »Seit der Gesetzesänderung im letzten Jahr ist es ein Kinderspiel.«

Demirchyan wusste, wovon Koljakov sprach. Die russische Polizei durfte jederzeit und ohne vorherige Anfrage bei irgendwelchen übergeordneten Stellen sämtliche Telefonate abhören oder E-Mails und SMS mitlesen, auf die sie neugierig war. Das Ausland hatte erst kritisch reagiert und auf die Gefahren für Demokratie und Meinungsfreiheit hingewiesen, war aber angesichts ähnlicher Gesetze und Gesetzesvorhaben in Westeuropa schnell verstummt. Wenn das Gesetz für etwas gut war, dann für das Verbreiten falscher Informationen.

»Hab ich dir erzählt, woher der Anstoß zu dem Gesetz kam?«, fragte Demirchyan.

»Nein«, sagte Koljakov, aber als er sah, wie der andere grinste, wusste er Bescheid.

»Die besten Investitionen in Russland sind immer noch die in die Duma«, sagte Demirchyan und begann schallend zu lachen.

Koljakovs Lachen kam erst mit einer kleinen Verspätung, und er hoffte, dass es nicht so gequält klang, wie es war. Demirchyan spielte ein doppeltes Spiel. Das, von dem er eben gesprochen hatte, war das, was von außen betrachtet so aussehen musste, als sei es gegen Organisationen wie die seine gerichtet, also am Ende gegen sich selbst. Und gegen ihn, Koljakov. – Er konnte die Gedankengänge seines Bosses auch nach vier Jahren noch nicht wirklich nachvollziehen. Überhaupt war bei Demirchyan alles komplizierter als bei der *Solntsevskaya*. Dort hatte er seinen Platz gekannt und gewusst, auf welcher Stufe der Pyramide er selbst sich befand, alles war durchschaubar gewesen, sozusagen ehrlich kriminell. Seit er zu Demirchyan gewechselt war, kannte er seinen Platz nicht mehr. Demirchyan hatte nicht nur eine pyramidenartig aufgebaute Organisation geschaffen, sondern eine ganze Stadt von Pyramiden, und die standen so im Dunkeln, dass Koljakov nicht einmal die relative Höhe seiner eigenen kannte. Er wusste auch nicht, wo in der Stadt sie stand, am Rand oder in der Mitte. Seine Aufgabe war es, sich um die Verbindungen der Organisation nach draußen zu kümmern, sie zu vernetzen, so wie jetzt mit Finnland. Er war das Gesicht der Organisation, derjenige, der die Risiken auf sich nahm, der einzige sichtbare Stein der vielen Pyramiden, und ein wichtiger Bestandteil seiner Aufgabe war es, nach außen größer zu erscheinen, als er tatsächlich war, schon kein Stein mehr, sondern ein Trumm von hartem Fels. Er selbst kannte von der Organisation nur Demirchyan und drei Steine der eigenen Pyramide. Es waren Steine unter ihm. Er übermittelte ihnen Botschaften, die sie wiederum nach unten weitergaben. Er hatte nicht die geringste Ahnung, wer am Fuß der Pyramide die Botschaften umsetzte und wie weit der Weg dorthin war. Was er wusste, war, dass er nicht unersetzlich war. Er war also gut beraten, wenn er auf der Hut blieb, hellwach, in jedem Augenblick. Eine Unachtsamkeit konnte tödlich sein.

»Im Prinzip bräuchten wir also gar keinen eigenen Mann mehr innerhalb des FSB.« Koljakov grinste. »Der FSB spurt auch so.«

Demirchyan hob den Zeigefinger. »Falsch. Im Gegenteil, Kolja. Die zweitbesten Investitionen in Russland sind solche in den FSB. Sie brauchen dort nur noch etwas anderes als bloß Geld: Arbeit. Wenn man sie auf Trab hält, haben sie keine Zeit, sich hinzusetzen und nachzudenken. Verstehst du?«

Koljakov nickte. Demirchyan schenkte ihnen neuen Cognac ein, und diesmal traute sich Koljakov nicht, Nein zu sagen. Er sah, wie Demirchyan den Blick wieder aufs Meer richtete, und überlegte sich, was den Armenier wohl noch antrieb. Von außen gesehen hatte er alles erreicht, was man in Russland erreichen konnte. Er hatte mit allem Geld gemacht, vom Waffenhandel bis zur Prostitution, wobei das Drogengeschäft immer an erster Stelle gestanden hatte. Inzwischen besaß er die Mittel, ganz legal Firmen zu gründen, die nicht einmal mehr gewaschenes Geld brauchten, um auf eigenen Füßen zu stehen. Demirchyans legales Firmenkonglomerat musste ihm mindestens so viel einbringen wie seine kriminellen Geschäfte. Der Öffentlichkeit galt er als geschickter Unternehmer, der auf mehreren Gebieten geradezu märchenhaft erfolgreich war – und tatsächlich war er das ja auch. Aber warum spielte er dann weiter, riskierte er, früher oder später doch ertappt zu werden, weil jemand nicht dicht hielt oder ihm den Platz streitig machen wollte? Oder jemand legte ihn um. Damit musste er doch jederzeit rechnen. Warum machte es Demirchyan nicht wie Kornilov? Oder wie Boris Berezovski? Jetzt hätte er sich noch in Ehren zurückziehen können, in aller Ruhe, und wenn jemand fragte, könnte er wahlweise die politische Treibjagd gegen Menschen wie ihn oder die schlechte Stimmung im Land für seinen Weggang verantwortlich machen. Demirchyan war ja nicht einmal ein echter Russe, obwohl er irgendwann die Nationalität gewechselt hatte, es hielt ihn also nichts zurück. Würde sich Demirchyan wirklich als Russe fühlen, müsste er mit einem Glas *Stolichnaya* auf die Karibik schauen, nicht mit schlechtem armenischen Cognac aufs Schwarze Meer.

»Und der Zeitpunkt für die echten Transporte?«, fragte Koljakov, während er sein Glas hob.

»Hab ich noch nicht entschieden«, antwortete Demirchyan.

»Wann bekomme ich Bescheid?«

»Ich weiß es nicht«, sagte Demirchyan. »Vielleicht erzähle ich es nicht mal dir«, fuhr er fort. Koljakov war es, als schraubte sich Demirchyans Blick tief in seinen Kopf, obwohl er die Augen hinter der spiegelnden Brille immer noch nicht sehen konnte. Dann wandte sich Demirchyan ab und lachte.

Koljakov nippte an seinem Cognac und musste an das armenische Sprichwort denken, das Demirchyan bei ihrem ersten Treffen in Moskau zitiert hatte. Es war eine Art Einstellungsgespräch gewesen, an dessen Beginn er noch Jevgeni Markov gewesen war, ein Berufskrimineller, der bei der Moskauer *Solntsevskaya bratva* rasch in die mittlere Etage aufgestiegen, dort aber sehr zu seinem Leidwesen stecken geblieben war. Noch am selben Abend war er Vladimir Koljakov geworden, in St. Petersburg geboren und dort seither auch wohnhaft. Aus der *Solntsevskaya* konnte man nicht austreten, also hatte Markov sterben müssen. Im Tausch gegen die neue Identität mit in jeder Hinsicht vollständigen Papieren erhielt Demirchyan, zusätzlich zu seinem neuen Mitarbeiter, eine Reihe von Dokumenten, die man benötigte, wenn man die Führungsebene der *Tambov,* der einflussreichsten St. Petersburger Verbrecherorganisation, in Schwierigkeiten bringen wollte. Koljakov hatte die Dokumente in seiner Zeit bei der *Solntsevskaya* nach und nach zusammengetragen. Der Handel war für beide ausgesprochen profitabel: Koljakov konnte sich von der *Solntsevskaya* lösen, und Demirchyan bekam St. Petersburg auf dem Tablett serviert.

»Die einen essen, um zu leben, aber die Armenier leben, um zu essen«, hatte Demirchyan nach dem Tausch der Aktentaschen in einem Nobelrestaurant gesagt.

Damals hatte Koljakov den Spruch nur auf die Delikatessen der armenischen Küche bezogen, unter denen sich der Tisch in dem Restaurant bog. Jetzt begriff Koljakov, dass Demirchyan nicht nur das Essen gemeint hatte. Er hatte auch von dem ewigen Hunger gesprochen, der ihn in allen Dingen vorwärtspeitschte. Demirchyan würde sich nie wie Kornilov verhalten: Demirchyan würde niemals vom Tisch aufstehen, sondern so lange weiteressen, wie es zu essen gab, und danach würde er an den Nachbartisch wechseln, denn einer wie er wurde niemals satt, er lebte, um zu essen, genau wie es das armenische Sprichwort besagte.

»Trauerst du manchmal den alten Zeiten nach, Kolja?«, fragte Demirchyan, den Blick aufs Meer gerichtet.

»Wie?«

»Deinem alten Leben, deinem alten Namen, deinen alten Beziehungen – trauerst du ihnen manchmal nach?«

»Nein«, antwortete Koljakov, und genauso war es. Er trauerte den alten Zeiten nicht nach, nicht Moskau, nicht der *Solntsevskaya* und am wenigsten Jevgeni Markov. Für ihn war Markov wirklich an dem Tag gestorben, an dem er zu Vladimir Koljakov geworden war. Er hatte Markov von Anfang an nicht gemocht. Koljakov gefiel ihm besser. Noch besser gefiel ihm nur sein richtiger Name, den er so lange schon nicht mehr hatte benutzen können.

»Fein«, sagte Demirchyan. »Am 23. April. Troika.«

»Wie?«

Demirchyan wandte den Blick vom Meer. »Ich habe es soeben entschieden. Das Datum ist der 23. April, eine Woche früher. Überall. Und eine Operation muss einen Namen haben: Troika.«

»Sehr gut.« Koljakov nickte.

»Behalt es für dich, die anderen müssen es noch nicht wissen«, sagte Demirchyan und hob das Glas. »Dies ist eine vertrauliche Sache nur zwischen uns beiden. – Auf die Operation Troika!«

»Natürlich«, antwortete Koljakov. »Auf die Operation Troika!«

Sie stießen an, und Koljakov fand, der armenische Cognac schmeckte eine Spur weniger scheußlich als bisher. Wenig später wäre er sogar bereit gewesen zuzugeben, dass der armenische Möchtegerncognac einen recht angenehmen Nachgeschmack hatte. Nach der Operation im April würde er endlich wieder seinen eigenen, ursprünglichen Namen benutzen. Wenn alles gutging.

Viitasalo saß an seinem Schreibtisch. Bei Tageslicht schien ihm die letzte Nacht noch unwirklicher als morgens um vier, als Kousa ihn nach Hause gefahren hatte. Aber sie war wirklich gewesen, das bewiesen sein ständiges Gähnen und die Steifheit seines unausgeschlafenen Körpers ebenso wie der zweifelnde Gesichtsausdruck des auf dem Gästestuhl sitzenden Kollegen Markus Falck, der in dem Stapel Kopien blätterte, den Viitasalo ihm gereicht hatte.

»Die haben schnell geantwortet«, sagte Falck.

»Heute Morgen schon«, sagte Viitasalo. »Sie haben freundlicherweise die Ergebnisse ihrer eigenen Untersuchungen beigefügt.«

Der enttäuschte Falck konnte einem fast leidtun.

»Und?«

»Ich weiß nicht«, sagte Falck. »Ich war mir so sicher, dass Hartikainen tot ist, und jetzt das. Spanien ... Und seinen Opel haben sie schon im Dezember am Flughafen gefunden ... Die technische Untersuchung des Fahrzeugs ... auch nichts.«

»Ich dachte, das ist eine gute Nachricht?«

»Ich hab meinen Instinkt«, sagte Falck und zupfte an seinen Haaren. »Normalerweise kann ich mich auf den verlassen. Unter uns gesagt, geb ich nicht gern zu, dass ich unrecht hatte.«

»Kommt mir bekannt vor«, nickte Viitasalo. »Wenn du mich fragst, sind die Kollegen von der KRP an irgendwas Größerem dran, womit die Flucht von diesem Hartikainen zusammenhängt. Wenn du's positiv sehen willst, ist wenigstens niemand gestorben. Und in jedem Fall hast du eine gute Nachricht für Hartikainens Frau.«

Falck sah ihn schief an. »Gute Nachricht – du machst mir Spaß. Ich muss der Frau sagen, dass ihr Mann sich in Spanien herumtreibt, es aber nicht für nötig hält, seiner Familie auch nur ein Lebenszeichen zu geben. Wie fändest du's, wenn deine Frau so was machen würde?«

»Sari hat nicht ganz die Vergangenheit von Hartikainen«, sagte Viitasalo gelassen. »Ich glaube, der Typ hat gute Gründe, für eine Weile den Kopf unten zu lassen. Und was Frau Hartikainen angeht, könnte ich mir vorstellen, dass sie nach dem ersten Schock sogar erleichtert ist. Immerhin kann sie jetzt hoffen, dass sie ihren Göttergatten irgendwann zurückbekommt.«

Falck schüttelte den Kopf, nahm den Stapel Kopien und stand auf. »Danke erst mal! Ein Fall weniger, alles andere kann mir egal sein.« Erst an der Tür machte er noch einmal halt. »Ich frage mich nur, wie es Hartikainens Junge aufnehmen wird, wenn sein Papa nicht mehr zurückkommt«, sagte er und ging hinaus.

Als Falck die Tür hinter sich zugemacht hatte, hätte Viitasalo am liebsten laut »Scheiße!« gebrüllt. Das Lügennetz um ihn herum wurde langsam, aber sicher so engmaschig, dass es nur eine Frage der Zeit war, bis er sich selbst darin verfing. Mit dem Segen des Innenministeriums war er vom einfachen zum doppelten Betrüger geworden. War es zu viel verlangt, wenn er noch mal ganz von vorn anfangen wollte?

Und wie veranschlagst du mich?

Hoch genug. Darum sitzt du hier.

»Darum sitze ich hier«, sagte Viitasalo zu sich selbst und drehte seinen Stuhl in Richtung Fenster. Nachdem es den ganzen Vormittag geschneit hatte, hörte es jetzt auf. Er sah die orangenen Lichter der städtischen Räumfahrzeuge blinken und wusste, dass es gegen Abend eisig werden würde. »Ich sitze hier, um die Zeit totzuschlagen und auf die Freiheit zu warten. Darauf, dass der Schnee schmilzt. Auf den Frühling.«

Wo kein Geld ist, hat die Moral ausgespielt. Kousas Satz klang in seinem Kopf noch nach, als er später seinem Chef gegenübersaß.

»Was immer das soll, es bedeutet nicht, dass wir irgendwelche zusätzlichen Mittel in die Sache stecken können«, sagte Tuomisto.

»Verstehe«, antwortete Viitasalo. »Ich hab daran, ehrlich gesagt, auch kein großes Interesse mehr.«

»Wir könnten über solche Mittel reden, wenn du mir etwas zu erzählen hättest.« Tuomisto schaute Viitasalo in die Augen.

»Wie kommst du darauf?«, fragte Viitasalo. Er mochte Tuomistos Habichtblick nicht.

»Ich dachte nur.« Tuomisto nestelte an seiner Krawatte. »Bisher hab ich noch immer selbst entschieden, wer von meinen Leuten sich um welchen Fall kümmert. Diesmal hat man mir von höherer Stelle zu verstehen gegeben, dass du genau der richtige Mann bist, um Sundström weiter zuzusetzen.«

Viitasalo sagte nichts und zuckte nur die Achseln.

»Und du weißt davon nichts?«

»Gar nichts«, antwortete Viitasalo.

Die Stille konnte nur Sekunden gedauert haben, aber sie fühlte sich länger an. Tuomisto unterbrach sie, indem er mit den Fingern beider Hände auf die Kante seines Schreibtischs trommelte.

»Offensichtlich gibt es weiter oben jemanden, der deinen Eifer im Fall Sundström zu schätzen weiß«, sagte Tuomisto. »Oder es weiß jemand mehr über Sundström, als wir hier herausbekommen haben. *Du* herausbekommen hast, um es korrekt auszudrücken.«

»Scheint so«, gab Viitasalo zu. Zwei Monate, dachte er, zwei Monate, dann ist das alles vorbei. Wenn alles gut geht, fügte er im Stillen hinzu.

Wo kein Geld ist, hat die Moral ausgespielt. Kousas Stimme war wie ein unsichtbarer Begleiter.

»Du hast sicher zu tun«, sagte Tuomisto.

»Ja.« Viitasalo stand auf und ging zur Tür.

»Juha.« Tuomistos Stimme klang scharf. »Halt mich auf dem Laufenden, wenn sich was tut!«

»Natürlich«, antwortete Viitasalo, so wie Kousa ihm in der Nacht geantwortet hatte.

»Wie geht's übrigens deiner Familie? Ich meine, Sari?«

»Viel besser, danke«, sagte Viitasalo. »Sie darf bald nach Hause. Wir sind auf einem guten Weg.«

»Gut.« Tuomisto lächelte und nickte. »Das ist das Wichtigste.«

Zwei Monate, wiederholte Viitasalo in Gedanken, als er nach der Arbeit in Richtung Zentralklinikum fuhr. »Natürlich«, hatte er Tuomisto geantwortet. Ob Kousa aufrichtiger gewesen war, als er ihm dieselbe Antwort gegeben hatte? Die Unterhaltung hatte in der Ripusuontie stattgefunden, an der offenen Tür des Geländewagens, den Kousa fuhr, vor ihrem dunkel dastehenden Haus.

»Sundström könnte also eine noch größere Nummer sein, als ich schon immer vermute.«

»Oder eine kleinere«, hatte Kousa dagegengehalten. »Er muss nicht zwangsläufig so viel über die Pläne der Russen wissen wie wir.«

»Nein«, hatte Viitasalo zugegeben. »Halt mich so auf dem Laufenden, wie du's für nötig hältst.«

»Natürlich«, hatte Kousa geantwortet.

»Und noch was«, hatte Viitasalo gesagt. »Wenn eure Operation vorbei ist, verlasse ich die Polizei. Und für meine Mitarbeit hätte ich gern eine Gegenleistung.«

»Nämlich?«

»Ich möchte in eurem Abschlussbericht oder was auch immer an keiner Stelle mit Namen erwähnt werden. Ich bin nur dabei, wenn ich offiziell nicht dabei bin.«

»Geht's dir, wenn um sonst nichts, nicht wenigstens um die Ehre?«, hatte Kousa mit gerunzelter Stirn gefragt.

»Doch«, hatte Viitasalo geantwortet. »Und genau darum lasst ihr mich aus dem Spiel.«

»Die Logik ist mir schleierhaft.«

»Macht nichts. Haben wir einen Deal?«

Kousa hatte genickt, und Viitasalo hatte die Wagentür zugeschlagen.

Auf dem Weg zur Haustür hatte Viitasalo dem Wagen nachgeschaut, bis er außer Sichtweite war, dann war er stehen geblieben. Er hatte die Augen geschlossen und die Zunge herausgestreckt. Der eisige Schnee hatte ihm Nadelstiche auf die Wangen und die Zunge versetzt, aber es hatte sich trotzdem gut angefühlt.

»Noch zwei Monate«, sagte Viitasalo. Er fuhr über die Mannerheimintie hinüber nach Töölö. »Ende April ist es vorbei.«

IV

APRIL

»Aber er sitzt doch schon«, wunderte sich der Wärter, als Viitasalo ihm den Durchsuchungsbefehl zeigte.

»Ich will ihm mit meinem Besuch nur zeigen, dass es uns noch gibt«, antwortete Viitasalo.

Der Wärter, der sich als Luhta vorgestellt hatte, zuckte die Achseln und stand auf. »Du wirst sowieso nichts finden.«

»Wieso?«, fragte Viitasalo.

»Weil wir auch noch da sind. Wir haben hier ziemlich effektive Kontrollen«, antwortete Luhta, während er Viitasalo überholte. »Der kleinste Hinweis, der kleinste Verdacht bei einem Freigänger, und wir isolieren ihn und stecken ihn in den Spezialoverall. Das heißt, wenn wir nicht vorher schon finden, was wir suchen.«

Luhta redete, bis sie bei Sundströms Zelle ankamen. Hätte der Wichtigtuer recht gehabt, hätten sie dort alle Versuche, Drogen einzuschmuggeln, ausnahmslos im Keim erstickt. Der Spezialoverall für verdächtige Freigänger hatte geschlossene Füße, überweite Ärmel, die vorne mit Kunststoffbändern verschlossen wurden, und einen Reißverschluss, den der Gefangene selbst nicht aufziehen konnte. Früher oder später gab der Täter auf und drückte auf den Knopf neben der Tür der Einzelzelle, in der er steckte.

»Bevor nicht der Darm leer ist, kommt uns da keiner wieder raus«, sagte Luhta und schilderte detailbesessen auch noch die Toilette in der Einzelzelle. Sie stand auf einem Metallpodest und besaß eine Spülung, die Fremdstoffe aus der Scheiße filterte. Luhta zufolge hielten es manche einen ganzen Tag und die Besten zwei Tage in dem Overall aus, aber am Ende schissen sie alle. Neben der Toilette stand eine Flasche Rizinusöl für den Fall, dass der Gefangene Verstopfung hatte oder den Prozess von sich aus beschleunigen wollte.

»Die meisten wollen.« Luhta lachte kurz und schrill. »Wir haben sie schon am Arsch, das wissen sie, da machen nur noch die Blöden Zicken.«

»Und wie viele haben am Ende gar nichts bei sich?«, fragte Viitasalo, als sie bereits im Gang vor Sundströms Abteilung waren.

»Schon ein paar«, sagte Luhta mit einem Räuspern. Er sah plötzlich nervös aus. »Warum?«

»Nur so.«

»Wenigstens haben sie dann gelernt, dass sie's bei uns besser gar nicht erst versuchen. Und für uns ist es so angenehmer als früher mit den Gummihandschuhen.«

»Kann ich mir vorstellen«, sagte Viitasalo. »Ich frage mich nur – sag mir, wenn ich mich falsch erinnere –, wieso ihr dann von allen finnischen Gefängnissen das größte Drogenproblem habt. Irgendwie muss der Stoff dann ja trotzdem hereinkommen.«

»Nun ja«, sagte Luhta wieder mit einem Räuspern, »aber den größeren Teil fangen wir ab. Den Rekord hält übrigens ein Spinner, der es fünf Tage, ohne zu scheißen, ausgehalten hat. Und auch dann hat er nicht auf den Knopf gedrückt, sondern lieber in den Overall geschissen. Das war schon komisch genug, aber wie wir ihm den Overall ausziehen, finden wir in dem ganzen verschissenen Teil gerade mal ein Kondom voll Schnupftabak.« Luhta lachte wiehernd. »Stell dir das vor, fünf Tage scheißt der nicht und hat nur Schnupftabak gebunkert!«

»Ich stell's mir vor, danke«, sagte Viitasalo und sah zu, wie der Mann den Schlüssel ins Zellenschloss steckte. Dieser Luhta hatte etwas undefinierbar Abstoßendes, das Viitasalo fast schon die Hände zu Fäusten ballen ließ. Selbst sein Lachen klang irgendwie nervös und falsch.

»Ich dachte schon, du bist tot«, begrüßte Sundström ihn, als er an Luhta vorbei die Zelle betrat. »Nicht du, Luhta, mach dir nicht ins Hemd. Ich rede mit Herrn Viitasalo, von dem ich schon dachte, er hätte mich vergessen.«

»Du kannst gehen«, sagte Viitasalo schroff, aber Luhta sah ohnehin nicht so aus, als hätte er ihnen gern Gesellschaft geleistet. Das feixende Lachen war ihm plötzlich wie aus dem hageren Gesicht gewischt.

»Drück die Tür ins Schloss, wenn du gehst«, sagte er mit seinem nervigen Räuspern und ging.

»Bestimmt«, sagte Viitasalo zur leeren Türöffnung hin. Luhtas Schritte hallten schon weit entfernt, als er die Tür bis auf einen schmalen Spalt zuzog.

»Du willst was von mir?«, fragte Sundström, noch bevor er sich umdrehen konnte. »Oder hast du es vor Sehnsucht nach mir nicht ausgehalten?«

»Nur schwer«, sagte Viitasalo und ließ den Blick über die Zellenwände wandern. Die Zelle war so krankhaft ordentlich wie Sundströms Wohnung. Die wenigen Dinge schienen auch hier wie mit dem Maßband aufgestellt. Sundström hatte offensichtlich ein bisschen Nippes und ein paar vertraute Kuscheltiere von zu Hause mitgenommen. Ein kleiner Bär mit schwarzer Nase ließ Viitasalo für einen Augenblick an Liina und Teddy Pontus denken. Tiere gab es auch an den Wänden, die mit kindlichen Ausmalbildern vollgeklebt waren. »Nett hast du's hier.«

»Und das hab ich dir zu verdanken«, sagte Sundström und schlug mit der flachen Hand auf das vorbildlich gemachte Bett, von dem er sich nicht erhoben hatte. »Setz dich zu mir! Mein Nacken ist mal wieder ein bisschen steif. Ich kann nicht nach oben schauen, schon gar nicht zu einem Bullen.«

Viitasalo setzte sich. Es war seltsam, neben Sundström in derselben Zelle zu sitzen, auf demselben Bett. Sie saßen längere Zeit schweigend. Als Viitasalos irgendwann den Blick zum vergitterten Fenster hob, kam es ihm vor, als hätten sie schon fünf Jahre so gesessen. Gemeinsam ihre Strafe abgesessen. Oder war nur er der Gefangene und Sundström der Wärter?

»Aber du willst natürlich auch was von mir«, hörte er Sundström sagen.

»Heute sind es genau fünf Jahre, dass wir uns zum ersten Mal begegnet sind.«

»Du hast die Tage gezählt?« Sundström schmunzelte. »Wolltest du Kaffee und Kuchen spendieren?«

»Warum hast du mich damals angerufen?«, fragte Viitasalo. »Warum gerade mich? War es ein Zufall?«

»Ein Zufall? Nein. Ich suche in jeder Kette das schwächste Glied.«

Sundström lachte. »Und daran reiße ich dann. Es funktioniert so gut wie immer.«

»Dann war ich das schwächste Glied im Drogendezernat?«, fragte Viitasalo ungläubig.

»Willst du behaupten, ich hätte mich geirrt?«, sagte Sundström. »Du hättest dich auch anders entscheiden können, aber dazu hattest du nicht die Kraft. Weißt du, was deine Schwäche ist?«

»Nein, aber du wirst es mir gleich sagen.«

»Sag du mir erst, warum du gekommen bist – doch nicht, um über alte Zeiten zu reden.«

»Nein«, antwortete Viitasalo. »Ich wollte mir dir über die Zukunft sprechen.« Er schloss die Augen und redete weiter, obwohl seine Gedanken unweigerlich zu dem Frühjahr vor fünf Jahren abschweiften. Es kam ihm vor, als wäre es gestern gewesen.

Der anonyme Anruf war auf Viitasalos Handy eingegangen, als er den Feierabend nicht länger hinausschieben konnte. Am Morgen hatten Sari und er den Streit fortgesetzt, den sie am Abend zuvor begonnen hatten: Er hatte ihr wieder den Taschenrechner gezeigt und die Zahlen, die bewiesen, dass sie nie wieder aus den Schulden herauskommen würden. Er hatte Sari beschimpft, und sie war wieder in Tränen ausgebrochen. Alles wie am Abend zuvor.

»Westhafen Passagierterminal, Ankunftsbereich, 21.00 Uhr«, sagte eine Stimme.

»Was soll das? Mit wem rede ich?«

»Komm hin, und komm allein! Ich hab einen Tipp für dich, aber nicht am Telefon. Du kommst und setzt dich auf die Bank, von der aus du nach draußen sehen kannst.«

»Mit wem rede ich?«

»Wenn du nicht allein kommst, kannst du die Sache vergessen«, sagte die Stimme. »Ich werde dich sehen.«

»Und woran erkenne ich dich?«

»Gar nicht. Ich weiß, wer du bist, das reicht.« Danach war das Gespräch zu Ende. Die Nummer hatte der Anrufer unterdrückt.

Viitasalo fuhr hauptsächlich deshalb hin, weil es ihn davor bewahrte, nach Hause zu gehen. Er fuhr durch das nieselige Stadtzentrum zum Westhafen, parkte seinen Wagen auf dem Kurzzeitparkplatz und rannte durch den immer stärker werdenden Regen an der Taxischlange vorbei zum Terminal. Er erwartete nichts, als er sich auf die Bank setzte und die Uhr 20.42 Uhr zeigte.

Die ganze Zeit kamen Leute in den Terminal, die jemanden abholen wollten. Manche schauten auf die Uhr, andere hatten ihr Handy am Ohr. Warum musste bei Sari und ihm alles so kompliziert sein? Wieso wurde bei ihnen nicht alles schon wieder, wie Kaarlo zu sagen pflegte.

Es wird schon alles wieder. Es war ein gutes Jahr her, dass er es zuletzt von ihm gehört hatte. Da hatte es Kaarlo noch einmal aus seinem Krankenzimmer auf den Hof geschafft. Sie hatten eine geraucht, obwohl Kaarlo schon nicht mehr rauchen konnte. Er hielt nur die Zigarette zwischen den gelben Fingern und ließ sie bis zum Filter herunterbrennen, ein bisschen so, wie er sein Leben gelebt hatte.

»Ich will noch mein Enkelkind sehen«, hatte er plötzlich gesagt und Viitasalo angesehen. Zum ersten und letzten Mal hatte Viitasalo da Tränen in den Augen seines Schwiegervaters gesehen. »Hoffentlich kapiert es, dass es sich beeilen muss.« Kaarlo hatte auf seine Finger geschaut, in denen die Zigarette dem Ende entgegenqualmte.

»Du bist ein guter Mann, Juha«, sagte Kaarlo immer noch mit Blick auf die Zigarette, deren rot glühendes Ende eben aufs Pflaster gefallen war. »Sorg gut für Sari und das Kind. Und für Marketta. Versprich's mir!«

»Ich versprech's dir«, hatte Viitasalo geantwortet.

»Und mach dir keine unnötigen Sorgen. Es wird schon alles wieder«, hatte Kaarlo gesagt.

Ein staksig gehender Mann mit Brille riss Viitasalo aus seinen Gedanken. Der Mann setzte sich neben ihn und schob eine Sporttasche unter die Bank. Er hatte schütteres Haar und ein auffallend kleines Gesicht. Viitasalo schätzte ihn auf gut fünfzig. Er zog ein altmodisches Taschentuch aus der Manteltasche und begann, die vom Regen nassen Brillengläser zu trocknen.

»Mieses Wetter«, sagte der Mann und schniefte.

»Ja«, brummte Viitasalo. Ihre Blicke trafen sich, und der Mann mit dem merkwürdig kleinen Gesicht lächelte. Viitasalo hoffte, dass er verschwand, bevor sein unbekannter Tippgeber käme. Er befürchtete, dass der Mann ihm das scheue Wild verschreckte.

»Warten Sie auf Ihre Frau?«, fragte Viitasalo. »Ich stelle mich immer näher an die Ausgangstür, damit wir uns nicht verpassen.«

Es kamen schon die ersten Passagiere. Die automatische Tür ging ständig auf und zu, und Gesprächsfetzen und Lachen erfüllten den Ankunftsbereich. Immer mehr Leute mit Taschen, Bierkarren, Koffern und Einkaufstüten kamen durch die Tür.

»Nein«, sagte der Mann und faltete sein Taschentuch wieder ordentlich zusammen. Er schob es behutsam in die Tasche und warf einen Blick auf die Wanduhr. Auch Viitasalo schaute dorthin. Es war 21.02 Uhr. »Ich warte auf dich«, sagte der Mann mit einem kurzen Lachen.

»Und was für einen Tipp hast du für mich?«, fragte Viitasalo. Er sah sich den Mann noch einmal genauer an. Die harmlose Wirkung wurde durch den stechenden Blick der Augen hinter den Brillengläsern wieder aufgehoben. Viitasalo hielt diesem Blick kaum stand. »Bitte, ich hab nicht ewig Zeit.«

»Doch, hast du, und zwar genauso lange, wie ich will«, sagte der Mann. »Hör zu, mein Tipp ist ein bisschen ausführlicher: In ein paar Minuten wird da draußen ein roter Opel Corsa von der Fähre auf den Parkplatz fahren. Mit estnischen Nummernschildern, versteht sich.« Er nickte zu der Scheibe hin, durch die man nach draußen sah. »Du bist schon zwanzig Minuten hier, aber so schnell, wie du durch den Regen gerannt bist, hast du sicher nicht die drei PKWs mit je zwei Männern auf den Vordersitzen gesehen. Man sieht so was nicht, wenn man nicht darauf achtet, zumal die Wagen an verschiedenen Stellen an den Rändern des Parkplatzes parken und natürlich auch manche herzlosen Abholer im Auto sitzen bleiben. Nicht alle wollen nur wegen der vom Shoppen kommenden Gattin pudelnass werden.«

Viitasalo schaute nach draußen, und der Mann neben ihm nannte ihm die Automarken und den Standort. Ein weißer Mazda war das einzige Fahrzeug, das man von der Bank aus genauer sehen konnte. Er stand in der Reihe, die dem Terminal am nächsten war. Als ihn die Lichter eines abfahrenden Wagens streiften, konnte Viitasalo zwei Silhouetten erkennen.

»Worum geht's?«, fragte Viitasalo. »Wer sind die Männer?«

»Ah, da kommt Mart«, sagte der Mann. »Pünktlich wie immer.«

Viitasalo sah einen roten Corsa auf den Parkplatz fahren. Der Wagen tastete sich langsam vorwärts, der Fahrer suchte einen freien Platz. Er fand ihn zwei Plätze von Viitasalos Peugeot entfernt.

»Sieh an«, sagte der Mann amüsiert. »Mart ist fast neben dich gefahren.«

»Ich muss gehen«, sagte Viitasalo.

»Musst du nicht«, sagte der Mann. »In deinem eigenen Interesse solltest du dir das hier zu Ende ansehen. Eure Kollegen von der KRP haben nämlich vor zwei Stunden einen Tipp aus Estland bekommen, dass ein estnischer Kurier mit einem Kilo Amphetaminen auf dem Weg nach Finnland ist. Die KRP hat seinen Namen und alles, was es über das Auto zu wissen gibt. Nichts ist schlimmer als ein missgünstiger Konkurrent, stimmt's? Na, schon eine Idee, wer der Mann sein könnte? Mart vielleicht?«

»Die KRP? Das in den Autos sind also Kollegen von der KRP?«, sagte Viitasalo. »Warum hast du mich dann angerufen? Was soll ich hier? Und was hast *du* mit der Sache zu tun?«

»Alles falsche Fragen«, sagte der Mann, der aufmerksam beobachtete, was draußen vor sich ging. Die Lichter des Corsa waren jetzt aus, und die Flamme eines Feuerzeugs leuchtete für einen Moment im Innenraum auf. »Die einzig richtige Frage lautet: Was hast *du* damit zu tun?«

Der Mann wandte sich Viitasalo zu, und sein Lächeln war so breit, dass es die ganze unregelmäßige Reihe kleiner gelblicher Zähne in seinem Oberkiefer entblößte. Das Lächeln erinnerte an das Grinsen einer Ratte.

»Du verstehst mich nicht, aber sei nicht traurig, das musst du gar nicht. Es reicht, wenn ich mich verstehe«, fuhr der Mann fort. »Nur weil du mich nicht verstehst, überlegst du dir gerade auch, ob du mich packen und den Kollegen da draußen abliefern sollst, obwohl du keine Ahnung hast, warum. Der Gedanke mag verlockend sein, das gebe ich zu, aber es zu tun wäre dumm, ausgesprochen dumm. Ohne jede Logik.«

»Vielleicht erklärst du mir, was ich nicht verstehe«, sagte Viitasalo.

»Der Tipp besagt, dass Mart zu genau dem Zeitpunkt an genau dem Ort sein wird, wo er gerade angekommen ist. Die Drogen hat er im Kofferraum«, sagte der Mann, dann nickte er wieder in Richtung Fenster. »Komisch, dass die Kollegen ihre Operation noch nicht starten, findest du nicht? Läuft doch alles genau so, wie es der Tippgeber vorhergesagt hat. Außer …«

»Außer was?«, fragte Viitasalo, als der andere verstummte. Draußen herrschte tatsächlich Stillstand: Mart saß in seinem Auto und rauchte, die Polizisten saßen in ihrem Mazda und warteten.

»Sie warten, siehst du?«, sagte der Mann.

»Und du weißt natürlich, auf wen.«

»Auf den geheimnisvollen Finnen.« Der Mann lachte. »Der Tipp besagt, dass Mart den Stoff noch auf dem Parkplatz einem Finnen übergibt, der den Großhandel im Raum Helsinki unter sich hat. Den Namen wusste die estnische Polizei nicht, aber das ist kein Problem, wenn man weiß, wann und wo Ware gegen Geld getauscht wird. Gut möglich, dass Mart den Namen selbst nicht kennt. Er ist schließlich nur ein kleiner Kurier, der wochentags als Zimmermann in Vantaa arbeitet. Möglich auch, dass der finnische Boss nicht selbst kommt, sondern jemand anderen schickt, der die Polizei erst noch auf die Spur seines Bosses führt. Wenigstens hoffen sie das.«

»Und der finnische Boss bist du?«, fragte Viitasalo.

»Schwach, Viitasalo, ganz schwach.« Der Mann schüttelte den Kopf. »Wenn du mich fragst, soll Mart den Empfänger gar nicht von Angesicht zu Angesicht sehen. Ich denke, er sitzt in seinem Wagen und wartet auf eine SMS, die ihm sagt, zu welchem der anderen Wagen auf dem Parkplatz er die Drogen bringen soll. Ich glaube, er weiß sogar, dass im Kofferraum des anderen Wagens schon das Geld für ihn bereitliegt. Doch, wahrscheinlich ist es so ausgemacht. Mart fehlt nur noch das Kennzeichen des anderen Wagens – *deines* Wagens, Viitasalo.«

»Was zum Teufel …« Viitasalos Hände ballten sich zu Fäusten.

»Du solltest besser niemanden auf dich aufmerksam machen«, sagte der Mann.

Viitasalo schaute sich um. Die ankommenden Passagiere wurden schon weniger. Seit ein paar Minuten war niemand mehr durch die Tür gekommen, und die Halle leerte sich.

»Ich hab den Daumen meiner linken Hand auf dem Handy«, sagte der Mann. »Wenn du mich angreifst, ist die SMS weg.«

»Und?«, sagte Viitasalo.

»Dann steigt Mart aus, geht mit seiner Tasche zu deinem Wagen, legt sie hinein und nimmt dafür das Geld heraus. Was meinst du, werden die Kollegen der KRP sagen, wenn sie überprüfen, wem der Wagen mit dem Geld gehört?«

»In meinem Auto ist kein Geld.«

»Doch«, antwortete der Mann. »In deinem Kofferraum liegt eine Adidas-Tasche mit zwanzigtausend Euro in kleinen Scheinen.«

Viitasalo bekam kein Wort heraus. Er schaute hinaus auf den Parkplatz, wo sich die Situation nicht verändert hatte.

»Ich weiß, dass du gerade einen finanziellen Engpass hast«, sagte der Mann. »In der Tasche unter der Bank hier sind noch einmal zehntausend. Macht zusammen dreißig. Das müsste reichen, damit ihr einigermaßen durchkommt. Sari – so heißt doch deine Frau, nicht wahr? Überleg dir, was du tust. Ich weiß, was du am liebsten tun würdest, aber wenn du nüchtern über deine Situation nachdenkst, wirst du einsehen, dass das keine Lösung wäre. Ich bin mir nicht sicher, für wie glaubhaft die Kollegen deine Unschuldsbeteuerungen halten würden, insbesondere wenn sie erst deine finanziellen Verhältnisse kennen. Ich könnte mir nur vorstellen, dass ein korrupter Oberkonstabler vom Konkurrenzverein sozusagen ein gefundenes Fressen für sie wäre. Wenn du meinen Rat hören willst: Bleib hier sitzen, bis eine der Parteien da draußen keinen Bock mehr hat und den nächsten Zug macht. Ich tippe, dass es Mart sein wird. Er muss schon ganz schön nervös sein. Die Wagen auf dem Parkplatz werden immer weniger, und die verdammte SMS kommt nicht. Nicht mehr lange, dann startet er und fährt los.«

Viitasalo musste nicht erst überlegen, um zu wissen, dass es nicht gut für ihn aussah. Und was redete der Mann von Sari? Das Ganze war vollkommen unwirklich, er kam sich vor wie in einem Film. »Was willst du, zum Teufel?«, flüsterte er.

»Nichts. Im Moment nichts«, antwortete der Mann und stand auf. »Ich gehe jetzt und lasse die Tasche stehen.«

»Versuchst du mich zu bestechen?«

»Nein. Ich sage nur, dass ich die Tasche da stehen lasse und gehe«, sagte der Mann. »Wenn du sie nicht nimmst, soll der Glückspilz sie behalten, der sie findet.«

»Wer bist du?«

»Ein Wohltäter«, sagte der Mann und kehrte ihm den Rücken zu.

Viitasalo warf einen Blick auf die Tasche und sah dann dem Mann hinterher. Mit staksigen Schritten hatte er eben den Ausgang erreicht. Die linke Hand steckte in der Manteltasche.

Viitasalo überlegte nun doch. Ihm blieb nichts anderes übrig. Er brauchte keine neuen Probleme, er hatte genug alte. Er könnte mit der Tasche ins Freie rennen und die Kollegen von der KRP bitten, den Mann, der sich jetzt den Taxis näherte, aufzuhalten.

Als Viitasalo zögernd nach den Tragegriffen der Tasche tastete, leuchteten draußen die Scheinwerfer des Opel Corsa auf. Als der Wagen zurücksetzte, wurden die Türen des Mazda aufgerissen. Zwei Männer in Zivil rannten mit Pistolen in den Händen hinter dem Corsa her, der auf die Ausfahrt des Parkplatzes zuschoss. Sekunden später leuchteten die Bremslichter auf, und der Corsa blieb stehen. Ein anderer Wagen hatte sich davor quergestellt. In den dunklen verregneten Abend war doch noch Leben gekommen. Noch mehr Männer kamen zu der Stelle gelaufen, wo die Wagen standen. Es wirkte chaotisch und unwirklich zugleich. Mart öffnete die Fahrertür und versuchte wegzulaufen. Nach wenigen Schritten lag er bäuchlings auf dem nassen Asphalt, und zwei Polizisten knieten auf seinem Rücken.

Vor der Treppe des Terminals startete ein Taxi. Auf dem Rücksitz saß ein Mann mit Brille und lächelte Viitasalo zu. Der Mann wusste, dass Viitasalo einen Augenblick zu lange nachgedacht hatte.

Viitasalo steckte in der Zwickmühle. Wie sollte er jetzt noch alles erklären? Im Geiste hörte er schon die Fragen der Kollegen: Warum hatte er nicht gleich etwas unternommen? Worauf hatte er gewartet? Warum hatte er eine Tasche mit Geld in der Hand und eine andere im Kofferraum? Warum hatte er den Mann, der ihm das Geld gegeben hatte, gehen lassen? Was hatte er zu der Zeit und an dem Ort überhaupt verloren? Ein anonymer Anruf, soso? Und warum war er allein gekommen? Kannte er nicht die Spielregeln? Oder hatten sie bei seinem Verein keine?

Zu viele, zu schwierige Fragen. Und der Mann mit der Brille konnte immer noch die SMS an Mart abschicken. Dann würden die Kollegen sein Auto untersuchen.

Viitasalo umschloss die Tragegriffe der Tasche und nahm die Rolltreppe in den zweiten Stock. Er ging durchs Café und weiter auf die Männertoilette am hinteren Ende. Als er die Kabinentür hinter sich schloss und sich auf den Klodeckel setzte, hatte er zum ersten Mal das Gefühl, in der Falle zu stecken. Als er sich das Geld in der Tasche ansah, wurde ihm schlecht. Und zugleich verspürte er zu seinem eigenen Entsetzen etwas wie Erleichterung. Er würde es schaffen. Sie würden es schaffen.

Er schaffte es gerade noch, aufzustehen und sich neben die Kloschüssel zu knien. Das Erbrochene kam in einem langen, nicht enden wollenden Bogen.

Viitasalo hörte noch Saris Worte, als sie von seinem Totogewinn sprach. *Es war wie im Märchen.* Sari wusste nur nicht, dass es wirklich ein Märchen gewesen war. Wenn alles gut ging, würde sie es auch nie erfahren. Es war ein Märchen, das er auf den Tag genau vor fünf Jahren im Café des Passagierterminals im Westhafen erfunden hatte, gleich nachdem er Reino Sundström zum ersten Mal begegnet war.

»Das war's. Ich hab mich entschlossen aufzuhören«, beschloss Viitasalo seine kurze Rede auf dem Bett von Sundströms Zelle. Er war Sundström gegenüber ehrlich gewesen, ehrlicher, als er es die ganze Zeit Sari gegenüber gewesen war. »Ich will nicht mehr Polizist sein. Und Sari will auch nicht, dass ich weitermache. Ich habe die Familie gewählt.«

»Du liebe Zeit. Willst du, dass ich vor Rührung in Tränen ausbreche?«, sagte Sundström.

»Du hast gar keine andere Wahl, als mich gehen zu lassen«, sagte Viitasalo ruhig. Die Gitter teilten das Licht der Abendsonne und zeichneten ein Muster an die Zellenwand links von ihnen. Dann verschwand die Sonne hinter den Wolken, und das Muster an der Wand verschwand.

»Irrtum«, sagte Sundström. »Du ahnst nicht, wie viele Optionen ich in Bezug auf dich habe.«

»Ich bin dann nicht mehr nützlich für dich.«

»Das warst du noch nie sonderlich. Ich hab mir oft überlegt, dass meine Investition mir ganz schön magere Zinsen eingetragen hat«, sagte Sundström. »Du hast mich also erst hierhergebracht, und jetzt kommst du und willst mir Bedingungen diktieren, richtig?«

»Ich diktiere dir keine Bedingungen«, sagte Viitasalo. »Ich höre nur auf, egal was du dazu sagst.«

»Und wenn ich dich nicht aufhören lasse? Dass du wieder die Untersuchung leitest, ist übrigens eine ziemliche Erleichterung für mich.«

»Ich höre auf. Es ist vorbei.« Viitasalo sah Sundström jetzt in die Augen. Der verzog keine Miene. Nur der immer gleiche Anflug eines schiefen Lächelns lag auf dem kleinen Gesicht. »Wenn du mich in Ruhe lässt, störe ich deine Amphetamingeschäfte nicht.«

»Du sprichst mit dem Falschen«, sagte Sundström. »Wir wissen doch beide, dass es diese Geschäfte gar nicht gibt. Ich bin unschuldig, schon vergessen?«

Viitasalo konnte darüber nicht lachen. »Die Alternative ist, dass du mich nicht in Ruhe lässt, dann packe ich aus. Und wenn ich auspacke, packe ich alles aus, was in den fünf Jahren passiert ist. Ich hab alles aufgeschrieben und geh auch ein paar Jahre in den Knast, wenn's sein muss. Nur für dich werden's dann ein paar Jährchen mehr.«

»Ich mach mich gleich voll«, antwortete Sundström. »Und was würde deine Frau dazu sagen?«

»Das Risiko muss ich eingehen. Ich will nicht mehr«, sagte Viitasalo. Saris Reaktion war das einzige, was ihm noch Angst machte. Trotzdem war er bereit. »Ich will frei sein.«

»Komische Vorstellung von Freiheit. Was ist, wenn deine Frau dich verlässt, während du sitzt? Viele Frauen tun das.«

»Wenn das der Preis dafür ist, dann ist das so«, sagte Viitasalo, der im Stillen dennoch hoffte, dass es so weit nicht kommen musste. Alles hing davon ab, dass Sundström ihn ernst nahm.

Und urplötzlich verschwand der Anflug des überheblichen Lächelns von Sundströms Gesicht. »Du kommst hierher und legst die Karten auf den Tisch. Soll ich jedenfalls glauben. Aber ich glaube dir nicht – was verbirgst du vor mir?«

»Nichts«, antwortete Viitasalo.

»Bist du dir sicher?«

Viitasalo nickte. »Ich hab einfach nur die Schnauze voll. Es ist vorbei.«

Die darauffolgende Stille war lang, zu lang für Viitasalos Geschmack. Doch gerade als er selbst etwas sagen wollte, nickte Sundström.

»Eigentlich hast du recht, ich brauche dich nicht. Ich hab's dir schon im Herbst gesagt, erinnerst du dich?«

»Ja«, antwortete Viitasalo.

»Okay«, sagte Sundström und schlug sich auf die Oberschenkel. »Das war's dann wohl.«

»Wie?«

»Ehrlich gesagt, langweilst du mich schon länger. Alles hat seine Zeit«, sagte Sundström. »War nett, mit dir zu spielen, aber in letzter Zeit war's nur noch langweilig. Ich brauche neue Herausforderungen. Neue Mitspieler.«

»Das heißt, du lässt mich in Ruhe?«, fragte Viitasalo ungläubig.

»Verschwinde jetzt, bevor ich meine Meinung wieder ändere. Ich hab ein gutes Herz, Viitasalo. Das war's dann. – Und drück die Tür ins Schloss, wenn du gehst«, sagte Sundström grinsend und reichte ihm die Hand. »Lass uns nicht schlecht übereinander denken, wir hatten schließlich auch gute Zeiten.«

»Am liebsten wär's mir, wenn wir gar nicht aneinander denken«, sagte Viitasalo.

Sundströms Händedruck war ekelhaft kalt und feucht, und Sundström ließ nicht locker, im Gegenteil: Er legte die Linke auf Viitasalos Handrücken.

»Ich will dir einen Rat geben«, sagte er. »Wenn man etwas wirklich geheim halten will, muss man es sogar vor sich selbst geheim halten, sonst kommt früher oder später doch jemand dahinter. Und am unangenehmsten ist es, wenn du dieser Jemand selbst bist.«

Sundström ließ Viitasalos Hand endlich los, und Viitasalo unterdrückte den Drang, sie an der Hose abzuwischen, und stand auf. Er würde auf die Personaltoilette gehen und sie gründlich mit Seife waschen.

»Verstehst du, was ich meine?«

Viitasalo nickte, obwohl er es nicht verstand. Er ging zur Tür und stieß sie auf. Sundströms Stimme ließ ihn innehalten.

»Wenn du's verstanden hast, muss ich dir auch nicht erklären, was deine Schwäche ist. Du weißt es selbst, stimmt's?«

Viitasalo wandte sich um. »Die Familie«, sagte er. »Meine Schwäche ist meine Familie. Und ich bin verdammt stolz auf meine Schwäche.«

Sundström schüttelte den Kopf. »Familie? Wen willst du für dumm verkaufen, mich oder dich?«

Viitasalo sagte nichts. Er wusste, dass Sundström so oder so weiterreden würde.

»Deine Schwäche ist, dass du deine Motive nicht erkennst und sie dir deshalb auch nicht eingestehen kannst. Familie? – *Du* bist es, der sich ans Ufer retten will. Einer wie du sitzt mit der Familie mit nur zwei Rettungswesten in einem sinkenden Boot und würde sie nie im Leben seiner Frau oder seiner Tochter anziehen. Er würde eine davon selbst nehmen und erst danach überlegen, wem er die übrig gebliebene Weste geben soll. Du bist nicht der Mann, der du gern wärst und dir einbildest zu sein. Wir sind einander ähnlicher, als du zugeben willst – mit dem Unterschied, dass ich intelligent bin und du dir auch das nur einbildest.«

»Du kennst mich nicht«, sagte Viitasalo und verließ die Zelle. »Und dich selbst scheinbar auch nicht.«

»Ich kenne mich«, hörte er Sundströms Stimme, als er die Tür zudrückte. Das Schloss rastete ein. »Aber du kennst dich nicht!« Jetzt hörte er die Stimme nur noch gedämpft.

»Und, was gefunden?«, fragte Luhta, als Viitasalo von der Toilette kam. Der Wärter schaute mit einem spöttischen Gesichtsausdruck über den Rand seines Kaffeebechers.

»Ja«, antwortete Viitasalo und warf das Papierhandtuch, das er noch in den Händen hatte, in den Abfallkorb.

Luhta richtete sich auf. »Und was?«

»Ein Kondom voll Schnupftabak«, antwortete Viitasalo und ging in Richtung Ausgang.

»Was?« Viitasalo war schon aus der Tür, als er Luhta auflachen hörte, als hätte er gleich gewusst, dass es ein Scherz sein sollte.

Viitasalo war erleichtert und verwirrt zugleich. Es war so einfach gewesen, fast *zu* einfach. Das Ende des Märchens erschien ihm genauso unwirklich wie der Anfang. An Sundströms Küchenpsychologie verschwendete er keinen Gedanken. Er war so gut wie frei, wenigstens auf Bewährung. Vielleicht hatte Kaarlo doch recht gehabt.

»Es wird schon alles wieder«, sagte Viitasalo, als er seinen Wagen startete. Im selben Moment klingelte sein Handy.

»Wie ist es mit Sundström gelaufen?«, fragte Kousas Stimme.

»Ganz okay«, antwortete Viitasalo. »Er glaubt mir, und er genießt es, dass ich meine Niederlage vor ihm eingestehe. Aber die Hauptsache ist, dass er glaubt, dass er in Sicherheit ist. Habt ihr schon irgendwas Konkretes?«

»Nein, aber wenn er das Startsignal für die Operation gibt, haben wir ihn.«

»Hoffentlich«, antwortete Viitasalo. »Ich hatte letztes Jahr nur Luschen in der Hand.«

»Du bist zu bescheiden«, widersprach ihm Kousa. »Falls du Trost brauchst: Die russischen Kollegen haben uns ein Datum genannt. Die Operation hat sogar einen Namen. Sie nennen sie Operation Troika.«

»Was bedeutet das?«

»Bei uns hier ist es ein Dreiergespann, bei dem die Pferde nebeneinander eingeschirrt sind, anderswo auch ein Direktorium aus drei Mitgliedern«, erklärte Kousa.

»Das weiß ich. Aber was bedeutet es im konkreten Fall? Wird es drei Transporte geben?«

»Jedenfalls nach unseren Informationen. Außer in Finnland geht es in Weißrussland und in der Ukraine zur Sache. Alle Transporte überqueren die Grenze am selben Tag. Diese Woche Donnerstag«, sagte Kousa, »am 23. April. Gut, dass es nicht morgen ist, da gelten für die Autobahn nach Porvoo Sonderregelungen, weil Halonen und Medwedew zu Besuch kommen. Bei dem Aufstand, den sie deswegen machen, wäre es viel schwieriger gewesen, unsichtbar zu bleiben.«

»Hoffentlich geht alles gut«, sagte Viitasalo.

»Dieser Agent hat ausgezeichnete Arbeit geleistet. Was Finnland betrifft, wissen wir die Speditionsfirma, den LKW, das Kennzeichen, die Ladung – alles«, antwortete Kousa. »Die Operation Zimtschnecke wird in die Annalen eingehen, ich hab's dir gesagt.«

»Zimtschnecke?«

»Ja. Der LKW wird Weizenmehl für die Großbäckerei Pågens in Malmö geladen haben«, lachte Kousa. »Einen kleinen Rückschlag mussten wir allerdings einstecken«, fuhr er nach einer Pause fort.

»Aha.«

»Wir haben die Person verloren, die die Geschäfte in Finnland abwickelt, solange Sundström im Gefängnis sitzt«, antwortete Kousa. »Der Mann hat seine Beschatter ausgetrickst. Er hat am Samstag im *Blue Peter* in Lauttasaari gesoffen und sich vorsichtshalber im Taxi nach Hause bringen lassen. Angeblich hat er es kaum noch auf den Rücksitz geschafft. Gestern Abend ist uns dann aufgegangen, dass er gar nicht zu Hause war, aber da war es schon zu spät. Als wir nachgeschaut haben, war auch sein Wagen vom Parkplatz der Kneipe verschwunden.«

»Lass mich raten«, sagte Viitasalo. »Der Mann ist derselbe, der was mit dem Verschwinden von Hartikainen zu tun hatte und von dem du mir im Februar nichts erzählen wolltest.«

Kousa lachte auf. »Ein Jammer, dass du bei der Polizei aufhören willst. Hast du übrigens je daran gedacht, dich bei uns zu bewerben? Die KRP ist kein schlechter Laden, und ein neues Umfeld könnte dich vielleicht auch neu motivieren?«

»Sagst du mir jetzt den Namen des Mannes?«, fragte Viitasalo, die Frage nach seiner beruflichen Zukunft übergehend.

»Jetzt ja«, antwortete Kousa. »Turunen, Leif Turunen. Wir können nur noch nicht nach ihm fahnden, damit sie keinen Verdacht schöpfen und die Operation womöglich abblasen. Dieser Turunen ist im Augenblick auch nicht so wichtig. Früher oder später kriegen wir ihn am Arsch, dann finden wir garantiert auch Hartikainens Leiche. Eins nach dem andern. Als nächstes informieren wir den Zoll in Vaalimaa, dass sie den LKW unter keinen Umständen aufhalten sollen.«

»Ihr wollt nicht Präsenz zeigen?«

»Im Gegenteil. Wir geleiten den LKW sicher durch Finnland bis Turku und dort auf die Fähre«, erklärte Kousa. »Wir sind mit fünf Wagen unterwegs und rühren auch ihren Begleitschutz nicht an. Wir wollen die ganze Kette, bis ins letzte Glied. In Schweden nehmen die schwedische Sicherheitspolizei und die Stockholmer Drogenkollegen den LKW in Empfang und lassen ihn in aller Ruhe sein Ziel ansteuern. Erst wenn sie den Empfänger kennen, schlagen die schwedischen Kollegen zu. Das einzig Ärgerliche an dem Plan ist, dass wir zu viel vom Lorbeer den Schweden überlassen müssen.«

»Man kann nicht alles haben.«

»Sag ich auch immer. Aber wenn die Sache in trockenen Tüchern ist, geb ich dir einen Kaffee mit einer Zimtschnecke aus.« Kousa lachte. »Und wir reden noch mal über deine weiteren beruflichen Pläne, abgemacht?«

Nach dem Gespräch war Viitasalo bester Laune. Es würde schon alles wieder werden. Und es war fast ein Kinderspiel.

Turunen war müde. Wenn es nach ihm ginge, würde er sich gleich schlafen legen. Hoffentlich hatte Bregovic für den Abend keine anderen Pläne. Ihm selbst war nur nach einer Dusche und einem frisch gemachten Bett, vielleicht noch nach ein paar Drinks, aber er musste vorsichtig sein: Er durfte sich bei Bregovic keine Patzer erlauben. Das letzte Telefonat mit Sundström am Sonntag war gut gelaufen, er schöpfte nicht den geringsten Verdacht. Im Gegenteil: Er hatte für seine Verhältnisse geradezu zufrieden geklungen, als er hörte, dass die Vorbereitungen so gut wie abgeschlossen waren und es sogar schon ein Datum für den Transport gab, den 29. April. Turunen lächelte beim Gedanken an ihr Gespräch. Dabei war es nur ein Vorgeschmack auf seinen Triumph gewesen. Er hatte Sundström vorgeschlagen, das nächste Mal am Freitagmorgen anzurufen, dann wisse er die letzten Einzelheiten. Auf diesen Anruf freute sich Turunen. Das Gespräch würde ihn für alles, was er im Laufe der Jahre von Sundström hatte hinnehmen müssen, entschädigen. Fürstlich.

Humlegård blieb rechts liegen, als das Taxi auf der Birger Jarlsgatan nach Norden beschleunigte. Turunen war erst vor einer Viertelstunde am Stockholmer Hauptbahnhof aus dem Zug ausgestiegen. Er hatte im Zug zu schlafen versucht, es aber nicht gekonnt. Gab es irgendetwas, was er nicht erledigt hatte? Hatte er irgendetwas falsch gemacht? Um keine Spuren zu hinterlassen, hatte er während der ganzen Reise nur Bargeld benutzt. Er war schon hundemüde in Sundsvall in den Zug gestiegen, und bis zur Ankunft hatte sich sein Zustand nicht gebessert. Einen mittleren Kater hatte er außerdem. Seine Zunge fühlte sich an wie nach einem Wespenstich, taub und geschwollen. Bregovics Adresse in Lidingö hatte er wiederholen müssen, bevor der türkische Fahrer sie verstand. Deshalb hatte er sich auch die Bemerkung erspart, dass es seines Wissens eine kürzere Strecke gab als die Rundfahrt um ganz Östermalm, zu der ihn der glatzköpfige türkische Trottel entführte. Das Trinkgeld konnte Ali sich abschminken, beschloss Turunen gähnend.

In Stockholm war der Frühling deutlich weiter fortgeschritten als in Espoo. An den Bäumen hingen schon blassgrüne Blättchen, und die Rasenflächen waren auch keine ausgetretenen Flickenteppiche mehr wie zu Hause. Gut, dass wenigstens schon das Eis im Finnischen Meerbusen geschmolzen war, sonst hätte er seine Reise anders planen müssen. Glück auch, dass er noch die Winterreifen an seinem Mercedes gehabt hatte. Auf einem Drittel der Strecke, die er damit zurückgelegt hatte, war astreiner Winter gewesen. Im nördlichen Finnland und Schweden reichte die Kraft der Frühlingssonne schon für den Tag, aber nicht für die Nacht, wenn feuchter Nebel sich als Eis auf dem Asphalt niederschlug.

Als Turunen in der Nacht zum Montag gegen drei sein Haus durch die Hintertür verlassen hatte, hatte das Thermometer fünf Grad minus angezeigt. Er hatte einen Eisangleroverall getragen und die Mütze tief ins Gesicht gezogen. Für ein Mal war es gut, dass die Stadt Espoo bei der Beleuchtung des Trimm-dich-Pfads sparte. So hatte er den dunklen Pfad benutzen können und sich nicht durchs Unterholz bis Suinonsalmi durchschlagen müssen.

Das kleine offene Motorboot hatte am Landungssteg hinter dem Kiosk gelegen. Die ersten paar hundert Meter war er gerudert, dann erst hatte er den Außenbordmotor gestartet. Die Fahrt an der Küste entlang war grässlich kalt gewesen, aber auszuhalten, wenn man wusste, dass auf dem 24-Stunden-Parkplatz des *Blue Peter* ein warmer Mercedes auf einen wartete. Gut, dass er sich die Standheizung mit Timerfunktion hatte einbauen lassen, sonst wäre seine letzte Erinnerung an den Bootshafen noch trauriger und sein Abgang noch stilloser gewesen: mit dem Eiskratzer in der Hand ins neue Leben. Das immerhin war ihm erspart geblieben. Er hatte das Boot festgemacht, den Overall ausgezogen, war in den vorgewärmten Wagen gestiegen und weggefahren, verschwunden in der Nacht. Hasta la vista, fucking Finnland!

Bis Jyväskylä hatte er noch abwechselnd gesungen und gelacht, doch irgendwann hatte ihn das ewig gleiche Dahinrollen durch die ewig gleich langweilige Landschaft ernüchtert, die ewig wechselnden Tempolimits taten ein Übriges: Er musste sich eingestehen, dass die Strecke lang und das Frühjahr in Finnland hässlich und voller schlechter Gerüche war.

Trotz der Klimaanlage stank es in dem Wagen modrig und nach Schimmel. Zum Glück breitete von Jyväskylä an der Schnee eine Decke über die vernarbte Landschaft. Nach einmal Tanken und drei hastigen Mahlzeiten musste er in Äänekoski eine Apotheke aufsuchen, obwohl er es bis Oulu hatte aushalten wollen.

Auf der finnischen Seite hatte er sich seine Hämorrhoiden-Zäpfchen noch auf den Tankstellen und Raststätten einführen können, aber nach Tornio, wo er die Grenze überquert hatte, wurden die Abstände zu groß. Zwischen Kalix und Luleå hatte er es zum ersten Mal im Wald erledigen müssen. Der Mercedes hatte gute Sitze, aber sie konnten keine Wunder bewirken.

In Umeå hatte er den Wagen dann stehen lassen. Er hatte am frühen Morgen in der Västra Strandgatan geparkt und die Autoschlüssel in den Fluss geworfen. Als er mit dem Koffer in der Hand dem Mercedes den Rücken gekehrt und sich auf den Weg zum Busbahnhof fünf Blöcke weiter gemacht hatte, war ihm zum ersten Mal bewusst geworden, dass es tatsächlich kein Zurück mehr gab. Zwei Tage noch, und er wäre für immer verschwunden. Und plötzlich, beim Gang durch die noch leeren Straßen von Umeå, wo offenbar keine Kneipe durchgehend geöffnet hatte, war ihm der Gedanke beinahe traurig vorgekommen. Er machte nicht nur eine lange Reise durch Finnland und Schweden, er nahm Abschied von seinem ganzen bisherigen Leben. Während er in Halbschuhen mit zu glatten Sohlen auf den vereisten Bürgersteigen dahinbalancierte, spürte er, dass die Euphorie des Aufbruchs verflogen war.

Er hatte den ersten Langstreckenbus des Tages genommen, und als er in Sundsvall ausstieg, blendete schon die Sonne. Er hatte bei *O' Leary* in der Storgatan annehmbar gegessen und sich danach an der Bartheke wieder in Form gebracht. Der Barmann hatte ihm dann ein Taxi bestellt, das ihn erst am staatlichen Alkoholladen absetzte und dann zum Bahnhof brachte. Dort hatte er den Zug nach Süden genommen, aus dem er vor ein paar Minuten steif und müde ausgestiegen war.

Als das Taxi die Brücke nach Lidingö überquerte und unter ihnen das Meer in der Sonne strahlte, kam Turunen etwas zur Ruhe. Er warf einen Blick auf die Uhr: nicht einmal mehr zwei Tage und zwei Nächte bis zum Beginn der Operation. Sein Mund war jetzt trocken. Bregovic würde dem abgekämpften Reisenden auf jeden Fall einen Drink servieren dürfen. Ratko war sicher schon auf dem Weg nach Finnland, um seinen Job zu erledigen. Gut war, dass er den Serben im Lauf des März doch noch davon hatte überzeugen können, dass die Sache mit Viitasalo eben keine so brillante Idee war, wie er glaubte.

»Du hast Angst«, hatte Bregovic gesagt, als er ihn angerufen und ihm seine Bedenken geschildert hatte.

»Nein, nur ein bisschen Hirn«, hatte Turunen beinahe rüde geantwortet. »Ich kenne Finnland. Wenn wir einem Polizisten drohen, so wie du's vorgeschlagen hast, dann kannst du sicher sein, dass Ratko nicht mal mehr in seine Nähe kommt. Außerdem könnte Ratko gefasst werden, wenn er ihn umzubringen versucht. Dann sitzen wir in der Scheiße, das musst du zugeben. – Ich hab mir nur überlegt, ob es das Risiko wert ist.«

»Vielleicht hast du recht«, hatte Bregovic nach einem längeren Schweigen geantwortet. »Wir drohen ihm nicht, wir machen es ohne Vorwarnung.«

»Ich sehe noch eine Möglichkeit«, hatte Turunen daraufhin gesagt. »Vielleicht reicht eine andere Art von Drohung vollkommen aus. Zum Beispiel eine kleine Bombe vor der Haustür.«

»Du willst, dass Ratko den Bullen am Leben lässt?«

»Ja. Lass ihn eine kleine Bombe legen, dann hat Sundström zu den Esten und den Russen trotzdem auch noch aufs Blut gereizte Bullen gegen sich. Alle werden sich auf Sundström stürzen, das gibt uns und vor allem dir mehr Zeit. Und Ratko auch. Sowieso würde ich ihm raten, ohne größere Eile mit dem Auto über Tornio und Haparanda nach Hause zu fahren. Finnische Polizisten sind Rassisten. Die Flughäfen und Fähren werden schon nach einer kleinen Bombe unter Beobachtung stehen.«

»Dafür, dass es von dir kommt, klingt das gar nicht dumm«, hatte Bregovic nach einem wiederum längeren Schweigen gesagt. »Außer dass Ratko enttäuscht sein wird.«

»Wieso?«

»Ich hatte es ihm versprochen.«

Turunen hatte zugegeben, dass das natürlich schade sei, aber man könne nun mal nicht immer alles haben. Man müsse Prioritäten setzen, und Ratkos Enttäuschung sei ja nun nicht das Entscheidende an der Sache.

Nach dem Telefongespräch hielt Turunen seinen Plan für bis ins letzte Detail perfekt. Ratko war ein schwaches Glied gewesen. Der Mann kannte seine künftige Identität. Das wäre jetzt kein Problem mehr. Turunen hielt auch für Ratko eine Extraüberraschung bereit.

Turunen stieg auf der Straße aus dem Taxi. Als er durch das sich langsam öffnende Tor schritt, tat er es in dem Bewusstsein, dass alles aufs beste vorbereitet war. Noch am Freitagmorgen, wenn die Ladung angekommen und der serbische Kriegsverbrecher tot wäre, würde er mit dessen Handy die Polizei in Helsinki anrufen. Ein nicht sehr gut Schwedisch sprechender kroatischer Flüchtling namens Bregovic würde seiner Sorge Ausdruck geben, dass ein Serbe namens Ratko womöglich einen Sprengstoffanschlag mitten in der finnischen Hauptstadt plante. Besagter Ratko hasse einen finnischen Polizisten, der ihm bei seinen Schmuggelgeschäften mit einem gewissen Sundström in die Quere gekommen sei. Ratko handle, was den Anschlag betreffe, in Sundströms Auftrag und werde danach vermutlich über Tornio und Haparanda nach Schweden zurückkehren. Er, der kroatische Flüchtling, rufe aber nicht nur wegen des finnischen Polizisten und des Anschlags an, sondern auch in eigener Sache. Die Verbrecher hätten ihn, einen unbescholtenen Mann, gezwungen, ihnen eine Lagerhalle im Industriegebiet von Veddesta zu überlassen. Er sei, wie gesagt, in Sorge – und dann wurde leider die Verbindung immer schlechter.

Turunen besaß einen LKW-Führerschein. Obwohl er seit Jahren nicht mehr gefahren war, würde ihm die kurze Fahrt nach Kista keine Probleme machen. In Kista gab es eine andere, von ihm selbst angemietete Lagerhalle und darin ein Wohnmobil, in dem er einen Teil der Ladung verstauen wollte. Er wollte es nicht übertreiben, zweihundert Kilo Heroin waren ihm genug.

Noch am selben Abend wäre er in Holland, spätestens in der Nacht zum Samstag. In Zwolle hatte er einen an der gesamten Ladung interessierten Großkunden gefunden. Turunen vermutete eine direkte Verbindung zur MS-13, einer Organisation aus El Salvador, die auf dem Sprung war, die Heroinmärkte von Deutschland, Frankreich und Holland zu übernehmen. Die MS-13 mit ihren 140 000 Mitgliedern war eingesprungen, als die Russen die Importe verknappt hatten. Ihr Stoff kam normalerweise aus Mittelamerika.

Turunen hatte ein Angebot gemacht, bei dem kein Drogenhändler Nein sagen konnte. Sechs Millionen Euro waren ein Billigangebot, aber zusammen mit den zwei Millionen, die er von Bregovic bekäme, war es genug. Man würde den Betrag freundlicherweise direkt nach der Qualitätskontrolle an die *Hatfield Oak Bank* in Panama überweisen, auf das Konto von Peter Öhman.

Als Turunen vor der Edelholztür den Koffer abstellte und zum Anklopfen nach dem aus einem Löwenmaul hängenden Messingring griff, hatten die angenehmen Zukunftsgedanken wenigstens einen Teil seiner Müdigkeit vertrieben.

Die knapp zwei Tage mit dem irren Bregovic würde er auch noch überstehen. Wenigstens stand ihm keine Endlosfahrt auf der E 4 mehr bevor. Seine Hämorrhoiden konnten sich beruhigen.

Er würde dem Mann, dem er die Tage in Lappland nie vergessen hatte, mit Freuden die Kugel geben. Und während er die Öresundbrücke überquerte, wären die Polizisten in Helsinki schon hinter Ratko her. Er war sich sicher, dass Ratko sich den Polizisten nicht ergeben würde. Er würde kämpfen bis zum Schluss. Er war schließlich ein Vojnik.

»Warum?«, fragte Koljakov verwundert.

»Ich brauche dich hier«, antwortete Demirchyan am anderen Ende der Leitung. Im Hintergrund war scheppperndes Klaviergeklimper zu hören. Demirchyan sprach beiseite, und Koljakov hörte, wie er den Klavierspieler oder die Klavierspielerin aufmunterte: »Sehr gut. Noch mal von vorn!«

»Aber ich werde hier gebraucht. Ich muss Turunen die Informationen zum LKW weitergeben, damit er sie seinerseits weitergeben kann, und aus Sicherheitsgründen geht das nicht, bevor der LKW Torfyanovka passiert hat«, erklärte Koljakov. »Turunen hat man gesagt, dass alle Kontakte ausschließlich über mich laufen. Auch Bregovic kontaktiert mich, wenn die Ladung in Schweden ankommt. Ich ...«

»Die SMS an Turunen kann auch sonst jemand schreiben, Fedor zum Beispiel«, unterbrach ihn Demirchyan. »Und Bregovics Anruf kannst du genauso gut in Moskau entgegennehmen. Lass uns während der Operation zusammensitzen und anstoßen, wenn alles gut gegangen ist.«

»Aber warum?«, fragte Koljakov, dessen Körper sich vor Misstrauen fast verkrampfte. Fedor? Der Mann war ein Killer, kein Organisator.

»Weil es höchste Zeit ist, dass du einen Schritt nach oben machst«, antwortete Demirchyan. »Ich habe eine Aufgabe für dich. Hier in Moskau. Erinnerst du dich, was ich dir im Februar sagte? Ich verlasse mich auf dich. Und nun ist es leider so, dass ich jemanden, der sich hier sehr selbständig um meine Angelegenheiten gekümmert hat, verliere, weil ich mich nicht mehr auf ihn verlassen kann. Ich hab überlegt, wo ich einen Mann hernehmen soll, auf den ich mich hundertprozentig verlassen kann, und sieh an, da bist sofort du mir in den Sinn gekommen, Kolja. – Du willst doch vorwärtskommen?«

»Natürlich. Danke«, sagte Koljakov. »Mich hat nur der Zeitpunkt überrascht.«

»Mich auch, Kolja. Aber ein Glas Milch sucht sich nicht aus, wann es umfällt. Und wenn es umfällt, muss man aufwischen, bevor die Milch sauer wird und schlecht zu riechen beginnt. Und nach dem Wegwischen füllt man das Glas natürlich neu, weil der Durst ja vom Umfallen nicht weg ist«, erklärte Demirchyan.

Koljakov überging den hinkenden Vergleich und kam noch einmal auf die Operation zurück.

»Die Operation Troika braucht dich nicht mehr, Kolja«, sagte Demirchyan mit Wärme. »Du hast deine Arbeit erledigt. Von jetzt an verschwendest du nur noch deine Zeit. Wer ein Geschäft eröffnet, muss auch nicht von morgens bis abends hinter der Ladentheke stehen. Nimm zum Beispiel mich.« Demirchyan brach in Gelächter aus. »Dazu gibt es genügend Leute mit weniger Talent. Bevor du gehst, erklär Fedor, was er tun muss, dann schafft er das. Du steigst gleich heute Abend ins Flugzeug, wir gehen morgen Golf spielen.«

»Ich spiele nicht Golf.«

»Dann fängst du morgen damit an, schlage ich vor.«

»Braucht man da nicht irgendeine Berechtigung?«

»Nein, erst mal nur einen Schläger«, antwortete Demirchyan. »Um deine Platzreife kümmern wir uns später.«

Koljakov willigte ein, weil ihm nichts anderes übrig blieb.

»Gut. Du kennst den *Le Méridien Moscow Country Club*?«

»Nein«, log Koljakov.

»Kolja, Kolja.« Demirchyan schnalzte mit der Zunge. »Dort haben sie den besten Golfplatz in ganz Russland. Aber Nakhabino kennst du?«

»An der Volokolamskoye shossee?«

»Sehr gut«, sagte Demirchyan. »Du siehst, ein Mensch kann Dinge wissen, von denen er gar nicht gewusst hat, dass er sie weiß. Hinter Nakhabino biegst du nach rechts in Richtung Zhelyabino ab, dann siehst du fast schon das Clubhaus. Ich fahre schon heute nach Zhelyabino, ich hab dort ein kleines Blockhaus. Ich gebe deinen Namen den Wächtern durch, dann lassen sie dich aufs Gelände. Abschlag um Punkt elf. Fahr rechtzeitig los, es sind dreißig Kilometer vom Zentrum. Sich am Abschlag zu verspäten ist beim Golf unverzeihlich.«

»Natürlich«, sagte Koljakov.

Danach wollte Demirchyan wissen, ob Koljakov dem FSB schon die vereinbarte Falschinformation zugespielt habe, woran Koljakov erkannte, dass er es richtig vermutet hatte: Demirchyan benutzte eine sichere Telefonverbindung, sonst hätte er niemals so offen gesprochen.

»Und was das Allerbeste ist«, sagte Demirchyan. »Wenn du in Moskau bist, kannst du Natalie dein Geburtstagsgeschenk persönlich überreichen.«

»Genau«, sagte Koljakov, der den Geburtstag vollkommen vergessen hatte.

»Hörst du übrigens, wie begabt das Mädchen ist?«, fragte Demirchyan. »Bei der Feier zum Ende des Schuljahrs wird sie zum ersten Mal öffentlich spielen. Du kannst mitkommen, ich lade dich ein. Es wird eine Sensation.«

»Natürlich, gerne. Ich wollte schon fragen, woher die schöne Musik kommt.«

Nach dem Telefongespräch war Koljakov wenigstens ein Stückweit erleichtert. Er hatte nichts erkennen können, was ihn hätte alarmieren müssen. Er konnte nur hoffen, dass Demirchyan in Bezug auf ihn so blind war, wie er in Bezug auf das Klavierspiel seiner Tochter taub zu sein schien. Eine längere Rückkehr nach Moskau war allerdings ein Risiko. Er hatte die Stadt in den vergangenen vier Jahren schon mehrmals ohne Probleme besucht, aber es waren immer nur kurze Aufenthalte gewesen. Wenn er sich dort niederließ, war die Gefahr, jemandem zu begegnen, dem auffiel, dass er Jevgeni Markov, dem vor vier Jahren verstorbenen Mitglied der *Solntsevskaya bratva,* erstaunlich ähnlich sah, ungleich größer.

Koljakov schaute in den Spiegel. Damals hatte er einen schwarzen Bart gehabt und dichte, wellige Haare. Jetzt sah ihm aus dem Spiegel ein glatt rasierter Mann mit Glatze und Brille entgegen.

»Vielleicht mache ich mir umsonst Sorgen«, sagte er zu seinem Spiegelbild, und es nickte.

Als Koljakov anschließend in seinem Handy nach Fedors Nummer suchte, streifte ihn plötzlich eine Ahnung, die weder mit Jevgeni Markov noch mit der *Solntsevskaya* zu tun hatte. Sie betraf ihn und Demirchyan, aber er bekam sie nicht wirklich zu fassen. Es war nur ein winziger Moment der Unsicherheit, ob er gegenüber dem Armenier nicht womöglich selbst blind und taub war. Aber nein, er war geschickt und präzise vorgegangen. Die diffuse Ahnung war verflogen, als Fedor nach fünfmaligem Läuten die Güte hatte, das Gespräch anzunehmen.

»Ich sag dir eins: So scheißleicht verdienen wir unser Geld nie wieder«, sagte Pakarinen zum x-ten Mal und lachte wie ein Irrer. Vesa, der eben zum Wagen zurückkam, lachte nicht.

»Zehntausend für so einen Job, das ist ja fast schon peinlich.« Pakarinen trommelte mit den Fingern aufs Lenkrad und schaute zur Straße. »Warum schickt Turunen die SMS nicht? Vielleicht ist unser LKW schon vorbei, und wir wissen's nur nicht. Übrigens hätten sie genau da kommen können, als du scheißen warst. Und was hätten wir dann gemacht, hast du dir das überlegt?«

»Ich hab Macho so verstanden, dass er uns Bescheid gibt, wenn sie durch den russischen Zoll durch sind. Bis hierher dauert's dann noch eine Weile«, sagte Vesa, der sich etwas ganz anderes fragte, nämlich warum man gerade sie ausgesucht hatte, um einem LKW mit einer heiklen Ladung Geleitschutz zu geben. Es machte einfach nicht viel Sinn. Er war kein guter Wachmann oder Leibwächter, wie Macho gesagt hatte, obwohl er dessen Rat befolgt hatte und im März ein paarmal zum Schießen in eine verlassene Kiesgrube nach Sipoo gefahren war. Und Pakarinen war es fast noch weniger. Sein schmales Gesicht unter der Jackenkapuze erinnerte an ein Wiesel, dazu ruckte und zuckte er andauernd, als hätte er die Krätze. Während der nächtlichen Fahrt in Richtung Ostgrenze war Vesa ein paarmal versucht gewesen, selbst das Lenkrad zu übernehmen. Er wunderte sich fast, als sie es ohne Probleme bis zum Parkplatz des Einkaufszentrums von Rajahovi geschafft hatten, wo sie jetzt in ihrem grauen Toyota saßen und warteten.

»Ja, schon, trotzdem«, faselte der nervöse Pakarinen. »Wir hätten einen Eimer mit ins Auto nehmen sollen. Ich war noch nie bei so einer großen Sache dabei, da will ich nichts vermasseln, bloß weil du aufs Scheißhaus musst.«

Vesa sagte nichts. Er hatte gerade Tiina angerufen. »Das einzige, was sich geändert hat, bist nämlich du«, hatte sie gesagt. Mit Tiina war es schwierig in letzter Zeit, vielleicht auch, weil er ihr gegenüber nicht ehrlich sein konnte. Aber wie sollte er es sein? Er wusste ja nicht mal mehr, ob er sich selbst gegenüber ehrlich war. Was war letztendlich Ehrlichkeit? Lohnte es sich, ehrlich zu sein, wenn die Welt um einen herum auf Lügen und Betrügen aufgebaut war? Was war letztendlich ehrlicher: beim Lügen und Betrügen mitzumachen oder sich selbst vorzumachen, dass man mit Ehrlichkeit irgendetwas erreichte? Irma hatte ihm geraten nachzugeben. Sollte er so wie alle anderen lügen und betrügen? War es das, was die alte Frau gemeint hatte? *Das Leben ist, wie es ist. Wir treiben in dem großen Strom nur mit, und es ist in den meisten Fällen besser, das zu akzeptieren. Es ist besser nachzugeben, als mit dem Kopf immer gegen dieselbe Wand zu laufen.*

Mutter hatte nachgegeben. Sie trank wieder jeden Tag und war so in ihre Welt versunken, dass sie ihm nicht mal mehr die Schuld an Vaters Verschwinden gab. Vorletzte Woche hatte er sie vom Küchenboden aufgehoben, wo sie in ihrem Erbrochenen lag, und während er sie ins Schlafzimmer trug, hatte sie ihn gefragt, ob Arto denn bald wieder nach Hause käme. Vielleicht fing bei ihr schon das Vergessen an. Vielleicht zweifelte ihr Alkoholikerhirn schon an der Wirklichkeit.

Und vielleicht musste er akzeptieren, dass sie auf ihre Weise auf das Geschehene reagierte. Dass es so besser war, als wenn sie irgendwann die Wahrheit erfuhr. Welche Wahrheit auch? Vielleicht war es so auch einfacher. Für sie und für ihn. Sie fragte nichts, und sie wollte nichts von ihm. Ein Schein auf die Hand oder auf den Küchentisch, dann ließ sie ihn in Ruhe. Vielleicht war das die Lösung, jetzt und für die Zukunft.

»Ich sag dir, wir müssen aufpassen wie die Schießhunde, die ganze Strecke, bis nach Turku.« Pakarinen ruckte unruhig auf seinem Sitz herum. »Scheiße! Was, wenn zum Beispiel die Esten irgendeine Schweinerei vorhaben? Solche Transporte spionieren die doch aus, jedenfalls drüben bei ihnen.«

»Wie denn? Wenn sogar wir das Kennzeichen erst im letzten Moment erfahren«, antwortete Vesa.

»Ja, schon, stimmt, aber man weiß nie«, sagte Pakarinen und trommelte wieder aufs Lenkrad. »Ich trau den Esten nicht. Und man würde uns nicht so viel bezahlen, wenn wir nur rumsitzen und harmlos durch die Gegend gondeln würden.« Pakarinen blickte unruhig zur Seite und nach hinten. »Scheiß drauf! Vielleicht ist es doch nur schnell verdientes Geld. Wir fahren einem LKW hinterher und schauen, dass der Fahrer nicht die Fähre verpasst. Okay, ich glaub, ich geh auch schnell pissen und hol mir noch einen Kaffee.«

»Und wenn sie genau in der Zeit kommen?«, quälte ihn Vesa. »Es ist zehn vorbei. Vielleicht pisst du besser in den leeren Kaffeebecher.«

»Ich hab das Handy dabei«, erklärte Pakarinen, während er aus dem Wagen stieg. »Ich beeil mich.«

»Geh ganz normal«, sagte Vesa. »Wir wollen nicht auffallen.«

Pakarinen schlug die Wagentür zu und bewegte sich unter ständigem Rucken in Richtung Einkaufszentrum. Vesa zog die Nase hoch und machte die Augen zu. Plötzlich spürte er die Schwere seiner Glieder, ja seines ganzen Körpers. Wann hatte er wohl zuletzt gut geschlafen? Jedenfalls konnte er sich nicht mehr daran erinnern.

Viitasalo erinnerte sich nicht, wann er zuletzt so gut geschlafen hatte.

Liina hatte ihn am Abend zuvor plötzlich gebeten, das Licht auszumachen, wenn er aus dem Zimmer ging.

»Hast du keine Angst mehr vor dem Monster?«, hatte er gefragt.

»Nein, jetzt nicht mehr. Weil Mama ja wieder zu Hause ist«, hatte Liina geantwortet. »Teddy Pontus hat gesagt, dass es nicht mehr kommt, weil Mama aufpasst.«

»Das ist sehr gut«, hatte Viitasalo gesagt und im Stillen überlegt, ob es vielleicht wirklich so einfach war.

»Papa?«

»Ja?«

»Mama muss doch nicht mehr ins Krankenhaus?«

»Nein«, hatte er geantwortet. »Muss sie nicht«, hatte er noch hinzugefügt und fest an seine Worte geglaubt. Sari würde nie mehr ins Krankenhaus müssen, sie würden es nicht mehr so weit kommen lassen.

Später hatten Sari und er sich geliebt, und Saris Kopf hatte danach auf seiner Brust geruht.

»Weißt du was?«, hatte sie, als Viitasalo schon fast eingeschlafen war, geflüstert.

»Was?«

»Ich fühle mich irgendwie gut«, hatte Sari gesagt. »So gut wie lange nicht.«

Viitasalo hatte ihre Augen glänzen sehen, dann hatte sie sich auf den Bauch gedreht.

»Wie meinst du das?«, hatte Viitasalo gefragt, obwohl er die Antwort wusste, weil es ihm ganz genauso ging.

»Ich kann's nicht erklären, aber irgendwie fühle ich mich sicherer als vorher. Ich finde es gut, dass du bei der Polizei aufhörst. Was immer du Neues machst, ist, glaube ich, besser für uns beide.«

»Es hat nur auch seine Risiken in solchen Zeiten.«

»Ich glaube, dass ich in dem abgelaufenen Jahr viel gelernt habe«, hatte Sari gesagt und ihre Hand auf Viitasalos Brust gelegt.

»Worüber?«

»Über alles. Über mich. Über uns. Über das ganze Leben.«

»Dann wären wir schon zwei.« Viitasalo hatte lachend die Arme um seine Frau gelegt. »Ich hab dich so wahnsinnig vermisst.«

»Und was ist, wenn ich es doch nicht schaffe?«

»Du schaffst es.« Er hatte Sari fester an sich gedrückt. »*Wir* schaffen es. Wir schaffen es von jetzt an zusammen.«

Saris warme Tränen waren über seine Brust gelaufen und hatten sich gut angefühlt, denn es waren keine Tränen der Trauer oder Verzweiflung.

»Unsere Familie ist wieder zusammen«, hatte Viitasalo geflüstert. »Für immer. Nichts anderes ist so wichtig.«

Viitasalo war es, der nach dem darauffolgenden Kuss nicht gleich einschlafen wollte.

Jetzt saß er in seinem Arbeitszimmer und las den Brief, den er gerade ausgedruckt hatte, dann griff er nach einem Stift und unterschrieb. Als er den Blick hob, lächelte er. Alles um ihn herum erschien ihm schon wie aus einer anderen Zeit, als wäre, was geschehen war, vor langer Zeit geschehen, als erinnere er sich nur noch von irgendwo aus weiter Ferne daran. Von dort, wo er mit Sari und Liina glücklich lebte.

Das Handy auf dem Tisch gab einen Laut von sich und vibrierte zum Zeichen, dass eine SMS angekommen war. Auf Bregovics Gesicht erschien ein Lächeln. Turunen schluckte vor Anspannung.

»Das Kennzeichen. Das heißt, in Torfyanovka ist alles gut gegangen«, sagte Turunen mit einem Blick auf die SMS. »Fehlt nur noch Vaalimaa.«

»Erst Vaalimaa, dann Finnland, dann eine Pfütze Meer – morgen um diese Zeit sind wir reich«, lachte Bregovic.

Turunen schickte die SMS weiter. Erst an den Zoll in Vaalimaa, dann an Pakarinen und zuletzt an Macho. Als auf dem Display die Sendebestätigung erschien, entließ er alle Luft aus seiner Lunge.

»Jetzt können wir nur noch abwarten. Wo hast du übrigens die Öhman-Papiere?«, fragte Turunen. »Du hast sie doch?«

»Ja, natürlich. Immer mit der Ruhe.« Bregovic erhob den Zeigefinger. »Erst die Arbeit.«

»Ich sage nicht, dass das hier vollkommen unerwartet kommt«, sagte Tuomisto, nachdem er den Brief gelesen hatte, den Viitasalo ihm gereicht hatte. »Aber natürlich bin ich enttäuscht.«

»Warum?« Viitasalo saß Tuomisto gegenüber. Die Mittagssonne schien ihm durch die Jalousien direkt in die Augen.

»Du bist ein guter Polizist, und gute Polizisten brauchen wir.«

»Du hast ein zu rosiges Bild von mir«, antwortete Viitasalo, der die Augen zusammenkneifen musste.

»Ich hab genug Leute, die zu allem nicken, was ich ihnen sage«, sagte Tuomisto. »Ich schätze es, wenn jemand sich traut, mich ein Arschloch zu nennen, wenn ich mich wie eins aufgeführt habe. Sogar, wenn nicht. Es bringt einen dazu, über seine Arbeitsmethoden und seinen Führungsstil nachzudenken. Es hält einen wach.«

»Hab damals vergessen, mich zu entschuldigen«, sagte Viitasalo etwas verlegen. »Es war eine Überreaktion.«

»Scheiß drauf!« Tuomisto winkte ab. »Ehrlich gesagt, bin ich ein bisschen neidisch.«

»Neidisch? Worauf?«

»Darauf, dass du tust, was du für dich für richtig hältst«, sagte Tuomisto. »*Ich* hab seinerzeit nicht die richtigen Prioritäten gesetzt.« Der Vorgesetzte breitete die Arme aus und sah sich im Zimmer um. »Und da sitze ich jetzt. Ich dachte, Kristiina und ich hätten es gut. Dabei hat sie nur darauf gewartet, dass auch noch Kimmo groß genug ist, um auf eigenen Füßen zu stehen. Glaub mir, es fühlt sich nicht gut an, wenn man dir so was ins Gesicht sagt und du begreifst, wie blind du gewesen bist. – Gut, ich sollte mich nicht beklagen. Erst die Arbeit, dann die Familie, war immer mein Motto. Jetzt hab ich nur noch die Arbeit. Wenn du so willst, hab ich's geschafft.«

Viitasalo fühlte sich noch verlegener, als er es von vornherein gewesen war.

»Lassen wir das«, sagte Tuomisto. »Du tust, was du für das Beste hältst, und so ist es gut.«

Viitasalo nickte, und Tuomisto starrte ihn lange schweigend an. Die Stille wurde Viitasalo allmählich zu viel.

»Und Sundström?«, fragte Tuomisto plötzlich.

»Nichts Neues.« Viitasalo zuckte die Achseln. »Es spielt auch keine Rolle.«

»Mir ist zu Ohren gekommen, dass auch die KRP hinter ihm her ist«, sagte Tuomisto. »Weißt du irgendwas darüber?«

»Sollen sie. Die KRP kümmert mich einen Scheiß«, platzte Viitasalo heraus. »Ich hab mit dem Fall nichts mehr am Hut. Das hab ich übrigens auch Sundström gesagt. Und dass ich gehe.«

»Und wenn sich herausstellt, dass du mit deinen Schlüssen richtig liegst und die KRP womöglich nur da weitermacht, wo du aufgehört hast, das ärgert dich nicht?«

»Was soll mich da ärgern?«, fragte Viitasalo.

»Dass du gehst und die Kollegen sich für deine Arbeit oder zumindest deine wichtigen Vorarbeiten feiern lassen«, sagte Tuomisto. »Oder machst du dir nichts aus Ruhm und Ehre?«

»Damit hab ich nichts am Hut«, antwortete Viitasalo und wurde rot beim Gedanken, dass die Antwort zumindest in Bezug auf die Ehre näher bei der Wahrheit war, als Tuomisto ahnen konnte. »Ich brauche nur den Respekt vor mir selber zurück, das reicht.«

Tuomisto betrachtete ihn mit gerunzelter Stirn. »Respekt vor dir selber? Und was hat das mit dem Fall Sundström zu tun? Ich meine, das mit deiner Familie kann ich verstehen, aber das versteh ich jetzt nicht.« Tuomisto bezog sich offensichtlich auf seine eigenen Erfahrungen. Er hatte sicher manches Gespräch vorm Spiegel geführt, nachdem seine Kristiina gegangen war.

»Eigentlich geht es zweimal um dasselbe«, sagte Viitasalo und begriff es, noch während er es sagte, zum ersten Mal selbst. »Indem ich den Fall aufgebe, bekomme ich das zurück, was mir am wichtigsten ist.«

Tuomisto nickte. »Darf ich dich fragen, was du tun willst? Oder was ihr tun wollt?«

Viitasalo zuckte die Achseln. »Vielleicht verkaufen wir das Haus und ziehen weg aus Helsinki. Alles ist völlig offen, und genau das fühlt sich so verdammt gut an, so befreiend.« Er überlegte einen Augenblick, dann lächelte er. »Ich für mein Teil will mich um Rosen kümmern.«

»Um Rosen?« Tuomisto staunte. »Ich wusste gar nicht, dass du gärtnerst.«

»Ich auch nicht. Oder ich hatte nur nicht begriffen, dass ich es tun sollte. Jetzt begreife ich, dass es höchste Zeit ist, damit anzufangen.«

Yli-Hemmo wunderte sich, als er das Kennzeichen sah, das ihm per SMS übermittelt wurde. Es gehörte eindeutig zu einem anderen Fahrzeug als dem, das er auf absolut geheimen Befehl der KRP passieren lassen sollte. Die Nachricht war am Morgen, bei Schichtbeginn gekommen, und Yli-Hemmo hatte erleichtert aufgeatmet.

Ihr Vorgesetzter Kuronen hatte sie eingeweiht: Die KRP führe zusammen mit dem Geheimdienst, dem Zoll, dem Grenzschutz sowie von russischer Seite dem St. Petersburger Büro des FSB und dem Viborger Zoll eine geheime internationale Operation durch, die sie hier in Vaalimaa auf keinen Fall vermasseln dürften. Die Frage nach dem Zweck der Operation hatte Kuronen nicht beantworten wollen. Salmenautio hatte danach gefragt, und der Vorgesetzte hatte ihnen bedeutet, dass sie das nicht zu wissen brauchten. Yli-Hemmo war sich sicher gewesen, dass Kuronen selbst nicht Genaues wusste und es nur nicht zugeben wollte. Und erleichtert war Yli-Hemmo deshalb gewesen, weil es plötzlich so aussah, als müsse er sich an nichts Ungesetzlichem mehr beteiligen. Wenn er das Fahrzeug auf höhere Weisung durchwinken sollte, brauchte er nicht mehr für die Bande, die ihn erpresste, durch die Finger zu schauen.

Jetzt wurde Yli-Hemmo wieder unruhig. Er tippte rasch das Kennzeichen aus der SMS in den Computer, und auf dem Bildschirm erschienen die Daten des betreffenden LKW: Spedition, Ladung und Zielort. Sie waren identisch mit denen, die sie von Kuronen bekommen hatten – mit Ausnahme des Kennzeichens. Es gab also zwei LKWs, und beide fuhren für die Kiito Group und hatten Weizenmehl für die Großbäckerei Pågens in Malmö geladen. Yli-Hemmo überlegte, ob er Kuronen Bescheid sagen sollte. Die Polizei verfolgte eindeutig das falsche Fahrzeug. Yli-Hemmo warf einen Blick auf die Monitore, die die Bilder vom Zollgelände übertrugen. Es waren nur wenige LKWs da, die auf die Abfertigung warteten. Letztes Jahr, vor der Rezession, war um diese Zeit am

Donnerstagmorgen die Grenze in Richtung Osten schon verstopft gewesen. Die russischen Fahrer hatten das Wochenende in der Heimat verbringen wollen.

Yli-Hemmo zögerte. Seine Moral und seine Ehrlichkeit standen auf dem Prüfstand, und normalerweise hätte er gewusst, was er zu tun hatte, aber da war eben seine Familie: Reetta und die Kinder. Der Mann, der vor gut zwei Monaten zu ihm Kontakt aufgenommen hatte, hatte ihn erschüttert. Er hatte fast alles über sie gewusst. Und wenn er nicht machte, was man von ihm verlangte, würde seine Familie dafür bezahlen. Yli-Hemmo warf noch einmal einen Blick auf die SMS. Nein, er hatte sich nicht vertan, die beiden letzten Stellen des Kennzeichens wichen voneinander ab.

Als Yli-Hemmo das Handy in die Tasche schob, hatte er seine Entscheidung getroffen. Er würde nichts sagen und nichts tun. Das war es schließlich, was man von ihm verlangte. Er würde beide LKWs durchlassen, den einen auf Wunsch der Polizei, den anderen auf Wunsch der Schmuggler. Er konnte nur hoffen, dass die Polizei ihren Fehler noch selbst bemerkte. Er würde sich nicht einmischen. Die Familie war wichtiger. Hätte der Mann, der ihn erpresste, nur ihn selbst bedroht, hätte er sich vielleicht umgebracht.

»Sieh an, zwei Weizen-LKWs nach Schweden.«

Yli-Hemmo kam zu sich. Kemppi saß am Nachbartisch. Yli-Hemmo warf wieder einen Blick auf die Monitore. Der Weizen-LKW, zu dem er die SMS bekommen hatte, war gerade ans Ende der Schlange nach Westen gerollt.

»Was meinst du, durchleuchten?«, fragte Kemppi.

»Nein, lass ihn durch«, sagte Yli-Hemmo so leichthin, wie es ihm möglich war. »Nimm den dritten da. Ich hab gerade nachgesehen: eine russische Spedition, und der Empfänger ist die Firma eines Russen. Lass ihn auf die Waage fahren, ich hab so meine Zweifel, was die Ladung betrifft. CDs, und schau dir die Menge an – ein bisschen wenig für die Containergröße. Wenn die Waage was Komisches zeigt, nehmen wir ihn in die Röhre.«

»Piraterie, oder was denkst du?«

»Ich weiß nicht«, antwortete Yli-Hemmo und schaute auf die Uhr. Sie zeigte 12.16 Uhr. »Lass ihn uns anschauen, ich spür da so ein Jucken.«

»Okay«, sagte Kemppi.

Yli-Hemmo holte das Bild auf dem entsprechenden Monitor näher heran. Jetzt sah man das Führerhaus des Weizen-LKW. Der Fahrer war eindeutig ein Russe. Ein dunkelhaariger Mann mit einem ungepflegten Bart. Lange, wellige Haare umrahmten das schmale Gesicht. Er trug eine Sonnenbrille, dennoch hatte Yli-Hemmo das Gefühl, dass der Mann ihn ansah und dabei lächelte.

Kivi erschien am Nachmittag an der Tür von Viitasalos Zimmer. Die Nachricht von seiner Kündigung hatte sich schnell herumgesprochen.

»Du willst uns wirklich verlassen?«

Viitasalo nickte. »Einen Monat müsst ihr mich noch ertragen. So weit bin ich Tuomisto entgegengekommen.«

»Schade.« Kivi räusperte sich. »Obwohl wir in letzter Zeit nicht viel zusammengearbeitet haben … ich werd dich vermissen. Aber alles Gute. Wir sehen uns.«

Kivi war verschwunden, bevor Viitasalo etwas erwidern konnte.

Demirchyan bereitete sich auf einen Schlag vor, indem er aufmerksam übers Fairway schaute und Rasenschnipsel in die Luft warf. Sie hatten erst ein Drittel des Platzes hinter sich. Als er Koljakov im Anzug und in normalen Straßenschuhen hatte kommen sehen, hatte Demirchyan sich damit begnügt, dass er ihm Gesellschaft leistete.

Koljakov wusste inzwischen, dass der Platz der erste 18-Loch-Golfplatz in Russland war, der internationalem Standard entsprach. Demirchyan hatte ihm einen detaillierten Vortrag über den Platz und die Gebäude gehalten, die ihn umgaben. Die Geschichte war, wie nicht anders zu erwarten, lang und verzweigt gewesen und hatte irgendwo im 18. Jahrhundert begonnen. Am Ende war der Bau des schon in den 60er Jahren des vergangenen Jahrhunderts geplanten Golfplatzes in den 90er Jahren endlich in Gang gekommen und nach mancherlei Finanzierungsproblemen mit Hilfe finnischer Experten 1994 abgeschlossen worden. Die Ansammlung massiger zweistöckiger Blockhausvillen auf der Südseite des Platzes war auch den Finnen zu verdanken. Seine eigene Villa auf der Nordseite habe er Anfang 2000 bei einer schwedischen Firma in finnischem Besitz in Auftrag gegeben. Die Firma gebe es nicht mehr, aber er habe sich während des Baus mit dem finnischen Besitzer angefreundet und mit ihm immer noch regelmäßig Kontakt. Demirchyan erwähnte den Namen seines finnischen Freundes nicht. Er hatte nur kurz gelacht und Koljakov gefragt, ob er es nicht verwunderlich finde, dass ein so kleines Land wie Finnland so unmittelbar sichtbaren Einfluss auf das heutige Russland habe. Koljakov hatte das bejaht und ein Gähnen unterdrückt.

»Das hier ist ein Par-5-Loch«, sagte Demirchyan. »Dogleg nach links. Ich beginne mit einem 250-Meter-Driver. Der Ball soll am rechten Rand des Fairways zu liegen kommen, genau da, wo es den Knick macht. Von dort aus kommt man leicht mit zwei Schlägen aufs Green.«

Koljakov nickte. Er hatte während ihrer Runde nicht nur etwas über die Geschichte des Platzes gelernt, sondern auch einiges über das Golfspiel selbst. Vor allem dass es nichts für ihn war: Golf war ein langweiliges und zähes Spiel. Schon beim zweiten Loch hatte Demirchyan mit seinem Caddie namens Valeri geschlagene fünf Minuten über einen Anderthalbmeter-Putt beraten. Das Ergebnis war, dass Demirchyan den Ball mindestens drei Meter übers Loch hinausgeschlagen hatte. Koljakov verstand nicht, was Valeri meinte, als er den Ball hochhob und »Gimme, Herr Demirchyan« sagte, aber hatte auch keinen Grund gesehen, danach zu fragen.

Über Koljakovs künftige Aufgaben hatte Demirchyan noch kein Wort verloren. Demirchyan konzentrierte sich aufs Spiel, und Koljakov bewunderte die Schönheit des Platzes, die sich für seinen Geschmack in Grenzen hielt.

Demirchyans Driver schlug klackend gegen den auf dem Tee ruhenden Ball. Koljakov sah, wie der Armenier mit erhobenem Schläger die Flugbahn des Balls verfolgte. Koljakov sah auch, wie der Ball nach etwa 150 Metern außerhalb des Fairways im Rough landete und mit einem großen Sprung in einem kleinen Wäldchen verschwand.

»Sah gut aus«, sagte Demirchyan.

»Sehr gut«, sagte Valeri und beeilte sich, den Schläger entgegenzunehmen, den Demirchyan ihm reichte. Er putzte ihn mit einem Tuch, bevor er ihn in seiner Karre verstaute.

Demirchyan verließ den Abschlagplatz mit langen, energischen Schritten, und Koljakov eilte ihm hinterher. Valeri wiederum verlangsamte seine Schritte und blieb außer Hörweite. So hielt er es schon die ganze bisherige Runde und kam erst wieder näher, wenn Demirchyan ihm ein Zeichen gab. Dann allerdings zerrte er seine Karre im Laufschritt hinter sich her.

»Weißt du, warum ich dich ausgerechnet hier treffen wollte, Kolja?«

»Keine Ahnung«, antwortete Koljakov wahrheitsgemäß. »Aber der Platz ist schön, und das Spiel ist ja wirklich interessant.«

»Weißt du, warum Golf so eine großartige Sportart ist?«, fragte Demirchyan.

Koljakov sah um sich. Seiner Meinung nach waren sie längst bei der Stelle angelangt, wo man nach dem verschwundenen Ball hätte suchen müssen, aber Demirchyan verlangsamte sein Tempo nicht, sondern ging, ohne nach links und rechts zu schauen, weiter zu der Stelle, wo das Fairway den Knick machte.

»Beim Golf können der Topspieler und der Anfänger eine Runde gegeneinander spielen«, fuhr Demirchyan fort. »Und das Tollste ist, dass der Anfänger gewinnen kann. Vielleicht hast du schon davon gehört, dass jeder Golfspieler ein Handicap hat. Je schlechter er ist, desto mehr Schläge darf er brauchen. So werden die Spieler unabhängig von ihrem Können gleichgestellt. Das heißt, wenn du dich halbwegs angemessen angezogen hättest und wir zusammen gespielt hätten, hättest du mich schon bei deiner allerersten Runde besiegen können. Verstehst du?«

»So ungefähr«, antwortete Koljakov, der sich wunderte, weil Demirchyan schon mindestens achtzig Meter an seinem Ball vorbei war. Sie gingen bereits den kleinen Hügel hinauf, hinter dem das Fairway scharf nach links knickte.

Gerade als Koljakov ihn darauf aufmerksam machen wollte, blieb Demirchyan plötzlich stehen und wandte sich ihm zu. Koljakov sah aus den Augenwinkeln, dass der Caddie hinter ihnen ebenfalls stehen blieb.

»Außerhalb des Golfplatzes gibt es zwischen uns keine solche Gleichstellungsregel.« Demirchyan schaute lächelnd hinter seiner Brille hervor. »Das verstehst du doch, Kolja?«

Koljakov war nicht danach, aber er versuchte sogar ein Lachen. »Selbstverständlich.«

»Ausgezeichnet«, sagte Demirchyan und setzte seinen Marsch übers Fairway fort. »Dann verstehst du sicher, dass ich niemals hören möchte, dass du etwas hinter meinem Rücken tust. Du tust nichts, ohne mich zu fragen, und triffst keine meine Geschäfte betreffenden Entscheidungen ohne Absprache mit mir.«

»Natürlich verstehe ich das«, antwortete Koljakov und folgte Demirchyan, der jetzt das Fairway verließ. Ob er den Ball wirklich bis hierher hatte fliegen sehen?

»Fein. Dein Vorgänger hat es nicht verstanden.« Demirchyan ging zu einer direkt hinter dem Rough stehenden Kiefer, holte einen Ball aus der Hosentasche und ließ ihn zu Boden fallen. »Komm schauen!«, sagte er.

Demirchyan zeigte auf das in der Ferne leuchtende Green, auf dem wie zum Zeichen der Kapitulation die weiße Fahne wehte. »Der Ball liegt an einer Stelle, von der aus man ihn unmöglich abschlagen kann. Die Kiefer steht davor. Wenn ich es versuche, könnte es passieren, dass ich mir am Stamm den Schläger beschädige oder mich sogar verletze – gibst du mir recht?«

»Ja«, antwortete Koljakov. So viel glaubte er vom Golfspiel schon zu verstehen, dass es nicht ganz den Regeln entsprach, Bälle aus der Hosentasche zu holen und an der gewünschten Stelle fallen zu lassen, auch in Russland nicht.

Demirchyan bückte sich nach dem Ball und schaute sich dessen genaue Lage aus der Nähe an. »Natürlich könnte ich es mit einem kurzen Zwischenschlag mit dem Rücken zur Kiefer versuchen, aber wie sähe das auf der Scorekarte aus? Gar nicht gut«, beantwortete er seine Frage selbst. »Das Schönste am Golf ist, dass man es vor allem gegen sich selbst spielt, nicht gegen andere. Es ist ein moralisches Spiel, und was auf dem Prüfstand steht, ist die Ehrlichkeit gegenüber sich selbst. Wenn du betrügst, betrügst du nur dich selbst, nicht die anderen. Das heißt, auf dem Platz bist du für dein Tun ausschließlich dir selbst verantwortlich.« Demirchyan nahm den Ball in die behandschuhte Hand. »Außerhalb des Platzes ist alles anders, darum liebe ich diesen Sport. Verstehst du, Kolja?«

Koljakov nickte.

»Fein.« Demirchyan stand auf, lächelte Koljakov zu und warf den Ball mit einem kleinen Schwung des Handgelenks aufs Fairway.

Koljakov sah, wie der Ball erst ein paarmal aufsprang, dann rollte und schließlich mitten auf dem Fairway liegen blieb. Demirchyan hob die Hand, und der an seiner Karre lehnende Valeri spurtete los. Als Demirchyan sich wieder Koljakov zuwandte, war das Lächeln auf seinem Gesicht verschwunden. »Wir verstehen uns. Vollkommen.«

Koljakov folgte Demirchyan auf das Fairway. Valeri hatte es schon bis zum Ball geschafft und spähte in Richtung Green.

»Ausgezeichneter Schlag, Herr Demirchyan. Optimale Lage«, sagte der Caddie.

»Was hab ich dir gesagt: scheißleicht verdientes Geld!«, sagte Pakarinen, als der LKW im Hafen von Turku auf den Platz für den Schwerlastverkehr fuhr. »Fuck, jahrelang hab ich für ein paar mickrige Kröten mit den Bullen Versteck gespielt, und andere kassieren ein Schweinegeld dafür, dass sie hinter einem LKW durch die Gegend gondeln.«

Vesa musste zugeben, dass es leicht verdientes Geld war. Es war 17.28 Uhr, die Sonne schien vom wolkenlosen Himmel, und sie hatten ihre Arbeit erledigt. Wenn es ein Risiko gegeben hatte, hatten sie jedenfalls nichts davon gemerkt. Die einzige Abwechslung vom eintönigen Dahinrollen und Pakarinens Sprechdurchfall war ein Halt des bärtigen LKW-Fahrers an der Teboil-Tankstelle in Suomusjärvi, bei dem er einen Kaffee getrunken und ein Sandwich verzehrt sowie seine Blase geleert hatte.

»Ich sag Macho Bescheid, dass der russische Hippie auf der Fähre ist«, sagte Pakarinen und hob das Handy ans Ohr. »Zeit der Abrechnung.« Er zwinkerte Vesa zu und räusperte sich. »Ja, ich bin's … Alles okay … Wo? … Ist das nicht schon lange zu? … Aha, ja, natürlich, alles klar.«

»Und?«, fragte Vesa.

»Beim Restaurant *Lahnajärvi*, auf dem Parkplatz, um zehn«, antwortete Pakarinen.

»Erst? Wie lange fährt man bis dahin? Eine gute Stunde?«

»Länger, wenn wir unterwegs in Salo essen gehen. Dann fahren wir hin, und den Rest der Zeit kriegen wir auch irgendwie rum«, sagte Pakarinen und stieß Vesa in die Seite.

»Und was willst du da machen?«

»Feiern. Wir pfeifen was ein«, sagte Pakarinen, »das haben wir verdient.«

»Ich pfeif nichts ein«, antwortete Vesa.

Pakarinen lachte. »Sag bloß. Mann, willst du mich verarschen? Ich hab über zwanzig Jahre Erfahrung auf dem Gebiet. Ich seh von hinten, was mit deiner Nase los ist. Und gleich wirst du mir sagen, dass du die Sache im Griff hast.« Pakarinen zog ein paarmal demonstrativ die Nase hoch und ruckte vor Lachen noch ein bisschen mehr als sonst.

Vesa antwortete nicht. Man merkte es ihm also an, obwohl er nur gelegentlich etwas nahm. Eigentlich hatte er nur wissen wollen, was es für ein Gefühl war. Genau wie bei der Waffe. Das hieß noch lange nicht, dass er nachgab. Er war nicht drauf und dran, sich von der Strömung forttragen zu lassen, überhaupt nicht.

Viitasalo war dieselbe Strecke gelaufen wie im letzten Herbst, nur aus einem anderen Grund: vom Haus in Richtung Wald und dann den Weg entlang, der zwischen Pirkkola und Paloheinä hindurchführte. Am Café war er nach links in den beleuchteten Trimm-dich-Pfad eingebogen und die Schleife entgegen der winterlichen Loipenrichtung gelaufen. Hinter dem Wald war er wieder links abgebogen, hatte einen Bogen um den Golfplatz gemacht und plötzlich bemerkt, wo er war.

Es war exakt die Stelle am Beginn eines Kieswegs, der von der Mombergintie abging, an der er im Oktober gestanden hatte. Es musste schon nach neun sein, aber es war immer noch nicht ganz dunkel, und es war warm. Der Frühling hatte sich leise angepirscht. Viitasalo erinnerte sich, wie trübsinnig er im Herbst auf die Lichter aus den Einfamilienhäusern geschaut hatte. Er erinnerte sich auch, dass er stehen geblieben war, bis ihn die Kälte zwang, wieder loszulaufen.

Jetzt war alles anders. Jetzt schaute er glücklich zu den Häusern hinüber. Seit letztem Herbst hatte sich mehr geändert, als er je zu hoffen gewagt hätte. Zusammen hatten sie den dunklen Winter überstanden, jetzt würden sie alles schaffen.

Viitasalo hatte Lust, die Fäuste zu heben und seine Freude herauszuschreien. Er wollte es gerade tun, als ihn ein lauter Knall zusammenfahren ließ. Es klang, als hätte man nicht weit entfernt etwas gesprengt, ein Stück Fels vielleicht, das einem neuen Haus oder einem Stück Straße im Weg war. Allerdings dämpfte man bei solchen Sprengungen den Knall mit dicken Altgummimatten, und das Geräusch gerade war schärfer gewesen. Er versuchte, es nachträglich zu lokalisieren, und kam zu dem Schluss, dass es rechts vor ihm gewesen sein musste.

Viitasalo hatte plötzlich das Gefühl, er müsse unbedingt dorthin, der Sache auf den Grund gehen, und er lief los.

Der kleine Prinz ging, die Rosen wieder zu sehen. »Ihr gleicht meiner Rose gar nicht, ihr seid noch nichts«, sagte er zu ihnen. »Niemand hat sich euch vertraut gemacht, und ihr habt euch niemandem vertraut gemacht.«

Sari hob den Blick, als sie den Deckel des Briefeinwurfs an der Haustür klappern hörte. Sie warf einen Blick auf die Uhr, es war halb zehn. Liina saß im Nachthemd und mit Teddy Pontus auf dem Schoß neben ihr. Liina schaute mit schläfrigen Augen zur Diele.

»Was war das, Mama?«

»Wahrscheinlich ein Prospekteverteiler, der nicht gesehen hat, dass wir auch einen Briefkasten an der Straße haben«, antwortete Sari.

»Was für ein Prospekteverteiler?«

»Ich weiß nicht. Wenn es auf den Mai zugeht, kommt dauernd irgendwelche Werbung.«

Liina schob Teddy Pontus neben sich aufs Sofa. »Vielleicht für solche Gesichtsmasken, die du immer kaufst! Oder für Luftballons! Ich geh sie holen, ja?«

»Lass doch«, sagte Sari, aber Liina flitzte schon in die Diele. »Na, dann hol sie halt«, sagte Sari lachend.

Sie reckte die Schultern und gähnte, während sie darauf wartete, dass das Mädchen zurückkam. Ihr Blick wanderte zu ihren Händen, die immer noch das Buch hielten. Vorhin hatte Liina gelacht, weil sie so faltig waren, und Sari hatte ihr erklärt, dass sie eines Tages auch solche faltigen Hände haben würde, sogar wenn sie kein Geschirr von Hand spülte, nämlich dann, wenn Liina so groß wäre wie sie jetzt und vielleicht selber Mutter.

»Nein! Ich will nicht groß werden«, hatte Liina sich gewehrt.

»Und warum nicht?«, hatte Sari gefragt.

»Weil sich Erwachsene nie die Nase am Fenster platt drücken«, hatte Liina geantwortet.

Sari hatte so getan, als müsste sie eine Weile überlegen, dann hatte sie genickt. »Wenn das stimmen würde, wäre es ein sehr guter Grund. Aber es stimmt gar nicht.«

»Wieso nicht?«

»Weißt du, wann die Erwachsenen sich die Nasen am Fenster platt drücken: wenn du erst mal so groß bist, dass du morgens mit dem Bus zur Arbeit fährst«, sagte Sari und drückte sich mit dem Zeigefinger die Nasenspitze platt.

Jetzt kehrte Liina zurück. »Mama, was ist das?«, fragte sie. »Ist das eine Kerze?«

Sari lächelte dem Mädchen entgegen. Der blonde Pony reichte schon bis zu den Augen, der Blick, mit dem sie darunter vorschaute, drückte Neugier aus. Sari begriff erst nicht, was das Mädchen in den Händen hielt. Dann sah sie den glühenden Faden, der ins Innere eines metallischen Gegenstands führte. Sie hatte noch nie etwas Derartiges gesehen, aber ihr war schlagartig klar, dass der Gegenstand in den Händen des Kindes eine Bombe war. Liina war kurz vorm Sofa, als Sari das Buch aus den Händen fallen ließ.

»Liina, wirf das weg! Schnell!«

Liina erschrak vor ihrer erschrockenen Mutter, die jetzt aufgesprungen war, blieb stehen und ließ den Gegenstand wie eine eklige Spinne aus den Händen gleiten. Er fiel neben Teddy Pontus aufs Sofa.

Sari und Liina starrten beide die Bombe an, dann wandte Sari den Blick zu ihrem mit großen Augen reglos dastehenden Kind. Sie schaffte es noch, die Arme auszustrecken und einen Schritt auf ihre Tochter zuzumachen, bevor die Explosion das Haus erschütterte. Sari hörte den Laut der Explosion nicht mehr, aber sie spürte noch die enorme Druckwelle, die das Glas der Fensterscheiben in einen Splitterhagel verwandelte, der darauf mit ungeheurer Wucht über die frisch mit Kalk bestreute, noch braunfleckige Rasenfläche bis zu den Veilchen und Pelargonien schoss, die Sari und Liina am Wochenende gepflanzt hatten, und sie zerfetzte. Sari dachte noch, dass sie Liinas Haare hätte schneiden sollen, dann verloschen alle Gedanken zusammen mit dem lautlos schreienden Kind und der Welt.

Ratkos Anruf war kurz. Er meldete Bregovic nur, dass die Sache erledigt war.

»Gut. Die Ladung ist auch schon auf der Fähre. Komm nach Hause«, sagte Bregovic auf Serbisch, dann hörte ihn Ratko etwas auf Schwedisch sagen. Offenbar war Turunen bei ihm.

»Bis morgen«, sagte Bregovic wieder auf Serbisch.

»Vielleicht. Kommt auf den Wind an«, antwortete Ratko und legte auf.

Ratko fuhr im vorgeschriebenen Tempo an der Teboil-Tankstelle in Pakila vorbei, dann über den Ring 1 bis zur ersten Ampel, an der er nach Osten abbiegen konnte. Er öffnete das Fenster seines Leihwagens einen Spaltbreit und lauschte.

Aus der Ferne waren die ersten Rettungsfahrzeuge zu hören, als er, an der Ampel wartend, das Fahrziel in sein mobiles Navi eintippte. In der Sibeliuskatu in einer Stadt namens Hamina würde er den Wagen tauschen. Der Wagen, der dort für ihn bereitstand, hatte russische Kennzeichen und auch sonst alles, was er für die nächste Etappe brauchte.

Obwohl Viitasalo die Abkürzung über die Sysimiehentie nahm und schneller rannte als je zuvor in seinem Leben, brauchte er 22 Minuten für die Strecke von etwa 4,5 Kilometern.

Die diffuse Angst, die nach der Detonation in ihm aufgestiegen war, hatte sich mit jedem Schritt verstärkt. Als er die Pakilantie überquerte, sah er schon blaue und orangene Lichter gegen den dunkler gewordenen Himmel leuchten. Schaulustige waren mit Autos, zu Fuß und mit Fahrrädern unterwegs. Viitasalo sah und hörte nichts, sein Kopf war kurz davor zu explodieren, sein Atem war nur noch ein verzweifeltes Hecheln, und sein Herz schlug wie ein Schmiedehammer.

Ein Streifenwagen blockierte die Einfahrt von der Pakilantie in die Ripusuontie, und vier Polizisten in Overalls versuchten, die schnell dichter werdende Menge der Schaulustigen zu stoppen. Viitasalo blieb nicht stehen, um irgendetwas zu erklären, und umkurvte die Menge zur selben Zeit, als ein Übertragungswagen des Fernsehsenders MTV3 dort ankam. Er lief die Parallelstraße, die Elontie, entlang, und als er sich der Kreuzung Kamppitie/Suovantie näherte, befürchtete er nicht mehr das Schlimmste, sondern wusste, dass es geschehen war. Er lief bis ans Ende der Elontie, bog kurz ab in den Wald und sah nach etwa zwanzig Metern das Absperrband am hinteren Ende der Ripusuontie. Viitasalo sprang über den Zaun des Nachbarn auf der gegenüberliegenden Straßenseite. Der Nachbar stand auf der Terrasse und schaute über die Straße hinüber zu ihrem Haus. Viitasalo roch und schmeckte den Rauch trotz des zähen, festen Schleims in seinen Nasenlöchern.

»Halt, warte!«, rief der Nachbar, als er ihn bemerkte, aber Viitasalo ließ sich nicht aufhalten.

Als er um die Hausecke bog, knirschte der Kies unter seinen Joggingschuhen. Über seinen eigenen heftigen Atem hinweg hörte er das tiefe Brummen schwerer Dieselmotoren.

Er erreichte die Feuerwehrautos, den weißen Transporter der technischen Spurensicherung und zwei Streifenwagen, setzte über ein Gewirr von Schläuchen hinweg und rannte zu dem fensterlosen, von Löschwasser triefenden Haus, das von im Garten aufgestellten Halogenstrahlern in ein gleißendes Licht getaucht wurde. Er hörte Schreie um sich herum, doch ihr Inhalt ging im schrillen Lärm seines Innern unter. Eine Hand versuchte, ihn an der Schulter festzuhalten, aber er riss sich los. Niemand würde ihn aufhalten können.

»Da kommt ja endlich die Lohntüte. Aus einem Schandfleck von einem Auto bar auf die Kralle«, feixte Pakarinen, als Macho in dem verbeulten Hiace auf den Parkplatz einbog. Von Pakarinens Toyota abgesehen, war der Parkplatz leer. In den anderthalb Stunden, die sie schon warteten, waren gerade einmal fünf Autos an dem früher so beliebten Restaurant vorbeigefahren. Schuld daran war die neue Autobahn.

Macho parkte quer hinter ihnen und öffnete die Fahrertür. Der Hiace verdeckte ihnen die Sicht auf die verlassene alte Staatsstraße Nummer 1.

»Lass uns auch aussteigen«, sagte Pakarinen und öffnete die Fahrertür. Er war in Hochstimmung, nachdem er sich in den vergangenen anderthalb Stunden zweimal die Nase gepudert hatte. Vesa hatte erst gezögert, dann war ihm die Lust vergangen. Blutiger Rotz war Pakarinen von den Nasenlöchern über die aufgesprungenen Lippen gelaufen und mit einem ekelerregenden Geräusch zwischen seinen gelbschwarzen Zähnen verschwunden. Auf Pakarinens wiederholtes Angebot, auch etwas zu nehmen, hatte Vesa mit einem Kopfschütteln geantwortet und war ausgestiegen.

»Das glaubst du nur«, hatte Pakarinen ihm nachgerufen. »Aber ich weiß Bescheid. Ich weiß, dass du glaubst, dass du Bescheid weißt, aber du weißt es nicht, du glaubst bloß … Fuck, leck mich am Arsch!«

Vesa hatte über den See geschaut, von dem das Restaurant seinen Namen hatte, und versucht, Tiina anzurufen, aber er hatte sie nicht erreicht. Es hatte ein paarmal geklingelt, dann war die Verbindung abgebrochen. Als Vesa es später noch einmal versucht hatte, hatte er überhaupt keine Verbindung mehr bekommen. Es war nicht das erste Mal. Tiina hatte sich in den letzten Monaten geändert. Sie war nervöser geworden, angespannter. Wann hatte sie ihm eigentlich zuletzt gesagt, dass sie ihn liebte? Das musste über vier Monate her sein.

»Netter Ort«, sagte Macho und zündete sich eine Zigarette an. »Mit den Esten hat's keine Probleme gegeben, oder?«

»Weniger als mit den Autofahrern in dem beschissenen Turku, die scheinbar ihre eigene Stadt nicht kennen. Trotzdem war's locker verdientes Geld. Fuck, so was ist haargenau mein Ding, Alter«, sagte Pakarinen aufgedreht. »Kannst mich für die nächste Tour schon mal in die Liste eintragen. Nach so was schleck ich mir die Finger ab.«

»Ich dachte, du ziehst dir lieber was durch die Nase«, sagte Macho.

»Wie?«, sagte Pakarinen. »Ach so, ja, klar, Alter, genau.«

Macho stand gegen den Hiace gelehnt und blies in aller Ruhe einen Rauchring in die Luft. »Weißt du, wonach *ich* mir die Finger abschlecke?«

»Nach was?«

»Nach so was«, sagte Macho und zog die Pistole aus der Tasche.

Vesa schaffte es noch, die Hände hochzureißen, bevor zwei Schüsse losgingen. Vesa spürte nichts, aber er hörte Pakarinen, der stöhnend neben ihm auf den Asphalt stürzte.

»Sein Gequatsche geht mir so was von auf den Sack«, sagte Macho. »Wie hast du das den ganzen Tag ausgehalten?«

Vesa ließ die Hände sinken. Sein Herz galoppierte. Macho stand vor ihm und richtete die Pistole auf seine Brust. Vesa warf einen Blick auf Pakarinen, der seitlich auf dem Asphalt lag. Es gab erstaunlich wenig Blut, nur zwei kleine Flecken schmückten Pakarinens zerfetzte Kapuzenjacke. Auf dem gelben Stoff sahen sie wie zwei langsam sich öffnende Blüten aus.

»Warum?«, presste Vesa heraus.

»Frag nicht«, sagte Macho. »Schaff ihn in den Kofferraum von eurem Wagen!«

»Und dann?«

»Ich soll euch beide umlegen, aber ich hab nichts gegen dich«, antwortete Macho. »Du gehst nach Hause und lebst weiter wie bisher. Nur deinen Lohn muss ich leider einbehalten, wie den von Pakarinen natürlich auch. – Na, wie klingt das?«

Vesa wusste nicht, was er sagen sollte. Er konnte nicht einmal denken. Macho schnippte die Zigarette weg.

»Du sagst nichts, also geh ich davon aus, wir haben einen Deal«, sagte Macho. »Aber bevor du ihn wegpackst, ziehst du langsam deine Spritze aus der Brusttasche und legst sie auf den Boden.«

Vesa gehorchte und hatte nur Mühe, sich wieder aufzurichten. Seine Knie waren wie aus einem weichen, glibberigen Material.

»Gut«, sagte Macho. »Das heißt, ein Problem fällt mir doch noch ein.«

»Welches?«

»Pass auf, ich erklär's dir: Wenn Turunen morgen in St. Petersburg anruft, sagt er, dass die Esten seine beiden Männer im Geleitfahrzeug erschossen haben. Ich soll dann der gewesen sein, der ihre Leichen in ihrem Wagen gefunden hat, und der LKW ist angeblich nie in Turku angekommen.« Macho kratzte sich mit der Pistolenhand am Kopf. »Siehst du mein Problem: Mit Pakarinen allein geht die Rechnung nicht auf.«

»Und was heißt das?«

»Dass ich noch mal über dich nachdenken muss.« Macho zuckte die Achseln. »Soll ich dir was sagen: Geschäft ist Geschäft, und so sehr hab ich dich auch wieder nicht gemocht.« Der Pistolenlauf zeigte jetzt wieder auf Vesas Brust. »Sorry, aber eins und eins ist nun mal zwei.«

Vesa schloss die Augen. Der Schuss klang anders als die ersten beiden. Dieser hier klang weicher, mehr wie ein Peitschenknall. Vesa spürte warmes Blut auf sein Gesicht spritzen. Wie harmlos der Tod war! So harmlos, dass er sich noch wundern konnte, dass er noch immer auf seinen zittrigen Beinen stand.

»Na, was sagst du jetzt, du Amateur?«, hörte er Pakarinen ächzen. »Hättest lernen sollen, in den Kopf zu schießen … Fuck!«

Als Vesa die Augen öffnete, sah er Macho leblos zu seinen Füßen liegen. Die Kugel, die ihn getötet hatte, war sauber links unten in den Kiefer ein- und an der rechten Schläfe wieder ausgetreten. Die Austrittstelle war weniger sauber als die Einschussstelle, wie Vesa bemerkte. Dann sah er, dass Pakarinen die Pistole in der Hand hielt, die er auf den Boden gelegt hatte. Pakarinen lag auf einen Ellbogen gestützt und verzog das Gesicht zu einer Grimasse. Das Blut hatte sich jetzt über die ganze Vorderseite seiner Kapuzenjacke ausgebreitet und bildete schon einen ganzen Blumenstrauß.

»Fuck, hab ich's nicht gesagt?«, ächzte Pakarinen. »So scheißleicht verdientes Geld gibt's einfach nicht. Soll ich dir was sagen, Partner: So eine kugelsichere Weste juckt wie Hölle, und hundertprozentig geholfen hat sie auch nicht. Was meinst du, ob man da reklamieren kann? Wahrscheinlich nicht, ich hab sie nämlich mitgehen lassen.« Die ganze Zeit hielt Pakarinen den Blick starr auf Vesa gerichtet. »Hilf mir ins Auto, Partner! Du fährst. In Kontula kenn ich einen ehemaligen Arzt, der keine unnötigen Fragen stellt.«

Pakarinen ließ die Pistole fallen und begann zu husten. Mit Blut vermischter Schleim spritzte auf den Asphalt.

»Hast du gehört?«, stöhnte Pakarinen.

Vesa unternahm nichts. Er konnte es nicht. Er schloss nur die Augen und stellte sich vor, er wäre irgendwo anders. Als er die Augen wieder aufmachte, saß er auf der Schaukel, und Vater stand hinter ihm und schubste ihn. Als die Schaukel weit nach vorne schwang, sah er erst Sand, dann grünes Gras, dann eine Fassade mit Balkonen und zum Schluss den blauen Himmel.

Weißt du noch, wie viel Spaß wir zusammen hatten, als du noch klein warst? Manchmal vermisse ich die Zeiten.

»Nein, das weiß ich nicht mehr«, flüsterte Vesa.

Und Vater gab der Schaukel noch mehr Schwung. Bald würde sie sich überschlagen, und er würde abfliegen ins All.

Versprich mir noch was, bevor wir gehen.

Ich will, dass die Dreckskerle zur Verantwortung gezogen werden.

Doch, das kannst du. Du musst, egal wie.

»Hilfst du mir jetzt oder nicht?«

Vesas Blick wanderte vom Abendhimmel hinunter zum Asphalt. Doch dort lag nicht Pakarinen, der ihm die Hand entgegenstreckte und Blut hustete, das ihm schon vom Kinn auf die darunter liegende Blumenwiese tropfte, wo Sonnenblumen und Rosen wild durcheinander wuchsen. Und schon flog Vesas Schaukel wieder höher, Richtung Himmel. Da war auch der Mond, wie er jetzt sah.

»Hilf mir!«, formten Pakarinens Lippen, ehe ein neuer, noch stärkerer Hustenanfall seinen Körper schüttelte.

»Erschieß mich!«, flüsterte Vaters Stimme in Vesas Kopf. Es war ein fast lautloses Flüstern.

»Ich kann nicht«, antwortete Vesa und wippte von den Fersen auf die Zehen.

»Doch!«, ächzte Pakarinen. »Natürlich kannst du's.« Dann sank ihm der Kopf wieder nach unten, und er hustete Blut. »Mach schon!«

»Du hast doch gehört, was dein Vater gesagt hat«, erklang von irgendwoher Turunens Stimme. »Wenn du auf mich nicht hörst, hör wenigstens auf deinen Vater.«

Vesa bückte sich nach der Pistole. Sie war kühl wie die Kette der Schaukel. In seinem Bewusstsein waren nebeneinander die Hand mit der Pistole, die Bewegung der Schaukel, Vaters Kinn, das auf die Brust gesunken war, und dessen schwitzender Kopf mit den dünnen Haaren. Vesa streckte die Hand aus und drückte die Pistole gegen Vaters Schädel.

»O fuck!«, jammerte Pakarinen mit vom blutigen Schleim belegter Stimme.

Vater zuckte zusammen und holte tief Luft, dass sich die Schultern hoben, dann nickte er. Vesas Hand zitterte so sehr, dass er sie mit der anderen Hand abstützen musste. Sein Handgelenk war wie die Kette der Schaukel, kalt und hart.

»Vater, verzeih mir!«, sagte Vesa. Dann schloss er die Augen. Er hörte das Rauschen in den Ohren, als ihm das Blut in den Kopf stieg. Er hielt den Atem an und drückte ab, als die Schaukel auf dem höchsten Punkt war.

Viitasalo war im Wohnzimmer auf die Knie gefallen und schüttelte ungläubig den Kopf. Sie hatten ihn nicht aufhalten können. Er war ins Haus gestürmt und hatte alles gesehen. Er hatte einen der Männer in weißen Overalls gepackt und ihn angeschrien, wo seine Familie sei. Er hatte keine Antwort bekommen, und das Schweigen der Männer ringsum hatte ihn in Raserei versetzt. Er hatte versucht, sie aus seinem Heim hinauszujagen, und genau da war Falck ins Haus gekommen und hatte ihm alles erzählt. Erst da hatten Viitasalos Beine nachgegeben.

Die Explosion hatte das ganze Zimmer zerstört. Halogenleuchten, die man durchs Fenster hereingeschafft hatte, leuchteten es aus. Wasser tropfte von der Decke, und alles, was darin war, warf gnadenlose Schatten. Die Männer in den weißen Overalls standen etwas von ihm entfernt. Der eine trug eine Kamera um den Hals, und sein Overall war an der Brust zerrissen, dort, wo Viitasalo ihn festgehalten hatte. Der zweite trug ein Videogerät. Den dritten, der ihm als einziger in die Augen sah, kannte er von früher. Er hieß Korpisalo und war immer an Ort und Stelle, wenn etwas Unwiderrufliches geschehen war.

Die Koffer der Kriminaltechniker lagen geöffnet auf einer Plane, Tüten mit Proben standen, schon mit Etiketten versehen, in einer ordentlichen Reihe daneben. Viitasalo ertappte sich bei dem Gedanken, dass sie vorbildlich schnell am Tatort gewesen waren.

Im Augenblick tat niemand etwas, alle warteten.

Viitasalos Blick wanderte im Zimmer umher. Er bemerkte, dass unter den Schatten noch etwas anderes war: Blut, schwarz und dick wie Öl.

In einer Hand hielt Viitasalo den tropfnassen Teddy Pontus, den er vom Boden aufgehoben hatte. Dem Teddy, den Liina von Sari geerbt hatte, fehlten drei Pfoten, und ein Ohr war nur noch ein Stummel.

»Beide?«, fragte er zum vierten oder fünften Mal. Sein Atem hatte sich immer noch nicht beruhigt, er ähnelte immer noch einem Hecheln.

»Es tut mir leid«, antwortete hinter ihm Falcks Stimme.

»Sari? Liina? Das kann nicht sein … Das darf nicht sein. Warum? Gerade war doch alles gut.« Viitasalo hatte Mühe zu sprechen. Er schaute auf das Buch in seiner anderen Hand. Er hatte es Korpisalo entrissen, der es in eine Plastiktüte hatte stecken wollen. Auf den Seiten klebte Blut, die Buchdecke war abgerissen. Es war an der Stelle aufgeschlagen, wo auf einem Bild der Fuchs aus seiner Höhle schaute. Unter dem Bild stand: *Wenn du zum Beispiel um vier Uhr nachmittags kommst, kann ich um drei Uhr anfangen, glücklich zu sein.*

»… kann ich um drei Uhr anfangen, glücklich zu sein«, flüsterte Viitasalo und drückte das Buch und den halb zerfetzen Teddy Pontus gegen seine Brust.

»Entschuldigung? Hast du was gesagt?«, fragte Falcks Stimme.

Viitasalos Augen waren voller Tränen. Er konnte nicht antworten.

»Ich … Du solltest hier nicht länger bleiben«, sagte Falck und legte ihm die Hand auf die Schulter.

»Das hier ist mein Zuhause!« Viitasalo schüttelte die Hand ab. Er wollte von niemandem berührt werden. »Das hier ist unser Zuhause, das von mir und meiner Familie, verdammt!«

»Keronen bringt dich ins Krankenhaus«, sagte Falck ruhig.

»Ins Krankenhaus? Mich? Ich will Sari und Liina sehen! Wo sind sie?«

»Du brauchst jetzt Hilfe und Ruhe«, antwortete Falck. »Wenn du jemanden zum Reden haben willst, sag Keronen Bescheid.«

»Zum Reden?«, fuhr ihn Viitasalo ungläubig an. »Worüber denn? Scheiße, worüber?«

Falck sagte nichts. Er wandte sich nur um, nickte den Männern vom Krankenwagen zu und trat beiseite.

Vesa hatte wie ein Roboter gehandelt. Er hatte seinen Rucksack aus Pakarinens Toyota geholt, Machos und seine eigene Pistole vom Boden aufgehoben und sowohl Pakarinens als auch Machos sämtliche Taschen geleert.

Danach war er in den Hiace gestiegen und war weggefahren.

Hinter Lohja hatte er auf einem Rastplatz angehalten, sich ein paar Nummern und Namen aus der Liste der Kontakte auf Machos Handy notiert und dann ebenfalls von Machos Handy eine SMS an Turunen geschickt. Sie war kurz, und er hoffte, dass sie so richtig war. »Zahlung erfolgt.« Danach hatte er das Handy ausgeschaltet und es zusammen mit dem Pakarinens mit dem Absatz auf dem Asphalt zertreten. Die SIM-Karten hatte er in zwei Teile geknickt und sie mit den übrigen Handyresten in den Müllcontainer des Rastplatzes geworfen. Die ganze Zeit hatte er sich gefühlt wie noch nie zuvor: Er hatte vollkommen ruhig und überlegt gehandelt, und dennoch war es, als stände er irgendwo außerhalb seiner selbst und schaute sich dabei zu.

Als Vesa in Helsinki ankam, war schon Freitag. Er stellte den Hiace auf den Parkplatz der Sportanlagen in Pirkkola, ließ die Schlüssel in den nächsten Gully fallen und ging zu Fuß nach Hause.

Er öffnete leise die Wohnungstür, brachte den Rucksack in sein Zimmer und ging sich im Badezimmer Gesicht und Hände waschen. Die Blutflecken sahen im Spiegel schon braun aus und ließen ihn noch um eine Spur blasser erscheinen. Er konnte sich nicht in die Augen sehen. Er wusch die Hände dreimal hintereinander, benutzte viel Seife und kratzte sich das Gesicht mit den Nägeln sauber.

Mutter hatte das Licht im Wohnzimmer brennen lassen. Auf dem Tisch standen Batterien von leeren Bier- und Ciderflaschen, drei leere *Koskenkorva*-Flaschen und ein überquellender Aschenbecher. Aus dem Schlafzimmer war Schnarchen zu hören. Vesa öffnete leise die Tür und sah seine Mutter nackt auf dem Bett liegen. Neben ihr lag Kaitsu, der schon ein paarmal zum Saufen hier gewesen war, sonst aber immer auf dem Sofa geschlafen hatte.

»Vater lässt dir ausrichten, dass er dich liebt«, flüsterte Vesa und machte die Tür zu.

Erst als er sich in seinem eigenen Zimmer kraftlos aufs Bett fallen ließ, begriff er, dass er zum ersten Mal seit langer Zeit frei war, wirklich frei, und dennoch verspürte er kein Hochgefühl. Da war immer noch dieses Schaukeln der ganzen Welt um ihn herum, und er verstand nicht, wer dafür verantwortlich war, denn da war ja niemand mehr. Vater, Irma, Macho, Pakarinen, sie waren doch alle weg. Und Mutter hatte eine neue Seite in ihrem Leben aufgeschlagen. Er war allein mit seiner Freiheit. Und Tiina? Wie es mit Tiina war, wusste er nicht.

Er konnte nicht schlafen. Die Muster an der von Vater nicht sehr sorgfältig gestrichenen Decke begannen zu leben, und er bekam es mit der Angst. Die Decke war wie ein dunkles, aufgewühltes Meer, und obwohl er das Meer über sich wusste, hatte er Angst zu fallen. Nein, Angst, dass er gleich springen würde, wie damals, während der ersten Tour nach Estland, als er an Deck gegangen war und den salzigen Wind auf dem Gesicht gespürt hatte. Damals hatte er begriffen, dass er die Freiheit hatte zu springen. War es das, was in letzter Konsequenz mit Freiheit gemeint war? Wie hatte es Vater ausgedrückt?

Du musst 24 Stunden am Tag auf dem Sprung sein.

Wenn Vater das gemeint hatte, hatte er tiefer gedacht, als Vesa es verstanden hatte.

Als Vesa zum ersten Mal Pakarinens Gesicht an der Decke sah und den überraschten, angsterfüllten Ausdruck darin, setzte er sich auf und versuchte, Tiina anzurufen. Wieder vergebens.

Erst als er auf der Bettkante saß, kam ihm voll zu Bewusstsein, dass er einen Menschen getötet, tatsächlich das Leben eines anderen Menschen ausgelöscht hatte. Ihm wurde schlecht. Das Meer war jetzt in ihm, ein aufgewühltes, stürmisches Meer, ein freies Meer, das Wellen schlug. Er selbst war das Meer geworden.

Als er von der Toilette zurückkehrte, versuchte er es noch einmal bei Tiina, aber es klappte nicht. Und jetzt begriff er, dass es so besser war.

Was hätte er ihr auch sagen sollen? Wie ihr erklären, dass er getötet hatte und zu einem Meer geworden war? Dass er schon vor langer Zeit gesprungen war?

Als Vesa das Beutelchen aus der Tasche fischte, zitterten ihm die Hände.

Wenig später lag er auf dem Rücken und hörte, wie ihm das Meer vom Bauch in den Kopf gewandert war. Das Rauschen wurde lauter. Er spürte den Wind in den Ohren wie auf der Schaukel. Er spürte den Luftzug, und ihm war zum Lachen. Er war tatsächlich schon vor langer Zeit gesprungen. Jetzt erinnerte er sich. Er war mit geschlossenen Augen gesprungen und hatte sich vorgestellt, dass er ewig flog, bis Hände ihn aufgefangen und an die Brust gedrückt hatten. In Vaters starken Boxerarmen, den Geruch der Sporthalle in der Nase und Vaters Gelächter im Ohr, fiel er zum ersten Mal nach langer Zeit in einen tiefen Schlaf.

»Ein schöner Morgen und ein schöner Tag.« Bregovic saß gut gelaunt hinter seinem Schreibtisch. »Ein passender Anfang für ein neues Leben, was, Peter?«

Turunen, der vor dem Schreibtisch saß, war nicht nach Scherzen zumute. Die Wendung, die die Dinge am Morgen genommen hatten, behagte ihm nicht. Als spät in der Nacht Machos SMS angekommen war, hatte ihm kurz das Bild des toten Levola-Jungen vor Augen gestanden, aber damit war es dann auch gut gewesen. Der Junge hatte kurz gelebt, aber nicht vergebens, jedenfalls aus seiner, Turunens Sicht. An Pakarinen hatte er keinen Gedanken verschwendet.

Aber dann der Morgen! Er hatte Turunen fast zur Weißglut gebracht. Er hatte geflucht und sich gewünscht, er wäre schon in Holland oder besser noch auf der anderen Seite des Erdballs. Natürlich nur mit seinem Geld. Bevor sie nach Veddesta gefahren waren, hatten sie in den Frühnachrichten gesehen, welchen ungeheuren Mist Ratko in Finnland gebaut hatte. Obwohl niemand hatte sterben sollen, hatte Ratko es fertiggebracht, Viitasalos Frau und dessen kleine Tochter umzubringen und Viitasalo selbst nicht. Die Polizeien aller nordischen Länder waren seitdem in höchster Alarmbereitschaft, nur wussten sie zum Glück noch nicht, hinter wem sie her waren. In den Medien war von der Vermutung die Rede, dass es sich um einen Racheakt gegenüber einem Polizisten handelte. Unklar sei allerdings, warum nur dessen Frau und Tochter Opfer des Anschlags geworden seien und nicht der Polizist selbst. Der Name des Polizisten wurde aus polizeitaktischen Gründen nicht genannt. Der Leiter der Untersuchung Markus Falck war bei einem kurzen Interview selbst für einen Finnen ungewöhnlich kurz angebunden gewesen.

Bregovic hatte gelacht. Der Serbe fand, der Nutzen der Aktion sei so oder so derselbe: Die Polizei stochere hektisch im Nebel, und um nichts anderes sei es gegangen. Bregovic zufolge hatte Ratko bei dem Telefonat am Abend auch etwas vage geklungen, vielleicht hatte er schon gewusst, was er angerichtet hatte, und wollte es nur nicht zugeben. Turunen war nicht glücklich über die Entwicklung, aber er wusste, dass Bregovic recht hatte: Der Nutzen war derselbe. Und was Ratko betraf, wäre der serbische Krieger nach diesem Fehler nur noch sicherer ein toter Mann. Turunens Tipp würde seine Wirkung nicht verfehlen. Über den Fund zweier erschossener Männer an der alten Staatsstraße 1 hatte er lediglich eine Kurznotiz im Netz gefunden, die Medien konzentrierten sich ganz auf den Bombenanschlag. Erst einer der beiden toten Männer sei identifiziert, meldete die Internetseite der *Ilta-Sanomat*. An einen Zusammenhang zwischen den Todesfällen dachte naturgemäß niemand.

Dennoch: Je weiter der Morgen voranschritt, desto unruhiger wurde Turunen. Er mochte keine Überraschungen.

»Wann wollte Sundström anrufen?«, fragte Bregovic, dessen gute Laune Turunen zusätzlich auf die Nerven ging.

Turunen schaute auf sein Handy, das vor ihm auf Bregovics Schreibtisch lag: »In einer Minute.«

»Ich hätte fast Lust, selbst mit ihm zu reden. Es wäre das erste Mal seit langer Zeit, und die Gelegenheit kommt vielleicht nie wieder.«

»Dir bleibt ja noch Koljakov«, sagte Turunen.

»Scheiß drauf! Koljakov ist nichts. Hab ich's dir nicht gesagt: ein Laufbursche.« Bregovic winkte ab.

Sundström blieb auch heute seinen Gewohnheiten treu. Das Handy vibrierte fast auf die Sekunde genau zur vereinbarten Zeit. Bregovic zwinkerte Turunen zu und holte eine Flasche Whisky und zwei Gläser aus dem Schreibtisch. Vielleicht war der Mann doch nicht ganz der Irre, der er zu sein schien, dachte Turunen und nahm das Handy.

»Alles in Ordnung?«, fragte Sundström.

»Ja«, sagte Turunen und lehnte sich ein wenig in Richtung des von Bregovic bereits gefüllten Glases. »Goran und ich stoßen gerade darauf an.«

»Was sagst du?«

»Es hat sich eine kleine Änderung bei den Zeitplänen ergeben«, sagte Turunen und prostete Bregovic zu. Er probierte seinen Whisky und fuhr fort: »Ich wollte dich damit nur nicht behelligen. Die Ladung war schon gestern in Finnland und ist jetzt schon hier. Wir erwarten sie in etwa einer halben Stunde. Sie wird nur, wie soll ich sagen, offiziell nie hier ankommen. Leider haben die bösen Esten unseren Begleitschutz überrumpeln können und den kompletten LKW gekapert.«

In der Leitung war es für einen Augenblick still. Turunen trank noch einen Schluck Whisky und wartete.

»Du bist in Schweden? Turunen, das überlebst du nicht«, sagte Sundström mit rauher Stimme.

»Tatsächlich? Dann sollte ich vielleicht hinzufügen, dass die Esten nachweislich mit dir zusammengearbeitet haben«, sagte Turunen, was Bregovic mit einem Lächeln quittierte. Obwohl der Serbe kein Finnisch verstand, begriff er, dass Turunen seine Sache gut machte. »Du wirst verstehen, dass wir den St. Petersburgern reinen Wein einschenken müssen. Nachher denken sie noch, *wir* hätten sie verarscht. Wenn ich noch etwas Persönliches sagen darf: Dass du sogar deinen altgedienten Schützling Pakarinen und eines meiner hoffnungsvollsten Talente hast über die Klinge springen lassen, ist schon ein starkes Stück.«

»Du sagst immer *wir*«, sagte Sundström. »Was für ein Scheißspiel spielst du? Machst du mit Bregovic gemeinsame Sache? Glaubst du wirklich, du kannst mich aufs Kreuz legen? Hör gut zu, Turunen, hör genau …«

»Nein, heute bist ausnahmsweise du es, der zuhört! Ich sag dir jetzt was, was ich dir immer schon sagen wollte«, sagte Turunen ruhig. »Du nimmst dich zu wichtig, Sundström, viel zu wichtig. Und noch was sag ich dir: Ich würde zu gern hören, wie du den Hals aus der Schlinge zu ziehen versuchst, wenn dir die Russen ein paar peinliche Fragen stellen, aber ich hab leider andere Verpflichtungen. Und bevor ich's vergesse: Man wird dich auch mit dem Bombenanschlag in Zusammenhang bringen, bei dem es gestern Abend zwei bedauernswerte Tote gab. Ich hab den Bullen schon den Tipp gegeben. Mach dich auf eine nette Unterhaltung mit ihnen gefasst. Vielleicht weißt du schon, dass die Opfer des Anschlags die Frau und die kleine Tochter eines dir persönlich bekannten Polizisten waren.« Turunen hielt beim Sprechen Blickkontakt mit Bregovic. Er war ein Risiko eingegangen, aber als er sah, dass sich das selbstzufriedene Grinsen auf dem Gesicht des Serben nicht änderte, wusste er, dass alles gut gegangen war. Der Esel hatte nicht geflunkert, er verstand wirklich kein Finnisch. »Warum sagst du nichts?«, fuhr Turunen fort. »Überlegst du dir schon einen Gegenzug? Oder gibst du zu, dass du ausgespielt hast?«

Die nächste Pause war noch ein wenig länger. Dann hörte Turunen plötzlich seinen Namen.

»Turunen?«, flüsterte Sundström.

»Ja?«, antwortete Turunen reflexhaft auch im Flüsterton.

»Du bist tot. Ich schwör's, du bist tot«, flüsterte Sundström weiter. »Gerade eben hast du Selbstmord begangen.«

»Ja, ist das so?«, sagte Turunen lauter, als er wollte. »Dann sag ich schon mal Lebwohl, alter …« Jetzt erst wurde ihm klar, dass Sundström die Verbindung abgebrochen hatte. Er legte das Handy auf den Schreibtisch zurück und leerte seinen Whisky. Dass Sundström das letzte Wort gehabt hatte, ärgerte ihn. Und noch mehr ärgerte ihn, dass er plötzlich eine diffuse Angst in sich aufsteigen spürte. Ohne dass er irgendetwas in der Hand gehabt hätte, hatte es Sundström wieder einmal geschafft, ihn zu verunsichern.

»Wie ist es gelaufen?«, fragte Bregovic.

»Perfekt«, antwortete Turunen und griff nach der Flasche. Er schenkte sich das Glas selbst halb voll und merkte, dass seine Hand dabei zitterte. »Und jetzt du«, sagte er. »Tu mir den Gefallen und versuch, deine Rolle glaubwürdig zu spielen.«

»Du weißt doch: Ich bin Profi.«

Koljakov hatte Kopfschmerzen. Er saß mit einem Becher Tee im Wohnzimmer von Demirchyans zweistöckiger, über 400 Quadratmeter großer Villa und sah dem Hausherrn zu, der beim offenen Specksteinkamin stand und große Birkenholzscheite nachlegte. Wegen Koljakov hätte er es nicht tun müssen, ihm klebte jetzt schon der Rücken am Ledersofa fest. Er hatte sich gleich nach dem Aufstehen übergeben müssen, und Durchfall hatte er noch dazu. Schon am Abend hatte er sich ausführlich übergeben, und während der Nacht hatte sich sein Zustand nicht gebessert. Inzwischen hatte er solche Bauchschmerzen, dass der Tee in seinem Innern wie Spiritus brannte.

»Ich liebe die Wärme«, sagte Demirchyan und kehrte zu seinem Sessel zurück. Vor ihm auf dem Sofatisch stand sein Laptop. Demirchyan tippte pfeifend etwas auf der Tastatur. Dann lehnte er sich zurück und sah Koljakov auf der anderen Seite des Tisches an. »Interessant.«

»Was?«, fragte Koljakov. »Weiß man schon etwas über die Transporte aus Weißrussland und der Ukraine?«

»Alles zu seiner Zeit, Kolja«, antwortete Demirchyan. »Lass uns erst auf Informationen aus Schweden warten. Sollte es dort nicht bald zehn sein?«

Koljakov warf einen Blick auf sein Handy, das mit einer kleinen Lautsprecheranlage verbunden war. Es zeigte 12.04 Uhr. »Es ist sogar schon zehn vorbei.«

Demirchyan hatte auch nach ihrer gestrigen Golfrunde nichts Genaueres über Koljakovs künftige Aufgaben sagen wollen. Sie hatten im Clubhaus gegessen, das Demirchyan zufolge der finnische Architekt Ilmo Valjakka entworfen hatte. Während des Essens hatte ihm Demirchyan dann ausführlich die Geschichte Nakhabinos seit dem 12. Jahrhundert erzählt: von der Goldenen Horde und dem Khanat Kiptschak, von Wesiren und Baskaken, vom Aufstieg Moskaus und der Ernennung Ivans des Ersten zum Großfürsten und seinem Recht, die anderen russischen

Fürsten zu besteuern, vom Schwarzen Tod und der Zerstörung Moskaus im Jahr 1382, bis er – noch vor dem Nachtisch und, so gesehen, passend – einen Bogen vom Sieg über Timur Lenk und die Tataren zu der Tatsache schlug, dass von genau hier in den 1930er Jahren die ersten sowjetischen GIDR-9- und -10-Raketen abgeschossen worden waren. In Nakhabino war auch der auf dem Roman von Arkadi Gaidar basierende Filmklassiker *Timur und sein Trupp* gedreht worden, der seine Premiere zeitgleich mit dem Buch gehabt hatte. Demirchyan hatte ihn aufgefordert, sein Augenmerk vor allem auf die zwei Timurs zu richten, von denen einer fiktiv und der andere tatsächlich ein historisch verbürgter Held gewesen sei.

»Interessant«, hatte Koljakov gesagt und nicht verstanden, was es mit diesen beiden Timurs auf sich haben sollte.

»Der dritte Timur wäre dann der Sohn Arkadi Gaidars, von dem der Held des Buchs und des Kinofilms seinen Namen hat«, hatte Demirchyan hinzugefügt und sein Cognacglas gehoben, als hätte er Koljakov ein größeres Geheimnis verraten.

»Du verstehst also, was ich meine?«

»Nicht ganz«, hatte Koljakov zugegeben.

»Ich hätte gedacht, dass du es verstehst, Kolja, gerade du. Keine zwei ohne den Dritten«, hatte Demirchyan gesagt, als ihre Gläser gegeneinanderstießen. »Auf die Troika.«

Die drei Stunden nach dem Essen hatten sie bei Demirchyan zu Hause in der Sauna und im Whirlpool sitzend verbracht. Sie hatten weitergetrunken und über die Chancen Russlands bei der am nächsten Tag beginnenden Eishockey-WM gesprochen. Als sie schlafen gingen, war Koljakov doppelt abgefüllt: mit Demirchyans Geschichten, aber vor allem mit Alkohol. Demirchyan dagegen, der mit der neuen Flasche Ararat sitzen geblieben war, hatte ausgesehen, als hätte er den ganzen Tag nur Mineralwasser getrunken. Nachdem Koljakov sich mehrfach übergeben hatte, war er in sein luxuriöses Gästezimmer gegangen und hatte sich gefragt, was zum Teufel er hier verloren hatte.

Koljakov wurde vom Klingelton eines Handys aus seinen Gedanken gerissen. Es war allerdings Demirchyans Handy, das den bekannten Säbeltanz seines Landsmanns mit demselben Vornamen spielte. Demirchyan warf einen Blick auf das Display und stand auf.

»Eine Privatangelegenheit«, sagte der Armenier und ging in Richtung Terrassentür. Bevor die Tür wieder zu war, hörte Koljakov noch, dass Demirchyan englisch sprach.

Im nächsten Augenblick begann auch Koljakovs Handy zu klingeln. Er warf einen Blick zu Demirchyan hinüber. Der hatte das Klingeln gehört, machte ihm aber ein Zeichen, dass er antworten solle. Danach kehrte der Armenier ihm den Rücken zu.

»Schlechte Nachrichten«, schallte Bregovics schlechtes Englisch durch den Raum. »Es ist keine Ladung hier. Der LKW ist verschwunden.«

»Was?« Koljakov richtete sich auf, was seine Bauchschmerzen noch verschlimmerte. Er ließ sich rasch wieder aufs Sofa sinken. Dann schaute er zur Terrasse. Demirchyan stand immer noch mit dem Rücken zu ihm.

»Ich hab keine andere Erklärung, als dass Sundström seine Finger im Spiel gehabt hat.« Die Stimme des Serben hörte sich so klar an, als säße er neben ihm auf dem Sofa. »Ich hab die finnischen Nachrichten im Netz gelesen. Man hat zwei Männer erschossen an der alten Staatsstraße nach Turku gefunden. Das kann kein Zufall sein. Niemand außer Sundström, Turunen und mir hat von dem Transport gewusst.«

»Und was ist mit Turunen?«

»Verschwunden. Ich hab den ganzen Morgen versucht, ihn zu erreichen, aber er ist nicht erreichbar«, seufzte Bregovic. »Ich fürchte, dass wir ihn nicht mehr lebend wiedersehen werden.«

»Sundström kann doch nicht so verdammt dumm sein?«, zweifelte Koljakov an dem, was er gehört hatte.

»Die Gier macht blind«, antwortete Bregovic. »Unter uns gesagt, hab ich ihm nie richtig vertraut. Nicht so wie Turunen. Ich glaube, dass Sundström einen Deal mit den Esten gemacht hat. Aber natürlich kann ich mich auch in Turunen täuschen, und die beiden arbeiten zusammen. Vielleicht ist Turunen noch am Leben und einfach nur untergetaucht.«

Nach dem Gespräch hatte Koljakov ein Gefühl, als explodierte ihm der Schädel. Was Bregovic erzählte, war einfach nicht möglich. Das konnte nicht sein. Er rieb unter den Bügeln seiner dicken Brille hindurch seine verschwitzten Schläfen. Er begriff gar nichts mehr, außer dass die Operation an irgendeiner Stelle aus dem Ruder gelaufen war. Er wusste nur nicht, wo. Irgendjemand hatte Scheiße gebaut, gewaltige Scheiße.

»Und?« Demirchyans Stimme kam von hinter seinem Rücken. »Wie sieht es in Schweden aus?«

Als das Gespräch zu Ende war, brach Bregovic in schallendes Gelächter aus.

»Idioten! Manchmal ist es fast schwer, in einer so dämlichen Welt so schlau zu sein.«

»Sie werden nicht lange brauchen, bevor sie eins und eins zusammengezählt haben und begreifen, dass deine Geschichte ein paar schwache Stellen hat«, sagte Turunen. Ihm war überhaupt nicht zum Lachen zumute. »Musste das sein, dass du mich auch als Verdächtigen ins Spiel bringst?«

»Kleiner Scherz zum Abschied«, sagte Bregovic mit einer wegwerfenden Handbewegung. »Wie wir wissen, bist du ja bald tot.«

»Schon. Ich wäre trotzdem vorsichtig mit den St. Petersburgern.«

»Ich hab dir doch gesagt, dass ich keine Angst vor ihnen habe. – Der LKW müsste übrigens in fünf Minuten da sein.«

Fünf Minuten bedeutete, es war Zeit zu handeln. Es gab noch viel zu tun, sowohl bevor der LKW ankam als auch danach. Bevor der LKW ankam, musste er Bregovic erschießen. Die Waffe in der linken Brusttasche drückte ihm schon den ganzen Morgen gegen den Bizeps, sobald er sich den Schweiß vom Gesicht wischte. Und er hatte sich oft den Schweiß abwischen müssen. Er hatte einen Kater, aber er musste sich gedulden, bevor er in der nötigen Menge nachlegen konnte. Vorerst musste es mit ein paar Drinks gegen das Schlimmste gut sein, zumal er auf dem Weg in die zweite Halle um Himmels willen keinen Unfall bauen durfte.

»Wie wär's, wenn wir vorher schnell die Passgeschichte erledigen würden?«, fragte er. »Und die Geldübergabe?«

»Das Geld ist in der Aktentasche, die ich dir am Morgen in den Kofferraum gelegt habe. Es gehört dir, sobald die Ladung hier ist. Und der Pass ist hier.« Bregovic schlug grinsend auf die Schreibtischplatte. »Du hast es ganz schön satt, als Leif Turunen zu leben, stimmt's, Peter?«, fuhr der Serbe fort. Er kippte seinen Whisky und fragte. »Du auch noch einen?«

»Lieber nicht«, antwortete Turunen und leckte sich über die Lippen.

»Den letzten vor dem Tod«, sagte Bregovic und füllte ihre beiden Gläser halb voll. Dann hob er sein Glas. »Leb wohl, Leif!«

Turunen starrte auf sein Glas, nahm es aber nicht. Stattdessen schob er vorsichtig die Hand unter die Jacke und tat so, als wollte er sich unter der Achsel kratzen. Der Griff der Beretta war schon fast in Reichweite seiner Finger.

»Trinkst du nicht auf dein Andenken?«, fragte Bregovic.

»Nein«, sagte Turunen und griff nach der Waffe. Aber sie rutschte ihm aus den Fingern, und er musste tiefer graben.

»Dann nicht«, sagte Bregovic mit einem Achselzucken.

Als Turunen endlich die Waffe zu fassen bekam, tauchte Bregovics freie Hand von unter der Tischplatte auf. Turunen erstarrte mitten in der Bewegung. In Bregovics Hand lag eine schwere, mit einem Schalldämpfer ausgestattete Pistole. Sie war genau auf Turunens Stirn gerichtet.

»Dann muss ich wohl allein trinken«, lachte der Serbe, hob sein Glas und feuerte.

Turunens letzter Gedanke war, dass es sich bei der Waffe um eine Heckler und Koch MK23 handeln musste und nun doch nicht alles so perfekt gelaufen war, wie er es geplant hatte.

Demirchyan schienen die Nachrichten aus Schweden nicht zu beunruhigen. Im Gegenteil: Als Koljakov ihm von Bregovics Anruf berichtete, besserte sich seine Laune noch.

»Fein«, sagte er mit einem Blick auf die Uhr. »Wir bekommen bald Gäste. Wir sollten uns um Kaffee kümmern. Der Mann ist kein Teetrinker wie wir.«

»Ich versteh nicht. Wir haben gerade zwei Tonnen Heroin verloren, und du willst Kaffee kochen?«

»Kolja, Kolja.« Demirchyan lächelte. »Du bist manchmal so unglaublich verkrampft. Entspann dich! Alles läuft doch genau, wie es soll. Troika.«

Koljakovs Hirn lief im Leerlauf. »Aber … Ich meine, die Finnen haben falsch gespielt, Sundström oder Sundström zusammen mit Turunen …«

»Falsch«, sagte Demirchyan. »Der private Anruf vorhin, das *war* Sundström.«

Koljakov schwieg. Er versuchte, wieder einen Gang einzulegen, aber der hämmernde Kopfschmerz hinderte ihn daran. Dazu wurden die Bauchschmerzen immer schlimmer.

»Hab ich nicht erwähnt, dass es Sundströms Firma war, die mir das Häuschen hier gebaut hat.« Demirchyan breitete die Arme aus. »Sundström hat mich die ganze Zeit über die Lage in Finnland auf dem Laufenden gehalten. Er ist ein intelligenter Mann, der auf Kontinuität setzt und nicht aufs unzuverlässige schnelle Glück. Turunen hab ich von Anfang an nicht getraut und Bregovic schon gar nicht. Sundström hatte jetzt die Gelegenheit, ihre Vertrauenswürdigkeit auf die Probe zu stellen, und er hat es zu unser beider Nutzen getan. Wenn Sundström nicht im falschen Land auf die Welt gekommen wäre, sondern zum Beispiel in Russland oder Armenien, hätte er es weit bringen können.«

»Moment, es war doch Bregovic, der angerufen hat …«, versuchte es Koljakov, wurde aber von Demirchyan unterbrochen.

»Bregovic und Turunen wollten mich betrügen«, sagte Demirchyan. »Darum ist überhaupt kein richtiger Transport nach Schweden gegangen.«

»Wie? Und was dann?«

»Weizenmehl«, sagte Demirchyan. »Zwei LKW-Ladungen Weizenmehl. Die Schweden sollen doch ihre Zimtschnecken backen können, nicht wahr?«

»Aber wenn der Plan sich geändert hat, warum hat man mich dann nicht eingeweiht?«, fragte Koljakov. »Ich hab doch die Operation in Finnland und Schweden geleitet.«

»Genau deshalb.« Demirchyan lächelte und schaute wieder auf die Uhr. »Unser Gast verspätet sich, aber das macht nichts. Ich erwarte ohnehin noch einen Anruf.«

»Aber warum zwei LKW-Ladungen?«

»Eine Ladung Weizenmehl für die Polizei, eine für Bregovic und Turunen.«

»Ich versteh immer weniger.«

Demirchyan hob den Zeigefinger. »Alles zu seiner Zeit«, sagte er und schob sein Handy über den Tisch auf Koljakovs Seite. »Schließ es auch an die Lautsprecher an. Ich will dein Gesicht sehen. Das wird ein feiner Spaß.«

Der LKW donnerte in die Halle, und Bregovic schloss mit einem Knopfdruck das Tor. Der bärtige, langhaarige Fahrer sprang im selben Moment aus dem Führerhaus, in dem Bregovic am hinteren Ende des LKW ankam.

»Bregovic. Do you speak English?«, fragte er den großen Mann, der ihm mit federnden Schritten entgegenkam.

»*Da*«, antwortete der Mann und nahm Bregovics ausgestreckte Hand. »Etwas.«

»Ziemlich viel Weizenmehl, was?«, sagte Bregovic mit einem kurzen Lachen.

»Aufmachen?«, fragte der Fahrer und zeigte auf seine Zange.

»Klar doch.«

»Allein?«, fragte der Fahrer und schaute fragend um sich.

»Jetzt nicht mehr«, antwortete Bregovic grinsend.

Bregovic trat ein paar Schritte zurück und sah zu, wie der Fahrer gekonnt den Metallfaden, der das Siegel hielt, abzwackte und danach an den Schlössern und Riegeln hantierte. Der Fahrer zog die Türen auf und bückte sich, als er sie über sich hinweg aufschwingen ließ. Bregovic tastete hinter dem Rücken nach der Pistole in seinem Hosenbund. Er dachte, der Mann hätte seine Arbeit erledigt.

»Greetings from Demirchyan!«

Bregovic stutzte. Die Stimme war von oben gekommen, und oben auf den inzwischen sichtbar gewordenen Mehlsäcken lag ein dunkelhaariger Mann. Er lag entspannt auf der Seite und stützte sich mit dem Ellbogen auf einen der Säcke. Bregovic stutzte freilich weniger wegen des Mannes an sich, sondern wegen des mit einem Schalldämpfer versehenen automatischen Gewehrs in dessen Hand. Das dumpfe Rattern hörte Bregovic schon nicht mehr.

»Hat's richtig geklungen?«, fragte Ilja, als er vom Anhänger sprang. Er gab Bregovics Leiche einen Tritt. »Serbe, blöder!«

»Ja«, antwortete Fedor. »Noch ein bisschen Übung, dann sprichst du so gut Englisch wie ich.«

»Sollte Turunen nicht auch hier sein?«, fragte Ilja.

»Schon. Schau im Büro nach, ich bring inzwischen ein neues Siegel an. Aber sei vorsichtig!«

Vesa spürte, dass ihm jemand übers Haar strich. Für einen Augenblick dachte er, es sei Tiina. Als er dann die Augen aufmachte, sah er Mutter im Bademantel neben sich auf dem Bett sitzen.

»Gerade hast du ausgesehen wie ein kleiner Junge«, sagte sie heiser.

Vesa setzte sich auf. Mutters Augen waren rot unterlaufen, und das eine zuckte. Vesa sah zum Fenster. Die Sonne war schon vorübergezogen, es musste bald Mittag sein.

»Mutter?«

»Was?«

»Ich hab's getan.«

»Was?«

»Aber den Friedhof kann ich dir trotzdem nicht versprechen. Und du kannst auch nicht mehr nach Ylästö, auch nicht an Weihnachten«, sagte Vesa. Mutter roch nach Schnaps, Zigaretten und Shampoo. »Aber ich hab ihn gerächt. Das wolltest du doch.«

Mutter schwieg, ihr Blick wanderte zu ihren Händen.

»Verstehst du? Es ist vorbei«, sagte Vesa. »Es ist vorbei«, wiederholte er, diesmal mehr, um sich selbst zu überzeugen.

»Ich muss mir die Fingernägel lackieren«, sagte Mutter und zeigte ihm ihre Hände. »Guck!«

Vesa sah sich Mutters zitternde Finger an. Der blutrote Nagellack hatte Risse, die Nägel waren kurz und gleichmäßig abgekaut.

»Hast du verstanden, was ich gesagt habe?«

»Ja«, sagte Mutter.

»Willst du drüber reden?«

»Dann lass uns versuchen, so weiterzumachen wie bisher. Nur ohne Arto.«

Vesa hörte die Toilettenspülung. Kaitsu.

»Hättest du einen Hunderter für mich?«, fragte Mutter. »Ich müsste alles Mögliche besorgen.«

Vesa angelte nach seiner Hose, zog die Brieftasche heraus und legte Mutter zwei Fünfziger in die Hand.

»Danke, Vesa, du bist ein guter Junge«, sagte sie und strich ihm beim Aufstehen mit dem Handrücken über die Wange.

Vesa war verdutzt. Mutter drehte sich an der Tür noch einmal zu ihm um.

»Vesa?«

»Was?«

»Du verstehst doch, dass ich es allein nicht schaffe«, sagte sie. »Ich brauche einen Mann. Ich bin noch jung, ich hab das Leben noch vor mir. Ich brauch jemanden, der sich um mich kümmert. Ich schaff's nicht allein. Aber das bedeutet nicht, dass ich Arto vergesse. Oder aufhöre, ihn zu lieben. Man muss nur versuchen weiterzuleben.«

Sie ging aus dem Zimmer und schloss die Tür.

Vesa griff nach dem Handy neben dem Bett. Früh am Morgen war eine SMS gekommen. Sie war von Tiina. Sie war kurz und klar und ließ ihm alles, was er getan hatte, überflüssig erscheinen. Die SMS war das Ende von allem.

Als nach einer Weile die Wirkung des Speeds einsetzte, schloss Vesa die Augen und lehnte sich mit dem Hinterkopf an die Wand. Es würde nie eine gemeinsame Wohnung geben. Keine Zukunft. Keine tolle Zukunft. Keinen normalen Alltag. Kein normales Leben. Nichts würde gut gehen. Nichts würde gut sein. Nie.

Er hörte Irmas Stimme, als säße sie neben ihm, im selben Zimmer, auf demselben Bett.

Das Leben ist, wie es ist. Wir treiben in dem großen Strom nur mit, und es ist in den meisten Fällen besser, das zu akzeptieren. Es ist besser nachzugeben, als mit dem Kopf immer gegen dieselbe Wand zu laufen. Man lernt das, wenn man älter wird. Irgendwann begreift man, dass die Wand härter ist als der Kopf.

Vesa begann, den Hinterkopf gegen die Wand zu schlagen, gleichmäßig, langsam. Er spürte es nicht, als Blut aus seinen brennenden Nasenlöchern floss.

»Was Turunen betrifft, hat Bregovic uns die Arbeit abgenommen.« Fedors Lachen hallte aus den Lautsprechern, an denen das Handy hing.

»Das sind Typen!« Demirchyan schlug sich lachend auf die Oberschenkel. »Kennt die Gier dieser Idioten denn gar keine Grenzen?«

Koljakov wischte seine beschlagene Brille trocken und schluckte den sauren Rülpser, der in ihm aufsteigen wollte. Turunen und Bregovic waren tot. Und was würde seine neue Aufgabe sein? Als das Telefon klingelte, hatte Demirchyan ihn aufgefordert, genau hinzuhören.

»Ilja soll Bregovics Wagen nehmen und die beiden entsorgen«, sagte Demirchyan ins Handy. »Du fährst weiter nach Malmö und gabelst Ilja unterwegs wieder auf.«

Damit war das Gespräch zu Ende.

»Verstehst du jetzt, warum wir für Schweden zwei LKW brauchten?«, sagte Demirchyan und faltete die Hände. »Na, was sagst du?«

»Wozu?«, fragte Koljakov. Sein Magen knurrte geräuschvoll, und Krämpfe zwangen ihn, sich zu krümmen.

»Zu meinem Doppelspiel.« Demirchyan lächelte. »Eigentlich müsste ich mich bei dir bedanken, Kolja. Die Idee kommt letztlich von dir. Es ist deine Methode.«

»Ich versteh nicht.«

»Die Operation Troika. Drei Transporte, drei Daten.«

»*Drei* Daten?«, wiederholte Koljakov.

»Aber zu meiner Enttäuschung hast du nicht mal zwei geschafft. Wie konntest du den 23. und den 29. verwechseln? Der 29. ist immerhin der Geburtstag meiner kleinen Natalie.« Demirchyan lehnte sich nach vorn und schüttelte den Kopf.

»Ich hab dem FSB den 29. gemeldet«, antwortete Koljakov. Er atmete schwer, sein Bauch war hart wie ein Tischtennisball. »Für alle drei Transporte.«

»Warum hat dann der FSB dem Geheimdienst und der KRP in Finnland und der weißrussischen und ukrainischen Polizei den 23. angegeben?«, fragte Demirchyan mit schmalen Augen hinter der Intellektuellenbrille.

»Irgendjemand hat geplaudert«, sagte Koljakov und massierte mit beiden Händen seinen unerträglich harten Bauch.

»Bravo, Kolja!« Demirchyan hielt lachend vier Finger in die Luft. »Wir haben genau vier Möglichkeiten. Jetzt lass uns überlegen. Sundström? Nein. Nicht, nachdem Turunen ihm als endgültiges Datum den 29. genannt hat. Das hat nur Turunens Schicksal endgültig besiegelt. Turunen selbst? Warum, um alles in der Welt, hätte er es tun sollen? Er hat ja angenommen, dass er für seinen kleinen Betrug eine mehr als ordentliche Vergütung bekommt, nicht wahr? Bregovic? Auch nicht sehr wahrscheinlich. Hätte er das Datum ausgeplaudert und danach beschlossen, Turunen auszuschalten und die Ladung für sich allein zu kapern, was hätte er davon gehabt? Mehr Spannung im Leben?« Demirchyan hatte einen Finger nach dem andern nach unten geklappt. Jetzt stand nur noch der Zeigefinger. Demirchyan sah erst den Finger an, dann Koljakov und zeigte schließlich mit dem Finger auf sein vor Schmerzen grimassierendes Gegenüber. »Du, Kolja.«

»Nein.« Koljakov schüttelte den Kopf. »Ich hab alles genauso gemacht, wie es abgemacht war. Es muss einer von den Weißrussen oder den Ukrainern gewesen sein. Sie kannten das Datum doch auch.«

»Nein.« Demirchyan schüttelte den Kopf. »Du warst der einzige, der das Datum kannte, und du warst der einzige, der es weitergeben konnte. In diesem Augenblick überlegt die Polizei in Finnland, Schweden, Weißrussland und der Ukraine, was da wohl schiefgelaufen ist. Das heißt, in Schweden fahren sie noch hinter dem einen Weizenmehl-LKW her in Richtung Malmö. Sie wundern sich wahrscheinlich nur über die Information der finnischen Polizei, wonach der LKW in Finnland keinen Geleitschutz hatte, wie es ihn nach den Informationen des FSB eigentlich hätte geben müssen. Wahrscheinlich wundern sie sich auch, dass es ihn in Schweden genauso wenig gibt. Und spätestens wenn der LKW durchs Werkstor der Pågens-Großbäckerei fährt und sie mit Drogenhunden jeden Mehlsack einzeln absuchen, werden sie nicht mehr wissen, was vorne und was hinten ist. Und kurz darauf kommt Fedor mit dem zweiten LKW und einer ebenso sauberen Ladung. Vielleicht überlegt man dann in Finnland, Schweden, Weißrussland und der Ukraine, von wem die sauberen Informationen eigentlich stammen. Und vielleicht beginnt man auch beim FSB zu überlegen, wie sauber das Mehl im Sack mit deinen Informationen eigentlich ist.«

Als Demirchyan geendet hatte, wurde im Hintergrund eine Tür geöffnet.

»We are here!«, rief Demirchyan.

Ein dunkelhaariger Mann erschien im Wohnzimmer.

»Willkommen! Wie war die Reise?« Demirchyan erhob sich aus seinem Sessel und gab dem Ankömmling die Hand. Dann zeigte er auf Koljakov, dessen Brille von seinen Ausdünstungen schon ganz fleckig war. In dem Zimmer war es heißer als in Sotschi. »Ihr seid euch noch nicht begegnet. Vladimir Koljakov, mein früherer Chef der St. Petersburger Gruppe, der aber gerade eine neue Aufgabe übernommen hat. Ratko Djuric, Bregovics engster Mitarbeiter und mein künftiger Länderchef in Schweden.«

Der müde aussehende Djuric kam nicht zu dem im Sitzen die Hand ausstreckenden Koljakov, sondern nickte nur mit dem Kopf.

»Geh und hol dir Kaffee und ein Brot!« Demirchyan gab Djuric einen Klaps auf die Schulter. »Kolja und ich sind noch nicht fertig. Ich ruf dich dann.«

»Alles klar.«

»Und was gestern angeht – mach dir keinen Kopf, Ratko. Es war ein erstklassiger Einsatz und wird uns die Arbeit in Finnland erleichtern.«

»Wieso?«, knurrte Djuric.

»Weil dort in Zukunft schon eine Drohung Wunder wirken wird«, sagte Demirchyan. »Man wird wissen, dass man unsere Angebote ernst nehmen sollte. Vielleicht brauchen wir die Finnen schon nächsten Monat wieder.«

Demirchyan nickte dem immer noch zögernden Djuric zu. Der zuckte die Achseln und ging in die Küche.

»Fein«, sagte Demirchyan wieder auf Russisch. »Wo waren wir stehen geblieben?«

»Bei den falschen Ladungen«, sagte Koljakov. »Und wann werden die richtigen transportiert? Nächsten Monat?«

»Falsch, bester Kolja. Mit Ratko hab ich schon über die neuen Geschäfte gesprochen«, sagte Demirchyan. »Die Operation Troika hat schon am 16. April stattgefunden und ist perfekt gelaufen. Der größte Dank dafür gebührt natürlich dir: 6000 Kilo Heroin wurden durch Estland, Lettland und Litauen transportiert. Die Großhändler im alten Europa haben schon alle Hände voll zu tun.« Der Armenier lächelte. »Erinnerst du dich, wie ich dir sagte, dass ich mich nur auf dich verlasse? Jetzt siehst du, wie richtig das war. Du hast nur nicht gewusst, was genau ich damit gemeint habe.«

»Ich versteh's nicht«, sagte Koljakov. »Das muss alles ein Missverständnis sein.«

»Du möchtest das Spiel immer noch weiterspielen?«, seufzte Demirchyan. »Ach, Kolja! Ich frage mich nur, was hat dich die ganze Zeit angetrieben? Was war dein Motiv? Ich hab mir lange darüber den Kopf zerbrochen, aber siehst du: Das hab *ich* nicht verstanden.«

»Was?«

»Vladimir Koljakov alias Jevgeni Markov alias Mihail Ivanovitsch Belov.« Demirchyan sprach beinahe tonlos. »Troika, ein Mann, drei Identitäten. Mihail Belov, in der Zeit der Sowjetunion wie des neuen Russland Mitglied der Vierten Brigade der Spezialeinheiten des militärischen Nachrichtendienstes in Fellin, genauer gesagt von 1986 bis 1992. Aufgabe: Spionage- und Sabotagetätigkeiten in Osteuropa. Nach Auflösung der Brigade Agent des russischen Auslandsgeheimdienstes in Großbritannien. Aufgabe, abgesehen von der Auslandsspionage, Informationsaustausch mit den Nachrichtendiensten anderer Länder. Nach der Rückkehr aus London 1997 Wechsel zum Inlandsgeheimdienst FSB, Abteilung Organisierte Kriminalität, dort offiziell als Informationsanalytiker beschäftigt, in Wirklichkeit aber wird Mihail Belov für neue Aufgaben geschult, insbesondere soll er Mafiaorganisationen infiltrieren. Leider verstarb Belov im Jahr 2002 bei einem Autounfall. An seine Stelle trat Jevgeni Markov. Markovs Legende war so gut und wasserdicht, dass er damit selbst bei der notorisch misstrauischen *Solntsevskaya bratva* durchkam. Der nicht gerade zimperliche Markov machte schnell Karriere und sammelte gleichzeitig Informationen über die Organisation. Seine Mission hatte er schon 2005 erfüllt, Markov brauchte eine neue Identität und eine neue Organisation. – Den Rest kennen wir, nicht wahr, Mihail Ivanovitsch?«

»Wann bin ich aufgeflogen?«, fragte Belov, der absurderweise eine Zufriedenheit verspürte, dass das Maskenspiel endlich vorbei war. Er hatte seinen eigenen Namen wieder, und es tat gut, ihn zu hören, selbst aus Demirchyans Mund. Er hatte beinahe selbst vergessen, wer er war. Er machte das alles schon zu lange, viel zu lange.

»Das ist das Komischste an der ganzen Sache«, sagte Demirchyan gut gelaunt. »Die Dokumente, mit denen du die St. Petersburger *Tambov* getäuscht hast, die Legende des Vladimir Koljakov, das kannte ich alles schon. Die Dokumente waren identisch mit denen, die ich vom FSB bekommen hatte. Derselbe Mann versuchte, auf zwei Tore gleichzeitig zu spielen. Hast du wirklich geglaubt, du kommst damit durch?«

»Und warum vier Jahre?«, fragte Belov.

»Warum? Ich brauchte einen Mann, der verlässlich nur solche Informationen über mich an den FSB weitergab, von denen ich wollte, dass sie weitergegeben wurden. Du warst meine Versicherung, dass sie mir selbst dann nichts hätten anhaben können, wenn sie's versucht hätten.« Demirchyan sah aus wie jemand, der sehr mit sich zufrieden ist. »Du hast deine Arbeit gut gemacht, und vor allem: Du hast mich inspiriert. Ich mag solche Spiele, genau wie du, Belov. Wir sind im Grunde Brüder im Geiste, findest du nicht?«

Belov war anderer Meinung, dennoch sagte er, als könnte er festgefahrene Gewohnheiten so schnell nicht ändern, nichts. Er bereute, dass er am Vorabend so viel getrunken hatte. Er hatte noch nie einen solchen Kater gehabt.

»Ich weiß, dass du nach der Operation Troika deine Identität als Koljakov aufgeben wolltest«, sagte Demirchyan. »Du willst raus aus dem Spiel, du sehnst dich nach einer Rückkehr in ein normales, alltägliches

Leben als Belov. Wohin wolltest du noch mal versetzt werden? Richtig: An die russische Botschaft in der Schweiz, nach Bern. Das wäre insofern ein nettes Zusammentreffen gewesen, als sich ausgerechnet in Bern die Hauptfiliale der Dorffman-Bank befindet, bei der du unter deinem richtigen Namen schon seit 2005 ein Konto hast.«

»Wie?«

»Wenn ich mich richtig erinnere, hat ein gewisser Mihail Belov dort im Laufe der Jahre circa 1,8 Millionen Euro deponiert«, sagte Demirchyan. »500 000 bei der Kontoeröffnung, gleich nachdem er die *Solntsevskaya* verlassen hatte – eigentlich ein bisschen auffällig, findest du nicht? Dazu kommen kleinere Überweisungen im Laufe der Jahre, ziemlich regelmäßig. Stell dir nur vor, wie die Kollegen vom FSB das finden werden, wenn ich ihnen einen kleinen Tipp gebe. Man war sowieso schon unzufrieden mit dir. Nach meinen zuverlässigen Informationen denken sie schon eine ganze Weile darüber nach, was du letztendlich zustande gebracht hast.« Demirchyan ließ die Frage für einen Moment im Raum stehen, breitete dann aber die Arme aus und fuhr fort: »Und jetzt das Durcheinander mit den Daten, da können sie gar nicht mehr anders, als deine Aktivitäten einmal genauer unter die Lupe zu nehmen. Wenn man dann noch weiß, dass sie auf deinem Computer das richtige Datum und dazu sämtliche Durchgangsländer und viele andere interessante Dinge finden werden, sogar Belege für Überweisungen …«

»Was willst du?«, fragte Belov. Es sah schlecht aus für ihn, sehr schlecht. Demirchyan hatte ihn in eine Falle gelockt.

»Ich? Gar nichts.« Demirchyan sah beinahe überrascht aus, dass ihm sein Gegenüber eine solche Frage stellte. Dann runzelte er die Stirn, als machte er sich Sorgen. »Aber sag du: Möchtest du noch Tee? Du siehst aus, als ginge es dir nicht gut.«

»Nein, danke.«

»Du fühlst dich schlecht. Die Bauchschmerzen, nicht wahr?«

Belov antwortete nicht gleich. Dann hatte er verstanden.

»Du hast mich vergiftet?«

»Falsch. Du hast dich selbst vergiftet. Hättest du nur Ararat getrunken wie ich, aber nein, es musste Wodka und schottischer Whisky sein.«

Belov versuchte, auf die Beine zu kommen, aber vergebens, er konnte das Gleichgewicht nicht halten und hatte das Gefühl, dass seine Muskeln ihm nicht mehr gehorchten. Er fiel schwer aufs Sofa zurück. Als er sich gleich darauf zwei Demirchyans gegenübersah, schloss er die Augen.

»Womit?« Belov spürte, wie es ihm den Hals zuschnürte. Er wusste nur nicht, ob vor Angst oder schon von dem Gift.

»Hattest du je Gelegenheit, Aleksandr Litvinenko kennenzulernen?«, fragte Demirchyan, wartete die Antwort aber nicht ab. »Du hast mit deinem Wodka Polonium 210 getrunken, dessen Gammastrahlung nach und nach die Zellen im menschlichen Körper tötet. Soweit ich weiß – aber entschuldige, ich bin nicht wirklich ein Experte –, soweit ich also weiß, werden zuerst die Schleimhäute im Magen und dessen Drüsen zerstört und dann der Dünndarm und der Dickdarm, auf jeden Fall endet es damit, dass deine Verdauung ausgeschaltet wird. Als nächstes zerstört die Strahlung die Haarwurzeln, und schließlich stellen deine inneren Organe eins nach dem anderen die Arbeit ein. Wenn ich mich recht erinnere, hat Litvinenko das über drei Wochen ausgehalten. Es müssen schreckliche Schmerzen gewesen sein. Er wurde natürlich im Krankenhaus gepflegt. Du dagegen …« Demirchyan zuckte die Achseln. »Wenn du es wie Litvinenko haben willst, bringt Ratko dich in den Keller. Es wird interessant sein zu sehen, wie lange du es aushältst, gefesselt, im Dunkeln, ohne Wasser, ohne irgendetwas … Wenn es zu Ende ist, verschwindest du vom Angesicht der Erde, und selbstverständlich wird dein Konto bei der Schweizer Bank geleert. Was von dir bleiben wird, sind die unangenehmen Erinnerungen all derer, denen du begegnet bist. – Das ist die eine Möglichkeit. Es gibt natürlich noch eine zweite.«

»Welche?«

»Den ehrenvollen Weg, als der zu sterben, der du bist.« Demirchyan lächelte. »Das hieße auch, zu sterben wie ein Mann. Wenn du diesen Weg wählst, wird man weder dein Konto finden noch die hässlichen Informationen auf deinem Computer. Stattdessen findet man dort deine letzte Nachricht: die ehrenvolle Nachricht eines Mannes, der an seiner letzten großen Aufgabe gescheitert ist. Das hättest du verdient, Kolja.«

Belov saß in der Badewanne, und Ratko stand hinter ihm und zielte auf seinen Kopf. Demirchyan war neben der Wanne in die Hocke gegangen. Er beobachtete einen schwer schwitzenden, leidenden Mann.

»Zu allem Überfluss zahlen sie auch noch miese Gehälter – du hättest deinen Verstand benutzen sollen und die Seite wechseln. Ein reicher Mann werden. Du hättest eine Familie gründen können.« Demirchyan schüttelte den Kopf. »Ein Mann ohne Familie ist nichts. Eine Null. Und jetzt sag: Was war dein Motiv?«

»Gerechtigkeit«, antwortete Belov.

»Gerechtigkeit? Fein. Dann hast du jetzt Gelegenheit, darüber nachzudenken, ob es das wert war.« Demirchyan stand auf und legte weit entfernt am Fußende einen Revolver auf den Badewannenrand. »Es ist genau eine Kugel drin. Und denk daran, dass Ratko hinter dir steht.«

Demirchyan ging, und in dem kurzen Moment, in dem die Tür offen stand, ertönte Khachaturians Säbeltanz. Als die Tür wieder zu war, hörte man die Musik immer noch, nur sehr leise.

»Okay«, sagte Ratko.

Belov beugte sich unter Schmerzen nach vorn und nahm den Revolver in die Hand. Als er sich die Mündung gegen die Schläfe drückte, dachte er über die Frage nach, die Demirchyan ihm gestellt hatte.

»Ja«, sagte er und drückte ab.

Demirchyan saß mit einem Glas Ararat auf dem Sofa, als Ratko die in einem Müllsack steckende Leiche wie einen Teppich auf der Schulter vorübertrug. Wenig später hörte er draußen eine Autotür zuschlagen. Ratko war so etwas gewohnt. Demirchyan selbst hatte die Leiche nicht sehen wollen, ihm wurde schon beim Gedanken daran schlecht. Der Serbe kam zurück und ging in Richtung Badezimmer, um die Spuren zu beseitigen.

»Belovs Abgang war genauso ein schlechter Witz wie der Mann selbst.« Demirchyans Stimme ließ Ratko innehalten. »Weißt du, was sein Polonium war?«

»Was?«

»Fünf Tütchen Kalzium mit Vitamin D auf eine Flasche Wodka und ein Brechmittel im letzten Glas Whisky.« Demirchyan lachte schallend. »Am Morgen hab ich ihm dann noch ein starkes Herzmittel in seinem Tee aufgelöst, das war alles. Zusammen mit seinem Kater und seiner blühenden Phantasie hat das gereicht.«

»Ein tödlicher Kater.« Ratko lachte kurz und trocken.

»Und weißt du, was der größte Witz ist?«

»Was?«

»Der Idiot hat wirklich geglaubt, dass er so seine Ehre wiederherstellt«, sagte Demirchyan. »*Njet.* Er ist gestorben, wie er gelebt hat. Als Verräter.«

»Wie ist es gelaufen?«, fragte Luhta, als er den Aufenthaltsraum der Wärter betrat. Jaatinen saß mit einer Tasse Kaffee und einer Nachmittagszeitung vor sich am Tisch.

»Wie immer. Die Ganoven sind einen Tag älter und einen Tag näher an der Freiheit. Sonst die üblichen Tricksereien«, antwortete Jaatinen. »Die ewige alte Scheiße. – Mann, was für eine Geschichte!«

»Das mit der Schweinegrippe?«

»Liest du keine Zeitung? Oder guckst du keine Nachrichten? Der Bombenanschlag.« Jaatinen zeigte auf die Titelseite seiner Zeitung: BOMBE TÖTET MUTTER UND KIND. Unter der Schlagzeile sah man das Bild eines Hauses, dessen Fenster schwarz und ohne Scheiben waren.

»Nö«, antwortete Luhta und ging zu seinem Spind.

»Du bist früh gekommen. Ich hab noch eine Viertelstunde.«

»Auf dem Ring und der Tuusulantie ist es ausnahmsweise gut gelaufen«, antwortete Luhta.

In Wirklichkeit war er schon vor eins aus Hyvinkää weggefahren. Er war nach Mustikkamaa gefahren und hatte fast sechs Stunden im geparkten Auto gesessen. Er wollte nicht zu Hause sein, wenn Teemu und Ville aus der Schule kamen, und er hatte Annika nicht sehen wollen, wenn sie von der Arbeit kam. Er hatte eine Nachricht hinterlassen, dass er wegen eines kranken Kollegen früher zur Arbeit und eine anderthalbfache Schicht übernehmen müsse. Als er den Zettel mit der Nachricht gegen die Obstschale in der Küche lehnte, konnte er sein Auto auf dem Hof sehen. Darin lag eine zweite, andere Nachricht, seit gestern schon, im Handschuhfach.

»Immer dann, wenn man's nicht braucht«, sagte Jaatinen und blätterte geräuschvoll seine Zeitung um.

Luhta setzte sich Jaatinen gegenüber. Er stützte den linken Ellbogen auf den von Krümeln und Kaffeeflecken übersäten Tisch und spürte, wie seine Wärterjacke unter der Achsel spannte. Es fühlte sich an, als müsste man sehen, was sie verbergen sollte, aber er hatte es vor Annikas Frisierkommode ausprobiert: Wenn er so saß, sah man nichts.

»Ach so, eine Sache noch«, sagte Jaatinen, den Blick fest auf die Zeitung geheftet.

»Was?«, fragte Luhta.

»Es kommen noch welche von der KRP. Sie haben angerufen: Wollen einen alten Kunden mitnehmen.«

Luhta schluckte. Er schob den Ellbogen vorsichtig in die Idealposition, in der die Ausbeulung in Höhe seiner Achselhöhle selbst dann nicht sichtbar war, wenn Jaatinen aus welchem Grund auch immer genau auf die Stelle schaute. »Um wie viel Uhr kommen sie?«

»In etwa einer Stunde«, antwortete Jaatinen und schlug die Zeitung zu.

»Welche Abteilung? Um wen geht's?«

»Vier«, gähnte Jaatinen und streckte die Arme in die Luft. »Sundström.«

»Und wer von denen hat angerufen?«

»Ich weiß nicht mehr.«

»Du hast es doch hoffentlich aufgeschrieben?«

Jaatinen sah Luhta an. »Nein. Irgendein Bulle, spielt doch keine Rolle. Die werden sich schon bei dir melden, wenn sie vor der Tür stehen. Ich hab gesagt, dass du mit Heiskanen Schicht hast. – Wie siehst du eigentlich aus?«

»Wie soll ich aussehen?«

»Komisch«, sagte Jaatinen und stand auf. »Hast du Fieber, oder was?«

»Ich glaub nicht.« Luhta legte sich schnell die Hand auf die Stirn. Eins von beiden war eiskalt. »Aber … Ich meine, warum kommen die so spät am Abend?«

»Wahrscheinlich kriegen die Nachtzuschläge wie du auch.« Jaatinen zuckte die Achseln. »Wie auch immer, wo du da bist, kann ich ja gehen. Eine gute Schicht wünsch ich. Bestell Heiskanen, dass er mir den Fünfziger in den Spind legen kann. Und sag ihm, er soll nicht wetten, wenn er keine Ahnung hat.«

»Mach ich.«

Luhta blieb allein zurück. Er spürte, wie sich Schweißtropfen auf seinen Schläfen bildeten. Er schaute auf die Uhr. In einer Stunde. Das Ding unter der Achsel fühlte sich plötzlich so schwer an, dass er Angst hatte, er könnte sich die Schulter verrenken.

Er musste seinen Plan ändern. Er hatte es erst in der Nacht tun wollen, jetzt musste er es gleich tun. Wenn er es jetzt nicht tat, konnte er es vielleicht nie.

»Hallo!« Heiskanens Stimme ließ Luhta zusammenzucken. Heiskanen ging direkt zum Geschirrschrank und dann zur Kaffeemaschine. »Wie alt ist der?« Er schwenkte die Glaskanne in Luhtas Richtung, dann roch er hinein.

»Ich weiß nicht, hab keinen getrunken«, antwortete Luhta. Die Jacke fühlte sich so eng an, dass er den obersten Knopf aufmachen musste.

»Egal. Mann, ich bin jetzt schon müde«, sagte Heiskanen und goss den Kaffeerest in seinen Becher.

»Ich glaub, ich schau mal auf der Vier vorbei«, sagte Luhta und schob seinen Stuhl vom Tisch.

»Mann, muss das sein?«, fuhr Heiskanen ihn an.

»Was?« Luhta erstarrte.

»Mir geht das durch Mark und Bein. Man kann ihn auch hochheben, man muss ihn nicht über die Fliesen ratschen.«

»Wen?«

»Den Stuhl, Mann! Ich hab Kopfweh.«

»Ich merk's mir«, sagte Luhta erleichtert und stand auf. »Also, ich schau mal auf der Vier vorbei.«

»Danke, ich bin nicht taub«, sagte Heiskanen. »Ist die von heute?«

»Was?« Luhta war schon an der Tür. Jetzt blieb er stehen.

Heiskanen zeigte mit dem Kaffeebecher in der Hand auf die Zeitung, die Jaatinen hatte liegen lassen.

»Ich weiß nicht, hab sie nicht gelesen«, antwortete Luhta.

»Bisschen mit den Gedanken woanders heute, was?« Heiskanen knallte den Becher auf den Tisch und setzte sich auf Jaatinens Platz.

Luhta öffnete die Tür. Bevor er sie hinter sich schloss, hörte er, wie

Heiskanen selber den Stuhl näher an den Tisch zog. Es war wirklich ein hässliches Geräusch.

Luhta schob die metallene Scheibe vor dem Guckloch zur Seite und schaute in Sundströms Zelle. Sundström saß mit übereinander geschlagenen Beinen auf dem Bett. Er lehnte mit dem Rücken an der Wand und hatte sein Ausmalbuch auf dem Schoß. Die Zungenspitze schaute ihm aus dem Mund, und die Hand mit dem Stift machte eine Art Sägebewegung. Wer nur einen schnellen Blick in die Zelle warf, hätte glauben können, dass Sundström onanierte. Eigentlich tat er das ja auch, dachte Luhta, dem ein Schauer über den Rücken lief. Einen Augenblick später hielt Sundström das Buch eine halbe Armlänge vom Körper entfernt, um sich das Bild, an dem er malte, prüfend anzuschauen. So verdeckte das Buch sein Gesicht, aber Luhta wusste, dass Sundström dabei den Mund schürzte und die Augen hinter der Brille zusammenkniff. Plötzlich ließ er das Buch sinken und starrte auf das Guckloch. Ein Lächeln trat auf sein Gesicht, dann machte er mit dem Zeigefinger der Zeichenhand eine einladende Bewegung.

Luhta fuhr zurück bis zu dem Geländer, das den Gang vom Lichtschacht trennte, und die metallene Scheibe pendelte noch eine Weile vor dem Guckloch hin und her. Sundström hatte einen roten Stift in der Hand. Es war wie ein Omen.

Luhta lehnte sich mit dem Rücken gegen das Geländer und blickte über die Schulter in den Lichtschacht. Das Stahlnetz, das die Insassen am Fallen oder Jemanden-fallen-Lassen hindern sollte, ließ ihn an eine Reuse denken. Und er war der Fisch darin. Er spürte, dass er seinen Atem nicht mehr kontrollieren konnte. Er japste mehr, als dass er atmete, und sein Herz schlug unregelmäßig, wie oft in letzter Zeit. Er musste dann rülpsen oder sich übergeben. In seinem Kopf war ein konstantes Rauschen, und für einen kurzen Moment spürte er den beinahe unwiderstehlichen Drang, auf den Hof zu gehen und eine Zigarette zu rauchen. Vielleicht sollte er alles noch einmal überdenken.

Dann hörte er, dass Sundström zu pfeifen begonnen hatte. Er zwang sich, noch einmal näher an die Zellentür zu treten. Es war wieder das

Stück, dessen Refrain ihn so oft aus unruhigen Träumen hatte aufwachen lassen. Seine immer neuen nicht enden wollenden Alpträume hatten nur eines gemeinsam: Früher oder später tauchten darin Sundström und seine Zelle auf.

Als Luhta mit zitternder Hand den Schlüssel ins Schloss steckte, war es, als hörte er die Worte vom Anfang des Stücks, das Sundström pfiff: *We're caught in a trap, I can't walk out.* Er steckte in einer Falle. Alles, was Sundström tat, tat er nicht einfach so – er spielte mit ihm. Auch das Stück pfiff er nur für ihn. Das Ekel Sundström wusste, dass er ihm nicht entkommen konnte. Aber das Ekel hatte die Sache nicht zu Ende gedacht. Wer in einer Falle steckte, hatte nichts zu verlieren.

Luhta holte tief Luft und drehte den Schlüssel um. Sein Schlüsselbund klimperte, als er die Tür aufmachte.

»Hast du wieder erst den richtigen Schlüssel suchen müssen, Idiot?« Die Frage war Sundström wichtig genug, dass er sein Pfeifen dafür unterbrach. Jetzt pfiff er wieder, und der rote Stift schabte übers Papier. Sundströms Zehen krümmten sich im Takt der Musik.

Luhta zog die Tür hinter sich zu, ließ aber das Schloss nicht einrasten. Er hatte Angst, dass ihm der Sauerstoff ausging und er ohnmächtig wurde, bevor er überhaupt etwas sagen oder tun konnte. Die Schweißtropfen, die ihm im Aufenthaltsraum auf die Schläfen getreten waren, liefen ihm jetzt über die Wangen. Luhta blinzelte mit den Augen, und plötzlich war ihm, als hätte der hölzerne Uhu auf dem Regal den Kopf bewegt, um ihn anzustarren. Er wusste, dass er sich das nur einbildete, aber es machte ihn noch nervöser, als er schon war. Gleich würden sich der Vogel und der Bukowski-Bär mit vereinten Kräften auf ihn stürzen, und der Ritter von der traurigen Gestalt würde ihm den Rest geben, indem er ihm das Holzschwert mitten ins Herz stieß. Sollte er doch versuchen, mit Sundström zu reden? Ihm irgendetwas versprechen? Aber was?

»Wir haben ein Problem«, sagte Sundström und tauschte den roten gegen einen grünen Stift. »Weißt du, welches?«

»Ja«, antwortete Luhta. Seine Stimme brach wie bei einem Jungen in der Pubertät.

»Dabei hätte ich dir gern geglaubt«, sagte Sundström.

Seit Luhta die Zelle betreten hatte, hatte Sundström noch nicht den Blick gehoben. Luhta sah nur seine Stirn, die Nasenspitze unter der Brille und den konzentrierten Mund in dem viel zu kleinen Gesicht. Sein Ausmalbild schien Sundström unendlich viel mehr zu interessieren als sein Besucher.

»Wenn ich diesen Zirkuselefanten fertig habe, ist kein Platz mehr an der Wand. Was machen wir dann?«

»Ich weiß nicht.«

»Und da ist noch ein Problem«, sagte Sundström. »Willst du's sehen?«

Luhta sagte nichts, und Sundström zeigte ihm das Bild, an dem er arbeitete. Luhta sah das rot angemalte, mit den Hinterbeinen auf einem runden Hocker stehende Tier. Auf dem blutroten Gesicht des Elefanten lag ein pfiffiges Schmunzeln. Das enorme Tuch, das seinen Kopf schmückte, war blau, und die Quasten des Tuchs waren gelb. Der obere Rand des Hockers und das Zickzackmuster, das davon ausging, waren gleichmäßig schwarz. Den unteren Teil des Hockers hatte Sundström grün angefangen.

»Ich hatte kein Rosa«, erklärte er Luhta. »Und jetzt denke ich plötzlich, dass der Hocker schwarz-weiß sein sollte. Ich hab aber schon mit Grün angefangen.«

»Ich finde es auch so ganz schön. Also grün. Sieht richtig gut aus.«

»Meinst du wirklich?« Sundström studierte das Bild mit gerunzelter Stirn. Er nickte und gab ein Grunzen von sich, das sich nach Zustimmung anhörte. Dann schaute er zum ersten Mal zu Luhta auf. »Du hast recht. Das Grün ist scheiße«, sagte er und zerbrach, den Blick fest auf Luhta gerichtet, den Stift.

Das Geräusch klang in Luhtas Ohren wie ein Schuss.

»Ich korrigiere es mit Weiß. Zum Glück hab ich Korrekturlack. Auch damit kann man ein gleichmäßiges Ergebnis erzielen, man muss nur sorgfältig damit umgehen«, erklärte Sundström. »Überhaupt sollte man immer und überall Sorgfalt walten lassen. Auch und gerade beim Betrügen. Im besten Fall merken die Leute dann nicht mal, dass sie betrogen werden. Weil sie Betrug und Wahrheit gar nicht unterscheiden können. Oder wie siehst du das?«

Luhta sagte nichts. Er konnte nicht. Sundström war wieder dabei, die Oberhand zu gewinnen, so wie alle anderen die Oberhand gewannen, wenn sie mit ihm zu tun hatten. Aber diesmal würde er sich wehren. Er wollte nicht, dass Teemu und Ville in der Schule gepiesackt wurden, wie es ihm so oft passiert war. Er wollte nicht, dass Annika sich für ihren Mann schämen musste. Das war nicht in Ordnung. Das würde er nicht zulassen. Seine Söhne würde man nicht auf dem Schulweg verhauen, man würde ihnen nicht ins Gesicht spucken und sie am eigenen Gürtel mit dem Kopf nach unten an die Garderobe vor der Handarbeitsklasse hängen, wo sie hilflos darauf warten mussten, bis endlich die Putzfrau kam und ihnen herunterhalf, die Putzfrau, die sie schon im Gang hinter der geschlossenen Brandschutztür klappern hörten und trotzdem nicht zu Hilfe rufen mochten, weil ihnen ihre Situation so unsagbar peinlich war. Das würde er ihnen ersparen. Plötzlich spürte Luhta wieder den schrecklichen Schmerz, als die Rauchertruppe ihn auf dem Fahrradweg abpasste, der durch den Wald neben der Sveitsinrinne-Schule führte. Das Schlagen und Treten allein hatte ihnen nicht gereicht, sie hatten ihn auch noch in den Wald geschleppt und ihm das Hemd vom Leib gerissen, und jeder durfte ihm, während die anderen ihn festhielten, die Zigarette auf dem Rücken ausdrücken. Die Narben waren ihm geblieben, außer vor Annika zog er seitdem vor niemandem mehr das Hemd aus, nicht einmal vor seinen Söhnen. Gerade nicht vor seinen Söhnen. Er hätte sie nicht glaubhaft belügen können, und die Wahrheit brauchten Teemu und Ville nicht zu wissen.

»Du«, Sundströms Finger zeigte auf Luhtas Brust, »warst derjenige, der am Dienstag nicht gekommen ist. Was denkst du dir eigentlich? Wolltest du mich verarschen und die Geschäfte hier drinnen wieder selbst in die Hand nehmen?«

Aber Luhtas Sklavenzeit war jetzt vorbei. Er war die längste Zeit der ängstliche und hilflose Schwächling gewesen, den jeder herumschubsen konnte, wie es ihm passte. Er übernahm endlich die Verantwortung für sich und sein Leben, ein für alle Mal.

»Es ist vorbei«, sagte Luhta. »Ich hab schon lange nichts mehr selbst verkauft, und ich werde auch dir nichts mehr liefern, was du verkaufen kannst.«

Luhta wunderte sich über die plötzliche Sicherheit in seiner Stimme und sah, dass auch Sundström für einen Augenblick überrascht war. Aber nur für einen Augenblick, dann lag auf dem kleinen Meerkatzengesicht der alte Ausdruck von Verachtung und Hohn. Und Luhtas Gedächtnis förderte eine Horde schubsender, affengesichtiger Jungen zutage, die über seine Tränen lachten, seine eingenässte Hose und den Rotz, der ihm über den Mund lief und als ekliger zäher Tropfen unterm Kinn hängen blieb. Damals hatte er die drei entscheidenden Worte nicht herausbekommen, und darum war es auch nicht vorbei gewesen – nicht bevor er die Schule verlassen und an einem anderen Ort die Kollegstufe des Abendgymnasiums besucht hatte, an einem Ort, wo niemand ihn kannte und auch er niemanden kannte. Dort hatte er dann Annika kennengelernt.

»Es ist vorbei«, wiederholte Luhta.

Nach der Kollegstufe waren noch zwei Jahre vergangen, dann hatten sie geheiratet. Und sie waren schon zwölf Jahre verheiratet gewesen, bevor er auf Annikas Wunsch nach einem Kind eingegangen war. Und nach Villes Geburt hatten sie auch noch Teemu bekommen. Annika hatte er schon während der Kollegstufe erzählt, was er in seiner Kindheit hatte durchmachen müssen. Später hatte er von seinen Ängsten gesprochen, dass ihre Kinder, wenn sie welche hätten, einmal durch dieselbe Hölle gehen mussten. Annika hatte seine Ängste vertreiben können. Es sei keine Familienkrankheit, hatte sie gesagt, nichts, was sich von Generation zu Generation weitervererbe. Verspottet zu werden, hatte sie gemeint, unerwünscht, verhöhnt und hilflos zu sein. Annika hatte seine Narben gestreichelt und geküsst und das Böse von ihnen fortgepustet. Aber es hatte nie ganz geholfen. In den Nächten kam alles wieder, eine Zeitmaschine warf ihn immer von neuem in den Kreis der Hölle zurück.

»Was quatschst du da?«, sagte Sundström. »Hast du's immer noch nicht verstanden, Idiot: Es ist vorbei, wenn ich es will.«

»Euklid von Alexandria«, hörte Luhta sich sagen, während er zwei weitere Knöpfe seiner Jacke aufknöpfte. So konnten seine Finger den Revolver erreichen, den er mit Isolierband unter der Achsel befestigt hatte.

»Was?«, sagte Sundström.

Luhta sah Sundström fest in die Augen. Das Lächeln in Sundströms Gesicht war plötzlich weggewischt. Zum ersten Mal sah Luhta darin Angst. Zum ersten Mal musste er nicht in den Spiegel schauen, wenn er jemanden sehen wollte, der ihn ernst nahm. Annika nahm ihn natürlich ernst, aber das war etwas anderes. Das hier war der Kreis der bösen Jungs. Und zum ersten Mal war er der Kreis und stand nicht als Opfer in der Mitte. Sundström war der kleine Junge in der Mitte, ein kleiner Junge mit einem Meerkatzengesicht, der zitternd im Kreis stand und gleich weinen würde. Vielleicht war seine Hose schon feucht.

»He, was soll das?«

»Der größte gemeinsame Nenner zweier Zahlen: eine Waffe«, sagte Luhta und richtete den Revolver auf Sundströms Brust.

»He, lass uns miteinander reden, Luhta! Ich mach mal einen Spaß, deswegen musst du doch nicht gleich ausflippen. Lass uns die Geschäfte teilen, wenn es darum geht.«

»Nein.«

Der erste Schuss klingelte in Luhtas Ohren. Den zweiten hörte er eigentlich nicht mehr, aber er spürte den Rückstoß der Waffe bis tief ins Handgelenk.

Luhta hatte beim Schießen die Augen geschlossen. Jetzt machte er sie auf. Sundström kippte im Zeitlupentempo zur Seite. Das Ausmalbuch fiel auf den Boden. Sundströms Blut war dunkler und dicker als das Rot des Zirkuselefanten. Sundström blieb in halber Höhe über dem Buch hängen: Der Elefant war unter dem Strom von Blut, der sich aus Sundströms Mund ergoss, nicht mehr zu sehen.

Als Luhta die Waffe an die eigene Schläfe setzte, zitterte seine Hand nicht mehr. Er fühlte sich stark und sensibel zugleich. Er hasste sich nicht mehr, auch nicht die eigene Schwäche. Er dachte an Annika, Teemu und Ville.

»Entschuldigung«, sagte er laut.

Sie würden es verstehen. Er hatte ihnen einen Brief hinterlassen. Er hatte alles erklärt. Seine Geschäfte. Und die von Sundström.

Eines Tages würden Annika und die Jungs zu der Erkenntnis gelangen, dass sie glücklich waren. Dass sie eigentlich nichts verloren hatten. Das tröstete ihn.

Als Luhta die Augen schloss und den Druck mit dem Zeigefinger verstärkte, war ihm noch einmal zum Lachen. Ihm war plötzlich eine Szene aus einer Krimiserie eingefallen. Es war schon ein paar Monate her, dass er die Folge gesehen hatte. Ein Mann von der Spurensicherung hatte in seiner Schutzkleidung neben der Leiche gehockt, mit ernstem Gesicht in die Kamera geschaut und gesagt: »Die Selbsttötung ist ein sensibler Augenblick. Once in a lifetime.«

Der Mann hatte gewusst, wovon er redete.

»Once in a lifetime«, flüsterte Luhta und krümmte den Zeigefinger.

POSTLUDIUM

VIITASALO

Als er den Spaten in den Rasen stieß, wiederholte Viitasalo im Geiste die Worte, die er seinerzeit auf die Schleife des Kranzes hatte schreiben lassen. Die Setzlinge und die Schubkarre standen neben ihm. Viitasalo trat auf den Spaten, damit er tiefer in die Erde eindrang.

Er hob ein weiteres abgestochenes Rasenstück auf die Schubkarre und stieß den Spaten wieder in die Erde.

Der Regen störte Viitasalo nicht, der Regen würde alles reinigen.

»Ihr wart meine Liebsten, mein Leben, mein Heimatplanet, meine ganze Welt«, flüsterte Viitasalo.

Er spürte die Tränen mit dem warmen Juniregen übers Gesicht laufen und ließ den Spaten aus den Händen gleiten.

Als er dieselben Worte neben den zwei Särgen hatte vorlesen wollen, hatte ihm die Stimme versagt, und so sehr er es auch versucht hatte, er hatte nicht weitersprechen können. Die Worte waren ihm zusammen mit all seinen Kräften ausgegangen, und er war auf den kalten Fliesen der Friedhofskapelle auf die Knie gefallen.

Der Regen trommelte in die zwei spatentiefen Löcher, die er gegraben hatte. Auch jetzt ließ er sich auf die Knie fallen. Als er den ersten Setzling in eines der beiden Löcher stellte, sah er drei sich ringelnde Regenwürmer.

Er erinnerte sich, wie Mauri und der Pfarrer gekommen waren, um ihm auf die Beine zu helfen, bestimmt, aber sanft. Und er erinnerte sich an Mauris Worte und seine eigene Antwort.

»Es mag hier und heute verrückt klingen, aber eines Tages wirst du feststellen, dass das Leben weitergeht. Dasselbe hab ich seinerzeit auch Marketta gesagt, Juha, ich weiß es aus Erfahrung. Das Leben geht weiter.«

»Das Leben?« Viitasalo hatte Mauri wie einen Verrückten angesehen. »Leben? Welches Leben? Welches beschissene Leben!«

Viitasalo stand auf und trat ein paar Schritte zurück.

Da standen sie jetzt nebeneinander: zwei Rosensträucher mit tiefgrünen Blättern und dunkelroten Blüten. Der eine Strauch war etwa achtzig Zentimeter hoch, der andere etwa einen halben Meter.

Viitasalo hatte die Rosen so nah nebeneinander gepflanzt, dass die unteren Zweige des größeren Strauchs die Krone des kleineren berührten. Für ihn sah es so aus, als stände dort eine Mutter, die schützend die Hand auf den Kopf ihres Kindes legte. Sari und Liina.

»Ich muss mich gut um euch kümmern. Ich bin für meine Rosen verantwortlich«, sagte Viitasalo laut. »Und sonst niemand.«